기간奇簡과 유몽인의 산문

태학총서 26

기간 奇簡과 유몽인의 산문

김영미

태학사

김영미

전북대학교 국어국문학과를 졸업하고 동대학원을 수료하였다(문학석사 및 문학박사).

현재 한국국제교류재단 해외파견 한국어 객원교수로 중국 광둥성 광저우(廣州) 중산대학교(中山
大學)에서 한국어와 한국문학을 가르치고 있다.

태학총서 26
기간奇簡과 유몽인의 산문

초판 제1쇄 인쇄 2008년 4월 21일 초판 제1쇄 발행 2008년 4월 28일
지은이 김영미
펴낸이 지현구 **펴낸곳** 태학사 **등록** 제406-2006-00008호
주소 경기도 파주시 교하읍 문발리 파주출판도시 498-8
전화 마케팅부 (031) 955-7580~2 편집부 (031) 955-7585~89 **전송** (031) 955-0910
홈페이지 www.thaehaksa.com **전자우편** thaehak4@chol.com

ⓒ 김영미, 2008
값은 뒤표지에 있습니다.

ISBN 978-89-5966-220-3 94810
ISBN 978-89-7626-500-5 (세트)

"이 저서는 2006년 정부(교육인적자원부)의 재원으로 한국학술진흥재단의 지원을 받아 수행된 연구
임"(KRF-2006-814-A00069)
"This work was supported by the Korea Research Foundation Grant funded by the Korean
Government(Ministry of Education & Human Resources Development)"(KRF-2006-814-A00069)

머리말

이 책은 박사논문을 수정·보완한 것으로 어우 유몽인의 산문론과 산문의 서술 방식을 살펴본 것이다. 유몽인은 중국 진한시대의 고문을 본받아서 실제 글쓰기에서 기이함(奇)과 간략함(簡), 즉 '기간'을 잘 형상화해야 한다고 생각했다. 특히 기(奇)에 더욱 많은 관심을 가졌는데, 그에 따르면, 독창과 개성은 실제 작품에서 기를 얼마나 잘 형상화하느냐에 달려 있게 된다.

기간을 바탕으로 쓴 어우의 실제 산문은 수사적·형식적 서사 기법들의 실험장이었다. 다양한 수법의 역설과 우의, 여러 갈래의 일화 운용 방식 등이 독서의 재미를 준다. 아울러 유몽인의 '기간' 문학론은 밋밋함을 벗어나기 위해 노력하는 현대의 글쓰기에서도 유용하게 참고할 만하다.

유몽인에 대한 관심은 『어우야담』에서 시작되었다. 『어우야담』 속에서 만난 옛사람들은 아주 흥미진진했다. 권태롭고 지리멸렬하고 상투적이고 평범했던 일상이 유몽인이 배치한 이야기 속에서는 입체적으로 살아 움직이는 것 같았다. 그래서 그의 문집 『어우집』을 손에 들게 되었다.

그러나 『어우집』의 글은 어려웠다. 늘 사람을 껄끄럽고 불편하게 했다. 그 난해함에 자주 절망했고, 아주 가끔 살포시 젖어오는 해석의 기쁨을 맛보기도 했다. 딜레마적인 유몽인에 대해서도 고민이었다. '푸른 산봉우리로 관곽(棺槨)을 삼겠다'는 언명에서는 세상의 경계를 벗어난 듯한 그의 자유로운 기질을 느꼈다. 그러다가도 어느새 전세불후(傳世不朽)할 문장에 대한 그의 집착적 열망과 문장가로서의 지나친 자부를 접하면 세상살이의 끈을 꽉 쥐고 있는 유몽인의 또 다른 모습을 보기도 했다. 『어우집』을 읽으면서 참 많이도 투덜거렸다.

투덜거렸던 시간을 아득히 바라보면 그리운 사람들이 보인다. 버벅거리는 독해를 묵묵히 지켜주셨던 소강래 선생님께 감사드린다. 그리고 무엇보다 소소한 일상을 함께 나눠 주시던 선생님들과 설익은 어설픔을 숨겨주시던 이종주 선생님께 그리움을 전한다.

아울러 기꺼이 이 책을 출간해 주신 태학사 지현구 사장님께도 감사의 마음을 전한다.

2008년 또 새로운 봄
김영미

차례

머리말 5

제1장 서 론 11
  1. 연구목적 12
  2. 연구사 개관 21
  3. 연구방향 25

제2장 유몽인 산문론의 특질 33
  1. 전범(典範) 설정의 배경 35
  2. 송문(宋文) 배격의 함의 43
    1) 전주(箋註)의 훈고성 비판 49
    2) 송문의 이만(弛縵)·지리(支離) 거부 52
  3. 기간(奇簡) 텍스트의 전범성 62
    1) 간(簡) 텍스트 64
    2) 기(奇) 수련을 위한 전범 67
    3) 육경(六經); 전범 설정과 송문 비판의 근거 76
    4) 전범의 위계와 형식미에 대한 인식 85
  4. 기간 추구의 방식 92
    1) 기 추구 방식 92
    2) 간 추구 방식 96

5. 기간의 문학적 형상화 99

　　1) 기의 형상화 100

　　2) 간의 형상화 114

6. 기간의 난해성과 심층적 의미망 118

7. 전범과 자득(自得)의 모순조화 126

　　1) 전범의 필요성 128

　　2) 자득의 필연성 135

　　3) 점수돈오(漸修頓悟)의 단계적 학습과 자득 139

8. 자득과 기간의 상관성 145

　　1) 형식미와 자득 146

　　2) 기간과 언부진의(言不盡意) 150

제3장 『어우집』의 산문 서술방식 159

1. 역설적 어법의 논리 전개 양상 160

　　1) 경계와 초월의 논리 161

　　2) 반상(反常)과 진정성 모색 176

2. 우의적 풍자의 양상 198

　　1) 직설과 역설의 거리 220

　　2) 수법과 우회의 변주 225

　　3) 우언과 사회의 모순 인식 248

제4장 『어우야담』의 일화 운용 방식 271

　1. 병렬적 일화 272

　　1) 삽화의 병렬 274

　　2) 편의 병렬 287

　2. 계기적 일화 309

　　1) 긍정 관념의 부정화 310

　　2) 부정 관념의 긍정화 317

제5장 유몽인 산문의 위상 및 의의 329

　1. 산문의 독자성 인식과 위상 제고 329

　2. 다양한 형식적 실험을 통한 문예미 중시 334

　3. 상대적 세계관 속에 내재된 주체적 자아인식 341

　4. 당대 문인과의 관련 양상 347

　　1) 동시대 문인과의 관련 양상 348

　　2) 박지원과의 관련 양상 353

제6장 결 론 363

참고문헌 371

찾아보기 379

제1장 서론

16세기 후반에서 17세기 전반기는 사회·문화 전반에 복잡하고 다양한 변화의 움직임이 포착되는 시기다. 국가적으로 임진왜란이라는 대 전란을 겪고 정치적으로는 당파의 정쟁이 있었다. 이런 국가적 재난과 사회적인 지각 변동은 지성계의 반성적 자각으로 이어져서 그동안 절대적 믿음 속에 있었던 것들을 회의하게 된다. 특히 문학사에서 16, 17세기는 목릉성세(穆陵盛世)라 지칭할 만큼 많은 걸출한 문인들이 배출되었고 문학이론이 다변화되는 양상을 보인다. 그것은 조선 전기 동안 확고하게 자리 잡고 있었던 성리학적 일원론이나 재도론적인 시각을 조심스럽게 재고하기 시작했다는 뜻이기도 하다.

본고는 16, 17세기 다양한 문학적 사조와 걸출한 문인들 속에서 누구보다 정치적 딜레마와 문학적 열망이 강했던 어우 유몽인(於于 柳夢寅, 1559-1623)[1]의 자취를 더듬어 보고자 한다. 그는 끊임없이 생사에서 자유롭고자 했던 인물이었다. "비록 산에서 죽더라도 푸른 산봉우리로 관곽(棺槨)을 삼고, 단풍나무·노송나무로 울타리를 삼고, 향로봉(香爐峰)으로 향

---

1) 한양 명례방(현재 서울 명동·충무로 일대)에서 출생했다. 본관은 고흥이며, 자는 응문(應文), 호는 어우(於于)·간암(艮庵)·묵호자(黙好子)다.

로를 삼고, 석마봉(石馬峰)으로 석마(石馬)를 삼고, 붉은 노을, 흰 구름, 푸른 남기로 조석(朝夕)의 제향을 받으며 영랑(永郞)·술랑(述郞)과 동해 가에서 날며 읊조리고자"[2] 했다. 현재 그의 딜레마와 자유로운 기질의 삶은 최초의 야담집 『어우야담』과 한문문집 『어우집』 속에 녹아 있다.

1. 연구목적

유몽인에 대해서는 지금까지 다양한 방면에서 많은 연구가 진행되어 왔지만 상대적으로 16, 17세기 통시적인 한문학 고문론 논의에서는 소략되는 경향이 있었다. 고문은 고려 말 김부식(金富軾, 1075-1151), 이제현(李齊賢, 1287-1367)에서 창도되어 16, 17세기 이정구(李廷龜, 1564-1635), 신흠(申欽, 1523-1597), 장유(張維, 1587-1638), 이식(李植, 1584-1647) 등 한문사대가를 거쳐 18세기 박지원 등 실학파 문인들에게로 이어진다고 본다. 이는 18세기 실학파 문인들에게로 이어지는 16, 17세기 한문학 주요 가교를 한문사대가로 보고 있는 것이다.[3]

---

2) 『어우집』 전집 권4, 「贈表訓寺僧慧黙序」: 雖死於山 以靑嶂爲棺槨 以楓檜爲垣衛 香爐峰爲香爐 石馬峰爲石馬 以紅霞白雲靑嵐爲朝夕之饗 與永郞, 述郞飛吟於東海之畔 吾之死不亦榮乎.

3) 고문론 연구는 『麗韓十家文鈔』의 생각을 그대로 수용한 경향이 강하다. 우리나라 고문은 고려시대 김부식이 창도하고 이제현이 계승하여, 조선조 장유·이식을 거쳐 김창협·박지원·홍석주·김매순·이건창·김택영으로 이어졌다고 본다. 이러한 생각은 현재까지도 일반적으로 수용되어 이들 계보가 우리나라 고문사의 주류를 형성하고 있다. 여기에 조선 중기 한문사대가인 신흠과·이정구 등을 덧붙인 연구들이 있다.(박영호, 「조선 중기 고문론 연구」, 경북대학교 박사논문, 1992; 정민, 『조선 후기 고문론 연구』, 아세아문화사, 1989; 우응순, 「조선 중기 사대가의 문학론 연구」, 고려대 박사논문, 1990)

그러나 유몽인 문학은 이른 시기에 실학정신의 전조를 보이기도 한다. 일부 연구에서는 유몽인이 조선후기 실학자적 학풍과 궤를 같이 한다고 지적되기도 했다.[4] 그렇다면 이제 유몽인에 대한 개별적인 연구에서 나아가 통시적인 고문론 논의 속에서 유몽인에게 걸맞는 자리를 찾아야 할 시점이라고 여겨진다.

한편 어우 유몽인은 현재 '의고파'로 분류되어 모방과 표절 작가라는 굴레에서 자유롭지 못하다. 진한고문을 추종했던 이들을 '진한고문파'나 '의고주의자' 또는 '의고파'[5]로 부르는데, '의고(擬古)'는 곧 '모방과 표절을 일삼는 것'이라는 부정적 인식이 뒤따르기 때문이다. 이러한 부정적 인식은 유몽인 당대에 이미 당송고문가들이 의고적 성향의 유폐를 지적하면서 시작되었다. 그러나 문제는 유몽인의 경우 당대에 비평의 대상에 처음부터

---

4) 한명기는 「유몽인의 경세론 연구」(『한국학보』 18, 1992, 일지사)에서 책문(策文)을 중심으로 유몽인의 경세관을 밝히면서 유몽인을 실학문학의 전조로 보고 있다. 또한 신승훈은 「어우 유몽인의 고문론에 나타난 육경 중심의 시각」(『동양한문학연구』 22집, 2006)에서 유몽인의 육경 중심의 학문 성향이 이른 시기에 보인 주자학에 대한 반성으로, 학술사적으로 조선후기 실학자의 경향과 학풍의 궤를 같이 한다고 보았다.

5) 선진양한(先秦兩漢)의 문장을 전범으로 삼아야 할 것을 강조하던 이들에 대한 명명이 복고파(復古派)·진한고문파(秦漢古文派)·의고문파(擬古文派) 등으로 불리고 있다. 의고문파는 당송문을 주장했던 문인들의 문집에서 흔하게 나타나는 명명으로, 대개 작품의 유폐를 지적하면서 쓰였다. 즉 의고라는 명명 속에는 옛 것, 즉 진한고문을 모방하고 표절한다는 당송고문가들의 부정적 시각이 내재되어 있다. 복고파는 고문 지향에 대한 문예적 특성을 고려한 명칭이지만, 두루 뭉실하여 선명하지 않다. 복고와 상고(尙古)를 지향했던 것은 조선시대 모든 유자들의 기본 이념 같은 것이었다. '옛 고문을 회복하자'는 복고의 '고문(古文)'이 당송고문인지, 육경인지, 진한고문인지 직접적으로 드러나지 않기 때문이다. 진한고문파는 이른바 전후칠자의 '文必秦漢 詩必盛唐'의 구호 속에서 배태된 문(文)에 대한 전범의식을 간명하게 명명한 것이다. 본 글에서는 각 명칭의 내재적 의미를 고려하여 상황에 따라 적절히 사용하도록 하겠다.

오르지 않았다는 데 있다. 그리고 유몽인이 비평 대상에서 제외된 것은 단순히 그가 진한고문을 추종했기 때문만은 아닌 듯하다.

16, 17세기 진한고문의 영향 아래 있었던 많은 의고적 문인들이 의고문의 기준에 따라, 긍정적이든 부정적이든, 평가의 대상이 되었다. 월정 윤근수, 월사 이정구, 상촌 신흠, 동고 최립 같은 이들이 모두 중국 전후칠자에 경도되어 '의고적'이라는 평가를 받고 있는데, 이들은 어떤 식으로든지 주류를 형성했던 당송고문가들에게 모두 비평의 대상이 되었다. 이에 비해 유독 유몽인은 당세와 후세의 한문 비평 논의에서 아예 언급조차 되지 않고 있다.

조선 중기 문장 선집인 편자 미상의 『별본동문선(別本東文選)』[6]과 홍만종(洪萬宗, 1643-1725)의 『소화시평(小華詩評)』 정도를 제외하면 동시대 또는 후세대 문인들에게서 유몽인의 시문에 대한 언급은 거의 찾아볼 수 없다. 그것은 유몽인의 문장이 좋고 나쁨을 판단할 수 없는 애매한 대상이었기 때문이 아니라 그의 정치적 입장이 크게 작용했던 것이 아닌가 생각된다. 당송고문의 계보가 조선의 정치적 중심세력이었던 서인 노론계열이었고, 이들은 정치적 입장이 달랐던 유몽인을 아예 논의의 대상으로 삼지 않았던 것이다. 실제로 유몽인의 삶과 죽음은 정쟁에 의해 휘둘러졌다.

유몽인은 광해군 당시 북인에 소속되었지만 대북파가 추진했던 인목대비 폐모론을 반대하다가 관직에서 물러나 서호(西湖)에 은거했다. 유몽인은 대북파와는 정치적 의견이 상당히 달랐다. 몇몇 기록에 '중북파(中北

---

6) 『別本東文選』은 편자 미상의 조선 중기 선집으로 33권이며 현종 실록본으로 전한다. 이 책에 유몽인의 문이 모두 5편이 실려 있다. 권16에 「送崔簡易翁之杆城郡序」, 「送成川假仙洪兄之任序」, 「送崔汝以赴留守于開城序」가, 권19에 「盆菊記」, 「順天府喚仙亭記」가 실려 있다.(안대회, 「朝鮮時代 文章觀과 文章選集」, 『한국고문의 이론과 전개』, 태학사, 1998, p.226·243·245)

派)'나 '완북(緩北)'7)으로 논해지기도 했지만, 그는 붕당 자체에 회의적이었고 서인, 남인, 북인들과 당파를 초월한 사귐을 가졌다.8)

그러나 어찌되었건 그는 북인에 소속되었고 대북파를 포함한 북인은 인조반정 이후 정계에서 완전히 거세되었다. 유몽인 또한 인조반정 후 반정을 주도했던 서인 정권에 의해 반역 혐의로 처형됐다. 유몽인은 정치적으로 같은 북인들에게도, 반대파인 서인들에게도 조명을 받지 못했고 그의 문학 역시 정치적 평가와 맞물려 별다른 관심을 끌지 못했다.

유몽인에 대한 부정적인 평가는 사승관계와 그의 소활한 기질이 한 원인으로 작용했다. 그는 특별한 사승관계를 따질 수 없는 외딴 인물이다. 율곡 이이의 문장과 학문이 '널찍하면서도 편안하고(平曠樂易)하고 보고 들은 것이 많고 배움에 힘쓰는 분이라서(多聞敏學) 스승으로 삼고자 했지만 이이가 고관의 당국자임을 꺼려 스승을 삼지 않았다'9)고 한다. 얼마간

---

7) 유몽인을 '중북(中北)'이나 '중북인(中北人)'으로 명명하고 있는데(고전국역총서, 趙慶男, 『續雜錄』 2, 〈계해년 天啓 3년, 인조 원년(1623)〉; 고전국역총서, 이긍익, 『연려실기술』 23, 「인조조 고사본말」, 〈유몽인의 옥사〉), 대체로 '중북'이라는 명칭은 이이첨(李爾瞻)으로 대표되는 대북파, 그 대북파가 추진했던 인목대비 폐모론에 반대하던 이들을 지칭했다(고전국역총서, 이긍익, 『연려실기술』 21, 「폐주 광해군 고사본말」, 〈이이첨 등을 논핵하다〉). 또한 "광해조에 이이첨이 권력을 잡자 온 세상이 모두 바람을 따르고 감히 다른 의론이 없었는데 간혹 약간 관대한 논의를 하는 자"를 '緩北'이라고 지칭하기도 했다고 한다.(이긍익, 『연려실기술』 18, 「선조조고사본말」, 〈동서남북론의 분열〉)

8) 유몽인은 뚜렷한 당색을 보이지 않았다. 서인이었던 율곡 이이와 그의 문하였던 귀봉 송익필 등을 흠모하였다고 하였고, 역시 서인인 월사 이정구, 구사맹(具思孟), 정엽(鄭曄) 등과는 친밀하게 교유하였다. 또한 같은 동인에서 출발하여 나누어진 남인 지봉 이수광이나 서애 유성룡 등과 교유하였으며, 같은 북인이었던 이이첨 등과는 대립하였다.

9) 『어우집』 후집 권3, 「哭具二相思孟貞敬夫人輓詩序」: 當時聞李栗谷先生珥 文章學問 當代稱程朱 余求見所著述 愛其文平曠樂易 而又多其多聞敏學 欲奉而為

신호(申濩)에게 수학했다는 기록이 있지만[10] 일정한 스승이라고 할 수는 없고, 주로 산수를 유람하거나 산사를 떠돌며 독학하였다. 당시 유자들의 사승(師承) 관계는 학문의 본질보다 더 중요하게 여겨졌던 상황에서 유몽인은 대부분 독학으로 학업을 성취하였다.[11]

'우계 성혼 선생의 글이 질박하여 비로소 선생으로 인정하고 자주 왕래하였다'[12]고 하는데, 유몽인은 15세에 고령 신씨, 판관 신식(申栻)의 딸과 결혼하면서 처 고모부였던 우계 성혼에게 잠시 성리학을 배운다. 그런데 어찌된 일인지 유몽인은 우계 성혼에게 쫓겨나는데, 이 일은 어우 유몽인이 살아있을 당시는 물론이거니와 죽은 후에까지 두고두고 그의 경박함을 지적하는 사건으로 예시되었다.[13] 그만큼 우계 성혼은 대성리학자였고,

---

師 嫌其高官當塗 遂不踵其門.

10) 『어우집』 전집 권5, 「重答南都憲書」: 十五歲 始遇申校理濩 從事于古文 學古非不早也 而作掇靡常 不能一其做工; 『어우집』 전집 권5, 「與尹進士彬書」: 僕幼時學韓文漢書于申濩氏.

11) 일정한 스승이 없었던 이유를 유몽인은 스스로 다음과 같이 설명하고 있다. "나는 박실하여 식견이 없고 게다가 성품이 매우 거만하고 사람을 소홀하게 여긴다. 지난 날 여러 유자들이 출현하여 각각 강단을 설치하고 문을 열어 제자들을 맞이하였지만, 나는 한 번도 머리를 굽힌 적이 없었다(余朴無見識 重以性倨甚且易人 向也群儒輩出 各設皐比 開門迎徒弟 而余未曾一屈首. 『어우집』 후집 권3, 「送忠淸監司鄭時晦曄序」)."

12) 『어우집』 후집 권3, 「哭其二相思孟貞敬夫人輓詩序」: "余又求見其文 多山野之言 乃許以先生長者數往返." 강영순(「유몽인 문학연구」, 단국대 석사논문, 1985, p.12)은 유몽인이 우계 성혼의 문장을 '山野之言'으로 폄하했고 이것으로 인해서 성혼과 불편한 관계의 발단이 되었다고 파악하고 있다. 그러나 여기에서 유몽인이 표현한 '山野之言'은 '질박하다' 혹은 '소박하다'는 뜻으로, 성혼 문장의 장점으로 보고 있는 것이지 폄하한 것이 아니다.

13) "(유몽인은) 사람됨이 경솔하고 문장을 잘한다고 자칭하였다. 젊었을 때 성혼의 문하에서 배웠는데 가르침을 지키지 않을 뿐더러 행실이 매우 경박하므로 꾸짖고 끊어버렸더니 몽인이 원한을 품었다."(고전국역총서, 이긍익, 『연려실기술』 23, 〈유몽인의 옥사〉); "유몽인은 사람됨이 용렬하여"(『연려실

그에게 파문당한 것은 유몽인 문학의 본질을 논하기 이전에 이미 선입관적으로 유몽인이라는 인물과 그의 문학을 경박한 것으로 결정지어버리는 경향이 있었다.

유몽인은 소활한 기질과 자유분방한 성격으로 상대주의적 세계관을 가진 인물이었다. '자랑하며 떠벌리며 자신을 내세우는 모습'을 뜻하는 부정적 의미의 '어우(於于)'[14]라는 자호가 그의 독특한 기질을 말해준다. 그의 소활한 기질은 월사 이정구가 그를 대제학(大提學)으로 추천했을 때 대제학 자리를 '코 풀 덩어리'로 비유하며 거절하는 데서 단적으로 드러난다.[15]

이는 어우 유몽인의 소활한 기질뿐 아니라 그의 문재(文才)가 문형의 최고 자리인 대제학을 맡을 만하다는 것을 보여주는 일화이기도 하다. 실제로 그는 일정한 학통이 없었던 상황에서 삼장(三場)에 장원을 하며 정계에 진출하였고, 여러 정치적 반목 속에서도 이조 참판의 벼슬을 지닐 수 있었던 것은 그의 문학적 재주 덕분이었다. 어우와 정치적으로 반목했던 이이첨(李爾瞻, 1560-1623)조차도 그의 문재만은 인정하여 중국 사신을

기술』19, 「폐주 광해군 고사본말」, 〈가장 먼저 유영경을 죽이다〉)『연려실기술』에서는 유몽인의 성품이 경솔하여 성혼에게 배척당했다고 하고 유몽인의 12대 방손 유제한(柳濟漢) 씨는 성혼의 일본 화친설에 대해 유몽인이 반대 상소를 올렸기 때문이라고 하는데, 정확하지 않다. 연구자들은 유몽인이 성리학을 경시했기 때문에 배척당한 것으로 보기도 한다.

14) '於于'라는 호는 『장자』「天地」편에 "子非夫博學以擬聖 於于以蓋衆 獨弦哀歌 以賣名聲於天下者乎?"라고 하여 세속을 떠난 은자가 공자의 제자 자공을 힐난하는 대목에서 나오는 말이다. 이 말은 의태어로 '자랑하여 떠벌리는 모습 혹은 아첨하는 모습(夸誕貌, 一說佞媚貌)'을 뜻한다. 허자로 이루어진 이런 부정적 의미의 호를 사용한 점을 보아도 유몽인의 소활하고 독특한 기질을 엿볼 수 있다. 유몽인의 분방한 문인적 기질에 대해서는 『나 홀로 가는 길』(신익철, 태학사, 2002, p.14)을 참조.

15) 『어우집』전집 권5, 「奉月沙書」: 雖然 去歲年饑 群兒爭餠而歸 察之鼻液糊矣.

접대하는 자리에 추천하기도 했다.16)

유몽인이 죽으면서 남긴 「상부사(孀婦詞)」17)는 절창으로 칭송되며 그
의 시재를 증명한다. 그는 인조반정 직후 광해군을 복위하려 한다는 정치
적 무고(誣告)를 받고 국문을 받았는데 그 자리에서 이 「상부사」를 지었
다. 결국 유몽인은 이 시로 말미암아 서인정권에 의해 비극적 죽음을 당
했다. 그러나 150여 년 뒤에 어우의 신원을 결정한 정조는 "유몽인의 「상
부사」는 깊이 『이소(離騷)』의 뜻을 얻었고 김시습의 시와 견주어 백중을
이룬다"18)고 평했으며 그의 「백주시(栢舟詩; 일명 南麓詩)」19) 역시 천고

---

16) 『어우집』 전집 권5, 「與楡岾寺僧靈運書」: 爾瞻僧詔使 求別詞於余.

17) 「상부사」 내용은 다음과 같다. '칠십 먹은 늙은 과부, 단정히 빈 방 지키고
   있네. 여사의 시 익히 외웠고 태임·태사의 가르침도 자못 아네. 주변 사람
   들 개가하기를 권하며 선남의 얼굴 무궁화 같다고 하네. 그러나 백수의 나이
   에 화장 하면 어찌 연지 가루가 부끄럽지 않겠는가?(七十老孀婦 端居守空壺
   慣誦女史詩 頗知姙姒訓 傍人勸之嫁 善男顔如槿 白首作春容 寧不愧脂粉) * /
   표시 삭제했음' 이는 인조반정 직후 광해군을 복위시키려 한다는 무고로 국
   문을 받는 자리에서 새 정권에 참여할 수 없는 자신의 처지를 늙은 과부로
   비유하여 읊은 것이다. 『연려실기술』(제23, 「인조조 고사본말」, 〈유몽인의
   옥사〉)을 보면 "유몽인의 죽음은 역모한 사실이 있는 것이 아니고 다만 「상
   부사」 한 편 때문이었다"고 말하고 있다. 유몽인은 이 시를 빌미로 서인정권
   에 처형당했다. 한편 이 시는 훗날 광해군의 신하 가운데 유일하게 절의를
   지킨 인물로 유몽인을 칭송할 때 다용되었다.

18) 柳夢寅老寡婦詞 深得離騷遺意 與時習之詩 爲伯仲(『정조실록』 권40, 18년 9월
   30일)

19) 유몽인이 안처인(安處仁)의 옥사를 다루는 추국청에서 "온 성에 핀 꽃 버들
   속에 봄놀이 하는데(滿城花柳擁春遊), 옥 같은 손으로 술잔을 놓고 백주 편
   을 읊네(玉手停盃詠栢舟). 장사가 홀연 장검을 들고 일어나니(壯士忽持長劍
   起), 취중에 마땅히 노간(老奸)의 머리를 베리라(醉中當斫老奸頭)"라는 시를
   지었다. 이 시를 남록시(南麓詩) 혹은 백주시(栢舟詩)라고 한다. '백주'는『시
   경』 패풍편의 시 제목인데, '때를 못 만난 군자가 시대를 탄식하는 노래', 혹
   은 '남편에게 버림받은 여인의 탄식'이라고 한다. 당시에 이 시는 곧바로 백
   주(栢舟)와 노간두(老奸頭)가 지칭하는 바가 논란이 되었는데 "당국자들은

에 뛰어난 작품으로 평가하면서 문재를 인정하였다.

「상부사」와 「남록시」는, 시화(詩禍)를 감수하면서 펼쳤던 직언이었기에 절개를 칭송할 때 예시되는 작품이기도 하다. 정조는 고려 말 고려왕조에 대한 의리를 지키며 조선왕조에서 벼슬하지 않았던 야은(冶隱) 길재(吉再, 1353-1419)의 절개에 유몽인을 빗대었고, 어우의 후손들은 황위를 찬탈한 연왕(燕王)이 즉위할 때 죽음을 각오하고 소(詔) 짓는 것을 거부한 중국 명대 방효유(方孝孺, 1357-1402)의 절개에 비유하고 있다.

유몽인은 현실 인식의 깊이도 남다르다. 그는 가족들이 죽음을 당하는 처참한 임진왜란의 실상을 직접 체험하였고, 관동아사(關東亞使)·삼도순안어사(三道巡按御使)·함경도순무어사(咸境道巡撫御使)·평안도순변어사(平安道巡邊御使)·경기도암행어사(京畿道暗行御史)·황해도관찰사(黃海道觀察使) 등의 지방관을 지냈으며, 질정관(質正官), 성절사(聖節使) 겸 사은사(謝恩使), 문안사(問安使) 등의 자격으로 세 차례 중국에 사신을 다녀오기도 했다. 그는 31세에 과거에 급제하여 관직생활을 시작한 이래로 30, 40대를 대부분 외직 생활로 보내면서 백성의 현실을 깊이 있게 살필 수 있었다. 이렇게 백성의 현실 속에서 체화된 어우의 현실인식은 그의 문학 속에서 형형하게 드러나고 있다.

본 연구는 집권세력들의 정치적 평가와 우계 성혼에게 파문당한 사승 관계 속에서 유몽인은 그의 문학적 위상에 걸맞는 조명을 제대로 받지 못했다는 의구심에서 출발한다. 그는 자기의 정치적 딜레마, 문재에 대한 자신감, 소활하고 자유분방한 기질, 현실 사회의 문제의식 등을 최초의 야담집인 『어우야담』과 한문문집인 『어우집』을 통해 쏟아내고 있다. 소활한

노여워하였고 허균은 스스로 자기를 지칭해서 老奸이라 한 것을 알았다(『어우집』 전집 권5, 「與楡岾寺僧靈運書」)”고 하였다. 결국 유몽인은 이 시로 인해 파직되고 죽을 때까지 은거하게 된다.

기질의 딜레마적 삶 속에서 배태된 어우의 당대 정치·사회에 대한 시각은 어우의 문학론과 긴밀하게 연관된다. 그리고 그런 문학론은 실제 작품 창작에 중요한 배경과 근거로 작용한다.

이때 유몽인은 이전 시기 사람들이 문학을 말할 때 주로 시 중심이거나 또는 시와 문을 포괄했던 것과는 달리 산문(散文)을 분별적으로 인식하였다. 그는 한 걸음 더 나아가 문의 가치를 적극적으로 인식하여 자기만의 문학적 지향과 견해로 독창적인 문학세계를 구축한 인물이다. 이 점에 착안하여 본 연구는 어우의 산문론을 탐구해보고 그의 산문론이 실제 작품 속에서 어떻게 드러나는지 살펴보려 한다. 특히 그의 실제 글쓰기를 분석하여 그의 산문이 지니는 미학적 특징을 밝히는 것이 이 글의 가장 주요한 목적이다. 이 과정에서 그가 살았던 시대와 사회에 대한 인식과 사유 방식은 자연스럽게 밝혀지리라고 본다.

글쓰기는 문학론에 근거하고 있다는 점에서 먼저 유몽인 산문론의 특징을 살피는 것이 당면 과제다. 산문론의 특징이 밝혀져야 유몽인을 의고주의자라고 뭉뚱그려 말할 수 있는지,[20] 반의고적 특성은 없는지, '의고주의자'라고 지칭한다면 다른 의고적 문인들과는 무엇이 다른지 밝혀질 것이다. 그리하여 유몽인만의 의고적 혹은 상고적 특성을 파악하여 '의고주의자'라는 명명을 정립할 수 있겠다. 또한 유몽인 산문론을 새롭게 자리매

---

20) 유몽인을 진한고문파로 규정하는 것에 대해 반대하며, 진한고문파라는 용어 자체도 재검토해야 한다는 입장이 있다.(금동현, 「유몽인 산문이론의 구조와 의미」, 『한국한문학연구』 34집, 2004) 필자도 역시 유몽인이 전후칠자들을 비판적으로 바라보며 일정한 거리를 두었다는 점에 동의한다. 그러나 한편 유몽인이 진한고문을 적극 추숭한 것은 의심할 여지가 없으며 상당 부분 중국의 전후칠자의 문학론 논의에 동조하고 있음을 확인할 수 있다. 따라서 '유몽인은 진한고문파가 아니다'는 단정을 유보하며, 앞으로 많은 부분을 유몽인의 이러한 모순적 문학론의 의미를 밝히는 데 할애할 것이다.

김하고 그의 산문의 미학적 특질을 밝힘으로써 16, 17세기 문학현상을 거시적 안목에서 짚어볼 수 있을 것이다.

한 시기의 문학 현상을 종합적으로 고찰하기 위해서는 개별 문인에 대한 정치한 연구가 선행되어야 한다. 유몽인은 국가적·정치적·사회적 전환기를 살다간 16, 17세기를 대표하는 문인으로 일찍이 주목받아 왔다. 게다가 한국한문학사에서 조선후기 성행할 야담의 전조를 마련한 작가로 평가받는 어우의 산문론과 산문의 서술방식을 연구하는 일은 충분히 의미 있는 작업이다.

2. 연구사 개관

유몽인 문학에 대한 연구는 『어우야담』 연구와 『어우집』 연구 두 갈래로 나누어진다. 『어우집』이 동시대 혹은 후대 문인들에게 별다른 조명을 받지 못했던 것에 비해 『어우야담』은 상당히 관심 있게 읽혀졌다.[21] 이러한 『어우야담』에 대한 관심은 현대 연구자들에게 이어져 선행연구 역시 『어우야담』에 집중되었다. 그것은 『어우야담』이 한국 최초의 야담집이라는 문학사적 의의를 지니고 있는 것도 한 원인이지만, 『어우야담』 자체가 유몽인의 작가적 개성과 이야기의 재미를 지니고 있기 때문이다.

---

21) 유몽인보다 약간 뒤 세대인 계곡 장유의 『溪谷漫筆』이나 실학자 이덕무(1741-1793)의 『청장관서』 등에서 『어우야담』에 대한 언급을 볼 수 있다. 이들은 『어우야담』이 '기록한 바가 사실과 어긋난' 점을 병통으로 지적하고 있지만, 어찌되었건 『어우야담』에 대한 이들의 독서와 관심을 엿볼 수 있는 부분이다. 한편 『성호사설』로 익히 알려진 이익(李瀷, 1681-1763)은 『어우야담』 및 『어우집』을 상당히 밀도 있게 읽었고 특히 어우의 책문(策文) 내용에 경도되었다.

『어우야담』에 대한 주목할 만한 연구는 이경우[22]에 의해 이루어졌다. 야담의 발달과정을 체계화하면서 설화·소화·시화가 야담에 어떻게 수용되었는지를 고찰하였다. 또한 『어우야담』이 지니는 서사 구조적 특성을 인물담·사건담·잡화로 나누어 삽화의 연결방법을 검토하면서 작가 유몽인의 역할과 흥미유발 방식 등을 조명하였다. 『어우야담』에 대한 기존의 논의가 야담을 통한 소설의 근원성이나 사회적 의미 등을 탐색하려 했던 경향에 비추어 본다면, 이경우는 『어우야담』이 지니는 문학성을 도출하려 했다는 것에서 의미를 찾을 수 있다.

최근의 연구로는 노영미[23]의 연구가 있다. 『어우야담』의 여러 이본들을 고찰하고, 『어우야담』의 서사방식의 특징으로 '전래 서사의 수용과 변이, 속담과 격언의 차용' 등을 설명하고 있다. 또한 웃음을 유발시키는 담화 방식을 '오류적·모방적·이중적' 3가지 차원에서 살피고 있다. 그런데 마지막 장에서 『어우야담』의 주제를 유가적 이데올로기인 충·효·열(烈)의 실현으로 보고 있는데, 이에 대해서는 재고가 요청된다.

유몽인은 유교적 이데올로기인 충·효·열에 대해 상당히 비판적 시각을 가지고 있다. 『어우야담』 곳곳에는 충신이나 열녀·효자의 모습들에서 명분에만 사로잡혀 있는 허구적 실상을 낱낱이 끄집어내는 것을 목도할 수 있다.[24] 유몽인은 유가적 이데올로기의 실현을 추구했다기보다 오히려 '반유가'적 성향을 보인 인물이었다. 한편 『어우야담』과 유몽인의 반이데올로기적인 상대적 사유방식을 보다 적극적으로 드러내는 데 초점을

---

22) 이경우, 「초기 야담의 문학성에 관한 연구」, 서울대학교 박사논문, 1991; 이경우, 「어우야담연구」, 서울대학교 석사논문, 1976.

23) 노영미, 「『어우야담』 연구」, 서울여자대학교 박사논문, 2002.

24) 『어우야담』(1996) 소재 「삼년상의 불상사」, 「충신의 명성과 실상」, 「정려문의 허실」 등 참고.

맞춘 논문도 있다.[25]

　『어우집』에 대해서도 그동안 적지 않은 연구 성과를 축적했지만,『어우야담』에 비해서는 상대적으로 소략하다. 그것은 일차적으로 완역되지 않은『어우집』의 난해함에서 기인한 것으로 보인다. 먼저,『어우집』의 시를 대상으로 다룬 논문들은 어우의 생애와 가족, 교우관계, 정치생활, 문학론적 배경[26] 등 주로 유몽인의 전기적 연구가 많은 부분을 차지한다. 그 외에 어우 시의 조선풍의 가능성,[27] 시체의 다양성[28] 등을 보여 주기도 했다.

　산문 연구에는 어우 문학의 한 특징이라고 할 수 있는 신선 취향,[29] 전래 시론의 수용과 변화의 측면[30]에 관심을 보였고, 중국 전후칠자의 영향 관계 속에서 유몽인의 문학을 파악[31]하기도 했다. 또한 최근 들어 산문론에 대한 다양한 논의들이 있었고 나아가 산문론과 실제 산문 작품을 연계[32]시키려는 시도가 있었다.

　이들 논문들은 나름대로 유몽인 문학의 면모를 살필 수 있게 해 준다.

---

25) 이월영, 「유몽인의 명실론과 그 문학적 수용」,『한국한문학연구』29, 한국한문학회, 2002.

26) 강영순, 「유몽인 문학 연구」, 단국대학교 석사논문, 1985.

27) 변종현, 「어우 유몽인의 한시연구」, 연세대학교 석사논문, 1988.

28) 조석래, 「유몽인 시 연구」, 한양대학교 박사논문, 1989; 조석래,『유몽인 시문 연구』, 예지각, 1989.

29) 조석래, 「어우 유몽인의 문학에 나타난 신선사상」,『도교와 한국사상』, 범양사, 1988; 윤미길, 「유몽인의 꿈과 현실」,『국어교육』85, 한국국어교육연구회, 1994.

30) 김영운, 「유몽인의 문학관 연구」, 고려대학교 석사논문, 1987.

31) 강명관, 「16세기 말 17세기 초 의고문파의 수용과 진한고문파의 성립」,『한국고문의 이론과 전개』, 태학사, 1998; 강명관, 「16세기 17세기 초 진한고문파의 산문비평론」,『대동문화연구』41, 성균관대 대동문화연구소, 2002.

32) 금동현, 앞의 논문, 2004; 신승훈, 「어우 유몽인 산문론 연구」,『동양한문학연구』18, 부산한문학회, 2003; 송지영, 「어우 유몽인 산문 연구」, 고려대학교 석사논문, 2004.

특히 본격적인 유몽인의 산문론 논의의 초석을 마련해 주었다고 할 수 있다. 그러나 전반적으로 다양한 산문 작품에 대한 정치한 분석이 부족하여 유몽인 산문의 구체적인 특성이 명확하게 제시되지 않고 일반적·보편적 설명에 그친 경향이 있다. 반대로 한 두 편의 개별적 산문 분석에 치중한 경우에는 유몽인 산문의 전모를 살필 수 없었다. 또한 시·산문·야담 등 다양한 문학세계가 입체적으로 종합되지 않았다는 한계를 지닌다.

시·산문·야담 등 종합적인 연구로 주목할 만한 것이 신익철의 연구[33] 다. 신익철은 『어우집』과 『어우야담』, 그 외에 『묵호고』까지 아우르면서 유몽인 문학을 총체적으로 바라보고 있다. 유몽인의 상고적 문학관을 총체적으로 살피고 있으며, 특히 구체적인 작품분석에서 주제를 구현해 내는 표현 수법에 주의를 기울인 점에 많은 시사점을 얻을 수 있었다.

그러나 어우 유몽인이 상고적(尙古的) 문학관을 지닌 작가라는 거의 일치된 기왕의 연구 성과에도 불구하고 여전히 유몽인의 상고적 문학관의 변별적 실체에 대해서는 궁금증을 갖게 한다. 예컨대 유몽인을 '의고주의 폐단을 지적하고, 자득을 주장하는 상고적 문학관'을 지닌 작가라고 규정한다면, 이는 당송고문가를 규정하는 것과 별반 다르지 않을 뿐더러, 사실 조선조 거의 모든 유자들이 당위적으로 고(古)를 지향하고 자득을 주장했다. 상고적 지향의 원인과 구체적인 내용, 상고적 지향이 지닌 성격과 의미 등에 대한 좀 더 세밀하고 체계적인 정리가 이루어져야 상고(尙古)라는 넓은 외연 속에서 유몽인만의 변별적 특징이 드러나리라고 본다.

유몽인은 진한고문을 전범으로 설정하고 동시에 중국의 진한고문파를

---

33) 신익철, 「『묵호고』를 통해서 본 『어우집』 편찬 태도」, 『서지학보』 10, 한국서지학회, 1993; 「유몽인의 문학관과 표현수법의 특징」, 성균관대학교 박사논문, 1995; 「『어우야담』의 창작 정신과 서사방식」, 『고전문학연구』 12, 한국고전문학회, 1997; 『유몽인 문학 연구』, 보고사, 1998.

강력하게 비판한 작가다. 철저히 전범의 설정을 주장하면서 한편으로 자득을 주장하는, 일면 모순적인 상고적 문학관을 지니고 있는데, 이에 대한 해명이 우선적으로 뒤따라야 할 것이다. 즉 유몽인이 집요하게 주장하는 상고와 전범들, 그리고 자득의 상관관계를 정리해 줄 필요가 있다. 그리고 어우의 상고적 의식은 비평·창작상의 지향을 배태하게 되는데, 그가 비평·창작상에서 가장 중점적으로 추구했던 문학 풍격[34] 역시 아울러 살펴보아야 한다.

본 논문은 기왕의 연구 성과를 바탕으로 먼저 유몽인의 상고적 문학관의 변별적 특징을 찾는 데 집중한다. 그리고 유몽인이 작문상에 추구했던 문학 풍격을 찾고, 그 의미를 살펴볼 것이다. 다음으로 구체적인 작품분석을 통해 유몽인이 실제 글쓰기에서 보이는 서술방식을 살펴본다. 이때 앞서 살펴보았던 산문론이 실제 글쓰기와 어떻게 연관되는지 구체적인 작품 분석을 통해 확인할 것이다.

3. 연구방향

대상 텍스트는 『어우집』과 『어우야담』인데, 『어우집』의 경우는 한국문집 총간 63집을 주요 텍스트로 삼았고 『어우집』에 누락되어 있는 몇 편의 글은 『묵호선생문집』[35]을 참고하였다. 『어우야담』[36]은 이미 완역되어 있

---

34) '풍격'이라는 말은 원래 한 인간이 비평자나 관찰자에게 인상적으로 풍기는 어떤 분위기를 말하는 것이었는데, 이것이 문학·예술의 비평·창작 용어로 사용되면서 풍격이란 비평가나 독자에게 인상적으로 다가오는 문학작품 혹은 예술 작품의 그 무엇을 나타내게 되었다.(팽철호, 『중국 고전문학 풍격론』, 사람과책, 2001, pp.31-47) 따라서 이것은 결국 대상의 미적 특성을 표현해 내고, 창작상에서 추구하는 미적 특성을 드러내는 용어로 사용될 수 있겠다.

어서 번역문과 원문을 함께 참조하였다. 『어우집』은 유몽인이 1623년 역모죄로 처형당하고 1794년(정조 18년)에 신원된 뒤 210년이 지나서 1832년(순조 11)에 후손 유금(柳琹)과 유영무(柳榮茂) 등에 의해 간행되었다. 전집 6권과 후집 6권, 모두 12권의 목판본이다. 전집 6권 중에 1, 2권은 시이고 3, 4, 5, 6권은 문이며 후집도 역시 1, 2권은 시를, 3, 4, 5, 6권은 문을 배치하고 있다.

전집·후집 각각의 문은 동일한 문체의 글을 시대 순으로 수록하고 있다. 그리고 후집 말미에 유몽인의 조카 유활(柳活)이 지은 「제문」과 영조 때 신원 문제에 관한 실록의 기사를 발췌한 「헌의(獻議)」, 영조의 명에 의해 서유방(徐有防, 1741-1798)이 찬한 「시장(諡狀)」 등이 붙어 있다. 『어우집』 전집 끝에 붙은 유몽인의 7대손 유금의 발문에 의거해 보면, 유몽인의 유집이 80여 책에 이르렀는데 후사가 끊어진 지 오래되어 『어우집』을 발간할 당시에는 십의 일도 남아있지 않았다[37]고 하니 어우의 시문이 얼마나 방대했는지 짐작할 수 있다.

『어우집』 편차나 여러 정황들을 통해 보면 유몽인의 저술은 시·문 어느 한쪽에 치우치지 않고 고루 겸하고 있음을 알 수 있다. 유몽인은 예전

---

35) 유몽인, 『默好先生文集』, 경인문화사, 1997.

36) 본 논문에서는 장서각본을 번역한 이월영·시귀선 역주의 『어우야담』(한국문화사, 1996)과 장서각본에서 누락되어 있는 만종재본 이야기를 보충한 이월영 역주의 『어우야담』 보유편(한국문화사, 2001), 만종재본을 번역한 박명희·현혜경·김충실·신선희 역주의 『어우야담』 1~3(전통문화연구회, 2001, 2003), 새롭게 발굴·소개된 『어우야담』 40화(신익철, 『민족문학사연구』 28호, 민족문학사학회, 2005, pp.426-485)를 참고하였다. 최근에는 300여 종의 이본을 대조하고 정본을 확정하여 완역한 신익철·이형대·조융희·노영미 역주의 『어우야담』(돌베개, 2006)이 출간되었다.

37) 『어우집』 전집 말미, 「新刊於于堂遺集跋」: 嗚呼 嗣已絶 歲又久 遺集八十餘冊 散逸殆盡 余以旁裔 尤庸感慨 積歲年蒐錄於斷爛 玆成若干編 蓋存者不能十之一.

의 고인들이 시나 문 어느 한쪽으로 치우쳐 두루 겸하지 못했음을 병통으로 여기고 일생 동안 시와 문 두 가지를 겸하여 둘 다 그 곤오한 경지를 이루겠다는 포부를 가졌던 인물이었다.[38] 그 포부를 이루기 위해서 그는 비록 한 글자라도 소홀히 하지 않았고, 한 구절이라도 구차하게 하지 않았으며,[39] 한가로울 겨를 없이 『좌전』과 두보 시를 읽고 병환 중에도 집착적으로 저술에 몰두하였다.[40] 그리고 덕이나 총명은 남들에게 뒤지지만 문장에서만은 고인에게 뒤지지 않는다고 문장가로 자처하면서 자신의 문장이 경지에 이르렀다는 남다른 자부심을 가졌다.[41] 평생의 저술로 김시습의 『매월당집』을 잇겠다는 자언(自言)[42]을 보아도 얼마나 어우가 자신의 시문에 자부했는지 알 수 있다.

그런데 일반 사람들이 문을 소홀히 하고 주로 시를 짓는 것을 보고 자신은 임인년(壬寅年; 1602년, 43세) 이후로는 사람들과 이별할 때 읊은 글

---

38) 『어우집』 전집 권4, 「贈表訓寺僧慧黙序」: 且也余嘗病古人爲文章 皆偏一而不周 太史公楊雄能文而不能詩 太白子美能詩而不能文 故一生勤悴 思欲左右兼而兩臻其閫 所著積五十餘卷 而文半焉詩半焉.

39) 『어우집』 후집 권3, 「題金得之令公詩卷後詩序」: 用是此心耿耿 雖一字不忽 雖一句不苟 雖大醉亦不忘也.

40) 『어우집』 전집 권4, 「題天杜山人鍾英詩軸序」: 余之擯於朝適四載 初年讀左氏 次年讀杜詩著杜評 次年誦杜詩 抵今年不替 其隙則閱諸子氏 又述醻應自遣長篇短韻幷三百數十篇 序記辭說碑碣文長言大策四十餘篇 小說百許編 未遑盤桓臨眺歌酒於暇日 誠以此身已; 『어우집』 전집 권4, 「贈表訓寺僧慧黙序」: 垂死而蘇 氣力有幾 復何勤勤於書籍札翰 以浪耗魂精乎(이 부분은 시승 혜묵의 물음인데, 시승 혜묵의 물음을 통해 어우가 당시에 집착으로 저술에 몰두하였음을 알 수 있다).

41) 『어우집』 전집 권4, 「贈金剛山僧宗遠序」: 若我者 德不若人 智不若人 聰明不若人 獨於文章 不下於古人 … 仍念文章 擧天下所難 昔賢罕窺其域 而我獨薄有所造 曾不難焉.

42) 『어우집』 전집 권4, 「留別天德菴法師法堅序」: 且欲以我平生所著述 續梅月堂集何如.

이나 사람들과 주고받는 글, 다른 사람들이 부탁하는 글들을 모두 문으로 응대하여 수십 권을 이루었다고 밝히고 있다.[43] 이런 점으로 보아 유몽인이 만년까지 특히 주력했던 것은 문이었던 것으로 보인다. 실제로 유몽인은 산문(散文)을 시와 다른 독자적 장르로 인식하고 산문의 가치를 적극 옹호했으며 산문 전문작가로 자처하기를 꺼려하지 않았다.

본고는 이러한 유몽인의 산문의식에 관심을 집중하겠다. 『어우집』의 산문을 통해 유몽인의 산문론을 도출하고 그의 산문론의 실천이라고 할 수 있는 글쓰기의 실제를 살펴보려 한다. 구체적으로는 다음과 같은 방향으로 논문이 진행될 것이다.

2장에서는 『어우집』 전집·후집에 산포되어 있는 서(序)·서(書)·기(記)·문(文)·제발(題跋)·애사(哀辭)·열전(列傳)·잡저(雜著)·묘도문(墓道文)·상량문(上樑文)·어제문(御製文)·응제문(應製文) 등 각종 양식의 글을 통해 유몽인의 산문 비평과 창작, 독서와 관련된 산문론을 살펴본다.

산문론은 전체적으로 세 범주로 나누어 살펴볼 수 있다. 첫째, 유몽인의 전범 논의를 살펴본다. 16, 17세기 진한고문의 유행과 수용이라는 문단적 배경 속에서 유몽인은 무엇을 전범으로 설정하고 무엇을 배격했는지, 전범 설정과 송문 배격의 함의는 무엇인지 알아본다. 전범 논의를 알아봄으로써 어우의 상고의식의 실체, 혹은 고(古)의 의미에 접근해 보려는 것이다.

둘째, 상고의 의식과 전범의 학습에서 배태된 풍격으로서 이른바 '기간(奇簡)'의 의미를 찾아보고, 기간이 실제 작품에 형상화된 양상을 살펴본

---

43) 『어우집』 전집 권5, 「報滄洲道士車萬里雲輅書」: 今之人作詩常多 作文甚罕 東方之文 到今尤生疏 生十五學古文 而述作無多 不能成編帙 自壬寅以後 凡友人別章 及與人往復 及人有求之者 皆以文應之 自此已成數十卷.

다. 극단적으로 송문을 배격했던 배면 논리가 기간 풍격을 추구하는 데에
있었다는 것을 해명할 것이다. 아울러 기간의 추구가 결과적으로 의미 해
독이 어려운 '난해성'을 초래하는데, '난해성'이 긍정적인 측면에서는 '심층
적·다층적 의미 해석'을 유도한다는 점을 조명해 볼 것이다.

셋째, 앞서 언급한 '전범'과 '기간'의 상관관계 속에서 유몽인의 자득 논
의를 살펴볼 텐데, 특히 그의 자득이 전범과 충돌하지 않으면서 단계적으
로 발전하는 논리를 짚어볼 것이다. 아울러 유몽인의 언어관을 살펴서 자
득 논의를 보충할 것이다.

몇 가지로 나눈 유몽인 산문론의 특징은 개별적 의미와 가치를 지니지
만 어느 하나만 떼어놓을 수 없는 유기성을 보인다. 이런 특징이 전체적
으로 조망되어야 유몽인 산문론이 일맥으로 연결될 것이다.

독자이면서 작가이고 비평가인 조선조 유자들에게 산문론은 실제 창작
과 연계된다. 3장과 4장에서는 앞서 확인한 산문론을 바탕으로 글쓰기의
실제를 알아본다. 기간 추구의 바탕 위에서 쓰여진 어우의 글은 다양한
수사적·형식적 서사기법들의 실험장이다. 그 대표적인 것이 역설적 어
법, 우의적 기법, 나열의 방식이다. 이 각각의 서술 방식들이 어떻게 실현
되고, 그 방식들을 통해 드러내는 의미는 무엇인지 살펴보게 될 것이다.

구체적으로 3장에서는 『어우집』의 산문 서술방식을 살펴볼 것이고, 4장
에서는 『어우야담』의 서술방식, 특히 일화의 운용 방식과 의미의 변주를
중심으로 살펴볼 것이다. 『어우집』이나 『어우야담』은 모두 유몽인의 산문
론이 바탕이 되고 있고, 많은 글들이 기존관념을 비틀거나 풍자하고 있다
는 점에서 비슷하다. 다만 풍자나 비틀기 방식이 『어우야담』이 주로 일화
의 나열, 일화의 특정한 배치, 일화의 병렬 방식 등을 차용하는 데 반해,
『어우집』은 역설적 어법이나 우의적 방식을 차용한다. 물론 한 편의 글에
서 전적으로 어느 한 가지의 서술 방식만을 동원하는 것이 아님은 말할

것이 없다.

그런데 『어우야담』을 산문 작품으로 보는 견해에 이견이 있을 수 있다. 관습적으로 '산문'이라는 용어는 보통 정통 한문 양식의 글을 지칭할 때 주로 사용해 왔으며, 야담의 경우는 제외되었다. 사실 정통 한문 양식의 글쓰기와 야담의 글쓰기 방식은 상당한 차이를 보인다. 특히 야담은 창작되었다기보다는 기술된 것이라는 의식이 더욱 한문 정통 양식의 글쓰기와 확연한 차이를 느끼게 한다. 실제로 조선 후기의 삼대 야담집을 보면, 당시 항간에 유포된 이야기를 수집·채록하거나 기존의 야담을 전제·윤색한 기술적인 측면이 강하다.

그러나 『어우야담』은 후기 야담집의 단순 기술적인 성격과는 상당한 차이를 보인다. 『어우야담』은 인간세계에서 벌어지는 다양한 양태의 실제적 사건들이 유몽인의 주관적이고 개인적인 관점에 의거해서 기술되고 있다. 즉 유몽인은 사회적·역사적 현실을 다양한 인물들과 그들의 행적을 담은 이야기 속에 반영하고 있는데, 이때 그는 사실의 정확성보다는 그 사실이 담고 있는 의미를 중요시하였고[44] 나아가 야담을 통해 세상에 대한 자신의 인식세계를 적극적으로 드러낸다. 유몽인은 기존의 익히 알려진 이야기들조차 자신의 사유방식에 의거하여 재배치하고 자신이 의도하는 주제를 도출해 내고 있다. 바로 이런 점 때문에 『어우야담』을 유몽인의 작가적 개성과 세계관이 짙게 배여 있는 제 2의 창작물로 바라보는 것이다.[45]

---

44) 한문사대가인 장유(張維)는 『溪谷漫筆』에서 『어우야담』이 "기록한 바가 사실과 어긋남이 많다(所記亦多失實)"는 이유로 폄하하기도 했다. 유몽인과 비교해 보면 장유는 『어우야담』에 대한 비평 준거를 '사실성'에 두고 있음을 알 수 있다.(신익철, 앞의 책, 1998, p.234)

45) 『어우야담』의 창작성에 대한 논의는 이미 여러 논문들(이월영, 앞의 논문, pp.322-323; 이경우, 앞의 논문, p.36; 신익철, 앞의 책, pp.236-257)에서 언급

더구나 정통 한문 양식에서 보이는 유몽인의 산문론과 세계관은 『어우야담』에서 보이는 인식론과 상호 호환적이다. 『어우집』이나 『어우야담』의 이야기들이 모두 단도직입적인 논의를 꺼리면서 우의적 방식들을 즐겨 쓰고, 실제로 『어우집』에서 도출한 산문론은 오히려 형식적 제약이 없는 『어우야담』에서 더 적극적으로 발현되는 경향을 종종 볼 수 있다. 게다가 정통 산문인 기(記)·서(序)·제발(題跋)·서(書), 문(文), 전(傳) 등에 보이는 에둘러 쓰는 방식들은 역으로 『어우야담』의 글쓰기 방식을 차용하고 있다고 말할 정도로 흡사한 측면이 있다.[46]

그 밖에 『어우야담』 소재 속담·격언·일화·풍속 관련 이야기들은 『어우집』의 문 속에 녹아 있기도 하고, 『어우집』의 글은 때로 『어우야담』에서 해석의 근거를 제시받기도 한다. 심지어 『어우집』과 『어우야담』에는 비슷하거나 같은 이야기가 상당수 실려 있다. 예컨대 『어우집』 전집 권1, 「견학귀(譴瘧鬼)」는 『어우야담』에서 「266화 학질을 치료한 유몽인의 시」로, 중국 조정에 사신으로 가서 올린 「면연예부초도정문(免宴禮部初度呈文)」, 중국 만류장(萬柳庄)에 제액한 시와 우리말 인식을 살펴볼 수 있는 「방언탄(方言歎)」 같은 시는 『어우야담』과 『어우집』에 모두 실려 있다. 연구자들이 『어우야담』과 『어우집』에서 「홍도(紅桃)」·「진이(眞伊)」·「야서혼천(野鼠婚天)」·「김인복」·「호정문(虎穽文)」·「풍악기우기(楓嶽奇遇記)」[47] 등을 뽑아서 유몽인의 소설 작품으로 함께 다루기도 하는데[48] 이

되었다. 나아가 필자는 작가적 개성이 강하게 반영된, 즉 창작성이 반영되었다는 측면에서 『어우야담』이 후대의 야담과는 일정한 차별성을 지니며, 오히려 소품문(小品文)에 더 가까운 것은 아닌가 생각하고 있다.

46) 예컨대 『어우집』 후집 권6의 「工拙辨」은 변체의 정통 한문 양식의 글이지만 야담식 글쓰기 방식을 차용하였다. 그래서 유몽인은 변체의 딱딱한 문체 양식을 탈피하여 일화 두 편을 병렬, 배치하여 공(工)과 졸(拙)의 의미를 독자 스스로 찾아가도록 하고 있다. 구체적인 작품분석은 제3장 참조.

는 『어우야담』과 『어우집』이 서로 넘나들고 있음을 보여주는 예다. 따라서 『어우야담』은 유몽인의 산문 문학으로 손색이 없다고 여겨진다.

5장에서는 2, 3, 4장의 논의를 바탕으로 유몽인 문학의 위상과 의의를 종합적으로 정리한다. 전체적으로 유몽인 산문의 문학사적 위치를 점검하면서 진한고문가로서 우리 문학사에 끼친 영향, 산문의 독립적 가치를 적극 인식했던 면모, 철저히 장자적이고 상대적 사유방식을 보이면서도 그 속에 내재된 주체적 자아인식의 면모 등을 살필 것이다. 유몽인 문학의 사적 의의를 찾는 작업은 유몽인의 정치적 입장과 그를 둘러싼 당대 지식인과의 상대적 관련성이 집중 조명되어야 통시적으로 파악할 수 있다. 때문에 당대 병칭되었던 최립이나 처음 의고문을 조선 문단에 수입했다는 윤근수, 후대의 기문가(奇文家)로 알려진 박지원 등과의 관련 양상을 살펴서 유몽인 문학을 자리매김하는 계기로 삼고자 한다.

---

47) 「홍도」, 「진이」, 「야서혼천」, 「김인복」 등은 『어우야담』 소재, 「호정문」, 「풍악기우기」는 『어우집』 소재.

48) 이가원, 『한국한문학사』, 보성문화사, 1991, pp.269-278.

제2장 유몽인 산문론의 특질

    유몽인은 여러 글에서 끊임없이 자신은 어려서부터 고문(古文)을 좋아했다고 밝히고 있으며 그가 인정하는 작품이나 문장에 대해서는 '고고(高古)'하다는 평가를 내린다. 작품을 바라보는 수용적 차원에서나 창작상의 차원에서 그가 지향하는 바는 고(古)다. 유몽인의 고 지향적 문학관을 개괄적으로 말하자면 상고적 문학관이라고 할 수 있다.

    그러나 상고의 문제는 그리 간단하지 않다. 상고는 당시의 모든 유자들에게 기본 이념 같은 것이었지만, '고'에 대한 내면적 해석은 각자 달랐기 때문이다. 예컨대 육경과 『논어』·『맹자』 같은 경전, 그리고 『사기』와 같은 역사서, 한유와 구양수 중심의 당송고문을 지향하는 것을 모두 상고적이라고 말할 수 있지만, 지향점에 따라 고의 의미와 고문의 미학은 달라진다. 고의 의미가 금(今)과 대치되기도 하지만, 때로는 '시의성'을 중시하는 '금문'의 개념으로까지 발전하기도 한다. 고문의 미학을 간엄(簡嚴)에서 찾는가 하면, 당송고문, 특히 송문을 중시여기는 이들은 평이·자연을 꼽기도 한다. 따라서 유몽인이 지향했던 고문, 즉 전범은 무엇이며, 그가 지향했던 고문을 통해 추출해 낼 수 있는 고문의 미의식이 무엇인지를 밝히는 것이 중요하겠다.

    이 장에서는 전반적으로 산문비평과 창작에 관련된 유몽인의 생각을 알아보려 한다. 그의 고문에 대한 의식은 무엇이며, 실제로 그가 어떤 문장을 산문의 모범문으로 보고 있는지, 어떤 문장을 왜 배격했는지, 전범 설정의 논리가 무엇인지, 그리고 전범으로 설정한 텍스트들 간에는 어떤 위계가 설정되었는지, 전범 텍스트들 간의 위계는 어떤 의미가 있는지, 전범 설정을 통해 궁극적으로 추구했던 문학적 지향점은 무엇인지, 그 문학적 지향에 따라 자득의 의미는 어떻게 달라지는지 살펴볼 것이다. 그의 전범에 대한 인식을 알아보는 일은 그의 전반적인 산문론의 특징을 살펴보는 가장 기초적 작업으로, 유몽인 산문의 미학적 특질을 밝히는 발판이 될 것이다. 그의 상고적 문학관의 특징이 밝혀져야 그가 어떤 노선을 걸었고, 어떤 작품을 창작해냈는지 이해할 수 있기 때문이다.

유몽인의 산문론은 언뜻 보면 모순적이다. 그는 진한고문을 문장의 모범으로 인식했다. 사실 인식한 정도가 아니라 고고(高古)한 진한고문을 본받을 것을 역설했지만, 동시에 진한고문파의 폐단에 누구보다도 강력하게 반발했다. 중국의 진한고문파들이 실제 창작상에서 보인 모방과 답습의 폐단을 지적하면서 자득을 강조하고, 독창과 개성을 중시하는 방향으로 문론을 개진한다.

전범과 자득, 그 중간에는 학고(學古)를 통해 터득한 예술 풍격인 기(奇)와 간(簡)이 자리한다. 그런데 고의 학습을 통해 접근하게 된 '기간'의 추구가 역설적이게도 법(法)이나 고에서 벗어난 창신, 자득 쪽의 글쓰기를 주장하게 되는 것이다. 따라서 그의 산문론에서는 진한고문을 추종하는 문학관이 독창과 개성을 중시하는 자득으로 이어지는 연결 고리를 찾아내는 일이 가장 선행되어야 한다. 이 연결 고리가 바로 유몽인 산문론의 모순점을 해결해 줄 것이다.

1. 전범(典範) 설정의 배경

전범의 문제는 개인적·사회적·문화적 현상과 맞물려 이야기 될 수 있는 것이지만, 특히 문단적 상황과 관련이 깊다고 생각된다. 유몽인의 전범 의식을 알아보기 위해 먼저 16, 17세기 문풍적 배경을 알아보도록 하겠다. 16, 17세기 조선 문단은 중국 전후칠자(前後七子)[1]의 의고주의적 영향 아래 있었다. 16세기 중국 문단은 하경명(何景明, 1483-1521), 이몽양(李夢陽, 1475-1531)을 중심으로 한 전칠자(前七子), 이반룡(李攀龍, 1514-1570), 왕세정(王世禎, 1526-1590)을 중심으로 한 후칠자(後七子)들이 '문필진한(文必秦漢)', '시필성당(詩必盛唐)'의 구호를 앞세우고 선진 양한 산문의 탁월한 예술적 성취를 당대에 재현하고자 하였다.

당시 중국 문단을 지배하던 것은 대각체(大閣體)와 팔고문(八股文)이었다. 팔고문은 2구씩 한 짝이 세 개 모여 한 단락을 이루어 모두 18개의 짝, 6개의 단락으로 구성되는 구문이다. 고(股)는 '배우(排偶)'라는 뜻으로 중간에 8짝의 문자를 배열하여 대우하였으므로 '팔고문'이라 일컬어졌다.[2]

명대에는 바로 이런 팔고문을 사용하여 선비를 선발하였다. 당송 이래로 과거제도가 본격화되면서 유행 문체는 과거 문장과 밀접한 관련을 맺게 되는데, 명대에 팔고문으로 과거를 치르게 되면서 극도의 대구 형식을 추구하는 팔고체가 명 문인들 사이에서 유행하였고, 일반 문인들이 모두 문장을 뼈를 깎듯이 단련하게 되었다.

---

1) 명대 弘治·正德 연간(1488-1521)에 중국에서 활동한 이몽양(李夢陽)·하경명 (何景明)·서정경(徐禎卿)·변공(邊貢)·강해(康海)·왕구사(王九思)·왕정상 (王廷相) 등 전칠자(前七子)와 嘉靖·隆慶 연간(1522-1572)에 활동한 이반룡 (李攀龍)·왕세정(王世貞)·사진(謝榛)·서중행(徐中行)·양유예(梁有譽)·오 국륜(吳國倫)·종신(宗臣) 등 후칠자(後七子)를 함께 일컫는 말.

2) 임종욱, 『동양문학비평용어사전』, 범우사, 1997, pp.903-908.

그런데 과거성식(科擧成式)에서 『사서오경대전』을 사용하게 되면서 경문의 해석이 하나로 통일되게 된다. 반드시 주희(朱熹) 주(注)에 입각하여 논설해야 했기 때문에 수험생은 그 예문의 자구를 암기해서 문장을 팔고체의 형식으로 만들었다. 그러다가 보니 팔고문은 어조와 기교, 성조를 제외하면 내용이 별다른 것이 없어서 실용적 가치를 지니지 못했다. 팔고문의 유일한 용도는 과거에 응시하기 위한 데에 있었다.

또한 명대 초엽부터 중국 문단을 주도했던 시풍은 대각체[3]였다. 이 문풍은 지배층의 관심을 끌어 벼슬아치로 있던 문인들이 다투어 모방하였는데 대체로 대각 문인들의 시문은 태평성대의 구가나 공덕을 노래하고, 부귀하며 공교롭고 아름다운 형식미를 추구하였다. 그러나 이러한 대각체는 작가적 창의성이나 개성은 찾아볼 수 없었을 뿐더러 당시 환관들의 난정과 어지러운 중국의 여러 정치·사회상을 반영하지 못하는 모순을 보이면서 현실과 괴리되어 있었다. 즉 대각체는 현실을 직시하지 않는 지식인들의 응제(應製)·응수(應酬) 도구적 성격을 띠었던 것이다.

한문 문장을 단순하게 이분화하면 달의(達意) 중심의 문장과 수식성 강한 수사 중심의 문장으로 나눌 수 있는데, 이 둘 중에 어느 한쪽으로 치중하는 경향이 정점에 도달하면 틀 자체를 변용하자는 요구가 나타난다. 대각체와 팔고문이 극도의 대구와 아름다운 형식미만을 추구하는 성향으로 흐르자 그 반성적 성찰이 나타나게 되는데, 그것이 바로 진한 고문을 좇아 선진의 정신과 소박한 문장을 본받아야 한다는 '문필진한', '시필성당'의 복고적 주장이다. 이러한 중국 문단의 자성은 정치·사회적 자성[4]과

---

3) 명나라 영락(永樂, 1403-1424), 성화(成化, 1465-1487) 연간에 활동한 양사기(楊士奇, 1365-1444), 양영(楊榮, 1371-1440), 양보(楊溥, 1372-1446) 등이 형성한 문풍인데 이들이 모두 대각의 중신으로 재직했기 때문에 '대각체'라고 하였다.

맞물려 '진한고문파' 혹은 '의고문파'로 불리면서 중국 내에서 광범위한 반향을 일으켰고, 그 영향은 조선 문단에 적극적으로, 또는 비판적으로, 또는 절충적으로 수용된다.5)

당시 조선 문단에 의고주의의 영향은 지대했다. 의고주의에 침잠했던 윤근수(尹根壽, 1537-1616)나 최립(崔岦, 1539-1612), 신흠(申欽, 1566-1628), 허목(許穆, 1595-1628), 신유한(申維翰, 1681-?), 이 밖에 한문사대가 및 이수광, 허균 등이 중국 전후칠자에 경도되어 있었다. 또한 명 의고주의자들

---

4) 당시 중국의 정치 상황은 외족의 침입으로 어려웠으며 내부적으로는 환관들의 난정 및 과거제도의 문제점 등을 안고 있었다. 그런데 전후칠자 대부분이 宦官 유근(劉瑾), 權臣 엄숭(嚴嵩), 大學士 장거정(張居正)을 반대하면서 사회 정치와 관료질서 확립을 소망하였는데, 이들은 관료질서를 문풍의 혁신, 즉 漢魏의 문을 통해 도달하려고 하였다.(원종례, 「명대 전후칠자의 시론연구」, 서울대학교 박사논문, 1989, pp.7-14; 원종례, 「전후칠자의 시론에 나타난 법고와 창신의 문제」, 『중국학보』 31, 1991, p.159) 당시 조선에서 전후칠자의 논의를 수용한 것은 기존 문풍에 대한 대안모색, 중국의 문예사조에 대한 연동적(連動的) 변화 등이 이유로 작용하였다. 즉 조선 중기에 정치적 주도층으로 성장한 사림파는 그들의 문학론을 시대에 맞게 변화시켜야 할 필요성에 직면하였다. 또한 전란의 위기를 타개할 외교상의 필요에 의해 중국의 문장에 보조를 맞춘 문장상의 변모가 절박하였기 때문에 중국 전후칠자의 문학론을 수용한 측면이 강하다고 한다.(신승훈, 「전후칠자의 수용과 조선중기 문원의 반향」, 『동양한문학연구』 16집, 2002, pp.108-114)

5) 신승훈(앞의 논문, 2002)은 조선 문단에 수용된 전후칠자에 대한 반향을 대체로 네 가지로 요약하고 있다. 첫째 기존 문풍의 영향권에서 완전히 벗어나지는 않았지만 절충적으로 수용하여 대안을 모색하려 한 문인군, 둘째 전후칠자의 논의를 적극적으로 수용하여 발전시켰던 문인군, 셋째, 전후칠자의 문장에 대해 비판적으로 인식했던 문인들로, 당송고문가들이 이 세 번째에 해당된다. 넷째 전후칠자의 수용과 무관하게 근원적으로 상고적 지향을 보인 문인들이다. 여기에서 신승훈은 유몽인을 두 번째 부류로 범주화했다. 그러나 유몽인은 전후칠자의 전범 논의를 수용하면서 한편으로 전후칠자의 문장에 대해서 비판적으로 인식하고 있기 때문에 어느 한편으로 규정하기 애매한 측면이 있다.

을 날카롭게 비판했던 김창협의 제자 이의현(李宜顯, 1669-1745)도 의고주의에 대한 비판과 의고적 면모를 동시에 지니고 있었다고 평가된다.[6]

의고주의의 가장 큰 영향력은 '문필진한'이라는 구호에서 보여주듯 진한고문서들의 유행이었다. 당시 산문작가들 사이에『사기』·『좌구명』·『장자』, 유종원·한유의 글이 크게 유행했었고, 심지어는 임금도 진한고문을 추종하는 문풍 한가운데에 있었다. 선조는 살아생전에 손때가 끼도록 유종원·한유의 글과『좌구명』·『장자』등의 책을 거듭 읽었는데, 선조가 죽자 특명으로 이 책들을 함께 묻었다는 기록이 있을 정도다.[7]

그러나 의고주의는 김창협 계열의 당송고문가들에게 수용 당시부터 비판받기 시작한다. 전범 설정 자체를 문제 삼기도 하지만 대부분 비판의 잣대는 중국 의고주의자들이 실제 창작상에서 보인 '모방과 답습'에 집중되었다. 중국 의고파의 모방과 답습에 대한 비판은 곧 조선 문단에서 진한고문을 추종하는 이들에 대한 경계이며 비판이다. 이러한 의고주의에 대한 비판은 구한말까지도 이어져 의고주의의 수용 여부가 논란의 대상이 되었다.

'의고'에 대한 지속적인 비판과 논란은 역으로 생각해보면, 중국 전후칠자가 제출한 의고주의의 영향이 그만큼 조선 문인들에게 광범위하고 지대했었다는 반증이 될 수 있다. 또한 한편으로 학고(學古)를 대부분의 유자들이 당위적으로 받아들였던 상황에서 법고(法古)와 의고(擬古)의 개념이 때로 혼용되었기 때문이기도 하다.

학고의 의미가 옛 작법을 준수하는 것을 말한다면, 고에서 벗어난 지나

---

6) 이의현 뿐만 아니라 당시에 우리나라 문인들은 중국 명나라 전후칠자들에게 광범위한 영향을 받았고 그에 경도되어 있었다고 한다.(강명관, 앞의 논문, 1998 참조)

7)『어우야담』,「265화 지우와 은혜가 있었던 시문」, 1996, p.471.

친 기(奇)의 글쓰기는 경계의 대상이다. 한편 학고가 옛날 시문의 체를 본받는 것, 즉 시문 창작에서 고인의 풍격과 형식을 본받는 것을 의미할 때에는 두 갈래의 방향성을 띤다. 고인의 풍격을 본받아서 새로운 의경을 창출할 수도 있고, 반대로 형식적인 모방과 표절로 나아갈 수도 있다. 또한 학고의 의미를 '사기의(師其意), 불사기사(不師其辭)'처럼 뜻을 본받는 것으로 받아들일 때에는 옛 시문의 사회 가치적 성격을 이어받는 경향이 강하다.

학고의 입장에서 법고나 의고는 그 입각점이 같지만 구체적인 실천에서 차이가 난다. 법고는 '사기의, 불사기사'하기 때문에 형식적으로나 내용적으로 고(사서육경)에서 벗어나지 않으며, 고에서 벗어난 지나친 기를 비판하고, 옛 형식에 사로잡힌 표절을 비판한다. 한편 의고는 시문 창작에서 고인의 체를 본받을 것을 주장하기 때문에, 고인의 체를 잘 체득하면 고인의 풍격을 문학적으로 형상화하면서, 내용적으로는 새로운 의경을 창출하여 개성과 독창의 가능성을 보여줄 수 있다. 옛 작법을 준수하는 법고가 지나치게 전형화되고 평이할 수 있다면, 의고는 단순한 형식 차원의 모방과 표절의 가능성을 농후하게 지니고 있는 것이다.

후대의 박지원의 경우는 이 둘을 변증법적으로 통합했다는 평가를 받고 있다.[8] 당송고문가들의 지나친 법 추구에 의한 전형성, 재미없음과 진한고문 을 추종했던 이들의 지나친 기 추구에 의한 궤탄(詭誕)을 박지원은 '법고창신(法古創新)'을 내세워 '진(眞)'으로 대체한다. 어찌되었던, 전후칠자를 수용한 16, 17세기 조선 문단은 학고의 문제가 전면으로 등장하면서, 조선전기 송문 중심의 의리지학적인 일원론적 문학관에서 벗어나서 새로운 산문정신에 대한 논의의 장이 된다.

---

8) 심경호, 『한문산문의 미학』, 고려대학교 출판부, 1998, p.37.

유몽인도 16, 17세기 조선 문단을 휩쓸었던 전후칠자의 의고주의적 영향을 강하게 받았다. 특히 전범 설정에서 그는 '문필진한'을 적극적으로 수용하여 진한고문을 추종한다.

명유(明儒)들은 송나라 선비들이 한퇴지를 배워서 문기가 쇠약하여 떨치지 못함을 비루하게 여겼다. 그래서 마침내 삼대양한에서 분발하여 마음에 쌓아두고 입에서 내고 손에 댄 것이 모두 선진과 양웅(楊雄)·사마천(司馬遷) 사이에 있었고 글을 마무리하는 매듭[關鎖], 글을 이어나가는 실마리[紀緖], 단락 구분[節端] 등을 기존의 법례에 따르지 않고 자의대로 실마리를 고쳐서 대부분 문장의 상격(常格)을 뒤집었다. 훗날 정종(正宗)을 지키고 고록(古錄)을 따르는 자들이, 명유(明儒)가 숭상할 바도 알지 못했다고 의심했던 것도 당연하다. 그러나 문장은 한 가지 법칙만 있는 것이 아니다. 물에 비유해보면, 온갖 하천이 모두 바다로 흘러 들어가는 것과 마찬가지다. 예컨대 경수와 위수, 양자강과 황하가 만나면 물의 청탁(淸濁)과 활협(闊狹)이 비록 다르지만, 바다에 함께 흘러들어가는 것은 한가지다. 공동(空同) 이몽양과 엄주(弇州) 왕세정 등 걸출한 이들이 이런 도를 선창하여 기치를 세워 문단에 발호하니 천하의 선비가 휩쓸리듯 그 풍을 좇았다. (중략) 명유들이 세운 뜻은 고상하여 실로 본받을 만하다. (중략) 근래의 명조 대가들이 매우 굳건히 절개를 지키는 것을 보고 자못 나 스스로 모자란 듯이 여겨 젊은 시절에 한유와 유종원 책을 잘못 읽은 것에 대해 깊이 한탄하였다. 이어서 지금부터라도 후학들에게 선진으로부터 당우(唐虞)를 소급해 보고 한(漢)으로 내려오더라도 사마천과 사마상여에서 그쳐서 자기 문장의 성취가 어떤가를 시험해 보라고 권하고 싶다.[9]

이 글은 전후칠자는 아니었지만 왕세정의 문학 노선을 따랐던 후배로서 왕세정과 함께 문단에 이름이 높았던 왕도곤(汪道昆, 1525-1593)의 『부묵(副墨)』을 읽고 유몽인이 논평한 글이다. 여기서 명유들은 진한고문을 추종했던 전후칠자 혹은 의고문파를 가리킨다. 이들 명유들은 당시 문단의 문기가 쇠약한 것을 비루하게 여기고 삼대양한, 선진의 양웅, 사마천으로 전범을 옮겼다는 것이다.

특히 이들은 '글을 마무리하는 매듭[關鎖], 글을 이어나가는 실마리[紀緖], 단락 구분[節端] 등을 기존의 법례에 따르지 않고 자의대로 실마리를 고쳐서 대부분 문장의 상격(常格)을 뒤집었다'고 한다. 여기서 말하는 '관쇄(關鎖)·기서(紀緖)·절단(節端)'이란 개괄적으로 이야기하면 문장을 짓는 작문법이라고 할 수 있는데, 명유들이 작문법에서 기존의 작문 방식을 따르지 않고 있음을 보여준다.

유몽인은 문장의 법칙은 하나만 있는 것이 아니라는 말로 이들 명유들의 전범과 작문 논리를 인정한다. 그리고 명유들이 세운 뜻의 고상함은 실로 본받을 만하다고 하면서 중국의 명대 전후칠자들의 복고적 노선과 복고적 노선을 통해 문학적으로 이루려했던 목표와 의도에 공감을 표현하였다.

이어 유몽인은 명유들이 진한 고문을 굳건하게 전범으로 여기는 것을 보고 어린 시절 한유·유종원의 글을 잘못 읽은 것에 대하여 깊이 한탄하

---

9) 『어우집』 전집 권6, 「題汪道昆副墨」: 明儒卑宋儒學退之 文氣委靡不能振 遂奮發乎三代兩漢 其所貯於心出於口注於手 皆在先秦揚馬之間 不循關鎖紀緖節端之例 恣意更端 多反文章常格 後之守正宗遵古錄者 或疑其不識趨向 固也 然文章亦非一規 譬之水 萬川同流歸海 而會涇渭江河 淸濁闊狹雖殊 同歸於海則一也 空同弇州諸傑先倡此道立旗鼓 發號於文壇 天下之士靡然從風 … 明儒之立意高尙 實可法也 … 每見近世明朝大家守節甚抗 頗自視缺然 深恨少年時誤讀韓柳兩書也 繼自今欲勸後學兒曹先秦而溯唐虞 下漢而止於兩馬 以試其成就如何.

고, 지금부터라도 후학들에게 선진양한의 글을 읽을 것을 권하고 있다. 이
는 그 자신의 문학적 지향도 전후칠자들의 복고적 노선으로 방향이 바뀐
것을 의미한다. 즉 유몽인은 한유·유종원의 글에서 선진양한의 글로 문
학적 지향을 옮긴 것이다. 여기에서 명유들이 삼대양한으로 전범을 옮긴
이유가 당시 글들의 문기가 쇠약해졌기 때문이라는 점을 명기하면, 유몽
인이 삼대양한의 전범들에서 본받고자 하는 것 역시 삼대양한의 문기임을
암시받을 수 있다.

　다음은 고시(古詩)에 대한 상고적 견해를 밝힌 글인데, 산문론에 참고
해보자.

> 　문장은 기를 위주로 하니 모름지기 삼대양한(三代兩漢)의 문을 읽어
> 서 그 격조를 높인 후에야 고(古)를 바랄 수 있습니다. (중략) 원컨대 공
> 은 음조와 격률을 잘 살펴서 먼저 음향에 종사하고, 다음에 조어(措語)에
> 힘써서 천근(淺近)한 글자를 제거하고, 당 이하의 연어(軟語)를 쓰지 마
> 십시오.10)

　'삼대양한의 문을 읽어서 그 격조를 높여야 고를 바랄 수 있다'는 것의
의미는 '문장은 기를 위주로 한다(蓋文章以氣爲主)'와 연결시켜 보면, 삼대
양한의 문을 읽어서 삼대양한의 기를 본받아야 한다는 뜻이다. 유몽인은
문기를 문장의 생명력으로 여기고 있다. 앞으로 살펴보겠지만, 유몽인은
사마천이 어려서부터 기를 길러서 문장에 쏟아냈고, 『전국책』은 문기를
도와줄 만하고, 한유는 서한의 고기(古氣)를 계승했다는 점을 강조하고 있다.

---

10)『어우집』후집 권4,「題鄭進士百昌擬古詩左」: 蓋文章以氣爲主　須讀三代兩漢
　　文　高其調　然後古可蘄也 … 願公諦視調格　先從事於音響　次務措語　去淺近字而
　　勿用唐以下軟語.

따라서 유몽인의 문학론의 전개는 삼대양한의 고기(古氣)를 어떻게 본받을 것인가에 집중될 것으로 보인다. 고기를 창작상에서 구체적으로 실현할 수 있는 방법을 위 인용문을 통해 미리 조금 엿보자면, 글자의 배치(措語)에 힘쓰고 천근한 글자와 부드럽고 평이한 연어(軟語)를 사용하지 말 것을 주문한다.

그런데 유몽인은 중국 전후칠자들의 의고적 산문의 전범성에 따라 진한고문의 독서를 강력하게 주장했지만, 한편으로 진한고문에 몰입했던 전후칠자들과 일정한 거리를 둔다. 그것은 실제 창작상에서 전후칠자들이 삼대양한을 본받는 가장 쉽고 안일한 방법으로 삼대양한의 전범서들을 모방하고 표절하는 데로 흐르는 경향을 보였기 때문이다. 그래서 더욱 유몽인은 삼대양한의 '고기'를 본받을 것을 주장하면서 의고주의자들의 형식적 폐단인 모방과 답습을 비판한다. 나름대로 전범 설정의 논리와 층위, 또 그것에 대해 의미를 부여하였고, 모방이나 답습의 형식적 폐단에 대한 대안으로 자득(自得)을 주장하게 된다.

2. 송문(宋文) 배격의 함의

전범을 확고하게 설정한다는 것은 반대로 전범에서 제외되는 글이 존재한다는 의미다. 어떤 문장을 모범문으로 설정한다는 것과 배격한다는 것은 동전의 양면 같은 것이기 때문이다. 유몽인은 송문을 강력하게 배격하는데, 이 절에서는 송문배격의 함의를 알아본다. 송문배격 이유를 추적함으로써 역으로 유몽인이 추구하는 모범문의 실체에 접근할 수 있을 것이다.

유몽인이 추종한 진한고문은 사실 당시 모든 유자들에게 당위적 전범

이었다. 다만 진한고문가들에게 선진양한 산문은 당위적일 뿐만 아니라
실천적 전범이기도 했다. 당위적이든 실천적이든 진한고문이 당시 모든
유자들에게 전범이었던 것과는 반대로 당송고문에 대해서는 인식이 갈라
진다. 진한고문가들은 지금까지 실천적 전범으로 받아들여졌던 당송고문
을 인정하지 않는다. 그렇다면 최소한 그동안 확고한 위치를 차지하고 있
었던 한유·구양수 등 당송산문을 인정하지 않은 이유를 밝혀야만 했다.

유몽인은 비교적 상세히 당송고문, 특히 송문을 인정하지 않는 이유에
대해서 밝히고 있다. 유몽인의 송문 기피는 유난하다. "문장에 대해 고가
있음은 알았지만 금이 있음은 알지 못하여 일찍이 당 이하의 문장에는 눈
길을 준 적이 없다,"11) "송문 피하기를 불과 화살을 피하듯 하였다"12)고
할 정도였다. 그래서 "어려서부터 늙을 때까지 의리상 구양수와 소식 등
의 문장으로 눈을 더럽히지 않았다,"13) "구양수와 소식의 문장이 세상에
많이 있지만 나는 일찍이 한 번도 그들의 문장을 엿보지 않았다,"14) "송
이하의 엷고 경박함에는 나아가지 않았다"15)는 등 송대를 대표하는 구양
수와 소동파의 문장은 한 번도 보지 않았다고 했다.

유몽인이 구양수와 소식의 문장을 한 번도 보지 않았다는 것은 축자적
인 의미가 아님은 물론이다. 그가 구양수와 소식 등에 대해 평한 것을 읽
어보면, 유몽인은 누구보다도 이들 글을 세심하게 읽었음을 알 수 있다.
송문을 읽지 않은 것이 아니라 송문의 문학성을 인정하지 않는 것이다.

---

11) 『어우집』 후집 권4, 「答崔評事有海書」: 余於文章 知有古而不知有今 未嘗掛
　　眼於唐以下之文.
12) 『어우집』 전집 권5, 「報滄洲道士車萬里雲輅書」: 避宋文如避火避箭.
13) 『어우집』 전집 권6, 「題汪道昆副墨」: 自幼抵老 義不以歐蘇等文瀆眼.
14) 『어우집』 전집 권6, 「大家文會跋」: 歐蘇之文世多有 余未嘗一窺其文.
15) 『어우집』 후집 권4, 「題汪道昆遊城陽山記後」: 東方亦有人所讀三代先秦兩漢書
　　以爲之喬基 而略取韓柳 裝束之 而不趨宋以下而澆之漓之.

특히 유몽인은 송문 가운데 조선전기 내내 산문의 전범이 되었고 당송고
문파에 의해 추종되었던 구양수의 문장을 혹평하여 물의를 일으키기도 한다.

내가 송문(宋文)을 낮게 여기고 구양수의 문장을 매우 업신여겨서 사
람들이 많이 있는 곳에서 구양수의 문장은 내 문장만 못하다고 떠벌렸
다. 그 말을 들은 사람들이 크게 놀랐는데, 유독 쌍천(雙泉) 성여학이 말
하기를 "예전에 나의 벗 최인범이 일찍이 구양수의 문장은 내 문장만 못
하다고 하더니 그대도 그와 같구려"라고 하였다. 최인범의 문과 시는 모
두 예스러운데 불행히도 일찍 세상을 떠났다. 저 최자가 오히려 구양수
를 가볍게 여겼는데 하물며 최자가 아닌 사람은 말할 것이 있겠는가? 이
렇게 술자리에서 떠들어대니 오봉(五峰) 이호민이 발끈하여 크게 성을
냈는데, 사람은 본디 스스로를 믿는 것이니 어찌 한때의 비웃음으로 내
독견(獨見)을 막겠는가?[16]

유몽인은 구양수 문장을 업신여기며 구양수 문장을 자기 문장보다 못
하다고 평가한다. 무엇보다 그 자신의 문장에 대한 대단한 자부가 드러난
다. 또한 한편으로는 구양수 문장을 배격하기 위해 극단적으로 자기와 견
준 것이기도 하다. 유몽인은 자신의 그런 생각을 '녹견'이라고 겸손하게
표현한 듯하지만, 실제로는 자신의 주장을 전혀 굽힐 뜻이 없어 보인다.
주변의 경악과 비웃음, 그리고 노여워함에도 아랑곳하지 않고 '스스로를
믿는다'고 하면서 구양수를 가볍게 여긴다.

---

16) 『어우집』 후집 권4, 「答崔評事有海書」: 僕卑宋文而傲歐文甚 遂揚言于廣衆之
    中曰 歐文不如吾文 聞者大駭 獨雙泉成汝學曰 昔吾友崔仁範常曰 歐文不如吾文
    子又如之 崔子文與詩俱古 不幸早世 彼崔子猶輕之 況非崔子乎 以此倡言於酒席
    五峯李好閔怫然大怒 人固自信 豈以一時非笑 沮吾獨見乎.

유몽인은 구양수뿐만 아니라 송문을 전체적으로 배척한다. 심지어 그는 다른 문인들을 평가할 적에, 송나라 구양수나 소동파 문장에 대한 선호도를 평가의 잣대로 삼을 만큼 송문에 대한 혐오는 강력한 것이었다.

> 당세에 문장을 말하는 자들이 대부분 입지(立之) 최동고(崔東皐)를 일컫는데, 동고는 구양수의 문장을 편벽되게 좋아하여 구양수 문장이 한유의 문장보다 낫다고 하였다. (중략) 엄주 왕세정은 늘그막에 동파의 문장을 좋아하여 자신이 배운 것을 다 버리고 동파를 배웠다. 이로부터 문체가 낮아져서 젊은 시절에 쓴 작품에 아주 미치지 못하였다.[17]

우리나라 동고 최립이나 중국 명나라 왕세정은 주지하다시피 진한고문에 심취했던 인물이다. 유몽인은 엄주 왕세정이 늘그막에 동파의 문장을 배워서 문체가 낮아졌다고 단언한다. 또한 동고 최립은 만년에 '구양수의 문장을 편벽되게 좋아했다'고 표현하고 있는데, '편(偏)'이라는 말 속에 이미 구양수의 문장과 그것을 배운 최립에 대한 부정적 의미가 내포되어 있다. 곧이어 유몽인은 구양수의 문장을 읽어보니 '싫증나고 하품이 났다'고 하면서 간접적으로 동고 최립이 구양수를 배워서 문장이 나빠졌다고 평가하고 있다. 유몽인에게 송문에 대한 선호도는 평가의 기준이 되어 '송문을 배우면 곧 문체가 낮아진다'는 등식을 성립시키고 있는 것이다.

그런데 재미있는 현상은 같은 상황을 두고 당송고문파들의 평가는 전혀 상반된다는 점이다. 다음 최립 문집에 서문을 써준 계곡 장유의 글을 보자.

---

17) 『어우집』 후집 권4, 「答崔評事有海書」: 當世言文章者 多稱崔東皐立之 東皐偏好歐陽文 謂勝於韓文 … 王弇州晚好其文 盡棄其學而學焉 自是文體趨下 殊不及舊作.

우문(右文)의 교화는 선조조에 가장 융성하여 문예의 선비들이 성대하게 일어났는데 그 가운데 간이(簡易) 최공이 으뜸이라 할 수 있다. 공은 타고난 재주가 남달라서 상투를 틀 때부터 붓을 잡았다 하면 곧 고문사를 지었고, 약관에 장원으로 급제하여 크게 명성을 떨쳤다. 반고와 한유의 글을 매우 좋아하였는데 만년에는 구양수의 문장을 좋아하였다. 문장을 지을 때에는 심사숙고하여 자구 하나라도 옛 작가를 법도로 삼았고, 초고를 세 네 번 고치지 않으면 내놓지 않았다.[18]

간이 최립은 젊은 시절에는 반고와 한유의 문장을 좋아하다가 만년에는 구양수 문장을 좋아했다고 한다. 이것은 단순하게 취향의 변화라고 생각할 수 있겠지만, 취향의 변화는 곧 창작 전범의 변화라는 점에서 의미를 가진다. 젊은 시절에는 한유와 반고 등 선진양한의 문장을 창작의 전범으로 삼다가 만년에는 구양수 등 당송문장을 창작의 전범으로 삼았다는 의미다. 당송고문가 계보의 계곡 장유가 간이 최립을 목릉성세의 문인들 중에서 으뜸이라고 평가하는 저변에는 간이 최립의 문풍이 변화한 점을 긍정적으로 평가한 것이다.

간이 최립이 만년에 송문인 구양수의 문장을 좋아했다는 사실이 유몽인에게는 부정적으로, 계곡 장유에게는 긍정적으로 인식작용을 한 것이다. 당송고문파에게 송문은 배워야 할 전범이었고, 유몽인에게 송문은 고문에서 멀어진 극복 대상이었다. 이들에게는 당송고문에 대한 서로 다른 인식 차가 존재했다.[19]

---

18) 장유, 『계곡집』 권6(한국문집총간92, p.110), 「簡易堂集序」: 右文之化 極隆於 宣廟 文藝之士 蔚然群起 而簡易崔公爲稱首 公天才絶人 結髮操觚 卽爲古文詞 弱冠擢壯元 名聲大振 於書酷嗜班韓 晚而好歐陽子 其爲文 刻意湛思 一句字皆 繩墨古作者 草稿不三四易不出也.

  송문에 대한 선호도가 평가의 기준이 되는 것은 후대의 고문론 논의에
도 그대로 계승되는 듯하다. 그래서 의고주의에 가혹한 비판을 가했던 당
송고문가들이 후칠자 중에서 완고하게 선진양한 산문을 고집했던 이반룡
에 비해 상대적으로 만년에 송문을 읽었던 엄주 왕세정에게 너그러웠
고,[20] 간이 최립의 의고성을 비판하면서도 그를 당대 최고의 문사로 인정
하는 분위기가 조성되었던 것이다.

  송문은 당송파 문인과 유몽인 간의 분명한 간격을 그리는 기준점 역할

---

19) 진한고문가나 당송고문가들이 사서 육경 및 진한 고문을 완성태로 보는 것
    은 모두 같다. 그리고 진한고문가나 당송고문가들이 모두 당문(唐文)인 한유
    나 유종원의 문장을 인정하는 점도 같다. 다만 이 속에는 '당송고문'에 대한
    서로 다른 인식차가 존재한다. 진한고문가는 당송 고문을 거치지 않고 곧장
    진한 산문의 예술적 성취에 도달하려 한다. 그러면서 당문(唐文)은 부족하지
    만 가장 완성태인 진한산문의 특징과 미학을 그나마 살리고 있다고 파악하
    면서 당문(唐文)을 인정하는 자세를 보인다. 그러나 송문은 이미 진한고문에
    서 멀어졌다고 판단하여 전범 텍스트로 인정하지 않는다. 반면에 당송고문
    가는 진한 산문의 예술적 경지에 곧바로 도달하는 것은 불가능하다고 생각
    한다. 그러므로 중간단계로 당송고문을 전범으로 삼아야 한다는 것이다. 당
    송고문가들에게 송문은 진한고문파와는 달리 전범이 되었다. 선진양한 산문
    을 산문의 완성태로 인정하면서 그 완성태에 도달하기 위한 중간단계인 당
    송고문이 결과적으로는 실제 전범이 되었다는 점에서 모순적이다. 당송고문
    가들의 모순성에도 불구하고 당송고문파가 설득력을 얻는 것은 전범 설정
    그 자체의 문제가 아니라 실제 창작상에서 보인 진한고문가들의 모방과 답
    습 때문이었다.
20) 김창협은 「농암잡지」에서 이몽양이 '당 이후의 책'을 읽지 말라고 했던 것에
    비해 더욱 완고하고 경직되게 '당 이후의 말'을 쓰지 말라는 이반룡의 논의
    를 비판하며 이반룡이 어찌 진문장(眞文章)을 지었겠냐고 반문한다. 그런데
    만년에 진한고문에 대한 묵수를 지키지 않았던 왕세정에 대해서는 '앎이 진
    보했다'고 긍정적으로 평가하고 있다.(獻吉勸人不讀唐以後書 固其狹陋 然此
    猶以師法言可也 至李于鱗輩 作詩使事 禁不用唐以後語 則此大可笑 … 此(李攀
    龍)豈復有眞文章哉 元美亦初守此戒 至續稿 不盡然 盖由晩年識進. 김창협,
    「농암잡지」,『한국시화총편』5, 태학사, 1996, p.579)

을 하고 있는데 그것은 근본적으로 산문 미학에 대한 인식론적 간격에서 기인하는 것이다. 산문에 대한 유몽인의 가치부여 차원이 당송고문가들과 기본적으로 다를 뿐만 아니라 완전히 대척적인 영역에서 구축되고 있다. 그렇다면 유몽인이 송문의 문학성을 인정하지 않고 송문을 배격한 구체적 이유는 무엇인가.

1) 전주(箋註)의 훈고성 비판

다만 육경은 주(註)가 아니면 해석하기 어려우니 어려서부터 배운 바가 장구(章句)에 그치고 주에는 눈길을 주지 않았다. 옛날에 명경으로 선비를 뽑을 적에 육경 장구를 쓰고 전주는 제외시켰으니 이것이 옛날에 말했던 '고문'이다. 지금은 육경 장구 아래에 제가(諸家)의 주를 함께 나열하여 명경자들이 모두 외우는데, 제가의 주는 송유에서 나왔다. (중략) 송유가 여러 경서를 주해한 것은 다만 은미한 뜻을 밝혀 후학들을 깨우치고자 했을 따름이지 후학들이 그것을 본래 경전처럼 읽게 하고자 해서가 아니다. 예전의 동중서·양웅·왕문중·주렴계·정주의 여러 전(傳)이 어찌 일찍이 훈고(訓詁)에 종사했겠는가? 단지 사서육경에 근거하여 스스로 깨닫고 스스로 얻었을 뿐이다.[21]

유몽인은 육경을 볼 때 장구만 보았지 그 주석에는 눈을 준 적이 없다

---

21) 『어우집』 전집 권5, 「報滄洲道士車萬里雲路書」: 但六經非註難解 自少所學 止於章句 至如註 吾未嘗下眼 古者以明經取士 用六經章句 而箋註在外 皆舊說古文也 今者六經章句下 竝列諸家註 明經者俱誦 而諸家註皆出於宋儒 … 宋儒之註解諸經 只欲發揮微旨 以牖後學耳 非欲後學讀之如本經也 昔董仲舒楊雄王文仲周濂溪程朱諸傳 何嘗從事於訓詁 只據四書六經 自悟自得而已.

고 하면서 전주문자를 부정한다. 위 글의 논리를 따라가 보면 유몽인이 전주문자를 부정하는 이유는 우선 전주문자가 진정한 의미의 고문이 아니기 때문이다. 옛날 명경과에서 선비를 취할 때 육경 장구만을 썼고 전주는 제외시켰다는 이야기를 통해 전주는 진정한 의미의 고문이 아님을 말한다. 덧붙여서 유몽인은 전주문자가 진정한 의미의 고문이 아닌 이유를 '예스럽지 않기 때문'[22]이라고 했다. 옛날에는 예스러운 글이 아닌 전주문자는 과거시험에서 제외되었고, 따라서 경전의 원문만이 진정한 고문이라는 것이다.

경전의 원문에 비해 전주문자가 예스럽지 않다는 표현은 단순히 시대적 순서만을 이야기하는 것은 아니다. 경전의 주석 문자에 대해 반성적인 검토를 하고 있는 셈이다. "성인의 말은 간략하고 현인의 설은 상세하다. 상세함이 전주로 손상되면 학문의 말단이 된다"[23]고 하면서 전주가 상세할수록 경전에서 멀어진다고 보았다. 육경을 포함하여 유몽인이 전범으로 설정한 진한 산문 텍스트는 간결하면서도 함축적인 것을 생명으로 여긴다. 그런데 전주문자는 경전의 내용을 보다 쉽게 이해하고 설명하기 위한 목적으로 쓰여진, 일종의 백화체에 가까운 문체이고, 당시대에 통용되는 언어습관을 흡수하다 보니 당연히 간결·함축과는 거리가 멀어지게 된다. 유몽인은 이렇게 상세한 전주문자는 옛날의 고문과는 성격이 다른 것으로 보고 있는 것이다.

유몽인이 전주문자를 배격하는 두 번째 이유는 전주문자가 훈고에만 급급한 데 있다. 애초에 송유가 경전에 주를 단 것은 해석하기 어려운 경전의 글에 대해 나름대로 은미한 뜻을 밝히려는 데 의미가 있었다. 본래

---

22) 『어우집』 후집 권4, 「答崔評事有海書」: 每讀五經四書 不讀箋註 惡其文不古也.
23) 『어우집』 후집 권3, 「贈乾鳳寺僧信誾序」: 聖人之言約 賢人之說詳 詳者傷於箋註 學之末也.

경전처럼 읽히게 하고자 해서가 아니었다. 그런데 후대에는 오히려 전주를 경전처럼 묵수하고 암송하게 되면서 육경의 심오한 뜻을 스스로 터득해 보려는 노력은 하지 않게 된다. 심오한 뜻을 터득하려는 노력의 일환으로 도입된 전주가 결과적으로는 도리어 심오하고 간결한 육경의 뜻에 별 관심을 보이지 않게 하는 역효과를 낳았던 것이다. 결국 유몽인은 훈고만을 일삼게 하는 전주문자로 인해 문장이 날로 낮아졌다고 단언하게 된다.[24]

훈고에 대한 부정적 문제 인식은 일찍부터 시작되었다. 일찍이 중국 서한시대의 경학가 동중서(董仲舒, 기원전179−기원전104)는 '시무달고(詩無達詁)'라는 문예 인식을 보여주었는데, '시무달고'란『시경』을 감상하기 위해 반드시 훈고에 통달할 필요는 없다는 뜻이다.[25] 이것은 물론 문이 아닌 시를 해석하는 하나의 관점으로, 훈고를 전면적으로 부정하는 것이 아니라 감상자의 심미적 차이를 인정하는 측면으로 발전한다. 그러나 어찌되었건 훈고가 작품의 의미를 정답처럼 알려주기 때문에 독자들이 자신의 마음으로 헤아려 보는 힘을 빼앗는다는 사실만은 '시무달고' 내면에 깔려 있다.

유몽인이 훈고를 극단적으로 부정하는 것은 훈고가 '독자 자신의 마음으로 헤아려 스스로 깨달고(自悟) 스스로 터득하는 힘(自得)'을 약화시켰기 때문이었다. 특히 전주문자를 부정하는 사회적 의미는 훈고학의 전주문자가 과거시험과 연결되면서 부여된다. 과거를 준비하는 거의 모든 문인들이 '자득'의 공부를 중요시하지 않고, 주어진 과정의 일정한 투식의 정답만을 달달 외우는 세태와 관련된다. 과거시험은 한 나라의 인재를 등

---

24) 『어우집』 전집 권5, 「報滄洲道士車萬里雲輅書」: 今之學者 謝此(六經章句)先彼 (傳注訓詁) 斯文所以日卑也.

25) 임종욱, 『중국의 문예인식』, 이회, 2001, p.95.

용하는 제도이며 등용된 인재들은 한 나라를 이끌어갈 책임이 주어진다고 할 때 훈고학의 폐단은 단순히 개인적 취향의 문제로만 끝나는 것이 아니라 사회적으로 자득이 부족하거나 또는 없는 나라가 된다. 유몽인의 전주문자 배격에 사회적 의미가 부여되는 지점이다.

정리하자면, 유몽인이 전주문자를 배격한 이유는 전주문자는 예스럽지 않아서 진정한 의미의 고문이 아니며, 아울러 훈고적 의미가 강하여 스스로 터득할 수 있는 힘을 빼앗기 때문이다. 바꾸어 말하면 자득(自得)할 힘을 빼앗는 전주문자는 진정한 의미의 고문이 아닌데, 바로 그 전주문자가 송유들에게서 나왔기 때문에 유몽인은 송문을 거부하게 된다. 송문이 곧 전주(箋註)를 의미하는 것은 아니지만, 자득을 방해하고 간결한 고문과 문체가 다른 전주문자에 대한 비판적 인식은 송문에 대한 부정적 인식으로 발전하게 되는 것이다.

다만 전주라는 것이 경서의 주석이다 보니 전주문자에 대한 배격은 경서, 즉 육경에 대한 논의와 밀접한 관련을 맺는다. 육경 논의는 전범의 특징을 논하는 자리에서 좀 더 자세히 살펴보겠다.

2) 송문의 이만(弛縵) · 지리(支離) 거부

유몽인이 전주문자를 거부했던 이유 중의 하나가 간결한 고문과 문체가 달랐기 때문인데 이것과 내면적으로 비슷한 논리에서 유몽인은 송문 전체를 거부한다.

중국에서 (구양수의 문집을) 애써 구하여 본집(本集)을 자세히 보니, 그 문장이 이만(弛縵)하고 깊은 맛이 없었다. 그래서 한 번 읽어보자 곧 싫증났고, 그 책을 볼 때마다 매번 하품이 나고 졸렸다.[26]

동고 최립이 구양수 문장을 극찬하여 '구양수 문장이 한유의 문장보다 낫다'고 한 말을 듣고, 유몽인이 구양수의 글을 읽어보고 느낌을 적은 부분이다. 한 마디로 구양수의 글을 이만하고 깊은 맛이 없다고 혹평하고 있다.

유몽인은 구양수 문장뿐만 아니라 송문 전체의 부정적 특징으로 '이만·지리'를 꼽고 있다. 소동파의 문장과 주자의 문장을 평가하면서 의리를 논변한 문장이 평탄·명백하고, 또한 지리함도 같다고 하였다. 즉 주자의 문장도 소동파의 문장처럼 평탄·명백·지리한 것으로 파악하고 있다. 기질이 달랐던 주자와 소동파의 문장이 '이만·지리'의 공통점을 보이는 이유에 대해 유몽인은 근세에 기미(氣味), 즉 정취가 같았기 때문으로 파악한다.27) 소동파와 주자는 이미 고(古)에서 멀어진 같은 송나라에서 태어났고, 의리지학(義理之學)의 학문적 바탕을 공유하게 되어 기미가 같다는 의미다. 즉 유몽인은 송문의 기미를 전반적으로 '이만·지리'로 보고 있는 것이다.

그러고 보면 유몽인의 송문에 대한 혐오는 송문의 이만·지리에 대한 것이다. 유몽인이 명나라 전후칠자들의 업적을 송문의 이만을 징계하려 했다28)는 데서 찾고 있음을 보아도 송문의 이만·지리에 대한 거부는 명백하다.

그렇다면 유몽인은 어떤 문장을 '이만'하다고 평가하고 있는가. '이만'의

---

26) 『어우집』 후집 권4, 「答崔評事有海書」: 力求諸中朝 得本集熟觀之 其文弛緩無深味 一讀之 便令人厭 每見其書 輒伸欠而思睡矣.
27) 『어우집』 후집 권4, 「答崔評事有海書」: 僕少時卑蘇文 不曾一覷 及得觀之 始知朱子之文 論辨義理 平坦明白 與坡文相似 支離亦似之 始疑朱子力排蘇學 何嘗效其文哉 蓋生近代氣味相類故也.
28) 『어우집』 후집 권4, 「答崔評事有海書」: 大明文士 有徵於宋文之弛緩 空同先倡於左國 弇州繼武於兩漢 意欲一振宋元之頹瀾.

사전적 의미는 '느슨하게 늘어진다'는 뜻인데, 문장이 느슨하게 늘어진다는 것은 긴장감이 없다는 뜻으로 해석된다. 긴장감이 없는 문장은 사람을 싫증나게 하고 졸리게 한다. 그런데 '느슨하게 늘어진다'는 것은 형식과 내용상 측면에서 동시에 논의될 수밖에 없지만, 특히 형식이나 문체의 문제다.

구양수 문장의 미학을 평자들은 '간결함(簡)'에서 찾고 있는데,[29] '간결'과 '느슨하게 늘어진다'는 것은 언뜻 보기에 정반대의 상황이다. 그런데도 유몽인은 구양수의 문장을 느슨하게 늘어진다고 혹평하고 있다.

그것은 먼저 송문이 보이는 의론적이고 논변적인 성격에서 기인한 것으로 보인다. 논변이란 사리를 분석하고 시비를 분별하는 문장이다. 구양수의 논변은 대부분 국책 토론에 관한 것으로, 국가의 경제 건설과 정치 관련 문제들이다. 이런 논변류 글들은 엄밀한 논리로 문제를 논증하고 추상적 개념으로 관점을 서술하기 때문에 비유체적 산문이나 풍유체적 산문이 가지고 있는 형상성은 부족하다. 즉 풍부한 상상이나 생생한 묘사, 사람의 의표를 벗어난 과장, 역설, 비약을 드러내기에 적당하지 않으며, 전체적인 글의 구성 또한 일상적인 범주를 벗어나기가 쉽지 않다.

아울러 논변문은 독자를 쉽게 이해시키고 설득시켜야 하기 때문에 대체로 논리 전개에서 간결하면서도 평이한 문장을 구사하고 논리 정연하다는 특징을 보인다.[30] 더구나 논변문은 미리 입언이나 중심 논점 등이 전제되기 때문에 결론이 너무 쉽게 예측되며 작품의 의미도 명백하게 노출된다. 너무 명백하고 쉬운 의미와 결론을 드러내 주는 문장에 긴장감을 느끼기는 어렵다. 따라서 유몽인은 형식적으로 형상성이 없거나 부족한

---

29) 구양수 산문의 미학을 '簡而有法'으로 파악하고 있는 논문으로는 金容杓의 「구양수의 비지문 분석을 통해 본 簡而有法」(『중국학연구』 5, 1990)이 있다.

30) 곽노봉, 「구양수 산문연구」, 『중국학연구』 3, 중국학연구회, 1986, pp.93-95.

글, 내용적으로 의도·의미·결론이 너무 명백하거나 또는 너무 쉽게 예측되는 논변류 자체를 지루해 하는 것일 수 있겠다.

특히 유몽인은 논변류의 글과 문학적인 글을 선명하게 구별하고 있는 점에 주의할 필요가 있다. 그는 전반적으로 논변적인 송문을 모두 배격했지만, 같은 송문 중에서 구양수보다 소동파를 인정한다.

세상 사람들은 구양수의 문장이 동파의 문장보다 높다고 일컫는데, 내가 생각하기엔 매우 그렇지 않다. 동파는 문장이 고문은 아니고, 애초에 문자에 마음을 둔 자는 아니었다. 그렇지만 스스로 의론을 세워 고인이 보지 못한 바를 봐서 입을 열면 거침없이 말을 잘하니 대수롭지 않은 말들도 모두 사람들이 미치지 못할 정도다. 그것은 마치 안개구름이 산을 나와서 바람에 따라 걷히고 펴져서 손으로 잡을 수 없고, 잡으면 곧 공허하게 되는 것과 같으니 재주가 있으면서도 제대로 된 문장을 배우고자 하지 않아서 문체가 비약한 데서 그쳤다.[31]

유몽인은 동파의 재주를 '명달준민(明達峻敏)'하다고 인정한 바가 있는데,[32] 특히 동파가 이치를 논변하는 데 구상이 자연스럽고 뛰어나다는 점을 인정해 주고 있다. 그런데 동파가 '뛰어난 재주를 가지고도 문장을 배우고자 하지 않아서 문체가 비약한 데서 그쳤다'고 하면서, '이치를 논변

---

31) 『어우집』 후집 권4, 「答崔評事有海書」: 世稱歐陽文高於東坡文 余以爲大不然 坡文非古文也 初非有心於文字者 自立論議 見古人所未見 隨口快辨之 等閒之說 皆人所不及 如雲煙出山 隨風卷舒 不可以手攬之 攬之則爲空虛 未有其才而欲學其文 文體卑弱而止.

32) 『어우집』 후집 권3, 「送忠淸監司鄭時晦序」: 又疑蘇東坡與兩程生一時 胡不受學於兩程 聞大道之要 及讀東坡文 乃知以彼明達峻敏 當自立門戶 必不承顔於程氏也.

하는 글'과 '문장'을 다르게 파악하고 있다. 여기에서 '문장'은 문학적인 글을 의미하는 것으로, 유몽인은 문학적인 글과 논설적인 글을 달리 보고 있는 것이다. 이치를 논하는 논변적인 글은 재주가 있으면 가능하지만, 문학적인 문장은 아무리 논변의 재주를 가지고 있어도 고문을 배워야 문체가 좋아진다는 논리다. 물론 여기에서 고문은 육경을 비롯한 선진양한의 글들임은 말할 것도 없다. 이는 곧 동파로 대표되는, 송문의 이치를 논변하는 글 자체가 가지는 한계를 지적한 것으로 보인다.

그런데 유몽인은 직접적인 논변류의 글들을 제외하고도 구양수의 글을 전반적으로 이만·지리하다고 평가한다. 구체적으로 기문(記文) 유의 문학적인 글이면서 구양수 산문의 백미라고 평가받는 「취옹정기(醉翁亭記)」를 통해 유몽인이 구양수 문장을 이만하고 지루하다고 평가하는 이유를 추적해 보자.

㉮ 環滁皆山也。其西南諸峯 林壑尤美 望之蔚然而深秀者 琅琊也 山行六七里 漸聞水聲潺潺 而瀉出於兩峯之間者 釀泉也。峰回路轉 有亭翼然臨於泉上者 醉翁亭也。作亭者誰 山之僧智僊也 名之者誰 太守自謂也 太守與客來飮於此 飮少輒醉 而年又最高 故自號曰醉翁也。醉翁之意不在酒 在乎山水之間也。山水之樂 得之心而寓之酒也。

㉯ 若夫日出而林霏開 雲歸而巖穴暝 晦明變化者 山間之朝暮也. 野芳發而幽香 佳木秀而繁陰 風霜高潔 水落而石出者 山間之四時也。朝而往 暮而歸 四時之景不同 而樂亦無窮也.

㉰ 至於負者歌於塗 行者休於樹 前者呼 後者應 傴僂提攜 往來而不絶者 滁人遊也。臨谿而漁 谿深而魚肥 釀泉爲酒 泉香而酒洌 山肴野蔌 雜然而前陳者 太守宴也。宴酣之樂 非絲非竹 射者中 弈者勝 觥籌交錯 起坐而諠譁者 衆賓懽也。蒼顔白髮 頹然乎其間者 太守醉也.

㉔ 已而夕陽在山 人影散亂 太守歸而賓客從也. 樹林陰翳 鳴聲上下 遊人去
　而禽鳥樂也 然而禽鳥知山林之樂 而不知人之樂 人知從太守遊而樂 而
　不知太守之樂其樂也. 醉能同其樂 醒能述以文者 太守也. 太守謂誰 廬陵
　歐陽修也.

이 글에서 우선 눈에 띄는 것이 '而'자(23번), '也'자(21번), '者'자(18번),
'之'자(14번) 등 허사의 사용이 많다는 점이다. 허자의 연용을 통해 하나하
나의 문단을 정리해 가면서 논리의 비약 없이 취옹정의 모습을 드러내기
까지 취옹정 주변의 정취를 담담하게 그려내고 있다. 그런데 한 경치를
읊을 때마다 바로 -者-也 구법을 쓰고 者와 也 사이사이에 之·而 등을 쓰
고 있다. 也자 사용이 많다는 것은 문장을 그만큼 짧게 끊어 쓴다는 의미
다. 그런데다가 한 문장 안에서 者를 통해 주어를 분명하게 지시하고 之
나 而를 통해 의미를 분명하게 끊어주고 있다.

　허자를 다량으로 사용하여 얻게 되는 효과는, 명쾌하게 말하기는 어렵
지만, 무엇보다 '문의(文義)가 통창하다'는 데 있고 구양수 역시 이 점에
유의한 듯하다.33) 또한 허사의 다용은 대체로 긴장된 문장의 기세를 전환
의 공간이나 읽는 리듬의 여유를 통해 부드럽게 만들어 주기 때문에 문세

---

33) 구양수의 「相州畫錦堂記」와 관련해서 "韓琦가 재상으로 있으면서 畫錦堂을
　짓자 구양수가 '仕宦至將相, 富貴歸故鄕'이란 말로 시작하는 기문을 지어주
　었다. 한기가 이 기문을 소중히 여기며 감상하였는데 며칠 뒤 구양수는 다시
　다른 원고를 주면서 '전에 원고는 좋지 못하여 이 원고로 바꾸어 드립니다'
　고 하였다. 한기가 새 원고를 두 번 세 번 읽어 감상해 보았지만 앞의 것과
　다른 곳이 없었다. (한참 뒤에야) 다만 '仕宦'과 '富貴' 뒤에 각각 '而'자 한
　자가 더 붙어 있는데 그 한 글자로 인해 문장의 뜻이 더욱 시원스러웠다(文
　義尤暢)"(『宋人軼事彙編』 권8, 노장시, 「구양수 기문의 표현기교 연구」, 『논
　문집』 18, 서라벌대학, 2000, p.152 재인용)라는 이야기가 있는데, 이는 구양
　수가 '文義尤暢'을 위해서 허자 사용에 얼마나 신중했는지 보여주는 사례다.

(文勢)의 기복이 적다고 할 수 있다. 평자들은 구양수 산문의 장점으로 비약이 없는 논리의 치밀성을 지적한다.

그러나 한편으로 허사의 지나친 다용은 문장의 의미를 너무나 명백하게 표출하여 문학적 상징성이 감쇄되고, 문장의 기세가 약해질 우려가 있다. 구양수는 산문에서 허사를 다용한 것 외에, 일반적으로 허사 사용이 거의 없는 시에서도 비교적 많고 다양한 허사들을 쓰고 있다.[34] 이 또한 시의 의미가 너무 명백하게 드러나고, 긴장된 어조가 없는 것과 같은 맥락에서 해석된다.

유몽인은 이런 허자의 다용을 경계하고 있다.

> 지금의 문은 이(以)·지(之)·이(而)·기(其)·어(於)·호(乎)·야(也) 등으로 글을 짓는데 한 구에 자주 조사를 사용하여 사람들에게 읽혀보면 구두가 입술에서 흐르는 듯합니다. 이로써 문과에 급제하여 나라에 이름을 드러낸 자가 어찌 한정이 있겠습니까? 비록 그렇지만 그런 글들은 일시에 전해짐은 얻을 수 있을 테지만 세상에 전하여 뒤에까지 길이 남는 것은 어떻게 하리오? 지금 제가 청사에 앉아서 송사의 글을 받는데, 온 뜰에 물고기 꿰미처럼 늘어서서 들어오는 자들이 모두 간독(簡牘)을 가지고 있었습니다. 이에 이서(吏胥)에게 읽어보게 하였는데, 그 문장도 또한 입술에서 흘러내리니, 이것으로 오래도록 세상에 전해지게 할 수 있겠습니까?[35]

---

34) 권호종, 「구양수시의 산문화 경향 연구」, 『중국문학』 33, 한국중국어문학회, 2000, pp.153-155.

35) 『어우집』 권5, 「答年兄林公直書」: 試觀今之文 以之而其於乎也以屬辭 一句三用 語助 使人讀之也 其句於脣吻 用是捷巍科 華一國者 何限 雖然 其施於一時則得 矣 其如傳世壽後何 今僕坐廳事受辭訟也 滿庭魚貫而入者 皆持簡牘 乃令吏胥讀 之 其文章亦流於脣吻 將以是傳世壽後可乎.

유몽인은 문학적인 글이 송사(訟事)의 글과 마찬가지로 과다한 허사를 사용하고 있음을 지적하면서, 그러한 글로는 일시에 전해짐은 얻을 수 있지만 세상에 길이 전해질 수는 없다고 말한다. 과다한 허사를 사용한 문장이 후세까지 길이 전해지지 않는 이유를 구체적으로 설명하지는 않았지만, '구두(句讀)가 입술에서 흐르는 듯하다'라는 말을 통해서 과다한 허사 사용의 맹점을 지적하고 있다. '구두가 입술에서 흐르는 듯하다'는 것은 글이 긴장된 문장의 기세가 없이 어조가 이완되어 늘어짐을 의미하는 것으로 보인다. 이렇게 늘어진 문장은 후세에 길이 남을 수 없다고 파악하고 있다.

지루함이란 여러 차원에서 오는 것이지만, 형식적으로나 내용적으로 반전이 없는 글, 혹은 문세의 기복이 없는 글, 결론이 너무 쉽게 예측되는 글, 의도나 의미가 너무 명백한 문장에서 올 수 있다. 구양수의 글은 허사의 다용으로 의도나 의미가 너무 명백하고, 어세(語勢)나 문세(文勢)가 이완되어 기복이 없는 편이다. 바로 이런 점 때문에, 「취옹정기」는 간결하고 명쾌하고 논리적 비약이 없이 담박하다는 장점에도 불구하고, 폭포가 쏟아지는 듯한 현하웅변의 기세를 추구했던 유몽인에게는 지루하고 하품 나는 글로 다가왔던 것이다.

구양수 글이 자연스러움과 논리의 치밀성에 대해 긍정적인 평가를 받고 있는 한편에서, 한유와 같은 도도한 장강(長江)의 기백은 모자란다는 평가를 받는 것36)도 허사의 다용과 관계가 깊다. 자유분방한 개성의 소유

---

36) 동성파(桐城派) 요내(姚鼐, 1731-1815)는 문체를 양강(陽剛)과 음유(陰柔)로 나누고 구양수를 음유에 치우친 사람으로 평가하고 있다. 또한 후세의 비평가들 역시 한유의 문장을 양강, 구양수의 문장을 음유적이라고 평가하고 있는데, 그 기준으로는 논리의 치밀성여부, 文勢의 기복여부, 논리의 비약여부, 냉정한 서사방식의 여부, 허자사용의 多寡 등이다. 구양수 경우는 논리의 비약이 적고 치밀하며, 문세의 기복이 적고 냉정한 서사방식을 사용하고 있으

자로 도도한 문장의 기세를 가장 중요시했던 유몽인은 허자를 다용하여 이만·지리하게 된 구양수 글의 문학성을 인정하지 않는 것이다.

다만 다시 한 번 짚고 넘어가야 할 점은 유몽인이 송문을 비판적으로 바라보는 저간에는 송문에 대한 내밀한 독서가 전제되었다는 사실이다. '박채고금(博采古今)'의 다독의 입장에서 송문 역시 독서의 대상이었음은 분명하다. 유몽인은 명대 전후칠자들이 실제 창작상에서 말을 중복해서 사용한다거나 작품의 입의(立意)나 제재(題材)가 상투적인 것은 고금의 서적을 두루 채집하여 읽지 않은, 즉 박채고금하지 않았기 때문으로 파악한 바 있다.37) 뿐만 아니라 그는 다독의 논리에 의해 유가의 경전뿐 아니라 제가의 다양한 서적에 몰두했으며, 세속에서 함께 버린 이단서까지 읽었다.38) 유몽인은 송문을 전범의 자리에 놓지는 않았지만, 즉 송문의 문학성을 인정하지는 않았지만, 그의 다양하고 폭넓은 독서는 다양한 문장의 형식이나 표현 기법, 폭넓은 제재, 참신한 입의 등을 학습할 기회를 주었다고 할 수 있다.

지금까지 송문 배격 논의를 정리하면, 유몽인이 말하는 이만·지리한 글이란 논변류의 간결하면서도 평이한 문장, 논리 정연하지만 명백하게 의미가 노출되는 글이다. 또한 논변류가 아닌 문학적인 글에서는 과다한 허자 사용으로 문장의 의미가 너무나 분명하고 논리는 치밀하지만 긴장된

며, 허자를 많이 사용하고 있는 음유적 문인이라고 범주화 한다. 음유적 글은 함축적이고 표현적 예술의 기교를 발휘했지만 자유분방한 개성과 도도한 장강의 기백은 모자란다.(곽노봉, 앞의 논문, 1986)

37) 『어우집』 전집 권6, 「題汪道昆副墨」: 空同弇州諸傑先倡此道立旗鼓 發號於文壇 天下之士靡然從風 諦視其文字 出入經傳左國莊馬者多 至於班史以下 略不及焉 其着意於古 能自樹立 儘高大矣 其間或重用語 意材貨不饒 而原所讀不出若干書 於唐以上 宜乎不如後世之博采古今 擷其華也.

38) 『어우집』 전집 권5, 「辭藝文提學疏」: 臣自少攻文 與時尙背馳 所讀経傳之外 又讀世所共棄者.

문세가 이완되어 도도한 장강의 기백이 모자라는 글이었다. 문장의 의미
가 너무나 명백하게 드러나는 평탄·명백한 문장은 느슨하게 늘어지는 이
만한 문장이 되고, 느슨하게 늘어진 문장은 긴장감이 없어서 지리하고 하
품이 나게 된다.

이상과 같은 송문 배격 논리에 의해 유몽인은『대가문회』라는 일종의
전범 텍스트를 편찬하면서도 송문을 싣지 않았다.[39] 그는 산문사를 이분
하여 송대 이전의 산문, 곧 진한고문과 한문(韓文)·유문(柳文)까지를 고
문으로, 구양수 이후 송대의 산문을 금문으로 구분한다. 금문인 송문은 낮
은 문장이고, 문장의 지향은 높아야지 낮고자 해서는 안된다[40]며 송문을
배격한다. 그리고 송문의 이만·지리의 대안으로 육경과 진한고문의 기간
(奇簡)을 주장하게 된다.

유몽인은 명유(明儒)들이 한유의 문장을 숭상했지만, 한유의 기간을 얻
지 못하고 이만·지리의 말단만을 배웠다[41]고 비판한 바 있다. 이 말은

---

39)『大家文會』는 유몽인이 황해도 관찰사를 지낼 때(1606년 선조 39년) 진정한
고문이라고 여긴『좌전』4편,『국어』2편,『전국책』2편,『사기』3편,『한서』
3편, 한유 문장 4편, 유종원 문장 3편을 선집한 것이다. 유몽인은『어우집』
권6,「大家文會跋」에서『대가문회』를 편집하게 된 동기 및 선집한 제서들의
장단점을 실명하면서 송문을 배제한 이유를 굳이 설명하고 있는 것은 그만
큼 송문을 배제하는 것에 대한 반대 입장이 존재했다는 것을 의미한다. 송문
의 배제는 당대는 물론이고 후대에도 받아들이기 어려운 문제였던 것 같다.
후인들은『大家文會』를 刪補하여『刪補大家文會』를 엮어냈는데, 거기에는
구양수·소식 등 송문을 싣고 있다.『산보대가문회』의 존재는 유몽인이 선
집한『대가문회』가 상당히 읽혔다는 증거가 되기도 한다. 현재『대가문회』
는『산보대가문회』와 함께 개인 소장으로 전질이 전하고 있으며, 성균관대
학교 도서관에 9권 5책(권1-6, 19-21), 연세대학교 도서관에 8권 4책(권1-8)이
있다.

40)『어우집』전집 권6,「大家文會跋」: 凡文章寧亢不欲庳 寧過不欲不及 宋以下則
今文也 歐蘇之文世多有 余未嘗一窺其文 故只取先秦兩京韓柳而闕於宋 觀者恕之.

41)『어우집』후집 권4,「題汪道昆游城陽山記後」: 余觀大明文章之士 有懲宋儒

역으로 생각하면, '기간'은 송문의 이만·지리의 반대선상에 있으면서 전주문자의 폐단과 송문의 이만·지리를 극복하는 출구가 된다는 의미다.

결국 평탄·명백한 문장과 자득을 감쇄시키는 전주문자에 대한 거부는 송문 거부로 이어지고, 논변적이고 평탄한 송문을 배격했던 논리는 곧 기간한 진한고문을 인정했던 전범 설정 논리와 맥락이 맞닿게 된다.

그런데 산문의 전범성에 대한 주장이 송대 산문을 비판하는 바탕 위에서 성립되자 산문언어의 평탄·명백함은 산문 언어가 추구해야 할 다른 한 축의 가치일 수도 있다는 점에서 반발이 예상된다. 그런 만큼 유몽인이 추구한 기간의 산문 미학성을 총체적으로 밝혀서 그의 전범 설정과 송문 배격 논리에 나름의 타당성을 부여하고 나아가 유몽인 문학론의 의미를 찾아야 한다.

따라서 다음 3, 4, 5, 6절에서는 기간의 미학을 전반적으로 살펴보도록 한다. 전범 텍스트를 통해 기간의 전범성을 확인하면서 '기간'의 의미를 살펴볼 것이다. 또한 기간 추구의 방식을 개괄하고 '기간'이 문학적으로 어떻게 형상화되는지 실제 작품을 통해 예시하겠다. '기간'의 추구는 필연적으로 '난해함'에 직면하는데, 그 난해함을 통해 유몽인이 궁극적으로 의도했던 효과가 무엇인지도 아울러 알아보겠다.

3. 기간(奇簡) 텍스트의 전범성

사실 육경 및 선진양한 산문을 완성태로 보는 것은 진한고문가나 당송고문가 모두 같다. 그러나 당송고문가들에게 선진양한 산문은 곧바로 그

專尙韓文 而不能得其奇簡處 徒學弛緩支離之末.

예술적 성취에 도달할 수 없는 당위적 전범이었다. 반면 진한고문가들은 곧바로 진한고문의 예술적 성취에 도달하려고 하였다. 결국 진한고문가들은 당송고문가들이 제쳐둔 선진양한 산문을 실천적 전범으로 설정했는데, 그에 합당한 논리적 이유를 밝힐 필요가 있었다.

그런데 많은 작가들이 진한산문에 경도되어 있으면서도 선진양한 산문의 전범성에 대해서는 별다른 논의를 하지 않았다. 진한 고문을 추종했던 일군의 작가들이 『좌전』·『전국책』·『장자』·『사기』 등을 거듭 전범으로 이야기하면서도 그 전범 설정 이유나 그 전범성에 대해서는 별반 설명이 없었던 것이다. 진한고문을 추종했던 이들이 당대에 이미 당송고문파의 강한 반발에 부딪친 이유 중의 하나도 전범 설정의 논리적 근거를 확보하지 못했기 때문으로 보기도 한다.[42]

유몽인은 이미 당송고문, 특히 송문을 인정하지 않는 이유를 밝혔다. 그리고 나아가 선진양한 산문을 실천적 전범으로 인정하는, 이른바 선진양한 산문이 가지고 있는 전범성에 대해 상세하게 논의하고 있다. 『좌전』·『전국책』·『장자』·『사기』 등 선진 양한 산문을 산문창작의 전범으로 설정하는 것에 적극 동조하고 전범으로 추종하는 제서들의 장단점 및 특징, 해당 문장의 수련법을 설명하고 있다.

더욱이 유몽인은 고문 중에서 고고(高古)한 것을 망라하여 문장 학습용 책인 『대가문회(大家文會)』라는 전범서를 새로 편집하기까지 했다. "모은 여러 편들은 오직 내가 생각한 것으로, 고인들의 『문선(文選)』이나 『숭고문(崇古文)』, 『고문진보(古文眞寶)』 같은 책을 모방하지 않고 제목에 따라 대략 제자(諸子)와 문집을 취하여 만든 것이니 모두 일가를 전문으로 하여 베껴서 모의하기 편리하도록 하였다"[43]라고 밝히고 있는데, 이 언급으

---

42) 강명관(2002), 앞의 논문, p.179.

로 보아 『대가문회』는 『문선』이나 『숭고문』, 『고문진보』 같은 책의 체제를 따르지 않고, 후학들이 공부하기 편리하도록 배려한 일종의 학습용 문장 수련서이며 유몽인이 제시하는 전범들의 총집이라고 할 수 있다.

그렇다면 전범들을 통해 무엇을 학습해야 할까. 이 절에서는 유몽인이 전범서의 특징으로 제시하는 면면을 훑어보면서 유몽인의 전범 설정에 보이는 특징은 무엇인지, 전범 텍스트를 통해 무엇을 수련해야 하는지, 전범을 통해 이끌어내는 문학 풍격은 무엇인지 찾아볼 것이다. 그것은 전범 설정 논리 속에 내재된 유몽인의 고문의 미의식을 확인하려는 것이다.

1) 간(簡) 텍스트

유몽인은 텍스트의 전범성을 '간'에서 찾았다. 간 텍스트 중에서 당시 진한고문을 추종했던 산문작가들이 특히 선호했던 것은 『사기』였다.[44] 유몽인 역시 『사기』를 전범으로 인식하면서 『어우집』 곳곳에서 『사기』와 사마천에 대해 말하고 있는데, 「여윤진사빈서(與尹進士彬書)」라는 글이 대표적이다. 이 글은 진사 윤빈이 『사기』를 천 번 읽기 전에는 과거에 응시하지 않겠다는 말을 듣고 유몽인이 윤빈에게 보낸 장문의 편지글이다.

유몽인은 이 글에서 중국 문장가 한유·소식·구양수·왕세정 등 당·송·명 대가들의 문장에 보이는 『사기』의 영향을 말하고, 이어 우리나라

---

43) 『어우집』 전집 권6, 「大家文會跋」: 凡裒諸什 惟余意所歸 未曾倣古人如文選 崇古文古文眞寶等書 隨題目略取子集爲也 皆專一家而鈔之 俾便其摸擬焉.

44) 『사기』에 대한 당시 문인들의 관심은 대단했다. 윤근수는 왕에게 進講할 교본으로 자신과 차천로가 懸吐·註解한 『사기』를 권하였으며 이항복(李恒福)·이덕형(李德馨)·조찬한(趙纘韓)·윤근수가 합력하여 『사기』와 왕세정의 『史記纂』을 발췌하여 간행하기도 하였다고 한다.(강명관, 앞의 논문, 2002, p.173)

에서 『사기』에 침잠했던 윤근수(尹根壽) · 이안눌(李安訥) · 정택뇌(鄭澤雷) · 홍춘수(洪春壽) · 홍천민(洪天民) · 홍일민(洪逸民) 등을 열거하고 있다. 이는 중국의 한유 · 구양수 · 소식 등 당송문인들, 명대 진한 고문을 추종했던 이들, 우리나라의 많은 문인들이 『사기』에 얼마나 골몰했는지를 보여주는 동시에 『사기』는 배워야 할 전범임을 말하는 것이다. 그러면 『사기』의 무엇을, 어떤 점을 배워야 하는가가 문제다. 다음 『사기』의 특징을 드러내 주는 언급을 살펴보자.

　　간을 따르는 자는 사(肆)를 놓치고 준(峻)을 체득한 자는 법(法)을 생략하니, 그 글의 장단합패(長短闔捭)와 합산소식(合散消息)의 모습은 백에 한 둘도 얻지 못했다. 저 소동파가 백가에서 빼어난 호재(豪才)를 가지고도 오히려 '사마천의 『사기』는 배울 수 없다'고 하였으니 하물며 나머지 사람들이야 말할 나위가 있겠는가![45]

유몽인은 『사기』를 잘못 배운 폐단을 언급하면서 '간을 따르는 자는 사를 놓치고, 준을 체득한 자는 법이 적다'고 하였다. 『사기』를 배우려는 사람들이 『사기』의 '간준(簡峻)'을 집중적으로 본받고자 하다 보니 '사'와 '법'이 모자라게 되었다는 것이다. 결국 이 언급은 『사기』가 간과 사, 준과 법을 두루 갖춘 글이라는 뜻이지만 한편으로 『사기』 문장의 주요한 특징은 역시 '간 · 준'이라는 의미이기도 하다. 여기에서 간은 형식적인 간결 혹은 간략함이고, 준은 축자적으로 '높고 · 가파르고 · 엄하다'는 뜻이다.

　그런데 준을 법과 반대 개념으로 처리하고 있는 점에 주의해서 의미를

---

45) 『어우집』 전집 권5, 「與尹進士彬書」: 師其簡者遺其肆 體其峻者略其法 其長短闔捭合散消息之態 則百不能得其一二焉 彼蘇東坡峻拔百家之豪才 猶曰馬史不可學 矧其餘乎.

따져보자. 법이란 일반적으로 고전의 행문법(行文法)으로, 문종자순(文從字順)과 일반적인 단락 구성 및 편장 구성의 법칙에서 벗어나지 않는 것을 가리킨다면, 법과 반대되는 준은 법을 벗어나는 기(奇) 측면을 의미하는 것으로 보인다. 이때 준은 '기준(奇峻)'이라는 의미와 상통한다.

한편 유몽인은 '준간(峻簡)'의 개념을 '완이(緩弛)'의 반대 개념으로 사용하기도 했는데[46], 완이가 '느슨하게 늘어진다'는 의미이니 이에 반대되는 준간은 '조여서 간략하게 하는 것'을 의미한다. 이상의 간준의 의미에 따라『사기』의 특징을 정리해 보자면,『사기』의 문장은 일반적인 행문법을 좇아서 느슨하게 늘어진 문장이 아니라 간략하게(簡) 조여서 기준한 특징을 보인다.

다른 글에서 유몽인은 사마천의『사기』를 배운 자가 종일(縱逸)하는 실수를 하거나 추용(麤冗)의 약점을 보인다고 한다.[47] 종일(縱逸)은 호매(豪邁)하고 분방함을 뜻하거나 멋대로 구는 것을 나타낸다. 추용은 너무 거칠고 쓸 데 없음을 나타낸다. 따라서 '종일에서 잃었다'는 것은 지나치게 분방하여 '준·간'을 놓쳤다는 뜻이며 '추용에서 잃었다'는 것은 지나치게 거칠고 쓸데없는 것이 많다는 뜻으로, 역시 '준·간'을 놓쳤다는 의미로 해석된다. 그렇다면 당대의 많은 문인들이『사기』를 배우기 어렵다고 한 것은 결국『사기』의 간준, 즉 간략하면서도 기준한 풍격을 배우기 어렵다는 말로 이해된다.

『사기』외에,『대가문회』에서 한유 문장과 함께 가장 많은 편을 실은 것은『좌전』이다. 유몽인은『좌전』과 한유 문장의 특징도『사기』와 마찬가지로 간에서 찾고 있다. 그는『좌전』을 '간이상(簡而詳)'이라고 하였는

---

46)『어우집』전집 권5,「題鄭進士百昌擬古詩左」: 但鄙眼覰之 格律似流緩弛 宜以峻簡醫之.

47)『어우집』전집 권6,「文章指南跋」: 學馬史者 不失於縱逸 則失於麤冗.

데, 이는 형식적·내용적 특징을 함께 일컫는 말이다. 언표에 드러난 형식은 간결하지만 행간의 의미와 내용은 상세하다는 뜻이다. 이것은 『좌전』이 문장은 간결하고 함축적이지만 서사는 상세하고 완전(婉轉)·곡절(曲折)의 이야기 줄거리를 가지고 있으며, 특히 인물의 생동적인 묘사가 돋보인다고 평가받고 있는 것과 대체로 일치하는 평가다. 또한 유몽인이 한유의 문장을 인정한 이유도 한유가 서한의 고기(古氣)를 계승하여 문장이 '간'하기 때문이었다. 여기에서 그가 언급하는 간은 확실히 형식적 측면이다.

『사기』나 『좌전』, 한유의 글은 '간'의 풍격이 있는 전범들이었다. 유몽인이 이들 글을 반드시 읽어야 할 전범서로 내세운다는 것은, 이들 텍스트의 전범성인 '간'을 배워서 문장 창작에서 간을 적극 실현해야 한다는 의미다. 그런데 『좌전』과 『사기』의 간은 배우기 어렵다. 그래서 무수한 대가들이 『사기』를 배웠지만 그 일면만을 얻었고, 『좌전』 역시 '문장이 간아하여 후학들이 쉽게 미칠 수 없다'[48]고 했다. 『사기』와 『좌전』만큼 어렵지는 않지만, 한유의 간 역시 잘못 배우면 '이만·지리'로 흐르기 십상이다. 다음 절에서는 배우기 어려운 '간'의 미학을 유몽인은 실제 작품에서 어떻게 실현하는지 구체적으로 살펴보겠다.

2) 기(奇) 수련을 위한 전범

유몽인이 찾은 또 하나의 텍스트의 전범성은 '기'다. 그는 여러 전범서에서 기의 미학을 배울 것을 말한다. 먼저 그가 제시하는 전범서들 중에

---

48) 『어우집』 전집 권5, 「與尹進士彬書」: 至左邱明著春秋傳暨國語 其文簡雅 亦非後學可易及. 여기에서 『춘추전』과 『국어』를 함께 '간아(簡雅)'하다고 언급하고 있는 듯하지만 이어지는 글에서 『춘추전』은 간하고, 『국어』는 '섬이기(贍而奇)'라고 하였다.

서 『전국책』과 유종원 문장에 대해서 살펴보자. 그는 학습용 문장 수련서인 『대가문회』의 글(『좌전』·『국어』·『전국책』·『사기』·『한서』·한문·유문) 중에서 『전국책』과 유종원의 글에 대해서 유독 선집 이유를 밝히고 있다. 특히 주시해서 읽어야 할 부분은 혹자의 질문과 유몽인의 대답이다. 혹자의 질문이 '내용' 차원의 것이라면, 유몽인의 대답은 '문체·형식' 차원의 것이다.

혹자가 말하기를 "그대가 편찬한 것은 좋습니다. 그러나 『전국책』은 말이 대부분 권모에 관계된 것이고 유종원의 문은 각삭(刻削)하기를 좋아하여 신불해나 한비자 부류와 같으니 여기에 어찌 취하셨습니까?" 대답하기를 "무엇을 근심하리오? 예전에 공자는 『시경』 시를 산삭할 적에 〈정(鄭)·위풍(衛風)〉도 버리지 않았습니다. 하물며 『전국책』은 억양합패(抑揚闔捭)가 굴기(崛奇)하고 그 현하웅변(懸河雄辯)은 문기를 도와줄 만합니다. 또 유종원의 문장은 가장 정경(精勁)하고 게다가 고고(高古)하기까지 한데, 후세에는 따라 좇지 아니하니 내가 이 때문에 함께 베긴 것입니다."49)

유몽인은 「대가문회발」에서 혹자의 질문을 가설하여 『대가문회』에 『전국책』과 유종원 글의 선별 이유를 밝히고 있다. 선별의 변을 언급한다는 것 자체가 역으로 『전국책』과 유종원의 글을 전범으로 설정하는 것에 상당한 반대 입장들이 존재했음을 의미한다. 사실 혹자의 지적처럼 『전국책』이나 유종원의 문장은 『사기』나 『한서』, 한유의 글에 비해 논란의 여지가

---

49) 『어우집』 전집 권6, 「大家文會跋」: 或曰子之所編則善矣 戰國策 語多權謀 柳子文好刻削 類申韓者流 何取於斯 曰何傷 昔孔子刪詩 不刪鄭衛風 況戰國策抑揚闔捭崛奇 其懸河雄辯 足以助文氣 柳文最精勁且古 後世無沿襲 余用是垃錄焉.

많다. 그것은 『전국책』과 유종원의 글이 유가적 도의 구가에 맞지 않기 때문이다.

『전국책』은 유가적인 도와는 정반대인 권모술수에 관한 것으로 유자들이 꺼릴 만한 것이었다. 『전국책』은 왕이나 제후 중심의 이야기가 아닌 수많은 책사·모사·세객들의 언론과 사술로 이루어진 이야기다 보니 아무리 내포적으로 시사하는 바가 있다 할지라도 드러내놓고 학습하거나 강(講)을 할 수 없었다.[50]

또한 혹자가 유종원의 문장을 신불해나 한비자와 비교하고 있는데, 신불해나 한비자는 중국 전국시대 한(韓)나라 학자들로, 신불해의 학문은 황로(黃老; 도교)에 근거하면서 법가적 성향을 지녔고, 한비자 역시 법치주의를 주장한 법가다. 이들은 유가의 덕치주의를 비판, 수정한 측면이 있기 때문에 유가적 덕치주의를 이상으로 삼은 조선시대에는 존경받지 못했다. 그런데 유종원의 문장이 신불해나 한비자 부류와 비슷하다는 평가는 유종원의 문장이 노장이나 법가적 성향을 지녀서 유가적 덕치주의에 위배될 수 있다는 지적일 것이다.

유종원은 흔히 당대 고문운동의 주역으로 한유와 함께 병칭되지만 이들의 성향은 조금 다르게 파악된다. 한유의 글은 유가의 정맥을 이어 문장 속에 유가적 이치인 도를 밝히는 데에 충실했다. 물론 유종원 역시 문학이란 '도를 밝히기 위한 것'임은 마찬가지였지만, 불교 및 모든 설에 대해 한유가 철저히 배척적인 태도를 취한 반면, 유종원은 노장을 비롯한

---

50) 『성종실록』 14년 12월 8일(丁卯): 侍講官 李世佑가 『전국책』을 講하려 하자 정치하는 道는 경학을 근본으로 해야 한다는 논리에 의해 결국 『尚書』로 대체하였다는 기록이 있다. 사실 『전국책』은 조선 유자들은 말할 것도 없이 중국에서도 역대로 전통 유가사상의 심한 배척을 받았고 그 때문에 많이 유실되었다고 한다.(陳光磊외, 『中國修辭學通史-先秦兩漢魏晉南北朝』, 吉林敎育出版社, 1998, pp.157)

제자의 학설에도 개방적 태도를 취한다.[51]

유가적 이상을 실현할 수 있는 책이 아닌『전국책』이나 유종원의 문장을 창작의 전범으로 삼는 행위는 자칫 정주학의 학문적 정통성을 위협하는 것으로 발전할지도 모른다는 우려와 방어기제가 당대에 팽배했을 것이다. 유몽인이 혹자의 가상적인 질문을 설정하여『전국책』과 유종원의 문장을 선별한 이유를 굳이 밝히는 것도 그런 혐의와 우려에서 벗어나기 위한 방어기제적 설명일 터다. 이때 유몽인이 혐의를 벗어나는 논리는 '형식' 차원을 본받자는 것이다. 그는『전국책』과 유종원의 글에서 배우고자 하는 것이 내용적인 차원이 아니라 형식적인 차원임을 분명하게 하고 있다.

유몽인은『전국책』의 변설적 특성과 유종원의 법가적 성향을 인정하면서도 공자가『시경』을 산삭할 적에 음란한 〈정·위풍〉을 버리지 않은 뜻에 빗대어『전국책』과 유문(柳文)을 옹호한다.『전국책』이 비록 권모술수에 관한 내용이지만 형식적으로는 억양합패(抑揚闔捭)가 기굴(奇崛)하고 그 현하웅변(懸河雄辯)이 문기(文氣)를 도와줄 만하다고 한다. 또한 당송 문장가로 높이 치는 소동파도 그 연원을 궁구해 보면『전국책』에 있다고 지적하면서[52] 슬쩍『전국책』을 근원 있는 전고서(典故書)로 이야기한다.

유몽인의 지적대로『전국책』은 서사와 문자의 표현 기교 측면에서 '서사가 간결·명쾌하고 언어가 명백·유창하며 설리웅변(說理雄辯)의 힘이 있다. 그리고 종횡분방하여 어느 한 군데에 국한되지도 않는다.'[53] 또한 서사가 청석(淸晰)하고 인물 형상이 생동하여『전국책』을 '난세지문(亂世之文;『주자어류』139)'으로 규정했던 주희조차도『전국책』에 '영위(英偉)

---

51) 김학주,『중국문학사』, 신아사, 2000, p.280.

52)『어우집』전집 권6.「文章指南跋」: 蘇東坡得之戰國策.

53) 김종성,「戰國策文學面之研究」, 私立中國文化大學 박사논문, 1994, pp.9-10·p.110.

한 기운'이 있음은 인정한 바 있다.[54]

게다가 『전국책』의 표현 방식적 특징으로 다양한 우언의 활용을 들 수 있는데, 우언은 『전국책』 글을 생동하게 하는 결정적 요소가 되었다. 유몽인은 『전국책』의 표현 수법을 적극 배우려고 했고, 그것은 그의 실제 글쓰기에서 다양한 우언의 활용으로 나타나게 된다.

유종원의 문장은 '가장 정경(精勁)하고 고고(高古)'하여 배울 만하고 '명의(命義)가 분명하고 입어(立語)가 정밀한 까닭으로 말은 비록 껄끄럽지만 의취는 통창하니 문장의 첩경'이라고 하면서 배우는 자가 살피지 않을 수 없다고 한다. 유종원은 문장의 목적을 도에만 두지 않고, 도의 구현과 함께 문장 자체도 중요한 것으로 생각했다. 곧 글은 내용도 좋아야 하지만 형식과 문사도 훌륭해야 한다는 것이다. 실제로 유종원은 표현하고자 하는 내용에 가장 적절한 문장의 형식을 채택하여 다양한 문체의 작품을 썼다. 자신의 처지를 굴원에 빗대기 위해서 『이소』를 본떠서 소체(騷體)를 많이 썼다든지, 사회적 모순상을 우언문학의 풍자적 기법으로 표출했다는 등이 그 일례다. 유몽인은 유종원의 다양한 문체적 시도나 풍자적 기법 등에 매료되었던 것 같다.

유몽인이 전범으로 선택하는 데에 가장 큰 고민을 했던 전범서는 『장자』다. 그는 전범서의 총집인 『대가문회』에서 『장자』를 선십하시 않았고 전범서를 나열하는 자리에서도 역시 『장자』에 대해서는 직접적으로 거론하지 않고 있다.[55] 그러나 유몽인에게 끼친 『장자』의 영향은 분명하고 지대

---

54) 陳光磊외, 위의 책, pp.157-158.

55) 차운로에게 준 글을 읽어보면, "『주역』·『서경』·『좌전』·『국어』·『사기』·『한서』·한유·유종원 등의 전범들을 모두 일컫고 있는데, 『전국책』과 『장자』에 대한 언급은 없다.(『어우집』 전집 권5, 「報滄洲道士車萬里雲輅書」: 若依易書左國馬班韓柳 刻峻其文律 觸事著文 日添其編牘 則流傳不朽 天下無敵 不出於半歲之功 而其爲後學楷範何如耶)

하다. 유몽인은 「여윤진사빈서」에서 『상서』·『좌전』·『국어』·『사기』·『한서』·한문(韓文)·유문(柳文) 등 전범서들의 특징을 언급하고 있는데, 『장자』의 특징을 『한서』와 한문(韓文) 사이에 슬쩍 배치하고 있어서 유몽인이 『장자』도 전범서 중의 하나로 인식하고 있음을 분명히 했다.

유몽인이 유종원의 문장과 함께 『장자』의 문장을 1천 번씩 읽었다[56]는 기록을 보아도 『장자』의 영향력을 짐작할 수 있다. 김득신은 『사기』의 「백이전」을 1억 1만 1천 번, 윤결은 『맹자』를 천 번, 노수신은 『논어』와 두시(杜詩)를 2천 번, 차운로는 『주역』을 5천 번 읽었다[57]는 등 선인들의 책 읽은 횟수가 구전되기도 하는데, 어떤 한 책을 전적으로 공부한다는 것은 그만큼 그 대상서의 형식적인 표현 수법뿐 아니라 세계관에 깊이 공감하는 것이다. 그런 의미에서 유몽인이 『장자』를 천 번 읽었다는 것은 『장자』의 표현 수법은 물론이거니와 장자적 세계관에도 깊이 경도되었다는 의미다.

또한 유몽인은 당송고문가들 및 진한고문가들 모두가 추종해마지 않는 한유 글의 연원을 『장자』에서 찾고 있다. "한퇴지는 『장자』에서 터득하였으나 유가에 짐짓 가탁하여 '『맹자』를 배워서 문장을 했다'고 하였다"[58]고 하는데, 이는 단순히 한유의 글이 『장자』에 연원하고 있다는 정도의 언급이 아니다. 내면적으로는 『장자』에 연원이 있지만 표면적으로는 유가, 즉 『맹자』에 기대어 문장을 말하지 않을 수 없는 저간의 사정을 알려준다. 이는 유몽인이 『장자』를 전범 텍스트로 적극 수용하면서도 『대가문회』에 『장자』 글을 수록하지 않은 이유를 엿보게 해주는 대목이다. 『장자』의 선

<段>

56) 黃德吉, 「書金柏谷得臣讀數記後」(문집총간 260집, 『下廬集』 권11, p.447): 柳 於于讀莊子柳文千遍.

57) 정민, 『책 읽는 소리』, 마음산책, 2002, p.59.

58) 『어우집』 전집 권6, 「文章指南跋」: 退之得之莊子 而僞托儒家曰學孟子而爲之.

별은 유가적 명분을 이상으로 삼는 조선사회에서 『전국책』이나 유종원의 문장을 선집하는 것보다 더 큰 위험 부담을 안고 있었던 것이다.

실제로 『장자』의 어구를 사용했다는 이유로 삭방정거(削榜停擧)된 사례도 있다. 선조 33년 『장자』의 어구를 사용했다는 이유로 삭방된 이함(李涵)의 일에 대해 당시 윤근수가 선조에게 장자의 사상을 추종하지 않는다면 『장자』의 어구를 써도 무방하지 않느냐고 묻자 선조는 '능회인심술(能壞人心術)', 즉 장자의 글은 사람의 마음을 망칠 수 있다고 하여 윤근수의 의견을 받아들이지 않았다고 한다.[59] 도를 상대적으로 인식하는 『장자』의 세계관은 유자들에게 그만큼 경계의 대상이었던 것이다.

유몽인은 한유 문장 역시 전범으로 내세우고 있다. 한유의 문장은 당송고문가들뿐만 아니라 진한고문을 추종했던 이들에게도 창작의 전범이었다.[60] 그는 한유를 문장의 지남(指南)을 얻은 자로 평가하고 있다.

구양수는 한유의 문장을 터득했고, (중략) 한퇴지는 『장자』를 터득하였으면서도 짐짓 유가에 가탁하여 "『맹자』를 배워 썼다. (중략)"고 했다. 이는 대략 지남(指南)을 얻어 사방을 돌아다니는 데 빠지지 않은 자다.[61]

위 예문에서 유몽인은 한유를 문장의 지남을 얻은 자로 평가하고 있는

---

59) 『선조실록』 34년 3월 17일. 『조선왕조실록』 24, p.217.(김우정, 「월정 윤근수 산문의 성격」, 『한문학논집』 19, 2001, p.96 재인용)

60) 의고주의를 처음으로 수용했다는 월정 윤근수는 간이 최립과 함께 『韓文吐釋』을 편찬했다. 육경고문파·진한고문파·당송고문파 등이 모두 한유의 문장에 관심을 기울였는데, 관심의 함의는 조금씩 달랐다. 여기에는 한유의 문장을 어떻게 이해하는가의 문제, 다시 말하면 고문에 대한 인식의 차이 및 분화가 작용한다.

61) 『어우집』 전집 권6, 「文章指南跋」: 歐陽脩得之韓文 … 退之得之莊子 而僑托儒家曰學孟子而爲之 … 此粗得指南 不失於遊方者也.

데, 이는 한유가 『장자』나 『맹자』라는 전범을 잘 설정했다는 이야기일 터다. 또한 송문을 인정하지 않는 유몽인이 구양수를 '문장의 나침판을 얻은 자'라고 긍정하는 저변에는 구양수가 나침판으로 여겼던 한유 문장을 인정해주는 효과가 있다.

이러한 인정이 바탕이 되어 유몽인은 『대가문회』라는 전범서를 편찬할 때 한유 글 4편을 실어서 한유 문장에 대한 선호를 보였다. 그는 자신의 글이 「유자후묘지명(柳子厚墓誌銘)」 같은 한퇴지의 묘지명 수준에 도달하기를 원했고, 한퇴지의 서(序)를 읽고 한퇴지의 '자오(自娛)' 뜻에 촉발되어 사고(私稿)를 「자오편(自娛篇)」[62]이라고 하기도 했다. 그 밖에도 한유의 문장을 애독한 흔적이 『어우집』 여기저기에 산포되어 있는 것을 보면 한유 글의 영향을 상당히 받은 것으로 보인다.

유몽인이 『전국책』·『장자』· 한유 문장 등을 전범으로 설정했다는 의미는 그 전범서들이 갖고 있는 장점들을 흡수한 글쓰기를 해야 한다는 의미다. 그는 전범서들의 특징에 대하여 다음과 같이 언급한다.

『국어』는 넉넉하면서도 기이하다. 고로 말이 번다하지만 지리함을 느끼지 못한다. (중략) 『장자』는 말을 새롭게 하는 것을 잘하며 그 실마리 바꾸기를 잘한다. 고로 말끝이 층층이 드러나서 나오면 나올수록 더욱 새롭다. 한문(韓文)은 고의(古意)를 훔쳐서 지리한 말을 깎아내고 그 정수를 뽑아 그 마디를 촉급하게 한다. 고로 그것을 배우는 데 잘하지 않으면 곧 송문(宋文)의 무미한 데로 흐른다. (중략) 이는 배우는 자가 살

---

62) 『어우집』 후집 권5, 「贈禮曹判書行承文判校申公熟墓碣銘幷序」: 昔退之能銘
東野, 子厚墓 或者余庶幾乎; 『어우집』 후집 권4, 「自娛窩記」: 余嘗讀退之序
有曰窮居荒涼 草樹茂密 出無驢馬 因與人絶 一室之內 有以自娛 蓋退之 窮者也
娛人之所不娛而自娛之 余味乎此 名私藁曰自娛編.

피지 않을 수 없다.[63)

『국어』는 '섬이기(贍而奇)'하다고 하는데, 풍부하면서도 기하다는 뜻이다. 그래서 말이 번다하지만 기하기 때문에 지리함을 느끼지 못한다고 한다. 즉 '넉넉한(贍)' 측면이 말이 번다해지는 단점을 유발하지만, '기'는 지리하지 않은 긍정의 효과를 낸다. 여기에서 奇의 축자적 해석은 '기이(奇異)'로 '기이'의 반대말은 '범상' 혹은 '진부'다. 따라서 기이는 진부하지 않은 새로운 신(新)과 의미가 상통하게 된다.

『장자』의 '신기어(新其語), 경기단(更其端)'도 '기(奇)' 측면의 이야기다. 유몽인이 말하는 『장자』의 '신기어, 경기단'은 서술방식에 대한 지적으로, 새로운 언어 사용과 다양한 서술기법의 활용을 표현한 말이다. 그래서 『장자』가 일정한 논리적 체계를 구축하고 있으면서도 볼수록 새롭게(愈出愈新) 느껴질 수 있다. 그는 『장자』의 글을 단서를 잘 바꿈으로써 새로움을 추구했던 대표적인 기의 글로 보고 있는 것이다. 유몽인이 차운로(車雲輅, 1559-?)에게 보낸 편지에서 차운로의 시문이 '기이'한 이유를 『장자』 외편에서 나왔기 때문[64)이라고 한 것도 같은 맥락이다.

또한 한유의 문장이 '고의(古意)를 훔쳐서 지리함을 깎아내고, 정수를 뽑아내서 구절을 촉급하게 하였다'고 하는데, '지리함을 깎아냈다'는 것은 '무거진언(務去陳言)'하였다는 것이고, '구절을 촉급하게 했다'는 것은 송문처럼 느슨하게 늘어지지 않게 했다는 뜻이다. 그런데 여기에서 지리나 진

---

63) 『어우집』 권5, 「與尹進士彬書」: 國語贍而奇也 故語繁而不覺其支離 … 莊子善新其語而善更其端也 故談鋒層現 愈出而愈新 韓文竊古意 削支辭 拔其粹 促其節也 故不善於學之則流於宋文之無味 … 此學者不可以不察也.

64) 『어우집』 전집 권5, 「報滄洲道士車萬里雲輅書」: 至如尊之詩 儘奇矣 其文尤益奇 蓋出於莊子外篇.

언의 반대말은 신(新)이며, 신은 기의 다른 표현이다. 한유 문장이 기이한 측면이 강하다는 것은 한유 자신의 직접적인 언급도 있었고 당송고문가들의 평가도 대체로 일치한다.[65)

유몽인은『사기』,『좌전』,『국어』,『장자』,『전국책』, 한유의 글, 유종원의 글을 전범으로 설정하고 이 제서들의 전범성을 '기간'에서 찾고 있다. 이는 다시 말하면 '기간'이 중요한 산문 미학이며, 창작상에서 적극 실현해야 하는 문학적 장치라는 의미다.

3) 육경(六經); 전범 설정과 송문 비판의 근거

전범으로서 유몽인의 육경(『시경』·『서경』·『역경』·『춘추』·『예기』·『악기』)에 대한 생각을 알아볼 필요가 있다. 그것은 다른 진한고문의 전범서들과 동일하게 육경 역시 '간'의 전범성을 지니고 있기 때문이다. 그런데 그는 육경을 다른 전범서들과 함께 언급하면서도 진한고문의 전범서들과는 다른 시각을 보인다.

그는 주석을 제외한 육경의 장구만을 인정했다. 이것은 주석에만 매몰되어 자오(自悟)·자득(自得)의 가능성이 차단되는 것에 대한 염려이기도 하지만 동시에 육경이 내포하고 있는 근원적 의미를 궁구해야 한다는 당위적 천명이기도 하다. 육경에 대한 당위적 생각은 사실 유몽인만의 특별한 것은 아니다.

---

65) 한유 자신은 〈送窮文〉에서 자신이 지은 글을 두고 "怪怪奇奇 不可時施 只以自嬉"라고 하였고(노장시, 「한유의 不平則鳴설과 구양수의 窮而後工설에 대한 소고」,『논문집』15, 1999) 공안파 원종도 역시 한유의 「毛潁傳」 등을 예로 들어 한유의 '好奇'를 말하고 있다.(원종도, 「論文上」,『明淸散文選注』(孔德成選注, 正中書局印行, 1974), p.90)

육경은 유가 최고의 태평성대를 구가하던 요순시대와 삼대의 면모를
고스란히 담고 있기 때문에 유가적 도를 중시하는 우리의 문학적 풍토 속
에서 이미 당연하고 오래된 전범이며 교양필독서다. 이러한 기본적인 차
원에서 육경은 유몽인을 포함한 유자들 모두에게, 재도론자나 문장론자,
혹은 정치적 색깔을 달리하는 사람들 모두에게 하나의 준거 역할을 했다.

육경은 모든 문장의 근원으로, 근원을 궁구해 보면 결국 육경의 문장에
이른다는 생각은 일반적이었다. 전후칠자 중에 이몽양·왕정상·사진 등
은 육경 중에 특히 『시경』 시에 대해 언급하는데, 『시경』 시를 중요시한
이유는 『시경』 시의 내용이 '진솔한 감정의 표출'이라는 관점에서였다. 이
몽양은 "(『시경』의) 문을 통과하지 않고 누가 방을 나갈 수 있겠는가?"[66]
라고 하면서 『시경』은 시를 짓기 위해 통과하지 않을 수 없는 관문으로
생각하고 있다. 이러한 생각은 육경 전반에 대한 것으로, 육경은 진솔한
내용의 문이나 시를 짓기 위해서 꼭 필요한 관문인 것이다. 언뜻 보면 유
몽인 역시 육경에 대해 원론적이고 당위적인 의견을 드러낸다.

> 반드시 육경에서 그 고깃점을 맛보고 선유의 자서(子書)에서 심줄을
> 발라낸 후에 소견이 투철하고 입언(立言)이 바르게 될 것이니[67]

유몽인은 소견이 투철해지고 입언이 바르게 되기 위한 기본서로 육경
을 제시하고 있다. 물론 그가 말하는 육경은, 앞서 이미 언급했듯이, 주석
을 제외한 육경의 장구다. 고기 한 점을 맛보고 전체 맛을 통지(通知)하는
데 육경은 그 전체를 관통하기 위한 한 점의 정수에 해당된다. 육경은 궁

---

66) 원종례, 앞의 논문, 1989, p.65 재인용.
67) 『어우집』 전집 권5, 「與尹進士彬書」: 必於六經焉嘗其臠 先儒子書焉決其肯綮
　　 然後所見透而立言正.

극적인 문장의 근원이기 때문에 투철한 소견과 바른 입언의 글쓰기를 하려는 사람이라면 이런 육경의 바탕을 지녀야 한다는 의미에서 고전적 유가적 육경 정신과 맞닿아 있다. 이 부분만 읽어보면 그의 육경에 대한 의식은 다른 유자들과 별다른 차이를 발견하지 못한다.

그런데 위의 글 「여윤진사빈서」를 전체적으로 읽어보면, 전체 주지가 육경을 강조하는 데 초점이 맞춰져 있지 않다. 「여윤진사빈서」의 전체적인 골자는 '폭넓은 독서의 필요성'이다. 그리고 위 인용문 앞뒤로 유몽인은 선진양한의 제서들에 대한 폭넓은 독서와 제술의 중요성을 다양한 예시와 전거를 들어가면서 아주 길게 서술하고 있다.

특히 유몽인은, 『장자』와 유종원의 글에 대한 독서를 주장한다. 이어서 '비록 그렇지만 의리에 돌아가지 않으면 말이 비루하고 법도에 맞지 않으니(雖然 不歸諸義理 則語野而不法)' 육경에서 고깃점을 맛보아야 한다는 것이다. 그리고 뒤이어 또다시 자신이 전범으로 여긴 선진양한의 책들을 수백 번 읽을 것을 주문하고 있다. 그의 육경에 대한 언급 자체가 다분히 형식적이고 원론적임을 알 수 있다. 선진양한 서적의 독서를 강조함으로써 자신이 받게 될지도 모르는 혐의, 즉 자신이 '유가적 도'를 도외시한다는 혐의를 육경 언급을 통해 슬쩍 비껴가고 있는 느낌이다. 사실 유몽인은 육경에 대해서는 문장창작의 전범으로 삼을 수 없음을 인식하고 있었다.

아래로 내려와 공자가 『서경』을 산삭하였는데 그 문이 가장 오래되어 후학들이 본뜰 수 없을 듯하지만 문장의 근원은 전적으로 이 책에서 나왔다.[68]

---

68) 『어우집』 권5, 「與尹進士彬書」: 降至夫子刪書 其文最古 似非後學可倣象 而自古文章之源 專出於此.

철저히 고를 지향했던 유몽인이었지만, 고로 따지자면 최고였던『서경』
에 대해서 후학들이 모방할 수 없음을 말한다.『서경』은 문장의 근원이지
만 지금과의 거리가 너무 오래되어 모의할 수 없을 정도로 어려웠던 것이
다.『서경』에 한정된 논의지만, 이것을 육경 전체에 적용해도 마찬가지다.
고고하기로는 육경만한 것이 없지만 문제는 육경이 '어렵다'는 데에 있다.

유몽인은 '육경은 주(注)가 아니면 해석하기 어렵다'고 말하는데, 다른
많은 유자들도 육경이 모든 문의 기본·근원·관문이면서 동시에 '어렵다'
는 것에 공감한다. 유몽인과 자주 비교 거론되는 최립도 '문장 중에 육경
만한 것이 무엇이 있겠느냐'며 육경을 최고의 문장으로 인정하면서도 '육
경의 문장은 대체로 간오(簡奧)하여 초학자들이 곧장 그것을 통해 작문의
방법을 찾으려 든다면 또한 어려울 뿐이다'[69]라고 한 바가 있다.

육경을 곧바로 학습의 대상으로 삼기에는 너무 어려웠다. 그렇다고 '유
가의 도'를 상징하면서 모든 문장의 근원이 되는 육경을 무시할 수도 없는
상황이다. 그러다 보니 유몽인은 육경을 실제 창작의 전범으로 삼기보다
는 정신적 지향으로 자리매김하였다. 육경은 직접적인 학습의 대상이었다
기보다는 전범 설정이나 비판의 근거를 제시해 주는 역할을 하였다. 유몽
인에게 실제 창작의 전범은 주로 선진양한의 제자서였다. 전범서인『대가
문회』에 육경의 글은 하나도 실리지 않았지만, 대신『전국책』과 유종원의
문장을 선별한 근거로『시경』을 끌어대고 있다.[70]

이는 중국의 전후칠자의 기본적인 논의이기도 하다. 중국 전후칠자들
역시 문을 짓는 데 육경에 근본을 두어야 한다고 했지만, 문장 창작의 실

---

69) 최립,『簡易集』 권3,「平壤刻板孟子大文跋」(한국문집총간49, p.306): 文章
    孰如六經 亦孰出六經外哉 … 然六經之文 大抵簡奧 初學便欲由之 以尋作文門
    戶 則亦難矣 先儒以四子爲六經之階梯.
70)『어우집』 전집 권6,「大家文會跋」.

제에서는 선진제자의 문과 양한·위(魏)의 고체시를 전범으로 삼고 있다. 진한고문파가 육경을 언급하면서도 실제 창작의 전범으로 삼지 않자 도곡 이의현 같은 이는 이왕 복고의 기치를 드높였다면 유가의 최고의 가치를 담고 있는 육경을 두고 굳이 그보다 본질 면에서나 시대 면에서 뒤떨어지는 문장인 선진양한의 문장들을 목적으로 할 필요가 있겠느냐며 지향 대상을 잘못 선정했다는 비판을 하기도 한다.[71]

유몽인이 육경에 대해 언급하는 이유는 소극적으로는 당위적 차원에서 유가적 도를 배제한다는 혐의를 벗어나기 위해서였다. 적극적으로는 선진양한의 제서들을 전범으로 확정짓고, 송문과 전주문자 및 훈고만을 일삼는 과문(시문)을 배격하는 근거로 삼고 있다. 다음 글은 차운로(車雲輅)에게 준 편지글인데, 전체적으로 육경을 바탕에 깔고 있는 글이다.

㉮ 그 중에 삼재(三才)를 꿰뚫고 뭇 이치에 통달한 것은 어디에서 터득한 것입니까? 듣건대 존장께서는 『역경』과 『서경』 장구를 오백 번이나 읽었고, 기타 경전도 또한 비슷하다고 하니 이와 같다면 의리에 깊은 것은 당연할 것입니다. 저는 비록 늙었으나 배우기를 청합니다.

㉯ 다만 육경은 주가 아니면 해석하기 어려워서 어려서부터 배운 바가 장구에 그치고 주에 대해서는 저는 일찍이 눈을 대지 않았습니다. 옛날에 명경으로 선비를 뽑을 적에 육경 장구를 쓰고 전주는 제외했으니 이것이 예전에 말했던 '고문'입니다. 지금은 육경 장구 아래에 제가의 주를 함께 나열하여 명경자들이 모두 외우는데, 제가의 주는 모두 송유(宋儒)에서 나왔습니다. 저 같은 사람은 송문 피하기를 불이나 화살 피하듯이 하였으니 어째서이겠습니까?

---

71) 정순희, 「도곡 이의현의 고문론과 문학」, 전북대학교 박사학위논문, 2002, p.17.

㉰ 처음에 한퇴지가 팔대(八代)의 문이 쇠약한 후에 떨치고 일어나 돌연 문장의 법식을 변화시키니 송인(宋人)들이 모두 그를 본받았습니다. 구양수나 소식 같은 대가도 또한 한퇴지의 글을 모범으로 삼아 본떴고, 그 당시에 과거에 응시하는 자들은 모두 한퇴지의 글을 통해 입신했습니다. 비록 주자가 백대의 유가의 조종이지만 또한 한유를 읽은 것이 천 번에 이르렀는데, 하물며 나머지는 말할 것이 있겠습니까. 저는 그런 까닭으로 "송문은 한퇴지가 그르쳤다"고 한 것입니다. 송유가 여러 경서를 주해한 것은 다만 은미한 뜻을 발휘하여 후학들을 깨우치고자 했을 따름이지 후학들에게 주해의 글을 본 경전처럼 읽히려고 했던 게 아닙니다. 예전의 동중서·양웅·왕문중·주염계·정주 등 여러 주설이 어찌 훈고를 일삼았겠습니까? 다만 사서 육경에 의거하여 스스로 깨닫고 스스로 터득했을 뿐입니다. 지금의 학자들은 이것[육경 장귀]을 물리치고 저것[전주 훈괴]을 먼저 하니 사문(斯文)이 날로 비하되는 까닭입니다.

㉱ 동방의 문은 목은(牧隱) 이색이 최고이니 목은은 중국 조정에서 과거에 합격한 선비입니다. 그의 크고 작은 여러 글은 모두 의리로 귀착됩니다. 그 말은 비록 매우 실하여 근거하는 바가 많지만 모두 과정(科程)의 형식에서 나와서 제가 적이 웃었습니다. 문장은 전작(前作)을 답습하지 않는 것을 귀하게 여깁니다. 내 흉중에 쌓인 것을 도원(道原)에서 자득한다면 구구한 답습은 족히 높이 살 것이 못됩니다. (중략)

㉲ 지금 존장의 문기가 이와 같고, 깊은 견해가 이와 같은 것은 모두 육경 가운데에서 나왔으니 어찌 과거에 응시하는 자들이 훈고에 급급한 것에 비교하겠습니까? 만약 『주역』·『서경』·『좌전』·『국어』·『사기』·『한서』· 한유· 유종원에 의거하여 문율(文律)을 가파르게

깎아서 일이 있을 때마다 문을 지어서 날마다 편독(編牘)을 더한다면 영구히 유전되어 천하에 대적할 자가 없을 것이며 짧은 시간 동안에는 내지 못할 공로가 되어 후학들이 모범으로 삼을 것이니 어떻습니까?[72]

㉮에서 유몽인은 차운로가 육경, 특히 『역경』과 『서경』을 수백 번을 읽어서 의리에 깊다고 한다. 여기에서 '의리'는 '삼재를 꿰뚫고 뭇 이치에 통달한 것', 즉 유가의 원리를 뜻하지만 묘하게 뒤에 송문과 연결되면서 중의적 뜻을 지닌다. ㉯와 ㉰의 내용은 전주는 진정한 의미의 고문이 아니고 전주의 훈고성이 '자오자득'을 방해한다는 것으로, 이미 앞서 설명한 바 있다.

㉱에서는 우리나라에서 문의 최고봉으로 치는 목은 이색의 글을 유몽인은 인정하지 않는다. 목은의 여러 글들이 모두 의리에 귀의하여 근거하는 바가 많지만, 모두 과거 시험을 치르기 위한 과정에서 습득한 일정한

---

72) 『어우집』 권5, 「報滄洲道士車萬里雲輅書」: 其中貫三才通衆理 從何得之 聞尊讀易與書章句 皆五百算 其他經傳亦類之 若是則深於義理 固也 生雖老 請學焉 但六經非註難解 自少所學 止於章句 至如註 吾未嘗下眼 古者以明經取士 用六經章句 而箋註在外 皆舊說古文也 今者六經章句下 竝列諸家註 明經者俱誦 而諸家註皆出於宋儒 若生者 避宋文如避火避箭 何也 始韓退之奮起於八代文衰之後 突變殼率 宋人皆祖之 如歐蘇宗匠 亦依樣模畫 其時應擧者 皆由此發身 雖朱子百代之儒宗 亦讀之至千 況其他乎 生故曰宋之文 韓退之誤之 宋儒之註解諸經 只欲發揮微旨 以牖後學耳 非欲後學讀之如本經也 昔董仲舒楊雄王文仲周濂溪程朱諸傳 何嘗從事於訓詁 只據四書六經 自悟自得而已 今之學者謝此先彼 斯文所以日卑也 東方之文 牧隱爲最 牧隱 中朝科擧之士也 其大小諸作 皆歸之義理 其辭雖甚實 多所根據 而皆出於科程之式 生竊笑之 凡文章貴不沿襲前作 吾胸中所儲 自得於道原 則區區沿襲 不足多也 … 今尊文氣如許 邃見如許 皆從六經中出來 豈比應擧者汲汲訓詁中哉 若依易書左國馬班韓柳 刻峻其文律 觸事著文 日添其編牘 則流傳不朽 天下無敵 不出於半歲之功 而其爲後學楷範何如耶.

투식에서 나왔기 때문이다. 여기에서 의리에 귀착되고 근거하는 바가 많다는 것은 ㉮를 근거로 볼 때 이색이 육경을 많이 읽었다는 의미로 해석된다. 육경을 많이 읽었음에도 불구하고 이색의 글은 과거의 일정한 투식을 흉내 내고 연습(沿襲)한 글이라는 것이다. 그리고 역시 자득이 중요하다는 것으로 단락을 맺고 있다.

㉲에서는 결론적으로 천하에 대적할 자가 없는 불후한 문장을 쓰기 위해서 읽어야 할 책으로 『주역』·『서경』·『좌전』·『국어』·『사기』·『한서』·한유·유종원 문장 등을 들고 있다. 이때 유몽인은 『주역』·『서경』 등의 육경을 한유 문장이나 유종원 문장과 동일 선상에 놓고 있다. 조선시대 대부분의 유자들이 육경의 글을 중시했지만, 육경은 늘 정신적인 고고한 차원에서 논의되어왔음을 상기한다면, 유몽인이 늘어놓은 전범서들의 핵심은 『좌전』·『국어』·『사기』·『한서』·한유·유종원의 문장 등이고, 『주역』·『서경』 등 육경은 구색을 맞추고 있는 느낌이다.

유몽인이 말하는 '의리'가 '유가의 이상적인 도'를 뜻하는 것이라면, 이 글은 육경을 읽어 '의리'에 대해서는 깊다 하더라도 실제 좋은 문장을 쓰기 위해서는 또 다른 독서가 필요함을 강조한 글이 된다. 즉 유몽인은 좋은 글을 짓기 위해서는 선진양한의 제서들과 한유·유종원의 글을 읽어야 한다는 메시지를 차운로에게 전하고 있다. 여기에서 육경의 의리는 도학적인 내용 차원이고, 문율을 가파르게 깎는 데에 의거할 선진양한의 글은 형식 차원이다. 결국 유몽인은 형식 차원의 학습을 주장하는 것인데, 이때 의리를 키워줄 육경을 이미 당위적으로 전제함으로써 전범 논의를 보강하고 있다.

그런데 지나친 천착일지도 모르지만, 유몽인이 말하는 의리를 송문의 '의리지학'으로 연결 짓는다면, 좀 더 시니컬한 시각을 내재하게 된다. 육경의 은미한 뜻을 밝힌 동중서·양웅·왕문중·주돈이·정주 같은 이들은 당시에도 육경에 대한 여러 갈래의 주가 존재했지만, 나름대로 자기 식으로 풀어갔다는 점에서 자오·자득한 이들이다. 진솔하게 생동하던 육경은 송나라 이후 하나의 주로 고착되고 훈고를 일삼게 되면서 의리지학적 내용으로 고착된다. 유몽인은 송문과 전주문자에 대해 심한 거부감을 가지고 있었다. 이런 저간의 내용을 참고하면, 육경을 수백 번 읽은 이들이 '의리에 대해서는 깊다'는 지적은 혹 '육경의 장구가 아닌 주에 탐독했다'는 시니컬한 비판으로 읽혀지기도 한다. 목은 이색의 예에서 더욱 그렇다.

위의 글 「보창주도사차만리운로서(報滄洲道士車萬里雲輅書)」는 전체적으로 육경의 장구와 주석의 대립을 통해 논의를 진행시키면서, 육경의 장구 축은 진한고문·한문·유문의 독서를 강조하여 전범논의를 보강하고 육경을 자기 식으로 풀어낸 '자오자득'을 끌어낸다. 반대로 육경의 주는 부정적인 축으로, 송문·훈고·과식(科式)·연습(沿襲)과 모방 등의 개념을 이끌어내서 비판하고 있다. 결국 이 글은 육경에 대한 구체적인 논의는 하나도 없이 육경은 훈고·모방·과문·송문 등을 배격하고 '자득'을 주장하는 바탕이 되고 있는 셈이다. 그러나 육경 논의에서 유몽인 문학론 전반을 지배하게 되는 '자득'이 배태되었다는 점은 유의할 필요가 있다. 자득론은 장을 달리해서 논의하겠다.

모든 유자들이 육경을 바탕으로 삼는다는 사실 자체는 동일하지만 육경을 바탕으로 삼는 이유는 조금씩 다른 함의를 내포한다. 즉 많은 문인들이 표면적으로 유가적 도의 구가를 위해 육경을 언급하고 있지만, 대부분은 자기 논의를 보증하거나 혹은 자기 합리화를 위해 육경을 유용하고도 탄탄한 도피처로 삼았다.

결론적으로 유몽인이 육경을 언급하는 이유는 두 가지로 요약할 수 있다. 일차적으로는 유몽인 자신이 '유가적 도'를 배제한다는 혐의를 피하기 위해서다. 두 번째로는 송문을 배격하고 훈고 및 과문, 즉 시문을 비판하기 위한 근거로 삼기 위해서다. 다시 말하면 그에게 육경은 선진양한의 제서들 및 한문·유문을 전범으로 설정하고, 전주문자나 송문을 배격하고, 과문의 폐해를 지적하는 근거로 작용하고 있다. 당위적 언급이든, 비판의 근거로 삼기 위한 언급이든, 그의 육경에 대한 언급은 그의 전범설정 논의를 보강해 준다.

그러나 '배우기 어렵다'고 실제적 전범에서 육경을 일단 제쳐 두었다는 것은 다른 유자들과 달리, 육경을 도학적 차원에서가 아니라 문장적, 형식적 차원에서 접근했다는 의미다. 육경이 가진 형식적 미학인 간(簡)을 전범성으로 보았지만, 실제적으로 육경의 간은 배우기 어려웠기 때문에 학습단계에서 과감하게 배제하는 실제성을 보인다.

4) 전범의 위계와 형식미에 대한 인식

유몽인은 선진양한 산문과 당나라 한유·유종원의 문장까지를 인정했다. 그런데 그는 전범 안에서도 내재적인 위계를 설정한다. 그 위계의 상층부를 차지하면서 논의의 중심이 되는 것이 바로 『사기』다. 그는 「여윤진사빈서」에서 『사기』의 문장은 배워도 공을 이루기 어려운 전범임을 말한 바 있다. 다음 글에서 왜 『사기』가 배우기 어려운지 이유를 설명한다.

사마천에 이르러서는 왕양(汪洋)·굉사(宏肆)한 재주를 가지고 젊은 시절부터 먼저 기운을 기르고 천하의 명산대천을 돌아다니며 심목(心目)을 장대하게 하였다. 이후에 약이지학(約而之學: 박문약례의 학문)은 육경을 조종으로 삼고 『좌씨』를 이었으며, 유전되어온 삼대의 전주문자(篆籀文字)를 간간이 취하고 이미 자득한 것을 발양하여 천고백대(千古百代)를 종횡하며 글을 지었다. 그러니 그 언어를 배치하고 부리는 솜씨가

[措語下字]가 종횡착잡(縱橫錯雜)하고 천변만화(千變萬化)하여 배우는 자들이 그 끝을 궁구하지 못한다. 또한 초고가 이루어지지 않아서 화를 당했기 때문에 고인들이 대부분 미성문(未成文)으로 칭한다. 이런 이유로 예부터 문장학은 비록 사마천으로 종장(宗匠)을 삼지만 겨우 일단을 얻을 뿐이고 그 전체를 변환(變幻)하지는 못한다.[73]

위 인용문에서 두 가지의 사실에 유념해야 한다. 하나는 예부터 문장학은 사마천을 종장으로 삼는다는 사실이고, 또 하나는 『사기』가 어려워서 그 일단만을 얻을 뿐이라는 점이다. 고고(高古)한 것으로는 육경 및 『좌전』 등이 있지만, 문장학에서 사마천을 종장으로 삼는다고 하면서 『사기』가 최고의 전범 텍스트인 점을 분명히 하고 있다. 나아가 조어하자가 종횡착잡하고 천변만화하여 배우는 자들이 그 끝을 궁구하기 어렵다고 하는데, 이는 바꿔 말하면, 『사기』의 종횡착잡·천변만화 등의 수사적·형식적 기교가 『사기』를 생동하게 한다는 것이다.

유몽인은 『맹자』·『상서』·『한서』 등에 대해 다음과 같이 말한다. "『맹자』·『상서』는 순리(順理)다. 그러므로 비록 사마천의 『사기』보다 높으나 그 공은 쉽게 이루어진다. 『한서』는 박실(朴實)하다. 그러므로 사마천의 『사기』보다 아래지만 학자가 병폐로 여기지 않는다."[74] 『맹자』·『상서』는 『사기』보다 시대상으로는 더 오래된 전범이지만 『사기』보다 쉽고, 『한서』

---

73) 『어우집』 전집 권5, 「與尹進士彬書」: 至於馬遷 以汪洋宏肆之才 自少時先長 其氣 遊天下名山大川 以壯其心目 而後約而之學 宗六經述左氏 間取三代篆籀之 所傳者 發之以已所自得者 絶千古橫百代而爲之文 其措語下字 縱橫錯雜 千變萬 化 學者莫究其涯渚 又因草創未就而遭禍 故古人多稱以未成文 是以自古文章之 學 雖以此爲宗匠 而僅得其一端 未幻其全體.

74) 『어우집』 전집 권5, 「與尹進士彬書」: 孟子尚書 順理也 故雖高於馬史 而其功 易成 漢書 朴實也 故下於馬史 而學者不病.

는 『사기』보다 아래지만 볼 만하다는 입장이다. 『사기』를 기준 삼아 이들 제서들에 대해 말하고 있는 것을 보면, 역시 『사기』는 문장학의 중심으로, 최고의 전범이며 배우기 어려운 전범 자리를 차지한다. 그리고 『맹자』나 『상서』·『한서』는 『사기』보다 아래에 위치한다.

'배우기 어려움'의 측면에서 보자면 육경이 가장 어렵다. 그런데 유몽인은 육경이 가장 고고하지만, 너무 어려워서 배울 수 없는 것으로 판단한다. 그리고 과감하게 한 걸음 재껴 놓는다. 물론 도학적인 차원을 말하는 것이 아니라 문장학적인 차원에서 그렇다는 것이다.

난해성을 기준으로 보면, 시대상 오래된 『춘추좌전』과 『국어』도 간아하여 쉽게 배울 수 없기는 마찬가지다. 그러나 여기에는 어렵지만 배울 수 있다는 의식이 깃들어 있다. 그래서 한 체에 전문(專門)을 삼아 배우는 자들이 많이 『좌전』과 『국어』를 조종으로 삼는 것이다.[75] 유몽인이 『좌전』과 『국어』에 대해 『사기』만큼 상세하게 언급하고 있지는 않지만 난해성의 층위로 판단할 때, 읽어야 할 전범으로서, 『춘추좌전』과 『국어』는 『사기』와 거의 비슷하게 위치한다. 『춘추좌전』·『국어』는 '후학들이 쉽게 미칠 수 없고', 『사기』는 '일단만 얻을 수 있다.'

다음, 한유와 유종원 문장에 대해 살펴보자. 유몽인은 문집 곳곳에서 이들의 문장에 경도되어 있는 듯한 인상을 주면서, 한편으로 '자신이 소년 시절에 한유와 유종원 양서(兩書)를 잘못 읽은 것에 대해 깊이 한탄'[76]한다. 유종원의 문장은 '말에 남은 함축이 없어서'[77] 사어(死語)가 되었다고

---

75) 『어우집』 전집 권5, 「與尹進士彬書」: 降至夫子刪書 其文最古 似非後學可倣 象 而自古文章之源 專出於此 至左邱明著春秋傳曁國語 其文簡雅 亦非後學可易 及 而爲其專於一體 學之者多祖焉.

76) 『어우집』 전집 권6, 「題汪道昆副墨」: 深恨少年時誤讀韓柳兩書也.

77) 『어우집』 후집 권3, 「贈乾鳳寺僧信闇序」: 柳子言無餘蘊.

했으며, 한유 문장에 대해서는 '고인을 배웠지만 고인에게는 미치지 못했다', '『맹자』와 『장자』를 배웠지만 미치지 못했다'는 등의 비판적 언급을 한다. 유몽인은 한유나 유종원 문장까지를 고문으로 범주화했지만, 철저히 진한고문보다는 못하다는 비판적 인식을 함께 했던 것이다. 이것은 시대가 내려올수록 문장은 하향곡선을 그리며 낮아진다는 상고의식과 맥락을 함께 한다.

한유와 유종원에 대한 비판적 인식은 유몽인이 한유와 유종원에게서 받은 '영향과는 별도의 문제로, 수용과 극복의 차원에서 논의된다. 그는 고문의 말단을 극복하는 묘리(妙理)에 대해서 다음과 같이 제시하고 있다.

> 만약 옛날의 이른바 입언이라는 것을 배우고자 한다면 거기에는 어떤 묘리가 있다. 내가 보건대 한인(漢人) 중에 삼대를 배우는 자는 삼대에 능하지 못하고 한인일 뿐이며, 송인(宋人) 중에 한퇴지를 배운 자는 퇴지에 능하지 못하고 송인일 따름이다. 내 생각에 고인을 배우고자 하면 먼저 고인이 배운 바를 배워야 한다. 서경(西京)을 배우고자 한다면 먼저 서경이 배운 육경과 『좌전』, 제자를 배워야 하며, 퇴지를 배우고자 한다면 먼저 퇴지가 배운 삼대양한 제서를 배워야 한다.78)

구양수는 한유의 문장에, 소동파는 『전국책』에 연원이 있고, 한유는 『사기』 및 『장자』를 배웠고, 『사기』를 쓴 사마천은 육경을 조종으로 삼아 『노자』・『장자』・『춘추좌씨전』을 배웠다고 한다.79) 그렇다면 '고인을 배

---

78) 『어우집』 전집 권5, 「與尹進士彬書」: 如欲學古之所謂立言者 有妙理存焉 余
    觀漢人學三代者 不能三代而漢人耳 宋人學退之者 不能退之而宋人耳 余則以爲
    欲學古人 先學古人所學者 欲爲西京 先學西京所學六經及左國諸子焉 欲學退之
    先學退之所學三代兩漢諸書焉.

우고자 한다면 먼저 고인이 배운 바를 배워야 한다'는 유몽인의 논리에 입각해 보면, 구양수를 배우려면 먼저 한유의 문장을 배워야 하고, 소동파를 배우려면 먼저 소동파가 배운『전국책』을 배워야 하며, 한유를 추종하는 무리는 한유가 배운『사기』및『장자』를 배워야 하고,『사기』를 배우고자 하는 자는 육경을 조종으로 삼고『노자』·『장자』·『춘추좌씨전』을 배워야 하는 것이다.

'한유는 선진양한을 배웠지만 선진양한의 문장보다 못하다. 따라서 한유·유종원을 배우려는 자들은 한유나 유종원이 배운 선진양한의 산문을 배워라'라는 메시지는 일단 선진양한의 산문이 한유나 유종원의 산문보다 높은 위치를 점거하게 한다. 그러나 유몽인은 한편으로 한유·유종원 산문까지를 고문의 전범으로 설정하면서 한유·유종원 산문이 송 이하의 문장보다는 좋다는 평가를 내리고 있다. 이 지점에서 유몽인은 한유와 유종원 문장의 위계를 자신이 설정한 전범들 중에서 가장 낮은 층위로 결정한다. 즉 한문(韓文)·유문(柳文)은 육경 및 진한고문만은 못하지만 그래도 송 이하 문에 비해서는 낮다는 대안적 전범으로 제시하고 있는 것이다.[80]

---

79)『어우집』전집 권6,「文章指南跋」: 太玄得之周易 歐陽脩得之韓文 蘇東坡得之戰國策 子長得之老莊左史 而誣稱得之名山大川 退之得之莊子.

80) 유몽인이 한유 문장을 대안적으로 인식한 것은 일명 '진한고문파'·'당송고문파'·'육경고문파'들의 인식을 통합한 듯한 인상을 준다. 고문과 고문운동에 대한 인식의 차이에 따라 한유 문장에 대한 견해는 다음 세 부류로 나뉘어진다. 첫째 월정을 비롯한 전후칠자 수용에 적극적·우호적인 자세를 견지한 문인들은 한유의 문장을 서한의 고기를 계승하였다고 보고 창작의 이상적인 모델, 즉 전범의 하나로 여겼고, 한유가 중심이 된 고문운동의 성격을 전대 문풍에 대한 반성과 대안 제시로 파악하였다. 둘째 명대 전후칠자와 그 영향에 의해 생긴 조선문단의 진한고문적 성향을 비판적 시각으로 바라보았던 당송고문파는 한유의 문장을 '師其意 不師其辭'의 관점에 입각하여 형식주의적 모방이나 답습을 부정하는 새로운 문풍(당송고문)의 시작으로 보았다. 아울러 한유의 고문운동의 성격을 당대 이전의 병문을 대신할 산문을 제

　　상고를 가치 기준으로 보자면, 시대적으로 가장 오래된 육경이 가장 고고하며 절대적 가치를 지닌다. 그 다음은 선진 양한 산문이며, 그 다음은 한문, 유문이다. 송문에 대한 유몽인의 집착적인 거부를 제외하고, 이런 상고 의식은 당시 조선조 모든 유자들에게서 나타나는 일반적인 미의식이다. 그러나 유몽인은 여기에 난해성의 층위를 더한다. 결국 전범들은 그 나름대로 상고의식과 난해성에 따라 위계를 형성하여『사기』·『좌전』·『국어』→『맹자』·『상서』·『한서』·『전국책』·『장자』→ 한문·유문의 순으로 배치된다.

　　전범서들에서『사기』·『좌전』의 간(簡),『국어』·『장자』·『전국책』의 기(奇), 한유 문장의 기간(奇簡)을 배워야 하는데, 전범서들은 '기간'이라는 풍격 측면에서는 횡적인 가치를 지닌다. 그러나 상고의식과 난해성이 고려되면서, 전범들 사이에 위계가 설정된 것이다. 그리고 이 위계는 단계적 학습과 자득 논리로 긴밀하게 연결된다. 구체적인 내용은 다음 절에서 살펴보겠다.

　　유몽인이 기간의 풍격을 위해서 전범서에서 배워야 할 것으로 제시한 것들은 모두 형식적 측면이다.『사기』의 종횡착잡(縱橫錯雜), 천변만화(千

시한 새로운 문풍의 진작으로 파악하였다. 셋째, 육경고문파는 한유의 문장을 육경이나 선진제자의 문장보다는 못하지만 그 이후의 문장(당송 이하)보다는 낫다고 파악하여 차선적인 것으로 인식하였다.(신승훈, 앞의 논문, 2002, p.125)

　유몽인이 한유를 인정한 이유는 전후질자를 수용한 진한고문파처럼 서한의 고기를 계승했다는 점 때문이었다. 그런데 한편으로 유몽인은 육경고문파처럼 한유의 문장은 선진제자의 문장보다는 못하지만 그 이후 당송 이하보다는 낫다고 파악하고 있다. 또한 유몽인은 진한고문파가 보인 모방과 답습에 비판적 시각을 보임으로써 일정 부분 당송고문파와 같은 생각을 보인다. 따라서 유몽인의 견해는 진한고문파·당송고문파·육경고문파들이 보였던 인식을 통합한 듯한 인상을 준다.

變萬化), 장단합패(長短闔捭), 합산소식(合散消息), 억양개합(抑揚開闔), 『장자』의 경단을 통한 새로움(新其語, 更其端), 현하웅변(懸河雄辯)의 도도함, 『전국책』의 억양개합(抑揚開闔)의 기굴함, 현하웅변(懸河雄辯), 한유 문장의 무거진언(務去陳言), 유종원 문장의 정경(精勁) 등이 모두 그것이다.

이들은 대부분 글의 문세(文勢)나 어세(語勢)와 관련이 되어 글의 힘과 생동감, 즉 문기(文氣)를 좌우하게 된다. 그리고 문세는 자(字)·구(句)·편(篇)·장(章)의 각각의 배치와 구성, 장구(長句)·단구(短句)의 문제, 혹은 구와 단락의 연결, 편과 편의 연결, 경구(驚句)나 각종 수사의 활용 등을 통해 조절할 수 있다. 문기를 돕고 고고(高古)한 풍격을 이루는 방편이 바로 이러한 형식적 표현기법이라고 생각했던 것이다.

유몽인은 유달리 철저한 전범의 학습을 통해 작문기법을 도출해 내고 그것을 학습·구사할 수 있다고 보았다. 그랬기 때문에 상고의식과 난해성의 측면에서 가장 상층부를 형성하는 육경은 너무 어려워서 문장학적인 측면에서 배울 수 없다고 과감하게 배제하는 실제성을 보일 수 있었다. 또한 당시 진한고문을 추종했던 이들도 드러내놓고 전범으로 말하기 어려웠던 권모술수에 관계된 『전국책』, 유가사상에 배치되는 『장자』, 법가류에 가까운 유종원의 글도 표현수법 측면에서 배워야 하는 전범으로 적극 추천할 수 있었다.

유몽인의 표현수법에 대한 관심은 지대하고 적극적인 것이었다. 이것은 문장의 가치 판단 기준이 유가적 道의 구가에 있었던 당시의 문화적 배경을 고려한다면, 상당히 개방적인 것이다. 성리학자들의 道 위주의 문에서 내용과 형식이 합치하는 문을 창작할 것을 요구한 것이며, 더 나아가 형식미를 문학성의 지표로 인식한 것이다.

결국 전범설정과 그 위계에서 엿볼 수 있는 것은 유몽인의 글쓰기가 형식적인 표현수법 등을 통해 글의 문예미나 문채미를 실현하는 경향으로 발전하리라는 예상이다. 실제로 유몽인의 글쓰기는 각종 실험적 방식들을 선보이면서 각 편마다 새로운 형식적 변화를 주었고 전범서들에서 배운 각종 수사적 기법을 활용하고 있음을 확인할 수 있다.

4. 기간 추구의 방식

유몽인은 거듭 "문은 진무함을 버려야 한다(文捨陳蕪)"[81]고 역설했는데, 진무(陳蕪)란 '진부하고 무성하여 거친 것'이다. 진부한 것의 반대말은 '새로운 것'이고 무성하고 거친 것의 반대말은 '간결한 것'이다. 즉 문은 새롭고 간결해야 된다는 의미로, 달리 말하면 문은 '기간'해야 한다는 의미다. 그렇다면 유몽인이 실제 글쓰기에서 어떤 식으로 '기간'을 추구했는지 그 방식을 개괄적으로 알아보자.

1) 기 추구 방식

먼저 기 측면을 살펴보자. 유몽인에게 '기'는 기이한 글자나 용어, 기이한 표현, 기이한 구성 방식 등 형식적인 측면에서 강력하게 추구된다. 용어 차원에서 추구한 '기이한 말'의 의미를 살펴보면, 그는 '진부한 말'이란 '저속한 말'이라는 의미 외에도, 고인들이 이미 말한 것은 모두 진부한 말이라고 해석한다. 그렇다면 유몽인에게 '기이한 말'이란 '고인들이 쓰지 않은 말', '새로운 말'을 의미한다. 그는 기이한, 새로운 말을 쓰기 위해서 상

---

81) 『어우집』 후집 권3 「送冬至副使鄭令公谷神子士信序」.

투적인 표현을 배제하고 의식적으로 고인(古人)들이 이미 쓴 말을 쓰지 않으려 했다.

고인이 이미 썼던 말을 쓰는 것은 모방과 표절이며, 모방과 표절은 진부한 말이 되고, 진부한 말은 기이하지 않게 된다. 명언(名言)·격어(格語)라도 답습해서는 안 되고,[82] 더구나 구어 차원에서의 모방과 표절은 마치 '고리로 묶어 기둥에 매어놓은 원숭이가 종일 빙빙 돌아다니지만 같은 자리만 계속 밟는 것'과 같아서 끝내 종지가 서지 않는다고 지적한다.[83] 진부한 말, 즉 고인이 이미 쓴 말을 가져다 썼을 때 나타나는 최악의 상황은 글 전체의 종지가 흩어지는 것이다. 유몽인은 이것을 '한단(邯鄲)에서 본래 걸음을 잃었다'는 말로 혹평한다.

이러한 혹평은 단순히 모방과 표절에 대한 혹평일 뿐만 아니라 진부한 말을 쓰지 말아야 한다는, 즉 기이한 말을 추구해야 한다는 유몽인의 기 추구 문학론으로 이해된다. 다만 기이한 글자나 용어라고 해서 전혀 낯설고 궁벽진 글자나 용어만을 일컫는 것은 아니다. 익숙한 글자라도 반복이나 병치 등을 통해 낯설게 제시할 수 있다.

형식적 특징인 통사구조, 조사의 처리, 단락의 구성에서도 기는 추구될 수 있다. 한 구절 안에서 일반적인 배치를 벗어난다든지, 전체 서사에서 의외의 병치를 하기도 한다. 익숙한 것을 낯설게 혹은 은미하게 제시하는 우언·역설·꿈 등 각종 수사법도 기의 한 활용이 될 수 있다.

또한 기를 표현해 내기 위해서 유몽인은 일반적 문체의 격식을 무시하고 관심 분야를 전면에 부각시키는 방식을 도입하기도 한다. 예컨대 「공졸변(工拙辨)」(『어우집』 후집 권6)은 변체(辨体)의 글인데, 논변체가 일반

---

82) 『어우집』 전집 권5, 「答年兄林公直書」: 故雖名言格語 苟涉古人之陳 猶不屑.

83) 『어우집』 후집 권4, 「題汪道昆遊城陽山記後」: 掣環繫柱之猿 終日回旋 踏其舊跡 而宗肯不立.

적으로 가지는 양식적 특성인 의론성이 없고, 일화를 전면적으로 활용하여 서사성 강한 글로 조직하였다. 이런 식의 양식적 특성을 벗어난 글들이 자주 보이는데, 이는 모두 유몽인이 기를 추구했던 의식의 발로다.

때로 객관 사물을 예교나 경전의 일반론 또는 세간의 통념으로 파악하지 않고 희화하는 방식을 선택하기도 한다. 『어우야담』·『어우집』의 많은 글들이 이에 해당된다. 특히 우언을 활용한 글들이나 완곡한 반전을 보이는 글을 통해 유몽인은 세태를 비판하고 있는데, 그 방식이 근엄하게 훈계하는 대신에 우언이나 일화 등을 활용하여 희화시키고 있다. 유몽인이 실험했던 다양한 서술방식들은 구체적으로 3장, 4장에서 다루겠다.

서사의 구성적인 병치 또는 일반적 문체 격식에 대한 파격, 희화화 방식 등이 출기(出奇)의 형식적인 방식이지만, 결국은 대상에 대한 접근 시각이 파격적이라는 측면에서 볼 때 기는 필연적으로 내용과 관련이 된다. 예컨대 기이함을 드러내놓기 위한 한 방식으로서 희화화는 정연한 논리로 정색하고 말했을 때는 얻지 못하는 사회 현실의 역동성을 드러내 줄 수 있으며 사회 통념을 비판적으로 바라볼 수 있는 안목을 주는 것이다.

일차적으로 형식의 문제였던 기는 결국 내용과 결부되면서 소재적인 측면과 내용적 측면에서도 관심의 영역이 된다. 그래서 형식적 측면에서 이야기되는 기에 대한 관심은 내용과 관련된 전반적인 것들에까지 확장된다. 여기서 기이는 일상생활 속에서 흔히 볼 수 없거나 일상적인 것을 벗어난 이상한 일, 현실 세계에서는 볼 수 없는 초현실적인 일, 괴이한 것, 환상적인 것을 포함한다. 기이의 세계가 유몽인의 문학 속에 수용되면서 기이한 행적을 보였던 인간에 대한 관심으로 나타나기도 한다. 평범하거나 규범적인 인물보다는 기행을 일삼았던 이승(異僧)·방사(方士)·도술적 인물에 대한 관심을 보인다. 『어우야담』에 실려 있는 많은 인물들의 기행담[84]이 그것이다.

이러한 기이함의 추구는 사람을 평가하는 방식에서도 드러난다. 『어우야담』「초서의 대가 황기로와 성수침」에서 유몽인은 초서의 대가였던 성수침과 황기로를 평가하는 데에 출기가 평가의 잣대로 작용한다. 그래서 그는 정제되고 산승 냄새가 나는 성수침의 글씨보다 아무 붓이나 사용하여 미친 듯 자기 맘대로 써내는 황기로의 글씨를 더욱 높게 평가한다. 기이한 행적의 인간에 대한 관심이 극단적으로 발현될 때 나타나는 것이 신선에 대한 관심이다. 그는 『어우야담』이나 『어우집』 곳곳에 신선에 관한 많은 글들을 남겼는데,[85] 일부의 글들은 신선 같은 인물담으로, 기사(奇士)들의 이야기와 일맥상통한다.

그런데 내용 차원에서의 유몽인의 기 추구는 사상적 태도와 깊이 관련된다. 기이함이 극단적으로 발현될 때, 유가에서는 괴력난신(怪力亂神)을 문제 삼는다.[86] 이유는 기이함이 극단적으로 발현될 때 잘못하면 내용적 기이의 문제는 이술(異術)·이단(異端)의 문제로까지 번지게 될 우려가 있을 뿐만 아니라 도가나 불가적 사유체계와 연결될 수 있기 때문이다. 실제로 그는 신선술에 심취했었고, 노장적 사유방식을 보이면서 도란 어디에나 있는 것이며, 심지어 똥 덩어리에도 있을 수 있다는 상대주의적 세계관을 표출했다. 그의 사유방식이 상대적이고 장자적 색채를 띤다는 것은 우연이 아니다. 상대적 사유방식은 여러 각도에서 조명이 가능하겠지

---

84) 『어우야담』(1996), 「24화 홍유손의기행」·「69화 이지함의 奇略」·「113화 奇士 정렴과 정작」·「155화 이지함의기행」 外.

85) 유몽인은 『어우야담』의 「신선을 배운 곽재우」나 『어우집』의 여러 글(「送成川假仙洪兄遵之任序」·「贈金剛山僧宗遠序」·「二難軒記」·「釣隱亭記」·「喚仙亭記」)을 통해 '신선'에 많은 관심을 보였으며 신선이 되는 길을 갈구하기도 했다.

86) 『논어』 述而편에서 "子不語怪力亂神"이라고 했는데, 공자는 奇異·勇力·悖亂·鬼神의 일은 이성적이고 합리적인 일이 아니기 때문에 말해서는 안된다고 하였다.

만, 어우의 기 추구 문학관과 표리를 이룬다.

2) 간 추구 방식

다음은 간 측면이다. 간 역시 주로 형식상 측면에서 논의된다. 간략함 혹은 간결함을 추구하는 방법으로는 우선 구를 줄이는 방법(省句)과 글자를 줄이는 방법(省字)[87]이 있다. 문장을 간결하게 하려고 '而'나 '之'와 같은 허사를 줄이고 구를 짧게 한다. 물론 어구의 중복을 피하는 일은 기본적이다. 그러나 글자나 구를 줄여서 결과적으로 내용이 그만큼 반감된다면 진정한 간이 아니다. 가능하면 글자는 줄이되, 내용은 풍부하게 포괄하기 위해서 같은 내용이라고 할지라도 상세하게 풀어쓰는 것보다 극도의 함축성 지닌 글자를 선호한다. 그러다 보니 성어나 속담, 전고 등의 사용이 빈번하며 하나의 말이 두 가지 뜻을 갖는 쌍관(雙關)이나 반어(反語)를 사용하게 된다.

간결함을 추구하는 또 다른 방법으로는 편장(篇章)을 간략하게 하는 것이다. 여기에서 편장이라는 것은 일종의 문단이나 전체 구성을 뜻하는데, 편장을 간략하게 한다는 것은 편·장 간의 연결과 배치에서 사소하고 번다한 것들을 서술하지 않음을 말한다. 산문 쓰기에서 편장의 구성과 그 구성의 간결함이 미학으로 받아들여진 분야는 비지류였다. 비지류는 포(褒)를 기준으로 인물의 일생을 재구성하는데, 포 위주의 글 구성은 자칫 아유 문자로 전락할 위험을 지니고 있었다. 때문에 오히려 묘주의 삶에 대한 엄격한 평가와 엄격한 글쓰기 형식을 고수해야 하는 문체적 특성을 지니게 된다. 이것이 바로 간엄(簡嚴)이다.[88]

---

87) 심경호(1998), 앞의 책, p.70.

그러나 유몽인은 '간엄'에서 주로 간에 집중하고 엄에 대해서는 별다른 논의를 하지 않았다. 만약 '간엄'에서 '엄'을 내용적 차원으로 본다면, 그는 형식적으로는 간결함을 추구하지만 내용과 서사는 풍부하고 상세하게 쏟아내는 글쓰기 경향을 보이기 때문에 오히려 '엄'과는 차이가 있다. 때문에 동시에 간결함을 추구했는데도, '기간'을 주장했던 유몽인과 '간엄'을 지향했던 당송고문가들의 글은 확연히 달라진다. 이 점에 대해서는 '기간'의 난해성 문제에서 후술하겠다.

유몽인의 경우 실제 글쓰기에서 간결함은 '而'나 '之' 같은 허사를 줄이는 자구 차원에서 뿐만 아니라 편장 차원에서 두루 추구된다. 송나라 문장이 이만·지리한 가장 큰 원인으로 허자의 과용을 꼽고 있었음을 살펴보았듯이, 유몽인은 가장 일차적으로 자구 차원에서 허자를 줄이는 방향으로 간결함을 추구했다.

그러나 유몽인 글에서 더욱 문제적이고 중요한 간은 단순히 자구 차원의 조사 생략이 아니라 구와 구, 문장과 문장, 단락과 단락 사이의 간이다. 구와 구, 문장과 문장, 단락과 단락 사이에 어떤 인과적인 설명이 없이 비약적으로 논리를 전개시켜 간결하게 처리하기 때문에 그 틈을 메우는 데 만만치 않은 어려움이 동반된다.

기와 간은 때로 별도로 추구될 수 있고, 어느 한쪽이 강하게 드러날 수도 있지만 대부분은 한 작품 안에서 동시에 추구된다. 또한 이 둘을 정확하게 구분할 수 없는 경우도 있다. 예컨대 조사의 처리 문제도 기와 간 두 측면에서 동시에 논의될 수 있다. 간결함을 위해서 조사를 생략할 수도

---

88) 이에 관해서는 정순희의 「고문론과 비지류의 상관성」(『어문연구』 46, 어문연구학회, 2004, p.255)을 참고하였다. 그 밖에 「구양수의 비지문 분석을 통해 본 簡而有法」(金容杓, 『중국학연구』 5, 1990)과 곽노봉(앞의 논문, 1986) 등에서도 논의되었다.

있지만, 기를 위해서 조사를 생략하거나 일상적인 조사 사용을 자제한 것일 수도 있다. 또한 어떤 특정 조사를 반복·병치하는 것으로 글 전체를 구성하여 기를 표현하려고 하기도 한다.

다만, 유몽인은 기와 간 중에서 상대적으로 기 측면의 글쓰기에 더욱 집중했다. 단언할 수는 없지만, 그의 산문들을 보면, 간에서 기로 진행되는 '간→기' 식이거나 간이 결국 기로 연결되는 느낌이 강하다. 간을 형상화한 글들은 결과적으로 기의 문학성을 담보하지만, 그 역은 성립하지 않는다. 즉 기를 형상화해 낸 모든 글이 간의 미학을 보이지는 않는다는 것이다. 그래서 유몽인이 말하는 간의 형상화는, 물론 그 자체로도 문학성을 가지지만, 더욱 중요한 복무는 '기'의 미학을 형상화해 내려는 데 있는 것이 아닌가 여겨진다.

다시 조사의 사용을 예로 들면, 유몽인은 '오늘날의 문장들이 조사를 많이 사용하여 구두가 입술에서 흘러내리는 듯하다'고 조사의 다용을 경계한 바 있다. 실제로 유몽인의 산문이 전체적으로 조사 같은 허자 사용이 적은 편이기는 하다. 그런데 이것을 쉽게 간의 미학을 형상화하기 위한 것이라고 단언하기 어렵다.

유몽인이 조사의 다용을 경계한 것은 긴장된 문장의 기세가 약화되는 것에 대한 우려였다. 그런데 문장이란 것이 언제나 긴장되게 조이기만 해서 되는 것은 아니고 억양·기복·장단에 따라 문장의 흐름상 느슨해져야 하는 곳도 존재한다. 그런 경우에는 조사를 의도적으로 사용·배치한 예도 눈에 띈다. 조사를 안자로 사용하기도 하고, 산문에서 운자를 맞추기 위해 없어도 되는 조사를 사용하는 경우도 상당수 있으며, 허자를 다용한 글도 있다.[89] 그는 감각적인 조사 사용을 중시했던 것이다.

---

89) 의문조사 '乎'를 20번 넘게 사용하여 '乎'를 안자로 전체 구성을 이끌어 간

그러고 보면 그가 전반적으로 허자를 적게 쓴 것은, 간의 측면에서 조사 사용을 최소화하려는 노력일 수도 있겠지만, 간이 기를 표현할 수 있는 한 방편이라고 여기고 기를 실현하려고 했던 것은 아닌가 여겨지는 것이다. 그것은 간이 주로 형식적인 차원 내에서만 논의되지만, 기는 형식적인 것은 물론 내용적인 것까지 확산된다는 점에서 그렇다. 나아가 그의 상당수의 글이 결코 간결하지 않다는 점에서 더욱 그런 혐의를 갖게 한다. 그에게 간은 어쩌면 애초부터 간 자체가 목적이 아니고 기를 위한 한 방편이었을지도 모르겠다. 이 점에 대해서는 차후에 조금 더 논의를 진행해 보겠다.

5. 기간의 문학적 형상화

창작상에서 유몽인은 문학적인 글과 비문학적인 글을 구분하여 문학적인 글에서는 의도적으로 극도의 기간을 추구한다. 그는 '기간'의 형상화를 통하여 문학의 독창성을 확보하려 했다. 산문의 문학성은 실제 글쓰기에서 『전국책』·『장자』의 기, 육경이나 『사기』·『좌전』의 간, 한유의 기간의 풍격을 문학적으로 얼마나 잘 형상화하는가에 달려 있게 된다. 본 절에서는 구체적인 작품을 예시하여 기간이 실제 어떻게 문학적으로 형상화되었는지 살펴보겠다. 다만 한 작품 안에서 어디까지가 '기'이고 어디까지

경우, 산문에서 운자나 대구를 맞추기 위한 의도적인 허자 사용을 주도한 경우 등은 다음 이어지는 「奇의 문학적 형상화」 속에서 살피게 될 것이다. 그밖에 허자를 다용한 예는 어떤 글 하나를 모범으로 예시하기 어렵지만 고도의 문예미를 추구하는 기문 같은 곳에서 살필 수 있다. 예컨대 『어우집』 권4의 「無盡亭記」는 전체적으로 구절구절 조사가 사용되고 있으며, 더욱이 연용되기도 한다.

가 '간'인지 명확하게 구분할 수 없는 경우가 많지만 선명한 예시를 위해서 본고에서는 나누어 살핀다.

1) 기의 형상화

유몽인은 삼장에 장원을 하면서 당시의 문형들에게 "백년 이래 있지 않은 기문(奇文)"이라는 칭찬을 들었고, 중국 황제는 그가 '기기(奇氣)'를 가지고 있다고 인정했으며,[90] 홍만종은 『소화시평』에서 그의 시를 '유기(幽奇)'·'기궤(奇詭)'하다[91]고 평가했다. 후대의 연구자들이 일찍이 그를 주목했던 이유도 그의 '기굴(奇崛)'[92]임을 상기해 보면, 확실히 그의 글은 기의 풍격을 형상화해 냈다고 할 수 있다.

다만 유몽인이 진부하고 일상적인 자구를 쓰기 않기 위해서 험벽진 글자를 다용했는데, 그 험벽진 글자를 일일이 거론할 수는 없는 문제다. 본장에서는 일상적인 글자의 반복, 병치를 통해 기를 추구한 예시와 편지글이나 증서(贈序) 같은 산문에서 글 전체에 운자나 대구 등을 맞추는 파격을 통해 기를 추구했던 실례를 들어 형식적 단련으로 기가 발현된 양상을 살펴보겠다.

먼저, '호(乎)'나 의문사의 반복적 사용을 통해 전체 글을 역설적 의문문으로 구성하고, 그것을 통해 문기를 살려서 기를 추구한 글을 보자. 『어우

---

90) 『어우집』 후집 권4, 「贈金書將朝天記」.

91) 홍만종은 (通文館藏本)『소화시평』(조종업편, 『한국시화총편』 3, 태학사, 1996, p.529)에서 「山行詩」에 대해 "聯皆極幽奇"라 하였고, 또한 『詩評補遺』(조종업편, 『한국시화총편』 4, 태학사, 1996, p.78)에서 「送李校理朝天詩」와 「送李養久赴北詩」에 대해서 "諸篇皆奇詭"라 평하였다.

92) 김태준은 『조선한문학사』(조선어문학회, 1931, p.144)에서 "五峰의 婉麗, 五山의 敏富, 於于의 奇崛, 東皐의 矯健" 등을 언급하고 있다.

집』전집 권3에 월사 이정구(李廷龜)에게 준 「증이성징령공부경서(贈李聖
徵令公赴京序)」는 글 전체가 의문조사 '-호(乎)'자로 구성되었다. '-호'를 중
심으로 문장을 정리해 보면 다음과 같다.

(1) 聖徵乎

(2) 聖人以朋友齒五倫 其義顧不重乎

(3) 莫大者死生 猶或爲朋友許身 矧其餘乎

(4) 余未知今之世重斯義乎

(5) 是何朋友之多歧乎

(6) 自朝家士論相携 朋友之道 能皆可保終給乎

(7) 交之道一也 緣何而爲二乎

(8) 二猶不幸 緣何而爲四爲五乎

(9) 其爲一其爲四五者 自比而逐私 能無負於一人乎

(10) 入於一者 各自爲一 與四五敵 爲一人者 其不孤乎

(11) 一之勢盛則一之勢衰 守於一而爲進退 自以爲節義 其節義可移於一人乎

(12) 黃者自黃 靑者自靑 其靑黃果其性乎

(13) 問于甲則是甲而非乙 問于乙則是乙而非甲 其俱是乎

(14) 其俱非乎

(15) 其甲乙不能相是乎

(16) 余獨也 視今之士 其有若余獨乎

(17) 以獨而行于世 交之道豈泥于一乎

(18) 一之不泥 於四於五 皆吾友也 則吾之倫 不亦博乎

(19) 其寒凝氷而吾不慄 其勢焦土而吾不灼 無可無不可 惟吾心之從 而吾心
     之所歸 惟一人而已 則其去就豈不綽有裕乎

(20) 聖徵 少時友也 游泮而始親 登朝而彌篤 升宰列而愈益密 或者其志與

余同乎

(21) 人心日薄 世道萬變 風波一起於平地 雖兄弟莫保始終 而與聖徵相愛
白首如初 相愛者何愛 其不私於一而不負于一人乎

(22) 雖然 有一焉 肝肺同藏而性不同 耳目同面而官不同 吾之炙秦之炙同味
羿之白雪之白同色 强其異者而同之則不同 順其同者而同之則自同 如
同其同也 可不以死生許之乎

(23) 可不與父子兄弟而倫之乎

(24) 或不然 自私其一而後一人 吾將任其獨而從其博乎

(25) 聖徵將赴京 余無贐 請以此爲贐可乎

이 글은 '호'자를 무려 22번[93]이나 사용하여 한 문장 한 문장을 정리하
고 있다. 기와 간의 발현이다. 전체 글이 단정적인 평서형 문장이 없이
'호'로 이루어진 측면에서 기의 발현을 보여준다. 번다한 설명 없이 반어
적·역설적 물음을 통하여 물음 속에 이미 답을 전제하면서 다음 물음으
로 이어나간다는 측면에서 간을 보여준다고 할 수 있다.

이 글은 그 스스로가 의도적으로 '호'자 사용을 중심으로 글을 엮었음을
이미 밝혔다. 1621년 은거하면서 그 자신이 정리한 것으로 알려진 『묵호
고(默好稿)』에는 원 제목 「증이성징령공부경서」 옆에 이십이호자('二十二
乎字')'가 쓰여 있었는데 후손들이 『어우집』을 정리하면서 이것을 생략했
다. 원래 '이십이호자'가 쓰여 있었다는 것은 상당히 중요한 의미를 시사
한다. 단순히 '호'자를 몇 번 사용했다는 숫자가 중요한 것이 아니라 유몽
인의 글쓰기가 처음부터 수사적이라는 사실을 알려주기 때문이다. 유몽인

---

93) 위 원문에서 (13), (14), (15)가 의미상 한 문장이고, (22), (23)이 의미상
한 문장이다. 만약 이들을 각자 따로 따로 하나로 센다면, 25개의 乎자를 사
용하고 있다.

은 이 밖에도 여러 글에서 '압운을 한다', 『전국책』을 본받는다', 『국어』를 본받는다' 또는 '대구를 한다'는 등을 제목에서 드러내고 있다. 이는 그 자신이 의도하는 서술방식을 중심으로 독서를 해달라는 주문이다. 동시에 이것은 그가 산문의 수사적 글쓰기를 다양하게 시험하고 있음을 적극적으로 보여주는 예시다.

「증이성징령공부경서」 외에도 글 전체가 의문문으로 구성된 글들이 여럿 있는데, 광주 목사로 떠나는 이경함(李慶涵, 字는 養源, 1553-1627)을 송별한 「송광주목사이양원경함절구서(送光州牧使李養源慶涵絶句序)」94)도 그 중의 하나다. 이 글의 의문문은 대답을 유도하는 역설적 의문이나 대답을 전제한 설의적 의문은 아니다. 옛 사람들은 이별할 때 전별하는 것이 있었다(古之人乎有行 斯有贐)는 대전제 아래 전별할 때 무엇으로 할 것인가를 묻고 있다. 그리고 이 의문은 하나하나 곧바로 '무(無)·비(非)·불(不)' 등의 부정어를 써서 각각 '금(金)·모시(紵)·채찍(鞭)·버들가지(柳枝)·물(水)'로 전별할 수 없는 이유를 드러내 보인다. 8개의 의문을 통과하면서 차례차례 부정되어 마지막에 절구로 전별하는(余故贐之以小詩) 이유가 설득력 있게 드러나고 있다. 이 글은 형식적인 기 추구를 통해 역

---

94) 『어우집』 전집 권3, 「送光州牧使李養源慶涵絶句序」: 萬曆三十二年春 李君赴光州 告余行 余執手謂曰 古之人乎有行 斯有贐 ①薛君餽孟子以金 余將贐以金乎 金無有也 ②子産贈季札以紵 余將贐以紵乎 紵無有也 ③然則其惟鞭乎 昔者繞朝贈行以鞭 鞭所以驅馬 非惜別意也 余則欲奪之不得 矧贈之 ④然則其惟柳枝乎 古人於送行 折柳枝以贈 枝類絲而弱 不可以絹人 矧折以贈 尤不得以繫輓之乎 ⑤不若是其將酌杯水以侑之乎 古人送太守 有以盃水者 水味淡 不宜以饗尊客 宜以一壺春酒 追送于漢江之濱也 但李君如吸百川 非壺酒可待 而余又負病不出戶 敢望漢濱之餞乎 ⑥李君 數十年舊也 光州 千里地也 牧使 三年客也 烏得無贐 ⑦贐之宜莫如詩 而詩不類詩 奈情何 ⑧ 詩寫情 貴情不貴詩 詩固有大小乎 余故贐之以小詩 光山朱墨積如陵 昨夢銀臺渺九層 猶勝將軍盡日睡 世間勞逸能無能.

설적이고 함축적인 의미보다는 명확하게 의미 내용을 전달하는 논리적인
글이 되었다.

「곡이이립령공애사(哭李而立令公哀辭)」95) 역시 전체 글이 14개의 역설
적 의문문으로 구성되어 있다. 하(何)·호(胡)·기(豈) 등 다양한 의문사와
재(哉)·여(歟)·호(乎) 등 다양한 의문조사를 사용하고 있는데, 특히 같은
의문조사를 압운자로 사용하면서 대구를 추구하고 있는 글이다. 연속되는
반어적·설의적 물음을 통해 이립(而立) 이상신(李尙信, 1564-1610)이 일
찍 세상을 떠난 이유를 찾아보는 형식이지만, 그 안에는 인간의 실존, 하
늘이 부여한 명(命), 이상신을 보내는 유몽인의 슬픔이 어우러져서 '물어
도 대답이 없다(問之不答)'는 자각과 함께 마지막 '오호내하호천(嗚呼奈何
乎天)'에 이르러서는 슬픔이 극에 이르는 인상적인 글이다.

다음 글은 『어우집』 전집 권3에 실려 있는 「봉별사은주청사이월사정구
사부연산시서(奉別謝恩奏請使李月沙廷龜四赴燕山詩序)」다.

天下之事 奚是奚非 奚順奚逆 奚同奚異 奚正奚邪 奚起奚廢 奚張奚歙 奚

死奚生 又其所以使之者奚 是其是則非之殊乎是也不須別 順其順則逆之背

乎順也不須覈 正者自正 無與乎邪則邪正不須分 同者自同 無與乎異則同異

不須問 起者廢者張者歙者生者死者 自起自廢 自張自歙 自生自死 則似無

與於我 而亦莫非所自爲也 皆不須貳而論之也 惟其可爲也而爲之 不可爲也

---

95) 『어우집』 전집 권6,「哭李而立令公哀辭」: ① 天下有萬其國 一國何其小哉 ②
一國有億其人 一上何其眇哉 ③ 天何自我吾信之莫 ④ 天不能不祐斯人歟 ⑤ 胡
早與之爵祿 ⑥天不欲不厄斯人歟 ⑦胡奪壽之此促 ⑧將紛紛總總不克區分其淹
速乎 ⑨豈箇箇了了隨其人善惡而還復乎 ⑩抑自生自死自窮自通 天不與其間乎
⑪或短此或脩彼 或嗇前或豐後 使人不究其端乎 ⑫ 後我而生 偕我而達 軼我而
官 前我而歿 厭于玆歟 ⑬待乎彼歟 ⑭ 問之不答 卜之難諦 莫知其然 自古無不
然 嗚呼奈何乎天.

而不爲之 治在我者而已 吾於天下事 何哉 吾不知聖徵相國 奚爲然而退 奚
爲然而進 又奚爲然而使中國 又所謂辨誣者何事耶 向年使中國 車轔才脫
不數載而又獨賢焉何哉 余欲有以言之 而俄而忘其言 遂爲之詩

전체적으로 글자의 반복·병치와 대구를 통해 논리를 전개시키고 있는
데, 특히 몇 해(奚)와 하(何)를 반복하고 그에 대한 의문을 풀거나 숨기는
글쓰기를 하고 있다. 천하지사에 대해서는 '해'를 통해 시작부터 문제 상
황들을 쏟아지는 물살처럼 한꺼번에 열거한다. 그리고 그 문제 상황들을
논리적으로 풀어낸다. 그러나 후반부에 '하' 의문문으로 변화를 주어 월사
이정구가 변무(辨誣)의 임무를 띠고 중국에 사신을 가는데, 사신행이 처음
이 아니라 여러 번째라는 사실을 더욱 강조하고 있다. 이 글은 익숙한 글
자의 반복·병치와 대구라는 형식미를 실현함으로써 기를 추구하고 있는
경우다.

제목에서부터 『국어』나 『전국책』·『능엄경』을 본받는다는 점을 내세워
쓴 글을 보자. 「송강원방백신식서(送江原方伯申湜序)」(『어우집』 전집 권
3), 「송동지부사정령공곡신자사신서효국어(送冬至副使鄭令公谷神子士信序
效國語)」(『어우집』 후집 권3), 「희효전국책봉증전주부윤정공행서(戲效戰
國策奉贈全州府尹鄭公行序)」(『어우집』 후집 권3), 「증의림도인효능엄경
(贈義林道人效楞嚴經)」(『어우집』 전집 권6) 등은 『국어』나 『전국책』·『능
엄경』의 기의 풍격을 본받았다. 구체적으로 『전국책』의 우언, 『국어』의
압운이나 대구, 『능엄경』의 구성 등을 각각 본받아 기를 표현해 내려고
했다.

「희효전국책봉증전주부윤정공행서」는 『전국책』의 우언 정신을 본받아
출기(出奇)를 노렸다. 이것은 『전국책』에서 보이는 우언의 활용을 본받았
다는 것이지, 『전국책』의 우언을 그대로 가져다 썼다는 의미는 아니다. 유

몽인은 「희효전국책봉증전주부윤정공행서」에서 '불구문달과(不求聞達科)'라는 새로운 우언을 창조, 활용함으로써 기한 작품을 만들었고, 결과적으로 생동감을 불어 넣었다.

『능엄경』을 모방한 「증의림도인효능엄경」은 『능엄경』의 '이름 호명! + 설법'의 구성 방식을 빌린 것으로 보인다.[96] 그래서 「증의림도인효능엄경」은 각 단락이 '의림이여! + 설법' 형식을 보인다. 『능엄경』의 설법투를 빌려온 이 글은 결과적으로 『능엄경』의 상징성을 바탕으로 세태를 역설적으로 풍자하고 진정한 인간불(人間佛)의 의미를 새긴다.

다음 글은 『국어』의 압운(押韻)을 활용하고 있다.

夫惬乎性者悅乎心 期乎舊者必乎今 詘乎劇者信乎適 稔乎戀者暢乎覲 余之繫心關東雅矣 不可無言乎方伯之行 昔余佐關幕 耽海山佳象 恣意窮幽竟 遼東 國人莫余尙矣 厥後役志進取 逐逐埃壒中 腹藁歸來之章 歲稔有奇矣 玆者幸不遇於時 庶自引深藏 以諧我宿想 念高杆之間 竝東溟枕楓嶽 饒秔稻富海錯 無黨評絕剽賊 邇華觀鄰名刹 此皆棲遲者可怡悅 從此謝人間營爲 長往而不顧 則老妻足以結漁網 醜妾足以供野餉 長男足以撷山藥 穉子足以嚇田雀 溪足以舂黍 酒足以賽社 家有書一千數百卷 足以遮眼而娛老 曾見世尊百川洞之上 九龍盧焉 明鏡巖靈源寺之間 玄鶴居焉 於是乎藍輿藤杖 自放乎蕭瑟泓淨之境 則惬深而悅 期久而必 劇解於適 戀抒於覲 不亦樂乎 今用拙公出伯關東 適會余東征之秋 將地主我也 則是我家公之土 稅公之田 漁公之海 蘇公之山 諷詠調戲于昕夕者 皆公之雲煙 迺余所蕲蘄公之政平民和 使山川增色 雲物生華而已 公行疾則先我 徐則後我 不徐不疾 不相值 則

---

96) 『능엄경』은 불타의 제자 아난타가 마등가 여인의 주술에 의해 마귀도에 떨어지려는 것을 석가가 신통력으로 구해내는 이야기인데, 능엄경의 상징력을 산문에 적용한 것 같다.

或者我在山中 而雲深不知處乎(『어우집』 전집 권3, 「送江原方伯申湜序」,
押韻字 밑줄)

　이 글은 「송강원방백신식서(送江原方伯申湜序)」 전문인데, 전체적으로
압운을 맞추고 있다. 압운자는 '心今·適覯·行象·東尙·中章·奇時·藏
想·嶽錯·刹悅·爲顧·網餉·藥雀·黍社·焉焉·杖境·悅必·適覯·東
秋·土海·山煙·和華·我我·値處' 등이다. 이 글 외에도 기문(記文)에서
압운한 예도 있다. 「이난헌기(二難軒記)」97)와 「조은정기(釣隱亭記)」 등이
그것이다. 이 글들은 제목에서부터 압운했음을 밝히고 있는데,98) 구와 구,
문장과 문장이 대우가 되도록 구성하여 압운자를 놓았다. 일운도저(一韻

---

97) 『어우집』 전집 권4, 「二難軒記(爲韓孝仲作) 押韻」: 三十八年春 朴子爲韓子
　　構草堂三間四楹 旣成 朴子使韓子求名於柳子 柳子請名之以二難 韓子曰 我知之
　　矣 州號爲公 而幽居私其雲物 是一難也 城名爲儒 而武人擅其風月 是二難也 柳
　　子曰 武昌名邑 不是都無文術 不夜稱城 未必長爲白日 況今名實兩全 有何難施
　　韓子曰 嘉遯之村 非巢由則莫可 今宦子者舍之 鰲頭之山 非偓佺則莫王 今火食
　　者安焉 二者之難 不其然乎 柳子曰 成都非物外而君平下簾 岳陽亦人世而洞賓飛
　　吟 況地有得人而彰 人無因地而揚 吾於二者 未見其難也 韓子曰 吾之所難 子之
　　所易 子之所難 可得聞命乎 柳子曰 今夫是軒 朴子創之 韓子存之 朴子讓之 韓子
　　分之 湖山雲月之勝 孰全而保之 軒雖勝 不有主而主之 病其虛而莫守 不有賓而
　　賓之 病其寂而莫討 聲以曲投 影以形從 物以類合 人以情同 雷風相博 動足則揮
　　臂 陰陽胥應 燥火而濕水 不有朴子之敬客 焉有韓子之擇主 如魚泳淵 如鳥歸藪
　　如淄合澠而易牙難嘗 如石投水而沒人莫取 其業雖殊 其趣不二 然則觀所爲主 服
　　傳訓在此 婚媾無尤 體易義以是 古人之以賢主嘉賓爲二難者 是天下難莫難 而反
　　掌于今日 吾所以請名於斯軒者也 軒旣名 而柳子請賦詩以娛賓主 於朴子賦兎罝
　　取公侯于城也 於韓子賦鹿鳴 取德音孔昭也 於二子賦衡門 取衡門之下可以棲遲
　　也 又賦蘀兮 取叔兮伯兮倡予和女也 韓子拜手曰 不敢當不敢當 於是乎二子之賢
　　也嘉也 君子難之(압운자 밑줄).
98) 「送江原方伯申湜序 效國語押韻」, 「二難軒記(爲韓孝仲作) 押韻」, 「釣隱亭記
　　有韻」 여기에서 마지막 「조은정기」의 '有韻'이라는 글자는 『묵호고』에는 있
　　는데, 후손들이 『어우집』을 간행하면서 생략했다.

到底)는 아니고 환운을 하여 변화를 주고 있으며, 정확하게 같은 운자는 아니지만 통운(通韻)을 사용한 예가 많다. 유몽인은 산문에서 압운하는 『국어』의 경우를 본받아 산문에 운율감을 주었다. 기(奇)를 표현한 방식이 압운인 것이다.

「송동지부사정령공곡신자사신서-효국어」 역시 『국어』를 본받았다고 표제에 내세우고 있는 글이다.

冬至使鄭子將行 徵默好子以言 默好子方憂採薪 偃伏山齋 重其請 作而稱曰 夫蔀屋剝廬 偶逢一秋 侈然自饒 謂無我富也 而及覩夫瓊宮桂室 香粉山堆 不自知目動口呿 倒屣而走也 何者 地狹者生寠 居偏者跡拘 視壅者識闇 聞局者志滯 天之理也 余觀東國 壤僻海壖 其視天下之大 奚啻黑痣之點巨體 黃雀之棲大岱哉 今我國幸服箕疇 倣象中華 君臣而重誼忠 父子而敦慈孝 昏婣而諧伉儷 主僕而截上下 嫡孽而嚴名分 禮讓而甄風俗 刑法而繩強禦 所以有辭天下 然其責治之目 立模之詳 曾乎未 得其槩 是以地小而不闢 民尠而未輯 産稀而多漏 令苛而難率 無他 未執其要也 今夫中國 爲民則勤其鋤耨 爲兵則慣其擊刺 爲工則取其攻固 爲商則豊其販賄 文捨其陳蕪學撮其博粹 刑不貸權豪 政不墜經紀 故享禩二百 天步堂堂 人瞻家裕 四海樂康 彼江南佳麗 宛洛繁華 雖未曾親覩 而一幽燕邊胡之地 猶陶化娛民若斯 中國之樂 可反隅也 吁 鄭子孚乎 子豈知東國之人可哀哉 在東國不自知到中國始大覺 方其縱觀燕都 飽綺麗飫豪奢 歸循薊關 道遼陽首山 始見東方軍馬候使駕者百餘騎 頭蓬面梨 衣裳百綻 牽如羊之駾 馱編藁之裝 應對錯其指 走趨眩其節 愚陋可哂之狀 雖同鄕國 誘怛然駭之 及夫回次我界 邊堞無粉 官庭無甋 茅廬無壁 苴履無底 女鬢無花 男脛無襪 村無列廛 市無錢幣 人民之貧匱 近京尤甚 試觀坡州 卽帝都之通州也 其物産夥尠 閭里饒瘠此何如於彼耶 此不幾瓊宮桂室 比蔀屋剝廬 其可哀之甚也 默好子去年朝京

久次龍灣 時谷神子亦以候詔使倂舍焉 所唱酬詩 殆數十百首 具在卷帖 及
今繼我有此行 烏得無情哉 逐爲引亂以詩(『어우집』 후집 권3, 「送冬至副使
鄭令公谷神子士信序效國語」, 대구 밑줄)

「送江原方伯申湜序」가 『국어』의 압운을 본받았다면, 위 글은 『국어』의
대구 형식을 본받았다. 위 글은 대구로 글 전체를 전개해 나가고 있다. 마
지막에 붙어 있는 칠언시를 제외하고 대구를 정리해 보면 아래와 같다.

瓊宮桂室/香粉山堆, 地狹者生竇/居偏者跡拘, 視甕者識闇/聞局者志滯,
黑痣之點巨體/黃雀之棲大岱, 幸服箕疇/倣象中華, 君臣而重誼忠/父子而敦
慈孝, 昏娶而諧伉儷/主僕而截上下, 嫡孼而嚴名分/禮讓而甄風俗, 賁治之目
/立模之詳, 地小而不闕/氏尟而未輯, 産稀而多漏/令苛而難率, 爲民則勤其
鋤耨/爲兵則慣其擊刺, 爲工則取其攻固/爲商則豐其販賄, 文捨其陳蕪/學撮
其博粹, 刑不貸權豪/政不墜經紀, 江南佳麗/宛洛繁華, 在東國不自知/到中
國始大覺, 牽如羊之驂/馱編藁之裝, 應對錯其指/走趨眩其節, 邊堞無粉/官
庭無甎, 茅廬無壁/苴履無底, 女鬢無花/男脛無襪, 村無列廛/市無錢幣, 物産
夥尟/閭甲饒瘠, 幾瓊宮桂室/比蔀屋剝廬

 4·4, 6·6으로 고정화되지 않고 3·3, 4·4, 5·5, 6·6, 7·7 등으로 대
구를 이루고 있다. 앞 구와 뒤 구의 형식과 의미가 같고 글자 수를 똑같이
하여 완전한 대구가 되도록 하였다. 그리고 완전한 대구는 아니지만 일명
글자 수만을 맞춘 엇대(方憂採薪/偃伏山齋, 重其請/作而稱, 蔀屋剝廬/偶逢
一秋, 侈然自饒/謂無我富, 目動口呿/倒屣而走, 余觀東國/壤僻海堧, 刑法而
繩强禦/所以有辭天下, 享祿二百/天步堂堂, 人瞻家裕/四海樂康, 一幽燕邊胡
之地/猶陶化娛民若斯, 中國之樂/可反隅也, 方其縱觀燕都/飽綺麗飫豪奢, 頭

蓬面梨/衣裘百綻, 近京尤甚/試觀坡州, 去年朝京/久次龍灣, 數十百首/具在卷帖, 繼我有此行/烏得無情哉)까지 포함한다면, 이 글은 거의 전체가 대우(對偶)를 통해 글을 전개하고 있는 셈이다.

서(序) 외에 유몽인은 편지 글에서도 전체 글을 대구로 구성하였다.

七載星分, 一朝萍合/ 形容頓變, 語言難曉/ 老病人所同得, 歲年亦非太暮/ 睽違雖遠, 衰邁此甚/ 相對悒悒, 不覺泫泫/ (惟兄)襁褓之交, 蔥竹相親/ 中歲移居 猶未離於隣巷, 末路避地 致貽阻於關海/ 戀兄之懷, 與日俱長/ (每念兄)孝悌無有等夷, 詞翰迥出儔類/ 年年科目 屢摘頷底之髭, 苒苒韶華 虛換鏡中之髮/ 力農盡輸於官倉, 括地難營於私計/ 求田問舍之謀拙, 嫁女婚男之擧贏/ 功名綿遠 贏病荐尋/ 文園之壁四立, 子美之渴三年/ 衣纔退之之掩骼, 室則淵明之容膝/ 齊肩故人, 半歸黃壤/ 撫頂痴兒, 盡陟靑雲/ 顧京國而永懷, 掩蓬蓽而長悲/ (於此之際) 情親童稚, 忝冒銓衡/ 貯芳馨於藥籠, 需鉅材於匠園/ 伺機欲發, 抵巇無便/ 兄猶灰心目霽 一札不及於求官, 僕自銘念貧交 三考虛負於薦賢/ 固知齋郎之小官 非老宦所宜, 然猶科穀之捷徑 唯北道爲最/ 三注高名 終承恩點, 微誠小展 相識咸喜/ (顧惟)北地三冬 非養病者攸安, 東銓九品 過周星而方陞/ 碧海連天 隔護疴之老妻, 蒼松翳日 對簑衣之小妓/ 爪期邈焉, 藥物稀矣/ 揆其情緒, 若爲去就/ (仍想)遞官之期 正在今日, 失馬之患 適丁此時/ 寸步不能自致, 千里焉可遄征/ 當僕之獨政, 換兄於近地/ 勢似易於折枝, 機必勝於擧玦/ 國俗固守於前例, 法吏因循於故常/ 發口見沮者非一, 排衆獨斷之末由/ 私情雖切, 公議可畏/ 北海已逝 東隅可接/ 古人推遷之道 僕非不知/ 白犢邀福 塞馬招災/ 天公倚伏之理 我於彼何/ 時乎可矣 尙父皓首而協卜, 勢或去焉 都尉尨眉而不遇/ 昔旣不求而自至, 今何待言而後施/ (所可慮者) 僕以無似, 幸忝非據/ 人自得其大將 誰識韓信之登壇, 士不乏於交承 日俟鑿齒之簸糠/ 一局之柯欲爛 三霜之砧

厭聞/ 朝端靑紫 屢已滿於戶外, 瀛陽橘竹 夢長懸於雲表/ 思迨解紱之前, 庶
副彈冠之望/ (目今)有造紙之新窠, 當瀆願之滿限/ 欲適此易彼 恐無所妨,
而甲得乙失 理難預推/ 宣州之淸凉高爽 韓愈懇勉於群玉, 曹郞之囂塵臭處
叔夜絶交於山濤/(惟在兄)自量取舍, 早決去留/ 書不盡意, 姑俟盡箋(『어우
집』 후집 권4, 「答瀆源殿參奉尹弼世書」)

위의 글은 유몽인이 참봉 윤필세에게 보낸 편지글 전문인데, 어떤 부분
도 예외 없이 글 전체가 대구로 이루어져 있다. 괄호로 표시한 '惟兄 · 每
念兄 · 仍想 · 目今'처럼 본격적인 내용이 아닌 부분 서너 군데를 제외하고
는 글 전체가 글자 수를 세밀하게 맞추었다. 전체적으로 4 · 6으로 글자 수
를 맞추어 가다가 7 · 5를 한 번씩 섞어가며 변화를 주고 있다. 그리고 처
음 부분과 끝 부분의 개합(開闔)에 신경을 쓴 듯이 4 · 4로 호응하고 있다.
이러한 대구 덕분에 위 글은 시 같은 운율감을 조성한다. 편지글을 시처
럼 쓰는 파격을 통해 기를 추구한 것이다.

대구가 연속적으로 이어진다는 점에서 유몽인의 글은 부정적으로 인식
되어 온 변려문(騈儷文)과 유사하다. 대우, 특히 형식면에서 대구는 변려
문의 주요한 특징 중의 하나로 이야기되기 때문이다. 그런데 한유 이하
당송고문가들에게 변려문은 지나치게 수식하고 단련하여 아름다운 문장
만을 추구하되, 문의(文意)는 중복되고 전체적인 실제 내용은 공소하다는
부정적 시각이 지배적이다. 사실 변려문은 상동하는 이미지를 가진 대구
를 동의 반복적으로 나열하며 심미적 미감을 충족시키고 어떤 논리를 산
출하는 것에 주안점을 두지 않는다. 바로 이 점에서 변려문과 유몽인의
글은 일정한 차별성을 갖는다. 그 역시 대구로 글 전체를 전개시켜 이미
지를 중첩시키는 경향이 강하지만, 변려문과 달리 그의 글은 이미지와 이
미지를 논리적이고 단계적으로 연결하여 현실적이고 풍부한 내용을 함유

한다. 때문에 그 연결 고리를 통해 글의 주제에 맞는 논리를 추려내야 하는 것이다.

전체 서사 구조에서 『장자』의 장점인 '경단(更端)'의 서술 방식을 이용해 기를 추구한 예도 있다. 앞서 언급한 「증이성징령공부경서」, 「송광주목사이양원경함절구서」, 「곡이이립령공애사」 등의 글도 모두 '단서 바꾸기(更端)'의 서술방식을 사용한 예들에 해당되지만, 특히 「증풍악삼장암형민법사청학비학론(贈楓嶽三藏菴洞敏法師青鶴非鶴論)」(전집 권6)은 표제에 '경단'을 내세운 글이다. '옛날 공손룡의 「백마비마론(白馬非馬論)」이 단서를 7번이나 바꾸어서 기이하고 기이하게 되었다'[99]고 평가하며 '단서 바꾸기(更端)'의 서술방식을 사용하여 「청학비학론」을 전개한다. 공손룡의 「백마비마론」의 특징으로 파악하고 있는 '경단'은 앞서 『장자』의 장점으로 말한 것이기도 하다. 유몽인은 '학 목의 색깔', '학의 명칭', '학 깃털의 색깔' 등으로 단서를 바꿔가면서 '청학은 학이 아니다'는 명제를 '무(無)·비(非)·미(未)' 등의 부정어를 사용하여 결국 '청학도 학이다'는 명제로 역전시키면서 기이함을 추구하였다. 글 전체 서술방식에서 기(奇) 추구는 다음 장의 '산문 서술 방식'에서 살펴보게 될 각종 수사 기법들, 역설·우의·병렬 등과 맥락이 이어지게 된다.

지금까지 자(字)·압운·대구 등을 통한 기의 형상화를 살펴보았는데, 이상에서 살펴본 바와 같이 기는 주로 형식적인 측면에서 실현되고 있다. 형식적인 단련은 문장의 기세·운율감을 좌우하여 결국 기의 풍격을 발산한다. 한문 산문에서 묘비명 같은 일부 글을 제외하고, 송서(送序)나 편지글, 기문(記文)에서 글 전체의 글자 수를 맞추어 대구를 이루거나 나아가

---

99) 『어우집』 전집 권6, 「贈楓嶽三藏菴洞敏法師青鶴非鶴論」: 古者公孫龍著白馬非馬論 其文七更端 奇之奇也 余倣之作青鶴非鶴論.

운자를 맞추는 경우는 드물다. 유몽인은 위에서 예시한 글 외에 보통 다른 글에서도 일부러 글자 수를 맞추려고 노력했던 흔적이 역력하다. 그는 구문이 유사하고 내용이 병렬적인 문장을 둘 이상 나열하는 대우나 배비(排比)의 표현을 전반적으로 많이 사용하고 있다.

그런데 이러한 대우나 배비가 다용된 그의 글은 고르게 대칭되어 완만하고 부드럽고 조화로운 느낌보다는 짤막짤막하게 끊어진 느낌이 강하다. 바로 이 점에서 대구를 통해 기를 형상화하려는 의도 외에도 간(簡)의 측면도 논의될 수 있다. 산문에서의 의식적인 대구는 조사를 많이 생략하게 되고, 정해진 4자나 6자 안에 모든 내용을 담아야 한다. 시도 역시 5자나 7자 안에 모든 내용을 담아야 한다는 점에서는 동일하지만, 담아야 할 내용의 질에서 차이가 난다. 시가 상징적 이미지 전달만으로 이루어진다면, 산문은 이야기가 있는 산문적 내용을 담아야 한다. 즉 연속된 대구의 산문은 시적 이미지를 통해 산문적인 논리와 내용을 담아야 하는 것이다.

게다가 압운자를 고려해야 하는 상황이라면, 산문에서의 대구는 시보다 더욱 극도의 단련을 할 수밖에 없고, 용자(用字)에 많은 어려움을 갖게 된다. 그러다 보니 전고나 뜻이 어렵고 잘 쓰지 않는 험벽(險僻)한 글자를 빈빈하게 사용하게 되는데, 특히 전고에 의해 이미지가 중첩된 글은 논리적 서술의 글에 비교해서 글이 뚝뚝 끊어진다. 내용이 산문적으로 이이지지 않고 상징적이고 비약적이기 때문이다. 그런 뚝뚝 끊어진 의미를 연결시켜 어떤 논리나 주제를 찾아내야 하는데, 그것은 무엇보다 독자의 상상력과 이해력이 바탕이 되어야 한다는 점에서 유몽인의 대구의 글들은 작품의 난해성으로 연결된다.

2) 간의 형상화

조사의 운용이나 대구는 기와 간의 맥락에서 모두 이해될 수 있다. 그러나 무엇보다 문제적이고 중요한 간은 조사의 생략이나 대구에서 추구되는 간이 아니다. 생략되고 비약되어 글의 문면에는 없는 이면의 내용을 보충하고 이해해야 하는 간이다. 기문 한 편을 읽어보면서, 유몽인이 추구한 간이 어떻게 형상화되었는지, 그 간에서 배태된 간심(艱深)의 실체를 파악해 보자. 다음은 『어우집』 후집 권4에 실려 있는 「분국기(盆菊記)」다.

㉮ 나는 성품이 속된 것을 좋아하지 않는다.(余性不喜俗)

㉯ 세속에서는 대부분이 화초를 좋아하는데 도연명이 국화를 사랑했다는 것 때문에 집집마다 국화를 심어 더욱 번성한다. 하인들의 집(까지도) 찬란하게 국화 숲을 이루지 않음이 없다. 내가 그것을 매우 비웃었는데, 사람들의 기호가 남들이 하는 것을 따르고 세속에 순응하는 것을 싫어해서였다.(俗多好花草 又以菊爲淵明所好 戶種之益繁 輿儓之家 無不燦耀成林 余甚笑之 蓋惡人之好之 順人而應俗也)

㉰ 작년에 내가 외가에 나갔을 적에 종아이가 담장 틈에 국화를 심었다. 내가 그것을 뽑지 않았으니 어째서 땅에 심지 않고 담장에 심었는가? 속(俗)을 따르지 않은 것이다.(去年 余出外家 僮種菊於墻罅 余不拔之 何以不于地而于墻 不循俗也)

㉱ 내가 중국에 갔을 때에 어떤 선비가 나에게 난을 전해주었는데 나는 '이 난은 우리나라에는 없는 것이지만 북경에서 우리나라 서울까지 실어오자면 도중에 상하고 얼어서 봄에 싹을 틔우지 못할 것이다. 그 화분에 물을 채워볼까? 바닥에 구멍이 있는데…. 밥을 쪄볼까? 일찍이 분토가 담겼던 것인데…'라고 탐탁치 않게 여겨서 버려두었다.

그런데 마침 가동(家童)이 그것을 구하였다.(泊余如中原 土有遺余蘭者 余謂蘭 我國無之 自北京輿來王京 道上傷凍 春不芽 其畫盆欲盛水乎 底有穴 欲蒸飯乎 曾經糞土等棄之 屬家童求之)

㉮ 이웃 의원이 백국을 모종하였다. 고서(古書)에 국화를 황화(黃華)라고 했으니 백국(白菊)은 국화가 아니다. (고로) 내가 더욱 그 거짓됨을 싫어했지만 그래도 가동이 하는 대로 맡겨두었다.(隣之醫人 蒔白菊 古書菊稱黃華 則白菊非菊 余尤惡其僞 而猶任家童爲也)

㉯ 아! 세속에 거처하면서 속되지 않는 것이 늙어서는 더욱 어렵다. 내가 이로부터 조금 세속을 배웠으니 장차 대나무를 심을 것이고 또한 매화를 심을 것이다. 슬프다. 나의 노쇠함이여!(吁 居俗而不俗 老尤難 余從此稍學俗矣 將種竹矣 又將種梅矣 悲乎吾衰也)

이 글은 문체상으로 매우 간결하고 압축적으로 간의 미학을 잘 살린 기문이다. 전체적인 분량이 아주 짧은데, 단순하게 짧은 분량이라고 해서 간을 추구했다는 뜻은 아니다. 또한 꼭 써야 할 어조사를 극도로 생략했다는 의미도 아니다. 이 글은 몇 개의 일화를 들어 전체 글을 구성하고 있는데, 일화를 들어 설명하다보면 말이 번다해져서 간에서 멀어질 위험성이 있다. 그런데도 이 글은 전반적으로 군더더기 설명이 없으면서도 함축적 묘미를 잘 살렸다.

㉯에서 유몽인은 세속에서 대부분의 사람들이 도연명이 국화를 좋아했다는 것 때문에 모두들 국화를 심는다고 하면서 하인들의 집이 국화 숲을 이룬다고 한다. 여기에서 '여대지가(輿儓之家)'는 '심지어 하인들 집까지도'라는 의미맥락으로 이해된다. 즉 세속의 사람들이 도연명이 국화를 좋아했다는 것 때문에 다들 국화를 심는데, 심지어 하인들까지도 남들이 하는 대로 집에 국화를 심어서 숲을 만든다는 것이다. 하인들 집이 국화 숲을

이루는 것은 곧 세속을 따르는 극치를 보여주는 예시다. 그런데 유몽인은 '지어여대지가역(至於輿儓之家亦)'이라고 하면 분명해질 의미를 '지어(至於)'를 생략함으로써 독자 스스로 의미맥락을 잇게 하고 있다.

㉑에서 유몽인은 너도 나도 국화를 무성하게 심는 세태를 싫어하면서도 종 아이가 심은 국화를 뽑지 않았는데, 그것은 국화를 땅에 심지 않고 담장에 심어서 세속을 따르지 않았기 때문이었다. 이는 ㉮의 '세속에 거처하면서도 속을 따르지 않는' 나름의 방법을 예시해 주는 대목이다.

㉐는 유몽인이 중국에서 어떤 선비에게 난초 화분을 받고 혼자만의 이런저런 생각을 절묘하게 묘사해 냈다. '난초 화분을 우리나라에 가져오면 도중에 상하고 얼어서 봄에 싹을 틔우지 못할 것이다. 그렇다면 다른 쓸모는 없을까?'를 생각한다. 곧바로 유몽인은 물을 담는 용도를 떠올리지만 바닥에 구멍이 있어 쓸모가 없을 것이라는 생각한다. 이어서 밥을 찌는 용도로 사용할까를 생각하지만 예전에 더러운 분토를 담았던 것이라서 먹는 밥을 찔 수는 없다고 생각한다. 이 모든 유몽인의 생각의 추이가 간략하게 표현되어 생동하고 있다.

㉐에서 특히 유의할 것은 유몽인이 혼자 생각하는 부분(余謂)이 '증경분토(曾經糞土)'까지라는 점이다. '증경분토등기지(曾經糞土等棄之)'같은 표현은 분토(糞土)와 등기(等棄) 사이에 '고(故)'자를 넣어주면 '-라고 생각했다. 고로 탐탁치 않게 여겨서 내버렸다'는 식으로 의미를 분명하게 해줄 수 있다.

'속가동구지(屬家童求之)'도 의미가 생략되어 있다. '마침 가동이 그것을 구하였다'라고만 표현되어 있는데, 사실은 '쓸모가 없을 것 같은 화분을 마침 가동이 달라고 해서 화분을 가동에게 주었다'는 의미다.

㉓는 이웃 의원이 백국을 모종한 이야기다. 그런데 유몽인은 이웃 의원이 백국을 모종하는 행위에 대해서 백국은 국화가 아니라고 생각해서 더

욱 거짓됨을 싫어했지만 그래도 가동이 하는 대로 내맡겨 두었다고 한다. 여기에서 '여우오기위(余尤惡其僞)'라는 것은 이웃 의원이 백국을 심는 행위인데, 이 행위가 '유임가동위야(猶任家童爲也)'로 이어지면서 이웃 의원의 백국을 묘종해 주는 행위를 가동이 하고 있음을 자연스럽게 드러내주고 있다. 또한 '즉백국비국(則白菊非菊)'과 '여우오기위(余尤惡其僞)' 사이에 '고(故)'자 정도의 의미를 생략하고 있다.

㉽에서 유몽인은 뜬금없이 '시속을 배웠으니 대나무·매화나무를 심겠다'는 이야기를 하면서 글을 마무리한다. 시속을 배웠다면 응당 하인들까지도 모두 좋아하는 국화를 심어야 한다. 그런데 국화가 아닌 대나무·매화나무를 심겠다는 것이다. 그것은 대나무·매화나무가 국화처럼 시속에서 무조건 추숭하는 대상물은 아니면서 동시에 사람들이 아끼는 시속적인 것이기도 하기 때문이다. 이는 처음 ㉮에서 전제했던 '속된 것을 좋아하지 않는 성품'이 '시속을 배운 것'과 결합되면서 발현되는 양상이다. 즉 '세속에 거처하면서 속되지 않는 것이 늙어서는 더욱 어렵다'고 하면서 시속을 배웠지만 속을 따르지 않는 유몽인 나름의 방법인 것이다.

이 글은 가동과 의원의 일화를 통해 속을 무조건 추숭하는 모습을 자연스럽게 제시한다. 그러면서도 유몽인은 단정적인 어투를 버리고 자신은 속을 무조건 추숭하지 않겠다는 의미를 '대나무와 매화나무를 심는 것'으로 표현하고 있다. 속된 것을 좋아하지는 않지만 그렇다고 속과 절연할 수 없는 유몽인의 고민이 마지막 '슬프다, 나의 노쇠함이여!(悲乎吾衰也)'라는 영탄과 함께 전해온다. 구절과 구절을 정리해주는 글자가 생략되고 단락과 단락이 극도로 간결하게 표현되고 있으면서도 이 모든 의미망은 전해지고 있다. 이러한 간결함이 몇 줄의 짧은 이 글에 생동감을 부여하고 있으며 이러한 생동의 힘은 유몽인의 기의 미학으로 연결되고 있는 것이다.

그러나 이 글은 이야기판이 벌어지고 있는 상황 자체에 대한 이해를 전제해야 하고, 단락과 단락의 비약을 독자가 설명하고 이해해야만 하기 때문에 오독의 소지가 다분하다. 뿐만 아니라 구와 구, 단락과 단락 사이에 어떤 인과성을 부여하는 글쓰기가 아니기 때문에 난해함이 유발되고 독해의 어려움에 직면하는 것이다.

문단과 문단 사이의 인과적 설명이 생략되는 간결함은 특히 일화를 나열하는 기법에서 가장 효과적으로 적용된다. 유몽인은 실제 글쓰기에서 많은 일화를 활용하고 있는데, 일화를 나열하는 경우, 일화와 일화 사이에 어떤 설명도 하지 않는다. 때문에 그 생략된 부분에서 독자는 다양한 연결고리를 찾아내야 한다. 제4장에서 일화 운용의 구체적 양상을 살펴보겠다.

6. 기간의 난해성과 심층적 의미망

기간의 추구는 필연적으로 난해함에 직면한다. 먼저, 기로 인한 난해함을 살펴보자. 유몽인은 기 추구의 열정을 갖고 고인들의 말을 모방하는 것에 극도의 결벽증을 보인다. 새로운 용어의 구사를 위해 고민하다 보니 사람들이 쓰지 않는 궁벽한 글자(險字)를 즐겨 쓰게 되고, 모두가 버리고 취하지 않는 경사자집(經史子集) 속의 유사간어(幽辭艱語)의 활용을 이야기한다.[100] 산수·화조 등과 같은 천근(淺近)한 글자에서 벗어나 경사자집 속의 유간(幽艱)한 말을 적극 활용하라는 뜻은 일상적으로 이미 고착화된 이미지를 깨뜨리라는 말로 이해된다. 그의 기에 대한 집착은 조어

---

100) 『어우집』 전집 권6, 「題汪道昆副墨」: 近觀爲詩者 號稱學唐 其措諸句語 不越山水花鳥雲煙仙僧梅竹風月若而字 以爲唐調 如經史子集恒言常說及幽辭艱語 皆棄而不取 … 是亦一病.

(措語)에 힘써서 천근한 글자를 제거하고 당 이하의 연어(軟語)를 쓰지 말아야 한다는 전범론으로 이어지게 된다.

기이한 말에 대한 추구는 고인들이 이미 쓴 단어들을 피하려는 강한 집념으로 나타나고, 이러한 집념은 모방과 답습에 대한 결벽증과 맞물려서 궁벽한 글자를 찾아 쓰고, 게다가 궁벽진 글자들이 일상적 배치(주어 + 동사 + 목적어)를 넘어서는 경우가 많게 된다. 또한 진부한 단어, 일반적 형식과 문체, 세간의 통념을 벗어나기 위해서 남들이 잘 쓰지 않는 궁벽한 글자, 남들이 쓰지 않는 특이한 형식, 대상에 대한 파격적인 접근 등을 선호하고 기이한 일, 기이한 인물 등에 관심을 보이는 것이다. 이러한 기 추구는 한편에서 진부하지 않은 새로움을 줄 수 있다.

그러나 다른 한편에서 새로움이란 익숙하지 않은 낯섦을 유발한다. 특히 극단적인 기 추구는 세간의 일반적인 통념에서 멀어져서 글이 낯설게 된다. 심한 낯섦은 해석의 낯섦을 유발하여 문장을 껄끄럽게(澁) 만든다. 유몽인은 스스로도 자신의 문장을 '껄끄러워 통하지 않는다'[101]고 표현하고 있다. 바로 이 껄끄러움(澁)에서 파생되는 문제가 글의 난해함이다.

간 추구 역시 난해함을 유발한다. 유몽인의 글이 난해한 이유는 일차적으로 허사의 생략이나 전고의 다용에 있다. 간결함을 추구하기 위하여 허사를 극단적으로 생략할 경우, 호흡이 급하게 되고 어디에서 구두섬을 떼어야 할지 모를 만큼 문장은 어려워진다. 어휘 양이 극도로 적거나 문법적 요소를 짐작할 수 없을 정도로 허사가 적은 문장으로 조직되어 있을 경우 필연적으로 해석의 어려움을 동반하는 것이다. 게다가 간결함을 위해 반어나 쌍관·전고 등의 사용이 빈번할 때, 문장은 극도의 함축성을 지니게 되면서 더욱 어려워져서 의미 전달이 어렵게 된다.

---

101) 『어우집』 전집 권5, 「辭藝文提學疏」: 又讀世所共棄者 故其爲文澁而不暢.

그러나 무엇보다 간(簡)의 난해함은 편장차원의 간략함에서 온다. 문단과 문단 사이를 논리적으로 상세하게 풀어쓰지 않고 비약적으로 간결하게 처리함으로써 독자는 문단과 문단 사이의 내포적 의미를 모두 스스로 찾아내야만 한다. 바로 문단과 문단 사이에 보이는 의미의 비약에서 오독과 독해의 난해함이 수반된다.

유몽인은 간이 난해함을 유발한다는 것을 명확하게 인식하고 있었다. 「답최평사유해서(答崔評事有海書)」(『어우집』 후집 권4)에서 최유해가 보내준 편지에 대해 유몽인은 다음과 같이 말하고 있다. "말은 간략하나 뜻은 갖추었고 처음에는 어려웠으나 종내는 통창하였다(辭簡義備 初艱終暢)." 이는 뜻을 갖춘 간략한 말이 난해함을 유발한다는 의미다. 그는 스스로 자신의 문장이 유년에는 '쉬움(易)', 장년에는 '간(簡)', 노년에는 '간심(艱深)'하게 되었다고 밝히고 있는데, 이때 간심은 난해함을 말한다. '간'의 추구는 필연적으로 '간심'에 이르게 되는 것이다.

구어 차원, 편장 차원에서 간결하게 생략된 문장에 반어·쌍관·전고 등을 사용하여 극도의 함축성을 지닌 간의 문학, 게다가 형식적으로나 내용적으로 모두 일상적 운용을 벗어나면서 내용을 폭포수처럼 쏟아내는 기의 문학은 일차적으로 난해함에 직면하게 된다.

사실 이러한 난해성은 근본적으로 전범 설정에 이미 내재해 있었다. 유몽인이 설정한 진한고문서들은 현 시대와 언어 환경의 현격한 차이로 인해서 난해할 수밖에 없었다. 당송고문가들이 육경이나 진한고문을 최종목표로 하면서도 직접 그것을 전범으로 설정하지 않은 것도 바로 난해함 때문이었다. 그런데 유몽인이 육경이나 진한고문을 모범문으로 설정하고 전주문자나 송문의 이만·지리한 문장을 배격하고 기간한 문장을 추구했다는 것은 결국 난해한 문장을 의도적으로 추구했다는 뜻으로 환치될 수 있겠다.

유몽인의 문장은 구두를 떼지 못할 정도로 어렵다고들 하면서 유몽인 산문론의 큰 특징으로 '난해성'을 이야기하기도 한다. 그의 산문의 난해성에 대해서 부정적 시각이 적지 않다. '억지로 비비꼰 현학적 취향'이라든지 또는 유몽인 문장의 난해성을 애초에 전범 설정을 잘못했다는 비판의 근거로 갖다 대기도 한다. 사실 그의 글은 이것이 옳은지, 저것이 옳다는 것인지 쉽게 손에 잡히지 않는다. 그의 의중을 파악하기가 힘들고 때에 따라서는 무슨 말인지 해석할 수가 없다. 글의 양식에 상관없이 모든 독서의 일차적 목표가 '의미 파악'에 있다고 할 때, 난해함이란 단순한 문제가 아니다.

그렇다면 '이해 불가능'이라는 차원에서 볼 때 산문의 큰 단점이자 부정적 요소라고 할 수 있는 난해성을 어떻게 이해해야 하는 것일까. 그는 기간의 난해성을 특히 문학적인 글에서 추구한다. 실제로 문학적인 글이 아닌 책문 같은 글에서는 분명하고 명백하고 평탄하게 글을 서술하고 있다. 예컨대 「안변삼십이책증함경감사한익지준겸(安邊三十二策贈咸鏡監司韓益之浚謙)」(『어우집』 후집 권5)이 좋은 예다. 이 글은 1606년 그의 나이 47세 때 지은 글로, 당시 함경감사로 있었던 익지(益之) 한준겸(韓浚謙, 1557-1627)에게 변방 방어의 서른두 가지 책략을 진술하여 준 글이다. 유몽인의 이 장문의 책문은 여타의 산문에서 보이는 부정 진술의 다용이나 과다한 전고 사용으로 인한 난해함, 의미의 불명확성 등이 보이지 않는다. 논증적 서사로 적절한 예시와 논거를 들어서 대책의 방안을 검토하고 있다. 책문이 사실적이고 명백하고 논리적이라는 것은 책문의 일반적 성격이기 때문에 새로울 것이 없을 수도 있다.

그러나 이 글이 의미 있게 받아들여지는 이유는 유몽인의 글이 난해하다는 평가를 받고 있기 때문이다. 유몽인이 한편으로 이렇게 의미가 명백한 글쓰기를 하고 있다는 사실을 주의 깊게 살펴봄으로써 역으로 유몽인의 난해함에 대해 재평가를 할 수 있다. 즉 그는 명백·평탄한 문장을 쓸 줄 몰랐던 것이 아니라 일부러 쓰지 않은 것이고 문학적인 효과를 위해 일부러 난해함을 추구한 것이다.

결국 유몽인의 기간 추구는 난해함, 해독 불가능 그 자체를 추구한 것이 아니다. 문학적인 글에서 그는 기(奇)와 간(簡)을 산문문학의 특별하고 의도적인 장치로 활용하고 있는 셈이며, 바로 이 점에서 유몽인의 난해성은 다른 함의를 내포한다. 물론 의도적인 장치의 목적은 명백·평탄한 문장에서는 불가능했던 '깊은 맛'을 내는 데에 있다.

기는 낯섦을 유도하는데 낯섦은 문학에서 일부러 추구되기도 한다.[102] 낯섦은 때로 관습적이고 동기화된 독해를 방해함으로써 문학성을 제고하게 하기 때문이다. 즉 이미 예정되어 있는 방식의 독해를 벗어나기도 하고 고정관념으로 받아들여질 결론을 뒤엎을 수도 있는 것이다. 아울러 '새롭다'는 것은 낡지 않은 것, 진부하지 않은 것을 의미하게 되어 기의 시간적인 면은 문학의 창의성과 동일한 방향성을 가지게 되면서 더욱 새로운 인식에 도전한다. 결국 기는 형식적인 측면에서 언어·서사의 일상적 운용, 즉 상투적 표현이나 일반적 서사의 격식을 벗어난다. 이러한 형식적 파격은 결국 내용적으로 일반적 상식과 통념을 벗어나면서 독자들로 하여금 새로운 인식의 바탕을 마련하게 한다.

한편 간의 미학은 함축성을 극대화하려는 것과 관련이 있다.[103] 표현하려는 전부를 문장의 표면에 나타내지 않고 가능한 한 간접적으로 함축하여 둔다는 뜻이다. 다만 당송고문가들이 추구했던 간은 기본적으로 다른

---

102) 러시아 형식주의자들은 서술 기법으로 '낯설게 하기'를 역설하면서 시어는 이상하고 낯설게 표현되어야 한다고 주장했는데 따지고 보면 유몽인이 추구한 奇도 이런 서술기법과 무관하지 않다.

103) 심경호(1998), 앞의 책, p.66.

차원에서 추구되었다. 간결함은 당송고문가들 역시 산문의 미학으로 여겨서 적극적이고 의도적으로 추구하였던 핵심 요소였다. 그것은 진한고문을 추종했던 이들 뿐만이 아니라 중국에서 당송고문가로 분류되는 송의 구양수나 명나라 귀유광(歸有光, 1506-1571) 등이 모두 『사기』를 혹애(酷愛)하면서[104] 『사기』의 '간'을 산문의 미학으로 인정하는 데서 기인한다. 이것을 실제 글쓰기와 관련지어 말한다면, 중국의 당송고문가들이나 진한고문파가 모두 간의 미학을 실제 글쓰기에서 성취하려 했다는 뜻이 된다. 우리나라에서도 비슷한 문단 상황이 연출되어 '간'에 대한 지향은 유몽인뿐 아니라 당송문장을 추종했던 문인들에게도 나타난다.

그런데 재미있는 현상은 똑같이 간결함을 추구했는데, 당송고문가들의 간결함에서는 유몽인 같은 난해함이 유발되지 않는다는 점이다. 그것은 유몽인의 간결함과 당송고문가들의 간결함이 다른 차원에서 추구되었기 때문이다. 유몽인은 자구·편장 차원에서 모두 간결함을 추구하였지만 그의 간은 기와 결합하면서 다른 양상을 보인다. 문법적 요소를 짐작할 수 없을 만큼 허사를 최소한으로 사용하는 문장과 풍부한 독서를 전제하는 다양한 전고를 통해 풍부하고 상세한 내용의 글을 만들어내기 때문에 당연히 글은 어렵게 된다. 게다가 출기(出奇)에 대한 열망으로 궁벽한 글자, 낯선 배치, 상식을 뒤엎는 가치관 등이 덧붙여져서 결과적으로 난해힘을 유발하게 된 것이다.

한편 당송고문가들에게 간은 유몽인과 조금 다른 측면에서 인식되었다. 김창협에 의하면 고인들의 간은 한 편의 글에 핵심이 되는 주제를 부각시키기 위한 전략이다. 간은 자구 차원에서가 아니라 편법 차원에서 추구되었으며 대체(大體)에 대해서는 상세하였다.[105] 일종의 핵심 주제를 부각

---

104) 孔德成選注, 앞의 책, p.78.

시키기 위하여 가장 중심이 되는 사건 외에 다른 것들은 간략화하는 수법으로, 대상 인물의 인물됨이나 사건을 분명하게 하거나 전형화하는 방법으로 사용된다. 따라서 당송고문가들의 간략함은 난해함을 유발하기보다는 오히려 명백하게 의미를 전달하여 주제를 집약적으로 표현하는 핵심 요소가 되었던 것이다. 당송고문가들의 편장 차원의 간은 표현하려는 사실 가운데 그 줄기만을 지적하고 나머지 세세한 부분은 독자의 상상에 맡긴다. 그런데 이때 독자의 상상에 맡겨진 세세한 부분은 이미 인물의 전형성이 명백하기 때문에 예측하기가 어렵지 않다. 이런 경우 간의 미학이 함축성과 연관되기는 하지만 광범위하지는 않다.

반면에 유몽인이 추구한 간결함은 반어 · 쌍관 · 전고 · 성어 · 속담 등을 사용하여 간결한 단어에 복잡다단한 내용을 기탁하는 방법을 사용하기 때문에 얽힌 실타래처럼 끝없이 압축을 풀어야 암시적 내용을 파악할 수 있다. 또한 문단과 문단 사이의 생략으로 파생되는 비약 · 굴절 · 왜곡 등을 끊임없이 독자가 해석해야 한다. 때문에 전체 글의 주지나 주제조차 유보적이며 함축성을 띠게 되는 것이다.

다시 말하면, 작품 전체에 내재되어 있는 함축성을 독자는 스스로 상상하고 생각하고 풀어서 글 전체를 온전히 맥락화해야 한다. 이런 함축성을 띤 간에서 독자 스스로 압축을 풀어낼 때, 자신만의 독창적 해석을 할 수 있는 바탕이 마련된다는 점에 의미가 있다. 평탄한 문장에서처럼 너무나 명백하게 주어지는 일원론적인 해석이 아니라 독자의 새로운 해석의 가능성을 인정한 것이다.

---

105) 김창협, 「농암잡지」(앞의 책, 1996, p.570): 김창협은 '古人之簡 簡於篇法 明人之簡 簡於句字 古人之詳 詳於大體 明人之詳 詳於小事'라고 하면서 明人들이 자구 차원에서 간략함을 추구하여 말이 번다해 진 것에 대해서 비판적으로 바라보고 있다.

기와 간을 통해 새로운 인식의 지평을 열고 독자 개개인의 해석을 인정한다는 저변에는 다양한 해석, 복수적 해석을 인정한다는 의미맥락이 있다. 예를 들어 유몽인의 기간 전략이 인물 묘사에 드러날 경우 묘사된 인물은 다양한 해석을 가능하게 해 주는 입체적인 인물이 된다. 즉 '기간'은 집약된 한 가지 측면을 보여주는 인물의 전형화를 깨뜨리는 역할을 한다. 대상을 어떤 기존의 관념에 범주화하지 않으며, 그렇다고 작자 자신이 어떤 새로운 틀을 만들어내지도 않는다. 오히려 대상에게 부여되는 틀 자체를 거부한다. 그래서 한 인물이 때로는 강직한 인물, 용감한 인물, 때로는 웃기는 놈, 고루한 놈 등 분열적으로 서술되고, 독자들은 다양한 해석이 가능하다. 그것은 주로 형식적인 측면에서 추구되었던 간의 방식, 즉 함축성 있는 반어·전고·쌍관·속담 사용, 단락과 단락의 비약 등을 통해 이룩한 성과이기도 하지만, 동시에 출기(出奇)를 지향했던 문학론에서 배가되었다고 할 수 있겠다.

결국 기간은 다양한 상상력과 다성의 시각의 존재를 인정한 문학적 상상력의 서술 장치다. 그리고 이러한 의도적 서술 장치를 통해 발현되는 양상이 난해성이라고 할 수 있겠다. 난해함 때문에 '백 번 읽어도 깨닫지 못하고, 천 번 읽으면 비로소 조금 해석하고, 만 번 읽고서야 융통하고 꿰뚫어 해석하게 된다. 그래서 유몽인은 문장을 전공하여 천하 민세에 빛을 발하는 자는 일세의 사람들이 알아주지 않는 것을 두려워하지 않는다. 천만 번 보아야 이해할 수 있는 글을 언뜻 한 번 보고 비소하기 때문이다. 이에 대해 유몽인은 이목구비와 수족이 뭇 사람과 같다고 해서 모두 비슷한 사람으로 본다면 누가 능히 글을 전하여 백 번, 천 번, 만 번을 읽는 데 이르겠는가?'106)라고 언급한다. 이 말은 난해한 문장을 천만 번 읽어서

---

106) 『어우집』 전집 권3, 「送崔簡易之杆城郡詩序」: 古之能工文章 以炫耀天下萬世

비슷한 이목구비 속에 숨겨진 심층의 의미를 찾아내야 함을 말한 것이다.

유몽인에게서 난해성은 심층의 의미를 찾아내기 위한 핵심 요소로 자리매김 되면서 아울러 '깊은 맛'을 낼 수 있는 요소가 되었다. 유몽인의 산문문학의 난해성은 후세에 불후할 문장에 대한 그의 광적인 열망, 즉 문학은 기간하지 않으면 전해지지 않는다(不奇簡不傳)는 생각과 맞물려서 상승작용을 일으켰고, 더욱 집착하게 된 듯하다. 그는, 불후할 문장이란 단선적이고 직선적인 의론이 아니라 문학적인 글이며, 문학적인 글의 미학은 풍부한 상징력과 다성적 해석이 가능한 '기간' 문학에 있다고 확신했기 때문이다. 따라서 기간은 복수적 해석의 가능성을 열어준다는 점에서 특별한 의미를 부여할 수 있겠다.

심층적·다층적·복수적 해석을 지향한 기간의 추구는 한문 정통양식의 문장뿐 아니라 야담에서 적극 수용되어 다양한 방식으로 실현되고 있다. 그 양상은 장을 달리해서 살펴보도록 하겠다. '기간'의 다층적 해석은 당연히 상대적 인식을 전제하게 되고, 그것은 성리학적 단일한 정답을 요구하는 유자들에게 비판의 대상이 되기에 충분했다.

7. 전범과 자득(自得)의 모순조화

유몽인은 전범서들의 학습을 주장하면서 한편으로 자득(自得)을 강조한다. 얼핏 보면 이는 모순상황이다. 자득(自得)은 '스스로 터득'한다는 뜻으로 개인적인 깨우침의 영역인데, 만약 자득의 논리를 끝까지 밀고 나간

者 無畏夫一世人不知之 是以 刻金石書竹帛 學者傳讀之 至百不曉 至千始粗解 至萬方融通貫釋 而當世人一見之 便非笑之不暇 何者 <u>耳目口鼻手足 猶夫人 其視之率與渠齒 誰肯傳讀其書 至百千萬乎</u>.

다면 더 이상 선진양한 같은 전범은 필요치 않게 된다. 그렇다면 사실상 전범을 부정하고 독창과 개성을 주장했던 공안파[107]의 논리로 귀결된다. 그러나 유몽인의 자득 논리는 전혀 전범과 충돌하지 않는다. 전범과 자득은 그의 산문론에서 뗄 수 없는 유기적 관계를 형성한다.

이 장에서는 전범과 자득의 모순적 조화에 관심을 갖고, 전범을 인정하는 논리와 전범에서 다시 자득으로 나가는 추이를 살펴본다. 아울러 전범을 수용하면서 전범의 단계적 학습을 주장하는 유몽인의 자득론을 알아보겠다. 전범 논의를 다시 거론하는 것은 그의 자득관이 확고한 전범의 바탕 위에 성립되었기 때문이다.

그는 자득을 이야기하는 자리에서 항상 과문(科文)이나 시문(時文)의 폐해를 지적하고 형식적 의고주의 폐단을 이야기하는데, 이것은 표면적으로 과문·시문의 폐해와 형식적 의고주의 폐단을 언급하는 당송고문파들과 흡사한 논리다. 그러나 내면적으로 유몽인과 당송고문가들 사이의 산문론적 간극은 큰데, 그것은 일차적으로 전범 논의에서 온다. 유몽인의 자득은 진한고문이라는 전범 없이는 불가능한 것이며, 진한고문의 전범 위에 세운 자득관은 당송고문가들이 주장하는 자득과는 그 의미 또한 다를 것으로 예상된다.

---

107) 만력기(萬曆期, 1573-1619)에 문학은 童心의 소산이라는 견해를 가지고 당시의 진한고문파의 답습을 철저히 거부했던 문학 집단으로, 실제 창작에서 평이하고 명석하며 청순한 필치로 개성적인 자아표현에 힘쓸 것을 주장했다. 공안파는 대표격인 원종도(袁宗道)·원굉도(袁宏道)·원중도(袁中道)가 公安 출신이었기 때문에 생긴 명명이다.

1) 전범의 필요성

한문 산문 가운데 문예성의 산문인 고문과 대립되는 문체로 시문이 있다. 시문이란 과거에 사용되던 문체로 과문이다. 시문인 과문이 형식적으로 고착되면서 어조나 기교·성조에 신경을 쓰고, 내용은 상대적으로 공허하게 되는데, 유몽인은 이런 과문의 폐단에 대해 많은 비판을 가한다.

유몽인은 '과문에 대해서는 따로 공부한 적이 없고, 오로지 고문만을 즐겨 봤다'고 한다. 그래서인지 비교적 늦은 나이인 31살 되는 해에 증광문과에 응시하여 삼장(三場)에 모두 장원을 하면서 정계에 등장한다. 그가 삼장에 장원을 차지했을 때 그의 문장에 대해서 시관(試官)들의 의견은 두 부류로 나뉘어졌다. 한편에서는 '우리나라 백년 이래에 있지 않았던 기문(東國百年來未有之奇文)'이라고 그의 문재에 대해 칭찬해 마지않았고, 다른 한편에서는 상격(常格)이 아니라는 비판의 목소리가 있었다.

유몽인 자신은 상격이 아니라는 비판의 목소리에 대해 자신의 문장이 시문이 아니기 때문이라고 파악하고 있다.[108] 또한 유몽인은 문집 곳곳에서 "문장을 공부한 것이 당시에 숭상하던 문장 풍조와는 배치되었고, 읽은 글 가운데는 경전 외에 세상 사람들이 버린 것도 함께 읽었다"[109]고 하면서, 당시에 숭상하는 시문을 배척하고 경전 및 선진양한 산문, 특히『전국책』·『장자』등 세상 사람들이 경계하는 것을 읽었음을 말한다.

동방의 으뜸이라는 평가를 받는 목은 이색(牧隱 李穡, 1328-1396)의 문에 대해서도 유몽인은 과문 지향적이었다고 비판한 바 있다. 동방의 가장

---

108) 『어우집』 전집 권5, 「與尹進士彬序」: 雖占魁科 而文不由程式 當時典文衡者
　　皆稱百年來未有之奇文 而沈守慶鄭文孚則非笑之 所以不由時文而得之者.
109) 『어우집』 전집 권5, 「辭藝文提學疏」: 臣自少攻文 與時尙背馳 所讀經傳之外
　　又讀世所共棄者.

높은 문으로 고려의 이색을 치는데, 그는 이색을 인정하지 않고 있다. 육경을 많이 읽어서 글이 내용면에서는 의리와 관련되고, 말은 근거가 많다는 장점에도 불구하고 이색의 문장은 과정(科程)의 일정한 형식적인 틀을 보이기 때문이다. 하여 이색의 문장을 '과거 공부하는 거자(擧子)와 비슷하다'[110]고 단언한다. 같은 이유로 유몽인은 당대 문단이 최고봉으로 추앙하던 점필재 김종직의 문장에 대해서도 비판적이다.

> 혼후하고 웅위한 기운이 중국에 모였는데 왕도곤 등이 그 기운을 얻어서 문장에 펼치니 그 문장이 굳세고 건장하고 특별히 걸출하였다. 그래서 용렬하고 천하고 낮고 비박하여 과거 문장의 상투적 모습에 가까운 우리나라 문장과는 다르다. 비록 목은과 점필재가 우리나라에서 으뜸이지만, 한유·유종원·구양수·소식을 도습하여 스스로 작은 연못의 도롱뇽이 되었으니 그 기도(氣度)와 체절(體節)이 어찌 일찍이 이들 한·유·구·소(韓·柳·歐·蘇)를 모방한 것이겠는가? 난쟁이 안영(晏嬰)이 발돋움을 해도 거인 방풍씨(防風氏)의 무릎도 만질 수 없으니 한탄스러울 뿐이다.[111]

유몽인은 우리나라 목은과 점필재를 난쟁이 안영으로, 숭국의 한유·유종원·구양수·소식을 거인 방풍씨로 비유하고 있다. 동방의 으뜸이라고 여기는 목은과 점필재를 작은 못의 도롱뇽과 난쟁이 안영으로 비유하는

---

110) 『어우야담』, 「218화 유몽인의 문재에 대한 품평들」, 1996, p.391.

111) 『어우집』 후집 권4, 「題汪道昆遊城陽山記後」: 渾厚雄偉之氣 聚於中州 而汪子輩得之 肆於文章 其文遒健傑特 不如我國文章庸賤卑薄 近於科㲄常態 雖牧隱佔畢冠弁東方 蹈襲韓, 柳, 歐, 蘇 自以爲斥澤之鯢 其氣度體節 何曾倣像於斯 如晏嬰跂足 不得捫防風氏之膝 可歎也已.

이유는 이들의 문장이 과거 문장의 상투적 모습을 띠고 있기 때문이다.

과문은 과거 규율의 일정한 틀을 가진 과거의 정식을 훈련함으로써 체득되는 과거체의 상투적 문장이다. 상투적인 과문체를 공부하는 과거지사(科擧之士)로 인해 문장지사(文章之士)뿐만 아니라 학문지사(學文之士)도 부족하게 되고, 문장은 전체적으로 날로 비루해지게 된다.112) 유몽인은 형식적인 과문에 대한 배격에서 기타 과거제도의 총체적인 폐단113)을 지적하는 것으로 나아가기도 한다.

유몽인이 생각하는 형식적인 과거 문장의 구체적인 폐단은 문의(文義)를 궁구하지 않고 구이(口耳)·훈고만을 일삼는 것이다. 선비들이 경전의 구이·훈고만을 외워서 마침내 과거에 합격하는 사례에 대해 많은 비판을 가한다. 다음은 승지 전유형(全有亨)에게 답한 편지글이다.

영공은 경서에 널리 통하고도 백씨(百氏)에 통달하여 깊숙하고 드넓게 그윽이 탐색하지 않음이 없습니다. 옛 선유가 일찍이 아울러 섭렵하

---

112) 『어우집』 전집 권3, 「送宣生時麟南歸序」: 有學問之士 有節義之士 有文章之士 有科擧之士 三代多學問之士 東漢多節義之士 漢唐多文章之士 唐宋以下 士多由科擧而進 而學問之士不乏焉 汴宋無節義 南宋只一文山 蓋由科擧之習亂之也 我國四士俱不闕 所大恨者科擧數 不專於學問 而文章日卑 節義蔑蔑甚 士多病之.

113) 『어우야담』에는 科擧와 관련된 많은 일화들이 등장하는데, 전반적으로 과거의 폐단을 지적하는 내용이다. 서압의 위조, 엉터리 무관시험, 과거시험에 제목이 나오지 않았는데도 시를 짓는 사람들, 그 밖의 과장에서의 해프닝, 비리가 있는 전형 등등 많은 이야기들을 하면서 유몽인은 과거와 관련된 총체적 문제점을 짚어내고 있다.(『어우야담』, 1996: 「181화 과거합격의 운수」, 「182화 시관의 등급 매기기」, 「188화 應擧之法과 정유길의 서압」, 「191화 무과의 문란상」, 「192화 科目의 고루함」, 「193화 제목과 무관한 시권」, 「194화 정현과 박충간의 科場 해프닝」, 「196화 科場에서의 염치심」, 「311화 장원탈취」, 「313화 개구멍 쥐구멍의 도둑」 등 참조)

지 않았던 것뿐만 아니라, 의약·복서·천문·지리 등을 밝게 헤아려서 다 궁구하지 않음이 없으니 오늘날 구이·훈고로 과거에 합격하여 벼슬길을 도모하는 자가 어찌 능할 수 있는 바이겠습니까?[114]

구이지학(口耳之學)이란 '입으로 말하고 귀로 듣는 학문', 또는 '귀로 들어가서 입으로 나오는 학문'이라는 뜻이다. 전자의 뜻이든 후자의 뜻이든, '구이지학'은 입과 귀로만 하는 얕은 학문이라는 의미가 있다. 마음으로 곰곰이 탐심하지 않고 아무 생각 없이 달달 외우는 세태를 비꼰 것이다. 훈고라는 것도 또한 이미 주어진 번역 같은 것으로, 독자가 스스로 숙고할 기회를 앗아간다. 결국 문인들이 구이·훈고만을 일삼게 되었을 때 내용을 깊이 있게 궁구하지 않으니 구이·훈고만을 일삼는 사람들이 짓는 글은 공소한 형식적인 글이 된다. 이러한 공소한 글로 선비들이 과거에 합격하고 벼슬길에 오르게 되자, 그는 "문장과 벼슬은 두 가지 일이니 개와 말처럼 서로 아무런 관계가 없다"[115]고 하며, 문장과 벼슬을 관련이 없는 별개의 것으로 치부한다.

그런데 이런 구이·훈고만을 일삼은 문인들이 과거시험에 합격하여 벼슬길을 도모하는 세태가 벌어지게 되면서 구이·훈고의 문제는 과거시험에서 일정한 양식의 글들을 외우는 세태와 동급으로 취급된다. 일정한 양식의 글을 무조건 외우는 것이 바로 구이·훈고이기 때문이다. 결국 개인적인 취향의 차원일 수 있었던 구이와 훈고의 문제는 과거시험이라는 사회적 차원의 문제로 확산된다.

---

114) 『어우집』 전집 권5, 「答全承旨有亨書」: 念令公博通經籍 旁達百氏 閎深演肆 無幽不探蹟 非但古先儒未曾兼涉 如醫藥卜筮天文地志 莫不洞燭而畢究 豈今世口耳訓詁 決科第謀絲穀者所可克耶.

115) 『어우집』 전집 권5, 「答柳正字書佺浩」: 文與官 二事也 大不相涉 猶犬馬然.

당시 과거시험에는 시험을 준비하는 문인들에게 「동부(東賦)」·「동책
(東策)」이라는 일정한 양식의 모범 문제와 답안들이 있었다.

심사순(沈思順)과 장옥(張玉)이 과거공부를 함께 했는데 사순이 하룻
밤에 「동부(東賦)」 400수를 외우고 장옥은 하룻밤에 동부 300수를 외웠
다. (중략) 교리(校理) 신호(申濩)가 14세에 『문장궤범(文章軌範)』을 400
번 읽고 평생 동안 천하의 책을 거의 다 읽었다. 읽은 불경이 2,000권이
니 그 밖의 책은 가히 알 만한데도 그가 과거에 응시할 때는 항상 「동책
(東策)」 100수를 외웠다. 이장(李璋)이 부(賦)를 잘 지었는데, 매번 여러
벗들이 동문(東文)을 읽는 것을 보면 찢어서 뒷간에 던져버렸다. 여러
벗들이 밤에 그 집에 가서 귀를 벽에 대고 읽는 것을 들으니 모두 「동부」
였다. 이에 무리들이 문을 박차고 들어가 주먹을 휘둘러 몰아내고 모두
다 그 책을 나누어서 「동부」 500수를 얻었다. 이장이 크게 웃으며 말하
기를 "너희들은 문장을 해석하지 못하니 어찌 동문을 읽지 않고 과거에
합격하는 자가 있으리오?"라고 하였다.[116)

위의 글에는 여러 문사들이 등장하는데, 심사순이나 장옥은 과거공부를
할 때 「동부」를 외웠고, 천하의 책을 거의 다 읽은 신호도 또한 과거에 응
시할 때는 반드시 「동책」을 외웠으며, 심지어 부를 잘 짓기로 소문난 이
장 같은 사람도 사실은 「동부」를 외웠다는 이야기다. 이장의 "동문을 읽

---

116) 『어우집』 전집 권5, 「與尹進士彬書」: 沈思順與張玉同業　思順一夜誦東賦四百
　　　玉一夜誦東賦三百　…　校理申濩氏歲十四　讀文章軌範四百遍　平生讀天下書殆盡
　　　所讀佛經二千卷　其他書可知　而其應擧也　恒誦東策百首　李璋善賦　每見儕友讀東
　　　文者　毀裂而投諸溷　其儕友夜卽其家　耳屬壁而聽所讀　皆東賦也　於是衆突閤而入
　　　奮拳大毆之　悉分其冊　得東賦五百首　璋大噱曰　爾屬不解文　寧有不讀東文而能捷
　　　科者乎.

지 않고 어찌 과거에 합격하는 자가 있으리오?"라는 말이 요약 제시하듯
과거 공부하는 이들 중에서 동부·동책을 공부하지 않는 이들이 없었다.
과거공부가 모범답안 문장인 동부·동책 공부로 한정되는 셈인데, 과거공
부가 한정된다는 것은 과거시험을 통해 등용된 인재들의 자질이 한정된다
는 의미이고, 등용된 인재들에 의해 국사가 운영된다고 할 때, 국사를 운
용하는 책(策)들이 한정될 수 있다는 중대한 의미를 갖게 된다. 유몽인은
과거공부가 동부·동책으로 한정되는 상황에 대해서 비소하고 있다.

　과문의 형식적인 폐단에 대한 인식은 유몽인뿐만 아니라 많은 유자들
이 함께 했던 논의였다. 다만 그가 과문에 대한 형식적 폐단을 말하는 내
면에는 '진한고문'에 대한 전범 설정을 인정하는 논리가 들어있다는 점이
다르다. 유몽인은 형식적인 과문으로 인해 목은·점필재 같은 우리나라
최고의 문인들조차도 도롱뇽과 난쟁이가 되었다는 이야기를 한 바 있다.
여기에서 짚고 넘어가야 할 부분이 바로 목은이나 점필재가 '한유·유종
원·구양수·소식'을 도습했다는 부분이다. 목은이나 점필재를 난쟁이로
표현한 것은 목은과 점필재가 한유·유종원·구양수·소식을 도습했으나
방풍씨로 비유되는 거인 한·유·구·소에 미치기에는 턱없이 부족했다
는 의미였다.

　그런데 곧바로 "비록 그렇지만 동방에 사람(유몽인 자신)이 있으니 삼
대 선진양한의 책을 읽어서 터전을 높이고 대략 한유와 유종원을 취하여
갈마 꾸렸지만 송(宋) 이하의 엷고 경박함에는 나아가지 않아서 정종(正
宗)에 순수하고 천착(穿鑿)·부회(附會)의 병폐가 여기에서는 보이지 않는
다"117)는 이야기가 이어진다. 목은·점필재가 한·유·구·소를 전범으로

---

117) 『어우집』 후집 권4, 「題汪道昆遊城陽山記後」: 雖然 東方亦有人所讀三代先秦兩
　　漢書 以爲之喬基 而略取韓柳裝束之 而不趨宋以下而澆之漓之 純乎正宗 無穿鑿
　　傅會之病者之觀乎此也.

하고 과문의 틀을 보여 한갓 도롱뇽과 난쟁이가 되었지만, 삼대 선진 양한과 한유·유종원을 전범으로 설정한 유몽인 자신은 과문의 형식적 틀을 벗어났음을 이야기한다. 이것은 과문의 형식적 폐단이 당송문인인 한·유·구·소를 전범으로 삼은 것에서 출발한다는 인식을 보여주는 것이다.

또한 유몽인의 동부·동책에 대한 비웃음은 과거를 준비하는 문인들이 다양한 독서는 하지 않고 오로지 모범답안에만 매달려서 외우는 상황에 대한 비웃음이다. 동부·동책은 다양한 문의를 탐구할 필요가 없는 구이(口耳)의 학문이고, 이런 구이의 학문은 바로 경전의 심오한 이치를 탐구하지 않고 이미 주어진 해석을 받아들이게 하는 훈고학과 통한다. 따라서 과거 폐단의 구이·훈고에 대한 지적은 전주문자(훈고학)를 부정하고 기간 문학을 추구하면서 보여주었던 진한고문에 대한 전범 설정 논리를 보강해 주는 측면이 있다. 즉 구이·훈고로 과거에 합격하여 관직을 도모하는 일반적인 세태를 비난하는 저변에는 널리 경서와 제자백가를 깊숙하고 넓게 탐색해야 한다는 강력한 메시지를 내포한다. 위의 인용문 「답전승지유형서(答全承旨有亨書)」에서 승지 전유형을 인정하는 논리에는 구이·훈고로 과거에 합격한 자들과 달리 전유형이 널리 경서 및 진한고문이라고 할 수 있는 제자백가를 탐독했다는 점이 작용했다.

유몽인은 금세의 '문장이 어려움(難)을 버리고 쉬움(易)을 취하여 당세에 적당히 이용되는 세태'118)에 대해 비판적인 자세를 견지하는데, 여기에서 난(難)이란 '학고인난성(學古人難成)'이라 하여 고인을 배우는 일, 즉 유몽인이 모범문으로 치는 『사기』·진한고문·한문(韓文)·유문(柳文)을 배우는 일이다. 그리고 이(易)는 '효동인이공(效東人易功)'이라는 것으로

---

118) 『어우집』 전집 권5, 「答南都憲季獻書」: 學古人難成 效東人易功也 益信今世之
    文 去難取易 能適用於當世.

보아 우리나라 사람들의 글, 즉 과거시험의 모범답안인 동부·동책 같은 글을 의미한다. 따라서 유몽인은 당세의 문의 폐단으로 어려운 진한고문을 버리고 쉬운 동부·동책 같은 글들만 읽어서 당세에 쓰이는 것을 비판한 것이다. 당세에 쓰인다는 것은 과거에 합격하여 벼슬길을 도모한다는 의미와 같은 맥락임은 말할 것도 없다.

결국 유몽인은 당세의 문장의 폐단인 공소한 과거 문장만을 공부하는 세태를 지적하는 내면에 '학고인(學古人)'해야 한다는 '전범을 인정하는 논리'를 담고 있는 것이다. 과문의 구이·훈고적 공부, 즉 일정한 양식의 모범 답안을 외우는 식의 형식적 폐단을 벗어날 수 있는 길은 선진의 간결한 문장인 진한고문을 널리 읽고 본받아야 한다는 것이 귀결점이다. 사실 시대를 막론하고 고문운동은 늘 과문의 폐단과 맞물려 진행되는데, 유몽인은 진한 고문의 문풍을 지향함으로써 과문의 형식주의적 폐단도 벗어날 수 있을 것으로 보았던 것이다.

2) 자득의 필연성

유몽인은 과문의 폐단을 지적함으로써 내면적으로 전범 설정의 타당성을 입증했다. 그러나 그는 전범 차원에서 머물지 않는다. 선범에 대한 학습을 강조했지만 그 전범에 매몰되었던 전후칠자들의 형식적 의고주의 폐단을 강력하게 비판한다. 특히 그는 전후칠자들의 결정적인 폐단으로 실제 창작에서 전범에 대한 자구 차원의 모방과 답습을 거론한다. 바로 이 지점에서 그는 확실하게 명대 의고파와 갈라진다.

고로 혹 『좌씨』와 『사기』를 주로 하고 남은 여력에 선진제씨를 힘써서 조각조각 마디마디 구두를 표절하였으니 엄주 왕세정이 으뜸이고 공동 이몽양이 그 다음이다.119) 근세에 이몽양과 왕세정이 당송을 우습게 여기고 서한 시대의 껍데기를 표절하였기에 그 사람과 문장이 또한 이미 썩은 것이다.120)

이몽양과 왕세정의 문장을 썩은 문장이라고 혹독하게 비판하고 있는데, 그 이유는 이들이 진한고문의 전범을 조각조각 마디마디 구두를 표절했고, 서한시대의 겉모습만을 표절했기 때문이다. 명대 의고파들은 자신들이 내세웠던 전범 설정의 이론 자체가 문제였던 것이 아니라 이론의 실천 방법에 문제가 있었던 것이다. 전범 텍스트의 예술적 성취에 도달하기 위해서 어휘나 구두 차원을 재현하려 했고, 어휘나 구두 차원에 집착하다 보니 상대적으로 내용은 일관성이 없게 된다.

왕씨는 다만 구어만을 좇아 선진양한에서 약간의 문자를 훔쳐서 첩첩이 쓰고 있으니 예를 들어 '목섭(目攝)'·'부순(附循)'·'추곡(推轂)'·'순순(恂恂)'·'증증(蒸蒸)'·'구다(求多)'·'재사(在事)'·'위하(謂何)'·'사사(纚纚)'·'유연(猶然)'·'기강지(紀綱之)'·'적제령(籍弟令)'·'강역지사(疆域之事)' 등의 말이다. 이것은 마치 고리를 끌어다가 기둥에 메어놓은 원숭이가 종일 빙빙 돌아다니지만 계속 같은 자리만 밟는 것과 같아서 종지가 서지 않고 한 편에 서너 개의 큰 뜻이 끝내 지향점이 없게 된다.121)

---

119) 『어우집』 후집 권4, 「題汪道昆遊城陽山記後」: 故或主左氏史記 餘力先秦諸氏 寸寸尺尺 剽掠句讀 王弇州爲上 李空同次之.

120) 『어우집』 후집 권3, 「贈乾鳳寺僧信誾序」: 近世空同弇州矯唐宋而別鶩多剽西漢之餒狗 其人與語 亦已朽矣.

121) 『어우집』 후집 권4, 「題汪道昆遊城陽山記後」: 至於汪氏 徒逐逐句語 竊若干文字於先秦兩漢 重用疊出 如曰目攝 曰附循 推轂 曰恂恂 曰蒸蒸 曰求多 曰在事 曰謂何 曰纚纚 曰猶然 曰紀綱之 曰籍弟令 曰疆域之事等語 如挈環繫柱之猿

이 글은 왕도곤(汪道昆)에 대한 비평인데, 왕도곤은 왕세정과 교유했고 후칠자의 의고적 창작활동에 따라 문필활동을 했던 사람이다. 유몽인은 왕도곤이 삼대양한에 근본을 두었다는 것에는 긍정적인 평가를 한 바 있다. 다만 왕도곤이 구어 차원에 매몰되어 '목섭(目攝)', '부순(附循)', '퇴곡(推轂)', '순순(恂恂)', '증증(蒸蒸)', '구다(求多)', '재사(在事)', '위하(謂何)', '사사(纚纚)', '유연(猶然)', '기강지(紀綱之)', '적제령(籍弟令)', '강역지사(疆域之事)' 등의 선진 양한의 문자를 훔쳐 썼다는 점을 집중적으로 지적한다.

문의를 위해서 꼭 필요한 곳에 선진양한의 문자를 한두 번 썼다는 것 자체를 문제 삼는 것은 아니다. 문제는 선진양한의 자구들에 집착하는 데 있다. 자구 차원에서 선진양한을 모방하는 데 집착하여 낱낱을 거듭 끌어다 표절하다보니 글이 기둥에 매어놓은 원숭이가 하루 종일 빙빙 돌아도 계속 같은 자리만 도는 것과 비슷해진다. 서로 다른 주제를 구현해야 할 서로 다른 글들이 모두 같은 글자를 거듭 써서 비슷한 글이 되고, 종내에는 의도하는 주제를 일관되게 드러내지 못했던 것이다.

이것에 대해 유몽인은 '한단에서 본래 걸음을 잃었다(失邯鄲之本步)'고 비판한다. 연나라의 소년이 조나라 한단에 가서 그곳 사람들의 한아한 걸음걸이를 배우려다가 자신의 원래 걸음걸이까지 잃어버리고 기어서 돌아왔다는 '한단지보(邯鄲之步)' 고사를 통해서 유몽인은 왕도곤이 선진양한을 표절하려고 하다가 문맥에 종지가 서지 않는 의미의 빈약성을 노출했음을 단적으로 지적한 것이다.

모방을 경계하는 이야기는 『어우야담』에도 실려 있다. 「54화 삼구서당(三句書堂)과 사구한림(四句翰林)」은 사가독서에 참여하게 된 이성중(李誠中)과 남성신(南省身)의 이야기다. 이성중은 4구 중에 한 구가 이백(李

終日回旋 踏其舊跡 而宗肯不立 一篇三四大指而終之無歸趣.

白)의 시구를 그대로 가져다 썼으니 삼구서당이고, 반면에 남성신은 표절한 것이 없으니 사구한림이라는 것이다. 유몽인은 이성중과 남성신 시에 대해 표면적으로 어떠한 평가도 내리고 있지 않지만, '삼구서당'이라는 말로 표절을 했던 이성중을 해학적으로 조롱하고 있다. 남성신이 옥당에 들어가려고 했을 때 많은 사람들이 이의를 제기했지만, 표절하지 않았던 사구 시로 결국 남성신은 옥당(玉堂)에 참여하게 되었다고 한다.

유몽인은 선진양한 산문을 전범으로 삼은 것 자체는 인정하면서 모방과 표절을 문제 삼았다. 그런데 모방과 표절을 포함한 형식적 의고주의 폐단을 극복할 수 있는 길에 대해서 유몽인은 뜻밖에 '자득'을 이야기한다. 유몽인은 일반적으로 '의고주의자'로 분류되고, '의고주의자' 하면 답습을 연상하기 마련인데 유몽인은 답습과 대립적인 '자득'을 이야기한다.

> 문장이란 전작을 답습하는 것을 귀하게 여기지 않는다. 나의 흉중에 저축된 바를 도원(道原)에서 자득한다면 구구한 연습은 높이 평가할 만한 가치가 없는 것이다. … 내 생각에는 주공 같은 감정과 공자 같은 생각은 모든 사람이 가지고 있는 것이니 자신을 돌아보아 구한다면 스스로 터득할 수 있을 것이다.[122]

이 글에서 말하는 자득의 조건은 무엇보다 먼저 전작을 답습하지 말아야 한다는 점이다. 모방과 답습의 반대가 독창·개성·창조라면, 그에게 자득의 가장 첫 번째 조건은 모방과 답습을 경계하면서 흉중에 저축된 것을 독창적으로 끌어내는 것이다. 당시의 문인들이 그의 글에 대해 '흉중조

---

122) 『어우집』 전집 권5, 「報滄洲進士車萬里雲輅書」: 凡文章貴不沿襲前作 吾胸中所儲 自得於道原 則區區沿襲 不足多也…『어우집』 후집 권3, 「贈乾鳳寺僧信誾序」: 余之意 周情孔思 人皆有之 反而求之 可自得之.

화(胸中造化)·흉중변화(胸中變化)·자가조화(自家造化)'를 이룬 것으로 품평하고 있는데,[123] 이런 언급 역시 그가 모방과 답습 너머 독창과 자득을 중시했다는 뜻일 터다. 더욱이 이런 품평은 유몽인이 산문론에서 강조한 독창과 자득이 유몽인의 실제 글쓰기로 연결되었음을 시사해 준다.

3) 점수돈오(漸修頓悟)의 단계적 학습과 자득

유몽인은 과문의 폐해를 지적하고 의고주의의 형식적 폐단을 지적하면서 독창성을 강조한다. 이 자득 논리는 외면적으로 당송고문파와 흡사하다. 심지어 의고주의의 형식적 폐단을 비판하는 표현까지도 비슷하다. 그가 진한고문파의 모방과 답습을 비판하면서 '한단의 걸음걸이를 잘못 배웠다'고 했는데, 이 표현은 후대에 당송고문가들이 진한고문을 추종했던 이들의 답습과 표절을 비판하는 데 자주 이용되기도 한다.[124] 이는 그가 의고주의자들의 모방과 답습을 지적하는 논의와 같아서 그를 당송고문가라고 해도 될 정도로 외면적으로 흡사하다.

그러나 유몽인은 철저하게 진한고문의 전범을 인정하면서 자득으로 나아간다는 점에서 당송파와는 갈래를 달리한다. 그의 논리에 따르면 전범으로 설정한 진한고문은 자득으로 가기 위해서 반드시 학습해야 하는 대상서다. 자득이라는 것은 어느 날 갑자기 이루어지는 것이 아니라 쉬운

---

123) 『어우야담』, 「218화 유몽인의 문재에 대한 품평들」, 1996, pp.390-391.

124) 청나라 장학성(章學誠, 1738-1801)은 「古文十弊」에서 고문의 10가지 폐단 중의 하나로 '誤學邯鄲'이라는 말로 의고주의의 폐단을 비판하고 있으며(孔德成 選注, 위의 책, p.200) 우리나라 김창협도 명나라 의고주의자들이 걸핏하면 模擬하면서 '效顰學步'하여 천진함을 얻지 못했다고 비판하고 있다.(김창협, 「농암잡지」, 앞의 책, p.579) 이들은 모두 유몽인보다 뒤 세대인데, 진한고문파의 형식적 폐단을 지적하는 것이 유몽인의 논의와 흡사하다.

것부터 점진적인 수련을 반드시 거쳐야 한다고 생각했다.

먼저, 그가 말하는 문장 성취 방법을 보자.

> 대개 천하의 책이 무궁하여 총명이 두루 미칠 수가 없기 때문에 반드시 일가에 전문하거나 혹은 여러 책에서 대략 베껴야 공을 얻음이 많다. … 대저 문장의 성취는 넓게만 하면 공효가 없고 간략하게만 하면 널리 하지 못한다. 반드시 여러 책을 두루 읽되 한 책을 오로지 공부하여 공력이 쌓인 후에야 성취가 있다.[125]

유몽인은 문장을 성취할 수 있는 방법에 대해 일단 두 가지 방법을 제시하고 있다. 그 하나는 일가(一家)에 전문하는 것이고, 다른 하나는 여러 책을 대략 베끼는 것이다. 여러 책을 베낀다는 것은 널리 읽고 널리 학습해야 된다는 의미다. 그런데 첫 번째 일가에 전문하는 방법에 치우칠 때, 사마천에 전문했던 사람들의 예시에서 보듯 공효를 얻지 못하고 실패하게 된다. 그렇다고 넓게만 읽으면 깊이가 없어지게 된다. 한편으로 두루 넓게 충분히 공부하면서, 한편으로는 전념할 책을 하나 선택하여 집중적으로 공부해야 하는 것이다.

그러나 이때 전범을 학습하는 데에 전범의 난해성은 충분히 고려해야 할 관건임을 지적한다. 난이도에 따라 유몽인은 철저하게 단계적 학습을 주장하고 있는 것이다.

> 그러나 쉬운 것을 먼저 하지 않고 어려운 것을 먼저 하면 그 공효를

---

125) 『어우집』 전집 권6, 「文章指南跋」: 蓋因天下書無窮 非聰明所遍及 必須或專門 一家 或略抄諸書而得功居多焉…『어우집』 전집 권5, 「與尹進士彬書」: 大抵文章之就 徒博則無效 徒約則不周 必須遍讀群書 專功一帙 功積而後有就.

맛 볼 수 없다. 고로 전(傳)에 '높은 데 오를 때는 반드시 낮은 곳에서부터 하며, 먼 곳을 갈 때는 반드시 가까운 곳에서부터 한다'고 하였다. 족하는 술 마시는 사람을 보지 못했는가? 비록 한 섬을 마실 수 있더라도 한 병, 두 병에서 시작하여 중간에 안주와 찬을 먹고, 끝내 한 섬을 다 비우는 데 이르는 것이요, 한 번 들이켜서 한 섬을 마시는 자를 보지 못했다. 또 태산에 오르는 자를 보지 못했는가? 한 걸음, 두 걸음에서 시작하여 바위나 돌산을 따라 덤불숲을 지나 마침내 꼭대기에 오르는 것이요, 한 번 뛰어서 오르는 자는 있지 않다. 지금 족하가 작은 병으로 시작하지 않고 한 섬을 먼저 마시려 하고, 보폭이 작은 걸음으로 말미암지 않고 꼭대기에 먼저 오르려 하는 것은 잘못된 방법이 아니겠는가?[126]

위의 글은 문장 학습 단계를 비유한 글이다. '쉬운 것부터, 가까운 곳부터, 한 걸음부터, 작은 병부터'의 논리는 결국 차근차근 단계적으로 공부할 것을 예시한다. 한 섬의 술을 마시는 자가 작은 병부터 한 병 한 병 마시듯, 태산을 오르는 자가 한 걸음 두 걸음부터 시작하듯이 공부도 쉬운 것부터 먼저 해야 한다는 것이다. 이것은 문장 수련 단계에 대한 언급으로, 앞서 제시한 일가에 전념하는 것과 다독을 종합해 보면, 문장 학습은 쉬운 것을 먼저 두루두루 넓게 공부하면서 사기가 전력을 쏟을 한 책에 오로지 해야 태산의 정상에 오를 수 있다는 의미다.

다음 글은 구체적으로 차근차근 수련하는 점수(漸修)를 언급한다.

---

126) 『어우집』 전집 권5, 「與尹進士彬書」: 然不先其易而先其難 未有食其效者 故傳曰登高必自卑 行遠必自邇 足下不見夫飮者哉 雖能飮一石乎 自一鍾二鍾 間以看若膳 終至盡一石 未見一吸而呑一石者也 且不見夫陟泰山者乎 自一步二步 緣巖嶸歷林藪 終躋於絶頂 未有一蹴而能至者 今足下不用小鍾而先一石 不由近步而先絶頂 不亦謬乎.

또한 높은 것을 먼저 하고 낮은 것을 뒤에 해서는 안 된다. 그러므로 말하기를 "성의 높이가 5장(丈)인데 장사 누계(樓季)가 가벼이 범하지 못하고 태산의 높이 100인(仞)인데 절뚝거리는 암양을 태산 위에서 친 것은 초점(峭漸)의 기세가 달랐기 때문이다"라고 말한 것이다. 지금 족하는 초(峭)를 따라 범할 것만 알고 점(漸)으로 인해 높아지는 것을 알지 못하여 절뚝거리는 암양의 쉬운 바를 버리고 누계의 능하기 어려운 것을 한다. 그러니 길이 끊어져 오르기 어려울까 적이 염려스럽다.127)

이 글은 아들의 친구 윤빈이 오로지 『사기』만을 붙잡고 공부하는 것에 대해서 『사기』의 구절을 인용해서 깨우치고 있다. "성의 높이가 5장인데 누계(樓季)가 가벼이 범하지 못하고 태산의 높이 100인인데 절뚝거리는 암양을 태산 위에서 친 것은 초점의 기세가 달랐기 때문이다"라는 부분은 『사기』의 구절128)로, 누계의 고사의 초와 점을 문장에 비유하고 있다. 뛰어오르기를 아주 잘 했다는 용사 누계(樓季)도 다섯 길밖에 안 되는 성을 한 번에 뛰어넘지 못하는데 절뚝거리는 양은 100길이나 되는 태산 꼭대기에 올랐다. 누계가 성을 뛰어 넘을 수 없었던 것은 가파름(峭) 때문이었고, 절뚝거리는 양이 태산 꼭대기에 오를 수 있었던 것은 다름 아닌 바로 점진(漸)에 의해서 가능했다.

---

127) 위의 글: 亦不可先高而後卑 故曰城高五丈而樓季不輕犯 大山之高百仞而跛牂牧其上 峭漸之勢異也 今足下知由峭而犯 不知由漸而高 舍跛牂之所易 而爲樓季之難能 竊懼路絶而難攀也.

128) 다음은 『史記』〈李斯列傳〉(『사기열전』, 보경문화사, 1986, p.184)의 구절이다. "是故城高五丈 而樓季不輕犯也 泰山之高百仞而跛牂牧其上 夫樓季也而難五丈之限 豈跛牂也 而易百仞之高哉? 峭漸之勢異也." 여기에 '누계(樓季)'는 뛰어오르기를 잘했다는 용사로, 전국시대 魏나라 사람. 魏文侯의 자손이라고 한다. 『韓非子, 五蠹』에도 누계의 고사가 실려 있다. 원문은 다음과 같다. '故十仞之城 樓季弗能逾者 峭也.'

이 글이 윤빈이 『사기』만을 고집하는 것을 깨우치기 위한 것이라는 점을 상기한다면, 유몽인은 『사기』를 일종의 '초'로 비유하고 있는 셈이다. 『사기』를 초에 비유한다면, 점은 점진적인 수련, 즉 점수를 의미한다. 온전하지도 못한 절뚝거리는 산양이 태산 꼭대기에 오를 수 있었던 것이 차츰차츰 나아간 '점' 덕분이었다. 태산의 꼭대기는 문으로 따지면 문장의 최고 경지를 말한다.

지금까지 내용을 정리하면, 문의 최고 경지인 태산 꼭대기에 오를 수 있는 방법은 공을 얻기 쉬운 전범부터 차근차근 점진적으로 단계적 학습을 하는 것이다. 충분한 점수를 거치면서 점점 깨달음에 이르게 되고, 그것이 쌓여 마침내 자득하게 된다. 이것이 바로 이른바 점수돈오[129]적 자득이다. '돈오'란 머리로 깨달은 것이 아닌 몸으로 체득된 일종의 실제 창작상에서 '자득'을 형용하는 의미다. 유몽인은 전범론을 통해 고문 미학에 대한 인식의 전환을 가져오고, 점진적인 학습 '점수'를 통해 인식의 지평을 확장해 가서 드디어 어느 한순간에 자득의 경지에 이르게 된다는 것이다.

불가에서는 수련과 깨달음의 선후관계가 논쟁이 되는데, 문학에서 자득

---

129) 선가에서 시작된 妙悟라는 개념이 문론에 수용되고 이론화되면서 嚴羽의 묘오는 頓悟와 漸修를 결합하였다. 즉 돈오는 형식적 수련이나 수행에 얽매이지 않고 자신의 본성을 꿰뚫어봄으로써 본체를 깨닫는 것이고, 점수는 깊이 탐구하여 점점 깨달음에 이르게 되고 그것이 쌓여 마침내 大悟하는 것이다.(엄우/김해명·이우정 역, 『창랑시화』, 소명, 2002; 이병한 편저, 『중국고전 시학의 이해』, 문학과지성사, 1993, pp.64-66 참조) 점수단계를 중요시하고 반드시 전제하는 유몽인의 논리는 돈오와 점수를 결합한 측면이 있다. 이러한 유몽인의 점수돈오적 자득 논리는 후대의 많은 문인들의 작가론에서도 그 일단을 엿볼 수 있다. 예컨대 구한말 문장가 석정 이정직은 타고난 재능(性)은 부단히 가다듬음(工)을 통해야만 극대화될 수 있다는 盡工盡性論을 주장했는데(이월영, 「석정 이정직의 문학론 고찰」, 『어문연구』 46, 2004, pp.226-231), 이 역시 점수단계를 중요시하는 점수돈오적 문학론과 상통한다.

은, 자득의 순간만 놓고 보면 어느 한 순간에 탁 깨우치는 일종의 돈오이지만, 그 돈오에 이르기까지 보이지 않게 부단히 갈고 닦아야 하는 점수의 내공이 필요했다. 그렇기 때문에 전범이 강력하게 필요했던 것이고, 전범을 통해 학습해야 되는 미학 풍격이 존재하는 것이다. 이때 유몽인은, 점수는 '단계'와 '점차'에 맞게 쉬운 것부터 해야 한다고 주장하는 것인데, 이런 '단계적 점수'는 난해성의 층위를 고려한 '전범의 위계'와 맞물린다.

그리고 보면 중국 및 조선의 문명 있었던 여러 인물들이 『사기』에서 공효를 보지 못했는데, 그 이유는 쉬운 여러 자서(子書)를 다양하고 폭넓게 학습하지 않고 곧바로 그 끝을 궁구하기 어려운 『사기』를 택했기 때문이었다. 『사기』는 많은 이들이 증거했듯이 어려운 텍스트이므로 다양한 제 글을 학습하여 충분히 바탕을 탄탄히 쌓아 놓은 뒤에 『사기』를 오로지 공부해야 옳다. 아직 재력이 모자라는 사람이 덥석 『사기』를 잡고 천 번, 만 번 읽는다고 한들 아무런 성취도 없게 된다. 유몽인은 쉬운 것부터 아래서 차근차근 쌓아가야 한다는 문장 수련 논리를 통해 사실 『사기』는 최종적으로 도달해야 하는 최고의 전범 텍스트임을 다시 한 번 드러냈다.

『사기』를 기준으로, 『국어』·『좌전』은 비슷하게 어려웠고, 『맹자』·『상서』·『한서』·『전국책』·『장자』는 『사기』보다 공효를 얻기 쉬운 글이고, 한문·유문 등은 좀 더 쉬운 글에 해당한다. 그렇다면 충분히 수련해야 할 점수 단계의 제서들은 『맹자』·『상서』·『한서』·『전국책』·『장자』·한문(韓文)·유문(柳文) 등이다. 충분한 점수의 단계를 거쳤다면 마지막 점수 대상인 『사기』를 공부해야 한다. 그런데 『사기』는 학습 대상이면서 동시에 자득의 대상이다. 『사기』의 종횡착잡(縱橫錯雜)·천변만화(千變萬化) 등의 표현 수법은 학습만으로 배울 수 있는 것이 아니라 어느 순간에 그 학습을 넘어서는 자득이 필요하다. 자득을 일종의 자오(自悟)·돈오(頓悟)라고 한다면, 『사기』는 점수와 돈오의 경계에 걸쳐 있다. 『사기』는 학습해야 될 모든 전범들 중에서는 가장 상층부에 위치하여 다양한 독서를 바탕으로 학습해야 할 대상이면서 동시에 자득해야 될 대상이기도 한 것이다.

오롯이 자득해야 할 대상은 육경이다. 유몽인은 처음부터 육경은 배울 수 있는 것이 아니라고 한 바 있다. 그는 충분히 학습하여 태산 꼭대기에 이른 자들은 "사서육경에 근거하여 스스로 깨닫고 얻게 된다"고 하였다. 꼭대기에 이른 자만이 자득의 단계에 비약할 수 있다는 것이다. 육경의 간략하면서도 심오한 이치(簡奧)는 자구를 공부하고 편장을 공부한다고 이룰 수 있는 것은 아니다. 유몽인은 육경을 학습의 차원이 아니라 개인적인 깨달음의 차원으로 설정했던 것이다.

유몽인식대로 단계별로 전범을 학습한다면, 가치 평가와는 무관하게 시대적으로 가장 가깝고 쉬운 것에 대한 기본적 독서가 전제된다는 점에서 전범 자리에 올리지 않았던 송문과 전범 중에서 가장 낮은 자리를 점유했던 한유 유종원의 문장을 가장 우선적으로 공부하고 학습하게 된다는 것을 의미하기도 한다. 유몽인 개인의 경우는 선진양한의 제서들 및 한문, 유문, 기타 불경서 등을 다양하게 읽었고, 『장자』에 침잠했다.

결국 유몽인은 자신이 설정한 전범과 충돌하지 않으면서 '자득'으로 가는 길을 열었는데, 그것은 점진적인 수련의 단계인 점수과정을 통해서 돈오에 이르는 일종의 점수돈오적 자득을 통해서 가능했다. 점수돈오직 자득은 선진양한 같은 우수한 창작물을 깊이 이해하고 충분히 익히고 통찰하여 글 전체를 관통하는 이치와 표현 수법 등을 깨달음으로써 가능해진다.

8. 자득과 기간의 상관성

여기에서는 앞서 학습과 자득의 단계적 층위를 살펴보면서 유보했던 자득의 의미를 설명하고 자득과 기간의 관계를 살펴볼 것이다. 이때 자득, 기간이라는 것이 결국 좋은 글을 쓰기 위한 산문론의 하나인 이상 자득을 어떻게 언어로 형상화할 것인가 하는 문제와 직면한다. 이것은 기간의 문제이면서 기간 배면에 깔린 언어관의 문제이기도 하다. 따라서 자득과 기간의 상관관계를 살펴보는 자리에서 유몽인의 언어관도 함께 유추해 볼 것이다.

1) 형식미와 자득

대부분의 문인들이 조금씩 지향의 차이는 있었지만, 육경 및 『사기』, 기타 문사철(文史哲)의 제서들을 전범으로 인정했고, 역대의 많은 시론가·문론가·문인들이 문학 창작에서 '자득'을 중요한 규율로 여겼다. 유몽인 외에도 고금을 막론하고, 중국·조선의 많은 문인들이 자득을 이야기했다. 그렇다면 유몽인이 말하는 자득의 의미를 구체적으로 따져 봐야 자득의 변별적 특성을 밝힐 수 있을 것이다.

자득이란 '스스로 터득'하는 것으로 옛 작품을 모의하거나 전인을 답습하지 않고 독창적으로 글을 써내는 것을 말한다. 이들의 표면 논리는 모두 모방과 답습을 경계하고 독창을 주장하지만 독창의 실제적 내용은 조금 다르다. 자득은 두 가지 측면에서 이야기될 수 있다.

첫째는 문학의 사상·내용 방면이다. 이때의 독창성은 입의(立意)가 독창적이어야 한다는 뜻으로 일종의 신의(新意)를 창출해 내고 자신만의 독특한 진실 감정을 표현해내야만 그 작품은 비로소 존재 가치를 지닌다는 생각이다.

둘째는 문학의 형식 방면이다. 이것은 예술 형식의 자득을 말한다. 문학은 언어 예술이기 때문에 예술 형식의 자득은 언어로 표현된다. 따라서 글자·조어·구성의 독창성이 중요하다. 작가는 창작할 때에 반드시 진부한 말을 버리고 새로운 말을 찾아내고, 청신한 구성 형식을 제련해야 한다. 남이 하지 않은 것을 말하고, 전인과 다른 독창적 의경을 창조해야 하는 것이다.

물론 자득 문제를 내용과 형식으로 분명하게 이분할 수는 없다. 더구나 자득지작(自得之作)은 내용과 형식 방면에서 모두 이미 어떤 경지를 넘어선 문예미를 갖추게 된다. 형식은 좋은데 내용은 공소하다든지, 내용은 뛰어난데 형식은 어설픈 것은 애초에 자득지작이라고 언명할 수 없기 때문이다.

그렇지만 자득의 문제에서 내용과 형식 중 어느 쪽을 강조하느냐에 따라 입각점은 달라질 수 있다. 내용적 측면을 중시할 때, 자득은 '깊고 오묘한 뜻'을 터득하는 것이고, 창작상의 자득은 작품 속에 독창성 있는 입의를 세우는 개념이다. '흉중에서 우러나와야 한다', '마음속에서 구해야 한다'는 것 또한 진실한 사상과 감정이 담겨야 한다는 의미로 파악된다. 즉 마음 속 깊은 곳에서 유출되어 자신의 진실한 감정과 생각이 담겨 있고, 다른 사람의 글을 모방하지 않아 독창성을 갖는 것을 일컫게 된다.

이것이 자득의 가장 일반적인 의미이고 중국 공안파들의 자득, 우리나라 당송고문가의 자득 논리에 가깝다. 이들이 고인의 생각을 본받고 터득하는 것을 제일 원칙으로 삼는다는 사실은 바로 이들이 주장하는 '사기의(師其意), 불사기사(不師其辭)'라는 말이 단적으로 보여준다. '무엇을 터득할 것인가' 하는 문제에서 무엇이 대부분 '뜻'을 지칭하는 것이었다.

그런데 유몽인의 자득 논리에는 형식적 측면이 강하다. 문학의 독창성과 개성을 형식적 형상화에서 찾고 있다. 유몽인은 『사기』를 배우기 어려운 이유로 조어하자(措語下字)가 종횡착잡하고 천변만화하여 그 끝을 궁구하지 못하기 때문이라고 했는데, 여기에서 중요한 것은 『사기』는 사마천이

'자득한 것을 발양했다'는 점이다. 자득이 조어하자의 종횡착잡·천변만화 등의 형식적이고 수사적인 차원으로 가시화된 것이다. 바꿔 말하면『사기』가 사마천의 '자득지작(自得之作)'이기 때문에 조어하자가 종횡착잡하고 천변만화하여 사람들이 쉽게 끝을 궁구하지 못하는 것이기도 하다.

이때『사기』및 기타 전범들의 형식미가 바로 '기간'인데, 유몽인은 바로 이 제서들의 기간을 배우고자 했다. 그렇다면 기간(奇簡)이야말로 유몽인에게 독창성과 자득을 확보하는 핵심 키워드다. 유몽인이 말하는 자득의 구체적인 실체는 가장 배우기 어려운 상층부『사기』의 기간을 실제적으로 체득하여 작품에 형상화하는 것이다. 당연히『사기』등의 종횡착잡·천변만화 같은 형식적 측면에 무게가 실린다.

그리하여 기간을 구체적으로 실현할 독창의 형식적 측면 '새로운 글자, 새로운 조어', '새로운 구성', '전인과 다른 독창적 의경'을 추구한다. 형식적이고 구태의연한 표현 어휘를 적극탈피(陳言務去)하는 한편, 전범으로부터 기간을 형상화하는 산문구법과 기(氣)를 본받되, 독자적으로 자신의 어휘를 창조해야 한다고 주장하는 것이다. 특히 유몽인은 기와 간에서 기의 발현이 강한데, 그것은 자득의 독창적인 글을 쓰기 위해서는 일상적인 것(常)을 버리고 '기'를 추구해야 된다고 생각했기 때문이다.

요약하자면 유몽인에게 '자득'은 각 전범의 문체적 특징을 터득하는 것인데, 특히 유몽인이 최고로 여겼던『사기』의 기간을 터득하는 것이다. 그렇다면 유몽인의 자득은 문학예술의 표현방식과 창작 기법 일반에 관한 법칙을 완전히 체득한 바탕 위에서 자유자재로 기간을 구사해 낼 수 있는 경지를 말한다. 구체적으로는 선진양한 산문의 구절구절, 장구의 말단에 나타난 말의 껍데기를 모방할 것이 아니라 독창적인 기간의 풍격을 구축하라는 주문이다.

'독창과 자득'의 관계는 모방과 답습을 경계하고 모방과 답습의 반대선상에 놓인 독창성을 주장하는 자득관이다. 그러나 유몽인의 '독창과 자득'은 모방과 답습의 주요 원인이 되었던 '전범'이 오히려 중요한 다리 역할을 하고 있다. 그것은 유몽인의 자득의 개념이 형식적 측면에서 구축되고 있기 때문이다. 유몽인은 단계적인 점수돈오적 자득관을 통해 전범과 충돌하지 않을 수 있었고, 기간이라는 형식적·수사적 측면의 자득을 주장함으로써 내용적인 측면의 독창과 개성을 주로 주장했던 공안파의 자득과도 갈래가 달라지게 되는 것이다.

다만 유몽인이 형식미 발현의 자득을 강조했다고 해서 글의 내용적 측면에 아무런 관심이 없었다는 뜻은 아니다. 성리학적 체제 내 지식인으로서 글의 내용적 충실함은 그에게 너무나 당연한 전제였다. 육경의 '간'은 은미하고 심오한 내용적 함축에 무게 중심이 있는데, 이런 육경을 근본적으로 전제했던 것과 같은 맥락이다.

'무엇을'이나 '어떻게' 자득할 것인가 하는 문제에서 이번에는 '왜 자득을 해야 하는가'로 옮겨가 보자. 유몽인이 추구하는 고문은 기간해서 해석하기 어렵다. 그런데 유몽인은 해설서라고 할 수 있는 전주문자를 부정한다. 그렇다면 해석하기 어려운 기간한 문장을 어떻게 해석해 낼 수 있는가. 전범의 기간만이 문제가 아니라 유몽인은 실제 창작상에서 기간의 글쓰기를 추구하다 보니 난해함에 직면하게 되었다.

기간의 추구가 수사적 차원에서 이루어진다 하더라도, 수사적 차원의 기간 추구는 결국 내용 차원의 해석의 어려움을 유발했다. '문이 도를 싣는 수레(文以載道)'라고 한다면, 기와 간으로 가려진 압축적이고 낯설고 새로운 모습의 수레로 인해 수레 안에 담긴 내용물(道)을 파악할 수 없는 것이다. 자득이 기간의 문학적 형상화에 달려 있다면, 다시 말해 기간을 잘 형상화하는 것이 곧 자득이라면, 기간을 통해 형상화한 복수적 의미망과 난해함을 보강해주는 논리가 언어의 한계에 대한 인식이다.

2) 기간과 언부진의(言不盡意)

유몽인은 산문의 미학성을 기간의 형상화에 걸었는데, 그의 기간은 기본적으로 언어에 대한 한계 상황을 전제하는 것에서 출발한다. 언어에 대한 한계 상황을 인식한 말로 '언부진의(言不盡意)'라는 표현이 있다. 언부진의란 '말로는 뜻을 다 표현하지 못한다'는 뜻이다. 유몽인은 대체로 '언부진의'라는 말을 편지글 끝에서 자주 쓰는 것을 볼 수 있는데,[130] 이때의 언부진의는 사실 그의 언어관을 피력했다기보다는 '말로는 이루 다 감사의 마음이나 미안한 마음을 표현할 수 없다'는 식의 상투적인 겸사로 사용되고 있다. 그러나 유몽인의 언어관 역시 언부진의에 기초하고 있음을 다음 예문에서 확인할 수 있다.

전에 이 산중에 나무(南無)대사라는 사람이 삼 년 간 말없이 면벽수행을 하였다. 그런 중에 하루는 껄껄 웃음을 터뜨리기에 여러 제자들이 장삼과 가사를 늘어뜨리고 이마에 손을 얹어 절을 하고 물었다. "대사께서 삼 년 동안 면벽하며 한 마디 말이 없으시더니 오늘에야 껄껄 웃음을 터뜨리셨습니다. 필시 대도(大道)를 돈오함이 있을 터이니 큰 깨달음으로 가는 방도를 묻고자 합니다." 그러자 대사가 소리를 질러 "썩어빠진 놈들!"이라고 하였다. 여러 제자들이 말하기를 "이는 음란한 욕지거리다. 삼 년 간 면벽하고 깨달아 얻은 것이 겨우 한 마디 욕지거리인가?" 하며 혹은 비웃으며 떠나고, 혹은 욕을 해대며 떠났다고 한다. 아! 펼쳐 다 발

---

130) 『어우집』 전집 권5, 「重答南都憲書」: 言不盡意 勉之勉之(이 글은 南都憲에게 答한 편지글로, 남도헌이 자신의 私藁를 함부로 던져버리는 것에 대해 곡진하게 만류하면서 '언부진의'라는 표현을 쓰고 있다);『어우집』 후집 권4, 「答潘源殿參奉尹弼世書」: 書不盡意

설하지 않는 것이 활어(活語)이고 토설하기만 하고 쌓아두지 않는 것은
사어(死語)다. 무릇 대도란 마음으로 깨우치지 않으면 말로 전할 수가
없기에 아버지가 아들에게 전할 수 없고 스승이 제자에게 전할 수 없다.
삼 년 간 면벽하다가 하루아침에 돈오하였으니 그 공부가 깊은 것이다.
저 뭇 제자들은 모두 옅은 배움으로 마음에 깨달음이 없이 대도를 듣고
자 하였으니 썩어빠진 무리가 아니겠는가?[131]

제자들은 나무대사의 돈오를 말로 듣고자 했는데 들을 수가 없었다. 나
무대사의 일화는 자득을 어떻게 언어로 형상화할 것인가의 문제를 고민하
게 한다. 대도를 돈오한 나무대사의 일화를 통해 유몽인이 내린 결론은
대도는 마음으로 깨우쳐야지 말로는 전할 수 없다는 것이다. 때문에 아버
지가 아들에게 전할 수 없고, 스승이 제자에게 전할 수 없다. 말로 전할
수 없는 그 대도의 세계를 말로 듣고자 하는 이들은 썩어빠진 무리일 수
밖에 없다.

　유몽인은 불가(佛家)의 대도 개념을 유가와 문장에서도 모두 마찬가지
라고 하면서 문장에 확산시켜 적용한다. 그래서 오늘날 배우는 자들이 자
신의 마음속에서 이치를 구하지 않고 장구의 말단에서 구하고자 하는 것
은 대도에서 크게 벗어난 것이라고 질책한다. 장구의 말단으로는 대도를
전할 수 없는 것이다.[132] 대도를 '의(意)'로, 말을 '언(言)'으로 이해해서 생

---

131) 『어우집』 후집 권3, 「贈乾鳳寺僧信囧序」: 又聞昔者此山中 有南無大師者 嘿言
　　向壁三年 一日呀呀而笑 郡弟子長衫袈裟頂禮而問曰 大師三年向壁無一言 一朝
　　呀呀而笑 其必頓悟大道乎 願問大道之方 大師抗聲而應曰 橫腐 郡弟子曰 此淫
　　藝之語也 三年向壁 所悟只一淫辭乎 或嗤而去 或詬訾而去 吁 引而不發者 活語
　　也 泄而不蘊者 死語也 大道也者 非心得不能語 父不能以傳之子 師不能以傳之
　　弟子 三年向壁 一朝頓悟 工夫深矣 彼郡弟子 俱以蒙學 無心得而欲聞大道 其橫
　　腐之流乎 故大師只以慢言浪說戲之.

각해보면, 이 일화는 '말로는 뜻을 다 전할 수 없다'는 언어의 한계 혹은 언어와 뜻 사이의 모순관계에 대한 인식이라고 할 수 있다.

도와 깨달음은 문자를 통해 터득되는 것이 아니다. 문자를 알지 못하고 경전의 글을 한 구절도 읽지 않은 스님도 돈오에 이를 수 있다.[133] '성불· 대도·돈오'와 문자(언어)의 관계는 절대적이지 않다. 유몽인의 『어우야담』 과 『어우집』에는 말과 뜻의 어긋남에 대한 이야기들이 많은데, 이런 이야 기에는 기본적으로 언어 자체를 방편으로 인식하는 생각이 내재되어 있 다. 물론 조선시대 체제 내의 유자였던 유몽인이 문자를 전면적으로 부정 했다고 말할 수는 없겠지만, 언어를 하나의 방편으로 여긴 것만은 분명하다.

유몽인이 언어를 하나의 방편으로 여기는 것은, 언어로 이루어진 책에 대한 인식을 통해서도 그 일단을 엿볼 수 있다. 유몽인은 『맹자』의 "전적 으로 책을 믿는 것은 책이 없느니만 못하다"[134]는 말을 자주 인용하여 자 신의 언어에 대한 인식을 밝힌다. 같은 맥락에서 유몽인은 사서(史書) 또 한 전적으로 믿지 않는다. 『어우야담』「304화 믿을 수 없는 사서」에서 유 몽인은 고려의 역사서에 정지상(鄭知常)이 악한 간흉으로 되어 있는데 믿 을 수 없다고 한다. 물론 이런 언급은 하나의 견해를 묵수하지 말라는 의

---

132) 위의 글: 儒釋何嘗異道 放勳曰 優而柔之 使自得之 孟子曰 歸而求之 有餘師 今
之學者 不求諸心上 欲求之章句之末 其去大道 不已遠乎 讀中庸一部而成執中之
聖 何人不爲子思 讀大學一篇而得治平之道 何人不爲曾參 聖人之言約 賢人之說
詳 詳者傷於箋註 學之末也 約者 流於禪寂 道之外也 何今世之學 舍活語而求死
語也 文章亦然 韓子務去陳言 柳子言無餘蘊 死活之辨而高下分焉 近世空同弇州
矯唐宋而別騖多剽西漢之芻狗 其人與語 亦已朽矣 余之意 周情孔思 人皆有之
反而求之 可自得之 吾之文字 如樑如棟 如山如河 取諸心得 綽有餘裕.

133) 위의 글: 余處金剛山 見山中小菴多異釋 餐松柏辟五穀積數十年者 式以頓悟見
道 稱余討其實 大率不識字 不讀一經文 與之語 心地洞然 余瞿然驚曰 此其成佛
者乎.

134) 『어우야담』,「217화 충신의 명성과 실상」, 1996, p.389; 『어우집』 후집 권4,
「題詩經鄭衛風後」

미이지만, 작게는 하나의 말에 하나의 뜻만이 전적으로 고착되고, 나중에는 집착하게 되는 현상을 경계하는 말이다. 이는 고착과 집착은 더 많은 진실을 잃을 수도 있음을 상기시켜 주고 나아가 말(言)과 뜻(意)의 일대일 대응방식이 가져올 수 있는 고정적이고 절대적이고 이데올로기적인 가치를 재고하게 해 준다. 유몽인의 글과 흡사한 『장자』의 글을 한 편 보자.

세상에서 도를 얻기 위해 소중히 여기는 것은 책이다. 그러나 책은 말을 늘어놓은 것에 지나지 않는다. 말에는 소중한 데가 있는데 말이 소중하게 여겨지는 이유는 뜻 때문이다. 뜻에는 가리키는 바가 있는데 뜻이 가리키는 바를 말로는 전할 수 없다. (중략) 도대체 눈으로 보아서 보이는 것은 사물의 형체(形)와 빛깔(色)이고 귀로 들어서 들리는 것은 사물의 이름(名)과 음성(聲)이다. 슬프다! 세상 사람들은 그 형체와 빛깔·이름·음성으로 도의 참 모습을 터득할 수 있다고 생각한다. 그 형체와 빛깔·음성으로는 도저히 도의 참 모습을 터득할 수 없는 법이다. 그렇기 때문에 진실로 아는 이는 말하지 않고(知者不言), 말로 설명하는 이는 아는 것이 없다(言者不知)고 한다.(『장자』 天道편)

윤편이 바퀴를 깎는다는 우화가 서두를 장식하면서 니오는 『장자』의 이 이야기는 정교하고 미세한 뜻은 '입으로 능히 말할 수 없다(口不能言)'는 이치를 담고 있다. 이는 언어와 의미 사이의 관계로 언사(言辭)는 의사(意思)를 완전하게 전달하지 못한다는 것이다. 말은 고작 우리의 감각기관인 눈과 귀를 통해 보이고 들리는 사물의 형체와 빛깔·이름·음성만을 표현할 수 있다는 인식이다. 책의 한계에 대한 명쾌한 비판이다. 책의 한계는 곧 글의 한계이고, 글의 한계는 곧 언어의 한계로, 이것이 바로 유몽인이 말하는 '대도는 말로 전할 수 없다', '전적으로 책을 믿는 것은 책이 없느니만 못하다'는 논리와 상통한다.

'언부진의'에 대한 인식은 실제 글쓰기에서 두 가지의 서로 다른 방향성을 띨 수 있다. 그 하나는 언어로는 대도를 설명할 수 없기에 가능한 언어를 아끼는 방식이 동원된다. 이 경우 장자의 '지자불언(知者不言)'과 유몽인의 '활어(活語)' 개념이 연관된다. 장자는 진실로 아는 자는 말하지 않는다(知者不言)고 했고, 유몽인은 말로 다 펼쳐 드러내지 않는다(活語)고 했다. 활어란 말로 다 드러내지 않고 마음속에 온축하는 것이다. 반대로 사어(死語)는 말로 다 발설하여 마음에 담아두지 않는 것이다. 유몽인은 자득의 경지인 대도란 펼쳐 드러내지 않는 활어를 써야 한다는 논리를 펴고 있다. 그래서 그는 유종원의 글을 높이 치면서도 '유자언무여온(柳子言無餘蘊)'135)이라 하여, 글에 함축이 없음을 비판한 바 있다. '언부진의'는 결국 활어를 쓰기 위해서 최대한 간략하게 하는 '간'에 충실한 측면을 보여준다.

다른 하나는 '언부진의'에 대한 너무 지나친 자각이 반대의 상황을 연출하기도 한다. 한 두 마디로 대도를 설명할 수 없기에 온갖 비유나 은유 혹은 완곡어법 또는 비틀어 말하기, 우회적 수법 등 다양한 수사적 방식을 동원할 가능성이 농후하다. 이 경우에는 유몽인 문학의 기(奇) 측면이 주로 발현된다. 자득을 이야기하던 많은 문인들의 대부분의 자득 개념이 의미 측면에서 논의되었던 반면에, 유몽인은 형식적이고 수사적인 측면인 기간(奇簡)의 자득을 주장했는데, 언부진의 언어관은 수사적 측면의 자득 논리를 끝가지 밀고나가게 해 주는 역할을 하고 있다. 유몽인은 실제 글쓰기에서 이 두 가지 경우수를 모두 보여주고 있지만 압도적으로 후자인 기 측면이 우세해 보인다.

---

135) 『어우집』 후집 권3, 「贈乾鳳寺僧信闇序」.

자득을 근본으로 삼는 것은 유가나 도가 모두 마찬가지다. 그런데 언부진의의 전제가 바로 유몽인의 자득 논의가 유가에서 일컫는 자득 논의와 갈래를 달리하는 부분이다. 유가에서는 자득을 사람들의 공통의 것으로 만들 수 있다고 생각한다. 즉 그 체험은 일반화될 수 있고 사람들에게 말할 수 있는 것이라고 생각했던 것이다. 그래서 유가에서는 "사물에는 본말과 시종이 있고 시종하는 바를 알면 도에 가깝다(『大學』)"고 한다. 그러나 도가에서 말해지고 있는 자득은 상징적 사실들이고, 그 상징적 사실조차 '망언(妄言)'이라 하면서 인정하지 않는다. 그래서 도가에서는 허구적인 우언들을 통해 비유하게 되는 것이다.[136]

유몽인의 자득은 노장에서 말하는 자득과 비슷한 모습을 보이기도 하는데, 특히 '언어는 뜻을 다 전하지 못한다'는 '언부진의'에 대한 인식이 같고, 허구적 우언 사용을 즐겨 사용하기 때문에 더욱 그러한 느낌을 갖게 한다. 그런데 유몽인과 노장 사상은 '언부진의'의 극단적인 발현 양상에서 달라진다. 노장에서 '언부진의'에 대한 극단적 인식은 말을 포기하는 쪽으로 흘러간다. 언어는 뜻을 다 전달할 수 없기 때문에 결국 '신비체험'으로 빠지는 경향이 있다.

그러나 유몽인의 언부진의는 말로 뜻을 다 전달할 수 없기 때문에 뜻을 온전히 전달할 수 있는 가능한 모든 방법을 상구하게 되고, 그것이 결국 기와 간의 구사로 이어지게 되는 것이다. 이렇게 본다면 유몽인의 언부진의에 기초한 자득관이 실제 글쓰기에서 다양한 형식적인 서술 수법의 사용으로 연결되는 것은 당연한 귀결이라고 할 수 있겠다.

유몽인의 문학관에서 언부진의 정신은 사물의 정교하고 다양한 함의는 말로 전하기 곤란하며, 특히 창작 규범은 언어로 설명되기 어렵다는 사실

---

136) 우노세이이찌 편/김진욱 옮김, 『중국의 사상』, 열음사, 1986, p.177.

을 설명할 수 있다. 그러나 이는 언어의 표현 능력을 전면적으로 부정하는 태도라기보다는 언어가 사람들의 사상을 정확하게 전달하는 최종적 수단이면서도 동시에 언어로는 사상을 정확하게 전할 수 없다는 모순적 상황에 대해 더욱 중량감을 실어준다. 즉 언어와 사상 표현 사이에 개재된 모순을 지적하면서 이러한 모순 인식을 통해 최선을 다해 언어의 표현 능력을 제고할 것을 강조하게 되고, 그에 따라 다양한 방식의 출기(出奇)를 지향하게 되는 것이다. 언어의 한계 상황에 대한 인식은 유몽인에게 문학의 '형상 사유방식' 혹은 '형식'을 고심하게 하는 촉매제 역할을 했다고 할 수 있다.

지금까지 유몽인의 자득관을 살펴보았는데, 요약하면 다음과 같다. 유몽인은 과문의 폐해나 의고주의 폐단을 지적하면서 전범에서 자득으로 나아갔다. 이때 자득은 전범의 단계적 학습을 통해 성취할 수 있는 것으로, 유몽인에게 자득은 수사상의 문제인 '기간'을 얼마나 잘 형상화하느냐에 달려 있다. 그리고 '말로는 뜻을 다 표현하지 못 한다'는 언어관은 필연적으로 다양한 예술 형상화 방식이나 수법을 모색하게 하고, 그것이 기간을 체득하고 발현하는 것으로 표현된다.

그런데 유몽인이 '기간'의 형상화에 그토록 관심을 가졌던 이유가 복수적 의미, 주제의 구현, 깊은 맛 등 '의미'와 관련된다는 점에 유의할 필요가 있다. 기간의 형상화 방법의 하나로, 형식적으로 운자나 글자 수를 맞추는 등의 노력을 하고, 자구의 생략이나 단락의 비약을 통해 간결함을 추구했지만, 그 궁극적인 목표는 풍부하고 깊은 의미를 구현해내는 데에 있었다. 즉 유몽인의 형식적인 기간은 내용적인 '오(奧)'의 측면, '깊은 맛', '깊은 의미'를 담아내야 하는 것이었다. 그래서 유몽인은 글의 형식미를 중요시했지만 극도의 형식미를 추구하면서 내용은 공소했던 사륙변려문과 변별될 수 있었던 이유다.

　따라서 그의 주요 논의가 '언부진의 → 기간 → 자득'으로 연결되면서도 자득이 형식과 내용 측면을 모두 아우르게 된다. 결국 그는 상고적 문학관의 핵심인 전범론과 충돌하지 않으면서 독창과 자득을 이야기하고, 언부진의 언어관을 통해 기간을 인정하면서 자득을 이야기할 수 있었던 것이다.

제3장 『어우집』의 산문 서술방식

본 장에서는 산문론에 대한 이해를 바탕으로 유몽인의 산문 서술방식을 살펴보고자 한다. 전체적으로 유몽인의 산문 서술방식은 장자적 색채의 서사 기법을 강하게 드러내고 있다. 일찍이 조선 중기 학자 성여학(成汝學)은 『어우야담』 서문에서 "붓끝을 고무시키는 묘술은 실로 칠원(漆園; 장자)의 노선(老仙)과 더불어 구만 리 되는 창공에 뛰어올라 수레를 나란히 하고 달릴 만하니 그 웅장하고 위대함은 진실로 비범하다"라고 하며, 그의 필치를 장자에 비유한 바가 있다. 또한 『어우집』 해제에서 임창순은 유몽인의 글이 우화적 수법이나 문장을 구사하는 방법 면에서 '장자적'[1]이라고 지적하고 있다.

유몽인은 장자적인 세계관과 필치로 기간(奇簡) 추구의 열정을 그대로 실제 글쓰기에 반영한다. 그리하여 다양한 문장 형식이나 표현 기법, 수법 등과 같은 형식적인 측면에 집중하는 글쓰기를 한다. 특히 유몽인은 주제를 효율적으로 드러내기 위해서, 혹은 주제의 심화를 위해서 몇 가지 서

---

1) 임창순 선생님은 "우화를 자유롭게 창조 적용하는 것은 장자의 영향을 가장 많이 받은 듯 하며 문장을 驅使해 나가는 방법도 장자풍이 두드러지게 많이 나타난다."고 하였다. 구체적으로 「贈李聖徵赴京序」가 『장자』 〈제물론〉의 행문에서 우러난 것으로 파악하고 있다.

술방식을 두드러지게 선보이는데, 이 방식들 대부분은 단도직입적인 논의를 회피하는 데 유용하다.

글을 쓰는 목적과 전혀 상관없는 엉뚱한 말을 하고 있거나 의미를 확정하지 않는다. 대부분의 글이 우의적이며 상대적 세계관을 내포한다. 그 수법 상에서 역설적 어법, 우언·꿈·홍탁(烘托)·비유를 사용한 개합(開闔) 등 다양한 서사 기법들이 동원된다.

이 장에서는 『어우집』의 산문 서술방식을 살펴볼 터인데, 그것은 '기간'의 발현과 자득의 경지를 확인하는 작업임과 동시에 내면적으로 어떤 점이 장자적인지 해석되는 계기가 될 것이다. 산문 서술방식이 중요한 이유는 유몽인 나름의 방식을 통해 그가 드러내고자 하는 주제와 그의 의식세계를 어떻게 또는 얼마나 심도 있게 드러냈는지를 파악할 수 있기 때문이다. 따라서 유몽인의 서술방식 탐구는 곧 그의 정치·사회·문학에 대한 의식세계를 찾아가는 한 방법이기도 하다.

1. 역설적 어법의 논리 전개 양상

역설은 표면 의미와 이면 의미가 서로 상반될 뿐만 아니라 진술 자체에도 모순을 안고 있는 것을 말한다. 유몽인은 여러 글에서 의미가 상반되거나 모순되는 상황을 표면화하고, 바로 이런 역설 어법을 통하여 새로운 논리를 찾아내고 있다. 즉 '미와 추, 선과 악, 현(賢)과 불현(不賢), 재(材)와 부재(不材)'라는 각각의 상반된 양자를 통해서 새로운 의미를 지향한다. 이 장에서는 역설 어법이 글 전체를 지배하는 일련의 글들을 분석의 대상으로 삼아 역설적 어법 자체가 가지는 의의와 역설적 어법을 통해 그가 추구하는 새로운 의미를 탐구해보도록 하겠다. 결과적으로 드러나는 새로운 의미도 중요하지만 역설적 어법의 논리 전개 과정 자체가 의미심장하다.

1) 경계와 초월의 논리

유몽인은 문답방식을 통해 양극 모순 상황을 표면화하고 그 자신은 양극 대립 상황의 '사이'에 처하겠다는 자세를 견지한다. 역설의 어법을 통해 드러나는 양극 대립의 '사이'의 의미를 살펴보고, 양극 대립의 '사이'가 어떤 식으로 전이되는지 그 추이를 알아보자.

여기에 해당되는 이야기들은 전체적으로 글의 서사 구조가 '물음-대답'의 문답식이다. 그런데 이때의 '물음'은 몰라서 묻는 것이 아니라 다음에 이어질 '대답'을 전제한 반어적 물음이다. '물음-대답'을 기본형으로 해서 어떤 글은 '물음과 대답'의 묶음이 여러 번 등장하기도 하고 어떤 글은 계속 묻기만 하면서 대답은 독자 스스로 찾도록 하는 방식이 있다.

또한 물음의 주체가 자기 자신인 경우도 있고 타인인 경우도 있다. 다만 물음의 주체가 타인인 경우라도 기실은 세속적인 의문사항 혹은 자기 자신이 받는 혐의 사항을 타인의 입을 가장하여 물어보고, 적당한 대답을 해서 해명하는 것이다. 그렇다면 물음의 주체가 타인인 경우에도 타인의 입을 가장한 작자 자신의 물음으로 파악해야 한다. 이런 경우에 글의 무게 중심은 '물음'에 있다기보다 '대답'에 있게 된다.

먼저, 『어우집』전집 권4에 실려 있는 「유보개산증영은사언기운계양승서(遊寶盖山贈靈隱寺彦機雲桂兩僧序)」를 살펴보자. 이 글은 전체적으로 두 스님 '언기와 운계의 물음'과 '유몽인의 대답'으로 이루어졌는데, '물음-대답'을 중심으로 정리하면 다음과 같다.

㉮ (두 스님이 놀라서 묻기를)—어느 곳에서 왔습니까?

㉯ (유몽인의 대답)—작년 추구월에 내가 금강산에 들어간 것은 그곳
에서 만년을 보내려고 생각한 것이요, 10월이 지날 쯤에 가족들이
서울에서 산사에 온 것은 나의 위급한 병을 구완하기 위해서요, 올
4월에 금강산을 떠나 서행(西行)한 것은 먹을 것을 구하기 어려웠
기 때문이요, 행차가 풍전(豊田)에 이르러 가족들을 서울로 돌려보
낸 것은 사람 입을 줄이기 위해서요, 길을 따라 이 산으로 들어와
행장을 풀고 승사에서 쉬게 된 것은 이곳에 곡식이 조금 넉넉하기
때문입니다. 행로에서 들으니 옛 임금은 폐위되었다고 하는데, 내
가 그 이야기를 듣고도 별로 놀라지 않은 것은 이미 일이 그렇게
되리라는 것을 알고 있었기 때문이요, 또한 새 왕이 즉위하여 난정
(亂政)을 혁파하고 인정과 은혜를 베풀어 백성들이 기뻐한다고 하
는데, 그것을 듣고도 놀라거나 경축하지 않은 것은 굶주린 자를 먹
이기 쉬운 것이 마치 제나라를 가지고 왕 노릇하는 것과 같기 때문
입니다.

㉰ (두 스님이 의아해 하면서 힐문하기를)—예부터 금강산에서 해를
보내는 것은 비록 한미한 선비라도 오히려 어렵거늘 하물며 재상
은 말할 것이 있겠습니까? 이미 산을 떠났다고 말하시면서 다시
이 산에서 무엇을 하려는 것입니까? 지금 새 임금이 나라를 다스
리자 벼슬자리를 구하는 자들이 저자거리 북적이듯 몰려드는데 어
찌 중도에서 배회하십니까?

㉱ (유몽인의 대답)—전날의 입산은 세상을 가볍게 여겨서가 아니라
산을 즐겼기 때문이요, 지금 산을 떠난 것은 벼슬자리를 구하기 위
해서가 아니라 먹을 것이 부족해서요, 이산에 머무는 것은 산을 좋
아해서가 아니라 곡식이 흔하기 때문입니다. 물(物)이 오래되면 신

령스러워지고 사람이 늙어지면 기력이 쇠해지는 것입니다. 6년 앞
서 화를 피한 것은 신(神)이 들려서이고, 이로움을 보고 달려 나가
지 않는 것은 기력이 다 떨어져서입니다. 작년에 선산(仙山, 금강
산)에 처한 것은 고상함(高)이요, 금년에 야산(野山, 보개산)에 든
것은 속됨(俗)이다. 진흙 속에 있으면서도 때가 끼지 않는 것은 깨
끗함(潔)이요, 먹을 것을 따라 다니는 것은 비루함(陋)이니 내가 어
느 곳에 처하리오? 오직 재(才)와 부재(不才), 현(賢)과 불현(不賢),
지(智)와 우(愚), 귀(貴)와 천(賤) 사이일 것이다.2)

　이 글은 보개산의 승려 언기(彦機)와 운계(雲桂)에게 준 서(序)인데, 서
두 부분에서 언기와 운계에 대한 간략한 소개를 제외하면 두 묶음의 '언
기·운계의 물음-어우의 대답'으로 구조화되어 있다. 유몽인이 보개산 영
은사(靈隱寺)에 들어가서 언기와 운계를 만난 해가 천계(天啓) 3년 여름이
라고 하니 인조반정이 일어나고 유몽인이 반역의 혐의로 죽게 되던 바로
1623년이다. 유몽인이 서울로 압송되기 직전에 보개산에서 언기와 운계를
만나서 본인의 갈등을 설명한 글로 보인다.

---

2) 『어우집』 전집 권4, 「遊寶盖山贈靈隱寺彦機雲桂兩僧序」: 兩僧驚問我自何來
　　余曰 去年秋九月 余入金剛山 計終老也 越十月 家累自京師來山寺 救危病也 越
　　明年四月 辭金剛西行 因艱食也 行到豐田 送家累還京 省人口也 路入玆山 解裝
　　休僧舍 穀稍賤也 聞之行路 舊君廢 余聞之不甚驚者 已見於事之先也 又聞新王
　　立 革亂政敷仁惠 民庶驩如也 聞之不驚賀者 飢者易爲食 猶以齊王也 兩僧疑而
　　詰之曰 吾儕 山人也 自古過歲金剛 雖寒士猶難 況宰相乎 旣曰離山 則復何爲於
　　此山 當今新聖御國 求官者如歸市 又何爲徘徊中路 曰余老妄人也 向之入山 非
　　輕世也 樂山也 今之去山 非爲官也 乏食也 留此山者 非愛山也 穀賤也 物久則神
　　人老則耗 避禍先六載 神也 見利不疾趨 耗也 前年處仙山 高也 今年投野山 俗也
　　泥而不滓 潔也 有食從之 陋也 吾何處之哉 其惟才不才賢不賢 智與愚貴與賤之
　　間乎.

언기와 운계 두 스님은 ㉯의 유몽인의 답변에서 두 가지 모순점을 지적한다. 그 하나는 그 스스로가 '산(금강산)을 떠났다고 하면서 여전히 산(보개산)을 배회하는 것'이고, 또 하나는 '옛 조정(광해군)에서 밀려난 그가 새 조정이 들어섰는데도 조정으로 돌아가지 않는 것'이다. 두 스님의 물음은 그의 모순된 행동에 대한 주변 사람들의 혐의일 것이다.

두 스님의 물음에 대한 유몽인의 마지막 답변은 더욱 모순을 가중시킨다. 산에 처했던 똑같은 상황에 대해서 그는 작년에 금강산에 처한 것은 산을 즐기는 '고상함(高)'으로, 지금 보개산에 찾아든 것은 먹을 것을 찾는 '속됨(俗)'으로 설명한다. 또한 진흙 속에 있으면서도, 즉 광해군 때의 혼란한 시기에도 때가 끼지 않은 것은 '깨끗함(潔)'으로, 새 정권에 나아가지 않는 것은 늙고 노쇠하여 먹을 것을 따라다니게 되는 '비루함(陋)'으로 설명한다. 그는 자신의 행동이 때로는 고상함의 차원이었고, 때로는 배고픔을 이기기 위한 속된 차원이었다는 것이다.

그런데 언기와 운계가 '놀라고 의아해' 하는 이유처럼 세상 사람들은 어떤 한 대상에 대하여 '고상함(高)과 깨끗함(潔)'으로 규정하든지, '속되고 (俗) 비루함(陋)'으로 규정하든지, 어느 한 편으로 일관되게 재단하기를 원한다. 어떤 한 사람이 여기에서는 고상하고, 저기에서는 비속한 상황을 사람들은 이해할 수 없다.

이렇게 보통사람들이 이해할 수 없는 모순 상황에 그는 자신을 위치시킨다. 자신이 한결같이 '고상함과 깨끗함'으로 규정될 수도 없고, 한결같이 '속됨과 비루함'으로 규정될 수도 없는 딜레마적 상황을 표면화하는 것이다. 그리고 유몽인은 재와 부재, 현과 불현, 지와 우, 귀와 천의 양극 대립에서 '사이'를 선택한다. 여기에서 '사이'란 물리적인 중간을 의미하는 것은 아니다. 몇몇 글을 통해 '사이'의 의미를 좀 더 탐색해 보자.

다음은 월사 이정구에게 준 「증이성징령공부경서(贈李聖徵令公赴京序)」다.

㉠ 붕우의 의미가 중요하지 않은가?

㉡ 사람에게 소중한 사생으로 붕우를 위해 몸을 허락하기도 하니 나머지는 말할 것이 있겠는가?

㉢ 조정에서 사론(士論)이 서로 나뉜 뒤로부터 붕우의 도리가 시종을 함께 할 수 있게 되었는가?

㉣ 사귀는 도리는 하나인데 어찌하여 둘로 나뉘었는가? 둘도 오히려 불행하거늘 어찌해서 넷, 다섯이 되었는가?

㉤ 그 하나의 도리가 넷, 다섯이 되어 자기들끼리 무리지어 사당(私黨)을 만드니 한 개인을 저버리지 않을 수 있겠는가?

㉥ 한 편에 속한 자는 각자 하나라고 여기고 다른 넷, 다섯과 적이 되니 한편에 속한 사람이 외롭지 않을 수 있겠는가?

㉦ 한편의 세력이 성하면 다른 한편의 세력은 약해진다. 한편을 지켜서 진퇴로 삼고 스스로 절의를 지킨다고 생각하니 그 절의가 다른 편의 사람에게 옮겨질 수 있을 것인가?

㉧ 누런 것을 스스로 누렇다고 하고 푸른 것은 스스로 푸르다고 하는데 그 누렇고 푸른 것이 과연 그 본성이겠는가?

㉨ 갑에게 물으면 갑이 옳고 을은 그르고, 을에게 물으면 을이 옳고 갑은 그르다고 한다. 그 둘 다 옳은 것인가?

㉩ 아니면 그 둘 다 그른 것인가? 갑과 을이 둘 다 옳을 수는 없는 것인가?[3]

이 글은 전체 글이 반어적·역설적 의문문으로 구성되었다. 유몽인의 글에는 이 글 외에도 일반적으로 반어적인 물음이 유난히 많은데, 반어적

---

[3] 『어우집』 전집 권3, 원문은 앞의 제2장 「기의 형상화」 참조.

물음은 '주관을 비약적으로 뛰어넘어 그 사태를 객관적 사실로 만들어 버리는 힘을 가진 어법'[4]이기 때문에 듣는 이에게 받아들이기 쉽도록 만드는 경향이 있다. 이 글의 20번이 넘는 반어적 물음은 객관적 사실로서 동의되거나 적어도 밀도가 짙은 요청이 된다는 점을 십분 활용하고 있다.

유몽인은 위의 글에서 20번이 넘는 반어적인 물음을 통해 서두에서 제시한 물음, 즉 '사귀는 도리는 하나인데 어찌하여 둘로 나뉘었는가?'라는 질문에 대해 '사귀는 도가 절대로 나뉘어서는 안 된다'는 강력한 부정의 메시지를 전달한다. 그리고 이러한 메시지를 통해 유몽인은 당시에 첨예한 대립을 보였던 당파의 갈등에 비판적 시각을 적절하게 표현하였다.[5] 나아가 북인(北人)이었던 유몽인이 서인(西人)인 월사 이정구와 당파를 초월하여 생사를 함께하는 우정을 나누고자 하는 함의를 역설어법을 통해 효과적으로 전달하고 있다.

그런데 유몽인은 자신의 입장을 정리하면서 '갑과 을 사이에 처하겠다' 혹은 '가한 것도 불가한 것도 없다'는 식의 자세를 보인다. 그렇다면 갑과 을, 가와 불가의 '사이'의 의미는 무엇인가. 대립의 사이에 처하겠다는 표현은 사실 대단히 애매하다. 갑과 을의 '사이'에 처하겠다는 입장에 대해 일차적으로 유몽인의 현실적 고민, 특히 정치적 고민을 읽을 수 있다.

유몽인은 광해군 때 대북파의 인목대비 폐비론을 반대하여 정계에서 물러났지만 광해군 및 대북파의 전횡에 반대하여 반정을 주도한 서인 세

---

4) 우노세이이찌/ 김진욱, 앞의 책, 1986, pp.201-203.

5) 유몽인은 『어우야담』 및 『어우집』 곳곳에서 당파의 행태에 대해 비판적 시각을 유감없이 드러냈다. 『어우야담』(1996) 〈52화 유극신의 문장과 능변〉, 〈63화 성황신을 복위시킨 김효원〉, 〈328화 갈매기 도당〉 등의 글들에서 동서분당에 대한 비판적 시각이 드러난다. 『어우집』에도 당파를 비판한 글이 다수 있다.(전집 권5 「報鄭進士夢說書」, 전집 권5 「與楡岾寺僧靈運書」, 후집 권3 「送權仲明盼宰江華序」 外)

력 및 인조의 정치에는 끼어들 수 없는 처지였다. 그는 대북파에도 소속되지 못했고 그렇다고 인조반정을 주도한 서인 세력도 아니었다. 유몽인은 정계에 다시 나갈 수도, 계속 은거할 수도 없는 처지였던 것이다. 인조반정의 정계에 다시 나간다면 광해군과 세자 시절부터 일관되게 지켜왔던 의리나 광해군 집권 당시 이조참판 겸 예문관 제학까지 지낸 자신의 벼슬살이를 부정하는 것이다. 반대로 계속 은거한다면 새 왕조를 부정하는 반역의 혐의가 있게 된다.

그런데 다음 순간 갑에게 물어보면 갑이 옳다고 하고, 을에게 물어보면 을이 옳다고 할 것이라고 한다. '동쪽을 트면 동쪽으로 흐르고 서쪽을 트면 서쪽으로 흐른다'[6]는 물처럼 선함과 선하지 않음을 구분하기 어렵고, 옳고 그름이라는 것도 보는 관점에 따라 달라질 수 있다는 의미다.

그렇다면 갑과 을 중에 진실은 무엇인가. 유몽인이 선택한 진실은 바로 갑과 을의 '사이'였다. 그렇다고 유몽인이 양극 대립의 '사이'에 서겠다고 한 것은 중간 지점인 갑과 을의 절충의 자리에 서겠다는 의미는 아니라고 생각된다. 즉 '사이'는 물리적인 중간을 의미하는 것이 아니라 어느 한편에 소속되기를 거부하는 '경계'의 의미가 강하다.

'사이'를 선택한 유몽인의 인식은 마지막으로 '갑과 을이 둘 다 옳을 수는 없는 것인가? 갑과 을이 모두 그를 수는 없는 것인가'를 반문한다. 이것은 갑과 을 중에 누구는 옳고 누구는 그른 것이 아니라 둘 다 옳을 수도, 둘 다 그를 수도 있다는 지적이다. 그래서 가한 것도 없고, 불가한 것도 없게 되는 것이다. 그렇다면 유몽인이 이야기하는 양극 대립의 '사이'란 절충의 자리가 아니라 오히려 양쪽 모두를 부정하는 '거대부정(Great No)'이나 반대로 양쪽 모두를 긍정하는 '거대긍정(Great Yes)'으로 볼 수 있

---

6) 『맹자』〈告子章句上〉: 決諸東方則東流 決諸西方則西流.

다. 여기에서 '사이'는 갑과 을의 대립을 전제로 한 제3의 전환 가능성을 지니게 되면서 사실상 양극 대립의 경계에서 초월의 논리를 찾는 것과 의미맥락을 함께 한다.

'경계'가 '초월'의 의미와 맞닿는 글이 「증표훈사승혜묵서(贈表訓寺僧慧黙序)」다. 이 글 역시 전체가 스님 혜묵의 물음과 유몽인의 대답 방식으로 이루어져 있다. 서두의 짤막짤막한 문답이 생동하는 글이다. 조금만 인용해 보겠다.

천계(天啓) 2년 겨울에 내가 금강산 표훈사(表訓寺)에서 은거했는데 절의 스님 혜묵(慧黙)이 위로하여 묻기를 "그대는 나이가 몇입니까?"

대답하기를 "대역(大易) 괘의 숫자(64세)요."

말하기를 "관직에서 폐하여진 지 몇 년이나 되었습니까?"

대답하기를 "5일을 빼면 바로 6년이오."

묻기를 "어떤 연유로 이곳에 이르렀습니까?"

답하기를 "가을을 완상하기 위해서 왔다가 세월을 보낸 것이오."

"어찌하여 오랫동안 병을 앓았습니까?"

"수고롭고 굶주렸기 때문이오."

"어찌하여 수고롭고 굶주렸습니까?"

"영서(嶺西)에서 험한 곳을 넘고 동해를 아울러 지나 북으로 옮겨가서 풍악에 들어왔는데 때로는 말을 타고, 때로는 수레를 타고, 때로는 지팡이를 짚고 걸었소. (그래서 수고로웠소.) 그리고 아이 종이 음식을 만들었는데 시고 짜서 노인의 입에 맞지 않았소. 그래서 병이 들었소."

"병이 조금 차도가 있자 어찌하여 (고달프게) 햇빛 비치는 낮부터 촛불 밝히는 밤까지 독서를 하고 시문을 지어 간독을 쌓았소?"

"성품에 즐기는 것이라 스스로 고달파하지 않았소." (중략)[7]

표훈사 승 혜묵은 그의 나이·벼슬길을 구하지 않는 정치 관련 문제, 병을 앓아 거의 죽을 지경에 있으면서도 독서와 문장 짓는 것을 그만두지 않는 문학 관련 문제에 대해 8번을 묻고 있다. 혜묵의 물음이 진행될수록 유몽인의 답변은 점점 길어지는데, 그것은 물음의 횟수가 거듭될수록 그의 관심사나 모순적 상황에 직면하기 때문이다. "발끈하여 안색이 변하고 소리가 사나워져 응대하였다(於于子怫然色變 聲厲而應之)"는 표현을 보아도 그의 흥분을 짐작할 수 있다.

그러나 마지막에 혜묵은 그의 말을 '신선 안기생도 미치지 못하는 살아서는 듣지 못할 신선의 기어(貧道生不聞仙間綺語 子之言 安期不如)'라고 인정해 주고 있다. 그런데 '신선들의 기어'로 인정받은 마지막 답변에서 그는 자하(子夏)의 말을 인용하여 생사·부귀·빈천에 대해 말을 한다. "죽고 사는 것은 명이 있고, 부귀는 하늘에 있다. 부귀를 구하여 이를 수 있다면 순경과 한비자도 어린 나이에 남면(南面)을 하였을 터이니 어찌 고생스레 하류에서 낙척했겠는가? 죽고 사는 일을 괴로움이나 편안함으로 이끌어낼 수 있다면, 호화로웠던 신릉군이 어찌 무덤이 있고 땔나무를 짊어졌던 영기는 어찌 백수를 누렸겠는가?"8)라고 한다.

여기에서 유몽인은 부와 빈, 귀와 천, 생과 사의 양극 대립에서 '하늘'과 '명(命)'을 설정한다. 생사·부빈·귀천은 인간의 손에 의해 좌지우지되는

---

7) 『어우집』 전집 권4, 「贈表訓寺僧慧默序」: 天啓二年冬 於于子隱居于金剛山之 表訓寺 寺之僧慧默唁曰 子之春秋有幾 曰 大易之卦數也 曰 子之廢幾載 曰 除五 日 卽六載矣 曰 緣何到此 曰 爲賞秋來 將餞歲也 何病之久 曰 勞飢之故也 何勞 且飢 曰 繇嶺西越阻險 並東海北轉入楓嶽 或驂或輿 或杖而步 僮奚治盤飱 酸醎 節適 不稱於老口 所以病也 何病之稍間 而讀書晷繼燭 作詩文累簡牘耶 曰 性所 嗜 不自疲也.

8) 『어우집』 전집 권4, 「贈表訓寺僧慧默序」: 子夏不云乎 死生有命 富貴在天 使富 貴求而可致 則荀卿, 韓非年少而南面 何苦落拓於下流 使死生由勞逸引促 則豪 華之信陵豈有墳 負薪之榮期豈至於垂白乎.

것이 아니라 이미 하늘의 '명'에 의해 정해져 있다는 논리를 펴고 있는 것이다. 결국 대립적인 생과 사, 부귀와 빈천 사이에 '하늘'을 설정하면서 이들의 양항 대립에서 벗어난다.

이런 식의 이야기는 『어우야담』에도 산재해 있다. 다음은 『어우야담』 「영락(榮落)의 소재처」다.

> ㉠ 태조 강헌대왕(康獻大王)이 환관들 갑과 을이 자기들끼리 사람의 영락은 하늘에 있는지, 임금에 있는지 다투는 것을 몰래 듣는다.
> ㉡ 강헌대왕이 을에게 '심부름 가는 궁중 내시에게 우품관(友品官)을 제수하라'는 밀서를 주면서 정종 공정대왕(恭靖大王)에게 바치게 하였다.
> ㉢ 을이 갑자기 음양의 병이 생겨서 봉서를 갑에게 주며 서둘러 공정대왕에게 바치게 했다.
> ㉣ 공정대왕이 갑에게 고품관을 제수하였다.
> ㉤ 강헌대왕은 영락이 하늘에 있는 것이지 자기에게 있는 것이 아님을 알았다.

위의 이야기 역시 '하늘'을 상정하면서 '영화로움과 낙척함'이라는 양항 대립에서 벗어난다. 그런데 이 글을 정독해 보면 하늘을 상정한 논리 저변에는 '영락'은 아무리 임금일지라도 인간의 손에 의해 좌우되는 것이 아니라는 의미가 강하다. 부귀·빈천을 관장할 수 있는 사람은 아무도 없으며 오직 하늘만이 판단할 수 있고 오직 하늘만이 관장할 수 있다는 생각이다.

이것을 '가(可)와 불가(不可)'에 연관시켜 생각해 보면, '과연 누가 가와 불가를 판단할 수 있는가' 하는 객관적 입장에 대한 회의가 강하게 들어 있는 글이 된다. 즉 가·불가를 객관적으로 판단할 수 있는 사람은 '하늘'

외에 아무도 없다. 바로 이 지점에 재(才)와 부재(不才), 현(賢)과 불현(不賢), 지(智)와 우(愚), 귀(貴)와 천(賤)의 '사이'가 위치한다. 이것을 구도적으로 설명하면, 인간 세상의 가와 불가 경계에 유몽인이 위치해 있고, '사이' 위에는 '하늘'이 있다. 따라서 거대 부정이든 거대 긍정이든, 대립의 '사이'는 '하늘'이라는 초월의 논리와 맞닿게 된다.

하늘은 시비(是非)·순역(順逆)·동이(同異)·기폐(起廢)·정사(正邪)·장흡(張歙)·생사(生死)를 이미 분명하게 정해 놓았다. 그래서 천하의 일은 옳은 것을 옳다고 하면, 그른 것은 옳은 것과 다르게 되어 굳이 분별을 할 필요가 없는 것이다.9) 이 논리는 시비를 분별하지 말라는 이야기가 아니라 하늘을 따를 뿐이지 인간들의 시비분별에는 참여하지 않거나 혹은 인간들의 시비분별을 전적으로 신뢰할 수 없음을 말하는 것이다. 이때 하늘은 '명'이라고 할 수 있는데, 명은 중의적 의미를 가진다.

일변 인간사의 시비분별을 초월할 수 있는 근거이지만, 일변 '하늘'이라는 초월의 논리는 현실적 한계상황을 표현한 것이기도 하다.『어우야담』「340화 문장가의 죽음과 일식」에서 유몽인은 차천로의 죽음에 대해『장자』의 "하늘의 소인은 인간세상의 군자요, 인간세상의 소인은 하늘의 군자로다(天之小人 人之君子 人之小人 天之君子)"라는 말을 인용하여 차천로를 평가하고 있다. 유몽인은 '하늘(天)과 인간세상(人)', '소인과 군자'의 양항 대립에서 차천로를 군자로 승격시켜 주고 있는데, 그것은 바로 인간세상과 소인을 부정하면서 하늘(天)에 빗댄 논리다.

그는 차천로가 뛰어난 기재를 가진 문장가였지만 일생 동안 때를 만나

---

9) 『어우집』 전집 권3, 「奉別謝恩奏請使李月沙廷龜四赴燕山詩序」: 天下之事 奚是奚非 奚順奚逆 奚同奚異 奚正奚邪 奚起奚廢 奚張奚歙 奚死奚生 又其所以使之者奚 是其是則 非之殊乎是也 不須別 順其順則 逆之背乎順也 不須覈 正者自正 無與乎邪則邪正不須分 同者自同 無與乎異則同異不須問.

지 못하여 걸핏하면 책망을 들었고, 가난과 굶주림으로 죽은 것에 대해
대단히 안타까워하고 있다. 차천로가 군자인지 소인인지를 '하늘'만은 알
아줄 것이라는 말은 그만큼 현실에서는 어느 누구도 차천로를 알아주지
않았다는 극한의 의미일 것이다. 그래서 '하늘'은 알아주는 사람 하나 없
는 현실의 생을 비판하는 동시에 그 현실을 벗어날 수 있는 초월의 의미
를 동시에 지닌다. 중요한 것은 초월의 논리에 현실을 비판하는 논리가
전제된다는 점이다. 그 점을 극명하게 보여주는 글이 「송선생시린남귀서
(送宣生時麟南歸序)」다.

㉮ 선비가 진취(進取)를 구하는 것은 다만 녹식(祿食)으로 몸을 사사
로이 하고자 할 뿐 아니라 대개 내가 배운 것을 베풀고자 해서입
니다. 지금 과거로 말미암고자 할 것인가? 문자의 공졸(工拙)과 논
의의 왕직(枉直)으로 말미암지 않고 유사(有司)에게 알현을 구하여
그 능력을 스스로 자랑해야 하니 저는 할 수 없습니다. 설령 합격
할지라도 대간(臺諫)이 되고자 할 것인가? 논하는 것이 나의 뜻과
다르고 자기를 굽혀서 다른 사람을 따라야 하니 저는 할 수 없습
니다. 논사(論思)를 하고자 할 것인가? 동렬은 허락함이 없고 논란
은 밝게 아는 것이 없고 구차하게 시의(時議)에 부합하여 용납함을
얻어야 하는데 나는 할 수 없습니다. 수령이 되고자 할 것인가? 상
사의 명령에 순응하여 끝없는 요구에 응대하여 우리 무고한 백성
에게 해독을 끼쳐야 하니 수령은 될 수 없습니다. 감사가 되고자
할 것인가? 조정의 가혹한 조목에 따라서 급히 열읍(列邑)을 감독
하여 백성들을 함부로 포악하게 해쳐야 하니 감사가 어찌 되겠습
니까? 내려가 편비(偏裨)가 되어 군대를 돕고자 할 것인가? 중국의
전제(顚隮)를 좌시할 수 없고 횡초(橫草)의 의로움을 떨치지 못한

다. 올라가 원수(元帥)가 되고자 할 것인가? 홀로 싸우지 않는 병사를 다스릴 수 없고 강홍립·김경서가 하는 짓을 마음에 달게 여겨야 한다.

㉯ 이것도 저것도 모두 얻을 수 없는데 진취를 구한다면 몸에 해를 끼칠 것이니 내가 배운 것을 감추고 다시 우리 고향에 돌아가 벼농사로 밥해 먹고 기장으로 술을 담그고 그물로 사냥하고 갈고리로 낚시하고 나무해서 불 지펴 밥해 먹고 채소를 캐 먹으며 때를 기다리는 것만 못합니다. 문장을 한다면 문장이 후세에 전할 만해야 하고, 학문을 한다면 학문이 몸에서 벗어나지 않아서 공맹의 적통을 잇고, 증자·자사와 겨루어서 송유(宋儒)를 내려다보고, 여력에 문장에 힘써 양한(兩漢)의 사마천과 사마상여를 함께 몰아서 나란히 달릴 수 있다면 구구한 한유와 유종원 같은 조무래기는 우마를 갖추어 달릴 필요도 없습니다. 이런 것들이야 또한 어렵지 않습니다만, 지금 사풍(士風)의 융성과 민멸은 곧 땅을 쓸어버린 듯이 없어진 절의에 달린 것입니다. 곧 마땅히 먼저 힘써 닦고 씻고 담금질하여 천 길로 벽처럼 서서 우뚝 유파(流波)에 섞이지 않아서 동강(桐江)의 실 한 올을 장차 구정(九鼎)에 중히 여기고 수양산의 고사리로 하여금 천추에 없어지지 않게 하는 것이 또한 좋지 않겠습니까?10)

---

10) 『어우집』 전집 권3, 「送宣生時麟南歸序」: ㉮士之求進取 非但爲祿食以私其身 蓋施設我所學 今者欲由科擧乎 不由文字之工拙 論議之枉直 干謁於有司 以自衒其能 吾不能也 設令得中 欲爲臺諫乎 所論非所志 枉己以從人 吾不能也 欲爲論思乎 同列無可諾 唯論難無所曉解 苟合時議以取容 吾不能也 欲爲守令乎 順上司命令 以應無藝之求 以毒我無告之民 守令不可爲也 欲爲監司乎 順朝廷橫科 急程督列邑 暴殄生靈 監司安可爲也 欲下而爲偏裨 以助軍旅乎 則不可坐視中國之顚隮 不奮橫草之義也 欲上而爲元帥乎 則不可獨領不戰之兵 甘心於弘立景瑞

이 글은 선시린(宣時麟)이 과거 보는 것을 포기하고 고향으로 돌아가는 이유를 선시린의 입을 통해 밝히고 있다. 과거를 보는 목적은 작게는 녹식이라는 개인적인 영리를 위해서이기도 하지만, 크게는 배운 것을 세상에 펼치고자 해서다. 그런 과거시험을 포기한 까닭이 ㉮에서 7번의 역설적 의문을 통해 연속적으로 제시된다. 일곱 가지 의문은 실마리를 바꿔가며 단계적으로 부정되어 결국 과거를 보아 벼슬을 할 수 없는 전반적인 사회적 부패·모순을 연쇄적으로 드러낸다.

부패와 모순이 가득한 사회에서 과거지사(科擧之士)를 포기한 선시린은 나)에서 이상적인 새로운 삶의 목표를 설정한다. 학문지사(學問之士)와 문장지사(文章之士), 절의지사(節義之士)에 대한 포부가 그것이다. 그래서 유몽인은 우회적으로 '근래에 과거 길이 이미 폐하여 선비들이 장차 더욱 삼술(三術; 학문·절의·문장)에 전념할 것이니 어찌 성세(盛世)의 하나의 큰 다행이 아니겠는가?'라고 하는 것이다. 이는 과거를 보아 벼슬살이를 할 수 없는 사회 현실을 비판하고 비꼬는 말이면서 현실에서 꿈을 실현할 수 없는 삶이나 현실의 한계가 새로운 이상을 지향하게 하는, 즉 '하늘'을 찾게 되는 경로를 보여준다.

그렇다면 '경계'와 '하늘'은 일차적으로 이것도 저것도 선택할 수 없었던 유몽인의 갈등을 역설적 어법을 통해 적절하게 드러내는 기제다. '경계'의 갈등 속에서 유몽인은 '할 만한 것은 하는 것이고, 할 수 없는 것은 하지 않으니 나에게 있는 것을 다스릴 뿐이다'11)고 하였다. 그러나 한편으로

之爲也 ㉯於此於彼 都不可得 則求所以進取 適足以貽害於身 莫若卷懷我所學 復返我鄕閭 稻而飯 黍而酒 網而獵 鉤而釣 樵而爨 採而蘇 以待其時耳矣 爲文章 文章可傳於後世 爲學問 學問不外於身 承孔孟嫡傳 與曾思頡頑 下視宋儒 從事 餘力 而兩漢之子長相如 可與幷驅而齊驚 區區韓柳諸兒 不足備牛馬之走 亦不難 也 而當今士風之戎戎泯泯 正坐於節義之掃地 則宜先砥礪澡淬 壁立千仞 倬乎其 不混於流波 使桐江一絲 將重於九鼎 首陽薇蕨 不沫於千秋 不亦可乎.

‘경계’와 ‘하늘’은 경계에서 현실적 한계 상황을 인식하고 대립적 상황에서 전환의 가능성을 보여준다. 예컨대 생사나 부귀의 현실적 대립 상황에서 제3의 관심사로의 전환, 즉 ‘고(古)를 기약한다’는 식의 문장에 대한 열망으로 관심이 전환된다. 한편 현실에 대한 한계 상황의 인식은 역설 어법과 결합하여 강한 현실 비판의 의미를 낳기도 한다.

이상으로 역설적 어법을 통해 드러나는 경계와 초월의 의미를 살펴보았다. 유몽인은 ‘물음-대답’ 방식을 사용해서 효과적으로 자신의 뜻을 보다 분명하고 상세하게 나타냈다. 자신의 의견을 일방적으로 서술하는 방식에 비해서 문답식은 다른 사람의 의견이 왜 틀렸는지를 보여줌으로써 양극 대립의 모순 상황을 순차적이고 논리적으로 전환할 수 있었기 때문이다.

유몽인이 표면화하는 대립적 모순 상황이란 사회·정치적 모순 상황이거나 그에 대한 혐의 사항일 경우가 많다. 모순 대립 상황에서 그는 어느 한쪽의 입장을 지지할 수밖에 없는 입장에 처하는데, 그는 어느 한쪽이 아닌 대립의 ‘사이’를 선택한다. 여기에서 ‘사이’는 어느 한편에 소속되기를 거부하는 ‘경계’의 의미로, 양쪽 모두를 긍정하는 ‘거대 긍정’이나 양쪽 모두를 부정하는 ‘거대 부정’의 의미를 띠면서 ‘초월’의 의미와 연결된다. 이때 ‘거대 부정’과 ‘거대 긍정’, ‘하늘’이라는 초월의 맥락 속에는 ‘개관적 입장에 대한 회의’, ‘상대적 진실에 대한 긍정’을 내재하게 된다.

---

11) 『어우집』 전집 권3, 「奉別謝恩奏請使李月沙廷龜四赴燕山詩序」: 惟其可爲也而
爲之 不可爲也而不爲之 治在我者而已.

2) 반상(反常)과 진정성 모색

앞서 유몽인은 반어적 물음·대답 방식을 이용해서 '경계와 초월의 논리'를 폈다. 변증법적 용어를 빌리자면, 테제(正)와 안티테제(反)의 긴장 속에서 그는 대립의 '사이'를 선택한다. 이때 '사이'의 의미는 이미 설명했듯이 거리상이나 형식상의 물리적 중간을 의미하는 것이 아니라 '경계'와 그 경계로부터 벗어나는 '초월'의 의미였다.

한편, 이번에는 양극의 이항대립을 설정하고 테제와 안티테제의 대립 속에서 안티테제(反定立)적 입장을 견지하는 일련의 글들이 있다. 이 글들은 모두 역설적 어법을 통해 세속의 고정관념이나 일반적 상식에 반대되는 논리를 전개한다. 유몽인은 일반적 상식에 반대된다는 의미에서 '반상'이라는 용어를 사용하고 있다. 본 절에서는 그가 사용하는 '반상'을 그대로 차용하여 세속적인 고정관념이나 상식을 벗어나는 이야기들을 살펴보겠다.

먼저 '반상' 개념을 알아보자.

다음과 같은 속담을 들은 적이 있다. "노인에게는 상식에 어긋나는 것이 세 가지 있으니 낮잠이 많고 밤잠이 없는 것이 하나의 반상이요, 웃을 때 눈물이 나고 울 때 눈물이 나지 않는 것이 두 번째 반상이요, 어렸을 적 일은 잊지 않고 중년이나 최근의 일은 잊어버리는 것이 세 번째 반상"이다. 내가 그 말을 듣고서 괴이하게 여겼는데 막상 내가 늙자 부귀는 사람들이 흠모하는 것이로되 나는 벼슬이 이미 차서 진취하려는 마음이 없으니 고로 상사(常事)에 반대되는 것이요, 생사는 사람이 중하게 여기는 것이로되 나는 나이가 이미 늙어서 죽음을 두려워하는 마음이 없으니 고로 상사에 반대되는 것이요, 살 날은 짧고 죽을 날은 길지

만 목전을 도모하지 않고 오직 죽은 뒤를 도모하니 고로 상사에 반대되
는 것이다.[12]

삼반상에 대한 이야기는 『어우야담』[13]에도 실려 있다. 다만 『어우야담』
에는 속담 자체만 소개되고 있는데, 『어우집』에서는 삼반상의 속담을 인
용해서 구체적으로 자신의 세계관·문학관을 개진하고 있다. 유몽인은 노
인들에게 상식에 어긋나는 세 가지 일(三反常)을 자신의 경우에 빗대어
세 가지 상사에 어긋나는 것(三反常事)을 말한다. 생사·부귀·목전의 이
익은 모든 사람들이 일반적으로 중요하게 여기고 추구하는 것인데, 자신
은 반대로 부귀에 마음이 없고, 생사를 중요하게 여기지도 않으며, 목전의
이익을 추구하지 않는다는 것이다. 기존의 중요성이나 가치(테제)를 부정
하고, 그 반대선상에 있는 안티테제적 입장을 추구하는 것으로 세속의 상
식과는 반대인 '반상'이다.

그러나 이런 입장은 부귀나 생사를 중요시하지 않고 하찮게 여기는 것
자체가 목적이 아니라 부귀나 생사, 목전의 이익을 하찮게 여김으로써 부
귀보다, 생사보다, 목전의 이익보다 더 중요한 가치를 지닌 다른 것을 추
구하는 것이다. 위 인용문에서 이어지는 글을 읽어보면, 유몽인은 자신의
저술이 오래도록 전해져서 후대 사람들이 자신의 문장을 보고, '문장과 글
씨가 천추만세에 부끄럽지 않다'고 말해주는 것을 소원하였다. 그는 부귀,
생사, 목전의 이익이라는 일상적인 가치를 부정하는 대신에 더욱 중요한

---

12) 『어우집』 후집 권3, 「題金得之大德令公詩卷後詩序」: 嘗聞諺曰 老人有三反常
　　晝多眠夜無眠 一反常也 笑有淚哭無淚 二反常也 少年事不忘 中年近年事忘之三
　　反常也 余聞而怪之 洎余之老也 富貴 人所慕也 而余爵已滿 無進取之心 故反於
　　常 死生人所重也 而余齒已暮 無怕死之心 故反於常 生日短死日長 不圖目前 而
　　惟身後之圖 故反於常.

13) 『어우야담』 보유편(2001), 「165화 삼반상(三反常)」, p.286.

가치를 '죽은 뒤 문장의 불후(不朽)'에서 찾고 있다. 즉 죽은 뒤에 문장이
영원히 남는 것을 도모하고 있는 것이다.

　반상은 미추(美醜)에 대한 의식에서도 드러난다. 미와 추에서 유몽인은
아름다움보다는 추함의 가치를 인정한다.

　　　옛날에 아름다운 첩은 소홀히 하고 추녀를 사랑하는 사람이 있으니
　　혹자가 그것을 기롱하였습니다. 그러자 그 사람이 "다른 사람에게 서시
　　(西施)는 나에게는 무염(無鹽)이요, 나에게 남위(南威)가 다른 사람에게
　　는 숙류(宿瘤)다"고 했답니다. 지금 존공(尊公)이 좋아하는 것이 이것과
　　비슷하지 않습니까?14)

　이 글은 유몽인이 성이민(成以敏, 1565-?)에게 보낸 답장이다. 성이민이
유몽인의 문장에 대해 크게 칭찬해 주자 유몽인은 표면적으로 성이민이
무염과 숙류 같은 자신의 추한 문장을 서시와 남위처럼 아름답게 평가해
준 것에 겸손해 하고 있다. 월나라 미인 서시와 춘추전국시대 진(晉)나라
미녀 남지위(南之威; 南威)는 모든 사람들에게 변치 않는 미인의 표상이며
반면에 제나라 무염(無鹽)과 숙류(宿瘤)는 추녀의 전형이다.15)

　그런데 아름다운 서시가 혹자에게는 못생긴 무염 같은 존재이고, 자기
에게 소중하고 아름다운 남위가 다른 사람에게는 숙류와 같이 보잘것없는

---

14)『어우집』전집 권5,「答成察訪以敏書」: 昔人有疏美妾而受醜女者 或者譏之 其
　　人曰 人之西施 吾之無鹽 吾之南威 人之宿瘤也 令尊之所好者 得無類是乎.
15) 남지위는『전국책』「魏策二」에 따르면, 晉 문공이 그녀를 얻고는 삼일 동안
　　조회를 듣지 않았을 만큼 미인이었다고 한다. 반면에 無鹽은 제나라 宣王의
　　정실부인 鍾離春이 박색으로, 무염읍 사람인 데서 나온 말이다. 또 宿瘤는
　　제나라 東郭에서 採桑하던 여자로, 閔王의 후비였는데, 목에 큰 혹이 있어서
　　'숙류'라고 하였다고 한다.

여자라는 것이다. 이것은 '미인이 추녀이고 추녀가 미인이다'는 모순형용의 역설이 되며, 성이민에게 적용하면 '남들은 미인을 좋아하지만 성이민은 추녀를 좋아한다'가 된다. 여기에서 미녀와 추녀라는 상반되는 두 요소가 서로 대립되는데, 성이민은 미녀를 부정하면서 추녀를 긍정한다.

모순 형용적 역설이 드러나는 글을 좀 더 살펴보자. 『어우집』 후집 권6에 실려 있는 「공졸변(工拙辨)」 역시 공교함(工)과 졸렬함(拙)의 대비 속에서 졸렬함이라는 반상적 선택을 하는 이야기인데, 여러 가지 측면에서 흥미롭다. 한문 산문 장르에서 변(辨)은 논변체의 하나로, 언행의 시비·진위를 판별하는 논박 문체다. 이런 글은 문체의 특성상 관념적인 글이 되기 십다. 「공졸변」 역시 제목만 봐서는 공교함과 졸렬함의 시비를 판별하고, 유몽인이 의도하는 공교함이나 졸렬함 쪽으로 논리를 전개해 가는 변(辨)체의 글임이 분명하다. 즉 이 작품의 일차적 목적은 공교함과 졸렬함을 논변하는 데 있다.

그런데 이 글에서는 설리와 논박의 성격을 전혀 찾아볼 수 없다. 그는 수완이 좋은 공교로운 사람의 일화와 솜씨가 서툰 졸렬한 사람의 일화 두 편을 병치하여 서사 위주의 글을 구성하였고, 그 결과 통상적인 딱딱한 문체에서 벗어나 재미를 주고 있다.

구체적으로 「공졸변」에서 보여주는 역설과 반상의 논리를 살펴보자. 한 건달이, 늦도록 목화를 따다가 성문이 닫혀서 어쩔 줄 모르는 홍참의 어린 종을 구슬린다. 그리하여 어린 종이 딴 목화로 술과 음식을 얻어먹고, 심지어 어린 여자를 얻어 자고, 좋은 옷과 갓을 얻어 쓰고, 신발까지 새로 사서 신고 도망간다. 무일푼으로 오로지 공교로운 수완을 발휘하여 모든 것을 갖추었다. 그러자 사람들은 '평생에 비로소 천하의 한 기이한 일을 보았다'며 건달을 '공교함'으로 인정해 준다.

한편 어떤 목수는 현판을 만들려다가 도끼질을 잘못하여 만들지 못하

고, 직축(織軸)을 만들려다가 흠집을 내서 만들지 못하고, 이번에는 삽본
(鍤本)을 만들려다가 잘못하여 만들지 못하고, 다시 회마탁(繪馬槖)을 만
들려다가 결국은 쫓겨난다. 도끼질이 졸렬한 목수는 현판을 만들 만한 큰
나무로 작은 회마탁도 만들지 못하니 '졸렬함'이라고 이를 만하다.16)

16) 『어우집』 후집 권6, 「工拙辨」: 일화① 昔參議洪渾 有蒼頭年十六 頗辨慧 能壯
老所不能 洪家任使之當長鬚 西郊裙巖下有木綿田 方甲坼葺敷 使蒼頭收之 得十
斤負以來 會日暮 後郭門廻翔岐路 不知所止 薄有一長漢破衣弊冠而來者 遇諸路
問曰日已昏矣 何物小厮 乃於周道棲遑 蒼頭具道其由 長漢大驚曰 爾不記我乎
曰 不記 曰 余每造謁爾老爺 吾足跡陞乎階而入乎室 靡日靡月 爾小子何不知 又
曰 爾已哺食乎 曰 未也 曰 爾今止宿 有相識乎 曰 無有 曰吾爲若老爺 能使若今
夕飽且醉 投宿得房室可乎 蒼頭喜曰 苟若是 大人之賜也 曰 爾觀吾所爲 一任吾
指 使吾明早便偕謁老爺 俱道所爲 且進膳焉 爾不從事不諸 曰諾 敬奉敎 遂與偕
行 見路上甲第長廊明燈 乃扣其窓 有一女人出曰 爾爲誰 曰 小人洪爺奴子 帶小
兒收木綿於郊外 日暮城門關 兒且飢 願進綿求食 女人喜 仍飯蒼頭 長漢肘蒼頭
稱木綿一斤償之 既飯 又請曰 願借門間隙地僦宿 女人仍席藁以安之 又稱一斤進
之 曰 夜涼願沽酒 女人覓酒與之 又稱一兩斤 曰 願與女伴共之 女人復邀幼艾侑
酌 又稱一斤請添沽 蒼頭不肯 長漢躪其足耳語曰 吾始與若約 何如任吾所爲 吾
家多綿 當倍債償爾 爾可負 老爺不可負 明朝謁老爺 吾舌在 爾無疑 酒酣 蒼頭困
寢藁席上 長漢自擁幼艾於房室宿焉 明朝又謂幼女曰 昨因昏黑 弊衣冠而出 天已
明 不可路也 願借表衣新冠於同舍人 將爲若之市貿鞾來 女人再三懇同舍人以衣
冠假之 乃如鞾市 指蒼頭背上木綿 與市人約曰 此綿斤若干 價虧若干 當以新鞾
歸示婦 謀添餘價 吾住近在里門內 請留是兒爲證 市人信之 長漢留蒼頭廛下 取
鞾而去 日過午 長漢不來 市人詰諸蒼頭 蒼頭曰 吾不知乃家 昨暮因共宿識面 俱
道所以 市人大駭 乃縛蒼頭詣郭門外女人舍 長漢不在焉 同舍人責衣冠蒼頭 蒼頭
亦道顚末 仍相與執蒼頭 至參議洪家 舉家大驚曰 昨朝出郭 今夕不還 謂已爲虎
餌 緣何被縛 又何與人偕來之衆耶 蒼頭泣陳如右 於是失鞾失衣失冠之人 相與拍
手而笑曰 老賊空手而出 路遇一小兒爲孤注 以十斤木綿 買飯與酒 擁幼艾宿燠室
借衣冠貿鞾而走 吾儕雖失是物 平生始見天下一奇事
일화② 近者有一人 得十尺長板 召匠人造懸板 懸板者 所以衡之屋壁上 以安匜
盤觴豆書帙飯殽 取薄板長而整者爲之 匠人持斧斲之 誤缺其中央 已不可爲懸板
請主人爲織軸 織軸者 首尾方中央細 所以繞經緯 間以細竹 以橫諸機上者也 匠
人斲之 誤斫一片缺 已不可爲織軸 仍請主人斲以爲鍤本 鍤本者 柄長而末廣
所以冒鍤其末 以破土者也 匠人斲之又缺右邊 已不可爲鍤本 復請主人斲以爲繪

유몽인은 이 글에서 공교함과 졸렬함을 극단적으로 대비시키고 있다. 공교로움은 다른 사람을 속이는 데 이르고, 졸렬함은 큰 나무판으로 회마탁도 만들지 못하는 데 이른다. 이러한 극단적인 공졸의 대비 속에서 그는 자신의 문장을 회마탁도 깎지 못해서 다른 사람에게 쫓겨난 졸렬한 목수에게 비교하고 있다. 공과 졸 중에서 졸렬함으로 자신을 판가름하는 것이다. 공과 졸에서 사람들은 상식적으로 대부분 '졸'보다는 '공'에 의미를 두는 데 반해 그는 반상적으로 졸을 선택한다. 이는 표면적으로는 자신의 문장에 대한 겸사로 보이지만 일화에서 보이는 공과 졸의 의미를 따져보면 공의 가치보다 졸의 가치에 의미를 부여하고 있는 것이다.

위의 두 편 「답성찰방이민서(答成察訪以敏書)」, 「공졸변(工拙辨)」 이야기는 미녀와 추녀, 공교함과 졸렬함 중에서 '추녀'나 '졸렬함'에 무게 중심이 실린다. 추녀나 졸렬함에 대한 지향은 분명 상식에 반하는 것이다. 그러나 추함(醜)과 졸렬함(拙)을 선택하는 것은 추함이나 졸렬함 그 자체를 추구하는 것은 아니다. 「답성찰방이민서」는 무염이나 숙류의 표면적인 추함 속에 감추어진 아름다움을 찾아보자는 의미이며, 「공졸변」은 다른 사람을 속이는 데 이르는 극단적인 공교로움을 추구하느니 차라리 회마탁도 깎지 못하는 졸렬함 편에 서겠다는 것이다. 이것은 미추·공졸의 세속적 가치를 뒤집어봄으로써 추함과 졸렬함 속에 감추어진 가치를 찾아보자는 의도다. 다시 말하면 추녀와 졸렬함을 통해 '진정한 아름다움'과 '진정한 공교로움'을 추구한다고 할 수 있다. 역설을 통해 유몽인은 일상에서 쉽게 찾을 수 없는 아름다움과 공교로움의 의미를 모색하려는 것이다.

유몽인이 지향한 추함(醜)과 졸렬함(拙)의 의미를 통지해 본다면, 일상적인 혹은 시류에서 벗어난 그의 글은 세속적인 시각으로 추함이며 졸렬

馬椓 主人大怒提杖而驅之.

함일 수 있다. 더구나 사람을 속이는 데 이르는 극단적인 공교로움이 글
(文)을 평가하는 잣대로 사용될 때, 회삽한 자신의 문장은 졸렬할 수밖에
없다는 생각이다. 그는 이런 표면적인 추함과 졸렬함을 넘어 자신의 문장
에서 진정한 아름다움과 진정한 공교로움을 발견해 주기를 바라고 있다.
이것은 공과 졸의 가치기준을 어디에 두느냐에 따라 평가가 달라질 수 있
다는 상대적 생각이 내재된 것이다. 당대 문풍의 공교로움에 대해 강한
비판적 자세를 보였던 유몽인은 당대 시각에 의해 공교함의 평가를 받는
것보다 차라리 회마탁을 깎는 졸렬함을 선택하겠다는 의미로, 이는 자신
의 문장에 대한 강한 자부심의 다른 표현이다.

유몽인의 기존의 아름다움이나 공교로움을 부정하는 반상적 자세는
『어우집』 전집 권4의 「용졸헌기(用拙軒記)」에도 드러난다. 「용졸헌기」는
숙정 신식(叔正 申湜, 1551-1623)에게 써 준 기문(記文)인데, 그는 누정기
문이 지니는 일반적인 요소들[17]을 모두 생략하고, 헌명(軒名)인 용졸(用
拙)로 자신의 공졸에 관한 의론을 전개하고 있다. 이는 「용졸헌기」가 처
음부터 기문으로 창작된 것이 아니라 전별의 글을 대신했기 때문이기도
하다.[18]

이 글의 서두부는 역설적 진술로 시작된다. '공교함은 졸렬함보다 공교
로운 것이 없고 졸렬함은 공교로움보다 졸렬한 것이 없다'고 하는데, 이것
은 '졸렬함이 가장 공교로운 것이고, 공교로움이 가장 졸렬한 것'이라는

---

17) 누정기는 관습적으로 건물이 위치한 지리적 특성, 역사적 배경, 창건의 당위
　　성, 창건 당사자인 지방관의 선정, 창건 사업 및 과정, 창건의 효과 및 의의,
　　건물 주변 풍광에 대한 묘사, 누정 이름에 대한 작가의 의론, 稱賞의 시 등의
　　내용을 싣는다.(윤채근, 『황혼과 여명』, 월인, 2002, p.282)
18) 유몽인은 이 글 마지막 부분에서, 숙정이 자신에게 거의 10년 동안 기문을
　　청하였는데, 문의 졸렬함으로 사양해왔다. 그런데 숙정이 중국의 사행을 떠
　　나게 되자 격앙된 바가 있어서 쓴다고 밝히고 있다.

역설적 대전제다. 이러한 역설에 대해 혹자가 질문을 하고 그가 답변하는 식으로 글이 구성된다. 그는 답변을 통해 일반적인 공교로움과 졸렬함을 차례로 부정한다. 먼저 공교로움에 대해서, 그는 '자연'은 공교로움의 극치인데, 이런 자연에 비하면 인간은 만에 하나도 비슷하게도 못한다. 결국 공교로움을 자랑하는 인간은 자연에 비교하면 상대적으로 가장 졸렬한 존재가 된다는 것이다.

한편 유몽인은 졸렬함에 대해서는 반대의 논리를 편다.

지금 제사에 쓰이는 가죽나무는 목수에게 베이는 것을 피할 수 있었고, 꼬리를 끄는 거북(曳尾之龜)은 종조(宗祧)의 제사를 사양할 수 있었고, 도랑이 중간에서 끊어짐은 청·황색의 채색을 다 없어지게 하였고, 한 나뭇가지의 편안함은 새장에 매이는 것을 사양할 수 있었다. 천하의 대능(大能)은 모든 것에 불능한 것보다 나은 게 없으니 옹알(雍閼)·경전(哽跈)과 박소(樸素)·치애(癡騃)가 명철보신(明哲保身)의 제일 방책이 되는 것이다. 그러므로 마을을 지키지 못한다고 해서 북국의 준마 도도(騊駼)가 기예가 없다고 말할 수 없고, 틈을 뚫지 못한다고 해서 들보가 그릇이 안된다고 할 수는 없으니 무용(無用)의 쓰임과 부재(不材)의 재목이 바로 대용(大用)·대재(大材)가 되는 까닭이다. 그 때문에 나는 공교함이 졸렬함보다 나을 게 없다고 말하는 것이다.[19]

무용과 부재가 명철보신의 제일 방책이 되기 때문에 결국 뒤집어 보면

---

19) 『어우집』 전집 권4, 「用拙軒記」: 今夫依社之樗 遠梓匠之斲 曳尾之龜 辭宗祧之祀 中溝之斷 乏靑黃之綵 一枝之安 謝樊籠之羈 天下之大能 莫過於百不能 而雍閼哽跈樸素癡騃 爲明哲保身之第一策 故不可以不能守閭而肅騊駼爲無技 不能鑽隙而謂梁欐爲非器 無用之用 不材之材 迺所以爲大用大材 愚故曰巧莫巧於拙也.

무용·부재가 대용·대재가 된다. 따라서 다음과 같은 역설이 가능한 것이다. '천하의 대능은 백 가지 불능함에 지나지 않는다.' 또한 '졸렬함보다 교묘한 것이 없다.' 이것은 대능이 온갖 것에 불능한 것과 통하며, 졸렬함이 가장 공교로운 것이라는 의미다.

이 역설적 대전제는 결국 용졸헌의 주인인 신식에게로 옮겨간다. 그는 신식이 일찍 과거에 급제하고 청요직을 지내면서도 한 번도 넘어진 적이 없이 관직생활이 순탄했던 것은 바로 졸렬함의 덕을 사용했기 때문이라고 평가한다. 신식에게 졸렬함은 제일의 명철보신이었다. 혼란한 시대를 살아가기 위해서는 처세의 덕목인 도회(韜晦)나 회덕(晦德)의 태도가 요구되는데 이것이 바로 졸렬함이다. 그는 '용졸지덕(用拙之德)'을 통해 신식이 내면에 진정으로 덕을 가진 사람, 진정으로 도를 보존하는 인물임을 강조하고 있다.

그런데 신식의 용졸의 덕은 마지막에 유몽인 자신에게로 옮겨온다. 마지막 문장에서 그는 '나 또한 졸렬한 중에 졸렬한 자이니 오직 졸렬하기 때문에 능히 졸렬함을 알 수 있는 것이다(愚亦拙莫拙者 唯其拙 是以能知拙)'라고 하면서 졸(拙)자를 네 번이나 쓰고 있다. 앞의 세 번은 자신의 졸렬함을, 마지막 졸은 신식의 졸을 말한다. 이런 졸자의 다용은 주제인 졸의 의미를 강조하는 것이기도 하지만 유몽인 그 자신 역시 용졸의 덕을 통해 명철보신을 희구하고 있는 것으로 파악된다.

위의 글은 『장자』의 인식과 흡사하다. 위의 글에 등장하는 '의사지저(依社之樗)·원재장지착(遠梓匠之斲)·예미지귀(曳尾之龜)·사종조지사(辭宗桃之祀)·중구지단(中溝之斷)·핍청화지채(乏靑黃之綵)·일지지안(一枝之安)·사번롱지기(謝樊籠之羈)' 등의 어휘들은 물론이고 이 「용졸헌기」처음 서두부에 등장하는 '누환간상(累丸竿上)·거작소(居鵲巢)·감구식(甘殼食)·지리고책(支離鼓筴)·족포절도(族庖折刀)·이지광굴지망의(以至狂屈

之忘意)·무위지부지(無爲之不知)' 등의 표현이 모두 『장자』의 구절이다. 또한 '천하의 대능은 백 가지 불능보다 나은 것이 없다(天下之大能 莫過於 百不能)', '무용의 쓰임, 부재의 재목이 바로 대용·대재가 된다(無用之用 不材之材 迺所以爲大用大材)', '공교함은 졸렬함보다 교묘한 것은 없다'는 등의 역설형용과 그 내적 세계관이 『장자』 제4편 「인간세(人間世)」의 「장 석과 사당나무」 이야기와 흡사하다. 둘 다 표면적으로 대용·대재를 거부 하고 불용·부재를 선택하는데, 그 불용·부재가 결국은 대용·대재가 되 는 논리다.

둘을 비교해서 좀 더 읽어보자. 『장자』에서 목수 장석이 백 아름의 큰 사당나무를 쓸모없는 나무라고 거들떠보지 않자 사당나무가 장석의 꿈에 나타나서 다음과 같이 말한다.

> 그대는 나를 어디에다 견주려고 하는 것인가? 그대는 나를 좋은 재목 에 견주려는 것인가? 아니면, 돌배·배·귤·유자 등 과일나무에 견주려 는 것인가? 과일나무는 과일이 열리면 따게 되고, 딸 적에는 욕을 당하 게 된다. 큰 가지는 꺾이고 작은 가지는 찢어진다. 이들은 자기의 재능 으로 말미암아 고통을 당하는 것이다. 그래서 천수를 누리지 못하고 일 찍 죽는 것이다. 스스로 화를 자초한 것이나 다름없는 것이다. 세상 만 물이 이와 같지 않은 것이 없다. 나는 쓸모없기를 바란 지가 오래다. 몇 번이고 죽을 고비를 넘기고 이제야 뜻대로 되어 쓸모없음이 나의 큰 쓸 모가 된 것이다. 만약 내가 쓸모가 있었다면 어찌 이렇게 커질 수 있었 겠는가?(『장자』 「人間世」)

유몽인의 '무용의 쓰임, 부재의 재목이 바로 대용·대재가 된다(無用之 用 不材之材 迺所以爲大用大材)'는 표현과 『장자』의 '쓸모없게 된 것이 가장 큰 쓸모'라는 것은 같은 논리다. 유몽인이나 장자가 모두 공교함(工) · 쓰임(用) · 재목(材)을 부정하고 졸렬함(拙) · 불용(不用) · 부재(不材)를 옹호한다. 그런데 '쓸모'라는 것은 다른 어떤 것의 하위개념이다. 다른 것을 만드는 데 유용한가, 유용하지 않은가 하는 수준의 것이다. 따라서 궁극적으로 만들려고 하는 '다른 것'이 바로 쓸모와 쓸모없음을 가름하게 된다.

그렇다면 궁극적으로 만들려고 하는 '다른 것'이 무엇인가가 문제다. 장석 같은 보통 사람들은 사당나무로 배 · 관 · 그릇 · 문짝 등을 만들려고 한다. 배 · 관 · 그릇 · 문짝을 궁극의 지향점으로 삼는다면 사당나무는 분명 불용 · 부재다. 진흙 속에서 꼬리를 끌고 다니는 거북(曳尾之龜)도 죽어서 점치는 데 귀하게 쓰이는 것보다는 진흙 속에 있더라도 살아있는 것을 더 좋아한다. 같은 논리로 벼슬아치가 되어 속박 받는 것보다 필부가 되어 자유롭게 살아가기를 원한다. 만약 귀천(貴賤)과 영락(榮落)에서 가치 기준이 귀와 영에 있다면, 진흙 속에서 꼬리를 끌고 다니는 거북 또한 불용 · 부재다.

그러나 유몽인이나 장자는 장석과 달리 궁극적으로 이루려고 하는 것이 '천수(天壽)'다. 천수를 누리는 차원에서 보자면, 가죽나무나 진흙 속에 꼬리를 끌고 다니는 거북이 천하에 쓸모없기(不材 · 不能) 때문에 오히려 천수를 누리게 된 것이니 장석에게 부재 · 불능이 유몽인에게는 대재 · 대용이 된다. 그래서 유몽인은 졸렬함이 명철보신의 제일 방책이라고 했고, 『장자』는 쓸모없음이 천수를 누리는 지름길이라고 한 것이다. 바꿔 말하면 명철보신과 천수 때문에 졸렬함과 쓸모없음이 중요한 것이다.

『장자』의 사당나무나 유몽인의 가죽나무, 진흙 속에 꼬리를 끄는 거북은 귀함과 재목(材)을 사양하고 천함과 부재로 천수를 누렸지만, 오히려 불능 때문에 천수를 누리지 못하는 반대의 경우도 있다. 『어우야담』「172화 옥적으로 인한 생과 사」에서는 옥적을 너무 잘 불어서 화를 당한 하윤

침 같은 사람이 있고 옥적을 너무 잘 불어서 화를 면한 단산 수령이 등장한다. 이 경우 능함(能)이 때로는 화를 초래하기도 하고 때로는 천수를 누리는 한 방편이 되기도 한다.

또한 『장자』 외편 「산목(山木)」에는 잘 우는 거위와 잘 울지 못하는 거위 중에서 손님 대접용으로 잘 울지 못하는 거위를 잡았는데, 능함 때문에 한 거위는 살고 불능 때문에 다른 거위는 죽게 된다. 앞서 불능이 천수를 누린다는 측면에서 긍정되었다면, 불능 때문에 오히려 천수를 누리지 못하게 된 경우니, 불능은 더 이상 긍정의 요소가 아니다. 결국 유몽인은 어느 쪽이든지 능함이나 불능 그 자체를 긍정하는 것이 아니라 명철보신할 수 있거나 천수를 누릴 수 있는 것을 가장 큰 대능(大能)으로 파악하고 있는 것이다.

그 밖에도 유몽인의 글에는 반상적 자세를 견지하는 이야기가 다수 있다. 「송평안도사윤계선서(送平安都事尹繼善序)」, 「양진정기(養眞亭記)」에서 사람의 곤궁함(窮)과 영달함(達), 만남(遇)과 불우(不遇)의 관계 역시 반상(反常)과 생성의 논리를 보인다. '불우를 기뻐한다',[20] '곤궁함도 또한 즐거움이다'[21]는 역설적이다. 보통 사람들에게는 만남과 영달함이 기쁨과 즐거움이고 불우나 곤궁함은 슬픔과 괴로움이다. 그런데 유몽인은 반대로 만남과 영달을 부정하고 불우와 곤궁함에서 기쁨과 즐거움을 찾는다.

유몽인이 불우와 곤궁함에서 기쁨과 즐거움을 찾을 때에 전제되는 것이 있다. 바로 '문장에 능한 사람' 혹은 '참 시인'이다. 그러면 '불우를 기뻐한다'와 '곤궁함도 또한 즐거움이다'는 '문장에 능한 사람은 불우를 기뻐한다'와 '참 시인에게는 곤궁함도 또한 즐거움이다'라는 한정적 표현으로 바

---

20) 『어우집』 후집 권3, 「送平安都事尹繼善序」: 能文章者 喜不遇.
21) 『어우집』 후집 권4, 「養眞亭記」: 鶴泉翁 眞詩人也 窮亦樂也.

꾄다. 일종의 '불평즉명(不平則鳴)'의 고전적 논리다. 곤궁함이나 불우가 사람의 나태한 성정을 격발시켜서 글을 쓰게 하고 나아가 좋은 글을 쓰게 한다. 그래서 참 시인이나 문장에 능한 사람들은 사람을 곤궁하게 하고 불우하게 한다는 시마(詩魔)를 기뻐하고 즐거워 할 수 있는 것이다.

이런 해석으로 본다면 유몽인이 영달(達)과 만남(遇)을 부정하고 불우(不遇)와 곤궁함(窮)을 긍정하는 것은 불우와 곤궁함 자체를 긍정하는 것이 아니다. 그것은 불우와 곤궁함을 통해 진정한 만남(遇)과 진정한 영달(達)을 찾는 여정이다. 물론 여기에서 진정한 영달과 만남은 시문(詩文)의 묘를 터득하고 시문에 공을 이루는 것이다.

시문의 묘와 공에 관련해서 용과 불용의 문제도 해석된다. 표면적으로 유몽인은 '용'을 부정하고 '불용'에 긍정적 가치를 부여하고 있는데, 이것은 시용(時用) 차원의 용과 불용이다. 그래서 시불용(時不用)을 통해 진정한 쓰임을 찾으라는 주문이다. 바꾸어 말하자면 진정한 시문의 공에 이른 자는 시용을 구하지 않고 진정한 쓰임이라고 할 수 있는 '천만세 뒤의 쓰임(千萬世後用)'을 구한다는 것이다. 그래서 진시인(眞詩人)과 능문자(能文者)는 곤궁하고 불우하며 어려운 타관살이를 한다는 논리로써 유몽인은 절친한 벗 학천(鶴泉) 성여학(成汝學)의 곤궁함과 평안도사 윤계선(尹繼善, 1577-1604)의 옹진·관서 등 외직 생활을 위로하고 아울러 불용의 논리를 통해 글쓰기를 독려하고 있다.

「증남선초복시서(贈南善初復始序)」(『어우집』 전집 권3)는 반상적 자세와 생성의 논리가 이중으로 짜여져 있는 글이다. 이 작품은 유몽인이 연산(連山)에 은거하고 있을 때(1601년) 무주(茂朱) 현령으로 있는 남복시에게 준 서문이다. 남복시가 은거하고 있는 유몽인을 위로하자 이에 대해 유몽인이 답변하는 형식으로 이루어져 있다. 이 글은 유몽인과 남복시가 '거처가 같고 한산함 또한 같다(居同散亦同)'는 인식에서 출발한다. 바로 같은 처지를 바라보는 이 둘의 시각 차이가 이 글을 읽는 핵심 키워드다.

먼저 남복시는 '수고로움(勞)과 한가로움(散)', '영예와 불영예'의 각 대립항을 들어 유몽인의 처지를 위로하고 있다. 유몽인이 서울에 있을 적에는 오부(烏府; 어사대)·미원(薇院; 사간원)·옥당(玉堂; 홍문관) 등에 있으면서 동궁을 모시고 임금을 가까이 하고 견랑들을 부렸는데, 이것은 영예는 지극한 것이었지만 대신에 수고로움 또한 지극했음을 이야기한다.

그런데 유몽인이 연산에 우거하자 쑥문과 띠집은 적막하고, 농부·어부들은 유몽인을 동류로 여기게 되는데, 이는 영예는 없지만 수고롭지 않고 한가롭다는 것이다. 즉 서울에서 '영예 있음과 수고로움', 연산에서 '영예 없음과 한가로움'이 각각 연결된다. 남복시는 서울에서의 수고로움이 연산에서 한가로움으로 변했다는 점을 긍정적으로 부각시키면서 유몽인을 위로하고 있는 것이다. 그러나 남복시는 서울에서 '영예 있음(有榮)'이 연산에서 '영예 없음(無榮)'으로 바뀐 상황에 대해서는 여전히 마음속으로 불행하다고 생각하고 있으며, 이런 부정적 상황변화에 대해서는 별다른 위로의 논리가 없는 셈이다.

남복시의 위로에 대해서 유몽인은 역설적 어법의 반상(反常)의 논리로 대응한다. 그 첫 번째 반상은 한가로움과 수고로움에 대한 것이다. 남복시의 생각처럼 '세간(世間)은 수고롭고 물외(物外)는 한가하다'는 것이 보통 일반적 상식이다. 그런데 유몽인은 '물외의 수고로움이 세간의 수고로움보다 심하다'는 것으로 '세간노(世間勞)와 물외한(物外閑)'의 도식을 넘어선다.

> 한가하면서도 한가하지 않고, 고요하면서도 고요하지 않고, 일이 없는 듯하면서도 일이 있고, 무위(無爲)하되 유위(有爲)하고, 저 산의 푸름과 강의 푸름, 구름의 펴고 걷힘과 달의 차고 이지러짐, 어지러이 뒤섞인 만

상이 온갖 교태를 드러내니 눈이 수고롭다. 기러기가 울고, 학이 울고, 물이 돌에 부딪치고, 바람이 나무에 스며들고, 목동의 피리소리와 초동의 노래가 앞에서 부르고 뒤에서 화답하니 귀가 수고롭다. 물에서는 낚싯대를 드리우고, 산에서는 명아주 지팡이를 부여잡고, 들의 방초를 뽑고, 물가의 어수리지를 잡고, 술잔을 놓으면 시를 짓는 붓을 잡으니 손이 수고롭다. 망혜와 납극을 신고 매화와 대나무를 찾아다니고, 험한 산이나 험한 골짜기를 오르내리니 발이 수고롭다. 청령(淸泠)한 것, 소상(蕭爽)한 것, 광명(光明)한 것, 그윽한 것, 고요한 것, 기운이 서리고 충만한 것들이 심중에 서로 들어오고, 그 여가에는 책 속으로 들어가 공맹을 따르고, 안회와 증자를 맞이하여 역대를 거슬러 올라가서 마치 그 사람을 보는 듯하고 그분의 말을 듣는 듯하여 분명하여 털끝도 남기지 아니하니 심신이 수고롭다.[22]

유몽인은 물외가 '한(閑)·정(靜)·무사(無事)·무위(無爲)'라는 일반적 통념을 거부하고 '불한(不閑)·부정(不靜)·유사(有事)·유위(有爲)'를 주장한다. 한가로운 듯하지만 한가롭지 않고, 고요한 듯하지만 고요하지 않고, 일이 없는 것 같지만 일이 있고, 무위한 듯하지만 유위하다(閒而不閑 靜而不靜 無事而有事 無爲而有爲)는 것이다. 그리고 그 구체적인 예로 눈의 수고로움(目勞), 귀의 수고로움(耳勞), 손의 수고로움(手勞), 발의 수고로움(足勞), 심신의 수고로움(心神勞)을 열거하고 있다.

---

22) 『어우집』전집 권3,「贈南善初復始序」: 盖閒而不閑 靜而不靜 無事而有事 無爲而有爲 彼山之靑 江之碧 雲之舒卷 月之盈虧 紛然萬象 盡態呈巧而目勞焉 鴻吟鶴唳 水觸石風入松 牧豎之笛 樵童之謳 前唱後喁而耳勞焉 於水把漁竿 於山扶藜杖 擷野芳攬汀芷 捨酒醆則拈詩筆而手勞焉 躡芒鞋蠟屐 尋梅訪竹 陟降巑岏坎坷而足勞焉 淸泠者 蕭爽者 光明者 幽者 靜者 扶輿磅礴者 交納于中 其隙則入黃券中 追孔孟邀顔曾 沿回歷代 若目其人耳其語 了了焉不遺其毫髮而心神勞焉.

이들 수고로움은 자세히 들여다보면, 모두 일반적으로 자연의 편안함이나 즐거움에 해당되는 것들이다. 그렇다면 유몽인이 이런 물외의 통념적인 한가함을 반대하고 수고로움을 지향하는 것은 물외의 수고로움을 통해 진정한 물외의 한가함 혹은 물외의 즐거움을 역설적으로 드러내기 위한 수단이다.

그런데 유몽인의 논리는 여기에서 그치지 않고 물외의 진정한 즐거움은 앞서 남복시가 잠재적으로 묻어놓았던 '영화로움(榮)/영화롭지 않음(不榮)'의 관계로 옮겨간다. 유몽인은 과연 무엇이 영화로운 것인지를 되물으면서 "한 세상(一世)에 영화로움을 빌려 자랑하며 스스로 대단하다고 여기는 것은 내가 이곳에서 나그네 되어 타향의 물색을 빌려 스스로 즐기는 것만 못하다(其假榮一世 竊竊以自多 曾不若余客乎玆 假他鄉物色以自娛)"라고 한다. 한세상에 임시로 영화로움을 빌려서 스스로 많다고 여기고 즐거워하는 것은 진정한 즐거움이 아니며, 진정한 즐거움은 물외의 즐거움에 있다는 것이다. 이것은 곧 물외의 즐거움이 진정한 의미의 영화로움(榮)이라는 뜻이다.

정리하면 유몽인은 역설적 어법을 통해 외면적으로 물외의 한가로움을 부정하고 물외의 수고로움을 강조함으로써 도리어 물외의 진정한 즐거움을 표현하였다. 나아가 물외의 진정한 즐거움은 세상에서 바라보는 고정적인 '불영(不榮)'을 넘어서 진정한 '영(榮)'으로 맥락을 연결시키고 있는 것이다. 결국 유몽인은 두 쌍의 대립항을 설정하고 이들에 대한 반상적 논지를 전개함으로써 물외의 '영화롭지 않음'을 '영화로움'으로 전환시켜서 남복시가 내면적으로 가지고 있었던 '영(榮)'에 대한 미련을 제거해주고 있다.

이번에는 '무진(無盡)'과 '유진(有盡)'의 대립 속에서 진정한 '무진'의 의미를 찾아가는 글을 한편 읽어보자. 「무진정기(無盡亭記)」는 현상적이고 표층적인 강산풍월의 '무진'과 '유진'의 대립에서 천지자연·음양성쇠의 자강불식(自强不息)을 통해 이항대립을 벗어나고 있다. 반상적이라는 가치판단을 할 수는 없지만, 이항대립 상황에서 뛰어난 전환의 논리를 엿볼 수 있는 글이다. 서사의 진행에 따라 다음과 같이 단락을 나누었다.

가) 무릇 처음이 있고 끝마치지 않음이 없는 것이 조물주의 뜻이니 천하의 만물이 필경에는 함께 다함(盡)으로 돌아가리니 무진을 바라는 것은 천리를 어기는 것이다. 지금 송암공(松巖公)이 70세 가까운 늘그막에 세 기둥의 작은 정자를 짓고서 무진으로 편액을 하니 그 뜻은 무엇인가?

나) ㉠ 만물 중에 유구한 것으로 바다와 산만한 것이 없되 동해가 뽕나무 밭이 되고 태산이 숫돌이 되어 일찍이 한 순간도 변하지 않을 수 없었거늘 저 소식(蘇軾)은 한 구유(拘儒)로서 감히 천물을 탐하여 강가와 산간의 청풍명월을 무진하게 갈마 둔 것으로 여겼으니 또한 이상하지 않은가?

㉡ 저 봉봉연(蓬蓬然)하게 북해에서 일어나 봉봉연하게 남해로 들어가니 그 들어간 것은 바람이 다한 것이 아닌가? 다만 밤에 바다에서 떠오르는 것을 보았으니 어찌 새벽에 구름 사이로 지는 것을 알리오? 그 없어짐은 달이 다한 것이 아닌가? 아! 바다가 다하고, 산이 다하고, 바람이 다하고, 달이 다하는데, 하물며 세상의 사람들은 말할 것이 있겠는가?

㉢ 그 아는 것은 유한하고 모르는 것은 무한하며, 얻는 것은 유궁(有窮)하고 얻지 못하는 것은 무궁하고, 생은 유애(有涯)하고 죽음은 무애(無涯)하니 이와 같이 유진(有盡)의 영역에서 무진(無盡)을 구한다면 이는 조물주의 적이다.

다) 비록 그러하나 천지 음양성쇠의 이치가 변화하고 태어나서 일찍이
   잠시도 끊어진 적이 없으니 마땅히 군자는 그것을 체득하여 자강불
   식(自强不息)해야 한다. 불식은 천리에 어그러지지 않은 것이다.

라) 그렇다면 누가 그에 근접했던가? 그 초나라 고현(苦縣) 사람 말일 것
   이로다! 그의 말에 "만족할 줄 아는 만족이 상족(常足)"이라 하였는데
   금일 이 정자에 이르러 강산풍월의 흥취가 무진함을 얻었으니 주인
   이 무진(無盡)으로 이름 지은 것이 적합하도다.23)

단락 가)는 모든 만물이 유진(有盡)한 상황에서 '무진'으로 편액을 하고,
'무진'을 바라는 것은 조물주의 뜻을 어기는 것이 아니겠냐는 반문에서 출
발한다. 그러나 사실은 송암공이 정자 이름을 '무진'으로 지은 진정한 함
의는 무엇인지 알아가기 위한 의도된 의구심이다.

단락 나)에서는 모든 천지만물의 유진을 증명한다. ㉠에서는 유구한 바
다도 뽕나무가 되고, 태산도 숫돌이 되었는데, 한 구유(拘儒)의 인간일 뿐
인 소식이 강산풍월을 무진하게 갈마 두는 것이 가능한지 다시 의문을 제
기한다. 그리고 ㉡, ㉢에서 순차적으로 바람·달은 모두 유진의 영역에 있

---

23) 어우집』 권4, 「無盡亭記」: 가) 大凡有始而無不卒 造物者之意也 天下萬物 畢竟
   同歸於盡 而欲鄆其無盡者 違天理也 今松巖公搆三楹小亭於垂老之年 以無盡扁
   之 其意何居 나) ㉠ 萬物之中 莫久者海岳 而東海桑泰山礪 曾不能以一瞬 而蘇
   軾 一拘儒也 乃敢貪天之物 以江上山間之淸風明月爲無盡藏 不亦異哉 ㉡ 彼蓬
   蓬然起於北海 蓬蓬然入於南海 其入也非風之盡乎 但見宵從海上來 寧知曉向雲
   間沒 其沒也非月之盡乎 噫 海也而盡 岳也而盡 風也而盡 月也而盡 矧乎世之人
   ㉢ 其知者有限 而不知者無限 其得者有窮 而不得者無窮 其生者有涯 而其死者
   無涯 如是而求無盡於有盡之域 是造物者之賊也 다) 雖然 乾坤剝復之理 化化而
   生生 未嘗斯須間斷 宜君子之體之以自强不息 不息於天理爲不違 라) 然則孰爲
   近 其楚苦縣人之言乎 其言曰 "知足之足 常足" 今日到斯亭 得江山風月之趣無盡
   宜主人之名之也.

으며 사람은 말할 것도 없이 유진의 영역에 있다고 확정한다.

인간세계 자체가 유진의 영역이다. 인간의 힘으로 아는 것은 유한하고, 얻는 것도 유궁하고, 생 자체도 유애하다. 이렇게 유진의 영역인 인간세계에서 '무한'·'무궁'·'무애'의 무진을 구한다면 역시 '조물주의 적'이라는 것이다. 여기까지 보면, 송암공이 '무진'으로 편액을 한 것은 천리를 어긴 것이며, 조물주의 적이 되는 행동이다.

그러나 '수연(雖然)'으로 시작되는 단락 다)에서 천지 음양성쇠는 본질적으로 한 순간도 끊어진 적이 없는 자강불식의 세계임을 찾아낸다. 자강불식을 통해 '무진'의 '위천리(違天理)'와 '조물자지적(造物者之賊)'을 벗어나고 아울러 이전까지의 '유진'의 논리 속에 있던 서사가 '무진'으로 역전된다. 사실 단락 나)에서 언급한 강산풍월의 유진이 현상적인 것이라면, 여기에서 불식은 본질적이고 내면적인 무한·무궁·무애·무진의 세계인 것이다.

유몽인은 마지막 단락에서 노자의 말 '지족지족(知足之足) 상족(常足)'을 인용하여 무진과 유진의 대립에서 비약한다. 현상적인 유진을 넘어서 '만족할 줄 아는 만족'으로 자강불식하는 군자의 도리를 체득하는 삶을 긍정하는 것이다. 이 긍정은 '무진정'으로 이어진다. 단락 가)에서 '무진'이라는 명명에 의문을 제기했었는데, 여기에 와서는 송암공이 지은 '무진'이라는 이름이 아주 적당·타당한 것으로 긍정되고 있다.

유진과 무진의 대립을 거쳐 확정된 '무진정'은 이제 현상적인 '무진'을 뛰어넘게 된다. 무진정은 현상적인 유한한 인간의 눈으로 현상적인 청풍명월을 감상하는 곳이 아니다. 무진정의 '무진'은 현상적으로 다함이 있는 청풍명월을 지칭하는 것이 아니라 본질적이고 내면적인 자강불식의 자세이며, 그것의 무한하고, 무진한 흥취가 된다. 그것은 노자가 말하는 그야말로 무진의 '상족(常足)'이 되는 것이다.

결국, 이 글은 무진과 유진의 대립을 통해 진정한 '무진'의 의미를 찾아냈다. 그래서 진정한 무진의 의미를 얻은 '무진정'은 유진한 인간세계 속의 유진한 청풍명월의 흥취를 무진으로 갈마 둔, 사실은 그 어느 곳보다 청풍명월이 아름다운 정자로 느껴지게 된다. 아울러 무진정은 본질적이고 내면적인 자강불식의 자세가 깃든 곳으로 승격되었다.

지금까지의 이항대립을 통해 진정한 의미를 모색하는 글들을 읽어보았는데, 논리를 도식적으로 요약해보자. 공교함(工) · 재능(能) · 재목(材) · 만남(遇) · 영달(達) · 쓰임(用) · 영화로움(榮) 등을 세속적 가치 '상(常)'으로, 졸렬(拙) · 불능(不能) · 부재(不材) · 불우(不遇) · 곤궁(窮) · 불용(不用) · 불영(不榮) 등 반세속적 가치를 '반상(反常)'으로 치환하여 설명하면, 유몽인은 보편타당한 가치로 인정받는 '상(常)'을 부정하고 표면상 부정적 가치 '반상(反常)'을 긍정하는데, 그것은 반상을 통해 진정한 상의 가치를 재탐색하려는 열망의 다른 표현이다. 이때 이러한 반상의 논리 저변에는 아름다움과 추함, 공교함과 졸렬함, 능함과 불능함, 쓰임과 쓰이지 않음을 상대적으로 인식하는 인식론이 자리한다.

모든 미녀가 모든 사람에게 아름다움으로 다가오는 것은 아니며, 모든 사당나무가 장석에게처럼 재목감이 아닌 나무로 다가오지는 않는다. 상대적 시각은 진정한 아름다움, 진정한 큰 재목(大材), 신정한 큰 쓰임(大用), 진정한 공교로움, 진정한 무진에 대한 모색이 동반되어 기정사실화되었거나 진리라고 여겨지던 기존의 관념적인 미와 추의 개념을 뒤집어 보고 새로운 의미를 생성하는 것이다. 세상 사람들의 고정적인 미와 추의 관념을 테제(定立)라고 한다면 유몽인은 테제를 부정 · 반대하는 반정립(안티테제)적인 자세를 견지하고 나아가 새롭고 진정한 의미를 생성한다.

그런데 마음먹기에 따라 달라질 수 있는 상대적인 능함과 불능, 공교로움과 졸렬함, 쓰임과 쓰이지 못함, 영화로움과 영화롭지 않음을 어떻게 판단하는가 하는 문제가 발생한다. 거대한 우주나 자연의 관점에서 봤을 때 우리는 모두 다 같은 하찮은 물건에 지나지 않는다. 장자는 그 점을 사당나무의 입을 빌려 정확히 밝히고 있다. "그대와 나는 다 같이 하찮은 물건에 지나지 않는다. 어찌하여 서로를 하찮은 것이라고 헐뜯을 수 있겠는가? 그대처럼 죽을 날이 멀지 않은 쓸모없는 사람이 어찌 쓸모없는 나무를 알 수가 있겠는가?"[24] 하찮은 쓸모없는 사람이 어떻게 쓸모 있고 없음을 알 수 있겠는가 하는 의문을 남기면서 그 누구도 쓸모 '있다'와 '없다'를 단정적으로 말할 수 있는 객관적 입장이 없다는 의미로 읽히는 것이다.

결국 '반상'의 논리는 객관적 입장에 대한 회의, 상대적 진실 모색이라는 양방향성을 띠며 유몽인 자신의 이야기로 귀결된다. 유몽인은 스스로 세상에 불합하고 세상 또한 자신의 문장을 알아주지 않는 것을 늘 애석하게 여겼다. 세상이 자신의 문장을 알아주지 않는 것을 애석하게 여겼다는 것은 그만큼 자신의 문장에 대한 자부가 있었다는 뜻이기도 하다. 유몽인은 자신의 문장을 추함, 불능, 부재, 졸렬함으로 파악하는 세상 사람들의 고정된 의식이 뒤집혀지기를 바란다. 추함과 졸렬함을 상대적 관점에서 파악하여 자신 문장의 아름다움과 공교로움을 보아달라는 것이다. 그리고 부재와 불능을 상대적 관점에서 파악하여 자신의 대능과 대용을 보아달라고 역설적으로 세상 사람들에게 주문하고 있는 것이다.

이상으로 역설적 어법의 논리 전개양상을 살펴보았다. 유몽인의 역설적 어법은 두 가지 의미 지향으로 나타난다. 하나는 모순적 대립항의 '사이'를 선택하여 '경계'에서의 갈등과 경계를 넘어 초월로 나아가는 모습을 보였다. 다른 하나는 대립항에서 상식과 반대되는 반상적 선택을 하여 진정한 의미를 모색하고 창출하기도 한다.

---

24) 『장자』「人間世」.

먼저, 모순 대립항의 '사이'를 선택한다는 것은 유몽인이 모순적으로 엉켜 있는 경계의 인격을 가지고 있다는 의미다. 정치적·사회적 차원에서 현실의 한쪽만으로는 만족할 수 없었고 자기 정체성을 찾을 수도 없었기에 현실 언저리인 경계에 머문다. 경계란 속계와 선계의 중간 지점이기에 속계·선계 어디에도 소속되지 않은 위험한 지점이지만 동시에 마음껏 자유분방해질 수 있는 곳이기도 하다. 따라서 경계에서는 속계에 거리를 유지하면서 현실에 대한 강한 풍자를 드러낼 수도 있고, 혹은 현실에 대한 풍자성을 바탕으로 선계, 즉 초월의 지향을 나타낼 수도 있다. 유몽인을 '분방한 기질의 탈속적 문인'25)이라고 평가하는 것 역시 그의 '경계인(境界人)'으로서 갖는 특징과 잇닿는다.

두 번째 반상적 선택은 현실 세계에서 통용되는 가치와 반대되는 선택을 한다는 것이다. 이것은 현실적 가치를 부정하는 것이니 표면적으로 현실에서 더욱 멀어지는 듯 보인다. 그러나 내면적으로 공교함·능함·재목·만남·영달·쓰임·영화로움을 부정하는 이유가 한 차원 높은 공교함·능함·재목·만남·영달·쓰임·영화로움을 추구하기 위해서라는 점에서 반상적 선택은 사실상 더욱 현실에 근접하려는 욕구로 보인다. 현실 세계에 필요한 진정한 공교로움, 진정한 능함, 진정한 큰 재목, 진정한 만남, 진정한 영달, 진정한 쓰임, 진정한 영예를 모색하는 것이다. 전체적으로 반상적 태도는 유몽인의 특출한 개성적 풍모를 드러내는 한 방법이었다고 할 수 있겠다.26)

---

25) 신익철(2002), 앞의 책, pp.11-25.

26) 특출한 개성 풍모를 표현하기 위해서 당인(唐寅, 자 伯虎, 1470-1523) 등 明人들은 앞 다투어 '反常(背俗)'적인 행동이나 의식을 보였다.(郭英德 外, 『明人奇情』, 北京師範大學出版社, 1993, p.44) 奇情을 보였던 명인들의 '반상'과 유몽인의 '반상'은 결과론적으로 선명한 차이를 보이지만, 확실히 반상적인 태도나 의식은 작가의 강한 개성을 선명하게 표출하는 데 유용하다. 특히 奇

경계인을 형상화하고 반상적 선택의 모순성을 뛰어넘게 해 주는 데에
역설적 어법은 효과적인 서술방식이었다. 언뜻 보아서는 모순되거나 상충
되는 것처럼 보이는 역설적 어법을 통해 나름의 진실을 담으려고 했다.
이때 겉으로 보이는 모순성 때문에 오히려 독자의 관심을 불러일으키고
의표를 찌르면서 초월의 논리나 진정성 모색이 더욱 효과적으로 전달된다.

2. 우의적 풍자의 양상

대개 옛 성인은 산수에서 다만 도에 중요한 것을 취한 것이지 경물 자
체를 숭상한 것이 아닙니다. 공자가 "인자는 산을 좋아하고 지자는 물을
좋아한다"고 했으니 그 좋아하는 것이 산수에 있는 것이 아니라 인지(仁
智)에 있었습니다. 또한 "흘러가는 것이 이와 같다"고 하셨고 또한 "아름
답도다, 물의 양양(洋洋)함이여!"라고 하셨으니 모두 우의(寓意)하는 바
가 있었던 것이지 비단 그 경물을 아끼셨기 때문에 칭찬한 것이 아닙니
다.27)

공자가 산수를 좋아하고 산수에 대해 감탄한 것은 '우의'하는 바가 있었
기 때문이다. 공자는 산수라는 경물 그 자체만을 좋아했던 것이 아니라
산수가 가진 덕성 인지를 더 좋아했다는 것이다. 유몽인은 이어지는 글에

추구의 문학론을 전개했던 유몽인이 '반상'을 선택한 것은 당연한 수렴인 듯
하다.

27) 『어우집』 전집 권5, 「報鄭進士夢說書」: 盖古聖人於山水 只取其重於道 而不尙
乎景物也 孔子曰 仁者樂山 智者樂水 其所樂不在山水而在仁智 又曰 逝者如斯
又曰 美哉水洋洋 皆意有所寓 非直愛其物稱之也.

서 공자의 우의에 빗대어 자신의 거취에 대한 우의를 말한다. 유몽인이 백마강 하류에 띠집을 짓고 거처한 것이 경물을 완상하려고 했던 것이 아니라 우의하는 것이 있어서였고, 또한 떠난 것도 자신의 '뜻이 여기에 있고 저기에 있지 않다'고 했다.

구체적으로 '저기'는 '경물완상이나 추위'이고, '여기'는 거취의 진정한 의미인 '붕당의 경계'다. 즉 자연에 우거하다가 떠난 것은 경물을 완상하기 위한 것이 아니고 '붕당의 경계'에 뜻이 있었음을 독자는 잘 찾아내야 한다. 유몽인은 우의를 '넌지시 비추는 뜻', 혹은 '숨은 뜻'의 의미로 사용하면서 자신의 글은 물론 자신의 행동에 대한 우의를 이야기하고 있다.

우의를 '어떤 의미를 직접 말하지 않고 다른 사물에 빗대어 넌지시 비추는 의미'라고 할 때, 우의의 가장 원론적인 텍스트는 가장 이른 시기에 나온 공자의 저서 『춘추』다. 『춘추』는 역사서이면서 동시에 경전인 이중적 성격을 지니고 있다. 『춘추』는 '대의를 은미하게 말한(微言大義)' 텍스트로 여겨졌는데, 그래서 『춘추』를 단순한 연대기로만 읽어서는 안 되고, 공자가 그 속에 기탁한 심층의 의미를 찾아내는 것이 독서의 목표였다. 『춘추』의 주석 텍스트라고 할 수 있는 『공양전』이나 『곡량전』의 출현 역시 『춘추』의 '미언대의'를 인정하고 문자 표현의 단계 너머에 있는 숨겨진 차원의 의미를 밝혀내는 데 그 목적이 있었다.

『춘추』 이래로 의미를 기탁하는 우의적 글쓰기는 독해방식이나 작법론에서 매우 중요하게 여겨졌다. 유몽인은 뜻을 넌지시 감추면서 드러내는 우의적 글쓰기를 중요시했는데, 의미를 직접 말하지 않고 넌지시 비추기 위해 동원되는 기법은 여러 가지가 있다. 우언은 이 같은 여러 기법을 활용해서 사물의 이면을 드러내는 이중적 글쓰기의 대표적인 것으로 인식되어 왔다. 대부분 이러한 우의적 글쓰기는 현실에 대한 강한 풍자가 그 저변에 흐르는 것이 일반적이다.[28] 본 장에서는 유몽인이 쓰고 있는 우의적 양상을 살펴보고 작품에서 은밀하게 제시하는 풍자적 의미를 찾아보도록 하겠다.

구체적으로 우의적 풍자의 양상을 다음 세 가지로 나누어 살펴볼 것이다. 첫째는 '직설과 역설의 거리'다. 본래 작품만을 읽어보아서는 중층 의미를 추출할 수 없고, 다른 제2의 텍스트를 통해 본래 작품을 직설이 아닌 역설로 읽어낼 수 있는 경우다.

둘째는 '수법과 우회의 변주'다. 우의를 말하기 위하여 주제에서 빗겨난 듯한 배경 이야기를 길게 하면서 주제를 드러내는 홍탁(烘托)의 수법이나 직접적인 설명 대신에 개합(開闔) 구성의 비유를 통해 전체 서사를 이끌어 가는 방식이 이에 해당된다. 이때 홍탁이나 개합 구성의 비유는 '홍탁'·'개합'이라는 수법을 통해 의미를 우회적으로 드러내 준다는 점에 주시하였다.

셋째 '우언과 사회의 모순 인식'이다. 우언은 양식적 특성이 강한 서술 방식으로 사회적 모순이나 풍자를 드러내는 데 효과적이다.

1) 직설과 역설의 거리

유몽인은 자신의 몇 몇 작품에 대해서 우의를 찾는 독해를 주문한다.

---

28) 예외적인 글도 있다. 예컨대 「楓嶽奇遇記」(『어우집』 전집 권6)는 금강산의 풍경을 의인화한 가전체다. 유몽인이 석 달 동안 병을 앓다가 밤에 남쪽 누대에 올라 달밤 눈이 쌓여서 아름답게 펼쳐진 금강산을 묘사하고 있다. 바위를 堅白主人으로, 계곡물을 淸溪道流로, 소나무를 會稽張丈人으로, 구름을 無心過客으로, 학을 丹冠老仙으로, 바람을 靑蘋逸士로, 계수나무를 香城眞仙으로, 달을 太淸太夫人으로, 눈을 花山白居士로 의인화하고 있다. 가전체 역시 우언문학의 한 유형으로 거론될 수 있는데, 「楓嶽奇遇記」는 일반적인 가전체와는 달리 교훈적이거나 풍자적이지 않다. 대신에 가전체 양식을 통해 선경 같은 아름다운 금강산을 묘사하고 있다.

작가가 자신의 서술을 되돌아보는 자의식적인 서술 '메타 픽션(metafiction)'처럼 유몽인은 자신이 쓴 작품에 대해 언급하는데, 이런 언급은 작품 해석의 방향을 제시해 준다. 「수경당기(水鏡堂記)」·「월파정기(月波亭記)」·「은파정기(恩波亭記)」·「송선시린서(送宣時麟序)」·「만향당기(晩香堂記)」 같은 글이 그렇다. 이 작품들 중에서 「송선시린서」는 일차적 독해만으로도 풍자성을 곧바로 읽어낼 수 있지만 나머지 글 「수경당기」·「월파정기」·「은파정기」·「만향당기」 등은 자체 텍스트만 읽어서는 풍자적 의미를 유추하기란 쉽지 않다. 「수경당기」는 수경당의 아름다운 모습을, 「월파정기」는 월파정의 아름다움과 월파정 주인의 '군자다운 모습'을, 「은파정기」는 은파정 주인의 '충심'을, 「만향당기」는 만향당 주인의 '절개'를 보여주는 듯하다.

그런데 이런 표면적인 직설로 해석해서는 안되고 군자·절개·충심의 모습 속에 숨겨진 의미, 즉 역설의 의미를 재고하도록 한 것은 제2의 텍스트다. 유몽인은 다른 글 「여유점사승영운서(與楡岾寺僧靈運書)」(전집 권5) 속에서 「수경당기」·「월파정기」·「은파정기」가 모두 우의한 숨은 뜻이 있음을 밝힌다. 유몽인은 이들 작품에 대해 다음과 같이 말한다. "이 작품들(「수경당기」·「월파정기」·「은파정기」·「송선시린서」·「만향당기」)은 말을 바르게 하는 데 힘쓰고 마음대로 시휘(時諱)를 건드렸으니 권귀에 아첨하지 않고 위세를 두려워하지 않음을 알 수 있을 것이다. 그러니 군자의 말에 가깝지 않은가?"29)라고 자평하고 있다. 즉 이들 작품들이 권귀에 아첨하지 않고 위세를 두려워하지 않으며 시휘에 저촉되는 글이라는 것이다. 나아가 유몽인은 각 작품에서 시휘에 저촉되는 부분을 친절하게

---

29) 『어우집』 전집 권5, 「與楡岾寺僧靈運書」: 如此(「水鏡堂記」, 「月波亭記」, 「恩波亭記」, 「送宣時麟序」)等作 務直其言 恣觸時諱 不媚於權貴 不怵於威勢 可知也 不幾於君子之言乎.

짚어주고 있다. 또한 「만향당기」는 『어우야담』에서 「만향당기」가 은연중에 우의한 뜻이 있음을 밝히고 있다.

이 절에서는 구체적으로 「월파정기」·「은파정기」[30]·「만향당기」·「수경당기」를 분석 대상으로 우의의 수법에 따라 두 가지로 나누어 살펴볼 것이다. 첫째는 혐의를 피하기 위하여 주요 우의 부분이 유몽인의 입을 통해 발설되는 것이 아니라 옆에 있던 객이나 증여 대상자가 직접 말한 것처럼 꾸며서 제시되는 방법이다. 이런 방법을 '인용을 통한 가탁'이라고 명명했다. 둘째는 꿈 구조를 차용한 우의다. 이것을 '몽유형식의 가탁'이라고 하였다.

① 인용을 통한 가탁

「월파정기」는 월파정 주인 유희발(柳希發, 1568- ?)에게 준 기문인데, 유몽인은 정자의 이름인 월파(月波)를 풀이하는 기문의 일반적인 형식에 따라서 달빛과 물결이 어우러지는 아름다운 월파정을 그리고 있다. 거기에다 궁궐에서 산해진미를 보내오고 흥청대는 시와 노래가 어우러진 화려한 월파정의 연회를 묘사한다. 그리고 마지막으로 유희발의 말을 직접 인용하여 달빛(月)과 물결(波)을 통해 신하의 도리, 군자의 도리를 배운다는 것을 말한다. 이것은 표면적으로 유희발이 달빛과 물결을 통해 군자의 도

---

30) 「월파정기」와 「은파정기」는 문집에는 누락되었고, 유몽인의 필사본 산문집 『묵호고』에 실려 있다. 이 두 편 모두 실제 내용은 기문의 증여 대상자인 유희발이나 조국필에게 풍자적인 의미를 담고 있음에도 불구하고 대북파 인물에게 기문을 써준 것을 꺼려서 후손들이 문집 『어우집』에서 누락시켰다고 한다. 누락된 일부 글들은 「『묵호고』를 통해서 본 『어우집』의 편찬태도」(신익철, 『서지학보』 10, 1993, pp.9-12 · 21-22.)에서 원문이 소개되었다. 본고에서는 영인본 『黙好先生文集』(경인문화사, 1997)의 「월파정기」(pp.61-63), 「은파정기」(pp.99-101)의 원문을 참조하였다.

리, 신하의 도리를 배우는 사람임을 드러내주는 듯하다.

그런데 「월파정기」를 이런 일차적 의미로 파악하는 것에 대해서 유몽인은 「여유점사승영운서」(전집 권5)에서 재고하게 해준다. 「월파정기」가 풍자적 뜻이 담겨 있음을 말하고, 그 풍자의 메시지가 담긴 곳을 지적해준다.

유희발(柳希發)에게 준 「월파정기」에 "달이 그믐에 이지러지고 초승에 차오르는 것을 보고 군자가 본받아 물욕을 정화시킬 수 있음을 안다. 백성들에게 맑은 빛을 나누어주고 남은 물결이 온 천하에 미쳐서 천하가 함께 얻은 물(物)을 우리 유희발 일가(一家)가 사사로운 것으로 만들지 않는다면 이 정자의 달과 물결은 모두 내 마음 속에 있게 된다. 이로써 우리 임금에게 바치면 어찌 만세의 청명한 다스림이 되지 않겠는가?"31)

위 글은 유몽인이 유점사 승려 영운(靈運)에게 준 「여유점사승영운서」의 일부인데, 인용된 부분이 바로 시휘(時諱)에 저촉되는 곳이라는 것이다. 이 글에서 유몽인은 자신의 기문 「월파정기」가 단순히 월파정의 아름다운 풍경을 읊은 것이 아니라 다른 뜻을 위장하고 있음을 밝힌다. 그렇다면 더 이상 달빛과 물결이 어우러진 아름다운 월파정을 그리고 있는 것이 아니며, 월파정에서의 화려한 연회에도 긍정의 시선을 보내고 있는 것이 아니다. 「월파정기」는 달빛과 물결이 어우러진 아름다운 겉모습 속에 시휘에 저촉될 만한 칼날을 숨기고 있는 글이 된다.

---

31) 『어우집』 전집 권5, 「與楡岾寺僧靈運書」: 柳希發月波亭記曰 觀月之闕於朒朓 而沖於朏魄 君子以知物欲之可淨也 至若分淸光於白屋 及餘瀾於四荒 使天下同得之物 毋作我一家之私 則斯亭之月也波也 皆在吾方寸中 以是而貢之吾君 豈不爲萬世淸明之治乎.

위의 「여유점사승영운서」에서 시휘에 저촉될 것으로 지적한 부분을 참고하여 「월파정기」를 다시 한 번 정치하게 읽어보자. 해석상 중요한 강조점을 중심으로 「월파정기」의 전체 내용을 정리하면 다음과 같다.

㉮ 유희발이 한강 서쪽 언덕에 월파정을 짓고 유몽인에게 기문을 부탁하자 몽인이 달빛(月)과 물결(波)에 비겨서 사심 없이 말한다.

㉯ 달빛과 물결이 어우러진 아름다운 모습, 이러한 아름다움은 천지간의 공물(公物)인데 앉은 채로 모두 받아 월파정에 무진장으로 갈무리한다.

㉰ 월파정에서 궁궐에서 보내온 산해진미를 갖추고 시와 노래가 흥청거리는 성대한 연회를 연다.

㉱ 유희발이 달빛과 물결을 보고 군자의 도리를 말한다.

"제가(유희발) 이 정자를 (월파라고) 이름 지은 것이 어찌 다만 즐기고 완상하는 도구로만 삼고자 하는 데 그치겠습니까? 달이 해를 대신해서 빛이 되는 것을 보고 군자는 본받아 신하의 도리를 다하고, 물결이 마르지 않는 근원을 믿는 것을 보고 군자는 본받아 본학(本學)에 힘쓰고, 낮처럼 밝은 달빛을 보고 군자는 본받아 그 명덕(明德)을 밝히고, 물결이 광대하여 끝이 없음을 보고 군자는 본받아 그 도량을 넓히고, <u>달이 그믐에 이지러지고 초승에 차오르는 것을 보고 (군자는 본받아서 가득 참을 경계로 삼고, 물결이 장마에 혼탁해지고 폭풍에 일렁이는 것을 보고) 군자는 본받아서 물욕을 씻을 수 있음을 알게 됩니다. 일반 백성들에게 맑은 빛을 나누어 주고 남은 물결을 사방에 미치게 하여 천하가 함께 얻은 물(物)을 우리 일가만의 즐거움으로 삼지 않는다면 이 정자의 달과 물결은 모두 내 마음속에 있게 됩니다. 이러한 마음으로 우리 임금께 바친다면 어찌 만세 청명한 다스림을 행하지 않겠습니까?</u>"[32]

㉮ 몽인이 글을 새로 지은 것이 아니라 애오라지 보고 들은 것을 기록
하여 기문으로 삼는다.

「여유점사승영운서」에서 유몽인 자신이 시휘에 저촉된 것으로 해석한
부분이 ㉸의 밑줄 친 부분이다. 그런데 위의 「월파정기」에서는 이 부분이
유희발이 직접 말한 것으로 처리하고 있는데, 「여유점사승영운서」에 의거
해 보면 유희발이 했던 말로 생각되지 않는다. 즉 「월파정기」에서는 유희
발이 직접 말한 것처럼 유희발의 말로 가탁하고 있지만, 사실은 유몽인의
말이다. ㉸를 중심으로 연결고리를 찾아가면서 함의하고 있는 우의를 찾
아보자.

「월파정기」 첫머리는 유희발이 유몽인에게 기문을 부탁하자 어우 자신
은 문자로 조정의 문책을 당했으니 어찌 감히 입을 열어 필묵을 농락하여
공의 화려한 정자를 더럽히겠냐며 시작한다. 다음 이어지는 글을 보자.

다만 생각건대, 달빛(月)은 천상의 흐르는 빛이요, 물결(波)은 물 위에
뜬 무늬다. 내가 <u>너희(月, 波)에게 풍영(諷)하는 것은 하나도 사심이 없는
것이요</u>, 너희들이 나에게 (풍영을) 받는 것도 또한 하나도 사심이 없으니
비록 입에서 나오는 대로 마음껏 말을 하더라도 누가 허물하겠는가?[33]

---

32) 『묵호선생문집』, 「月波亭記」(pp. 62-63): "希發之名是亭 豈端爲娛燕賞翫之具而
已 觀月之借日爲光 君子以 盡臣道也 觀波之恃源不竭 君子以 務本學也 觀月之
光明如晝 君子以 明其明德也 觀波之浩渺無涯 君子以 弘其度量也 觀月之闕於
朒朓而沖於朏魄 君子以 以盈滿爲戒也 觀波之溺於淫潦而蕩於風飇 君子以 知物
欲之可淨也 至若分淸光於白屋 及餘瀾於四荒 使天下同得之物 毋作我一家之樂
則斯亭之月也波也 皆在吾方寸中 以是而貢之吾君 豈不爲萬世淸明之治乎."
33) 『묵호선생문집』, 「월파정기」(pp. 61-62): 第思之 月者 天上之流光 波者 水上之
浮文 台之諷於而 一無心 而之受於台 亦一無心 雖信口恣其所言 將孰郵之.

위 지문에서 밑줄 친 부분의 원문이 '台之諷於而, 一無心, 而之受於台, 亦一無心'인데, '而(너)'가 가리키는 것은 달빛(月)과 물결(波)로, 유몽인은 앞으로 달빛(月)과 물결(波)에 풍자(諷)하여 글을 전개할 것임을 밝힌다. 풍자는 '정언(正言)을 사용하지 않고 말을 빗대고, 언어를 완곡하게 하여 권하는 것, 혹은 완곡한 언어를 가지고 암시·권고, 혹은 질책하는 글'[34]이다. 그렇다면 이 글 「월파정기」는 풍자체의 글, 즉 본뜻을 명확히 설명하기 불편한 상황에서 작가가 풍자적인 의사를 가탁하는 글이 될 것임을 분명히 하고 있다. 풍의 대상은 달빛(月)과 물결(波)인데, '전혀 사심이 없음'을 강조하고 있는 것 자체가 앞으로 전개될 풍자(諷)의 내용은 무엇인지, 이 글을 시사적으로 읽게 한다.

㉯에서는 달빛과 물결이 어우러지는 월파정의 아름다움을 길게 묘사하고, 그 아름다움을 배경으로 ㉰에서는 산해진미를 갖추고 시와 노래가 흥청거리는 월파정의 성대한 연회를 드러낸다. 이때 달빛과 물결이 어우러진 아름다움을 묘사한 ㉯에서 월파정의 화려한 연회 모습인 ㉰로 넘어가는 사이에 유몽인은 달빛과 물결이 '천지가 공유하는 공물(公物)'이라는 언급을 하고 있는데, 이는 매우 암시적이다. '천지의 공물'이라는 점을 염두에 두고 보면, ㉰의 월파정에서의 흥청거리는 화려한 연회는 천하의 공물인 달빛과 물결을 월파정에서 독점하고 있음을 암시한다.

더구나 월파정의 산해진미가 모두 대궐에서 말을 달려 보내온 것[35]들이고 보면, 보통 정자의 낙성식과는 다르다. 당시 유희발은 광해군의 처형, 즉 중전의 오라비였다. 일개 정자의 낙성식에 대궐에서 산해진미를 하사하는 모습은 정자의 주인 유희발의 권세를 묘사하기 위한 것이다. 결국

---

34) 진필상/심경호 옮김, 『한문문체론』, 이회, 1995, p.182.
35) 『묵호선생문집』, 「월파정기」(p.62): 天廚八珍之餘 黃門飛鞚而來傳.

월파정에는 천지의 공물은 물론이고 대궐의 권력까지도 모였다는 의미가 더해진다.

그런데 이 상황에서 유희발은 달빛과 물결을 통해 명심해야 할 신하나 군자의 도리를 길게 운운하면서 달빛과 물결을 백성들과 온 천하와 함께 나누고 유희발 자신의 집안만의 사사로운 것으로 삼지 않는다는 말을 한다. 이는 앞서 흥청거리는 연회로 이미 월파를 다 차지하고서 말로는 월파를 천하와 함께 공유하겠다는 언급을 함으로써 말과 행동이 일치하지 않는 유희발의 이율배반성을 적절하게 드러내주고 있다. 나아가 신하의 도리, 군자의 도리를 운운하는 유희발에게 진정한 신하의 도리, 진정한 군자의 도리를 경계한 것으로 해석된다.

결국 유몽인은 천하의 공물인 월파를 독점하면서 말로는 월파를 공유하겠다는 유희발의 이율배반성을 드러내고, 나아가 당시 광해군의 인척으로 권세를 독점한 유희발 일파에게 신하의 도리와 군자의 도리를 역으로 풍한 것이다. 이러한 날카로운 풍자를 숨기고 있었기 때문에 유몽인은 「월파정기」의 구성을 유희발의 말을 직접 인용한 것처럼 처리하고 있고, 마지막에 가서는 '감히 글을 새로 짓지 않고 애오라지 보고 들은 것을 기록하여 기문으로 삼는다'고 언급한다. 그러면서 슬쩍 자신의 칼날을 감추어 혐의를 빗겨가고자 하는 것이다.

「월파정기」에서 유희발에 대한 유몽인의 비꼼을 암시받을 수 있었던 것은 '풍자(諷)'다. 때로 『어우집』 글을 해석할 근거가 『어우야담』에서 제시되기도 하는데, 『어우야담』에서 유몽인이 기재(企齋) 신광한(申光漢)의 시를 풍자(諷)의 의미로 해석해 낸 부분은 참고할 만하다.[36] 조선시대 유

---

36) 유몽인이 기재 신광한의 시를 어떻게 해석하고 있는지는 『어우야담』 보유편 (2001), 「80화 시의 기풍」, p.157 참조.

자들에게 창작과 비평은 동떨어진 영역이 아니었으며, 이들은 독자이면서 작가이고 비평가이면서 창작자였기 때문에 독해 방식은 창작론으로, 창작론은 독해 방식으로 연결된다. 그런 의미에서 유몽인이 다른 글을 어떻게 읽고 있는지는 중요한 문제다. '읽는다'는 것은 의미를 파악하는 것에서 나아가 글의 표면 밑에 깔려 있는 도덕적·이데올로기적·정치적 심층구조를 이해하는 것이기 때문에 어떻게 읽느냐를 살피는 일은 유몽인 문학관을 살피는 중요한 단서이기도 하다.

『어우야담』에서 유몽인은 "근세에 간신 김안로(金安老)가 동호(東湖)에 정자를 지어 보락당(保樂堂)이라는 편액을 붙이고는 기재 신광한에게 시를 구하였다"라고 시작하고 있는데, 「월파정기」의 시작 부분과 흡사하다. 더욱이 신광한의 시를 한 구절, 한 구절 지적해가면서 전체적으로 김안로에 대한 기풍(譏諷)이 많이 함축된 것으로 읽는다. 그리고 마지막으로 유몽인은 기재 신광한의 시가 천 년 후라도 군자의 마음을 드러내 밝힐 수 있을 것으로 평하는데, 그것은 모두 신광한의 시 내면에 풍자(諷)를 함축하고 있기 때문이었다. 유몽인은 자신이 신광한의 시에서 기풍을 읽었듯이, 「월파정기」에 처음부터 '풍자(諷)'의 의미가 있음을 제시하여 자신의 글(「월파정기」)이 천 년 후라도 군자의 마음을 드러내 밝힐 수 있기를 소망했다.

다음으로 「은파정기」를 살펴보자. 「은파정기」 역시 문집 『어우집』에서 누락되었고, 「여유점사승영운서」에 시휘에 저촉되는 부분이 일부 남아있다. 「여유점사승영운서」에서 시휘에 저촉되는 풍자적 의미를 담고 있음을 밝힌 부분이 「은파정기」의 마지막 밑줄 친 부분이다. 그 대목에 유념하여 「은파정기」를 읽어보자.

㉮ 은혜(恩)는 물결(波)과 같은 것으로 혹 하늘에서 오는 것이니 사람이

터서 이끌어 올 수 없고, 또한 막아서 둑을 쌓을 수도 없다. 은혜가 사람에게 젖어들면 머리감고, 씻고, 담그고, 헤엄칠 수 있으니 만난 바에 감격하여 내 몸을 허락할 따름이다.

㉯ 한창군(漢昌君) 조공(趙公)은 한강 북쪽 언덕에 정자를 짓고 편액을 '은파(恩波)'라 하였는데 실로 우리 동궁께서 손수 쓰신 것이니 그 은혜를 어찌 다 헤아릴 수 있겠는가? 공은 유자(儒者)다. 시서(詩書)를 업하고 사장(詞章)을 공부하여 과거로 말미암아 현달하여 나라와 백성에게 뜻을 펼치기를 바랬지 구차하게 인척이라는 것에 의지해서 부귀를 낚고자 한 것이 아니다. 그러나 여러 번 과거시험을 보아 합격하지 못했는데도 품계는 바로 오르니 유학(幼學)의 바탕이 아직 노숙해지지 않은 상태에서 중도에 막혔다. 이미 어찌 할 수 없자 마침내 물러나 스스로 탄식하며 말하기를 "나의 재주와 나의 배움은 옥당과 황각(黃閣; 의정부)에 부끄럽지 않지만 저들은 능한데 나는 능하지 못한 것은 내가 인척이기 때문이다. 이미 내가 평생 원하는 것을 못하게 되었으니 질박함을 잘라버리고 비루함을 떨쳐버려서 목전을 즐기는 것만 같지 못하다." 이에 거친 베옷 갈박(褐博)을 벗고 비단옷을 두르고 걸음 느린 망아지 관단(款段)을 밀치고 좋은 말을 들이고, 누추한 띠집을 없애고 기둥[節梲]을 화려하게 하여, 청냉한 물가에 날듯한 집을 들어 올리니 수십 리의 구름·놀·물·산이 모두 자리에 거둬졌다. 매번 날이 길하고 때가 좋으면 어머니 봉원(蓬原) 태부인을 받들고 빈우(賓友)·친당(親黨)을 인도하여 대연(玳筵)·금병(金屏)·화묵(華墨)을 진설하여 잔치를 여니 하늘 부엌의 팔진미가 굴대를 걸고 재갈을 날려서 이르렀다.

㉰ 공이 술에 한창 취하여 금 편액을 우러러 보고 탄식하며 말하기를 "지금 무릇 한강의 물결은 넓지만 끝이 있고, 깊지만 바닥이 있고, 길

지만 바다에서 다하는데 이 은혜는 하늘에서 내려와 끝이 없고 바닥이 없고 또한 다함도 없으니 어찌 이 한강에 비교하겠는가? 내가 비록 애초 뜻에 어그러지고 마음의 기약에 어그러져서 이런 부귀가 있게 되었지만 이미 나의 소유가 되었고 뿌리쳐 밀쳐낼 수 없으니 차라리 그 가운데서 목조(沐澡)·함영(涵泳)하여 죽음으로 은혜를 갚을 따름이다."

㉣ 객이 듣고서 평하기를 "공은 충성스럽도다! 지금 보건대 한강의 이 정자와 이웃한 것으로, 동쪽 수월정(水月亭)은 부마(駙馬)가 터를 잡은 곳이요, 남쪽 압구정(鴨鷗亭)은 재상이 집을 세운 곳이다. '물과 달(水月)'은 초액(椒掖)과 관련이 없고 '갈매기(鷗鳥)'는 어찌 권귀와 짝하겠는가? 둘 다 진실로 실상에 걸맞지 않도다. 그런데 공이 정자를 은파(恩波)로 이름 지은 것은 완물하면서도 임금을 잊지 않은 것이니 충성스럽도다!" 마침내 편지를 보내서 나에게 기를 요구하였다. 나는 유자이니 그의 초심을 아끼고 그 끝을 잘 마치도록 하기 위하여 기문을 쓴다.[37]

---

37) 『묵호선생문집』, 「恩波亭記 趙國弼亭子」(pp.99-101): 恩猶波也 儻來自天 人不可疏而導之 又不可堙而隄之也 其霑於人也 可沐可澡可涵可泳 所遇而感焉 以許吾身耳 漢昌君趙公 營亭於江漢之北岸 扁曰恩波 實我東宮手翰也 其恩何可量也 公儒者也 業詩書 攻詞章 其達也 蘄緣科第 展志於國與民 非苟藉姻婭餂貴富爲也 及其累戰不霸 而階秩經躋 幼學之素未老而中沮 業已無乃何 遂退而自吁曰 吾才吾學 非媿於玉堂黃閣 而彼能之 我乃不能 戚里之以也 既噤我平生願矣 不如劃去樸素 擺落庳隘 以娛我目前也 於是乎 締褐博 嬰紋繡 推款段 進牢良 剗茅茨 華節梲 抗飛宇於淸泠之渚 數十里雲霞流峙 盡收於座間 每遇日吉辰良 奉其姑蓬原太夫人 肅賓友親黨 列玳筵金屛華墨以讌之 天廚八珍 挂轊飛輇而至 公中酒 仰金扁而歎曰 今夫漢之波 濶有涯 深有底 長極於海 而玆恩之自天而下 無涯無底 又無極也 豈斯漢之比乎 余雖乖初服拂心期 有此貴富乎 而既爲我有 有不可揮擠 毋寧澡沐涵泳於其中 以死酬之而已 客聞而評之曰 公其忠矣夫 今觀漢上之隣斯亭者 東曰水月 駙馬之所度土 南曰鴨鷗 宰相之所胥宇 水月不係於椒掖

이 글은 은파정 주인 조국필에게 준 기문인데, 조국필은 광해군의 훈신으로 한창군(漢昌君)에 봉해졌으며, 그의 부인은 광해군 처로 폐비된 유씨의 언니다. 그러니까 조국필은 광해군과는 동서지간이며 월파정 주인 유희발에게는 매부가 된다. ㈏, ㈐의 조국필이 탄식한 말을 직접 인용한 부분을 주시해서 읽어보면, 전체적으로 비꼬는 어투가 강한 글이다.

유몽인은 정자 이름인 '은파'의 일반론에서 글을 시작하여 광해군이 은파라는 편액 글씨를 직접 써 주었으니 그야말로 임금의 '은혜(恩)'가 물결치는 것(波)과 같음을 말한다. 그리고 헤아릴 수 없는 임금의 은혜는 조국필의 목전의 부귀영화로 이어진다. 이때 본격적인 조국필의 부귀와 화려한 은파정에서의 연회를 묘사하기에 앞서 유몽인은 조국필을 '시서를 업하고 사장을 공부하여 과거 시험을 통해 나라와 백성에게 뜻을 펼치고자 했던 유자'라고 정의한다. '유자'라는 강조는 기문 마지막에 유몽인이 자신도 유자이기 때문에 조국필의 유자로서의 초심을 아끼고 그 마지막(終)을 잘 하게 하고자 해서 기문을 쓴다는 내용과 호응하고 있다.

그러나 ㈏에서 조국필이 과거시험을 거듭 보았는데 낙방했다는 것이나, 낙방했는데도 품계는 곧바로 오르는 상황에 대해서 유몽인의 시선은 긍정적이지 않다. 조국필은 자신이 재주와 학식은 뛰어난데 인척이기 때문에 낙방했다고 탄식하면서 목전의 부귀를 즐기기로 했다고 언급한다. 그리고는 한강 가에 정자를 세우고 대모장식의 자리, 금병(金屛), 화묵(華墨) 등을 진설하여 연회를 베풀고, 궁중에서 산해진미를 보내오는 상황을 서술한다. 이것은 모두 화려한 생활, 즉 부귀영화를 누리는 모습이다.

㈏의 화려한 부귀영화는 ㈐의 '금편(金扁)'으로 이어져서 목전의 화려한

鷗鳥豈伴於權貴 俱不稱其實允矣 公之名亭 玩物而不忘君 其忠矣夫 遂走書 徵
余記 余儒者也 愛其初而欲善其終也 故記之.

연회와 부귀가 무애(無涯) · 무저(無底) · 무극(無極)하게 된다. 여기에서 자신의 재주와 학식은 뛰어난데 과거시험에서 거듭 낙방했다는 자탄도 희화적이거니와 유자로서 초심을 버리고 목전의 부귀를 즐기는 모습은 화려함 속에 유자의 상징일 수 있는 청렴이 희석되면서 더욱 풍자적이다.

그런데 마지막 ㉣에서 유자로서 초심을 잊어버리고 무애 · 무저 · 무극한 목전의 부귀에 빠져 있는 조국필을 아이러니하게 '충'으로 연결시킨다. 여기에서 유몽인이 전면에 등장하지 않고 객이 평하는 형태를 띠고 있는데, 바로 이 부분이 말을 바르게 하여 시휘(時諱)에 저촉되고, 권귀(權貴)에 아첨하지 않고, 위세(威勢)에 두려워하지 않았다고 예시한 부분임을 주의해서 충의 의미를 살펴보자.

은파정과 이웃해 있는 '수월정'이나 '압구정'이라는 명칭은 실상에 걸맞지 않는다. 수월정은 중종의 부마였던 여성위(礪城尉) 송인(宋寅, 1517-1584)의 정자인데, 자연물 '수월(水月)'은 부마, 중전(椒掖) 같은 인척과 아무 관련이 없는 그 자체로 완물의 대상이다. 또한 압구정은 세조가 권좌에 오르는 것을 돕고 재상의 반열에 오른 한명회(韓明澮, 1415-1487)가 지은 정자인데, 압구(鴨鷗)라는 말 그대로 갈매기와 친하고 가깝게 지내려는 명칭이다.

한명회는 한강변에 압구정을 짓고 갈매기를 불러들이려고 했지만 단 한 마리의 갈매기도 압구정에 날아오지 않았다고 하니, 그것은 갈매기가 권귀와는 짝하지 않기 때문이다. 물 · 달 · 갈매기는 모두 속세에서 초연한 유유자적한 풍류를 보여주는 자연물인데, 수월정과 압구정의 주인들은 인척과 재상으로서 권귀를 누리니 정자의 이름과 실상이 맞지 않는다. 그런데 이에 비해 은파정은 '임금 은혜의 물결'이라는 실상과 의미가 맞다. 즉 물결을 완상하면서도 임금을 잊지 않으니 충(忠)이라는 것이다.

이 글은 표면적으로 실상에 맞지 않는 수월정과 압구정의 부정성을 보여줌으로써 그와 반대선상의 은파정의 긍정성을 강조하는 듯하다. 그러나 곰곰이 되짚어보면 묘하게 수월정과 압구정의 부정성이 은파정에 그대로 옮겨온다. 수월정은 중전과 관련되었고 압구정은 권귀와 관련되어서 자연물에 가까이할 수 없는 부정성을 노출하였는데, 은파정은 이 두 정자의 부정성, 즉 중전과 관련되고, 권귀를 누리고 있다는 두 가지 모두 관련되면서 은파정의 부정성은 배가된다.

유몽인은 마지막에서 서술자 '나'로 등장하면서 기문을 쓰는 이유를 말하고 있는데, 조국필의 유자로서의 초심을 사랑하여 끝(終)을 책선하려는 의도라고 밝히고 있다. 이 언급을 참고해 보면, 객이 말한 충의 의미는 역설적이고 반어적으로 읽힌다. 역설적으로는 진정한 충(忠)은 인척으로서 근신하고 권귀를 경계하고, 임금의 은혜를 내화하면서 물과 달과 갈매기를 가까이하는 담박한 생활을 지향하는 것이라는 점을 되새기게 한다. 반어적으로 좀 더 풍자성을 띤다면, 부귀에 탐닉하는 조국필은 충과는 정반대의 사람이라는 의미를 내포할 수 있다.

유몽인은 주요 풍자 부분을 모두 조국필의 말을 인용하거나 객의 평을 인용하고 있는데, 특히 객의 평은 실제로 유몽인의 말이다. 객의 평 바로 뒤이어 '마침내 편지를 보내서 나에게 기를 요구하였다'고 되어 있는데, 이는 객의 평이 바로 유몽인 자신의 말이었고, 자신의 이런 표면적인 충의 평가를 듣고 조국필이 유몽인에게 기문을 구하였던 것이다. 이 글 역시 표면에 비판적 언급은 어디에도 없다. 오히려 표면적으로는 조국필을 충으로 칭찬해 주고 있다. 그러나 내면적으로 유몽인은 유자로서 초심을 잃고 목전의 부귀에 탐닉하는 조국필을 풍자하고 진정한 충의 의미를 되새기게 하였다. 이 모든 우의적 풍자는 조국필이나 객의 말을 인용하는 수법을 통해서 실현되고 있다.

『어우집』 후집 권4에 실려 있는 「만향당기(晚香堂記)」의 우의도 교묘하다. 「만향당기」는 만향당 주인 박승종(朴承宗, 1562-1623)의 말을 그대로 인용해서 한 편의 기문을 이룬 작품이다. 박승종은 여러 예를 들어 정자의 이름인 '만향(晩香)'을 풀이하고 있으며, 유몽인은 박승종의 말을 직접 인용하여 전적으로 동조하는 형식을 취하고 있다.

㉮ 응천(凝川) 박공은 조상이 남긴 집이 종남산(終南山) 아래에 있다. 임진란에 장안의 집들이 불에 탔는데 이 집만은 오히려 우뚝 서 있어 중국 장수가 성에 있을 때에는 번갈아 서로 역려관(逆旅館)으로 삼았고 중국 장수가 돌아가자 공이 비로소 그 집을 복원하여 마침내 쓸고 닦고 고치고 경영하여 그 당(堂)을 만향(晩香)이라고 이름 지었다. 하루는 내가 지나가는데 공이 작은 술자리를 진설하였다. 내가 당의 편액을 올려다보고 술잔을 들어 노래하기를 "남산에 당이 있으니 옛 집이 새 집이 되었도다. 공은 공경(公卿)이 되어서도 검소하고 빈한하네. 어찌 늦게서야 향기로운가? 백발은 청춘이 아니네"라고 하였다.

㉯ 공(박승종)이 아연(啞然)히 웃으며 말하기를 "내가 이른바 만향(晩香)이라는 것은 그대가 말하는 것과 다릅니다. <u>사람은 훌륭한 평판이 향기이니, 일찍 들리면 향기가 멀리 가지 않습니다. 옛날에 이윤(伊尹)은 70세에 탕 임금에게 나아가 태갑(太甲)을 보좌하여 재상이 되었으니 이것이 향기가 늦은 것이요, 강태공은 80세에 문왕(文王)을 보좌하였고 90세에 무왕(武王)을 도와서 왕업을 이루었으니 이것이 향기가 늦은 것이요, 동원공(東園公)과 기리계(綺里季), 하황공(夏黃公)과 녹리선생(甪里先生)은 수염과 눈썹이 하얗게 쇠어서야 출사하여 한나라 왕실을 편안하게 하였으니 이것이 만향(晩香)이 아니겠습니까?</u> 하물며 선비가 가장 보존하기 어려운 것이 만절(晩節)이니 나이가 한창이고 처음 벼슬하기 시작할 때야 누군들 공자(孔子)·안자(顔子)처

럼 되기를 기약하지 않고, 주공(周公)·소공(召公)처럼 되기를 바라지
않겠습니까? 작은 이해득실에 처하고 혈기가 쇠하고 지의(志意)가 교
만한 데에 이르러서는 사람으로 하여금 코를 쥐게 하지 않는 자 드뭅
니다.(중략) 매화가 비록 향기롭지만 나는 그것이 일찍 피는 것을 싫
어했고, 대나무가 비록 푸르지만 나는 그것이 향기가 없는 것을 애석
하게 여겼으며 소나무와 잣나무가 뒤에 시들지만 나는 그것이 화려
하지 않음을 애석하게 여겼습니다. 이런 까닭으로 한치규(韓稚圭, 중
국 북송 정치가)의 「황화만절향(黃花晚節香)」의 뜻을 취하여 내 당을
명명한 것이니 그대는 나를 위해 기(記)를 써 주지 않겠습니까?"
㉰ 내가 이내 놀라서 둘러보니 정원에 국화가 황색·홍색·백색 여러 무
더기가 있어 바야흐로 활짝 펴서 대열을 이루고 있었다. 마침내 그
꽃을 따서 술에 띄우고 큰 술잔을 기울이며 말하기를 "앞서 한 노래
는 희언일 뿐이니 그대의 말을 써서 기로 삼겠습니다."38)

이 글은 본문 대부분을 차지하는 것이 ㉰인데, ㉰는 당호 '만향'을 설명
하는 박승종의 말을 직접 인용하고 있다. 박승종은 '만향'의 예로 이윤·강

---

38) 『어우집』 후집 권4, 「晚香堂記」: ㉮凝川朴公有祖先遺第在終南山下 壬辰之亂
長安廬舍大 獨此第尙歸然 逮天將在城中 遞相爲逆旅館天將歸 公始復其居 遂掃
漑修營之 號其堂爲晚香 一日 夢寅往過焉 公設小酌 夢寅仰視堂篇 擧杯而歌曰
南山有堂 其舊維新 公旣公卿 公儉且貧 何香之晚 白髮非春 ㉯公呀然而笑曰 吾
所謂晚香 其異乎君之謂之乎 夫人令於聞者 香也 苟早於聞 聞不遠 昔者 伊尹七
十就湯 輔太甲爲阿衡 斯香也晚 太公八十佐文王 九十相武王成王業 斯香也晚
東園公綺里季夏黃公甪里先生 鬚眉皓白 出而安漢室 斯非晚香者歟 況士之最難
保者晚節 春秋方盛 爵位初成 孰不以孔顔期周召許 泊臨小利害也 血氣衰也 志
意滿也 其不使人掩其鼻者希矣 … 梅雖馨 吾嫌其早榮 竹雖靑 吾惜其無香 松柏
雖後凋 吾恨其無華 是以取韓稚圭黃花晚節香之義 以名吾堂 子盍爲我記之 ㉰
夢寅乃驚而顧之 庭有菊黃紅白數叢 方敷榮成列 遂摘其英 泛之酒 倒一大杯曰
前言戲之耳 請書以爲記.

태공·상산사호 등을 들어서 '늦게 나는 향기가 멀리 가고 중요하다'는 요지를 제시한다. 이어서 전개되는 내용은 만향을 만절(晚節)에 연관시킨 이야기다. 이 글을 끝까지 다 읽어도 「만향당기」는 일반적으로 사대부나 유자로서 마땅히 가져야 할 만절의 일반적 의미를 넘어서는 글로는 해석되지 않는다.

그런데 유몽인은 굳이 또 다른 글에서 「만향당기」에 대한 이야기를 다시 하고 있다. 다음은 『어우야담』의 글이다.

내가 생각해 보니, 요즈음의 소인배들이 거짓으로 날조하여 동궁을 위태롭게 모해하는지라 동궁의 세력이 날로 고립되고 있으니 지금 사대부가 만년의 절개를 보존할 수 있는 것은 반드시 동궁을 부호하는 데 있을 것 같았다. 그래서 <u>기문 안에 은연중 이 뜻을 언급하여 다음과 같이 말하였다</u>. "사람들은 맡기 좋은 냄새를 향기롭다고 한다. 그런데 만약 이른 싹 때부터 명예의 향기로움이 퍼지면 그 향기가 멀리 가지 못한다. 옛날에 이윤은 70세에 탕(湯)에게 나아가 태갑을 도와 대신이 되었으니 이는 만향을 발한 것이요, 태공은 80세에 문왕을 돕고 90세에 무왕을 도와 왕업을 이루었으니 이 또한 만향을 발한 것이다. 동원공·기이계·하황공·녹리선생 등 사호는 수염과 눈썹이 하얗게 변한 나이에 나와 한나라 왕실을 편안케 했으니 이들 또한 만향자가 아니겠는가."[39]

『어우야담』에 실려 있는 이 글을 통해 알 수 있는 것은 두 가지 사실이다. 첫째, 「만향당기」가 '은연중에 정치적 뜻을 담고 있는 글'이라는 시사다. 둘째, 『어우집』 「만향당기」에서 박승종의 말처럼 처리되고 있는 ㉔의

---

39) 『어우야담』, 〈210화 晚香〉, 1996, p.375.

밑줄 친 부분이 사실은 『어우야담』을 참고해 보면, 유몽인 자신이 직접 한 말임을 알 수 있다. 이런 사실들을 통해서 볼 때 「만향당기」는 우의적 독해를 해야만 유몽인의 의중을 정확하게 파악할 수 있는 글이 된다.

「만향당기」는 유몽인이 승지가 되었을 적에 쓴 기문인데, 이때 광해군은 동궁으로 재위에 오르기 전이었다. 유몽인은 세자시강원을 지내면서 당시 동궁이었던 광해군을 보필하였고 광해군을 지지하고 있었다. 그러나 영창대군이 태어나면서 정치적 이권을 좇아서 영창을 추종하는 무리들이 생기고, 선조도 영창대군 쪽으로 마음이 기울자 서자 출신의 세자였던 광해군은 그 위치가 위태로웠다. 이때 유몽인은 「만향당기」를 통해 박승종에게 날로 고립되어가는 광해를 '만향'에 빗대어 부탁하고 있다.

변치 않고 오래가는 '만향'의 뜻에서 '만절'을 이끌어 내어 만년까지 절개를 지키는 것의 어려움을 말한다. 처음에는 절개를 기약하더라도 이익과 손해의 갈림길에 처하거나 늙어서 기운이 노쇠해지고 마음이 교만해지는 때에 이르면 처음의 절개를 저버릴 뿐만 아니라 악취를 풍기는 짓도 서슴없이 하게 됨을 경계한다. 결국 '만향'과 '만절'의 의미를 되살려서 변치 않는 절개로 동궁을 끝까지 잘 부호할 것을 말하고 있는 것이다.

그런데 「만향당기」에서 유몽인은 만향과 만절의 뜻이 모두 박승종의 입에서 직접 나온 말로 처리하여 자신의 의도를 감추고 있다. 이는 전체 서사구조 상에서 살펴보면 유몽인이 박승종으로 하여금 ㉯의 대답을 유도한 측면이 강하다. 유몽인은 ㉮에서 박승종의 만향당 현판을 보고 '어찌 늦게서야 향기로운가? 백발은 청춘 아니네'라는 말을 하여 일부러 슬쩍 '만향'의 의미를 비꼬아 제시한다. 그것은 사실 '만향'과 '만절'의 의미를 되새기게 하기 위한 유도 심문인 셈이다. 결국 유몽인은 박승종의 입을 통해 ㉯에서 충분히 '만향'과 '만절'의 의미를 되새기게 하고 ㉰에서 앞의 ㉮에서 했던 자신의 말은 '희언'이었다고 한다. 그리고 박승종이 직접 정리

한 만향과 만절의 말들을 그대로 써서 기문으로 삼겠다는 유몽인의 언명
은 박승종으로 하여금 더욱 만향과 만절의 의미를 유념하게 하고 있다.

실제로 박승종은 광해군 옆에 끝까지 있었지만 광해의 실정이나 대북
파의 전횡을 방관했기 때문에 진정한 보필은 아니었다. 그리고 광해군 재
위 당시 핵심 집권층 삼창(三昌; 文昌府院君 유희분, 廣昌府院君 이이첨,
密昌府院君 박승종)의 한 사람으로 많은 부와 권세를 누리면서 진정한 만
절에서 멀어지게 된다. 박승종의 입을 통해 토로했던 "(악취)에 코를 쥐게
하지 않는 자 드물다"는 주인공이 바로 박승종 자신이 되게 된다. 유몽인
은 이들 삼창의 전횡에 비판적이었는데[40] 박승종에게는 만절의 의미를
되새기게 하여 끝까지 절개가 변치 않도록 은근한 권유와 당부의 말을 하
고 있는 것이다.

「월파정기」·「은파정기」·「만향당기」는 모두 월파정의 유희발이나 은
파정의 조국필과 객의 말, 만향당의 박승종이 말한 것을 그대로 적었을
뿐이라는 점을 강조하고 있다. 그리고 유몽인 자신의 주관적 해석은 곁들
이지 않는 척하고 있다. 그런데 「월파정기」·「은파정기」·「만향당기」 모
두 우의와 풍자의 핵심은 풍자의 대상인 유희발이나 조국필, 박승종의 말
을 직접 인용한 부분에 있다.

사실 풍자의 대상인 유희발이나 조국필, 박승종에게 유몽인이 신하의
도리나 충·절개에 대해서 계도하는 식으로 직설적 언급을 했다면, 이 기

---

40) 『어우집』 전집 권5, 「與楡岾寺僧靈運書」: 송천정사(松泉精舍)에 있을 때 시
를 지었으니 "죽은 듯이 누워 해 높이 떠서야 일어나고 청창(晴窓)은 저녁
내내 열어두네. 시내 구름 나무를 뚫고 지나가고 산 꿩은 뜰에 날아들어 오
네. 여반(糲飯) 탁발을 채우지 못했는데 초서(草書)가 때때로 재를 퉁기네.
누가 노둔한 삼씨(三氏)를 좇아 머리 숙여 家臣이 되겠는가?" 三氏는 三昌을
가리킨다.(其在松泉精舍有詩曰 尸寢日高罷 晴窓終夕開 溪雲穿樹過 山雉入庭
來 糲飯不盈鉢 草書時撥灰 誰從魯三氏 低首作家陪 三氏 指三昌也)

문은 뻔하고 밋밋한 글이 되었을 것이다. 유몽인은 자신의 우의를 풍자의 대상인 유희발이나 조국필, 박승종의 말에 숨겨서 혐의를 피해가면서 자신의 생각을 유감없이 드러냈다.

풍자하고자 하는 내용을 풍자 대상이 직접 말한 것처럼 처리하는 방법은 교묘하게 우의를 숨기면서 직설하지 않고 은근히 빗겨서 말할 수 있는 유용하고 편리한 수법이다. '자신이 지은 것이 아니라 점포에서 액자의 것을 필사했다'(박지원, 「호질」)거나 '누구에게서 들었다'는 식의 언급과 비슷하다. 이런 식으로 다른 사람을 가탁하는 것은 작자 자신에게 쏟아지는 혐의를 피하거나 상쇄하고자 하는 소극적 의도 외에도, 그 자체가 일종의 우의적 글쓰기의 한 방법이라고 여겨진다.[41] 그런데 유몽인의 인용을 가탁한 방식은 다른 사람이 아닌, 바로 풍자 대상의 입을 빌어 우의를 발설한다는 점에서 더욱 풍자성을 띤다. 직접 인용에서 오는 생생한 현장성과 함께 객관성을 담보한 풍자성이 배가되는 것이다.

② 몽유 형식의 가탁

유몽인은 이런 저런 글에서 '꿈'을 이용한 글쓰기를 선보이는데,[42] 우의적 글쓰기 수법의 하나로 꿈 구조를 이용하기도 한다. 꿈은 자신의 우의

---

41) '자신이 지은 것이 아니라 점포에서 액자의 것을 필사했다', '누구에게서 들었다'는 식의 언급은 주로 작자 문제를 해명하는 데에 연구의 초점이 맞춰지는 듯하다. 그러나 실제로 어디서 베낀 것이든지 누구에게 들은 것이든, 어떤 글을 취사선택했다는 것은 이미 가치관이 개입되어 있는 창작이라고 할 수 있다. 오히려 이런 식의 언급은 글의 비판과 풍자가 작가에게 미치게 될 파장을 상쇄하고자 하는 의도 외에도, 일종의 우의적 글쓰기의 한 은닉 수법이라고 여겨진다.

42) 유몽인은 꿈의 구조를 이용해서 직접적으로 하기 어려운 인사 청탁을 하기도 한다. 예컨대 월사 李廷龜에게 성여학을 추천하는 데 꿈을 이용한 글(『어우집』 전집 권5, 「贈吏判月沙書」)도 있다.

를 숨길 수 있는 한 방법이 될 수 있다. 유몽인의 글 중에는 전면적으로 '입몽(入夢)－각몽(覺夢)' 구조를 이용한 글쓰기가 있고, 꿈이 부분적 삽화로 이용된 경우도 있다. 그러나 어떤 경우든 현실에서 직설하지 못하는 이야기나 전도된 현실을 드러내는 데 꿈을 유용하게 활용한다.

「수경당기(水鏡堂記)」는 전면적으로 '입몽－각몽'의 꿈 구조를 이용해서 물가에 있는 이대엽(李大燁, 1587-?)의 정자 수경당을 묘사한 글이다.

가) 입몽: ㉠ 한강에 배를 띄워 제천정(濟川亭) 아래에서 가을 정취를 감상한다.

㉡ 술기운이 무르익고 흥이 한창 취하여 창연히 꿈 속 같다.

나) 꿈속: ㉠ 주변의 언덕, 산기슭, 산봉우리, 나무들, 다리 위를 지나는 마을의 사람들, 말, 소 등이 모두 물속에 비쳐서 반대로 보인다.

㉡ 아름다운 풍경 가운데 서 있는 정자의 주춧돌, 섬돌, 와봉(瓦縫), 벽창, 붉은 난간 등이 한강의 맑은 물속에 비쳐서 반대로 보였고 편액이나 벽 위의 서화도 왼쪽부터 쓰여 있었다.

㉢ 번화하고 기려한 광경이 모두 청령(淸冷)한 세계에 들어 있다.

다) 각몽: ㉠ 미풍에 놀라 깨어보니 삼라의 광경이 있는 듯 없는 듯하였다.

㉡ 강산이 제자리를 잡고 모든 운물(雲物)이 제자리를 찾았다.

㉢ 제천가에 '수경당'이라는 정자가 있어서 뱃사람에게 물어보니 이대엽의 정자라고 했다.[43]

---

43) 『어우집』 전집 권4, 「水鏡堂記」: 가) 日 余携客舟漢江 泊濟川亭下 秋濤涸澈 景

‘수경(水鏡)’이라는 당호는 ‘청수(淸水)·명경(明鏡)’ 혹은 ‘명감지인(明鑑
之人)’·‘명감(明鑑)·명찰(明察)’을 의미하는데, ‘거울처럼 맑고 밝은 물’이
라는 기본적 의미로 해석해도 수경(水鏡)이라는 당호(堂號)는 청초한 느
낌을 준다. 뿐만 아니라 꿈속 마지막 부분의 ‘번화하고 기려한 광경이 모
두 청령(淸冷)한 세계에 들어와 있다’는 표현으로 보아도 표면적으로 「수
경당기」는 수경당의 기려하면서도 청령한 모습을 그리고 있는 것으로 파
악된다.

그러나 유몽인은 「수경당기」가 ‘시휘에 저촉되고 권귀에 아첨하지 않는
뜻’이 담겨 있다고 설명한 바 있다. 그리고 「여유점사승영운서」에서 풍자
가 내재되어 있는 곳으로 다음 부분을 예시해 주었다.

이대엽(李大燁)이 「수경당기」를 구하니 그 문에 “술이 취하여 흥이 무
르익어 창연(悵然)히 꿈과 같네. 벼랑 가에 주춧돌·섬돌은 위로 향하고
기와 잇댄 곳은 아래에 있네. 편제(扁題)를 왼쪽으로 쓰고 벽 사이의 서
화는 모두 엎어져 왼쪽으로 되었네.” 또 “미풍이 일어나 길게 불어오니
지난번 눈 아래의 삼라(森羅)의 것들은 어슴푸레하여 있는 듯 없는 듯하
네. 다만 강산이 제자리를 정하고 운물(雲物)이 적당한 장소를 얻음을
보았는데, 모르겠나니, 접때의 본 것이 꿈인가, 잠인가?”[44]

色澄鮮 詠秋風之辭 歌河廣之章 <u>酒闌興酣 不覺悵然如夢</u> 나) 見江之下 兩岸皆倒
懸 諸山皆冠麓履峯 遠近樹木 皆卓根垂梢 村人若馬牛 皆足仰頭槍而齊行 飛鳥
皆腹背相反 星河動搖 月影深深 皆在頻視間 而江之陰 似有亭榭 <u>礎砌向上 瓦縫
向下 扁題左書 壁上書畫亦左而仆</u> 碧窓丹檻 皆下臨無地 而繁華綺麗之觀 盡圍
於淸冷之世矣 다) 少焉 <u>微風來長吹興 向之森羅眼底者 漫漶而有亡焉</u> 余亦驚
覺神淸 擧目而四顧 但見水光接天 十里一色 <u>江山定位 雲物得所</u> 有一亭子在濟
川之上 其額曰水鏡堂 余迺驚驚然疑 <u>不知向之所覩夢耶眞耶</u> 問之舟人則曰 今吏
部右侍郎李大燁之亭也(유몽인이 「與楡岾寺僧靈運書」에서 우의적 의미가 있
다고 언급한 부분에 밑줄)

그렇다면 더 이상 「수경당기」는 수경당의 청령한 모습을 그리고 있는 글이 아닌, 시휘에 저촉되는, 뭔가의 의도를 숨긴 글이 된다. 「여유점사승영운서」에서 우의를 지적한 몇 부분을 중심으로 다시 한 번 읽어보자.

유몽인은 꿈 구조의 서사형식, 즉 입몽―각몽의 구조를 빌어서 「수경당기」를 전개하고 있다. 꿈속에서 기려한 수경당이 강물에 반대로 비치는 것을 보았고, 깨어서는 꿈속에서 본 모든 것이 한 줄기 바람에 사라진다. 그리고 바로 이 지점에서 수경당이 이대엽의 정자임을 밝히고 있는 글이다. 여기에서 두 가지를 주의 깊게 살펴야 한다.

첫째는 꿈속에서 묘사한 수경당의 모습과 풍광이다. 취흥과 꿈 속에서 물에 비친 수경당의 모든 풍광은 화려하지만 모든 것이 반대로 되어 있다. 술에 취한 흥취는 '반대'를 형상화하는 데 좋은 상태이고, '꿈'은 현실과 '반대'를 드러내기에 적절한 장치다. 또한 '강물'은 투영된 본체가 '반대'라는 것을 드러내는 좋은 배경이다. 수경당은 '취흥' · '꿈' · '강물' 세 가지 요소가 어우러져 반대의 모습을 드러낸다. 아래로 향해야 할 것들이 위로 향하고, 위로 향해야 할 것들이 아래로 향하고, 오른쪽으로 쓰여져야 할 것들이 왼쪽으로 쓰여져 있다.

유몽인은 물속에 반대로 비치는 수경당의 모습을 묘사함으로써 '제자리를 찾지 못한, 반대의 모습'에 우의를 숨기고 있다. '반대'라는 것이 실상과 다른 반대이든지, 아니면 현실과 다른 반대이든지, 반대로 되어서는 안되는 어떤 것을 풍자하고 있다고 여겨진다. 이것은 꿈이라는 구조를 이용함으로써 더욱 확연하게 드러냈다. 꿈속에서는 모든 것이 반대로 되어 있던

---

44) 『어우집』 전집 권5, 「與楡岾寺僧靈運書」: 李大燁求水鏡堂記 其文曰 酒酣興闌 惝然如夢 見崖之側有礎砌向上 瓦縫在下 扁題左書 壁間書畫 皆仆而左 又曰 微風興長吹作 向之森羅眼底者漫漶而有亡焉 但見江山定位 雲物得所 未知向之所 覩夢耶眞耶.

만물이 마지막 각몽에서 '강산은 제 위치를 정하고 운물(雲物)도 제자리를 얻었다'고 한다. '꿈과 현실', '전도와 제자리'를 교직시킴으로써 전도된 현실을 풍자하고 있는 것이다.

다음 두 번째는 꿈이 깨면서 '꿈속에서 본 화려한 수경당은 길게 불어오는 미풍에 모두 사라지고 강산과 운물이 제자리를 잡았다'는 부분을 집중해 보자. 한 줄기 미풍에 모든 것이 사라진다는 것은 꿈속에서 전도된 현실, 강물에 투영된 반대의 모습들은 화려하지만 미풍에 사라질 만큼 헛된 것임을 뜻한다. 조금 더 비판적 의미를 부여하자면, 전도된 현실을 벗어나 강산과 운물이 모두 제자리를 잡아야만 한다는 적극적 의미로 읽을 수도 있다.

이런 해석을 뒷받침해 주는 것이 바로 수경당 주인이 이대엽이라는 마지막 언급이다. 유몽인은 뱃사공의 입을 빌어서 수경당 주인을 간접적으로 밝히고 있는데, 이렇게 기문의 주인을 낯설게 제시하는 수법은 수사적으로는 수경당을 오히려 신선하게 제시해 주는 효과가 있다. 그러나 한편에서 유몽인은 수경당과 이대엽에게 일정한 심리적 거리를 유지하여 친밀한 감정을 이입하지 않고 있음을 보여주기도 한다.

수경당의 주인 이대엽은 이부(吏部)의 우시랑(右侍郎)인 이조참의인데, 당시 대북파의 영수로 정권을 좌지우지했으며 폐모론을 주도했던 이이첨의 아들이다. 이대엽이 이조참의로 임명될 당시는 유몽인이 폐모론을 반대하다가 파직되고 은거생활을 하던 때다. 이런 저간의 상황을 감안한다면, 유몽인은 이대엽을 포함한 이이첨 일파의 전횡에 상당한 반감을 가지고 있었을 것이다. 그리고 이러한 반감을 수경당의 주인을 낯설게 제시하는 방법을 통해 이대엽과 일정한 거리를 두고 있음을 표현했을 가능성이 크다.

유몽인은 이대엽이 수경당의 기문을 구하자 당의 주변 풍경이나 당호를 풀이하는 일반적 기문 형식을 따르면서 꿈 구조를 이용해서 강물에 투사된 수경당의 기려한 경관을 묘사해 주었다. 그런데 수경당의 기려한 풍광이 강물 속에 비친 '정반대'의 세계라는 핵심을 포착하여 현실이 아닌 꿈속에서 전도된 현실을 풍자하고 있다. 결국 전도된 현실에 대한 풍자는 당호 '수경(水鏡)'이 주는 역설적 비꼼을 충분히 살리면서 이대엽의 지위와 부·귀, 심지어 이대엽의 화려한 '수경당'까지도 부정적인 것으로 추락시킨다. 나아가 '강산과 운물이 모두 제자리를 잡아야 한다'는 보다 적극적인 의미까지 내포하게 된다.

완전히 감추어진 표면의 물속에 거꾸로 비친 아름다운 정자의 모습은 전도된 현실을 가장 신랄하게 비꼬는 것이다. 이러한 비꼼은 텍스트 표면에 보이는 수경당의 아름다운 모습을 읽는 독법과 내면의 전도된 현실에 대한 풍자를 함께 읽어낼 때 가능한 의미파악이다.

흔히 꿈은 현실에서 좌절된 원망을 충족시키는 일종의 도피의 장이나 초월적 공간으로 사용되는 경향이 강하다. 동시에 꿈은 오히려 철저히 현실적인 모습을 우회적으로 드러내기도 한다. 유몽인에게 꿈은 이 두 가지가 극단적으로 사용되는데, 후자의 경우는 꿈이라는 기제를 이용해서 현실에서 직설할 수 없었던 모순 상황을 우회적으로 드러내는 데 유용하다. 한편 유몽인의 꿈이 초월적인 경향으로 흐를 때 신선에 대한 강한 지향을 엿볼 수 있다.

이상으로 직설과 역설의 거리를 가늠할 수 있는 작품들을 살펴보았다. 「월파정기」·「은파정기」·「만향당기」·「수경당기」 등의 글은 그 자체로는 직설로 읽혀진다. 그래서 충과 절개, 신하·군자의 도리로 당의 주인을 칭찬해마지 않는 의미로 파악된다. 그런데 이들 기문에서의 칭찬은 제2의 텍스트를 통해 재고하게 된다. 「만향당기」는 『어우야담』에서, 나머지 기문은 『어우집』의 「여유점사승영운서」에서 이들 기문에 우의적 의미가 숨겨있음을 밝히고 있다. 제2 텍스트를 참고해서 「월파정기」·「은파정기」·「만향당기」·「수경당기」를 다시 읽어 보니, 이들 기문에서 찾았던 기존의 직설적 의미들은 곧 역설적인 강한 풍자를 내재하고 있음을 확인할 수 있었다. 즉 기존의 칭찬은 모두 반어적인 '욕'이었던 것이다. 이런 직설과 역설의 거리는 칭찬과 욕의 거리만큼 간극이 큰데, 바로 이 간극 안에 풍자와 우의를 담고 있는 것이다.

「월파정기」·「은파정기」·「만향당기」·「수경당기」 같은 풍자 기문을 쓰게 된 이유는 당시 체제 내 지식인으로서 표면의 직설적인 어법이 어려웠기 때문이었을 것이다. 그래서 비판이나 풍자, 혹은 속뜻을 내면에 담게 되었는데, 비판의 목소리가 내면으로 완전히 숨었을 때, 우의는 더욱 찾기 어렵다. 유몽인은 내면의 심층 의미를 독자들이 읽지 못할까 염려하여 자신이 직접 나서서 작품 해석의 방향을 알려주고 있다. 숨겨진 우의를 찾는 독해는 텍스트의 언어와 의미, 글자와 참뜻 사이에는 불일치가 존재한다는 '언부진의(言不盡意)' 의식과 관련이 있다. 체제 내 지식인으로서 모순적 현실을 자유로이 말하지 못한다는 점을 상기하고 해석자는 텍스트 안에 가득한 완곡 어구, 얼버무림, 풍자, 암시, 에두른 표현들을 간파해 내고, 표면에 가득한 생략·삭제·반복·병렬 등의 수법을 눈여겨봄으로써 숨겨진 의미를 찾아내야 한다.

2) 수법과 우회의 변주

이 장에서는 어떤 수법을 통해 의미를 우회적으로 변주해 내는 글을 대상으로 삼았다. 유몽인은 우의의 수법으로 '홍탁(烘托)'과 '개합(開闔) 구성의 비유'를 즐겨 구사하고 있다. 홍탁은 글을 쓰는 목적에 걸맞지 않거나 주요 인물이 아니거나 혹은 중심 주제가 아닌 내용을 길게 확대하는 수법

으로, 일종의 배면을 과대·확장하면서 오히려 주제를 선명하게 드러내
주는 방식이다. 또한 비유는 주제를 빗대어 말하는 방식인데, 특히 전체
글의 개합 구성에서 비유를 사용한 수법에 관심을 가졌다.

홍탁의 수법과 비유를 사용한 개합 구성은 모두 주제를 우회적으로 표
현하는 방식들로, 글 표면의 실제적인 여백이 아니라 우회의 간극만큼의
상징적 여백을 보여주는 방식이다. 구체적으로 '홍탁의 수법'과 '개합 구성
의 비유 수법'을 살펴보겠다.

① 홍탁(烘托)의 수법

유몽인은 중국으로 사신가는 사람에게 혹은 외직으로 관직 생활 나가
는 사람들에게 송서(送序)나 증서(贈序)를 많이 써 주었다. 대개 증서나
송서는 대상자와 작가의 관계·우의·권면·관심·이별의 정한 등 사적인
친분에서 시작하여 이상과 포부, 정치적 의론, 정치적 폐해 등등 내용이
광범위하다. 또한 상소나 주장과 달리 의론을 할 수도, 서사를 할 수도,
서정을 할 수도 있는 등 형식이나 표현 수법이 다양하고도 융통적이다.
다만 송서나 증서는 남에게 증여하는 작품이므로 증여 대상의 구체적인
상황을 구비하게 된다.

그런데 유몽인은 증여 당사자들과는 아무 관련이 없는, 즉 주제와 상관
없는 엉뚱한 것처럼 보이는 이야기를 길게 나열하는 경우가 있다. 이런
방식을 일종의 홍탁의 수법이라고 할 수 있다. 홍탁은 '홍운탁월(烘雲托
月)'의 준말로, 달을 직접 그리지 않고 대신 주위의 구름에 색을 칠해 달의
모습을 저절로 드러나게 하는 중국 화법(畵法) 중의 하나이며, '츤탁(襯托)'
이라고도 한다.

홍탁은 직접 달을 그리지 않고 주변의 구름을 그려서 달의 형체를 드러
내는 방식이다 보니 달 자체에 대해서는 아무런 운필의 흔적이 없다. 그

러나 구름에 비치는 색깔로 보아서 달은 분명히 존재한다. 이것은 일종의 여백과 관련된다. 진짜로 아무것도 없는 여백이 아니라 숨어 있는 여백, 무가 실체화된 여백이라고 할 수 있다.

홍탁은 화법상의 문제지만, 시의 문예이론으로 곧잘 사용되었을 뿐만 아니라[45) 판소리의 사설치레나 불교의 심오한 이치를 설명하면서 이용되기도 하였다. 본 절에서는 글을 증여하는 목적이나 중심 주제를 직접 서술하지 않고 주위의 배경이나 배면을 집중적으로 묘사해서 오히려 주제를 효과적으로 드러내는 수법을 지칭하는 개념으로 사용하였다. 이때 홍탁의 수법에 의해 생긴 숨어 있는 여백을 찾는 것이 바로 글의 주제를 찾아가는 길이다.

다음 「송이윤경수광부안변도호부서(送李潤卿睟光赴安邊都護府序)」를 보자. 이 글은 지봉 이수광(芝峰 李睟光, 1563-1628)에게 준 송서(送序)인데 다음과 같이 구성되어 있다.

㉮ 동해에 삼신산이 있다고 하는데, 나는 믿지 않았다.

㉯ 정유년 난리에 안변(安邊)과 백 리도 안되는 고원(高原)에 피하여 살 았는데 그곳 사람들이 동쪽의 세 섬이 삼신산이라고 했지만, 나는 믿지 않았다.

㉰ 고원에서 한해 남짓 살면서 세 섬이 삼신산임을 증거하는 여러 이야 기를 들었다. 바다 개펄에서 죽순껍질과 바가지만큼 큰 복숭아를 얻 었다고 한다. 한 선비가 섬들을 유람하다가 바람을 만나 표류하다가

---

45) 邱燮友 주역, 『新譯唐詩三百首』(三民書局印行, 1999, p.39·404·426·439· 477·481)에서 孟浩然의 「宿業師山房待丁大不至」, 李商隱의 「籌筆驛」, 王維의 「鹿柴」, 劉長卿의 「送靈澈」, 岑參의 「逢入京使」, 張繼의 「楓橋夜泊」 등의 시 를 해석하면서 '홍탁', '츤탁'의 용어들이 일상적으로 사용되고 있다.

‘봉래지전(蓬萊之殿)’이라고 쓰여 있는 한 섬을 만났는데, 그곳 사람들은 일상적인 그릇을 쓰지 않고 일상적인 음식을 먹지 않고 새를 타고 다녔다고 하였다. 만력 20년에 읍인이 왜구를 피해 절반이 세 섬에 들어갔는데 혹은 돌아오고 혹은 돌아오지 않았다.

㉱ 내가 기이하게 여겨 두루 조사해 보고 드디어 믿게 되었다.

㉲ 삼신산이 없다고 하면 없는 것이지만 있다면 반드시 고원(高原)에서 보이는 삼도(三島)가 삼신산일 것이다.

㉳ 윤경 이수광이 안변의 수령이 되었으니 삼산(三山)의 누관(樓觀)과 처마를 마주하고 살 것이다.

㉴ 이수광이 정사를 잘 다스리고 교화가 두루 미치면, 예전에 왜구를 피해 달아났던 백성들이 삼신산으로부터 돌아올 것이다.[46]

위 글은 안변 수령으로 가는 이수광에게 준 송서(送序)인데, 당사자인 이수광에 대한 이야기는 거의 없다. 글을 쓰는 이유에 대한 서술도 전혀

---

46) 『어우집』 후집 권3, 「送李潤卿晬光赴安邊都護府序」: 世說東海有三神山 自古 方士者求之不得 或以爲我國皆骨卽蓬萊 妙香卽方丈 智異卽瀛洲 余則不信之 丁 酉之亂 余避寓高原道安邊 屬天開海朗 登絶嶠直東而望 有三點靑山在洪波縹緲 外 瑞霞覆其上 邑人指之曰 是道家所謂三神山 余冷笑之 高原去安邊 不能百里 居歲餘 益聞所不聞 始安邊洲居者於海澨 得筍籜大如船 桃核大如匏 實斗升 知 其有異境不遠 隆慶中 有儒士遊國島 遇風漂不崇朝 見三島鼎足峙 至一島 有珠 宮貝闕架嵌嵓 扁曰蓬萊之殿 居人器不陶鎔 食飮不耕鑿 行無馬 駕鹿而乘鳥 留 其人旬有五日而返 其後萬曆二十年 邑人避海寇 半入三島 或還或不還云 余異之 遍詰邑中 始信所聞之不異於所見於絶嶠也 蓋三神山 無有則無有 如有之 雖不在 皆骨・妙香・智異 必在我國比隣 自古方士知三神山在海外 而不知求之我國之三 島 我國知我國有三神山而求之域內 而不求之我國之比隣 彼三島者 非所謂三神 山耶 今者潤卿之守安邊也 其對雷而居者 非三山樓觀耶 喚作隣舍翁者 非安期・ 羨門耶 早夜叩門而乞漿者 非雙成小玉之倫耶 然則潤卿之爲是府 實三山仙府之 長也 他日政成而化洽也 逋民之還自三山者 其必剖大竹作船 摘洪桃爲糧 繼踵而 至矣 潤卿其問之 余之言始驗也夫.

없이 처음부터 삼신산에 대한 이야기로 시작하여 거의 끝까지 삼신산의 존재 여부를 묻고 있다. 마지막 이수광에 대한 소략한 언급이 없다면 '삼신산'에 대한 글로 오인할 정도로 유몽인은 딴청을 부리고 있다. 그런데 자세히 들여다보면 '삼신산'과 '이수광'은 아주 긴밀하게 연결되고 있음을 알 수 있다.

유몽인은 처음에 여러 사람들이 이야기하는 삼신산의 존재에 대해서 부정적으로 받아들여 믿지 않는다. 그러다가 삼신산의 증거가 되는 여러 이야기를 듣고 동쪽으로 보이는 세 산이 삼신산이라는 믿음을 갖게 된다. 이는 흘러 다니는 이야기를 듣는 차원에서 그치지 않고, 유몽인이 두루 조사해 보고 내린 결론이다. 삼신산에 대한 불신에서 믿음으로 가기까지 가 전체 서사의 사분의 삼을 이루는데, 유몽인의 삼신산 존재에 대한 믿음은 결국 독자들에게도 믿음을 심어주게 되어 '삼신산이 없다고 하면 없는 것이지만 있다면 반드시 고원(高原) 땅에서 보이는 세 섬이 삼신산일 것'이라는 확신에 동감하게 된다.

그런데 삼신산의 존재에 대한 믿음이 중요한 이유는 바로 유몽인이 위치한 고원 땅이 '안변'과 아주 가까운 곳이라는 점 때문이다. 고원이 삼신신괴 마주한 곳이라면 고원과 아주 근접한 안변 땅도 삼신산과 마주한 선부(仙府)가 된다. 그리고 그 선부인 안변으로 이수광이 수령으로 나가면서 이수광은 더 이상 한 지방관에 지나는 것이 아니라 선부의 우두머리가 된다. 물론 삼신산 존재에 대한 집착은 그 실제 여부가 중요한 것이 아니라 '안변은 삼신산이 존재할 만큼 아름다운 지방'이라는 의미 정도로 희석시켜도 무리는 없다.

이수광의 당시 실제 심정을 헤아려 볼 수는 없지만, 외직인 지방 수령으로 나가는 것은 대부분 좌천으로 생각하기 십상이다. 유몽인은 '안변은 삼신산이 있는 곳'이라는 논리를 통해서 이수광의 외직에 대한 심란한 정서를 위로하고, 나아가 이수광을 선부의 수장으로 높이고 있는 것이다.

그런데 여기에서 간과되지 말아야 할 것은 '이수광이 정사를 잘 다스리고 교화가 두루 미치면 예전에 왜구를 피해 달아났던 백성들이 삼신산으로부터 돌아올 것이다'라는 마지막 부분이다. 이는 언뜻 보면 이수광을 선부의 수장으로 높이고 있는 것과 동일한 맥락에서 읽혀질 수 있는데, 돌이켜 보면 이수광에 대한 지방관의 책임을 강조하는 의미가 있다. 즉 왜구를 피해 달아났던 백성들이 안변으로 돌아오고 안 돌아오고는 이수광이 정사를 어떻게 다스리는지에 달려있게 되는 것이다. 이수광이 안변에서 수령 노릇을 잘한다면 백성들은 귀의할 터이니 '정사를 잘 다스려라'라는 뜻이다. 더욱이 안변이 선부로 확정 받을 수 있고 없고는 모두 이수광의 수령노릇에 달려있다는 의미로 확산되면서 그 어떤 지방관의 책무에 대한 언급보다 강력한 메시지를 담지하게 된다.

사실 유몽인이 외직으로 나가는 벼슬아치들에게 준 송서 등에는 지방관으로서 책무를 직접적으로 강조한 글들도 꽤 있다.[47] 그러나 유몽인은

---

47) 대표적으로 「送韓山郡守李子信序」(『어우집 전집 권4)와 「安邊三十二策贈咸鏡監司韓益之浚謙」(『어우집』 후집, 권5) 등이 있다. 「送韓山郡守李子信序」는 韓山 郡守로 나가는 李子信에게 백성들에게 문제가 되는 30가지를 30字로 나열하여 전별한 글이다. 정치를 잘하면 이 30가지가 백성에게 병폐가 되지 않아서 온 읍이 편안하고, 정치를 잘하지 못하면 30가지가 한결같이 백성에게 병폐가 되어 가장 큰 해로움이 될 것이라고 직설한다. 「安邊三十二策贈咸鏡監司韓益之浚謙」은 유몽인이 1606년 47세 때 당시 함경감사로 있었던 益之 韓浚謙(1557-1627)에게 준 글인데, 변방방어의 책략을 32가지로 나누어 각각 문제 상황과 그 방책을 설명하고 있다. 이 글은 18세기 연암일파인 박제가가 『북학의』에서 논의하는 화폐경제나 수레, 선박주조 등의 건의와 흡사한 점을 들어 유몽인을 조선후기 실학파 문인들의 태동으로 바라보기도 한다.(한명기, 앞의 논문, 일지사, 1992) 유몽인이 조선후기 실학파 문인들의 선도적 역할을 했다고 평가받는 글은 대부분 이렇게 목민관으로서의 책임을 직접 서술한 글들이 많다.

주제를 직접 노출하는 글보다는 「송이윤경수광부안변도호부서」처럼 주제를 은밀히 숨기는 글을 선호한다. 증여 대상 이수광과는 아무 관련이 없어 보이는 삼신산에 대한 이야기를 길게 서술하고 있지만 이는 삼신산이라는 배면을 과대·확장함으로써 이수광에게 진정으로 하고 싶었던 말을 은밀하게 표현하고 있다. 이렇게 배면을 확대하는 방법은 글 전체가 전혀 엉뚱한 이야기인 것처럼 보여서 자칫하면 전혀 다른 해석을 도출하기도 하는데, 이 글 역시 주제를 '삼신산의 존재 여부'로 파악하게 할 수도 있겠다. 따라서 독자는 일차적으로 삼신산에 대한 유몽인의 관심만을 읽어서는 안되고 삼신산의 존재 여부를 통해 드러내고자 하는 우의를 간파하는 중층독해가 필요한 것이다.

이수광에게 준 다른 글을 한 편 더 보자. 이수광은 1605년 안변부사로 나간 것에 이어 1607년 홍주목사로 나가게 되는데, 『어우집』 전집 권3에는 당시 이수광에게 준 서(序)가 있다. 전체 구조를 살펴보기 위해 「송홍목이윤경수광서(送洪牧李潤卿晬光序)」 전문을 싣는다.

㉮ 시에는 귀신이 있으니 이름이 마(魔)다. 마의 성격은 근심·가난·곤궁·질병·타관살이를 좋아하고 분화·부귀하고 뜻이 차고 생각을 얻은 사람을 즐거워하지 않는다. 산에서는 산도깨비 기(夔)와 도모하고 들판에서는 들 도깨비 신(蜃)과 도모하고 성 밖에서 야중(野仲)과 도모하고 물을 보면 물귀신 하백(河伯)·해약(海若)·풍이(馮夷)와 도모하고 못에 들어가서는 못 도깨비 위사(委蛇)·방량(方良)과 도모한다. 밭의 가뭄 귀신 경보(耕父)와 도모하고 목석(木石)의 망상(罔象)과 도모하고 일월의 울의(鬱儀: 태양)·결린(結璘: 달)과 도모하고 천신·지신과 도모한다. 마의 견물촉사(見物觸事)는 항상 비슷한 것을 미루어서 도모하니 사람의 간을 낚고 사람의 장을 뽑아 사람의 정령

을 사냥하여 언어와 장구(章句)를 공교롭게 하기를 구하고 힘써 무리들을 이기고 적과 대적하여 그 교활함에 걸리게 한다. 또한 그 마음은 의심하는 게 많아서 반드시 사람으로 하여금 기름진 것을 물리치고 수척한 것을 취하고, 형통함을 사양하고 구석지고 낮은 데로 나아가게 하며 좋은 일이 이르면 교묘하게 방해하여 망가뜨리고야 만다.

㈏ 내 친구 홍주공은 시를 혹애하여 밤낮으로 암송하고 읊조리며 손수 고시 백여 편을 베껴 놓고 감흥이 일면 반드시 원고를 써서 천여 축을 쌓아 놓았다. 홍주공의 시는 평아(平雅)·단련하여 거의 성당(盛唐)과도 성조가 맞으니 시에 있어서는 깊이가 있다고 이를 만하다. 그러나 일찍 관직에 올라 현사의 반열에 나아가 태평성대에 명망가가 되어 이십 년이 지나도록 한 발자국도 넘어진 적이 없었다. 잘 모르겠는데, 시마가 고인에게는 편벽되게 빌미가 되고 홀로 홍주공에게는 도움을 주는 것인가? 혹은 홍주공의 시가 묘에 이르지 못하여 마가 꺼리는 힘을 왕성하게 드러내지 못한 것인가?

근래에 보건대, 홍주공이 이부(吏部)를 버리고 옥당(玉堂)을 떠나고 미원(薇院)과 오대(烏臺)를 가볍게 여기며 기거하지 않고 영북을 거쳐서 호서로 가서 근래 3, 4년간 주부(州府)의 수령노릇을 하더니, 이후 지금 시의 과공(課工)은 장차 거의 해옥(海屋; 신선이 사는 곳)에서 산대를 셈할 정도가 되었다. 이는 필시 홍주공의 시 공부가 이전에는 미치지 못하다가 이제야 이르렀기 때문에 그런 것이다. 그러므로 시마가 괴이함을 자랑하고 일을 방해하여 마침내 도모할 수 있게 된 것이다. 아, 그 두렵도다!

㈐ 일찍이 듣건대 세상의 일의 사리를 아는 자는 마를 물리칠 방법을 안다고 하니 어떻게 하는가? 가장 좋은 방법은 책을 묶어 원고를 먹칠해버리고 함구하면서 심중을 겉으로 드러내지 아니하고 일반 백성처

럼 뒤섞여 있는 것이다. 그 다음 방법은, 좌중이 고서에 대해서 이야기하는 것을 들으면 문득 먼저 자리에서 일어나고 다른 사람이 전인(前人)의 여러 작품을 읽으면 문득 하품과 기지개를 펴며 앉아서 졸고, 집에 책자가 있으면 책상 위에 놓아두고 늘어지게 베개를 베고 누워 한가로이 엎드려서 해를 보내는 것이다. 다음 방법은 동방의 문장을 익숙히 외고 매일 국조의 법을 강독하여 청탁용 서신과 관청에 보내는 공문서를 조금 쓸 수 있고 또한 벗이나 종들에게 편지와 패자를 보내는 데 막힘이 없게 해서 공사 간에 두루 쓰일 수 있도록 하는 것이다. 그 다음은 주식을 갖추어 나아가 부지런히 청탁하고 견량들을 거느리고 매일 고문(高門)에 장부를 걸어놓고 농지거리를 하며 자기와 같은 자를 보면 추천하고 다른 자는 선악을 가리지 않고 오랑캐처럼 물리치는 것이다. 진실로 이와 같다면 세상과 그 절조를 맞추어서 적당히 대응해도 합치하지 않음이 없으며 짜고 시고 견고하고 완만하고 느리고 급한 것을 한결같이 뭇 사람들이 하는 대로 해서 어그러지지 아니한다. 그러면 그 훈명(勳名)과 영리를 취하는 것이 줍는 것처럼 쉬우리니 누가 능히 나를 막겠는가?

㉣ 내가 바야흐로 마를 만나 매우 견고한 고황(膏肓)에 걸려 독이 오래되어서 마침내 어쩌지 못한다. 지금 보건대, 홍주공은 내가 마에 꾀여 날로 돈독해짐을 징계하지 않았다. 그러므로 연속해서 이런 행차가 있으니 나는 공이 마를 물리쳤으면 해서 그 방법을 진설하여 주는 것이다. 아! 나 스스로는 마를 물리치지 못하고 다른 사람은 마를 물리치게 하고자 하니 말을 실천하지 못함이여![48]

---

48) 『어우집』 전집 권3, 「送洪牧李潤卿睟光序」: ㉮ 詩有鬼名魔 其性喜憂悴貧褒困窮疾癢羈旅 不樂紛華富貴志滿意得之人 在山與虁謀 在原與峷謀 在郊與野仲謀 見水與河伯海若馮夷謀 入澤與委蛇方良謀 謀於田之耕父 謀於木石之罔象 謀於

　유몽인의 이 글은 고려시대 문인 이규보의 「구시마문(驅詩魔文)」, 조선 중기 문인 최연의 「축시마(逐詩魔)」 이래로 한 편의 글에서 시마를 전면적으로 다룬 대표적인 글이다.[49] 단 유몽인의 글은 송서이기 때문에 이규보나 최연의 글과는 달리 증여 대상자와 관련된 내용이 필수적이다. 그런데 이 글은 언뜻 보아 증여 대상자 이수광과 직접적 관련 없이 '시마'에 대

日月之鬱儀結鄰 謀於天之神地之祇 其見物觸事 常推類而謀之 鉤人肝擢人腸 蒐獮人精靈 以求工語言章句 而務勝衆軋敵 以中其狙喜 又其心多忌貳 必使其人斥膏取瘠 辭亨徹郎陋卑 有好事至 巧能障礙戕毀之乃已 ㉯ 吾友洪州公愛詩酷 晝誦夜吟 手寫古詩百許篇 遇事必起藁 積千餘軸 其詩平雅鍛鍊 殆與盛唐諧聲 其於詩可謂深矣 然而早登籍就顯列 爲淸時望流 過二十年未嘗蹶一蹄 未知詩之魔偏崇乎古之人 而獨祐於洪州公耶 或者洪州公之詩 未臻其妙 而魔未逞忌貳之力耶 近觀洪州公舍吏部去玉堂 薄薇垣烏臺不居 繇嶺北指湖西 比三四載宰州府 而後乃今詩之課殆將屋其籌矣 是必洪州公向也詩之功未到 而今已到也 故魔之衒怪障事 乃能售其謀 吁其可畏哉 ㉰ 嘗聞世之解事者 頗識却魔之方 何者 太上束其書 墨其藁 噤其辭 肚裏不形外 混混如恒人 其次 聞座中譚及古書 輒先起 視人讀前人諸作 輒欠伸坐睡 家有冊子置几上 弛然枕而臥 優遊偃仰以度年 其次慣誦東方文 日講國朝三尺 粗通關節符移文字 又今折簡牌字於親友臧獲無滯碍 以取周用於公私 其次 辦酒食 勤造請 御堅良 日謔浪於高門懸簿 見同者以氣吹噓之 其異已也無淑慝擯之如蠻狄 允若玆 與世同其節 適泛應而無不合 醎也酸也堅也緩也緩也釬也 一聽衆人之爲而無拂戾 其取勳名榮利也猶掇之也 夫孰能捍我哉 ㉱ 余方遘是魔 嬰于膏肓牢甚 毒是久矣而卒不能已 今見洪州公不懲我謀於魔日益篤 故連歲有是行 余欲公却之 陳其方以貽之 吁 不自却 欲人之却之 其不踐言也夫.

49) 이규보의 「驅詩魔文」은 한유의 「送窮文」을 본떠서 지은 것으로 시마의 죄상을 5가지로 열거하고 자신에게서 떠나 달라고 요구했다가 오히려 꿈속에서 시마에게 설복당하여 결국 시마를 받아들인다는 내용이다. 이규보의 「驅詩魔文」 이래로 조선 중기 民齋 崔演(1503-1549)의 「逐詩魔」(한국문집총간32, 『民齋集』 권11, pp.191-192)도 「구시마문」과 비슷하게 시마의 죄상을 열거한다. 이규보가 시마에 설복당하면서 자신의 시재에 대단한 자부를 드러냈다면, 최연의 「축시마」는 시마의 죄상을 열거하고 제발 떠나달라는 것에서 끝마친다. 이후 시마에 대해서 한편의 글에서 전면적으로 다룬 대표적인 글이 유몽인의 이 글이다. 많은 시인묵객들이 시마에 대해 이야기하고 있지만, 대부분 자신의 시문 속에서 스치면서 이야기하는 정도였다.

해서만 줄곧 서술하고 있다. ㉮에서 세속의 영달과는 대척점에 있게 하는 시마의 성격을 길게 서술하고 ㉰에서는 시마를 물리치는 4가지 방법, 즉 글을 쓰지 않는 것, 고서에 관심을 두지 않는 것, 실용문만 대충 익히는 것, 훈명과 영리를 추구하는 것을 소개하고 있다. 시마의 성격과 시마를 물리치는 방법을 서술하는 데 많은 분량을 할애하고 있어서 증여 대상자 이수광과 시마가 어떻게 직조되는지 놓치기 쉽다.

그런데 이 글을 세심하게 읽어보면, 시마와 이수광, 시마와 유몽인의 관계가 잘 병치되어 있다. ㉮ 시마의 성격, ㉰ 시마를 물리치는 방법, 이 두 축을 중심으로 이수광과 유몽인 자신을 배치하고 있다. ㉮와 ㉰ 사이에 이수광과 시마의 관계를 말하고, 마지막 ㉱에서 짧은 몇 마디로 이수광에게 글을 쓰는 이유와 자신과 시마의 관계를 드러낸다. 시마의 특성과 이수광, 시마를 물리치는 방법과 자신과의 관계가 구조적으로 잘 짜여진 작품이다.

㉯에서 유몽인은 이수광은 젊은 나이에 등과한 이후에 줄곧 중앙관직만을 점유했다는 것을 이유로 이수광의 시묘(詩妙)가 아직은 부족하리라는 것을 우회적으로 말한다. 시가 진실로 깊이가 있다면, ㉮에서 제시한 시마의 성격상 이수광은 낙척하고 불우해야 하는 것이다. 때문에 일종의 좌천으로 여겨지는 이번 홍주목사행이 이수광의 시의 묘를 재평가하는 근거가 된다. 즉 시마가 괴롭혀서 벼슬은 낮은 외직으로 나아가지만 시의 공은 묘한 경지에 이르렀다는 증거가 되는 것이다. 불우를 좋아하는 시마의 성격을 부각시켜서 이수광을 격려하고 위로해 주고 있는 셈이다.

또한 ㉱에서 이수광에게 글을 쓰는 목적이 표면적으로 마를 물리칠 방법을 알려주기 위해서임을 밝히고 있는데, ㉰의 시마 물리치는 4가지 방법을 자세히 살펴보면, 시마를 물리치는 방법은 '시의 묘나 공교로움'을 추구하는 방법과는 정반대의 것들이다. 때문에 오히려 진정으로 문장에 능한 사람들은 '불우한 것을 기뻐하고, 반드시 기려(羈旅)·곤궁하고, 분한·울결하고, 그 생에 병을 앓게'50)되는 것이다. '문장은 병이 지극해진 후에 공교로워진다(文章病極而後工)'51)는 생각으로, 문장가와 불우한 처지는 늘 함수관계에 놓여 있다.52) 그것은 궁함의 선후관계를 따지기에 앞서 시가 공교로워지기 위해서는 세간의 온갖 일을 버리고 시에 전념해야 하기 때문에 필연적으로 곤궁(窮)과 맞닿게 된다. 이 지점에서 유몽인은 이수광에게 외직을 진정으로 기뻐하며 시의 묘를 추구하든지, 아니면 시마를 물리치는 방법을 적극 실천하여 세속적인 영달을 추구하든지, 선택의 상황을 제시하고 있는 셈이다.

선택의 갈림길에서 유몽인은 마지막에 자기 자신은 시마를 물리치는 방법을 알고도 그렇게 하지 못한다는 탄식을 쏟아 놓는데, 세속적인 영달과 시묘(詩妙) 중에서 유몽인 자신은 '시의 묘'를 선택했음을 말하는 것이다. 달리 말하면, 유몽인 자신은 시마가 좋아하는 '불우한 처지'이며, 시마와 떨어질 수 없는 관계라는 것인데, 이것은 그가 얼마나 글쓰기의 열망과 자기 글에 대한 자부심에 사로잡혀 있었던가를 상징적으로 보여준다. 그래서 유몽인은 강호에 낙척하고도 시 가운데 '강호' 두 글자를 얻은 것을 기뻐할 수 있었고53), 시참(詩讖)에 이르게 될 것을 살피지 않고 「송천회고(松泉懷古)」54)·「상부사」 같은 시를 짓게 된다.

---

50) 『어우집』 후집 권3, 「送平安都事尹繼善序」: 四能文章者 喜不遇 必羈旅困窮 憤恨鬱結 羸病其生.

51) 『어우집』 전집 권3, 「別冬至副使睦湯卿大欽詩序」.

52) '문장가와 불우한 처지'는 많은 문인들이 가졌던 관심으로, 유몽인 역시 이와 관련된 언급들이 꽤 있다. 특히 「養眞亭記」(『어우집』 전집 권4)에서 유몽인은 자신의 절친한 벗 성여학의 궁함과 시의 공에 대해 진지하게 토로하고 있다.

53) 『어우집』 전집 권4, 「題天柱山人鍾英詩軸序」: 今余雖得罪淸朝 長餓於澤畔乎 只愛詩中新得江湖字而已.

정리해 보면, 「송홍목이윤경수광서」는 글을 쓰는 이유나 증여 대상자 이수광에 대한 언급은 거의 없이 '시에는 귀신이 있으니'로 시작하여 온통 '시마' 이야기다. 그 시마 이야기 속에 유몽인은 시마와 이수광을 연결시켜 이수광의 '시의 묘'와 '정치적 좌천'에 대해 이야기한다. 이 글은 시마의 성격을 설명하고 시마를 물리치는 방법에 대해 체계적으로 의론하고 있는 일종의 논변문 성격을 보이면서 한유의 「송맹동야서(送孟東野序)」와 비슷한 느낌을 갖게 한다. 한유가 '불평즉명'의 논리에서 선명자(善鳴者)로 낮은 외직살이를 하러 가는 맹교를 위로했다면, 유몽인은 '시마-시묘'로 홍주로 나가는 이수광을 위로하고 있다.

그러나 글은 여기에서 그치지 않고, 전반부의 이수광의 좌천과 시마의 관련성을 후반부에 시마와 자신과의 관계로 옮겨오면서 현실적으로 불우하고 낙척한 자기 자신의 '곤궁'과 '문장의 묘'로 의미의 동선을 돌리고 있다. 그래서 이 글은 홍주 목사로 길 떠나는 이수광의 '시의 공'과 '시의 묘'를 이야기하면서, 동시에 자신의 불우한 처지와 자신의 시재에 대한 강한 자부가 실려 있는 글이 되고 있다. 결국 시마는 시종 이수광과 유몽인 자신을 관통하고 있다.

이상으로 「송이윤경수광부안변도호부서」와 「송홍목이윤경수광서」를 살펴보았다. 이 두 작품은 모두 증여 대상자와는 아무 관련 없는 듯한 배경을 주로 서술해서 우회적으로 주제를 암시하는 홍탁의 수법을 통해 결국 유몽인은 의도하는 주제를 자연스럽고도 인상적으로 드러냈다. 그러나 홍탁의 수법은, 달에 직접적인 운필의 흔적이 없기 때문에 언뜻 보면 구름

---

54) 『어우집』 전집 권5, 「與楡岾寺僧靈運書」: 松泉懷古曰 '燕山昔浩蕩 當宁萬機抛 夏調歸懋德 義卜襲凶爻 遺蹤釋子弔 古事野人嘲' 是余不言而似有先見 詩友成汝學盡次其作 而此獨不次 亦似避嫌也 如此等詩 信手所題 夫豈怯怯然畏首畏尾 徵囊而吹薤哉.

만을 볼 위험이 있듯이, 글 또한 언뜻 보면 엉뚱한 이야기만 늘어놓고 있는 듯하다. 이러한 딴청부리기식은 때로 작품 표면에 주제를 향한 응집력을 부족하게 할 뿐만 아니라 말하고자 하는 핵심을 놓치게 하기 쉽다.

다만 확장된 배면에 매몰되지 않고, 유몽인이 의도하는 우회적 의미를 잘 읽어낸다면, 이 기법은 오히려 작품 기저에 내면적 응집력을 공고하게 한다. 그리하여 결과적으로 다른 어떤 서사의 글보다 작자가 하고 싶은 말의 의도나 연민, 증오 등의 주제를 감추면서도 넓은 파장으로 드러내는 우의적 서술의 한 방식이 된다.

② 개합(開闔) 구성의 비유 수법

비유란 어떤 사물이나 상태 혹은 의미 등을 효과적으로 표현하기 위하여 그것과 비슷한 다른 것에 빗대어 표현하는 방식이라는 점에서 직설을 피해가는 우의적 기법의 일종이다. 유몽인의 글에는 구절구절·편편에 전고·격언·속담, 항간의 이야기 등을 사용한 경우가 무수히 등장한다. 그러나 이 절에서 다루려는 것은 구나 문장, 문단 차원의 비유가 아니라 글 전체의 개합을 주도하면서 주제를 선도하는 비유다. 즉 비유를 사용해서 서두에서 열고(開), 결말에서 서두부에 사용한 비유를 다시 이용해서 닫는(闔) 수미상관의 구성을 보이는 글들이 분석 대상이다.

유몽인은 서두부에서 비유를 사용하여 관심을 이끌어내면서 글의 복선을 깔고, 결론부에서 서두부에서 인용한 비유를 다시 인용해서 결론이나 주제를 도출하는 식의 서술방식을 선호했다. 이러한 방식은 서두 부분과 결말 부분이 유기적으로 기복(起伏)－호응(呼應)을 이루어 전체 글이 탄탄한 구성을 이룰 수 있는 장점이 있다. 또한 서두부에서 제시한 알레고리를 풀어가는 재미도 있다.

다음은 「송남원부사고용후시서(送南原府使高用厚詩序)」의 서두다.

내가 듣건대 호랑이 새끼는 소를 잡아먹고, 준마 새끼는 어미를 능가한다. 양이 젖을 먹을 때 다리를 구부리는 것은 공경함을 아는 것이요, 까마귀가 먹이를 쪼을 때에 어미에게 먹이를 물어다 먹이는 것은 봉양할 줄을 아는 것이다. 백로가 날마다 목욕하지 않지만 눈처럼 하얗고, 까마귀가 날마다 검은 칠을 하지 않지만 칠기처럼 검은 것은 그 족속이 그러해서이다. 얼음은 물에서 나왔지만 물보다 차고, 청색은 쪽에서 나왔지만 쪽보다 푸른 것은 타고난 바를 더럽히지 않은 것이다. 이런 까닭으로 활을 잘 쏘는 사람의 자식은 기(箕)를 만들 것이요, 솜씨 좋은 대장장이의 아들은 갖옷을 만들 것이다. 아비가 섶나무를 베면 그 자식은 지고 메고, 아비가 당(堂)을 지으면 그 자식은 얽을 것이니 이에 반하는 자는 천리를 거역하는 것이다.55)

이 글은 유몽인이 고용후(高用厚, 1577-?)에게 준 송서 맨 첫 부분이다. 뛰어난 호랑이와 준마는 그 새끼도 역시 뛰어나다는 것, 양과 까마귀의 공경하고 봉양할 줄 아는 태도, 백로와 까마귀의 천성, 얼음의 빙출어수(氷出於水)와 청색의 청출어람(靑出於藍) 등을 이야기하고 있다. 서두의 이 비유는 다음 이어지는 글에서 단락 단락마다 고용후의 사람됨과 관련된다. 문과에 장원급제한 고용후, 임진왜란 때 의병장이있던 아버지 고경명의 유훈을 마음속에 새겼던 고용후, 아버지의 저술을 간재(刊梓)하는 데 드는 비용을 충당하기 위해 외직의 용성태수로 나가는 고용후, 아버지의 저술을 간재하여 천만후세에 아버지의 절개를 보이려는 진정한 효자 고용

---

55) 『어우집』 전집 권3, 「送南原府使高用厚詩序」: 吾聞虎之兒能食牛 驥之子能超母 羊之乳也跪其足 知敬也 烏之啄也反其哺 知養也 鷺不日浴而如雪 鴉不日黔而如漆 其族然也 氷生水寒於水 靑出藍靑於藍 毋忝所生也 是故 良弓之子爲箕 良冶之子爲裘 其父析薪 其子負荷 其父肯堂 其子肯搆 反乎是者 逆天理也.

후의 모습을 단락별로 이야기하고 있다.

이는 이미 첫머리에서 비유를 통해 암시되었던 것들을 구체적으로 서술한 것이다. 즉 고용후는 호랑이나 준마 같은 용감한 의병장 고경명의 아들이어서 호랑이나 준마 새끼처럼 뛰어나고, 양과 까마귀처럼 부모에게 효를 다하고, 부모에게 효를 다하는 태도나 뛰어남은 백로와 까마귀처럼 천성에서 나온 것이라는 것이다. 그리고 유몽인은 마지막으로 첫머리에서의 비유를 재차 들어 결론을 내리고 있다.

> 호랑이에 비유하건대 울음소리가 백수를 전율하게 하니 어찌 다만 소를 잡아먹을 뿐이겠는가? 말에 비유하건대 하루에 2천 리를 달리니 어찌 다만 어미를 능가할 뿐이겠는가? 다리를 구부리는 공경은 천성에서 연유하였고 반포(反哺)의 정성은 심중에서 나왔으니, 그 족속을 부끄럽게 하지 않았고 타고난 바를 더럽히지 않았으며, 가업을 폐하지 않았고 부하(負荷)와 당구(堂搆)를 폐기하지 않아 천리의 올바름을 따랐으니 태수의 효는 선생의 충보다 아름답도다.[56)]

다양한 비유를 통해 결국 고용후는 호랑이 새끼나 준마 새끼보다 훌륭하고, 그의 효는 아버지 고경명의 충보다 훌륭한 것이 되어 '빙생수한어수(氷生水寒於水) 청출람청어람(靑出藍靑於藍)'의 인물이 되고 있다. 유기적 구성만큼이나 고용후의 효와 충도 탄탄하게 드러났다. 이처럼 유몽인은 비유를 통해 자칫 밋밋하기 쉬운 서두부에 기복을 주어 흥미를 유발시키면서 본문의 내용을 암시하고, 마지막 끝마무리에서 앞의 비유를 통해 결

---

56) 『어우집』 전집 권3, 「送南原府使高用厚詩序」: 比之虎 鳴震百獸 豈但食牛 比之馬 日再千里 豈但超母 跪足之敬由乎天 反哺之誠出於中 不愧其族 不忝所生 不廢箕裘 不替負荷與堂搆 而能順天理之正 太守之孝 其有孚於先生之忠矣乎.

론을 내리는 수미상관의 비유적 수법을 사용하고 있다.

다음은 맹상군과 진병자의 대화를 길게 인용하고 있는 「송영변판관남두첨시서(送寧邊判官南斗瞻詩序)」의 첫머리다.

옛날에 당자(唐子)라는 자가 제나라에서 진병자(陳騈子; 田騈 혹은 田子)를 헐뜯어 죽이려 하였다. 진병자가 그의 무리들과 함께 설나라로 귀의하였는데, 맹상군이 수레로 진병자를 맞이하여 후덕하게 대우하며

진병자에게 묻기를 "그대도 제나라를 그리워합니까?"

대답하기를 "신은 당자를 그리워합니다."

맹상군이 말하기를 "당자는 그대를 헐뜯었던 자가 아닙니까?"

(진병자)말하기를 "맞습니다."

(맹상군)말하기를 "그대는 어찌 당자를 그리워하십니까?"

(진병자)말하기를 "신이 제나라에 살 때 매조미쌀과 조로 밥 해 먹고 명아주와 콩잎으로 국을 끓여 먹었으며 겨울에는 추위에 떨고 여름에는 더위에 몸이 상하였습니다. 그런데 당자가 신을 헐뜯었기 때문에 몸을 군에게 귀의하여 꼴과 곡식을 먹인 가축을 먹고 서자(黍粢)로 밥 해 먹으며, 가볍고 따뜻한 옷을 입고 견고한 수레와 좋은 말을 타게 되었습니다. 신이 그런 까닭으로 당자를 그리워합니다."[57]

이 글은 영변 판관으로 나가는 남두첨(南斗瞻, 1590-1656)에게 준 글로,

---

57) 『어우집』 전집 권3, 「送寧邊判官南斗瞻詩序」: 昔有唐子者 短陳騈子於齊 欲殺之 陳騈子與其屬歸薛 孟嘗君以車迎之 厚遇之 問之曰 夫子亦有思於齊否 對曰 臣思夫唐子者 孟嘗君曰 唐子非短子者耶 曰是也 曰子何爲思之 曰臣之處於齊 糲粱之飯 藜藿之羹 冬日病凍 夏日傷暑 自唐子之短臣也 以身歸君 食蒭豢飯黍粢 服輕暖乘牢良 臣故思之.

진병자가 자신을 헐뜯었던 당자를 역설적으로 그리워하는 대목을 인용하고 있다. 당시 남두첨은 대과에 급제하고도 중앙관직에 나아가지 못하고, 호남의 작은 소읍에 있다가 또 다시 관서 좌막으로 나가게 된다. 이런 상황을 유몽인은 제나라가 진병자를 대접했던 것으로 비유하여 당시 남두첨에 대한 소홀하고 부당한 대우를 말한다. 그리고 첫머리에 제시한 당자와 진병자의 비유에 자신의 경험을 예시하여 증거한다.

유몽인 자신도 갑과에 등제한 다음 해에 조정에 당자 같은 사람의 의론에 밀려서 관동 좌막으로 나가게 되었다. 이후에 맹상군처럼 자신을 수레로 맞이해 주는 사람이 있어서 사헌부·사간원·홍문관 등의 청요직을 지내게 되었는데, 이것은 바로 당자가 헐뜯으려 한 것에서 말미암았다는 것이다. 한술 더 떠서 유몽인은 지금 만약 당자처럼 자신을 헐뜯는 자를 다시 한 번 만난다면, 삼공의 벼슬에도 오를 수 있을지도 모른다고 너스레를 떤다.

마지막으로 유몽인은 당자와 진병자의 비유를 다시 끌어와 결론을 내리고 있다. "그대는 잠시 잘 가서 그리워하고 덕으로 여기는 것이 좋을 것이다. 생각하고 보복하고자 한다면 이는 군자의 마음이 아니니, 진병자에게 부끄럽지 않겠는가?"[58]라고 하면서 진병자가 자신을 헐뜯은 당자를 그리워하고 덕으로 여겼듯이 남두첨도 자신을 배척한 자를 그리워하고 덕으로 여기라는 것이다. '자신을 헐뜯는 자를 덕으로 여겨라'는 역설적 의미를 전해주면서 한편으로 '당자' 같은 자를 풍자하고, 한편으로 진병자의 덕을 칭송한다. 그리고 무엇보다 외직에 대해 불만을 품었을 남두첨에게 유몽인은 외직살이가 전화위복의 기회가 될 것이라고 위로해 주고 있다.

---

58) 『어우집』 전집 권3, 「送寧邊判官南斗瞻詩序」: 子姑好去 思而德之 可也 思而欲報之 是非君子之腸 其不媿於騈子乎.

첫머리에 비유를 들어 곧바로 다음 전개를 암시하는 글 외에도, 인용된 전고나 속담들에서 격언을 추출하고, 추출한 격언을 다양한 양태로 전개하여 글을 구성하기도 한다. 대표적으로 『어우집』 전집 권4에 실려 있는 「둔거우상십영서(遯居寓想十詠序)」와 「증금강산승종원서(贈金剛山僧宗遠序)」 등이 그렇다.

> 노자(老子)가 말하기를 '지부지상 부지지병(知不知上 不知知病)'이라 했으니 이는 크게 그렇지 않다. 의취가 칭탁할 것이 있으면 그 정을 다하는 것을 귀하게 여기니 그 알고 모르는 것은 묻지 말아야 한다. 옛날에 환이(桓伊)가 피리를 잘 불었는데 왕휘지(王徽之)가 그를 시냇가에서 만났다. 평소 서로 잘 모르는 사이였는데도 왕휘지는 환이에게 피리를 불어주기를 청하였다. 환이가 호상(胡床)에 의지해서 세 곡조를 연주하고 한 마디도 나누지 않고 떠났으니 이것이 알지 못하면서도 아는 것이다.[59]

위 글은 「둔거우상십영서」의 시작 부분이다. 먼저 노자의 『도덕경』 제71장에 있는 '지부지상 부지지병' 구절을 인용해서 지(知)와 부지(不知)의 문제를 제기한다. 그러나 뜻이 머무르는 바가 있으면 정을 다할 뿐(趣有所寓 貴盡其情)이지 지·부지는 중요한 것이 아니라고 부정한다. 이어서 환이와 왕휘지의 고사를 인용해서 '알지 못하면서도 아는 것(不知而知)'이라는 격언을 이끌어낸다. 그렇게 이끌어낸 '부지이지'의 격언은 별장을 짓고 십제(十題)를 청한 박생(朴生)과 유몽인의 연결 고리다.

---

59) 『어우집』 전집 권4, 「遯居寓想十詠序」: 老子曰 知不知上 不知知病 是大不然 趣有所寓 貴盡其情 其知其不知 不須問 昔者桓伊善吹篆 王徽之遇之溪上 素與昧平生 請伊吹笛 伊據胡床奏三調 不交一言而去 是不知而知也.

유몽인은 박생을 직접적으로 알지 못하고, 박생은 유몽인의 아들 친구인 한생(韓生)과 친하다. 박생이 한생을 통하고, 한생은 아들을 통하고, 아들은 아버지 유몽인에게 글을 부탁했던 것이다. 유몽인은 결론 부분에서 "네(아들 瀹)가 비록 박공을 알지 못하나 한생이 그를 알고, 내가 비록 한생을 알지 못하나 네가 그를 안다. 앎으로 인하여 알지 못함을 구했으니 이것이 알지 못하면서 아는 것이다. 저 환이가 왕휘지를 몰랐는데도 시냇가에서 처음 만나서 오히려 세 곡조를 연주했다"[60]고 하였다. 다시 한 번 '환이와 왕휘지의 고사를 인용하여 부지이지를 강조하면서 글을 쓰는 목적을 비유적으로 밝히고 결론을 맺고 있다.

「증금강산승종원서」 역시 비슷한 방식이다.

천하의 일은 겸비하지 못하는 것을 기뻐하니 용에게는 귀가 없고, 호랑이는 뿔이 없고, 말은 쓸개가 없고, 소에게는 윗니가 없고, 오서(鼯鼠)는 5가지 재주로도 그 몸을 보전하지 못하고, 교활한 토끼는 굴 세 개를 파고도 오히려 그물에 걸린다. 고로 정건(鄭虔)이 시·서·화 삼절(三絶)로도 태주(台州)에 귀양 가서 죽었고, 유목(劉穆)이 시청(視聽)을 겸비하고도 마침내 단도(丹徒)에서 곤궁했던 것은 어째서인가? 조물(造物)의 시기심이 세정(世情)의 시기심보다 심하기 때문이다.[61]

용·호랑이·말·소, 『순자』의 오서오기(鼯鼠五技), 『전국책』의 교토삼

---

60) 『어우집』 전집 권4, 「遯居寓想十詠序」: 汝雖不知朴而韓知之 余雖不知韓而汝知之 因知而求不知 是不知而知也 彼桓伊昧徽之 而一面之溪上 猶弄三調.

61) 『어우집』 전집 권4, 「贈金剛山僧宗遠序」: 天下之事 喜不兼備 龍無耳 虎無角 馬無膽 牛無上齒 鼯鼠五技 不護其身 狡免三窟 猶罹於罝 故鄭處三絶 謫死台州 劉穆之兼視聽 卒困於丹徒 何者 造物多猜 甚於世情之多忌故也.

굴(狡兔三窟)의 고사를 통해서 일반적으로 세상일은 재주를 온전하게 다 겸비하기 어려움을 비유한다. 설령 재주를 겸비하더라도 공명은 겸비하지 못한다. 정건은 시·서·화 세 가지를 온전하게 겸비하였고, 유목이 시청(視聽)을 온전하게 겸비했지만 귀양 가서 곤궁했다. 유몽인은 그 이유가 '조물의 시기심이 세정의 시기심보다 심하기 때문'이라는 것이다.

여러 비유를 통해 이끌어낸 '재주를 둘 다 온전하게 겸비할 수 없는 것이 세상 이치'라는 생각은 재주를 겸비하지 못한 유몽인 자신에 대한 이야기로 이어진다. 유몽인은 덕·지혜·총명을 아울러 겸비하지 못한 대신에 문장만은 남들에게 뒤지지 않는다. 남들에게 뒤지지 않는 문장으로 작록을 순탄하게 겸비하였지만, 결국 무고하게 관직을 잃고 유랑하게 되어 문장과 공명(작록)을 다시 겸비하지 못하게 되었다. 유몽인은 문장의 재주만을 가진 채 금강산에 흘러 들어와 신승(神僧)·이석(異釋)들에게 신선술을 배우려고 한다. 그런데 분명히 세상 이치는 신선술과 문장을 겸비하게 하지 않을 터이니 잠시 문장을 제쳐놓고라도 신선술을 배우겠다는 내용이다.

이 글은 금강산 스님 종원에게 신선술을 배우기를 청하는 글이면서 내면적으로는 비유적 수법을 통해서 자신의 문장에 대한 자부를 보여주고 있다. 문장에 대한 강한 자부는, 역으로 모든 것을 걸었던 문장을 제쳐놓고 신선술을 배우고 싶을 만큼 신선에 대한 강한 지향을 엿볼 수 있게 해준다. 유몽인의 신선에 대한 지향은 『어우야담』과 『어우집』에 광범위하게 나타난다.

비유를 이용해서 개합의 구성을 보이는 글은 그 밖에도 다수가 있다. 「증별기윤헌수안악서(贈別奇允獻守安岳序)」(『어우집』 후집 권3)는 『사기』 열전편 제69 「화식열전」의 '선비는 지기를 위하여 죽고 여자는 자기를 사랑하는 이를 위하여 꾸민다(士爲知己死 女爲悅己容)'는 구절의 의미를 비유해서 전체 글을 구성하고 있다.

246 기간奇簡과 유몽인의 산문

「송두봉이양오여성군부경서(送斗峯李養吾驪城君赴京序)」(『어우집』전집
권3)도 흥미로운 글이다. '말에는 알이 있고, 두꺼비는 꼬리가 있으며 거
북 등의 솜털은 길이가 3척이다(馬有卵 丁子有尾 龜背之毛長三尺)'는 비유
로 시작(開)해서 "우리나라의 묘당의 책략은 말의 알인가? 두꺼비 꼬리인
가? 거북 등의 3척의 솜털인가?(我國廟堂之謨 馬之卵耶 丁子之尾耶 龜背
之三尺毛耶)"의 설의적 의문으로 결론(闔)을 맺는다. 이 비유적 의미는 실
제가 없거나 실제를 확인할 수 없는 황당한 것을 말한다.

유몽인은, 중국은 이미 풍족하고 금성탕지처럼 사방이 견고한데도 유민
족국(裕民足國)의 방책을 더욱 시급하게 실현하는 데 반해, 우리나라는 화
폐를 사용하지 않고 법률을 중요시하지 않고도, 치병의 대책이 없고 사방
의 울타리가 없고도, 아침저녁으로 구걸하면서도 그럭저럭 나라를 유지하
며 한가하고 편안하고 안일한 태도에 대해 이야기한다. 그리고 마지막으
로 설의적 의문을 통해 말의 알이나 두꺼비의 꼬리처럼 현실성 없고 황당
하고 실효성 없는 방법을 떠들지 말고 유민족국할 실제적 방책을 중국에
서 배워올 것을 증여 대상자에게 당부하고 있다.

지금까지 비유를 이용해서 개합의 수미상관적 구성을 시도하는 글들을
살펴보았다. 유몽인은 실제 글쓰기에서 많은 비유를 사용한다는 점은 누
누이 언급했던 사실이다. 간결한 단어에 복잡다단한 내용을 기탁하는 간
(簡) 추구의 측면에서, 일반적이고 평범한 글을 특이해 보이게 하는 기(奇)
추구의 측면에서 전고·속담·성어, 항간의 이야기 등 다양한 비유를 사
용하였다. 때로 한 구절 건널 때마다 사용되는 전고나 쏟아져 나오는 비
유는 해석의 어려움을 유발하기도 했다. 그러나 이 절에서 분석의 대상이
된 비유는 구나 문장, 문단 차원의 비유가 아니라 전체 주제를 포괄하는
비유였다. 이때 비유는 전체 글의 주제를 포괄하는 비유이기 때문에 당연
히 글의 구성과 맞물린다. 유몽인의 많은 글들이 비유를 사용해서 첫머리

와 끝머리를 엮어낸다.

서두에서 비유를 사용하여 암시나 복선을 깔고, 본론에서 증여 대상자의 신상 및 기타 이력과 관련된 이야기가 전개된다. 다만 본론에서는 서두의 비유가 직접 언급되지는 않지만, 서두부의 비유와 끊임없이 의미 맥락을 잇는 독해가 필요하다. 결론에서는 서두에서 했던 비유를 반복 혹은 변형적으로 수합하여 비유적 암시를 이끌어낸다. 이는 서두부에서 제시된 비유의 암시가 끝마무리에서 수습되고 결론을 맺는 일종의 A → B → A'의 수미상관적 구성이다.

수미상관의 개합은 일반적인 산문 구성법 중의 하나로, 다른 산문작가의 글에서도 엿볼 수 있는 구성법이다. 유몽인만의 서사구성 방식은 아니지만 유몽인이 비유를 사용한 개합 구성을 즐겨 구사했기 때문에 유몽인 산문의 한 특징일 수 있다. 유몽인은 개합의 구성을 이미 『사기』·『전국책』에서 학습해야 할 장점으로 이야기한 바 있다. 그리고 실제 글쓰기에서 서두에서 펼쳐 놓았다가 결말에서 수습하여 한편으로는 전체적으로 변화를 주면서도, 한편으로는 처음과 끝의 균형을 이루어 안정감을 유지하는 수미상관의 개합 구성을 상당히 선호했다.

그러나 일반적일 수 있는 개합 구성이 의미를 갖는 것은 역시 비유의 힘이다. 유몽인은 개와 합을 모두 비유로 처리하였는데, 이에 사용된 비유는 쉽게 연상되는 상투적 비유가 아니라 낯설면서도 기발하다. 그래서 독자들은 호기심과 긴장감을 갖고 작품에 대면하게 되고 마지막에는 비유적인 여운으로 감동을 마무리할 수 있게 된다. 비유를 사용한 개합의 방식 역시 유몽인의 기 추구의 발현이라고 생각된다.

이상으로 홍탁의 수법과 개합 구성의 비유 수법을 중심으로 의미의 우회적 변주를 살펴보았다. 문학적인 글에서 의미를 직설하지 않고 돌려서 말하는 방식으로 유몽인은 홍탁과 개합의 수법을 선택했다. 홍탁의 수법

이나 비유를 사용한 개합의 수법은 직설하지 않고 우회적으로 빗대어 쓴
다는 점에서 다른 우의적 기법들과 비슷하다. 하지만 다른 우의적 기법들
보다 상대적으로 중층 의미가 약화되어 우회의 의미가 쉽게 파악되는 편
이다. 의미가 쉽게 파악되는 만큼 좀 더 깊게 숨겨야 하는 풍자성도 다른
우의적 기법들에 비해서 약화되어 있고, 대부분 위로와 권면 등의 내포적
의미로 사용되고 있음을 알 수 있었다.

3) 우언과 사회의 모순 인식

우언이란 고사의 줄거리이며 비유의 기탁(寄託)으로서 갑을 말하면서
그 뜻은 을에 두는 방식이다.[62] 따라서 우언 문학의 가장 큰 특징은 기술
과 의도가 일치하지 않고 우의를 보여준다는 점이다. 또한 우언은 기본적
으로 지성적 특징을 지니고 있어서 풍자적 사유도구로서의 글쓰기에 적합
하다. 그래서 많은 우언적 글들이 그 저변에 기본적으로 비판과 풍자 정
신이 자리하고 있는 것이다. 유몽인 역시 자신이 인식한 질서와 현상에
드러난 질서가 위배되거나 모순 혹은 대립될 때 그 모습을 의식적으로 확
대·강조하는 풍자적 장치로 우언을 활용하는 경향이 다분하다.

유몽인의 우언 활용은 『어우집』과 『어우야담』을 넘나든다. 우언을 때
로는 전면적이고 때로는 삽화적 성격으로 활용하고 있는데, 유몽인의 이
런 우언적 글쓰기는 기간(奇簡)을 중시하는 그의 문학관과 '언부진의' 언
어관에 비추어보면, 필연적인 귀결이다. 대도(大道)는 언어에 의해 다 설
명될 수 없기에(言不盡意) 그 대도를 드러내기 위해 다면적 언어 접근이
필요한데, 바로 이 다면적 언어 접근의 필요성이 기(奇)를 중시하는 문학

---

62) 천푸칭/오수형 옮김, 『중국우언문학사』, 소나무, 1994, p.14.

관으로 발전했고, 출기(出奇)의 한 방식으로 우언적 글쓰기가 적합했다.

본 장에서는 「호정문」 및 기타 여러 우언을 통해 유몽인이 표출하는 풍자 의식의 구체적인 단면을 살펴보고자 한다. 유몽인은 자신의 처지에 대한 울분이나 분노, 다양한 사회적 모순을 우언적 글쓰기를 통해 표현하고 있다. 구체적으로 자신의 불평을 어떻게 표현하고 있으며, 현상 질서의 모순·대립 등의 실상은 무엇인지 살펴보게 될 것이다.

① 「호정문(虎穽文)」; 인간 중심의 편협성과 부조리한 사회인식

유몽인의 산문 중에서 우언문학이라고 평가되는 대표적인 글이 「호정문」이다. 그의 여러 글 중에서 「호정문」은 여러 가지 측면에서 주목받아 왔다. 한편으로는 유몽인보다 한참 뒤 세대 연암 박지원의 「호질」과 흡사하여[63] 영향관계가 있지 않을까 하는 점에서였고, 다른 한편으로는 호랑이를 앞세운 '우언과 풍유의 어법'[64]이라는 측면에서였다. 그 밖에 도가 담론 측면에서 우언소설의 하나로 「호정문」을 다룬 논문이 있는데[65] 박지원의 「호질」도 함께 다루고 있어서 「호정문」과 「호질」을 비교하기에 적절하다.

'우언을 삽입시킨 비판의 논리', '도가 담론의 반모방성을 띤 작품'이라는 논의에 동의하면서, 본 연구는 인간과 호랑이의 역학관계를 보여주는 서사적 분석에 치중하고자 한다. 호랑이의 우언이 살아 움직이기 위해서는 호랑이 혼자서 교도하는 것이 아니라 그 대척점에서 인간이 적당하게 줄다리기를 해 줄 때 더욱 빛을 발휘할 수 있기 때문이다. 인간과 호랑이

---

63) 이가원, 『한국한문학소사』, 보성문화사, 1992, p.93.
64) 신익철, 앞의 책, 1998, p.137.
65) 윤주필, 「도가담론의 반모방성과 우언소설의 근대의식」, 『국문학과 도교』, 한국고전문학회, 1998, pp.103-106.

의 역학관계를 살피면서 그 속에서 호랑이 우언이 어떻게 주제화되는지 살펴보도록 하겠다. 아울러 「호정문」이 「호질」과 어떤 유사한 인식을 보여주는지 짚어볼 것이다.

「호정문」을 간략하게 요약하면, 호랑이의 폐해가 나타나자 많은 사람들이 호랑이를 잡으려고 혈안이 되었다. 무인 홍공(洪公)도 덫을 놓아 호랑이를 잡았는데, 꿈속에서 호랑이의 대변인 창귀가 나타나 사람의 잔악성을 이야기하는 내용이다. 이 이야기를 호랑이와 인간의 역학관계를 중심으로 구조화하면 크게 세 단락으로 나뉜다.

> 가) 천심(天心)에 대한 인간과 호랑이의 상이한 해석
> ㉠ 인간: 하늘이 인간을 만물의 영장이 되게 함
> ㉡ 호랑이: 하늘은 지대하고 포용적이어서 각각 만물에 성품을 부여해서 생을 이루게 함
> 나) 호랑이와 인간의 역학관계
> ㉠ 태초에는 금수와 사람이 조화롭고 즐겁게 삶
> ㉡ 금수(호랑이)의 폐해, 사람이 금수(호랑이)를 무서워함
> ㉢ 인간은 창·검·쇠뇌·그물·함정 등 갖은 무기로 금수의 환난을 피하려 함
> ㉣ 호랑이가 사람을 무서워함.
> 다) 현실과 꿈의 교직을 통한 인간과 호랑이의 잔악성
> ㉠ 인간 세계- 호랑이의 해악이 심각함
> ㉡ 꿈속(우언) − 인간의 잔악성 심각함
> ㉢ 현실 세계−큰 호랑이가 함정에 걸림[66]

---

66) 「호정문」(『어우집』 전집 권5) 전체 원문 인용은 생략하고 번역은 위의 요약

가)단락은 '천심'의 의미를 물으면서 시작된다. 인간을 천지와 대등한 존재(天地人-三才)로서 만물의 영장이라고 할 때, 잔악한 마음과 포학한 성품으로 사람에게 해를 끼쳐 사람들의 근심거리가 되는 호랑이는 마땅히 제거되어야 하는 존재다. 그런데 한편, 천지는 지대해서 선악을 따지지 않고 만물로 하여금 각자의 본성에 따라 생을 영위하도록 하는 것이 천심이라고 파악한다면, 오직 자신만을 도모하여 해를 벗어나려 하는 인간은 독선적인 것이 된다. 첫 단락에서는 인간과 호랑이의 천심에 대한 상이한 의견을 배치시킴으로써 천심은 무엇이며, 진정한 천심은 어디에 있는지에 대한 의구심을 갖게 한다. 그리고 이 의구심은 마지막까지 유보하면서 글 전체를 지배한다.

나)단락에서는 태초에 조화롭고 즐겁게 공존하며 살았던 인간과 금수가 점점 대립하게 되는 것을 개괄하고 있다. "뿔 달린 것은 들이받고, 손톱 달린 것은 움켜쥐고, 어금니 있는 것은 깨무는" 등 금수들이 사나워지자 인간들이 창·칼·검·쇠뇌·그물과 덫 등으로 호랑이의 환난을 피하게 된다. 그러나 인간들은 단순히 호랑이의 환란을 피하는 차원에서 더 나아가 호랑이의 털가죽이나 이빨을 공물과 폐백 등으로 유용하게 이용하면서 지나치게 호랑이를 잡아들이게 된다.

그러자 결국은 사람이 호랑이를 무서워하는 것보다 호랑이가 사람을 더욱 무서워하게 된다. 즉 인간과 호랑이 관계는 '금수와 인간이 조화롭게 살다 → 인간이 호랑이를 무서워하다 → 인간이 각종 무기를 만들다 → 인간이 호랑이 털가죽과 이빨을 얻기 위해 호랑이를 잡다 → 호랑이가 사람을 무서워한다'로 전이된다. 이는 초기에 사람이 호랑이를 무서워하던 상황에서 이제는 호랑이가 사람을 무서워하게 되는 상황으로 변한 것이

적 단락 제시로 대신한다.

다. 호랑이와 인간의 역학관계가 서사적으로 설명되고 있는데 내면적으로
는 이미 무서워할 대상이 역전되었음을 말한다. 즉 무서워할 대상은 호랑
이가 아니라 인간이라는 것이다.

다)단락에서는 나)단락에서 순차적으로 설명되었던 '인간이 호랑이를
무서워하는 부분'과 '호랑이가 인간을 무서워하는 부분'을 집중적으로 확
대해서 병렬시키고 있다. 먼저 호랑이의 포악성을 묘사한다. "호랑이가 사
람이 잠든 때를 노리거나 허술한 때를 틈타 움켜쥐어 끌고 가는 것이 번
개처럼 쏜살같고 바람처럼 날래다. 비록 맹분과 하육·중황 같은 장사라
도 손발을 놀릴 겨를이 없으니" 보통 사람들은 호랑이에게 참혹하게 당한다.

또한 장사치들이 지름길에서 해를 당하고 초동들이 나무하고 꼴을 먹
이다가 해를 당하고 밭 갈다가 김매다가 물 긷다가 해를 당하여 목숨을
잃고 혈육이 낭자한 채 원귀가 되어 밤에 울부짖는 자를 헤아릴 수 없다.
호랑이는 '인간을 혈육이 낭자한 채 원귀가 되게' 만드는 천하의 없어져야
할 잔악하고도 포악한 존재다. 이 부분에서 유몽인은 직접 개입하여 "참
으로 불쌍히 여기는 마음이 털끝만치라도 있다면 어찌 이마에서 땀이 나
지 않을 수 있으랴"하면서 '무서운 호랑이'를 강조하고 있다.

그런데 곧 이어 함정을 파서 호랑이를 잡으려는 무인 홍공이 잠이 들면
서 꿈속의 상황은 역전된다. 사실 이 전까지의 글은 일종의 서술자의 의
론적 글이라면, 홍공의 꿈과 함께 우언이 시작된다. 꿈속에서 호랑이는 인
간이 가장 포악하고 잔인한 심성을 가진 존재임을 역설한다.

천지 사이에 깃들어 사는 만물은 모두 하늘이 낳고 기르는 것인데 인
간은 반드시 그것을 해친다. 저 돌은 무슨 잘못이 있기에 반드시 그것을
부수고 갈고 문지르고 쪼아서 부수어 백 개의 조각돌로 만들고 짓물러
만 개의 모래로 만드는가? 나무는 무슨 잘못이 있기에 반드시 치고 찍고

베고 깎고 아궁이에 불을 때서 재로 만들고 도랑에 다리로 만들어 썩게 하는가? 물고기는 무슨 잘못이 있기에 통발이나 가리로 잡고 그물이나 낚시질을 하여 그 지느러미를 자르고 비늘을 벗겨서 회를 치는가? 새는 무슨 잘못이 있기에 주살로 잡고 그물로 쓸어 그 털을 뽑고 날개를 잘라서 구워먹는가? 짐승은 또 무슨 잘못이 있기에 그물로 잡고 활로 쏘아 죽이고 함정에 빠뜨려서 내장과 배를 가르고 그 털가죽을 다 없앤 뒤에 솥에 삶아 먹는가?[67]

'천지의 만물은 모두 하늘이 낳고 기르는데 인간은 반드시 그것을 해친다'는 주제문 아래 인간의 잔인함이 돌이나 나무 같은 무생물에서 물고기·새·짐승 같은 동물계까지 온 천지 만물에 미치고 있음을 보여준다. 인간의 잔인함이 변화를 준 대구 구문 속에서 경분대우(傾盆大雨)처럼 한꺼번에 쏟아진다.

인간의 포악성은 여기에서 그치지 않고 급기야는 동류인 인간사회에 온갖 행태로 미치고 있다. 같은 인간들끼리도 약속을 저버리고, 마음으로 음해하고, 무기를 휘둘러서 코를 베고, 발뒤꿈치를 자르고, 목매달아 죽이고, 심지어 일족을 멸하는 지경에 이르니 호랑이보다 포악한 것이 백 배 천 배는 더 된다고 하였다. 부수고, 갈고, 문지르고, 쪼고, 치고, 찍고, 베고, 마음과 입과 무기로 사람을 해치고, 코·발·목을 베는 등 그야말로

---

67) 『어우집』 전집 권5, 「虎穽文」: 대구를 살려 원문을 배치하였다.
　　凡物之寓於兩間　皆天之所生殖也　而人必害之
　　夫石有何辜　而必推之磨之礎之琢之　碎而爲礫而百之　檕而爲沙而萬之
　　木有何辜　而必鉅之斧之斷之削之　爨于竈而灰之　斷于溝而腐之
　　魚何辜　筌而罩　網而緡　割其鬐　脫其鱗而鱠之
　　鳥何辜　矰而弋　羅而黏　拔其羽　折其翼而炙之
　　獸何辜　取以罟　嬰以鏃　又陷以穽　刲腸割肚　盡其手皮而鼎俎之

인간의 온갖 잔혹성이 드러난다.

다)단락은 전체적으로 호랑이의 잔인함과 인간의 잔인함이 병치되어 있지만, 이쯤 되면 앞서 묘사한 호랑이의 잔인함은 인간의 잔인함에 비해 상대적으로 가벼워지면서 홍공의 "하늘은 사람에게 있어 하늘이 되는 것이니 사람이 아니라면 하늘도 있지 않다. 너(호랑이)는 하늘을 어겼으니 마땅히 죽어야 한다"는 변론이 오히려 아전인수격 변명으로 다가온다.

인간도 호랑이도 모두 변론을 '하늘'에 근거하고 있다. 인간들은 "대개 하늘이 자시(子時)에 열리고 땅이 축시(丑時)에 열렸으며 사람은 인시(寅時)에 태어나 삼재(三才)가 성립되었다. 그 가운데에 사람은 천지에 섞여서 만물의 영장이 되었으니 곧 하늘이 사람을 낼 때에는 반드시 외물과는 관점을 달리하여 외물이 사람에게 해를 끼치지 않게 하였으니 이것이 하늘의 마음이다"라고 말한다. 이에 대응하는 호랑이의 논리는 "무릇 천지는 지대하여 외물을 용납하지 않음이 없고 만물을 포용하는 도량은 선악을 분별하지 아니하여 각각 성품을 부여해서 생을 이루게 하여 모두 화육(化育)의 안에서 살아가게 하니 이것이 곧 하늘의 마음이다"는 것이다.

인간이 하늘에 기댄 논리는 다분히 인간 중심적이다. 간단하게 요약하자면 하늘은 인간을 만물의 영장으로 만들었으니 인간을 해롭게 하는 호랑이는 제거 대상이라는 뜻이다. 그러나 한 발작 물러나 호랑의 시각으로 보면 "천지 사이에 깃들어 사는 만물은 모두 하늘이 낳고 기르는 것"일 뿐이다. 이렇게 본다면 호랑이나 사람이나 다 한가지고, 사람을 포함한 천지만물은 모두 함께 길러져서 서로 거스를 수 없는 것이 된다. 즉 하늘의 이치는 누구에게나 무엇에게나 공평무사하게 적용되어야 할 원리다. 그리고 호랑이는 이 원리를 위한 논변으로 인간의 잔악성을 거침없이 쏟아내는 것이다.

유몽인은 인간의 횡포한 잔악성을 쏟아냄으로써 '사람이 아니라면 하늘도 있지 않다'는 극도의 인간 중심의 편협성을 꼬집는다. 인간의 위선이나 잔혹성에 대한 묘사는 인간과 인간 중심적 세계관을 풍자하는 데 유용하다. 그런 점에서 유몽인의 「호정문」은 박지원의 「호질」과 닮아있다. 「호질」은 여러 문학적 장치와 중첩된 의미를 지니는 작품으로 평가받지만, 가장 핵심 내용은 제목에서도 보여주듯 위선적인 학자를 호랑이가 꾸짖는 것이다. 꾸짖는 내용은 바로 인간의 위선과 잔혹함이며, 인간의 잔혹함을 역시 점층적으로 서술하는 데 많은 부분을 할애하고 있음을 볼 수 있다.

유몽인은 인간들의 잔악성과 폭력성 혹은 인간들의 편협성과 자기중심적 세계관을 현실이 아닌 꿈에서, 인간이 아닌 호랑이를 통해서 드러내준다. 인간들은 다른 세계를 인정하려 하지 않기 때문에 현실세계에서 현실을, 인간세계에서 인간을 직시할 힘이 미약하다. 때문에 현실과 꿈, 인간과 호랑이라는 상황과 자아의 역전은 더욱 핍진한 현실세계와 인간을 그려낼 수 있는 한 방법이 되었다.

그래서 "함정을 놓아 호랑이를 잡을 줄만 알았지 인간 세상이 평지 한 걸음에 백 개, 천 개의 함정이 있음은 알지 못하는구나"라는 말은 의미심장하게 다가온다. 포악한 호랑이는 호랑이보다 더 포악한 인간의 덫에 걸리고, 인산은 더욱 포악한 다른 인간의 덫에 걸리고, 다른 인간은 더더욱 포악한 또 다른 인간의 덫에 걸리는 인간 세계의 포악성의 악순환을 연상케 한다.

여기에서 포악성의 악순환을 그대로 방치하는 천심에 대한 의구심이 더욱 확장되면서 가)단락에서 가졌던 천심에 대한 의구심은 증폭될 수밖에 없다. 게다가 꿈에서 깨어나 보니 함정에 빠져 있는 호랑이는 더더욱 모순 상황을 가중시킨다. '도대체 천심은 어디에 있는가? 문채(文采)[68] 나

---

68) 「호정문」 끝부분에 산신령에게 올린 辭 중에서 호랑이가 함정에 빠진 이유

는 호랑이를 포악한 사람이 덫을 놓아 잡아먹게 하는 것이 천심인가?'라고 반문하면서, 천심에 대한 의구심은 사회 전반에 대한 통렬하고도 진지한 비판을 내재하게 된다. 이때 덫의 의미는 무고가 횡횡하는 당파 싸움으로 볼 수도 있겠고, 상징적으로 아전인수에 갇혀 역지사지적인 양방향 소통이 부재한 상황을 꼬집는다고 해도 좋을 것이며, 더 폭넓게 사회적인 모순을 비유한 것으로 읽어도 무방할 것이다.

지금까지의 분석을 종합해 보면, 「호정문」은 호랑이의 대변자 창귀의 논리에 의해 두 가지의 주제를 가설하고 있다. 첫째, 「호정문」 전반부에서는 인간 중심의 편협성을 주로 꼬집는다. 천심을 인간이 만물의 영장으로 파악하는 다분히 인간 중심적인 사고방식은 요순으로 대표되는 선왕의 '천도(天道)' 개념에 의지한다. 그러나 '천지는 지대해서 선악을 따지지 않고 만물로 하여금 각자의 본성에 따라 생을 영위하도록 하는 것'이라는 호랑이의 논리는 오히려 천도무친(天道無親)69)과 통한다. 요순으로 대표되는 인간 중심의 세계관 유가적 천도와 호랑이의 세계관 천도무친의 노장적 세계관의 대결에서 꿈속 창귀의 통렬한 꾸짖음을 통해 인간 중심의 세계관이 부정된다.

이러한 사상은 성리학 내에서도 하늘(天)·사람(人)·물(物)의 관계, 즉 하늘 아래 사람과 물의 관계에 대한 성찰로, 이후 18세기 100여 년 간에

를 찬란한 문채 때문이라고 했다.(燦燦其文兮身之映)

69) 天道無親이란 "하늘의 도는 친한 것이 없다."는 뜻으로, 하늘의 도는 지극히 공평하여 인간이나 동물이나 누구라도 더 친절하게 대하는 일이 없다는 것이다. 이는 다분히 노장적 세계관을 표현하는 말로 이해된다.(윤주필, 「우언 글쓰기의 언어관과 명실론」,『한민족어문학』41, 한민족어문학회, 2002, p.411) 단순히 이 말 뿐만 아니라 유몽인이 즐겨 사용한 우언이나 역설은 전반적으로 노장적 세계관과 밀접한 관련이 있다. 이런 의미에서 도가담론의 측면에서 살펴본 「호정문」 분석(윤주필, 앞의 논문, 1988)이 의미가 있다고 생각된다.

걸쳐 진행될 노론학계의 낙론(洛論)과 호론(湖論)의 인물성동이론(人物性同異論)의 선구적 논쟁거리를 제공한다는 점에 의의가 있다. 인물성동이론을 「호정문」에 거칠게 적용해보면, 홍공의 논리는 인간과 동식물의 본성이 다르며 인간이 동식물보다 존엄하다는 '인물성이론(人物性異論)'의 입지가 강하다.

반면 호랑이의 입론은 인간과 동식물의 본성은 같으며 따라서 호랑이보다 인간이 더 존엄하지도 않고, 인간의 잔인함으로 기준해 보면 호랑이보다 오히려 못하다는 '인물성동론(人物性同論)' 쪽이다. 하늘·사람·물의 관계에서 '인간과 호랑이는 하늘 아래 같은 만물'이라는 유몽인의 생각은 낙론의 주장인 인물성동론을 닮았지만, 「호정문」의 의론이 인간과 자연의 관계, 혹은 자연 중심의 논의로 확장되지는 않는다.[70]

둘째, 「호정문」은 후반부로 가면서 인간과 인간이 더불어 사는 모순적인 인간사회의 모습을 주제화한다. '인간 세상이 평지 한 걸음에 백 개 천 개의 함정이 도사리고 있다'는 단적인 표현을 통해 인간 사회의 함정, 즉 인간의 재앙은 호랑이가 아니라 인간 자신들로부터 온다는 풍자를 담는다. 결국 전반부의 호랑이와 인간의 대결이 후반부에서 인간과 인간의 난투극으로 옮겨지면서 인간의 포학성이 더욱 강조된다. 한편 인간 사회에 놓인 현실 속의 다양한 덫을 암시하면서 인간 중심적 세계관과 인간의 포학성을 사회현상 전반으로 확산한다.

---

70) 유몽인의 「호정문」에서 보이는 인물성동론은 박지원의 「호질」에서도 계속된다. 그러나 박지원의 「호질」의 경우는 표면적으로 인물성동론을 주장하지만, 개체성을 인정한다는 점에서 '人物性相異之說'과 유사한 측면이 있다고 한다.(이종주, 『북학파의 인식과 문학』, 태학사, 2001, p.469)

② 명실론적 우언; 명실(名實)의 괴리에 대한 인식과 비판

유몽인은 일찍이 '명(名)을 헤아려서 명(名)에 걸맞는 실(實)을 구하는 것을 귀하게 여긴다'고 하면서 명실(名實)이 부합하는 것을 '단(端)'으로, 명실이 부합하지 않는 것을 '관(竅)'으로 이야기한다.[71] 또한 명은 없지만 실이 있는 것을 진(眞)으로, 명과 실이 있는 것을 '전(全)'으로 표현하기도 하였다.[72] 유몽인은 실을 중시하고 천하의 일을 명실의 부합 여부로 판가름하며 명실이 부합되지 않고 어긋난 이야기들을 통해 세태를 풍자한다. 「호정문」외에도 『어우집』에는 여러 우언들이 등장하는데, 이 우언들은 명실의 어긋남과 세태 풍자 요소가 적절하게 결합되어 나타난다.

먼저 『어우집』 소재는 아니지만, 우언의 글을 총체적으로 살펴본다는 취지에서 『어우야담』에 실려 있는 「들쥐의 혼인」[73]을 살펴보겠다. 이야기를 요약하면 다음과 같다.

> ㉠ 어느 들쥐가 새끼를 낳아 대단히 사랑하고 거가대족(巨家大族)과 결혼시키려 하였다.
>
> ㉡ 하늘을 둘도 없는 족속이라 여기고 하늘에게 청혼했다.

---

71) 『어우집』전집 권3, 「送襄陽使君權雲卿縉序」: 天下之事 貴粲名責實 名副實謂 之端 名實不相符謂之竅.

72) 『어우집』전집 권6, 「題鄕校里報禮曹狀後」: 天下之事 有無其名而有其實者 眞 也非乎 而無花果是也 有有其名而有其實者 全也非乎 而主召賓是也.

73) 『어우야담』보유편(2001), pp.50-51. 이 설화는 「鼠婚」・「두더지 혼인」등으로 불렸고 『어우야담』뿐만 아니라 泰村 高尙顔의 『效嚬雜記』, 홍만종의 『旬五志』, 저자 미상의 속담집 『東言解』등에 실리면서 일찍이 문헌으로 정착하여 구비전승되고 있다. 특히 이 설화는 우리나라뿐만 아니라 세계적으로 광포되어 있다고 한다.(강영순, 「야담의 우언적 소통 고찰」, 『동아시아 우언론과 한국의 우언문학』, 집문당, 2004, pp.143-144; 황인덕, 「두더지 혼인' 설화의 印・中・韓 비교 고찰」, 『어문연구』 48, 어문연구학회, 2005)

ⓒ 하늘은 모든 대지를 덮어 가릴 수 있고 만물을 낳아 기를 수 있지만 구름만은 하늘을 덮어 가린다고 하였다.

ⓡ 구름에게 청혼하자 구름은 자신이 바람보다 못하다고 하였다.

ⓜ 들쥐가 다시 바람을 찾아가 청혼을 하자 바람은 세상의 모든 것을 쓰러뜨릴 수 있지만 돌미륵만은 쓰러뜨릴 수 없다고 했다.

ⓗ 돌미륵에게 청혼을 하자 돌미륵은 자신의 발밑을 파는 들쥐가 더욱 강하다고 하였다.

ⓢ 결국 들쥐는 들쥐와 혼인하였다.

들쥐는 거가대족과 혼인을 하려고 최고의 상대를 찾아 나선다. 하늘·구름·바람·돌미륵으로 계속 더 좋은 혼처를 찾다가 다시 처음의 '들쥐'로 되돌아오고, 결국 들쥐 자신들이 가장 거족임을 깨닫는 이야기다. '들쥐 → 하늘 → 구름 → 바람 → 돌미륵 → 들쥐'로의 순환은 반전의 연속이 결국 제자리로 돌아오는 대반전, 혹은 오류의 극단이 자기 정체성의 대긍정이 된다. 결국 이 이야기는 '들쥐의 정체성 찾기'라는 주제를 함유한다.

유몽인은 '순환오류 형식담'을 통해 날카로운 비판을 담았다. 국혼(國婚)으로 인한 재앙을 경계하기 위하여 들쥐 우언을 거론하고 있다. 「들쥐의 혼인」 첫머리는 "예부터 국혼으로 인하여 화를 떠넘긴 일은 이루 다 기억할 수 없으니 이는 들쥐가 결국은 같은 부류의 들쥐와 혼인했던 것만 못하다"라고 전제하면서 시작된다. 그리고 마지막에 "무릇 사람은 자신의 분수를 알지 못하고 감히 국혼에 참여하여 사치스럽게 스스로 즐기다가 끝내는 화를 떠맡으니 들쥐만도 못하지 아니한가!"라는 결론을 낸다. 왕실과의 혼인을 통해 사치스럽게 살려는 이들, 살고 있는 이들, 국혼으로 정권을 잡았던 이들, 잡으려던 이들의 말로는 들쥐만도 못하다는 것이다. 들쥐와 사람, 둘 다 거가대족과 결혼하려는 욕망 면에서는 같다. 그러나 들쥐는 몇 단계의 방황을 거치면서 자신들의 자존심과 정체성을 찾게 되지만, 사람은 국혼에 대한 넘치는 욕망으로 결국 화를 떠맡게 되는 서로 다른 결말에 이른다. 같은 우언이라도 작가의 우의 설정에 따라 서로 다른 의미가 부여되기도 하는데,74) 유몽인의 경우에는 들쥐의 우언을 국혼으로 화를 초래하는 사람들을 비판하는 데 사용하고 있다.

「들쥐의 혼인」을 명과 실의 관점에서 해석해 보면, 들쥐가 혼인 상대를 찾아가는 일련의 과정은 들쥐가 자신의 이름(名)에 걸맞는 실상(實)을 찾는 여정이다. 들쥐는 먼저 '하늘'이라는 명성(名)을 듣고 찾아가는데, 하늘은 자신의 실상, 즉 구름만은 덮어 가릴 수 없는 실상을 밝힌다. 들쥐가 하늘에 대해 가지고 있던 명(名)은 부정된다. 다시 들쥐는 하늘이 부여해 준 명을 듣고 구름을 찾아가는데, 구름은 다시 자신의 실상이 바람만 못하다고 한다. 이런 식으로 들쥐는 명성을 찾아가지만 명은 계속해서 반전되고, 결국 같은 들쥐에 이르러서야 명과 실이 맞게 된다.

그러나 들쥐와 비교되는 인간은 이름에 걸맞는 실제를 찾지 않고, 이름에 걸맞지 않은 국혼을 꿈꾸면서 화를 초래한다. 비유하자면 들쥐와 하늘이 결혼한 셈이다. 이 우언에서 유몽인은 들쥐와 인간을 비교하고 있지만, 이야기를 인간 세계로 끌어와 적용해 보면, 들쥐는 명실이 부합하는 사람들이라고 할 수 있다. 그리고 유몽인은 명실이 부합되지 못하는 인간들에게 비판의 시선을 보내고 있는 것이다.

다음은 「희효전국책봉증전주부윤정공행서(戲效戰國策奉贈全州府尹鄭公

---

74) 같은 우언이라도 작가의 우의설정에 따라 서로 다른 의미가 부여될 수 있다는 것은 이미 강영순, 앞의 논문(pp.149-150)과 윤주필, 「한문문명권의 우언론 비교 연구」(『동아시아 우언론과 한국의 우언문학』, 집문당, 2004, p.22)에서 논의된 바 있다.

行序)」 전문이다. 제목부터 재미삼아 『전국책』을 본뜬다고 했는데, 『전국책』의 우언 정신을 본받은 것이다.

㉮ 객이 나에게 말했다. "벼슬하는 자는 조정에서 뜻을 얻지 못한다면 외읍(外邑)으로 나가야 할 뿐입니다. 당신은 정시랑이 전주 부윤이 된 것을 보지 못했습니까? 지금 당신은 조정에서 벼슬하여 현달하지 못하면서 어찌 외읍으로 나가는 것을 도모하지 않고서 휘적휘적 남쪽으로 가십니까?"

㉯ 내가 대답하였다. "그렇습니다. 여기에 어떤 사람이, 호액(狐腋)을 버리고 베옷을 좋아하며, 곰 발바닥을 버리고 부추를 즐긴다면, 이것이 천성에서 우러나 그런 것이겠습니까? 원래 좋아하는 것은 저것(호액·곰발바닥·朝官)에 있지 이것(베옷·부추·지방관·은둔)에 있지 않지만 다만 귀한 것은 잇대기 어려우며 천한 것은 구하기 쉽기 때문입니다. 그러므로 원하는 바를 따를 뿐입니다."

㉰ 지금 정시랑이 조정에서 나가 외읍으로 갔는데 그가 외직으로 나간 것은 비록 정시랑에게는 실의한 것이지만, 내가 얻지 못한 것을 얻었으니 나보다는 낫다. 그런데 나는 또한 그렇게 하고자 하지 않는 것은 어째서인가?

㉱ 옛날에 어떤 사람이 길에서 벗을 만났는데 벗이 황망하게 달려가니 뒤쫓아 가서 너는 어디를 가는지 따져 물었다. 대답하기를 "조정에서 불구문달과(不求聞達科)를 설치하니 빨리 가서 구하려고 한다"라고 하였다.

㉲ 지금 내가 조정에서 벼슬하지만 관직이 현달하지 못하고 외직을 구하는 것 또한 그 잇기 어려움을 아니, 산림의 불구문달(不求聞達)이 참 문달이 되지 않는다고 어찌 장담하겠는가? 내가 그래서 황망하게

달려가는 것이다.

ⓑ 정부윤이여! 어찌 외직에 오래 있을 사람이리오? 후일에 조정에서 득의하여 나를 안거(安車)와 포륜(蒲輪)으로 부를지라도 내 호액과 웅번을 사양하겠도다![75)

이 글은 유몽인 자신이 조정에서는 관직이 현달하지 못했고, 그러면서도 외직을 구하지 않고 남쪽으로 달려가는 이유를 설명한 글이다. 질문 ⓐ와 이유 설명 ⓝ, 질문 ⓓ와 이유 설명 ⓡ, ⓜ가 호응을 이루고 있다. 여기에서 남쪽은 '산림, 고향, 혹은 은둔'을 의미한다.

유몽인은 자신이 남쪽으로 달려가는 이유를 설명하면서 ⓡ에서 우언을 예시하고 있는데 핵심어는 '불구문달과(不求聞達科)'다. '불구문달과'란 '문달(聞達)을 구하지 않는 과'라는 뜻이다. 조정에서 문달을 구하지 말라고 설치한 이 과목에 응시하여 관직을 구하려고 황망하게 달려가는 모습은 희극적이다. 이는 겉으로는 문달을 구하지 않는 척 하면서, 실제로는 문달에 정신없이 달려가는 세태를 풍자하고 있는 것으로 보인다. '불구문달과'라는 이름(名)과 실제로는 정신없이 달려가는 이들의 실상(實)을 의도적이고 희극적으로 어긋나게 하여 이중성을 드러낸다.

이러한 조정의 불구문달과로 달려가는 명실의 왜곡은 곧 ⓜ에서 유몽

---

75) 『어우집』 후집 권3, 「戱效戰國策奉贈全州府尹鄭公行序」: 客謂柳子曰 仕者不得諸朝 則外邑而已矣 子不見鄭侍郎尹全州乎 今子仕於朝官不達 胡不圖之外邑乎 而挐挐而南爲 柳子曰 然 有人於此 舍狐腋而好布褐 舍熊蹯而嗜韭葅 是出於天性然乎 原所好 在彼不在此 而直貴者難繼而賤者易求 故從其所欲焉爾 今鄭侍郎出朝而之外 其之外也 雖於鄭乎爲失 是得之吾所不得者 其於吾優矣 而吾且不欲焉 何耶 昔人有遇友于塗 友遑忙然走 追而詰之而焉如 卽曰 朝家設不求聞達科 往且疾求之 今吾仕于朝官不達 求之外亦知其難繼 安知山林之不求聞達 不爲眞聞達也 吾所以遑忙然走也 鄭尹乎豈久於外者 他日得諸朝 招我以安車蒲輪 我其辭狐腋熊蹯乎哉.

인이 산림(山林; 남쪽·은둔·고향)으로 달려가는 것에 역설적 의미를 부여해 준다. 유몽인이 남쪽으로 달려가는 이유는 첫째 조정에서 현달하지 못했고, 둘째 지방관이 되는 외읍을 구하기는 어렵고, 셋째, 산림의 불구문달이 진정한 문달이 될 수도 있기 때문이다. 여기에서 세 번째 이유와 문달을 구하기 위해서 조정의 '불구문달과'로 달려가는 ㉣의 우언이 병치되어 시사적이다.

유몽인은 산림의 '불구문달'로 황망하게 달려가면서 산림의 불구문달이 진정한 문달이 아니라고 누가 말할 수 있겠느냐고 반문한다. 문달과 상관없는 산림이 역설적으로 진정한 문달이 될 수도 있다는 것이다. 진문달(眞聞達)이란 산림과 조정 어느 곳에 처하느냐에 따라 결정되는 것이 아니다. 조정에 있으면서도 문달하지 못할 수도 있고, 산림에 있으면서도 문달할 수도 있다. 이것은 유몽인 스스로가 벼슬살이를 하면서도 저자에 숨었다[76]는 '시은(市隱)'과 비슷한 개념으로, 진정한 문달은 조정에 있든지 산림에 있든지 마음먹기 나름이라는 의식을 전해준다. 단 유몽인이 말하는 진정한 문달이란 세속에서 이야기하는 높은 관직과 높은 봉록을 의미하지는 않는다. 조정으로 달려가는 세속적인 문달과 대비되는 상징적 문달을 의미하는 것으로 보인다. 굳이 '참 문달'의 의미를 유추해보자면, 학문이나 글쓰기, 특히 글쓰기의 문달을 의미하리라고 본다.

이 글은 실마리가 여러 갈래다. 전반적으로는 자신이 외직을 구하지 않고 남쪽 고향이나 산림으로 은둔하러 가는 이유를 설명한 글이다. 그러면서 한편으로는 문달에 눈이 멀어 조정으로 달려가는 세태를 비판하고, 한편으로는 외직의 구하기 어려움을 토로함으로써 전주 부윤으로 나가는 정

---

76) 『어우집』 후집 권3, 「送權仲明盼宰江華序」: 在玉堂避世於玉堂 在銀臺避世於銀臺 於官於家 皆無非避世.

시랑을 위로하고 있다. 여기에서 '외직'의 존재는 중앙관직에서 물러난 '실의(失意)'와 구하기 어려운 것을 얻은 '득의(得意)'의 이중코드다.

명실의 괴리가 좀 더 분명한 다음 두 편의 우언을 읽어보자.

㉮ 쥐와 이가 모두 스스로 크다고 여겼는데 각자 승부를 견주었으나 둘은 결정하지 못하였다. 그러자 이가 쥐에게 말하기를 "너는 나보다 크지 않으면서 억지로 스스로가 크다고 하니 나와 네가 길가의 사람들에게 공론을 듣는 것이 어떻겠느냐?"고 하였다. 이에 쥐가 죽은 시늉을 하면서 한길에 누웠고 이도 또한 따라 했다. 지나가는 길가의 사람들이 모두 말하기를 "크도다. 쥐가 가죽신발만 하구나! 크도다. 이가 보리항아리만 하구나!"라고 하니 이가 이내 쥐에게 이르기를 "신발과 항아리 중에 어느 것이 크냐?"고 했다. 쥐는 마침내 이를 이기지 못했다.

㉯ 예전에 여러 아이들이 산 아래에 모여 있었는데 호랑이가 한 아이를 잡아 웅크리고 앉아서 물어뜯지 않았다. 여러 아이들이 호랑이임을 알지 못하고 큰 몽둥이를 들어서 그 목구멍을 찔러 호랑이가 넘어지자 꼬리를 끌고 돌아왔다. 길에서 어른들이 이것을 보고 "애들아, 너희들이 어떻게 호랑이를 잡아 오느냐?"고 물으니 여러 아이들이 비로소 그것이 호랑이임을 알고는 모두 크게 두려워하여 호랑이를 버리고 달아났다.77)

---

77) 『어우집』 전집 권5, 「答柳正字活書」: ㉮ 昔者孔子作春秋繫羲易 卒老于窮 其他 又何煩輔頰 汝獨不聞之鼠蟲之事乎 鼠與蟲皆自大 各較其勝負 兩不決 蟲謂鼠曰 爾不能勝吾大而强自大 吾與爾聽公論於路上人可乎 於是鼠陽死仆于達 蟲亦從焉 路人過者咸曰 大哉 鼠如革履 大哉 蟲如麥甕 蟲乃謂鼠曰 履與甕孰大 鼠卒不能勝蟲 ㉯ 昔群兒聚山趾 有虎攬一兒 踞而不囓 群兒不知虎也 提巨梃撞其喉 虎斃 推曳而來 路見長者曰 小子 汝安得虎而來 羣兒始知其虎也 皆大怖 棄而趨.

위 두 편의 우언은 모두 「답유정자활서(答柳正字活序)」에 실려 있다. 조카 유활은 유몽인의 문장이 부화(浮華)하여 실제가 없다고 일컬어지고 유몽인이 세상에 쓰이지 못하고 은거하는 것을 탄식하며 안타깝게 여긴다.[78] 이에 대해 유몽인은 두 편의 우언을 인용해서 답변하고 있다. 유몽인은 유활의 탄식에 대해서 문이 높다고 관직이 높은 것은 아니며 관직이 높다고 문이 높은 것은 아니라고 한다. 이것은 '문과 관직의 두 가지 일은 서로 크게 관계되지는 않는다'[79]는 원칙을 통해 자신의 문은 높은데, 문에 상응하는 관직을 받지 못하고 있음을 은연중에 말한다.

그런데 문제는 관직은 물론이거니와 유몽인의 문이 세상에서 인정받고 있지 못한다는 점이다. 실제로 유몽인은 자신의 문장에 대해서 거듭 자부했지만 세상 사람들이 알아주지 않는 것에 대해 '중이 자신의 시문을 보듯, 자기가 중의 불경을 듣는 듯'[80] 알아주지 않는다고 탄식하기도 했다. 유몽인은 바로 자신의 문이 세상에 인정받지 못하는 것을 ㉮, ㉯의 우언을 통해 제시하고 있다.

㉮에서 분명한 객관적 사실은 쥐가 이보다 크다는 것이다. 이가 아무리 크다고 하더라도 쥐의 크기를 따라갈 수는 없다. 그런데 쥐와 이의 크기 대결에서 엉뚱하게도 비교 대상조차 되지 않은 이가 승리한다. 길 가는 사람들이 이를 '보리 항아리'로, 쥐를 '가죽 신발'로 평가하면서 '쥐가 어떤 상황에서도 이보다 크다'는 객관적 진리는 한순간에 역전된다. 이러한 말도 안되는 상황이 발생하는 이유에 대해 유몽인은 ㉯ 우언의 명성과 실상

---

78) 『어우집』 전집 권5, 「答柳正字活書」: 但書中稱余文甚浮實 又歎余世不用以投閑置散.

79) 『어우집』 전집 권5, 「答柳正字活書」: 夫文與官 二事也 二事大不相涉 猶犬馬然.

80) 『어우집』 전집 권4, 「贈表訓寺僧靈詧序」: 余復自負文章 矜燿於世 世人視之 如僧之見我之詩文 如我之聽僧之梵說 於乎 五十餘年不遇知己 吾何恨爲 其亦已焉哉 其亦已焉哉.

의 차이를 통해 암시한다.

㉯는 아이들이 미처 호랑이라는 것을 몰랐을 때에는 호랑이를 몽둥이로 때려잡다가 호랑이라는 것을 알게 되자 벌벌 떨며 달아났다는 이야기다. 호랑이임을 몰랐을 때는 때려잡고 알게 되었을 때에는 겁을 내고 도망친 것을 유몽인은 '실에 어둡고 명에 겁을 낸 것(昧於實而怯於名)'이라고 보고 있다. 호랑이의 실상은 사실 아이들도 때려잡을 만한데 호랑이라는 명성은 그 이름만으로도 벌벌 떨게 만든다. 여기에서 호랑이에 대한 명성과 실상의 차이기 발생한다.

㉮, ㉯ 두 우언을 통해 「답유정자활서」에서 암시하는 전체 주지는 명성과 실상의 괴리를 보이는 세태에 대한 풍자다. 세상은 명성과 실상을 제대로 평가하지 못하는데, 명실이 어긋난 세상의 세태 속에서 쥐가 이보다 크다는 객관적 진리는 길 가는 사람들의 공론에 의해 쉽게 부정될 수 있다는 것이다. 그리고 세태는 곧바로 유몽인 자신의 문제로 돌아온다. ㉮에서 길 가는 사람들은 실상을 제대로 파악하지 못한 이들이고, ㉯에 등장하는 어른들은 명분(名)에 사로잡힌 이들이다. 실상을 제대로 파악하지 못하고 명분에 사로잡힌 이들의 공론은 유몽인의 문장을 쥐와 같은 신세로 전락시키고 있다. 여기에서는 실상을 제대로 파악하지 못하고 명분에 사로잡힌 사람들의 공론에 삐딱한 시선을 보내고 있다.

세상 사람들의 공론을 너그럽게 받아들인다면, 사람들이 이가 보리 항아리만하다고 한 평가는 사실 쥐와 이의 크기를 비교한 상대적인 평가가 아니다. 사람들은 쥐와 이의 모양을 보고 쥐를 '가죽 신발'에, 이를 '보리 항아리'에 비유한 것이다. 그리고 특히 쥐가 크다는 사실보다 이가 크다는 사실에 더욱 놀라서 그 놀람을 과장적으로 강조한 표현이 '보리 항아리'인 것이다. 이의 크기를 쥐와 상대적으로 비교해서 놀란 것은 아니다. 이런 경우에는 이 자체가 가지고 있는 실상에 삐딱한 시선이 집중된다. 이런 맥락에서 유몽인의 생각을 재구해 보면, 사람들은 유몽인의 문장과 다른 문인들의 문장을 상대적으로 평가하는 것이 아니라, 유몽인의 문장력에 상관없이 다른 문인들이 과장적인 평가를 받고 있다는 의미로 읽을 수도 있겠다.

　이러한 생각을 뒷받침해주는 것이 조카 유활이 호랑이의 이름을 듣고 두려워하는 아이들처럼 유종원의 명성에 겁을 먹고 있음을 지적하는 부분이다. 유몽인의 이런 지적은 자신의 문장에 대한 실상을 제대로 보아달라는 의미다. 유몽인은 「답유정자활서」 마지막 구절을 "살아 있는 유씨가 있음을 어찌 알리오?"라는 설의적 의문으로 끝내고 있는데, 여기에서 살아 있는 유씨는 자기 자신을 가리킨다. 명성에 매몰되어 죽은 유종원의 문장을 추종하기보다는 지금 살아있는 자기 자신의 문장의 실상을 제대로 평가해야 한다는 주문인 것이다. 결국 유몽인은 두 편의 우언을 통해 명실의 괴리를 통해 세태를 풍자하면서, 자기 자신의 문장에 대한 강한 자부심을 눙치고 있는 셈이다.

　우언의 형태는 아니지만 명실의 왜곡에 대한 이야기는 『어우야담』에서 다수를 차지한다. 명실이 어긋난 차원에서 그치는 이야기들 외에도, 명에 사로잡혀 '실'이 사라진 이야기들이 많다. 대부분 명분이 중요시된 충·효·열에 관련된 이야기들로, 「삼년상의 불상사」, 「충신의 명성과 실상」, 「정려문의 허실」[81] 같은 이야기가 대표적이다.

　「삼년상의 불상사」는 제목 그대로 삼년상을 치르다가 몸이 상해 죽게 된 불상사에 관한 이야기로, 위로는 재상에서 유몽인 자신의 사위에 이르기까지 구체적인 예화를 들어 이야기하고 있다. 「삼년상의 불상사」에서

---

81) 「214화 삼년상의 불상사」, pp.382-384; 「217화 충신의 명성과 실상」, pp.388-389; 「237화 정려문의 허실」, pp.421-422.(『어우야담』, 1996)

‘삼년상’의 의미는 ‘진실하고 참된 슬퍼하는 정’ 정도가 되는데, 이러한 삼년상이라는 명분과 삼년상의 뜻이 결합하여 바로 ‘효자’라는 명칭이 탄생한다. 이때 ‘효자’라는 명칭은 최소 한 가지 이상, 최대 수십 가지 이상의 말과 뜻의 결합이다. 그것은 사회적·역사적·문화적·개인적 차이에 따른 서로 다른 말의 고리들과 뜻의 고리들을 가질 수 있으며, 아울러 그에 따른 행동 양상도 다양하게 나타날 수 있다. 즉 ‘효자’의 명칭은 다분히 다변적인 것이다.

그런데 ‘삼년상’이라는 명분에만 집착하면서 ‘효자는 삼년상을 지킨다’에서 ‘삼년상을 지키면 효자가 된다’는 식으로 ‘삼년상’은 하나의 족쇄가 된다. 그리고 결국은 ‘슬퍼하는 정, 진실하고 참된 마음’의 의미는 사라진 채 ‘삼년상 = 효자’가 되어버린다. 이렇게 됐을 때 ‘효자’라는 명칭 안에 내포되어 있는 다양한 의미들과 그에 대한 행동 양식은 사라진다. 그것은 ‘슬퍼하는 정’이라기보다 “어버이가 늙어 죽을 나이가 되면 담박하게 먹는 상식(喪食)의 습관을 들여놓아야 하는” 형식적 틀로 변하는 것이다. 여기에서 의미의 다면적인 실제성은 사라지고 오로지 ‘삼년상’이라는 습관 혹은 의무만이 존재하게 된다.

실제 의미가 사라져 버리고 ‘삼년상’과 ‘효자’라는 이름만이 살아있는 모순은 삼년상으로 인한 건강 훼손이나 삼년상으로 인한 죽음을 통해 드러난다. 삼년상을 치르다가 몸이 상해 죽었다는 것은 효자 노릇 하려다가 오히려 살아 있는 부모보다 먼저 죽는 가장 큰 불효를 저지른다는 모순에 이른다. 이러한 모순에 대해 유몽인은 단적으로 ‘불효하는 아들을 원한다’고 하면서 실상은 사라진 채 ‘삼년상’이라는 이름만 남아있는 허구성을 비판한다.

이러한 명분과 실제의 간극에서 실제가 사라지는 극단적 모순을 보여주는 다른 예가 ‘열녀·절부’라는 이름이다. ‘열녀’라는 말에 하나의 의미,

즉 "남편을 위해 기꺼이 목숨을 버리는" 의미만을 한정할 때, 열녀가 되기 위해 '목숨을 버릴 수밖에 없는 상황' → '목숨을 버리도록 강요하는 상황'으로 간다. 그래서 '자결 = 열녀'라는 공식이 만들어진다. 한편, 자결하는 수없이 많은 열녀를 양성해 내는 반대급부에는 열녀의 속성을 역으로 이용해 자살을 가칭하고 '절부'의 기호를 얻는 '정려문의 허실' 속의 열녀를 대면하게 되는 것이다.

이 모든 이야기들은 이름과 실상이 어긋나고, 극단적으로 실상은 사라지고 이름만 남게 되는 상황을 풍자하고 있다. 똑같이 명실의 어긋남을 풀어 가는 데 『어우집』에서는 주로 우언을 활용하였고, 『어우야담』에서는 주로 일화를 활용하고 있다. 일반적으로 우언은 창조적·문학적 상상력의 소산이고, 일화는 실제 현실생활에 바탕을 두고 있으며 허구성이 상대적으로 약하다. 때문에 일화나 우언의 활용을 통해 명실의 괴리를 드러내는 효과는 비슷하지만, 창조적이고 허구적인 우언이 일화보다도 더욱 은미할 수 있다. 우언은 정색하고 말하기 힘든 다소 엉뚱한 주제나, 직설하기 어려운 주제, 혹은 ㉮, ㉯ 우언의 함의처럼 말하기 부끄러운 자기 문장에 대한 자찬, 자부심을 눙치는 데 유용하다. 그것은 우언적 글쓰기가 이치를 돌려 말하는 논리 전환 능력이 그 어떤 글쓰기 수법보다 뛰어나기 때문이다.

이상으로 유몽인의 우언 작품들을 살펴보았다. 「호정문」의 경우에는 호랑이의 입을 빌려 인간의 포악성과 인간 중심의 편협성을 드러냈다. 그 밖의 우언들은 명실의 관점에서 분석하여 명실의 어긋남에서 오는 웃음과 실상이 사라지고 이름만 남게 되는 상황에서 오는 비판정신을 함께 살펴보았다. 「호정문」이나 그 밖의 우언들이 모두 기본적으로 풍자와 비판정신이 내재되어 있지만, 그 비판과 풍자 정신이 「호정문」에서는 호랑이의 의론으로 날카롭게 표현되었고, 그 밖의 우언들에서는 서사성이 강화되면서 해학적으로 눙치고 있다.

　지금까지 우의적 풍자의 양상을 세 가지로 나누어 살펴보았다. 첫째, 원 텍스트와 제2텍스트를 통해 직설과 역설을 직조하는 방법, 둘째, 어떤 수법을 통해 우회적으로 의미를 표현하는 방식, 셋째, 우언의 활용이 있었다. 우의를 드러나는 것과 숨겨진 것의 상호작용이라고 할 때, 이 세 가지 우의의 양상은 드러낸 것과 감춘 것의 관계가 세부적으로는 다르게 나타나고 있다. 이것을 일종의 우의적 소통으로 볼 수 있는데, 숨기면서 찾아내게 하여 현실의 기휘를 측면 공격하는 '역설', 우회적으로 말하면서 말하고자 하는 것을 효과적으로 표현하기 위한 '수법이나 기법', 우의의 가장 전형적인 '우언'으로 우의적 흐름이 이어진다.

　우의적 글쓰기는 기(奇)를 추구했던 유몽인 산문론의 발현이며 풍자와 비판을 내재한다. 유몽인의 글쓰기는 대부분 표면과 내면의 간극을 발생시키는데, 특히 우의적 기법을 이용한 글쓰기는 더욱 그렇다. 우의라는 것이 숨겨서 말하거나 돌려서 말하는 데 유용하기 때문이다. 이때 표면의 표현된 뜻과 내면의 숨긴 뜻의 간극을 메우는 일을 독자에게 맡겼는데, 때로는 표면의 뜻을 통해 내면의 숨겨진 의미를 찾아내야 하고, 혹은 표면과 내면의 뜻이 충돌하는 지점에서 창출된 제3의 의미를 찾아내야 하기도 한다.

제4장 『어우야담』의 일화 운용 방식

유몽인의 산문론이 정통 한문양식에서 펼쳐질 때와 달리 이야기체 산문에서는 어떻게 발현되는지 알아보고자 한다. 『어우야담』은 여러 층면에서 다양한 접근이 가능하지만, 본 장에서는 이야기 서술 방식, 특히 일화의 운용 방식과 의미의 변주에 집중하여 유몽인 특유의 풍자나 우의, 상대적 세계관 등이 어떻게 표출되는지 살펴보겠다.

정통 한문 양식에서 날카로운 풍자나 기존 관념을 비틀기 위한 방법으로 역설이나 우의적 수법을 많이 사용했다면, 『어우야담』에서는 일화의 전면적인 활용과 일화의 나열 및 배치를 통해 기존 관념에 대항하고 있다. 사실 『어우집』에서도 일화의 나열을 선보이기는 했지만 본격적이지 못했다. 『어우야담』에서 운용되는 일화들은 한 편의 이야기 속에서 단일 일화가 사용되기도 하고, 복합 일화로 이루어지기도 한다. 또한 중심 주제에 대해 여러 인물의 일화가 나열되기도 하며 이번에는 한 인물에 대해서 여러 편의 이야기가 나열되기도 한다. 본 장에서는 의미를 다면적으로 제시할 가능성이 농후한 복수적 일화 운용과 의미의 반전이나 기존관념을 풍자하는 일화 사용에 주로 관심을 가지고, 『어우야담』 속 일화들의 나열과 거기에 투영된 시각, 그리고 여러 일화들을 통해 확고한 기존 관념이 어떻게 비틀리고 역전되는지 살펴보게 될 것이다.

일화의 운용은 크게 두 가지 층위로 나누어 살펴볼 것이다. 첫째는 일화들이 병렬되는 경우다. 한 편 내에서 몇 개의 일화가 나열되기도 하고, 어떤 특정 주제나 인물에 대해서 여러 편에 걸쳐서 편 자체가 나열되기도 한다. 이런 모든 것을 '병렬적 일화'로 묶어서 살펴볼 텐데, 그것은 일화의 '병렬'에 의해서 의미의 변주가 생긴다고 판단했기 때문이다. 물론 일화의 병렬에는 하위 여러 층위의 세분화가 뒤따른다.

두 번째는 '병렬'에 의해서 의미의 변주가 유도되는 것이 아니라 기존의 어떤 강한 선입견을 비틀어 보려는 분명한 의도를 가지고 그에 맞는 특정 일화를 배치, 나열한 이야기들이다. 이를 '계기적 일화'로 범주화했다.

'병렬적 일화'는 반드시 복수의 일화가 사용되지만 그 일화들은 연속적이고 계기적이지 않기 때문에 나열된 일화들 중 어느 것이 하나 삭제되어도 무방하다. 반면 '계기적 일화'는 일화가 때로는 단수로, 때로는 복수로 사용될 수 있는데, 이 범주의 일화들은 기본적으로 기존의 선입관의 존재를 전제하고 그것을 비틀거나 전복시키려는 의도를 지니고 있다. 이때 전제된 기존의 선입관은 일화 활용의 계기가 되며, 기존 관념을 부정하기 위해서 반드시 기존 관념을 뒤좇아 사용하기 때문에 계기적(繼起的)일 수 있다.

1. 병렬적 일화

유몽인의 『어우야담』에는 어떤 한 인물됨을 평가하거나, 사건·상황을 형상화하는 데에 이야기 한 편 안에서 몇 개의 일화가 병렬적으로 나열되는 경우가 있다. '한 편 내에서 삽입'된 일화라는 의미를 살리기 위해 이것을 '삽화의 병렬'이라고 칭했다. 또한 어떤 한 주제에 관하여 일화가 여러 편에 걸쳐서 옴니버스 식으로 나열되는 경우도 있다. 편을 나누어 나열되는 일화를 한 편 내에서 나열되는 일화와 구별하기 위해서 '편의 병렬'이라고 명명했다.

일화의 병렬적인 나열에는 여러 가지 경우 수가 있다. 첫 번째는 나열된 모든 일화들이 모두 서로 의미가 비슷하거나 같은 경우이고($a = b = c = d$), 두 번째는 첫째와 반대로 나열된 모든 일화들의 의미가 각각 다른 경우($a \neq b \neq c \neq d$)다. 세 번째는 여러 편의 일화들이 나열되었지만 의미는 두세 가지로 묶여지는 경우이고($a = b, c = d$/ $a = c, b = d$ 등), 네 번째는 여러 편의 일화들이 일정한 의미로 수렴되는 경우($a \rightarrow b \rightarrow c \rightarrow d$)다. 이것들이 일화의 병렬에 있을 수 있는 표면적인 경우의 수인데, 실제 작품을 보다 보면, 두 번째 $a \neq b \neq c \neq d$ 경우처럼 각각의 일화의 의미가 완전히 다른 경우는 거의 없다. 기본적으로 일화의 병렬은 연관성 있는 일화의 나열이기 때문이다.

그리고 첫 번째와 네 번째는 결국 비슷한 효과를 낸다. 첫 번째 경우, 비슷한 의미의 일화들이 나열되는 이유는 의도하는 어떤 주제를 확정하고 강조하는 효과를 내기 위해서이다. 네 번째의 경우, 일화의 나열은 서론·본론·결론이 있는 논설문이 아니기 때문에 일단 일화의 선후 순서를 따지기 어렵다. 설령 텍스트 그대로 '$a \rightarrow b \rightarrow c \rightarrow d$'로 일화의 의미가 전개된다고 하더라도, a일화의 의미가 b일화에 여전히 남아 있고, b일화의 의미가 여전히 내포된 채로 c이야기가 전개될 수밖에 없다. 그렇다면 결론에 해당되는 d일화는 앞의 a·b·c일화의 의미를 확정하면서 강조하고, 수렴하기 때문에 결국 첫 번째 경우와 비슷해진다. 따라서 본 논문에서는 세 번째 경우를 살펴보고, 첫 번째와 네 번째 경우를 하나로 묶어서 살펴볼 것이다.

한 편 내에서 여러 편의 일화가 나열되든, 편을 나누어 이야기가 나열되든, 기본적으로 나열된 각각의 개별 일화들은 각각의 의미를 인정할 수 있는 다성적 시각이 필요하며, 동시에 이들을 통합적으로 바라볼 안목을 요구한다. '다성(polyphony, 多聲)' 혹은 '다성성'[1]이란 단순히 다양성을 의미하는 것이 아니다. 등가적 가치를 지니는 다양한 목소리들이 존재하고, 그리고 그 요소들끼리 서로 경쟁하고 갈등의 관계에 있음을 지시한다는 점이 중요하다.

나열된 일화들이 비슷하거나 혹은 결국 어떤 일정한 의미나 주제로 수렴된다 해도 마찬가지다. 각각 개별 일화들은 완전히 등가적일 수는 없고, 여전히 독립적인 의미를 지니고 있으며, 독립적인 각각의 몇 개의 의미가 서로 경쟁하고 갈등하여 통합된 일정한 의미를 수렴해 내기 때문이다. 더구나 병렬된 일화들을 통해 이면의 의미를 탐색하는 경우라면 다성적 시각은 더욱 기본 전제가 된다.

1) 삽화의 병렬

① 이면 의미 탐색

한 편 안에서 삽화가 여럿 나열되는데, 그 나열된 삽화의 의미가 두세

---

1) '다성' 혹은 '다성성'이란 서로 다른 여럿의 음이 화음을 이루어 내는 것에서 출발하여 문학작품 내에서 작가, 작중인물, 혹은 중량 있는 인물이 각기 서로 다른 목소리를 내는 것을 말한다. 작중 인물의 목소리에 한정한다고 하더라도 중추적 핵심 인물을 단독 주인공으로 내세우는 것이 아니라 서로 다른 의식을 지닌 목소리의 주인공이 여럿이 등장하여 활동한다. 이 용어의 개념 정리를 위해 다음과 같은 논문과 책들을 참고하였음을 밝힌다. 김욱동, 『대화적 상상력』, 문학과지성사, 1988; 로버트 스탬, 「바흐친과 대중문화비평」. (여홍상 편, 『바흐친과 문화이론』, 문학과지성사, 1995, p.323); 츠베탕 토도로프, 최현무 옮김, 『바흐찐 문학사회학과 대화이론』, 까치, 1987; 임영천, 「염상섭 소설의 다성성연구」(한민족문화학회, 『한민족문화연구』6, 2000)

가지로 묶여지면서 양면적 의미나 이면적 의미, 숨은 의미를 드러내 주는
경우다. 조헌이나 박응남 일화가 여기에 해당된다. 『어우야담』의 「84화
조헌의 인품」[2])에는 조헌에 대한 4개의 서로 다른 삽화가 나열된다.

> 가) 조헌이 제사 분향을 담당할 적에 조부모비가 현왕을 낳아 삼한을 통
> 합하였다고 해서 특별히 제사를 지내고 있었다. 조헌은 음사(淫祀)
> 는 분향할 수 없다고 하여 왕지(王旨)를 받들지 않고 항거하는 글을
> 올렸다. 조정에서 그의 의견을 받아들여 그 제사의 향축(香祝)을 파했다.
> 나) 조헌은 자신의 의론이 조정에 받아들여지지 않자 대궐문 밖에 자리
> 를 깔고 작두를 곁에 둔 채 포복한다.
> 다) 일본의 평수길이 우리나라 사신을 50일이 지난 뒤에 대면하였는데
> 질그릇 술잔으로 잔을 비울 때마다 술잔을 깨뜨려 새 것으로 갈고
> 영아(嬰兒)를 무릎 위에 안고 희롱하였다. 이에 다음 해 평수길이 사
> 신을 보내 사과하였다. 그러나 조헌은 왜놈 사신의 머리를 베고 그
> 것을 중국 조정에 알리자고 상소하였다. 조정의 의론은 미친 짓이라
> 고 여겼다.
> 라) 조헌은 천문(天文)에 능하였는데 전쟁에 대비하여 문하의 제자들에
> 게 산을 오르내리는 훈련을 시키고 임란이 일어나자 수백 명의 의병
> 을 모아 왜적과 용감하게 싸웠다. 관병(官兵)들은 모두 도망가는데
> 조헌의 병사만이 용감하게 싸우다 전사하였다.

삽화 가)에서는 조헌의 분향 폐지 상소에 대해 여러 분분한 의견들이
있었지만, 조정에서는 조헌을 가상히 여겼다고 한다. 분분한 이견을 물리

---

2) 『어우야담』, 1996, pp.160-163.

치고 조정에서는 조헌이 '강직하다'는 쪽에 손을 들어주었다. 삽화 가)에서 조헌은 '강직한 사람'이다. 그런데 삽화 나)에서 조헌의 강직함은 조금 변질된다. 조헌이 작두를 곁에 두고 포복하고 있는 상황에 대해 "조정에서 만약 자네를 죽이고자 한다면 도끼가 없어서 못 죽이겠는가? 무엇 하려고 작두를 손수 가져왔는가?"라는 어떤 재상의 말은 희화적이다. 조헌의 강직함은 희석되고, 그 희석은 재상의 이 말을 들은 조정의 신하들이 '크게 웃었다'는 부분에서 절정을 이룬다. 여기에서 웃음의 의미는 조헌의 강직함의 다른 측면일 수 있는 '고루함' 혹은 '고집'에 대한 비웃음이다. 결국 삽화 나)는 고루할 정도로 단순·강직한, 강직의 부정적인 면을 드러내 준다.

삽화 다)에서 조헌은 일본이 우리나라 사신을 푸대접한 것에 대해 분노하며 일본 사신을 죽이자는 강경책을 상소한다. 이러한 조헌의 상소에 대해 두 가지 이견이 있었다. 조헌을 아는 사람이나, 혹은 정황이나 상황을 아는 몇 몇 사람들은 조헌을 의롭다고 여겼던 데 반해, 조정에서는 '미친 짓'이라고 하였다. 정황을 아는 소수자를 제외하고, 통론에 해당되는 조정의 의론이 그를 미쳤다고 평가하는 것이다. 여기에서 조헌은 '미친놈'이 된다. 삽화 라)에서 조헌은 천문을 잘 보고 선견지명이 있어 전쟁에 대비하였는데, 실제 임진왜란이 일어나자 용감무쌍하게 잘 싸운 인물로 기록된다. 관병들은 왜적을 보기만 해도 모두 달아나는데, 조헌을 포함한 의병들은 끝까지 싸우다 전사한다. 삽화 라)에서 조헌은 아주 '용감한 의병장'이다.

실제로 역사상 조헌은 임란 때 의병을 일으켜 용전한 의병장이고, 이이(李珥)의 문인 중에 가장 뛰어난 학자로 기록되어 있다.[3] 역사에서 기억

---

3) 『한국민족문화대백과사전』 20, 한국정신문화연구원, 1991.

하는 조헌은 '용감한 의병장'과 학문적으로 뛰어난 '학자' 두 가지 면모다. 그런데 삽화 4개를 종합해 보면 조헌에 대해 '강직한 사람', '고루한 사람', '미친 사람', '용감한 의병장'이라는 항목들이 추출된다.

이 항목들은 단순히 긍정적인 측면과 부정적인 측면 두 축으로 나누기 전에, 이미 하나하나가 조헌에 대한 서로 다른 개별적 시각을 드러내 준다. 즉 어떤 사람이 보기에 조헌은 미친놈일 뿐이고, 다른 사람이 보기에 조헌은 용감한 의병장이었고, 또 다른 사람이 보기에 조헌은 무엇보다 강직한 사람일 수 있으며, 또 다른 누군가가 보기에는 조헌은 너무 고루해서 웃기는 놈일 수 있는 것이다. 조헌이라는 한 사람에 대해 '강직한 사람-고루한 사람', '미친 사람－용감한 의병장' 등 합치될 수 없는 평가가 나오니 혼란스럽다.

그러나 이것을 찬찬히 생각해 보면, 지나치게 강직한 사람의 다른 측면은 고루함과 비웃음이 자리를 잡을 수 있는 것이고, 용감하니까 미친놈이라는 평가를 받을 정도의 행동을 할 수 있는 것이다. 즉 지나치게 긍정적인 어떤 한 면은 동시에 부정적인 이면이 될 수 있음을 보여주는 것이다. 이렇게 본다면 '강직한 사람－미친 사람', '고루한 사람-용감한 의병장'도 연속적인 고리를 형성한다. 이들 연쇄체는 어느 한 고리도 삭제할 수 없으며, 부정과 긍정의 양면이 통합되어 조헌이라는 인물이 형성된다. 각기 독립적이며 융합되지 않는 서로 다른 세계관의 의식들이 제각기 비융합성을 간직한 채 조헌이라는 한 인물의 통일체 속으로 결합하는 것이다. 즉 조헌을 평가하는 서로 다른 네 개의 목소리는 긍정적인 축과 부정적인 축으로 범주화되는데, 이 긍정과 부정이 평행선을 이루며 대립하는 것이 아니라는 결국 둘이 아니라 하나의 화음이었던 것이다.

『어우야담』에는 조헌처럼 장점이 곧 단점이고 단점이 곧 장점인 인물들이 많이 등장한다. 「141화 박응남의 위인」에서 박응남(朴應男, 1527-1572)

역시 그런 인물 중 한 사람이다. 유몽인은 박응남의 사람됨을 여러 삽화를 통해 제시하고 있다.

가) 친구 정지연이 급제하여 대사헌이 되자 박응남은 친구 정지연을 찾아와 축하한다는 말 한 마디 없이 조정을 위해 목숨을 바칠 것을 말하고 가버렸다. 박응남이 감정을 겉으로 나타내지 않고 사물을 태연하게 대하는 것이 이와 같았다.

나) 응남은 신진(新進) 정탁(鄭琢)을 천거하여 한림이 되었다. 정탁이 응남에게 은근한 정성을 바쳤으나 응남은 한 마디 말도 상대하지 않고 끝까지 모르는 사람처럼 하니 정탁이 부끄러웠다.

다) 응남은 평소 독서를 좋아하였는데 평소 "십 년 동안 독서하지 않는 것은 괜찮지만 하루라도 소인을 가까이 하는 것은 불가하다(可以十年不讀 不可一日近小人)"라고 써 놓았다.

라) 응남은 평범하고 쉬운 사람이 아니었고 자기 기세를 부려 자기 뜻대로 하였으므로 모두 두려워하며 앞날이 험난하리라고 하였다. 일을 행함에 고인과 비슷함이 많았으니 심상한 사람이 아니었다.

마) 홍천민과 박응남은 막역한 친교를 맺어 의형제로 지냈는데 홍천민의 처가 박응남을 창틈으로 몰래 엿보고는 끝에 가서 홍천민을 저버릴 것이라고 했다. 후에 과연 홍씨는 박씨에게 배척당했다.

가)는 친구 정지연과의 삽화를 통해 박응남의 고지식함을, 나)는 정탁과의 삽화를 통해 박응남의 강직한 성품을 표현하였다. 고지식함과 강직함은 동전의 양면 같은 것이지만 어느 측면을 강조하느냐에 따라 인물을 바라보는 시각은 조금 달라진다. 가)에서 박응남은 45세라는 늦은 나이에 급제한 친구 정지연에게 축하의 말은 한 마디도 하지 않고 조정을 위해 목숨을 바치라는 원칙적인 말을 남긴다. 박응남은 친구의 기쁨을 흔쾌히 함께 나눌 수 있는 유연성이 없었던 것이다.

반면에 삽화 나)에서 박응남은 신진 정탁을 처음부터 끝까지 모두 주선하여 천거했지만 정탁에게 어떤 보답도 바라지 않는다. 정탁이 은근한 정성을 보이지만 박응남은 한 마디 말도 상대하지 않는데, 그것은 박응남이 어떤 뇌물을 바라고 정탁을 추천한 것이 아니라 소신에 의해서 이루어졌음을 보여준다. 그리고 정탁이 자신의 행동에 대해 '심히 부끄러워하였다'는 말을 통해 박응남의 강직함은 강조된다. 여기에서 박응남은 고지식하면서 강직한 사람이다.

그런데 마지막 '박응남이 막역한 친교를 맺어 의형제로 지내는 홍천민을 끝내 저버리고 배척한다'는 마) 삽화는 박응남의 사람됨을 고지식함과 강직함으로 범주화하는 것에 약간의 의문이 들게 한다. 삽화 마)를 개별적으로 읽어보면, 박응남의 사람됨이 막역한 친구를 배신하는 부정적 이미지가 강하다. 이것을 이해하는 발판이 되고 있는 것이 다)와 라)다. 다), 라)는 역시 박응남의 고지식과 강직이 변주되고 있다. 다)는 소인을 가까이 하지 않는 박응남의 강직함을 나타내는 것으로, 일단 긍정의 의미로 읽혀진다. 그러나 다)에서 박응남은 타협과 절충의 여지없이 '소인'과 '군자'라는 윤리적 선악의 이분법으로 대인관계를 풀어갈 가능성을 읽게 된다. 라)는 강직과 고지식이 함께 어울린다. '기세를 부려 자기 뜻대로 한다'는 고지식한 측면을, '고인과 비슷하며 심상한 사람이 아니다'는 강직한 측면을 함께 서술한 것이다.

다), 라)를 통해 보면 박응남은 친구처럼 편하게 지낼 수 있는 쉬운 사람이 아니며 자기 기세를 부려 자기 뜻대로 하고야 마는 인물이다. 더구나 박응남이 가장 혐오하는 사람이 소인이라는 것으로 보아, 어떤 관계의 사람이건 융통성 없고 고지식한 박응남 특유의 강직함으로 시비를 가리는

데 앞장 설 인물로 보인다. 강직한 사람들은 대체로 행동을 소신 있게 하고 자신의 생각을 과감하게 말하는 등 기탄없이 논박을 잘한다. 그런데 강직함이라는 것이 독립적인 성격이 아니라 강직함에는 항상 고지식함이 뒤따르게 되고 극단적으로 막역한 친교로 의형제까지 맺었던 홍천민을 저버리는 상황에 이르게 되는 것이다. 그래서 사람들은 모두 홍천민처럼 배척당할까 그를 두려워하고, 한편으로는 박응남을 원망하는 사람들이 생긴다. 결국 마지막 삽화는 박응남의 강직함과 고지식함이 동시에 작용하여 일구어낸 삽화다.

율곡 이이는 『석담일기』에서 박응남에 대해 "고지식하며 말을 과감히 하고 겉으로는 시비를 분별하지 못하는 듯하나 속으로는 시비를 판단하는 기준이 있었다"[4]고 평가하고 있다. 이이의 평가는 유몽인이 삽화의 나열을 통해 제시하는 박응남의 사람됨과 대체로 일치한다. 결국 박응남의 고지식함과 강직함은 어느 한쪽으로 수렴되는 것이 아니라 두 요소가 각각 자신의 고유성을 지키면서도 융합되는 현상을 보인다. 때문에 사림의 큰 힘이 되기도 하고, 원망하는 사람이 많기도 했던 것이다.

유몽인은 조헌이나 박응남의 강직함과 고지식·고루함의 양면성을 삽화의 나열을 통해 보여주었다. 긍정의 축인 강직함은 그것이 지나칠 때 고지식이나 고루함으로 발전할 수 있으며, 더 나아가 미친 사람이나 친구를 배신하게 되는 상황까지 갈 수 있다. 반대의 곡선도 마찬가지다. 부정의 축인 지나친 고루함은 반대로 소신 있고 용감한 사람, 강직한 사람으로 표출될 수 있다. 어느 쪽을 볼 것인지 독자 입장에서는 선택일 수 있다. 그렇지만 유몽인은 어느 쪽을 강조하든지 그 이면도 함께 입체적으로 조망할 것을 요구하고 있으며, 특히 조헌과 박응남의 강직함 뒤에 숨겨있

---

4) 『한국민족문화대백과사전』 9, p.55.

는 '고루함'과 '고지식'을 성찰하게 하고 있다.

병렬을 통해 이면 의미를 탐색하게 하는 삽화들은 표면적으로 한 인물·사건·상황을 형상화하는 데 서로 다른 의식을 유출해 낼만한 삽화들을 뒤섞어 놓아 혼란스럽게 한다. 유몽인은 자신이 형상화한 인물이 착하다는 것인지, 악하다는 것인지, 강직하다는 것인지, 고루하다는 것인지, 또 어떤 상황을 좋게 보는지 나쁘게 보는지, 언뜻 통일성이 없어 보인다. 그러나 주의 깊게 읽어보면, 몇 개의 개별 의미들은 서로 다른 의미의 이면이 되고 있다. 유몽인은 바로 이면의 의미나 양면성 탐색에 관심을 갖고, 긍정 속의 부정, 부정 속의 긍정을 보여주면서 궁극적으로 숨은 의미를 탐색해내려고 한다. 『어우야담』에는 인물담이 절대 다수를 차지하는데, 인물의 이면이나 양면을 보여주기에 삽화의 병렬은 유용한 방식 중의 하나다. 병렬의 방법이 아니더라도 다양한 방식을 통해 유몽인은 인물의 이면이나 양면을 탐색하는 데 지속적인 관심을 보였다.

② 주제 의식의 수렴·심화

한 편의 이야기 안에서 서로 비슷한 의미의 삽화나 연관성 깊은 삽화를 반복적으로 나열함으로써 주제를 강조하여 깊이 있게 확정하고, 일정한 주제를 수렴해 내서 심화하는 경우가 분석 대상이다. 『어우야담』 「24화 홍유손의 기행」[5])이 여기에 해당된다.

> 가) 홍유손은 은둔 군자로 세상에 대처하는 것이 고답적(高踏的)이어서
> 영리를 추구하지 않았으며 추강 남효온과 벗하여 산수간을 자유롭게
> 방랑하였다.

---

5) 『어우야담』, 1996, pp.59-60.

나) 홍유손이 한 재상집에서 묵고 아침에 떠났는데 비단 금침에 똥이 남겨져 있었다.

다) 홍유손이 높은 언덕에 올라가 똥을 누는데, 똥이 꼬아 놓은 새끼줄처럼 길었다. 유손은 곧 그 똥을 끌어당겨 뱃속으로 도로 집어넣었다.

라) 홍유손은 추강보다 먼저 금강산에 가서 높은 나무를 타고 올라가 절벽에 시를 썼다. 시를 다 쓰고는 나무를 뽑아버렸다. 추강이 그곳에 이르러 사람이 오를 수 없는 절벽의 시를 보고는 비선(飛仙)의 시라고 여겼다.

마) 유손은 90세에 아내를 얻어 아들을 낳았다.

유몽인은 홍유손의 기본 성격을 가)로 파악하고 홍유손의 여러 가지 기행과 관련한 삽화를 나), 다), 라), 마)로 병렬적으로 나열하고 있다. 비단 금침에 똥을 눈 행동, 새끼줄처럼 긴 똥과 그 똥을 도로 끌어당겨 뱃속에 집어넣는 기행, 절벽에 올라가 시를 적어 놓는 행동, 90세에 아들을 낳은 것 등이 그것이다. 홍유손의 몇 가지 삽화들은 모두 '기행'으로 정리되고 있다.

특히 유손의 기행은 인간이 가장 더럽게 여기는 '똥'을 통해 집중적으로 드러난다. 세속적으로 가장 아름다운 비단금침 위에 '똥'을 누어 세상을 조롱하기도 하고, 새끼줄처럼 긴 '똥'을 통해 보통 사람과 남다름을 보여주기도 한다. 보통 신선술을 연마하는 사람들은 단전호흡을 주로 하는데 홍유손은 몸 안에 있는 나쁜 기운인 노폐물 똥을 자유자재로 배출함으로써 우회적으로 신선술에 능통함을 상징적으로 보여주고 있는 것이다.[6]

---

6) 비슷한 이야기로 「312화 신선을 배운 곽재우」(『어우야담』, 1996, p.545-546)가 있다. 곽재우는 서너 말의 술을 마시고도 오장육부에는 전혀 남겨두지 않고 거꾸로 서서 모두 땅에 쏟아내었다고 하는데, 이 이야기 역시 몸 안의 음

그래서 홍유손은 실생활과 동떨어진 은둔군자이며, 나아가 '비선'일 수 있는 것이다.

홍유손의 기행은 가)에서 언명한 은둔군자, 고답적 성격, 산수 간의 방랑을 적절하게 보여주는 기행 삽화들로 구성되어 있다. 사실 은둔군자는 고답적 성격을 가지고 있으며, 그 고답적 성격이 표출되는 양상이 산수 간을 자유롭게 방랑하는 것이다. 기행 삽화가 고리처럼 하나로 연결되어 있는 것이다. 이렇게 내포적 의미가 비슷한 삽화를 병렬적으로 나열하는 것은 주제를 반복·집중·심화하려는 의도가 명백해 보인다. 비슷한 의미를 반복한다는 측면에서 나), 다), 라), 마)의 삽화 중에서 어느 하나를 생략해도 홍유손의 기행의 주제는 사라지지 않지만, 폭 넓은 '기행'의 너비를 표현해 내지는 못한다.

「황진이」7) 이야기 역시 나열된 삽화들이 일정한 의미로 수렴된다.

> 가) 송도에 이름 난 창기 진이는 여자 가운데 '척당(倜儻)·임협(任俠)'한 사람이다.
>
> 나) 화담 서경덕이 은거하여 살며 벼슬하지 않으나 학문에 정수하다는 말을 듣고 그를 시험해 보고자 한다. 허리끈을 동여매고 『대학』을 끼고 찾아가 배움을 청하였다. 진이가 밤을 틈타 화담을 유혹했으나 화담은 끝내 흔들리지 않았다.
>
> 다) 명산 금강산을 한번 청유(淸遊)하고 싶었는데, 이생원이라는 자가 질탕하고 맑고 트여 세속을 벗어난 놀이를 함께 할 만하였다. 이생과 진이는 종들을 일체 따라오지 못하게 하고 베옷을 입고 갈포 적삼에

식물이나 노폐물을 자유자재로 배출하는 모습을 보여줌으로써 신선술에 능통함을 보여주고 있다.

7) 『어우야담』 보유편, 2001, pp.68-71.

송낙을 쓰고 미투리를 신고 대 지팡이를 짚고 금강산을 두루 돌아다니지 않은 곳이 없었다. 사찰을 다니면서 구걸하여 먹거나 혹은 몸을 팔아 식량을 얻기도 했다. 또한 노래를 불러주고 동행한 이생을 노복이라고 속이며 먹을 것을 얻어 먹이기도 한다.

라) 선전관 이사종을 만나 친근한 정이 들어 6년간 함께 살 것을 제안한다. 삼년 간 서로 먹여 살리면서 6년을 채우고 작별하고 떠난다.

마) 진이는 죽을 즈음 살아생전 분화한 것을 좋아했으니 죽은 후에도 산골에 묻지 말고 큰 길 가에 묻어달라고 유언한다. 임제가 평안도사가 되어 길 가는 도중 진이에게 묘제를 지냈는데 이 때문에 조정의 비판을 받았다.

이 이야기 역시 가)에서 황진이의 기본 성격을 '척당·임협'으로 제시하고 이와 관련된 나), 다), 라), 마)의 삽화를 나열하고 있다. 네 개의 삽화의 의미가 일정하게 '척당·임협'으로 수렴되고 있는 것이다. 「황진이」 이야기는 일찍이 소설 작품으로 논의되었던 바, 많은 연구자들이 주목한 이야기다. 특히 황진이 이야기가 '척당·임협'이라는 의미로 수렴되는 것을 분석하고, 황진이 관련 다른 문헌자료와 비교·검토하면서 유몽인의 방외인적 의식세계를 다룬 선행 연구8)가 이미 있다. 때문에 여기에서는 구체적인 작품 분석은 생략한다.

삽화의 병렬이 개인 인물담인 경우 외에도 어떤 상황이나 주제에 대한 여러 사람의 반응인 경우도 있다. 『어우야담』「56화 문장의 결점에 대한

---

8) 윤주필(『한국의 방외인문학』, 집문당, 1999, pp.430-439)은 『어우야담』 소재 「眞伊」가 4개의 삽화로 구성되어 있는데, '척당임협'이라는 기본 성격으로 4개의 삽화가 연결되었다고 보고 있다. 네 개 일화의 의미가 '척당임협'으로 일정하게 수렴되고 있는 것이다.

지적을 수용하는 여부」[9]는 문장의 결점에 대한 지적을 수용하는 사람들의 서로 다른 태도를 보여준다.

> 가) 문장을 짓는 선비들 중에 어떤 사람들은 누가 글의 잘못된 점을 말해 주면 기뻐하고 충고를 즐겨 들으며 고치는 것을 물 흐르듯이 하기도 하지만 또 어떤 사람들은 발끈 성을 내며 스스로 자신의 문제점을 알면서도 일부러 고치지 않기도 한다.
>
> 나) 기대승(奇大升)
> 자신의 문장이 어떤 사람보다 못하지 않다고 자부하였다. 기대승의 응제시문에 대해서 승문원 승지가 시문의 잘못된 곳을 지적하여 표를 붙여 놓았다. 노하여 화를 내고 한 글자도 고치지 않았다.
>
> 다) 이호민(李好閔)
> 이호민의 응제시문에 대해 유근이 여러 곳에 표를 하여 고칠 것을 청하였다. 호민은 어떤 곳은 고치고 어떤 곳은 고치지 않았다. 유근이 표해 놓은 곳을 모두 고칠 것을 청하였다. 호민이 성을 내어 유근을 질책하였고 유근은 심히 부끄러웠다. 이로부터 신진관료의 보잘 것없는 글월이라도 고치라고 하지 못했으니 그들도 성을 내기 때문이다.
>
> 라) 유근(柳根) · 심희수(沈喜壽)
> 유근과 심희수는 그들의 잘못된 점을 지적하는 사람이 있으면 그때마다 성난 빛을 얼굴에 드러냈지만 다른 사람에게 감히 이야기는 못했다.
>
> 마) 정사룡(鄭士龍)

---

9) 『어우야담』, 1996, pp.116-118.

시를 지으면 다른 사람에게 보여주어 흔연히 충고를 받아들여 고쳤
다. 퇴계가 잘못된 점을 지적하면 즉석에서 곤란한 기색 없이 고쳤
다. 과거 정시(庭試)에서 퇴계는 호음의 시를 보고 감탄하며 자신의
시를 부끄러워하여 시권을 소매에 감춘 채 제출하지 않았다.

이 글 역시 서두 가)에서 '문장의 결점에 대한 지적을 수용하는 여부'에
대한 일반론을, 제시하고 이어서 나), 다), 라), 마)에서 구체적인 삽화를
보여주는 식이다. 글의 잘못된 점을 말해 주면 화만 내고 전혀 수용하지
않는 기대승, 부분적으로 수용하는 이호민, 화는 나지만 다른 사람에게 감
히 말하지는 못하는 유근·심희수 같은 인물, 전체를 수용하는 정사룡 등
이 차례로 열거된다. 이는 어떤 동일한 상황에 대한 다양한 반응을 한자
리에서 보여준다. 유몽인은 자신의 가치 판단은 유보하고 있지만 대부분
의 사람들이 자신의 문장에 대한 충고를 받아들이기 쉽지 않음을 보여준
다. 강도는 다르지만 정사룡을 제외한 기대승·이호민·유근·심희수 등
은 충고를 해주면 노하고 성을 낸다. 성을 내는 강도는 자신의 문장에 대
한 자부심에 비례한다. 다른 사람의 충고를 전혀 수용하지 않은 기대승은
자신의 문장이 어떤 사람보다도 못하지 않다고 자부했다고 한다.

그렇다고 반대로 충고를 즐겨 들어 고치는 것을 물 흐르듯 잘 한 정사
룡이 문장에 대한 자부가 없었다는 의미로 귀착되지는 않는다. 유몽인은
퇴계가 정사룡의 시를 보고 자신의 시를 부끄러워하며 감췄다는 이야기를
통해 정사룡이 시에 자부심을 가졌는지, 안 가졌는지 여부를 언급하지 않
고, 정사룡이 다른 사람의 지적을 잘 수용하여 시의 발전을 이루었음을
보여준다.

이는 같은 상황에 대한 여러 사람의 반응을 통해서 다른 사람의 결점
지적을 수용하기가 그만큼 어렵다는 것을 일차적으로 보여준다. 그러나

문장과 그 결점에 대한 비평은 상보적 관계이기에 그 상보성을 받아들일 수 있을 때 발전을 이룰 수 있다. 다음 절 '정사룡의 일화 분석'에서 다시 언급하겠지만, 유몽인은 정사룡을 문장가로서 크게 인정하지 않는데 그나마 정사룡이 발전을 이룰 수 있었던 것은 바로 다른 사람의 충고를 들을 줄 아는 자세 덕분이었음을 예시해 주는 듯하다.

삽화의 병렬적 나열을 통해 의미가 수렴되는 이야기들은 서두 부분에 수렴될 주제를 미리 밝힌다는 것이 특징이다. 일종의 두괄식으로 미리 주제를 제시하고 관련 삽화를 병렬한다. 따라서 병렬된 삽화들은 서두부의 언급으로 모두 수렴되는 경향을 보인다.

지금까지 한 편 내에서 삽화가 병렬되는 이야기들의 의미를 살펴보았다. 삽화의 병렬에 의해 유몽인은 보지 못하는 이면, 양면의 의미를 탐색해 가도록 했다. 또한 삽화의 병렬은 어떤 의도하는 주제를 수렴해 내서 심화시키는 방법으로 사용되기도 했다.

2) 편의 병렬

편의 병렬이란 인물이나 관심 주제를 중심으로 몇 개의 독립된 짧은 일화를 여러 편에 걸쳐 늘어놓은 것을 말한다. 대부분 병렬된 이야기들은 몇 번의 굴절을 거치면서 일정한 의미로 수렴되거나 입체적으로 종합된다. 몇 번의 굴절이란 병렬된 편의 수만큼의 의미가 변주·다변화됨을 의미한다. 『어우야담』에는 유몽인과 동시대 인물들, 교유했던 이들, 그 외에 유몽인이 관심을 가졌던 문인·기생·왕·대군들·광대·노비·무당·점술가·이인들·노름꾼 등등 다양한 인간 군상이 등장한다. 특히 각별한 관심을 가졌던 인물이나 주제에 대해서는 몇 개의 독립된 여러 편에서 이야기가 나열되는데, 일종의 옴니버스식 서사 형식이라고 할 수 있다.

대표적인 인물로 이항복(李恒福, 1556-1618) · 정유길(鄭惟吉, 1515-1588) · 홍천민(洪天民, 1526-1574) · 유근(柳根, 1549-1627) · 이덕형(李德馨, 1561-1613) · 이산해(李山海, 1538-1609) · 이호민(李好閔, 1553-1634) 같은 이들이다. 이들 이야기는 각각 많게는 6, 7편에 걸쳐 이야기되고 있는데, 이들은 모두 유몽인과 동시대 인물이거나 교우했던 인물들이다. 『어우야담』에는 이런 식의 편의 병렬이 상당히 많은데, 본 절에서는 대표적인 몇 이야기만 살펴보겠다.

① 정사룡 일화

『어우야담』에 5편이 실려 있는 호음(湖陰) 정사룡(鄭士龍, 1491-1570)의 일화들을 살펴보자. 「250화 정사룡의 호사」 · 「251화 정호음과 어숙권」 · 「252화 박원종을 모방한 정사룡」 · 「256화 정사룡의 도화마부(桃花馬賦)」 · 「259화 중의 명감(明鑑)」인데 이 이야기들을 각각 요약하면 다음과 같다.

1편 「정사룡의 호사」

가) ㉠ 청원군(淸原君) 한경록(韓景錄)은 선왕의 부마로 장안에서 제일가는 부자였는데, 예조판서 정사룡이 동방에서 제일가는 부자라는 말을 듣고 찾아갔다.

ㄴ) 종들의 의관이 화려했고 계집종들은 짙게 화장하고 아름다웠다. 정원 뒤에 긴 행랑 30여 칸과 누고(樓庫)에 목면베가 가득하였다.

ㄷ) 비단옷의 미희들이 악기를 연주하고 아리따운 종들이 진수성찬을 내오는데 해가 저물도록 나오는 음식은 더욱 진기한 것들이었다. 한경록은 자신의 부와는 비교할 수 없음을 알았다.

나) ㉠ 사암(思菴) 박순(朴淳)이 낭관이 되었을 때 공적인 일로 정사룡의 집에 갔는데, 욕석(褥席) · 장만(帳幔) 병풍 서화들이 눈 가득 찬란

했다.

㉡ 우리나라에서는 일찍이 보지 못한 진수성찬과 술을 권하며 사룡이 문장 모임을 갖자고 하였다. 사암은 시골 사람이라서 눈에 보이는 모든 것이 다 새로웠다. 사암이 시를 짓고 정사룡이 차운하며 술과 음식을 맛보고 물러나왔다.

㉢ 뒷날 다시 사암이 공적인 일로 정사룡의 집을 찾아갔는데 기구들이 예전의 것들이 아니었고 아름답기가 전보다 더하였다.

㉣ 후에 정사룡이 배척당하고 시론이 그를 그르다고 하였다. 당시 사암은 높은 위치에서 국정을 담당하였는데 그는 빙옥 같은 사람이라서 사룡과 의기가 맞지는 않았지만 그를 흠모하고 감탄하는 감정은 늙을 때까지 버리지 않았다. 사람들이 정사룡을 비방하면 반드시 그를 비호하였는데, 사람들은 사암이 공평하다고 여겼지만, 그가 젊었을 적부터 온 마음을 다하여 사룡을 사모했기 때문에 그랬던 것이다.

2편 「정호음과 어숙권」

㉠ 호음 정사룡과 어숙권은 누가 더 고문에 정통한지 시험하였다. 어숙권은 정사룡에게 고서에서 몇 대목의 뜻을 물었지만 정사룡은 모두 대답하지 못하여 무색하고 부끄러워했다.

㉡ 정사룡이 죽자 어숙원은 매번 『호음집』에 있는 비문은 모두 자기가 대신 지어준 것이라고 했다.

㉢ 사룡은 평생토록 밤에 잠을 자지 않으면서 "사람이 100년을 살면서, 하루의 절반은 잠을 자니 사실 평생은 겨우 50에 그치고 마는 것이다. 내 나이 비록 70세이지만 실제로는 140세인 셈이다"고 하였다. 사룡은 매일 밤마다 앉아서 새벽까지 눕지 않았고 혹 나른하면 손바

닥으로 서안에 이마를 기대고 잠깐 눈을 붙였을 뿐이었다.

3편 「박원종을 모방한 정사룡」

ⓐ 정사룡이 처음으로 급제하여 공무관계로 공신 박원종의 집에 갔는
데, 호사스러운 집에, 진귀한 음식, 아름다운 계집종들, 좋은 음악이
나왔다. 정사룡은 그것을 마음속으로 부러워하여 부귀를 탐하는 마
음을 가지게 되었다.

ⓑ 정사룡이 봉록과 지위가 모두 성하게 되자 당시 경상가(卿相家) 가
운데 호음만이 먹는 것에 지극히 사치를 부렸다.

ⓒ 배척을 당해서도 자신을 잘 보양하는 것은 여전하였고, 거처하는 곳
마다 만 권 서가 곁에 천 필의 베를 꽂아 두었다. 또한 밤에는 늘 앉
은 채 잠자리에 들지 않았다.

ⓓ 군자는 '정사룡의 사치와 만권 서가와 밤에 잠자지 않는 것이 모두
박원종을 모방한 데서 나왔다'고 하면서, 천 필의 베를 서가 옆에 둔
것을 보면 정사룡의 뜻이 비루하다고 하였다. 혹자는 천 필의 베는
문집을 간행할 비용으로 삼기 위한 것이었다고 한다.

4편 「정사룡의 도화마부」

ⓐ 선왕이 도화마(桃花馬)가 있자 군신들에게 시를 짓게 하였다. 정사
룡도 지었다.

ⓑ 사룡은 자신의 도화마부를 스스로 선별할 때 세 차례 선택했다가 세
차례 버려서 『호음집』에는 이 시가 없다.

ⓒ 도화를 읊은 것이 교묘하지만 귀착된 뜻이 없으니 삭제한 것이 마땅
하다.

5편 「중의명감」

　　㉠ 정사룡이 중원 산사에서 자신의 시를 어느 중에게 보여주었는데 좋다고 해주지 않았다.

　　㉡ 김시습의 시를 보여 주니 중이 갑자기 일어나 의관을 바르게 하고 손을 씻은 뒤 향을 사르더니 무릎을 꿇고 시를 상 위에 놓으며 세속을 떠난 고매한 사람의 작품이지 그대가 지을 수 있는 것이 아니라고 하였다.

　1편은 장안 제일가는 부자 한경록의 눈으로 본 예조판서 정사룡의 호사스런 생활과 사암 박순의 눈을 통해 본 정사룡의 호사를 보여주고 있다. 2편은 어숙권의 눈을 통해 본 호음 정사룡의 학식을, 3편은 정사룡의 사치 및 생활 태도 등이 모두 박원종을 모방한 데서 나왔음을, 4편은 정사룡의 '도화마' 시는 공교롭지만 진실로 귀착되는 뜻이 없음을 드러낸다. 5편은 중국 어느 산사의 감식안 있는 중은 정사룡의 시를 좋다고 하지 않았다는 일화다. 다섯 편을 종합해보면 호음 정사룡의 호사와 문장에 관련된 이야기들로, 큰 틀에서 호음 정사룡은 문장가와 호사가로 특징지을 수 있겠다.

　그런데 자세히 들여다보면 다섯 편 안에는 호사가로서 정호음을 평가하는 서로 다른 가치들이 혼재하거나 충돌하고 있으며, 문장가로서의 평가 역시 마찬가지다. 청원군 한경록(韓倬)은 선왕의 부마로 장안의 제일가는 부자였는데도 정사룡의 부유함에는 비할 수 없었다. 그만큼 정사룡은 호사스러운 생활을 하고 있었다. 장안 제일가는 부자의 눈으로 정사룡의 호사를 확인해 주고 있는 셈이다. 사암 박순의 일화 역시 정사룡의 호사스러운 생활을 언급하고 있다.

　이렇게 청원군 한경록과 박순을 통해 확인한 정사룡의 호사에 대해서 서로 다른 평가를 내리고 있다. 사람들은 정사룡의 치부(致富)를 '불인(不

㈂)하다'고 여기고, 박순은 정사룡의 치부가 '침탈이나 가렴주구한 것이 아니라 스스로 가업을 일으킨 것'이라고 인정해 주는 입장을 취한다. 이 두 가지 상반된 입장에 대해서 유몽인은 「박원종을 모방한 정사룡」을 통해 정사룡이 부귀에 마음을 둔 것이나 생활 태도가 모두 박원종을 모방한 것이라고 분석하면서 군자의 말을 빌어서 '뜻이 비루하다'는 평가를 내린다. 그러나 여기에서 끝나지 않고 혹자는 정사룡의 치부를 '뜻이 비루한 것이 아니고 천 필의 베는 문집 간행할 비용으로 삼기 위한 것'이라고 이해해 주고 있다.

정사룡의 호사나 치부에 대한 여러 입장을 정리하면 다음과 같다. '사람들-불인', '박순-침탈이나 가렴주구는 아님', '군자-비루', '혹자-문장 간행 비용을 저축한 것'이다. 사람들과 군자는 정사룡의 호사나 치부에 대하여 불인하며 뜻이 비루한 것이라는 부정적 입장을 취하는 반면, 박순이나 혹자는 정사룡의 호사나 치부를 이해해 주려는 입장에 선다. 부정적 입장과 이해하려는 입장이 병렬되고 있다.

한편, 정사룡의 문장가적인 측면에 대한 평가 역시 서로 엇갈린다. 「정호음과 어숙권」에서 어숙권과의 대화를 통해서 드러난 정사룡은 학문에 정통하지 못한 사람이다. 또한 "『호음집』 안에 있는 비문은 모두 나 어숙권이 대신 지어준 것이다"라는 어숙권의 말을 통해 호음의 문장가로서 품격은 추락한다. 그러나 사암 박순은 정사룡의 문장이 동방을 횡단할 만하다고 높게 평가한다. 또한 앞서 「문장의 결점에 대한 지적을 수용하는 여부」에 나타난 정사룡 일화에는 정사룡 시에 대한 퇴계의 감탄이 있었다. 이 엇갈린 평가에서 유몽인은 전자인 어숙권의 의견에 동조한다. 그 구체적인 예로 정사룡의 「도화마부(桃花馬賦)」를 예시한다.

「도화마부」는 황백(黃白)이 섞인 도화마(桃花馬)에 대해 선왕이 시를 짓도록 한 응제시인데, 정사룡은 「도화마부」를 자신의 『호음집』 안에 끝내 싣지 않았다고 한다. 유몽인은 그 이유를 '시는 뜻을 말하는 것인데 말은 공교로웠지만 끝내 귀착된 뜻이 없으니 삭제당하는 것이 마땅하다'라고 평가했다. 결국 정사룡은 공교롭지만 귀착되는 뜻이 없는 시를 쓴다는 것이다. 유몽인의 감식을 재차 확인해 주는 것은 중원 어느 산사의 스님이다. 「중의 명감」은 중원의 어느 산사에서 정사룡은 자신이 자부하는 시를 감식안 있는 중에게 보이자 중은 조금도 좋다고 해주지 않았고, 김시습의 시를 보이자 "세속을 떠난 고매한 사람의 작품"이라고 극찬했다는 이야기다.

유몽인은 정사룡에 대해서 여러 편에 걸쳐 문장가로서, 호사가로서 긍정과 부정이 엇갈리는 서로 다른 의견을 나열하여 다양한 시각을 혼재시키고 있다. 그러나 유몽인은 위의 5편에서 정사룡의 호사가와 문장가 측면에 모두 은근히 부정적 입장을 보인다. 특히 호사가 정사룡을 긍정적으로 평가하는 사암 박순의 입장이 객관적이거나 공평한 것이 아니고 사암이 젊었을 적부터 정사룡을 온 마음으로 사모했기 때문에 나오는 사적인 평가라는 지적이 그렇다. 또한 사룡의 허세나 사치를 '문장 간행 비용을 저축한 것'으로 이해하는 입장에 섰던 혹자의 평가는 어숙권의 일화, 「도화마부」, 중의 명감에 이르면 코믹한 상황이 연출된다. 사룡의 사치를 '문장 간행 비용의 저축'이라고 이해한다고 해도, 정작 본질인 정사룡의 문장 자체가 훌륭한 것이 아니라는 지점에서 본말이 어긋나고, 결국 정사룡의 호사와 문장, 학문은 부정적인 것으로 다가오게 된다.

유몽인은 호음 정사룡에 대해 부정적이면서도 끊임없이 다른 이들의 긍정적 평가를 삽입시키고 있는데, 이것은 두 가지 측면에서 의미를 찾을 수 있다. 하나는 본인의 부정적 의견만을 직설하지 않고 완곡하게 표현하는 일종의 완곡어법일 수 있다. 나아가 나와 생각이 다른 이들의 상대적 인식을 전제하는 것으로 어떤 사람에 대한 직선적 평가를 넘어서 입체적 평가를 하게 한다. 두 번째는 긍정과 부정의 시각을 모두 나열함으로써 객관적 입장을 확보하려는 듯한데 이런 객관적 입장에 대한 제스처 때문에 오히려 정사룡에 대한 유몽인의 부정적 시각에 타당성을 부여해 주는 효과가 나타난다. 유몽인의 부정적 시각은 유몽인의 주관적 판단이 아니라 부정과 긍정을 종합한 객관적 판단처럼 보이게 하여 더욱 신뢰하게 하는 것이다.

② 김시습 일화[10]

유몽인은 다양한 인간 군상에게 관심을 가졌지만, 시재(詩才)로 시대를 풍미했던 김시습에게 각별한 관심을 보였다. 자신이 문재(文才)로 『매월당집』을 잇겠다고 자언할 만큼 김시습을 바라보던 시각은 특별했고, 그런 만큼 『어우야담』에는 김시습 관련 이야기가 5편이나 등장한다.[11] 매월당 김시습(1435-1493) 일화의 의미가 어떻게 수렴되는지, 그래서 유몽인은 김시습이라는 인물을 어떻게 평가하는지 알아보자.

『어우야담』에는 김시습 외에도 일화가 여러 편 실려 있는 인물들이 있지만, 이들은 모두 유몽인과 동시대 인물이거나 교우했던 인물들로, 이들에 대한 관심사는 동시대에 대한 관심사라고 할 수 있다. 반면에 김시습에 대한 유몽인의 관심은 120여 년의 세월을 거슬러 올라간 시대적·역사적 관심사다. 동시에 그 관심은 유몽인 자신의 처세와 당시의 시대상을

---

10) 이 절은 이미 발표한 필자의 글 「'오세'의 기호로 살펴본 김시습 일화의 의미 -『어우야담』 소재 이야기를 중심으로-」(『한국언어문학』 50, 2003)의 일부분을 축약한 것이다.

11) 김시습 관련 일화는 『동야휘집』에 「逃世情淸風節義」 한 편이 실려 있는 것을 제외하면, 장르가 같은 후기 삼대 야담집 『청구야담』·『계서야담』 등에는 실려 있지 않다. 이것만 보아도 김시습에 관한 유몽인의 관심을 짐작할 수 있다.

반영하는 동시대적 관심 및 '체제 밖'[12]에 대한 관심을 복합적으로 내포하기 때문에 더욱 주목된다.

『어우야담』 소재 김시습 이야기는 「김시습 오세 시의 일화」, 「한명회의 위천조어도와 김시습의 제시」, 「김시습의 제자 최연」, 「중의 명감(明鑑)」,[13] 「김시습 기행(奇行)의 의미」 등인데, 이 5편의 이야기를 간략하게 소개하면 다음과 같다.

1편 「김시습 오세 시의 일화」

㉠ 김시습이 다섯 살에 '삼각산' 시를 지었다. 장헌대왕(세종)이 기특하게 여겼다.

㉡ 왕이 비단 백 필을 상으로 내리며 다섯 살의 김시습이 몸소 다 가져갈 것을 명하니 김시습이 비단 끝을 모두 연결하여 끌고 나갔다. 임금이 더욱 기특하게 여겼다.

㉢ 세조가 즉위하자 김시습은 항거하는 마음으로 수염만 남겨두고 머리

---

12) 김시습 일화들을 통해 '체제 밖'에 관한 유몽인의 개인적인 사유를 읽을 수 있다. 어우 유몽인은 방외인(方外人)으로 표현되는 기행인(奇行人)·술사·이인·은사 등 체제 밖의 사람들에게 많은 관심을 가졌고 특히 방외인의 서구자 격인 김시습에게는 각별한 관심을 보였다. 김시습에게 보였던 관심이 김시습이 도를 전수했다는 홍유손(洪裕孫)·정희량(鄭希良) 등에게 이어지고 있는 데서도 확인할 수 있다. 「홍유손의 기행」(『어우야담』, 1996, p.59), 「장수한 홍유손 부자」(『어우야담』, 1996, p.141) 등은 모두 홍유손의 기행에 관한 이야기들이며, 「술사 정회량」(『어우야담』, 1996, p.149), 「정희량이 점친 조원기의 일생」(『어우야담』, 1996, p.517) 등의 이야기는 정희량의 술사적 측면에 관한 이야기들이다.

13) 「중의 명감」은 강조점이 '김시습의 훌륭한 시'에 있다기보다는 '훌륭한 시를 감식(鑑識)해 내는 중'에게 있다고 할 수 있다. 즉 주인공이 김시습이 아니라 '승(僧)'이다. 그러나 중요하게 참조가 되는 이야기라서 여기에서 함께 논의하였다.

털을 깎았다.

2편 「한명회의 위천조어도(渭川釣魚圖)와 김시습의 제시」

㉠ 한명회가 위천조어도를 얻었는데 지극히 뛰어난 작품이었다.

㉡ 그가 명인의 시를 구하니 모두 김시습의 시만이 그림과 걸맞을 거라고 말했다.

㉢ 김시습에게 시를 구하니 '비바람 쓸쓸히 낚시터 휩쓰니 위천의 고기와 새 또한 세사를 잊도다. 어찌하여 노인은 응양(鷹揚)한 장수 되어 백이·숙제로 하여금 고사리 캐다 굶어죽게 하는가!'라는 시를 써 주었다.

3편 「김시습 기행(奇行)의 의미」

㉠ 한 중이 시습을 사모하여 방문하였는데 시습이 밥을 지어 대접하고는 밥 속에 흙을 발로 차서 넣었다. 중이 노하여 먹지 않고 가버렸다.

㉡ 삼각산 승가사의 중에게 마른 생선을 꺼내어 강권하였다. 중이 노하여 가버렸다.

㉢ 서울 원각사 무차대회에 참여하여 변소에 빠진 손으로 삶은 닭다리를 집어먹었다. 중들이 크게 놀라 쫓아냈다.

4편 「중의 명감(明鑑)」

㉠ 정사룡(鄭士龍)이 중원을 유람하다가 한 중에게 자신의 시를 보여주니 조금도 좋다고 하지 않았다.

㉡ 김시습의 시를 보여주니 중이 의관을 바르게 하고 손을 씻은 뒤 향을 사르고 무릎을 꿇은 뒤에 그 시를 읽었다.

㉢ 중이 '이 시는 세속을 떠난 고매한 사람의 작품이다'고 평하였다.

㉣ 중의 감식안이 신과 같았다.

5편 「김시습의 제자 최연」

㉠ 김시습에게 배우기를 청하는 여러 사람들 중에서 최연만이 김시습의 제자가 되었다.

㉡ 김시습은 달이 높이 뜬 깊은 밤마다 간 곳이 없어졌다.

㉢ 최연이 뒤쫓아 가보니 김시습이 어디서 왔는지, 사람인지도 알 수 없는 두 사람과 마주 대하고 앉아 이야기를 나누었다.

㉣ 다음날 김시습은 제자 최연이 조급하고 참을성이 없어서 더 이상 가르칠 수 없다고 물리쳤다.

㉤ 최연은 시습과 말을 나눴던 자들이 사람인지 신선인지 알지 못했다.

1편 「김시습 오세 시의 일화」는 3가지 삽화로 이루어져 있는데, 이 이야기 마지막 부분에 서술자 유몽인이 "5세 때부터 능히 글을 지어 오세(五歲)라고 호를 지었는데 방언으로 오세(傲世)와 동음이다"라는 말을 덧붙이고 있다. 유몽인은 '오세(五歲)와 오세(傲世)'의 의미를 의식적으로 병치시킴으로써 김시습은 오세(五歲)와 오세(傲世)의 인물, 즉 다섯 살 때부터 글재주나 기지로 임금에게까지 인정을 받았던 영특한 인물이면서 동시에 세상을 싫어하고 업신여기는 인물로 다변화된다. 어진 임금 세종에게서 김시습은 다섯 살에도 뛰어난 시재를 드러냈지만 세조 같은 임금을 만나서는 세상을 업신여기는 오세(傲世)의 인물이 된 것이다. 이 일화는 표면적으로 김시습의 두 가지 측면인 '오세(五歲)/오세(傲世)'를 이야기하고 있지만 그 배면에는 '세종/세조'라는 정치적 배경이 깔려있음을 놓치지 않고 있다.

2편 「한명회의 위천조어도와 김시습의 제시」는 강태공·백이숙제·한명회·김시습 등 여러 인물들이 등장하는데, 강태공은 주나라 무왕을 도와 은나라를 멸망시키고 천하를 평정한 인물이며, 백이·숙제는 반대로

주나라 무왕이 은나라 주왕을 토벌하자 수양산으로 들어가 곡식을 먹지
않고 고사리를 캐먹다가 굶어 죽은 인물이다. 그림 위천조어도에 보이는
강태공은 그 자체로는 위수에서 고기를 낚다가 때를 만나 '어지러운 천하
를 평정한' 긍정적인 모습이다. 그런데 김시습의 시에서 최고의 청절지사
(淸節之士)인 백이·숙제와 함께 묶여지면 강태공의 긍정적 모습은 삭감
된다. 백이·숙제로 하여금 고사리를 캐다 굶어죽게 한 인물로 평가 절하
되는 한편, 백이·숙제의 청절한 선비의 이미지는 배가된다. 여기에서 '강
태공과 백이·숙제'의 관계성이 '한명회와 김시습'에게로 옮겨와 작용한다.

　한명회는 수양대군을 도와 김종서 등 단종을 보호하는 대신을 차례로
죽이고 단종을 몰아내는 데 크게 공을 세운 인물이다. 한명회도 강태공처
럼 한 왕조의 흥망성쇠를 주관한 인물이다. 여기에서 한명회에게 무왕과
맺은 '강태공'의 의미가 주어질 때, 한편으로는 한명회도 강태공처럼 천하
를 평정했다는 긍정적 상승작용을 하게 된다. 그런데 다른 한편으로는 강
태공이 백이숙제와 맺은 상관관계를 통해 한명회는 절의가 없는 인물로,
백이숙제와 같은 청절지사를 굶어죽게 하는 의미를 가지게 된다.

　또 '백이·숙제'의 의미가 김시습에게 작용할 때, 김시습은 단종과의 의
리를 지킨 청절지사의 이미지가 백이숙제를 관통하면서 배가된다. 동시에
백이숙제가 강태공과 맺은 상관관계를 통해 김시습으로 하여금 평생 벼슬
살이를 하지 못하게 하고 세상을 업신여기게 한 인물이 바로 한명회라는
것을 의미하게 된다. 「김시습 오세 시의 일화」에서 오세(傲世)의 배면에
'세조'가 있었던 것처럼 이 이야기에서는 '한명회'라는 인물이 오세(傲世)
의 정치적 배면을 형성하고 있다. 이 이야기는 강태공과 백이·숙제를 통
해 한명회라는 인물의 의미를 탐구하고, 이들 인물들의 종합적 의미작용
을 통해 김시습은 다분히 다중적 관계망을 형성하고 있다.

　3편 「김시습 기행(奇行)의 의미」 이야기는 3가지 삽화로 구성되어 있는

데, 모두 상식적으로는 이해할 수 없는 김시습의 뒤틀린 행동들이다. 밥 속에 흙을 집어넣는가 하면, 마른 생선을 중에게 먹으라고 강권하기도 하고, 변소에 빠진 똥 묻은 손으로 삶은 닭다리를 집어먹기도 한다. 밥과 흙, 중과 생선은 각각 서로 어울릴 수 없는 이물이다. 닭다리는 중이라는 김시습의 신분에는 어울리지 않을뿐더러 더구나 똥 묻은 손으로 닭다리를 먹으려 한다는 것은 뒤틀린 어긋남의 극치를 보여준다. 김시습은 세상 사람들이 가장 더럽게 여기는 저급한 똥을 통해 세상을 희롱하고, 불교 계율에서는 금하는 닭다리를 직접 먹음으로써 계율의 한계를 넘어서고 있는 것이다. 이것은 김시습의 '오세(傲世)'의 모습이다.

4편 「중의 명감(明鑑)」은 중국 어느 중의 명감을 강조한 이야기지만, 이 이야기 속 내면에는 명감 있는 중의 행동을 통해 김시습의 시가 "의관을 바르게 하고, 손을 씻고, 향을 사르고, 무릎을 꿇고" 읽을 만큼 훌륭하다는 것을 보여준다. 나아가 명감 있는 중의 입을 통해 김시습에게 '고매한 시, 세속을 떠난 사람'의 의미가 부연된다.

5편 「김시습의 제자 최연」에서 김시습은 제자의 조건으로 '조급하지 않고 참을성 있는 자'를 선호했다. 이것은 단순히 제자의 조건이라기보다는 김시습이 세상 사람을 바라보는 시선이기도 하다. 여기에서 제자 최연은 일종의 배면 효과를 내고 있다. 세상 사람들을 대표하는 제자 최연이 '조급하고 참을성이 없다'면 김시습은 '조급하고 참을성이 없는' 사람의 반대 선상에 위치한 사람이다. 그러나 이 이야기에서 김시습이 '조급하지 않다', '참을성이 있다'는 인간적인 차원을 넘어서게 해주는 것은 제자 최연의 다음과 같은 말이다. "김시습이 어울리며 이야기를 나누었던 자들이 사람인지 신선인지 알지 못하겠다." 이 말에는 '김시습 – 신선과 어울리는 사람', 나아가 '김시습 – 신선'이라는 의미맥락을 내포하고 있다.

5편의 김시습 일화들은 모두 '오세(五歲)와 오세(傲世)'로 수렴된다. 「김

시습 오세 시의 일화」, 「한명회의 위천조어도와 김시습의 제시」, 「중의 명
감」 등은 시재가 뛰어난 '5세'의 의미를, 「김시습 기행의 의미」는 세상을
싫어하고 희롱하는 '오세(傲世)'의 의미를 보여주는 것이다. 나아가 '오세
(五歲)와 오세(傲世)'는 「김시습의 제자 최연」에서 다시 '신선'으로 상승한
다. 즉 김시습은 오세(傲世)의 축에서 신선과 같은 존재가 되었고, 오세(五
歲)의 축에서는 신선과 같은 시재를 가진 존재가 되었다. '오세(五歲)와 오
세(傲世)'라는 본질적 양항이 '고매한 시'와 '세속을 떠난 사람'이라는 양항
구조로 확대되면서 다양한 역동적 의미를 엮어내고 이것은 다시 최종적으
로 '신선'의 의미 속으로 합치된다.

그림으로 정리하면 다음과 같다.

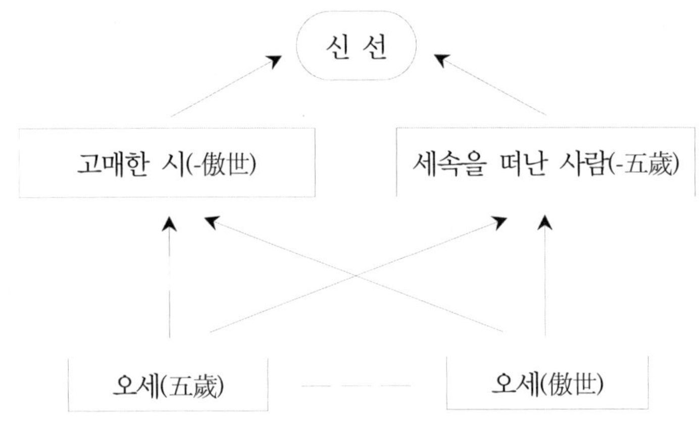

오세(五歲)라는 시재가 세상 사람들의 인정과 세상사에 발판을 두고 있
다는 점에서 '세속을 떠난 사람'은 오세(五歲)의 부정항(-五歲)이 되며, 고
매한 시든지, 고매하지 않은 시든지, '시'는 세상과의 끊을 수 없는 끈이라
는 점에서 '고매한 시'는 세상을 싫어하는 오세(傲世)의 부정항(-傲世)이
될 수 있다. 오세(五歲)와 오세(傲世)가 모두 세상사에 발을 걸치고 있다

는 점에서 공통된 의미론적 자질을 가지고 있다. 그러나 오세(五歲)의 출발점이 '세상의 인정(認定)'이라면 오세(傲世)의 출발점은 '세상의 인정(認定)에 대한 혐의'라는 점에서 세상을 바라보는 근원은 달라진다. 바로 이런 점에서 오세(五歲)와 오세(傲世)는 대립 관계를 형성한다.

대립 관계인 오세(五歲)/오세(傲世)는 오세(傲世)의 의미가 심화·확장되면 될수록 오세(五歲)의 의미도 비례적으로 상승하여 '고매한 시', '세속을 떠난 사람'이 되는데, 이때 '오세(五歲)-고매한 시', '오세(傲世)-세속을 떠난 사람'은 각각 함축 관계다. 또한 세상을 업신여겼던 오세(傲世)의 인물이 세상에서 가장 크게 인정받는 '고매한 시'를 쓰게 된 것, 세상의 인정을 통해 얻었던 오세(五歲)의 기호가 세속의 경계를 넘어선 '세속을 떠난 사람'이 된 것 등은 모순 관계다.

오세(傲世)의 의미가 '세상을 싫어한다. → 세상을 조롱한다. → 계율에 얽매이지 않는다. → 세속을 떠난 사람이다'로 점차 심화되면 될수록 인간사의 시재인 오세(五歲)의 의미 또한 점점 상승하여 '5세에 시를 짓다. → 위천조어도에 제시(題詩)하다. → 고매한 시를 쓰다'가 된다. 이처럼 '오세(五歲) / 오세(傲世)'가 '고매한 시'나 '세속을 떠난 사람'으로 지향하면 할수록 인간사에서는 더욱 멀어지는데 그 간극을 매워주는 것을 유몽인은 『매월당집』으로 보고 있다. 유몽인은 "시습이 비록 세상을 버리고 홀로 거저했다고 해도 정말 인간사에 뜻이 없었을까?"라는 의구심을 품으면서 김시습이 손수 『매월당집』을 쓴 것을 보면 "김시습 또한 자기가 죽은 후의 명성에 뜻이 없는 자는 아니었다."라는 평가를 내리고 있다.

세상사를 잊고 세상사에서 더욱 멀어지고자 하는 욕망과 그 실현이 바로 다름 아닌 시인데, 시는 동시에 역설적이게도 세상에 남겨져 향유되는 것으로 세상사를 저버리지 못하는 심정을 대변한다. 현실을 부정하고 '신선'에 맞닿기를 소원했지만 그렇다고 해서 완전히 현실을 저버리지는 못했던 김시습의 현실에의 유혹을 유몽인은 『매월당집』을 통해 읽고 있는 것이다. 결국 유몽인의 김시습에 대한 평가는 다양한 의미론적 장을 만들어내게 된다. 유몽인은 김시습을 오세(五歲)와 오세(傲世) 사이에서 대립적 관계, 상보적 관계, 함축적 관계, 모순적 관계를 동시에 직조하면서 방황하는 인물로 그리고 있는 것이다.

김시습에 관한 유몽인의 시각은 분명하다. 유몽인은 여러 편의 다양한 일화를 통해서 김시습에 대해 서로 다른 의미를 굴절시키지만, 결국은 '오세/오세'의 인물로 통합·수렴시키고 있다. 김시습처럼 복잡다단한 인물을 형상화하기에 여러 편에서 이야기되는 편의 병렬 방식이 적합했을 것이다.

③ 도박꾼 이야기

다음은 어떤 한 인물에 대한 이야기가 병렬되는 것이 아니라 '박혁(博奕)'이라는 주제가 병렬되는 이야기로, 「158화 도박꾼 김철손」, 「159화 동방제일수를 이긴 묘수」, 「160화 졸부가 된 도박꾼 신구지」는 3명의 도박꾼들 이야기다.[14)

「도박꾼 김철손」 이야기는 "도박은 작은 기예이니 그것을 잘 하는 자는 한 번에 천금을 얻을 수 있다"는 말로 시작된다. 그러나 이야기가 전개되면서 한 번에 천금을 얻을 수 있는 도박에서 도박꾼 김철손은 오히려 중요한 것을 잃게 된다. 김철손은 왜인이 미끼로 던져주는 안장을 받고 왜

---

14) 필사본 藏書閣本 『어우야담』에는 3편의 이야기로 나뉘어 있지만, 판본에 따라 한 편으로 처리된 경우도 있다. 유몽인의 후손 유제한 씨가 수집, 분류, 보충한 만종재본 『어우야담』에는 '博奕'이라는 제목으로 합성되어 있다. 원래 한 편이었던 것이 나뉜 것인지, 원래 3편이었던 것이 한편으로 합성되었는지는 확정하기 어렵다.

인에게 첩을 걸고 내기 도박한다. 내기에서 김철손은 세 번 모두 져서 '용모와 태도가 뛰어나게 아름다운 첩'을 잃게 된다.

「동방제일수를 이긴 묘수」에서 서천령(西川令)이라는 자는 '서천령 수법'이라는 말이 있을 정도로 동방에서 바둑 잘 두기로 소문났다. 어떤 병졸과 말(馬)을 걸고 내기 바둑을 두었는데, 서천령이 이겨서 말을 얻었다. 후에 말을 정성들여 잘 길러놓으니 예전의 노졸이 와서 다시 그 말을 걸고 내기 바둑을 두었다. 이번에는 노졸이 세 번 다 이겨 말을 찾아 돌아갔다. 사실 노졸은 말을 기르기 어려운 형편이라 서천령에게 일부러 내기에서 져서 말을 기르게 한 것이었다.

「졸부가 된 도박꾼 신구지」는 바둑에 동방 제일의 기예를 지닌 사노(私奴) 신구지가 명종조 세력가인 이량(李樑)과 대적한 이야기다. 이량 역시 바둑 잘 두는 것으로 자칭하는 자였는데, 신구지는 일부러 이량에게 한 번 져 주어 이량을 방심하게 한 다음 결정적인 순간에 세 판을 거의 질 듯하다가 거듭 이겼다. 그래서 평안도 한 도에서 혼수를 구하는 이량의 친필 절간(折簡)을 얻어 졸지에 부자가 되었다.

이 세 편의 이야기는 편을 달리한 각각의 독립된 이야기인데, 재미있는 것은 158화와 159화에서 다음 편의 주인공을 미리 예시한다는 점이다. 「158화 도박꾼 김철손」의 마지막 부분은 "그로부터 백 여 년 후에 서천령(西川令)이라는 자가 있었다"라고 끝을 맺는데, 서천령은 바로 다음 편 「159화 동방제일수를 이긴 묘수」 이야기의 주인공이다. 그리고 「159화 동방제일수를 이긴 묘수」의 마지막 부분은 "50여 년 뒤에 신구지(申求止)라는 자가 있었다"라는 말로 끝을 맺으면서 다음 편 「160화 졸부가 된 도박꾼 신구지」의 주인공인 신구지를 예시한다. 즉 세 편의 이야기는 약 150여 년에 걸쳐서 동방에 나타난 이름난 도박꾼들의 이야기인 것이다. 따라서 이 세 편의 이야기는 '도박' 혹은 '도박의 명인들'이라는 하나의 주제를 가지고 여러 편으로 나열되고 있다.

그렇다면 유몽인의 이러한 병렬식 서사 구성으로 노리는 효과는 무엇인지 구체적으로 작품을 분석해 보자. 도박의 핵심은 '잃다/얻다'라고 할 수 있는데 이것을 중심으로 세 이야기를 정리하면 다음과 같다.

1편 「158화 도박꾼 김철손」

김철손은 도박 자랑으로 왜인과의 내기에 져서 애첩을 잃는다.

2편 「159화 동방제일수를 이긴 묘수」

노졸은 절묘한 기술을 가지고도 자기 기술을 숨김으로써 동방제일의 묘수 서천령을 이겨 준마를 얻는다. 서천령 입장에서는 준마를 잃는다.

3편 「160화 졸부가 된 도박꾼 신구지」

신구지는 자기 기술을 적당히 이용하여 거금을 얻어 졸부가 된다.

이 세 이야기는 '자랑해서 잃다 / 숨겨서 얻다잃다 / 적당히 이용해 거금을 얻다'이다. 첫 번째 「도박꾼 김철손」이 잃는 이야기라면 마지막 「도박꾼 신구지」 이야기는 얻는 이야기다. 그런데 중간의 「동방제일수를 이긴 묘수」에서는 주어가 노졸과 서천령으로 교직되고 있는데, 서천령 입장에서는 잃는 이야기이고 노졸 입장에서는 얻는 이야기다. 이 이야기는 노졸과 서천령의 '잃다'와 '얻다'가 상반된 긴장 관계를 형성한다.

'잃다 / 얻다'가 오고가는 이야기는 긴장감 측면에서 극적이다. 「서천령 이야기」는 허균의 「성옹지소록(惺翁識小錄)」15)에도 실려 있다. 허균의 설

---

15) 허균, 「성옹지소록(惺翁識小錄)」 하, 『국역성소부부고』 Ⅲ, 민족문화추진회, 1989, p.185.

화에서 동방의 묘수 서천령이 금강산 백전암 지엄 화상을 만나 장기를 두었는데, 지엄 화상은 포를 하나 떼고도 서천령을 세 번 다 이겼다는 내용이다. 허균의 「서천령 이야기」 구성 방식과 유몽인의 이야기 구성 방식을 비교해 보면, 유몽인의 「서천령 이야기」가 훨씬 소설적이다. 그냥 처음부터 모두 지는 이야기보다는 이겼다가 지는 이야기가 훨씬 극적 긴장감을 더해준다. 그리고 이러한 긴장감은 다음 이야기에서 전혀 다른 국면인 적당히 이용하여 졸부가 되는 것으로 비약되기도 한다.

여기에서 잃고, 얻는 것을 중심으로 바둑의 기예를 이해한다면, 잃는 자보다 얻는 자가 뛰어난 수법의 소유자이고, 작은 것을 얻는 자보다는 큰 것을 얻는 자가 더욱 뛰어난 묘법을 지니고 있다고 할 수 있다. 그리고 사실 세 편 이야기의 주제라고 할 수 있는 다음과 같은 말이 첫 번째 이야기 「158화 도박꾼 김철손」 첫머리에 나온다. "도박은 작은 기예이나 그것을 잘 하는 자는 한 번에 천금을 얻을 수 있다." 이 언급을 통해서 보아도 소기인 도박도 잘 하면 천금을 얻을 수 있는 방편이 될 수 있다는 뜻으로 '잘 하여 천금을 얻는 자'를 긍정하는 것으로 보인다.

결국 이 이야기들은 인간 모두가 가지고 있는 '도박 심리'에 지속적인 관심을 가지면서 그 주제가 표출하는 다양한 양상을 밝혀내려는 경향이 강하다. 그래서 '도박 = 잃는 게임·패가망신'이라는 고정관념에 의문을 제시하기도 하지만, 마찬가지로 '도박 = 얻는 게임·졸부'라는 공식에도 의문을 제기하게 된다. 도박은 잃을 수도, 얻을 수도 있는 게임이고, 삶이라는 것도 마찬가지다. 잃고 얻는 그 모든 것이 제각각 삶을 성찰하게 해주면서 삶이란 잃기도 하고 얻기도 하고 적당히 중간을 잡아서 잘 살기도 한다는 메시지를 전해주고 있다. 그렇다면 얻는 게임, 잃는 게임이 각각 나름의 가치를 지닌다. 또한 어느 쪽이 얻는다는 것은 반드시 다른 쪽이 질 수밖에 없다는 전제를 보여준다.

　　그러나 이 이야기들에서 정작 중요한 것은 잃고 얻는 바둑 내기를 통해 '서천령 수법'이라는 말이 있을 정도로 뛰어난 묘수 서천령을 이긴 미천한 노졸의 승리, 사노(私奴)였던 미천한 사람의 횡재를 보여준다는 점에서 더욱 흥미롭다. 바둑을 포함한 모든 게임이 흥미진진한 것은 미천한 자의 횡재, 그 횡재를 통한 미천한 자의 인생 역전을 드러내 줄 때 극적이다. 이와 반대의 상황일 때도 재미있다. 바둑에 자신만만하던 김철손 같은 사람이 원숭이가 나무에서 떨어질 때도 있듯이 지고 잃는 게임을 할 수 있다는 것을 보여줄 때다. 게다가 게임에는 늘 숨은 상수가 있어서 서천령 같은 묘수를 이겨줄 때 통쾌하다. 즉 이 도박꾼 이야기들은 표면의 이기고 지는, 잃고 얻는 것 자체에 대한 관심과 이면에 잘난 자가 지는 이야기, 못난 자가 이기고 횡재하는 이야기, 못난 자가 잘난 자보다 상수인 이야기의 극적 요소에 더욱 관심을 갖는다. 이는 잘난 자 중심의 이야기가 아니라 잘난 자 뒤에 숨은 이면 탐색을 보여주는 이야기인 것이다.

　　이상으로 편의 병렬을 살펴보았는데, 편의 병렬은 여러 편을 통해 이런저런 모습을 보여주면서 의미를 수렴해 가는 경향이 강하다. 도박꾼 이야기는 바둑의 숨은 상수를 보여주어 미천한 자의 횡재, 잘난 자의 잃음을 통쾌하게 보여준다. 정사룡의 일화들은 정사룡의 호사스러운 생활, 잠자지 않는 생활 습관, 문장력에 대해서 까칠한 비판적 의식을 전해준다. 한편 김시습 일화들은 김시습의 방황과 갈등을 오세(五歲)라는 재능을 가지고도 세상과 타협할 수 없어 오세(傲世)가 될 수밖에 없었던 김시습에게 창연(悵然)[16]한 마음을 갖게 한다. 아울러 욕망을 벗어 던지고 세상사의 경계를 자유롭게 넘나들었던 것 같은 김시습에게 유몽인은 선망을 보내고

---

16) 유몽인은 「한명회의 위천조어도와 김시습의 제시」에서 김시습의 "시를 음송하면 아지 못하는 사이에 창연해지고 만다"고 하였다.

있다.

유몽인이 이러한 옴니버스식 병렬을 선호한 이유는 관심 인물이나 주제에 대해 집중 탐구가 용이했기 때문으로 보인다. 즉 편의 병렬은 단일 편에서 한 번에 다 보여줄 수 없었던 '잃고 얻고, 이기고 지고, 잘난 자와 미천한 자, 숨은 상수', '호사스러움, 생활습관, 문장력', '오세와 오세의 다양한 표출 양상' 등을 통합적으로 보여줄 수 있는 장점이 있다. 유몽인은 편의 병렬을 통해 관심 인물이나 주제에 대해 다양한 측면의 심도 있는 접근으로 입체적 분석을 시도하고 있다. 한 편 내에서 삽화의 병렬적 나열보다는 여러 편에 걸쳐 옴니버스 식으로 관심 인물과 사건을 다루는 이야기가 보다 더 깊이 있는 탐구의 한 방법이 된다.

특히 한 편 내에서 '삽화의 병렬'은 어떤 한 인물이나 주제의 한 측면에 대해서 이면적 의미를 탐색하려는 경향이 강하다. 반면에 편 자체가 병렬되는 이야기는 한 측면의 이면적 의미를 탐색하려는 경향보다는 여러 편의 이야기를 통해 어떤 인물이나 주제의 여러 측면을 보여주면서 동시에 일정한 의미를 탐색하여 수렴해 내고, 탐색한 의미를 깊이 있게 강조하려는 경향이 강하다. 그러나 삽화의 병렬적 나열과 편의 병렬은 모두 인물이나 어떤 주제, 어떤 상황에 대한 다성의 시각을 드러내는 데 유용한 방식이며, 상대적 시각을 전제한다는 점에서 동일하다. 때문에 같은 인물이나 주제에 대한 편의 병렬은 후대에 합성되어 한 편으로 수용되기도 한다.[17]

---

17) 후대 다른 야담들이 『어우야담』을 수용하면서도 합성의 현상은 나타난다. 예를 들어 『어우야담』에는 異人이었던 南師古에 대한 이야기가 여러 편 나오는데(「95화 천문의 대가들」, 「115화 남사고의 예언」, 「280화 남사고와 정신의 당파예언」), 모두 남사고의 예언력을 이야기하고 있다. 이들 이야기들은 후대에 『동야휘집』 55화 한 편으로 합성되어 실린다.(이병찬, 「『동야휘집』의 작품 수용 양상 연구(Ⅰ), 『반교어문연구』, 반교어문학회, 2002,

한 편 내에서 삽화의 병렬이든지, 편 자체가 병렬되는 편의 병렬이든지, 전체적으로 병렬적 일화는 일차적으로 병렬되는 일화의 수만큼 개방된 시각이 필요하다. 그것을 앞서 다성적 시각이라고 했는데, 다성적 시각이라는 것은 서로 다른 몇 개의 시각이 혼재하는 것이기 때문에 몇 번의 의미의 굴절을 거치되, 의미가 입체적으로 종합되기도 하고 의미를 유보하면서 확산하는 측면이 강하기도 하다. 여기에서 의미의 굴절은 나열된 일화들의 연속적인 독서를 통해서 나타난다.

유몽인은 『장자』가 경단(更端)의 방법을 통해 '말끝이 층층이 드러나서 나오면 나올수록 더욱 새롭다(談鋒層現 愈出而愈新)'고 했는데, 여기에서는 일화들의 병렬적 나열이 일종의 경단이라고 할 수 있다. 한 편의 일화에서 A의 의미를, 다른 일화에서 B의 의미를, 다른 일화에서는 C의 의미를 찾아가고, 이 의미들은 앞 의미의 영향 아래 조금씩 굴절되면서 다른 일화를 통해 또 다른 의미를 산출한다. A, B, C 의미들은 각자 자신의 고유한 의미를 지키지만 의미들 사이에 서로 긴장관계를 형성해서 어떤 특정한 의미만 살아남는 것이 아니라 각자의 의미들이 서로 보충되고 유보되고 합산된다.

한편, 의미가 유보되는 경향이 있기 때문에 나열된 여러 이야기들 중에서 독자는 어떤 특정 일화에 집중적으로 관심을 가질 수도 있다. 독자들이 병렬된 여러 이야기들 중에서 자유롭게 중요 일화를 선택할 수 있다. 어떤 일화를 중요하게 선택하느냐에 따라서 주제는 완전히 달라질 수 있고, 나열된 일화들의 연결고리를 어떻게 찾느냐에 따라서, 즉 병렬된 일화들을 연결시키는 나름의 방법에 따라서 서로 다른 해석의 여지는 남는다. 다성의 시각이나 서로 다른 해석의 여지를 남길 수 있는 것은 역시 유몽

p.252 참조)

인의 상대적 사유 방식에서 기인한다. 이런 상대적 사유 방식이 글의 서사에 투영된 것이 바로 일화의 '병렬' 방식이었던 것이다.

유몽인 자신은 어떤 특정한 주제를 유도하고 있을지라도 인물이나 어떤 상황을 다성적으로 제시해 줌으로써 단일하고 단조로운 프톨레마이오스적 세계에서 벗어난다. 다양한 측면을 각기 다양한 코드로 읽어낼 수 있는 독자의 자유 의지를 부여하여 직선적이고 단선적인 평가를 내리지 않게 하는 것이다. 직선적이고 단선적인 하나의 목소리는 다른 가능성을 인정하지 않는 '권위'를 동반할 수밖에 없다. 반면에 다양한 여러 다른 목소리들의 존재를 인정한다는 것은 조헌이나 박응남·김시습·정사룡 등등의 인물에 대해 대화의 세계를 구축할 수 있는 장이 마련되었다고 할 수 있겠다.

여기에서 말하는 '대화'라는 것은 이미 텍스트에서 내리고 있는 조헌과 박응남·김시습·정사룡에 대한 몇 가지의 평가 외에도 또 다른 새로운 평가에 대한 열려진 시각을 인정한다는 의미다. 이처럼 대상을 해석하는데 하나의 주장을 내세우기보다는 생각의 차이를 보여주는 대화적 방법은 『어우야담』에 주요하게 사용되었다. 『어우야담』은 인물평가의 '대화적 장'이다. 어떤 인물이 절대적으로 긍정적이지도, 절대적으로 부정적이지 않다. 즉 유몽인은 양항 대립의 인물 평가 방식을 탈출하였는데, 다음 절에서 다룰 일화는 양항 대립을 확실하게 탈피하는 이야기들이다.

2. 계기적 일화

유몽인은 글의 표면에 불(不)·비(非)·무(無)·미(未) 등 부정어를 직접 써서 기존의 사태나 관념을 부정하는 것이 아니라 기존의 확고한 관념을 뒤집을 만한 일화를 제시한다. 이렇게 기존의 확고한 관념이나 신념을 비트는 일화를 '계기적 일화'로 범주화했다. 이때 기존 관념을 비틀기 위해서는 당위적으로 반드시 기존 관념이 존재해야 하는데, 바로 이 기존 관념을 비틀기 위해 기존 관념에 뒤이어 사용된 일화라는 점에서 '계기적'이라는 표현을 사용했다.

일화를 통해 관념을 비트는 방식은 기존의 것을 완전히 뒤엎기보다는 완곡하게 비틀어 재고하게 만들어 준다. 비틀기를 통해 완곡한 반전을 시도하고 있는 『어우야담』 속의 이야기를, 기존의 긍정적 관념을 부정적으로, 기존의 부정적 관념을 긍정적으로 비트는 이야기로 나누어 살펴볼 것이다.

1) 긍정 관념의 부정화

『어우야담』에는 일화를 사용해서 기존 관념을 비트는 이야기들이 다수 있는데, 먼저 기존 관념이 긍정적인 사람이나 상황·사건을 부정적으로 비트는 이야기를 살펴보겠다.

『어우야담』「14화 조룡대라 평가받은 백광훈」의 이야기를 보자.

㉠ 백광훈은 시와 초서에 능하여 호남에서 제일인자로 이름을 날렸다.

㉡ 그가 부여현을 지날 때 그곳 현감이 술과 기생과 악사를 준비하고 그를 불렀다.

㉢ 백광훈이 도착하였는데, 풍채와 생김새가 볼품이 없었다.

㉣ 장본(將本)이라는 기생이 말하기를 "일찍이 듣자오니 백광훈이라는 이름은 산보다 크옵더니, 이제 보니 조룡대(釣龍臺)일 뿐이옵니다"고 하였다.

㉤ 부여 백마강에 조룡대가 있는데, 소정방이 그곳에서 백마를 미끼로
용을 낚았었기 때문에 조룡대라는 이름이 붙여졌지만, 사실은 조그
만 하나의 바위일 뿐이었다.

백광훈(白光勳, 1537-1582)은 "시를 잘 짓고 초서를 잘 써 호남에서 제일
인자로 이름을 날리는" 인물이다. 여기에서 백광훈의 시재는 이미 세상
사람들에게 '산보다 크다'로 규정되어 있다. 그러나 곧 백광훈의 '산보다
큰 시재'는 기녀의 우스갯소리를 통해 재고하게 된다. 부여현의 '장본'이라
는 한 기생이 백광훈의 실제 얼굴을 보더니 '조룡대'라고 말하는 것이다.
부여 백마강에 있는 조룡대는 소정방이 그곳에서 백마를 미끼로 용을 낚
았었기 때문에 붙여진 거창한 이름이지만 실제로는 조그마한 하나의 바위
일 뿐이었다.

유몽인은 기녀가 형용을 잘 했다고 하면서 백광훈의 시 역시 '조룡대'라
고 평가한다. 그리고 백광훈의 아들이 부친의 기질을 이어받아 '시에 조금
재능이 있었다'고 평가하면서 우회적으로 '백광훈이 시에 아주 뛰어났던
것은 아니다. 혹은 시에 조금 재능이 있다'는 것을 확정짓는다.

유몽인은 애초에 '시재가 뛰어난 사람'으로 인정받는 백광훈을 '조룡대'
라고 평가함으로써 '시재가 뛰어나다'는 사실에 의문을 품게 한다. 그리고
기존의 '시재가 뛰어나다'와 조룡대로 표현되는 '시재가 없다' 사이의 긴장
관계는 '시재가 뛰어난 것은 아니다'는 결론을 이끌어낸다. 이것은 기존의
'시재가 산처럼 높았던' 인물을 완전히 대척적인 '시재가 없는 사람'으로
반전시키지는 않는 대신에 백광훈의 시재에 대해 완곡하게 재고해 보도록
하면서 백광훈의 높은 명성을 한 번 비트는 효과를 가져 온다.

옥봉(玉峯) 백광훈은 최경창(崔慶昌, 1539-1583)·이달(李達, 1539-1612)
과 함께 삼당시인(三唐詩人)으로 불리면서 당대에 명성이 자자했고, 후대

에도 여러 시화집 및 시 편찬집에서 그의 시재를 인정하였다. 양경우의 『제호시화』에는 백광훈의 차운시를 인용하여 그 아름다움을 칭찬하고 있다. 뿐만 아니라 남의 시재를 잘 허여하지 않는다는 석주 권필이 백광훈의 시를 비방하고 배척하다가 꿈속에서 백광훈에게 봉변을 당하는 일화를 싣고 있는데, 이는 백광훈의 시재가 일대에 추대 받았음을 보여주는 일화다.[18] 유몽인의 『어우야담』에 실린 「조룡대라 평가받은 백광훈」 역시 백광훈의 시를 소개하고, 시에 대해 이야기한다는 점에서 일종의 시화라고 할 수 있는데, 『제호시화』와는 상당히 다른 의식을 드러낸다.

소재(蘇齋) 노수신(盧守愼, 1515-1590) 관련 이야기를 보자.

「178화 시명(詩名)의 전세(傳世)와 노수신」

㉠ 노수신은 19년 동안 귀양살이를 했는데 책이라면 읽지 않은 것이 없다. 특히 『논어』, 두보의 시는 2천 번을 읽었고 유종원의 문장과 한유의 비문, 『국어』를 좋아했다. 승상이 돼서도 책 읽는 것을 그만두지 않았고 늙도록 그만두지 않았다.

㉡ 성품이 검소하고 또 술을 좋아하였다.

㉢ 젊었을 때 옥당 재직 시 왕에게 올린 봉사(封事) 때문에 견책을 받았으나 사림들 사이에서 강직하다는 명성이 있었다.

㉣ 19년 귀양살이를 마치고 조정에 돌아와 재상이 되어서는 별다른 건백(建白)이 없었다.

㉤ 최영경은 "노재상의 침은 의당 종기를 고치는 데 사용하여야 할 것이다"고 기롱하였다.

---

18) 양경우/이월영 역주, 『제호시화』, 한국문화사, 1995, pp.67-70.

노수신에 대한 세상 사람들의 인식은 책을 좋아하고 성품이 검소하며 강직한 인물이다. 그런데 유몽인은 마지막 부분에서 노수신의 강직함을 약간 비틀고 있다. "노재상의 침은 의당 종기를 고치는 데 사용해야 할 것이다"라는 말이 그것이다. 종기를 치료하는 데는 대개 말하기 전에 고인 침을 사용하면 잘 나았다고 한다. 따라서 이 말은 강직하다는 명성의 노수신이 조정에서 재상이 되어 윗사람에게 의견을 드리는 '건백'을 하지 않는 상황을 말한다. 강직한 명성의 노수신은 명성에 걸맞지 않게 윗사람에게 강직하게 직설하지 못하는 상황을 비꼬는 것이다. 거기에다가 「192화 과목의 고루함」[19]에서 드러나는 노수신의 '참을성' 있는 명성까지 곁들여지면서 노수신은 건백을 해야 될 상황에 건백을 하지 않고 잘 참아내는 코믹함을 연출한다. 결국 강직한 노수신은 어느새 '강직한 것만은 아니다'는 의미로 비틀리고 있다.

그러나 노수신의 비틀림은 강한 풍자성을 동반하지는 않는다. 노수신은 19년 동안 귀양살이를 하였고, 그 귀양살이로 인해 생긴 '조심스러움'과 '근신하는 습속'이 노수신의 강직한 성격을 변화시켰음을 서사 문맥에서 드러내 보여주고 있기 때문이다. 유몽인은 '강직했던 노수신'이 '강직한 것만은 아닌 노수신'으로 바뀔 수밖에 없었던 상황에 대한 이해, 인간에 대한 이해가 전제되면서 완곡한 반전을 시도하고 있다.

유몽인은 인물뿐만 아니라 어떤 상황이나 상징에 대해서도 일화를 통해 기존의 긍정적 이미지를 부정적으로 역전시킨다. 다음은 「갈매기 도당

---

19) 정유길, 이홍남, 노수신이 함께 회시 공부를 하면서 詩, 賦, 疑를 모두 백수씩 짓는 것으로 한도를 삼자고 약속하였다. 정유길과 이홍남은 모두 집안 일로 말미암아 약속을 지키지 못하였고 노수신만이 혼자서 의(疑)・시(詩)・부(賦)를 50수씩 지으니, 당시 사람들이 모두 그를 참을성 있는 사람이라고 창찬하였다고 한다.(『어우야담』, 1996, p.353)

(徒黨)」[20]이다.

> 가) ㉠ 김치(金緻)가 제주 판관이 되어 추자도에 정박하였는데, 물과 하늘이 서로 맞닿고, 동서남북 사방이 천 여리까지 바라다보였으며 하얀 갈매기가 끊임없이 바다에 떠 있어 실로 장관이었다.
>
> ㉡ 사공은 '갈매기가 이처럼 많으면 반드시 큰 바람이 인다'고 하였다.
>
> 나) ㉠ 나는 갈매기를 사랑하여 남은 생을 갈매기를 따라 놀고 싶었다.
>
> ㉡ 집에 갈매기 울음소리를 잘 내는 첩이 있었는데, 때때로 강해(江海)가 그리워지면 첩에게 갈매기 소리를 내도록 하고 즐거워했다.
>
> ㉢ 이제 김치의 말을 들으니, 갈매기는 어찌 그리 많이 도당을 이루는가.
>
> ㉣ 목현허(木玄虛) 「해부(海賦)」에 "나부껴 움직이면 우뢰를 이루도다"라고 했는데, 이 시 또한 그 무리의 많음에 염증을 낸 것이다.

가)는 김치의 일화이고, 나)는 유몽인의 이야기다. 가)와 나) 사이에는 이백과 황산곡 및 우리나라 사람의 갈매기 관련 시가 삽입되어 있는데, 이들 시에서 갈매기는 강과 바다의 짝이 되어 '한가로움·풍치' 등을 상징하고 있다. 그런데 갈매기가 떼 지어 모이게 되면 한가로움과 풍치는 어느덧 큰 바람(大風)의 근심거리로 바뀐다.

유몽인 역시 김치의 이야기를 듣기 전에는 갈매기를 '강해(江海)의 풍치'로 받아들이고 있다. 남은 여생을 갈매기를 따라 한가롭게 노닐고 싶었다는 것과 한가로움이 그리워지면 첩에게 갈매기 소리를 내도록 했다는 것이 그것이다. 그런데 갈매기가 많이 모이면 큰 바람을 일으키리라는 김

---

20) 현혜경 외, 『어우야담』 3, 전통문화연구회, pp.169-170 참조.

치의 말을 듣고 유몽인에게 갈매기는 '염증 나는' 존재가 된다. 즉 유몽인의 의식이 '한가롭던 갈매기'에서 '염증 나는 갈매기'로 전환되고 있다. 이때 의식 변화의 중심 매개는 '도당'이다. 도당이 부정적으로 다가오는 이유는 마지막 「해부」에서 인용한 '번동성뢰(翻動成雷)'에서처럼 '뇌(雷)'가 되기 때문이다. 「해부」의 이 구절은 모기들이 모여서 시끄럽게 앵앵거리는 것을 '뇌'로 비유한 것인데, 갈매기 역시 도당을 이루면 '뇌'에 버금가는 '대풍(大風)'을 일으킨다.

여기에서 '갈매기 도당'은 단순히 갈매기에 대한 '기존 관념의 변화' 이상의 의미를 시사한다. 갈매기 도당은 '인간 도당'을 엿보게 해주는 하나의 거울일 수 있다. 혼자 있을 때에는 한가롭고 우아하고 풍류스럽던 사람들이 떼를 지어 도당을 이루면 시끄럽고 염증 나게 하는 세태에 대한 풍자 메시지를 내포한다. 그렇다면 이 이야기를 당시 동서남북으로 도당을 이루던 당파에 대한 염증으로 읽는 것도 가능할 것이다.

'갈매기 도당'에서처럼 이렇게 위트 있는 희화적 일화는 기존 관념을 비틀거나 어떤 상황을 풍자하는 데 효과적이다. 『어우야담』 「60화 김영남의 작시」는 김영남(金穎男, 1547-?)이 오로지 운자에 의지해서 시를 짓는 행태를 희화적 일화를 제시하여 풍자하고 있다. 나주의 한 교생이 11세에 감옥에 갇혀서 20세 될 때까지 칼을 차고 살았는데, 앉을 때나 누울 때나 기거할 때마다 항상 칼에 의지했다. 그런데 임진란이 일어나 나주 목사가 교생을 풀어주었는데, 10여 년 칼 속에서 성장하던 교생이 하루아침에 갑자기 칼을 벗게 되자 교생은 전후좌우 의지할 데가 없어 걷지 못했다는 이야기다.

김영남이 운자에 의지해서 시를 짓는 것은 흡사 나주 교생이 형가(刑枷)에 의지해서 기거하는 것과 같은 것으로, 교생이 칼을 벗으면 걷지를 못하듯이 김영남 역시 운자 없이는 시를 짓지 못하리라는 것이다. 이것을

'나주 교생의 형가' 혹은 '운자로 칼을 삼는다'는 등 재치 있게 표현하고 있다. '김영남이 시 짓기를 좋아하고', '일생 동안 그가 지은 것이 헤아릴 수 없이 많았다'는 긍정의 시선을 유몽인은 '나주 교생의 형가'를 통해 희화적으로 변화시켰다.

이 이야기는 박지원의 「답창애(答蒼厓)」2에 20년 간 장님으로 살아왔던 사람이 길을 가다가 갑자기 눈을 떴는데, 집을 찾지 못했다는 이야기와 비슷하다. 박지원의 이 이야기는 외안(外眼), 육체의 눈과 내안(內眼), 마음의 눈이 교차되는 어느 지점에서 육체의 눈에 집착하게 되면 마음의 눈은 닫혀 버릴 수 있다는 의미를 전해준다. 육체의 눈은 도리의 마음의 눈에 해를 끼칠 수 있다는 것이다. 유몽인의 김영남의 작시 행태에 대한 일화 역시 외안에 집착하여 운자라는 감옥에 갇혀 살다가 시를 짓는 진정한 흥이나 영감은 사라져버리는 전도 현상이 올 수 있다는 의미다. 박지원의 장님 이야기는 '도로 눈을 감아라', 즉 '마음의 눈으로 자기의 본분을 지켜라'는 메시지가 강한 반면에, 유몽인의 나주 교생 이야기는 어떤 형식적인 틀이 오히려 주가 되는 상황에 대한 풍자적 해학이 강하다.

『어우집』에도 희화적 일화를 이용해서 풍자 메시지를 내비치는 글들이 꽤 있다. 그 중에 「평안평사정두원서정송별시서(平安評事鄭斗源西征送別詩序)」는 흥미로운 글이다. 평소에 유몽인의 집 문전에는 드나드는 사람이 없어서 적막했는데, 유몽인이 이조에 제수된 뒤로부터 밤낮없이 많은 친척·벗·존빈(尊賓)들이 찾아든다. 그러자 옆에 있던 어린 첩이 기롱하여, 예전에 없었던 친척·벗·존빈들이 찾아오는 것을 보면, 이들은 유몽인의 친척이나 벗이 아니라 모두 '이조의 친척이고, 이조의 벗이고, 이조의 존빈들'이라고 놀린다.21) 인사 청탁으로 몰려드는 사람을 풍자하는 기

---

21) 『어우집』 전집 권3, 平安評事鄭斗源西征送別詩序」: 余平生處靜 不事叅尋請謝

지 넘치는 일화다.

이상으로 기존 관념을 부정적으로 비틀어 주는 몇몇 이야기를 살펴보았다. 이들 이야기들은 모두 '조룡대', '종기의 침', '갈매기 도당', '나주 교생의 형가', '이조의 벗' 등의 위트 있는 일화를 이용해서 긍정적인 기존 관념을 희화화시킴으로써 그 기존 관념을 벗어나거나 기존 관념을 풍자하고 있다.

2) 부정 관념의 긍정화

유몽인은 기존의 긍정적인 관념만을 비트는 것이 아니라 기존의 부정적 견해를 비틀어주기도 한다. 대표적으로 유자광(柳子光, ?-1572: 중종7)이나 남곤(南袞, 1471-1527)에 대한 시각이다. 먼저 유자광 관련 이야기를 살펴보자.

『어우야담』에 실려 있는 「132화 유자광의 위인」은 유자광의 어렸을 때 이야기, 장성하여 활동한 모습, 죽을 때의 일화로 나누어 볼 수 있다.

　가) 유자광은 감사 규의 첩 소생으로 남원에서 살았는데, 어려서부터 재기가 넘쳐흘렀다. 『한서』 공부를 지체하지 않았고, 하루에 은구어를 백 마리씩 잡았다.

　나) 장성하여서는 문장에 능하였고 강정대왕이 비 윤씨를 폐위하려 하자 극간을 했다. 연산군의 무도함에 반정을 의논하자 유자광이 적

又不肯逐逐當途人 以論議相唯諾 用是余之門閭無人 自余忝吏曹 塡門排戶而至者 靡日夜少息 以病辭之 滿子姓隣並家矣 旁有少妾譏之曰 自妾奉主家 未嘗見主家有戚友尊賓至 何今之鬧也 吏曹之故耶 自是見有內刺者 戚則曰吏曹之戚也 友則曰吏曹之友也　尊賓則曰吏曹之尊賓也

극 참여하였는데 임기웅변에 능통하였기 때문에 반정을 지혜롭게 주도할 수 있었다.

다) 유자광은 자기와 닮은 노비를 잘 대접하여 노비가 죽자 자신의 비단 채색옷을 입히는 등 성대하게 장사를 지냈다. 자기가 죽을 즈음에 자신의 무덤은 봉분하지 말고 평장을 할 것이며, 자신의 무덤을 물어보면 성대하게 묻어준 노비의 무덤을 알려주라고 지시했다. 유자광이 죽은 후에 사림에서 유자광에 대한 의론이 일어났으나 노비가 대신 부관참시를 당하고 유자광의 무덤은 끝까지 아무런 우환이 없었다.[22]

유자광에 대한 유몽인의 시각이 시종 긍정적이다. 어려서부터 재기가 넘쳤고, 장성해서는 문장에 능하고 임금의 잘못에 대해서는 죽음을 무릅쓰고 극간할 줄 아는 인물이었다. 이러한 용기는 연산군의 무도를 그냥 지나칠 수 없어서 결국 적극적으로 반정을 주도하게 된다. 반정을 주도하는 부분에 유몽인은 상당히 많은 지면을 할애하고 있는데, 이는 유자광이 임기웅변에 능하고 지혜로웠음을 보여주기에 충분하다. 한편 유자광은 문장에 능통했지만 서얼이라서 벼슬길이 허락되지 않았다. 그러자 고을 사람들은 비웃었고, 서민들도 유자광에게 거만하게 군다. 이 대목에서는 유자광이 태생적으로 갖고 있는 신분적 한스러움을 대비적으로 부각시키면서 오히려 유자광에게 안타까움마저 들게 한다.

특히 유자광이 후대에 악평을 받게 되는 결정적인 사건 무오사화에 대해서조차 유몽인은 유자광을 이해하려는 시각을 보인다. 유자광이 김종직의 문인 김일손을 죽이고 김종직을 부관참시한 사건을 간략하게 한 줄로

---

22) 『어우야담』, 1996, pp.248-252.

처리하고 있는데, 이 사건 전에 김종직의 문하들이 유자광이 붙여놓은 현판을 보고 "자광이 어떤 놈인데 감히 현판을 걸었느냐?"며 현판을 부수어 버린 사건을 제시하고 있다. 이는 남을 인정할 줄 모르는 김종직 문하의 편협함과 자광의 원한을 보여주면서 무오사화의 주재자인 유자광을 이해시키고 있다.

마지막 다)에서는 유자광이 죽을 즈음의 일화를 소개하고 있다. 자기와 닮은 노비를 잘 대접하고 성대하게 장사지내 주고 자신의 무덤은 봉분을 하지 않고 평장을 하도록 조치한다. 이렇게 해서 유자광은 자신이 죽은 이후에 부관참시를 면했다는 것이다. 이 일화는 유자광의 간교함으로 읽혀지기보다는 가)에서 보여준 재기발랄함과 나)에서 보여준 임기응변과 지혜로움의 연속으로 유쾌하게 읽혀진다.

유자광은 밀고와 무고로 남이·강순을 비롯하여 수많은 인사를 숙청하고, 무오사화를 일으켜 수많은 충신을 죽이거나 숙청함으로써 권세의 정상에 오른 사람이라고 평가받고 있다. 따라서 조선조의 모든 문자로 만들어진 사료나 자료가 유자광에 대해서 부정적이다. 실록이나 기타 유학자들의 기록은 말할 것도 없고 『어우야담』과 장르적 공통점을 갖고 있는 『계서야담』·『동패낙송』 등에도 유자광은 "탐욕스럽고 간교하며 방자하여 조정에서는 기염이 대단하였고"[23] "쳐 죽여서 선비들의 분함을 씻어야"[24]하는 인물로 그려지고 있다. 이렇게 모든 유자들에게 나쁜 사람인 유자광을 유몽인은 재기발랄하게 그리고 있는 것을 보면, 확실히 유몽인의 시각은 남다른 데가 있다.

그런데 재미있는 사실은 유자광의 출생지인 남원 지역에는 28편의 유

---

23) 이희준/유화수·이은숙 역주, 『계서야담』, 국학자료원, 2003. p.706.
24) 김동욱 역, 『국역동패락송』, 아세아문화사, 1996, p.422.

자광 설화가 유전되고 있는데, 이 설화들은 유자광을 영웅적으로 그리고 있다는 점이다.[25] 철저하게 나쁜 놈으로 묘사되어 있는 양반들의 문자 언어와는 대비되는 점이다. 그것은 양반사회와 격리되어 있던 민중들에게 유자광은 사화를 일으킨 인물이었다기보다는 신분의 한계를 뛰어넘은 영웅으로 인식되었기 때문일 것이다. 그래서 유자광 설화는 유자광을 낳을 때 마을의 정기가 다 그에게 몰려 대나무가 누렇게 죽었다거나, 홍수 난 강물을 건너는 기술, 하룻밤에 서울 가서 바둑 두고 오는 축지술을 부리기도 했다는 등 유자광의 신이한 탄생과 성장·죽음에 관심이 집중되었다. 이렇게 본다면 유몽인의 유자광에 대한 긍정적 시각은 민중의식과 합치하는 측면이 있다는 점에서도 의미가 있다고 할 수 있겠다.

유자광과 함께 역사에서 절대적으로 부정적 평가를 받고 있는 또 한 사람이 바로 남곤이다. 남곤은 1506년(중종1)에 박경(朴耕)·김공저(金公著) 등이 모반한다고 무고하여 그 공으로 가선대부(嘉善大夫)가 된다. 이후에 이조참판·대사헌을 거쳐 호조·병조·이조 판서를 역임하고, 다시 우참찬이 되어 대제학을 겸임하였고, 1518년 주청사로 중국에 다녀온 뒤 예조판서가 되었다. 1519년에는 심정(沈貞)과 함께 기묘사화를 일으켜 조광조·김정 등 신진사림파를 숙청한 뒤 좌의정·영의정에 올랐다. 그러나 남곤은 죽은 뒤 사림파의 탄핵을 받아 삭탈관직을 당한다.

특히 기묘사화는 '소인들이 군자를 미워해서 모략한 것', '남곤 등이 임금의 총명을 가리고 속인 것이 지극'한 것으로 평가되면서, 남곤은 '기묘년의 간인(奸人)', '소인' 등으로 사림의 지탄의 대상이 된 인물이다. 조광조가 거의 모든 사람들에게 '군자'로 긍정되는 반대 면에 그런 군자를 죽

---

25) 이에 대해서는 「설화와 신분의 문제-유자광 전승을 중심으로-」(유영대, 『민족문화연구』, 민족문화연구소, 1982, pp.225-238)에서 28편의 유자광 설화의 유형을 분류하고 분석하였다.

게 한 남곤은 거의 모든 사람들에게 부정적인 '나쁜 놈'으로 인식되었다.

유몽인은 이런 남곤에 대해서 『어우야담』 「47화 남곤이 무고하게 된 유래」와 「239화 남곤이 사랑했던 기생」을 통해 기존의 고정관념을 재고하기를 요구한다. 남곤에 대해서 사람들은 "천대하며 소인이라고 지목"하거나 "그의 처신과 식견이 옳지 못하다는 선입견을 가지고" 있었다. 즉 남곤에 대한 세상의 기존 관념은 '나쁜 사람'이다. 그래서 "사류들은 매번 그를 비방하고 꾸짖는 뜻을 말과 얼굴빛에 드러냈으며 현인 부류들은 그를 용납하고 받아들이려 하지 않았다."[26] 이렇듯 사류들이나 현인 부류들이 남곤을 받아들이지 않자 그것을 견디지 못한 남곤이 사화를 일으켰다고 유몽인은 이해하고 있는 것이다. 유몽인의 이런 언급을 증거하는 것이 『선조실록』이다. 원래 남곤은 조광조에 대해 우호적이었고, 당초에 남곤이 조광조 등에게 교류를 청하였는데, 조광조 등이 허락하지 않았다고 한다.[27]

유몽인은 사류들과 현인들이 보지 못하는 남곤의 다른 이면을 이야기한다. 남곤의 문장과 절행이 당시 김정(金淨, 1486-1520)에 뒤지지 않았고, 명분과 절개를 스스로 좋아했으며, 정성과 예를 다하여 순종했음을 강조한다. 남곤의 좋은 이면을 강조함으로써 남곤에 대한 기존 관념인 '나쁘다'가 '나쁘지 않다'로 이동한다. 여기에서 '나쁘지 않다'가 '좋다'는 것과 동일한 차원은 아니지만, '나쁘지 않다'가 '좋다'로 해석될 소지를 배제할 수는 없다.

유몽인은 이어서 남곤이 졸지에 허무한 짓을 날조하였는데 심정(沈貞) 제포(綈袍)와 더불어 신무문(神武門)으로 들어가 변을 상고하였고, 그 결과 사헌부에 소속되었던 많은 현자들이 일망타진되었다고 한다. 이 지점

---

26) 『어우야담』, 1996, p.99.

27) 『宣祖實錄』 1년 9월 21일.

에서 남곤은 분명히 허무한 짓을 날조하여 많은 현자들을 죽게 한 인물이
다. 그러나 유몽인은 남곤이 허무한 짓을 날조했다는 것을 인정하면서도
계속 남곤의 허물을 이해하려는 입장을 취한다.

㉠ 남곤은 자신을 사갈시하는 것을 견디지 못하여 무고를 하였다.
㉡ 이 외에 평생 다른 허물은 없었다.
㉢ 자신의 허물을 늘상 후회하였다.
㉣ 매번 홀로 앉아 혼잣말을 하면서 손으로 난간을 치며 개탄하였다.
㉤ 남곤의 문장은 매우 높아 동방의 자집(子集) 가운데 그의 문장과 짝
　 할 수 있는 것이 드물었다.
㉥ 자신의 불선(不善)이 후대에 드러날까 두려워 모든 사고를 불에 던
　 져버렸다.

이러한 일련의 평을 통해 유몽인은 남곤에 대해 '나쁘지 않다'로 남곤을
이해하고 동정하려는 입장을 보인다. 그리고 이러한 남곤에 대한 동정적
입장은 '나쁜 사람, 소인, 처신과 식견이 옳지 못한 사람'이라는 남곤에 대
한 기존관념을 재고해 줄 것을 요구하는 것이다.

나아가 유몽인은 다음 「239화 남곤이 사랑했던 기생」이라는 일화를 통
해 남곤이 풍류를 즐길 줄 아는 인물이었음을 시사한다.

㉠ 남곤이 관찰사가 되었을 때 사랑했던 기생이 있었다.
㉡ 모든 배종들이 잠든 틈을 타서 기생이 남곤에게 몰래 자기 집에 갔
　 다 오자고 제안했다.
㉢ 남곤이 기생집에서 즐기다가 취하여 잠이 들었고, 기생이 두꺼운 자
　 리로 창을 가려서 햇빛이 들지 않도록 하였다.

㉣ 아침이 되어서야 깨어난 남곤은 사립문 밖 아전들에게 크게 부끄러
워서 마침내 병을 핑계대고 경성의 집으로 돌아왔다.

㉤ 수령이 기생을 경성의 남곤에게 보내서 드디어 남곤이 그녀를 첩으
로 받아들였다.

㉥ 남곤이 한 번은 기생이 거처하는 곳의 뒷문으로 갑자기 들어가 보니,
한 미남자가 뒷문에서 나왔다.

㉦ 남곤이 기생에게 뒷문의 손님이 누구냐고 물으니 기생은 거짓으로
눈물을 흘리는 척하며 칼로 자신의 손가락을 내리쳐서 자취를 감추
려고 했다.

㉧ 남곤이 크게 놀라며 "창기가 두 마음을 가지는 것은 그리 심하게 책
망할 것이 아닌데도, 그 자취를 감추려고 차마 하지 못할 짓을 잔인
하게 하는 것이 옳으냐?"며 기녀를 말에 태워 집으로 돌려보냈다.

이 일화를 통해서 남곤은 부끄러움을 아는 인물, 창기의 두 마음에 너
그러운 풍류남, 사람으로서 차마 하지 못할 잔인한 짓은 용서하지 않는
인물이 된다. 이러한 남곤에 대한 유몽인의 긍정적 시각은, 공식적인 문자
언어는 제외하더라도, 다른 야담집과 비교해 보면 확연히 차이가 난다. 남
곤은 「유자광전」을 지어 유자광의 죄악상을 낱낱이 밝힌 적이 있었는데,
『계서야담』에서는 남곤 자신이 「유자광전」 속의 유자광 같은 간악한 인
물이 되었고 하면서 유자광과 남곤을 함께 묶어 '간도(奸徒)'로 말하고 있
다.28) 『동패낙송』 소재 남곤 이야기 역시 "정암을 해친 사람은 영원한 소
인", "남곤과 심정이 선량한 사람들에게 많은 해를 입힌 것을 매우 원통하
고 분하게 여겼다"29)라는 등 모두 부정적 시각 일색이다.

---

28) 『계서야담』, pp.624-625 · 656-657.

지금까지 『어우야담』 소재 유자광과 남곤에 대한 일화를 살펴보았다. 유몽인은 유자광과 남곤 같은 기존에 확고하게 부정적 인물로 평가되는 인물에 대해 기존 시각을 재고해 줄 것을 요구하고 있다. 그 밖에 부정적 인물로 평가되고 유몽인 자신과도 반목했던 광해군 때의 핵심 권력층 이이첨에 대해서도 어린시절 박예수와 귀천을 초월한 사귐을 가졌던 일화를 소개하여 그의 부정성을 감쇄시키기도 한다.[30] 기존 시각의 재고는 인물에 대한 긍정적 일화의 예시를 통해 유도하고 있다.

이상으로 기존 관념을 비튼 계기적 일화를 살펴보았다. 관념을 비튼 일화는 기존 관념을 완전히 뒤집기보다는 완곡하게 반전을 시도한 이야기들이다. 그래서 '조롱대'지만 여전히 백광훈의 시재가 존재하고, '갈매기 도당'이지만 혼자 있을 때에는 '풍치나 한가로움'을 상징하며, 재기발랄했지만 여전히 유자광은 무오사화를 주도한 인물이며, 풍류와 시재가 있었지만 남곤은 기묘사화를 꾸몄던 인물인 것이다.

그러나 관념을 비튼 일화의 배치는 인물 평가에서 이분법적 평가가 아니라 '의미론적 확장'을 가져왔다는 점에서 의미를 찾을 수 있다. 이것을 그림으로 정리해서 설명해 보자.

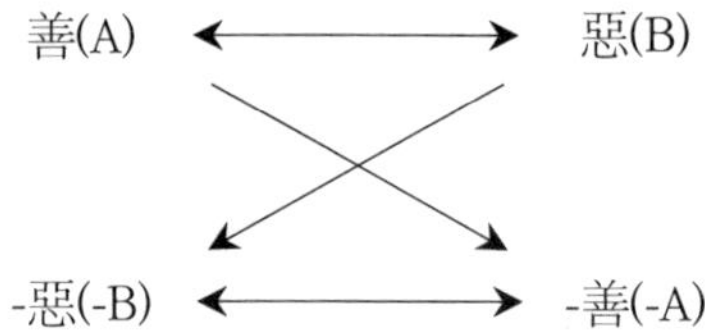

---

29) 『국역 동패락송』, p.438 · 486.
30) 『어우야담』, 〈149화 귀천을 초월한 知己〉, 1996, pp.279-281.

A를 '재능이 뛰어나다'라고 한다면 -A는 '재능이 뛰어나지는 않다'가 된다. 그리고 B는 '재능이 없다'가 되며 -B는 '재능이 없지는 않다'가 된다. 유몽인은 늘 A나 B 상황을 전제하면서 이야기를 시작한다. A와 B는 곧 세상 사람들의 고정관념에 해당한다. 그러나 곧 이어 A나 B 상황은 각각 -A, -B로 향한다. 이 과정의 설명 방식은 대부분 A나 B의 상황에 의문을 품을 만한 긍정적 일화나 위트가 있는 희화적 일화를 배치한다. 덧붙여서 혹은 다른 사람의 평이나 자신의 생각을 덧붙이는 방식을 사용하기도 한다. 백광훈의 경우는 '조룡대'라는 기녀의 우스갯소리를 통해 -A로 진행된다. 남곤의 경우는 남곤의 원래 절행, 문장, 절개 등을 긍정적으로 묘사하고 날조한 이후에 후회하는 모습을 부각시켜 나열해 줌으로써 -B로 진행되었다.
　여기에서 기존 관념이 긍정적일 때와 부정적일 때 그것을 넘어서는 방법에는 약간의 차이를 보인다. 이미 확고히 부각된 긍정적 측면을 넘어서는 방법은 대부분 백광훈의 이야기나 노수신의 이야기에서처럼 기지 넘치는 이야기를 통해 슬쩍 비꼬는 희화화 방식을 이용한다. 반면에 남곤처럼 부정적 고정관념을 지니고 있는 인물을 넘어서는 방법은 대개 대상 인물과 관련된 긍정적 일화들이나 진술을 늘어놓게 된다.
　유몽인은 백광훈의 '산처럼 높은 시재'나 '나쁜 놈 남곤'이라는 기존 관념을 완전히 대척적인 B나 A로 향하게 하지 않는다. 다만 기존 고정관념에 의문을 품고 완곡한 반전이 시도된다. 결국 글은 'A → -A, -B'로, 'B → -B, -A'로 포물선을 그리며 '뛰어난 시재의 백광훈'이 '시재가 그렇게 뛰어나지는 않은 인물, 그러나 시재가 없지는 않은 인물'로, 아주 나쁜 남곤이 '그렇게 나쁜 사람은 아닌 인물, 혹은 착한 사람은 아닌 인물'로 그려진다.
　이처럼 유몽인은 어떤 인물을 평가할 때에 '선하다·악하다'는 식의 양항적 평가를 하지 않는다. 선(A), 악(B)은 물론이고 '선하지는 않다(-A), 악하지는 않다(-B)'는 식의 부동적인 항목이 동원되고, 나아가 A와 -A, A와 B,

B와 -A, B와 -B 사이 어디쯤이 동원되는 등 다항적으로 평가한다. 그런데 이런 식의 다항적 평가 방식은 어떤 인물이나 사건·상황을 유보적으로 평가한다는 점에서 이것도 아니고 저것도 아닌 것, 그래서 당면한 현실을 뚫고 나가는 것이 아니라 슬쩍 비켜가는 우유부단함이라고 비판받을 수도 있겠다. 또한 문장의 수식적인 측면이 가미되어 심하게는 현학적인 비꼬기의 모습을 보이기도 한다는 점에서 작품의 난해성으로 이어지기도 한다.

그러나 유몽인의 다항적 평가 방식은 이미 확고한 판단을 받고 있는 기존의 가치나 선입관을 완곡하게 재고하여 상호 보완적인 의미를 찾게 해 준다는 점에서 의의를 찾을 수 있다. 기존 관념을 전복시키는 것이 아니라 완곡하게 비틀어서 반전에 이르게 하는 것을 일종의 완곡 어법이라고 할 수 있는데, 이러한 어법은 단정적이고 확신에 찬 설득적인 어투를 버리고 소홀하여 놓치기 쉬운 다른 이면을 살피게 해 준다. 이를테면 '착하지 않다'고 하면 '나쁘다, 조금 착하다, 조금 나쁘다' 등의 의미 영역을 함축하게 된다. 따라서 당면한 사태를 은근히 빗겨가면서 그와 모순되는 것, 그와 함축적인 관계에 있는 다른 종류의 것 쪽으로 그 의미의 영역을 넓히는 작용이 있게 된다. 이런 측면에서 전체를 바라보는 안목과 타자에 대한 배려와 이해가 숨어 있는 것으로 파악된다.

지금까지 일화 운용과 그에 따른 의미의 변주를 중심으로『어우야담』의 서술 방식을 살펴보았다.『어우야담』에서 일화의 사용은 아주 일상적인데, 본고에서는 병렬적 일화 운용과 계기적 일화로 나누어 살펴보았다.

병렬적 일화들은 한 편 내에서 삽입 일화가 여럿 나열되기도 하고, 때로는 편을 나누어 이야기가 병렬되기도 한다. 한 가지 주제에 대해 나열되는 몇 개의 일화들은 나열되는 횟수만큼 각각의 의미를 충분히 내재하는 다성적 시각을 전제하면서 의미의 굴절이 일어난다. 그래서 궁극적으로 이면의 의미에 중점을 두기도 하고, 한편으로는 산발적인 여러 의미들이 통합적으로 수렴되기도 한다.

계기적 일화는 확고한 기존 관념을 재고하고 비틀고 풍자하기 위해서 사용되는 일화들이다. 기존의 부정적 관념을 긍정화할 때는 대상 인물의 긍정형 일화가 복수로, 기존의 긍정적 이미지를 부정화할 때는 기지 넘치는 희화적 일화가 단수로 사용되었다. 참고로 기존의 긍정적이거나 부정적인 고정관념이 없는 인물에 대해서 전체적으로 긍정적인 평가를 하고자 할 때, 유몽인은 주로 전(傳) 양식을 차용하였다.[31]

일화가 단수로 사용되든 복수로 사용되든, 편을 나누어 이야기가 병렬되든, 지금까지 살펴본 『어우야담』 소재 인물 일화들은, 소수의 요약 제시적 이야기를 제외하면, 거의 서술자의 개입 없이 대상 인물의 풍모를 특징적인 말이나 행동·사건 등을 통해 드러낸다. 이러한 기술 방식은 대상 인물을 어느 한 가지 틀로 특정하게 고정시키고 전형화시키는 것을 거부한다. 개인적 취향이나 욕망, 집단의 이해관계나 바라보는 시각에 따라 다

---

31) 유몽인이 어떤 인물에 대해 전 양식의 일대기적 서술을 하는 경우, 대부분 비꼬는 어투 없이 긍정적인 시각을 지닌다. 그런데 유몽인은 익히 알려진 문인이나 벼슬아치를 입전하는 경우는 드물고, 주로 하층민이나 여성 인물을 입전한다. 중인 유희경·박지화, 노비 박인수, 여성 인물 이예순 등이 그들이다. 유희경에 대해서는 『어우집』 전집 권6, 「별선편」에 「劉希慶傳」, 『어우야담』에 「유희경」(보유편, 2001, pp.154-155)이 실려 있다. 유몽인은 유희경을 시와 예학에 매우 밝았던 인물로 평가하면서 각별한 애정을 보였고, 천민이라는 그의 신분적 한계를 안타까워하기도 했다. 박지화에 대해서는 『어우야담』(1996, pp.100-102.)에 「박지화의 만사」에서 유불도에 조예가 깊고, 예서에 정통했으며, 문장은 시와 문이 모두 뛰어남을 이야기하고 있다. 그 외에 「노비 박인수」(『어우야담』 보유편, pp.62-63)나 「불교에 순사한 이예순」(『어우야담』, 1996, pp.217-221)도 傳의 일대기적 양식을 차용하여 서술하고 있다. 이것은 하층민을 긍정적으로 평가하기 위해서 '전'이라는 양식적 특성에 의거하려는 세심한 의도라고 보인다. '전' 양식은 서술자의 가치 평가가 생략된 한두 편의 일화를 나열하거나 제시하는 것보다 확실하게 가치를 부여할 수 있는 방법일 수 있기 때문이다.

양한 의미의 변주를 가져올 수 있는 것이다. 결국 『어우야담』 속의 일화 운용 방식은 대상 인물에 대한 편견이나 선악의 이분법적인 판단을 넘어서 야담 수용자에게 대상 인물에 대한 가치 평가를 되돌리고 있다는 점에서 중요하다고 할 수 있겠다.

제5장 유몽인 산문의 위상 및 의의

1. 산문의 독자성 인식과 위상 제고

　조선전기만 해도 문학사의 주류는 시였고, 산문은 국가 공용, 공공의 목적에 부속되는 소극적 차원에서만 의미가 있었다. 물론 조선 전기에도 시와 산문에 대한 분별 의식은 존재했지만 본격적인 산문 창작으로 이어지지는 못했다. 때문에 산문 작가로 거론할 만한 인물도 드물었다.

　그런데 임진왜란을 전후로 유몽인을 포함한 일군의 산문 작가들이 등장한다. 시에 아무리 능통하더라도 산문에 전문적으로 공을 들이지 않으면 문에서는 별다른 공효를 보지 못하는 작가들이 나타나게 된 것이다.[1] 이러한 산문 전문 작가의 등장은 문도 시처럼 문학적으로 향유할 수 있나

---

[1] 유몽인은 潭陽 부사를 지낸 李安訥을 시에 공을 들인 인물로 보았다. 문에는 별다른 공을 들이지 않았기 때문에 그가 비범한 재주를 가지고도 문에서는 별다른 공효가 없었다고 평가하고 있다. 柳永吉도 재주가 뛰어났지만 한유의 전질을 팔백 번을 읽고도 하나의 구문을 이루지 못한 것은 그가 오로지 시만 지었기 때문이라고 진단한다. 또한 중국의 이백과 두보 역시 문에는 능하지 못했던 인물로 보고 한쪽으로 치우친 것을 병폐로 여겼다.(『어우집』 전집 권4, 「贈表訓寺僧慧黙序」; 『어우집』 권5, 「與尹進士彬書」 참조) 이렇듯 유몽인은 산문을 전적으로 공부하는 산문 작가적 자세가 필요함을 역설하였다.

는 인식의 전환에서 배태된다.

유몽인은 '무릇 문은 말의 정밀한 것이다(夫文者 言之精也)'라고 하면서 "고인(古人)은 한때를 바라는 것이 아니라 반드시 천만세를 바란다"[2]고 하였다. 여기에서 문이 바로 산문인데, 문으로 천만세를 바란다는 것은 문을 공용의 글쓰기나 일시적인 의사소통의 수단으로만 생각하지 않고, 시처럼 문학적으로 누대에 걸쳐서 향유할 수 있는 대상으로 바라보고 있다는 증거다. 산문의 독자성에 대한 각성이 이루어지려면, 먼저 산문의 가치에 눈을 떠야 한다. 이전에는 보잘것없다고 여겨서 버려두었던 것들을 새롭게 바라보고 가치를 평가하는 안목이 요청된다. 이런 측면에서 '천년 동안 불후할 대사업'이라는 문에 대한 인식은 산문의 독자성을 인식하는 선행 시각이다.

문을 불후할 대사업으로 인식한 유몽인은 시와 문을 둘 다 두루 겸하려고 애를 썼지만[3] 말년에는 특히 산문 창작에 주력한다.

> 지금 사람은 늘 시를 많이 짓지 산문을 짓는 경우는 매우 드뭅니다. 그래서 우리나라의 산문이 지금에는 더욱 생소합니다. 저는 15세에 고문을 배웠지만 지은 게 많지 않아 편질을 이루지 못했는데, 임인년(1602년, 43세) 이후로는 벗과 이별을 읊은 시문, 사람들과 주고받은 것, 남이 요청하는 글들을 모두 산문으로 응대하니 이로부터 수십 권을 이루었습니다.[4]

---

2) 『어우집』 전집 권5, 「答年兄林公直書」: 夫文者 言之精也 古人不蘄一時 必蘄千萬世.

3) 『어우집』 전집 권4, 「贈表訓寺僧慧默序」: 余嘗病古人爲文章 皆偏一而不周 太史公楊雄能文而不能詩 太白子美能詩而不能文 故一生勤悴 思欲左右兼而兩臻其閫 所著積五十餘卷 而文半焉詩半焉.

4) 『어우집』 전집 권5, 「報滄洲道士車萬里雲輅書」: 今之人作詩常多 作文甚罕 東

유몽인은 15세부터 고문을 배웠고 임인년 이후로는 모두 문으로 응수하였다고 한다. 우리 문단적 상황이 시 창작에 치우친 점을 지적하면서 자신은 말년에 모든 문학적 역량을 산문 창작에 집중했음을 말하고 있다. 유몽인이 말년에 문에 주력했던 주요인은 대부분의 문장가들이 시 창작을 주로 하고, 문을 소홀하게 여겼기 때문이다. 이는 문이 시 못지않게 중요하다는 인식을 보여주는 대목이다. 유몽인이 말년에 산문을 짓는 데 전 역량을 투여해서인지 시와 문이 분량은 비슷하지만, 호곡(壺谷) 남용익(南龍翼, 1628-1692) 같은 이는 유몽인의 문이 시보다 뛰어나다고 평가하기도 했다.5)

또한 유몽인은 문이 시와 비교해서 동등한 가치를 지닐 뿐만 아니라, 한 발 더 나아가 문을 '문장지수(文章之首)'로까지 보고 있다. "지금의 학자는 즐겨 소시(小詩)를 짓고, 문은 일삼지 않는다. 문은 문장의 으뜸이요(文章之首), 우리 도의 보익인데, 세상 사람들이 모두 그것을 소홀히 여긴다6)"고 하였다. 유몽인은 문을 '문장지수'라고 하면서 문학에서의 산문의 가치와 의의를 적극적으로 인식하고 있다. 이는 시와 구별되는 산문 자체의 독자적인 미적 특성과 본질에 대한 관심이라 할 수 있다.

그런데 유몽인은 산문 창작이 지니는 의미와 가치를 '우리 도의 보익'에서 찾고 있는데, 결국 산문 자체의 본질적 특성에 대한 논의는 도와 문의 이해관계에서 살피지 않을 수 없다. 문과 도, 어느 쪽으로 무게 중심이 기우느냐에 따라, 도에 무게 중심을 두는 경학가, 문과 도의 평형을 중시한

方之文 到今尤生疏 生十五學古文 而述作無多 不能成編帙 自壬寅以後 凡友人 別章 及與人往復 及人有求之者 皆以文應之 自此已成數十卷.

5) 남용익, 『호곡만필』(조종업 편, 『한국시화총편』3, 태학사, 1996, p.337): 昏朝 時 號爲能詩者 不過抑夢寅・許筠・朴鼎吉數人而已 柳文固奇 而詩不如文.

6) 『어우집』후집 권4, 「答崔評事有海書」: 今之學者 喜作小詩而不事文 文者文章 之首 而吾道之翼也 而世人皆忽之.

당송고문가들, 문에 무게 중심을 두는 문장가로 나눌 수 있다. 조선 전기에는 문은 도를 위한 부수적인 것에 지나지 않는 것으로 보는 경향이 지배적이었다. 그러나 유몽인 시기에 들어서면 이제는 도를 전달하는 역할로서 문 자체의 중요성을 인식하게 된다. 당시에 진한고문을 추종했던 이들이나, 당송고문을 추종했던 이들이 모두 성현을 공부하는 경학 혹은 경술에 당위적으로 본원을 두고 문에 접근했다고 할 수 있다. 다만 문제는 문의 독자적 가치를 인정하는 수위와 정도에 따른 분화다.

먼저, 문 자체의 중요성을 인정하면서 도문합일을 주장하는 부류가 있다. 주로 후대 농암 계열의 학자들에게서 발견된다. 이들은 문 자체의 중요성을 인정하면서도 문에 담아야 할 도의 실질 내용은 이취(理趣)를 위주로 하는 성리학적 도를 중심에 두었다. 그래서 농암 김창협 계열의 문장가들은 경술과 문장, 어느 한쪽에 치우치는 것을 경계하고 도문합일을 주장하지만, 문 자체에 경도되는 것을 더욱 경계한다.7) 그래서 장유는 경술에 본원을 두고 이치를 위주로 한 이들의 글은 '말은 부족해도 뜻은 넉넉하다(詞不足而意有餘)'고 하였다. 이에 비하여 선진양한을 본받은 이들의 문장은 '화려하지만 내실은 없어(華勝實凋)' 문장의 폐단이 절정에 이르렀다고 비판하고 있다.8)

농암 계열의 학자들이 같은 당송문의 한유와 유종원·구양수와 소식 중에서 한유나 구양수를 정맥으로 하고, 유종원이나 소식을 배제한 이유도 바로 여기에 있다. 한유와 구양수의 글은 문장과 경학이 균형을 이루었다

---

7) 정우봉, 「조선 후기 산문이론의 전개와 그 성격(Ⅰ), 『한국문학연구』 1, 한국문화연구소, 2000, p.158 참조.

8) 장유, 「八谷集序」, 『계곡집』 권6(『문집총간』 92, p.111): 在昔盛時 士之攻文者 學皆本源經術 以理趣爲主 故其爲文 類多平實易直 詞不足而意有餘 自數十年來 學者厭常喜新 多爲奇衺僻異之習 華日以勝 實日以凋 驟聽其言 眞若可以軼唐宋 而上之 徐而察之 梔蠟之色澤耳 文之敝也極矣.

고 보는 것이다.9) 즉 한유와 구양수의 글은 경술에 본원을 두고 유가적 이치를 구현하려 하면서 문장을 추구했던 반면에, 유종원이나 소식의 글은 경학이 약했던 것이다.

그런데 유몽인의 경우에는 농암 계열의 학자들과 정반대의 의견을 보인다. 유몽인은 유종원이나 한유의 글을 모두 전범으로 보았지만, 한유와 같은 비중으로 유종원의 글에 관심을 기울였고, 송나라 문장을 모두 인정하지 않는 가운데서도 구양수보다는 소식의 문재를 인정했다. 이것은 당송고문가들이 유종원이나 소식을 배재했던 이유가, 역으로 유몽인에게는 유종원과 소식을 인정했던 이유가 된다. 즉 유몽인은 도를 전달하는 역할로서의 문을 중요시했다기보다는 도와 상관없이 문 자체를 중요시하여 후세에 불후하게 문학적으로 향유될 문을 염원했기 때문이다.

유몽인의 경우는 성리지학·문장지학·과거지학에서 전적으로 문장 쪽으로 치우친 작가다. 유몽인은 성리학에 당위적인 접근을 하였지만, 사실은 처음부터 경학인 성리학에는 별 관심이 없었고, 과거지학에는 비판적이었다. 성리학에 관심이 없었기 때문에 장유가 진한고문가들의 폐단으로 지적했던 '화승실조'의 평가가 유몽인에게도 뒤따른다. 유몽인의 글이 당시에 '부실(浮實)', 즉 '부화하여 실이 없다'10)고 일컬어졌던 이유도 경술에 근원을 두지 않았고 유가적 이치를 담으려고 하지 않은 데 있다.

도와 상관없이 문 자체의 독립성을 중요시했던 유몽인은 문의 내용은 유가적인 것, 법가적인 것, 혹은 불가적인 것, 혹은 속물적이고 일상적인 것까지 그 어느 것이든 가능했다. 그래서 권모술수에 관계된다고 해서 터

---

9) 박은정, 「17C 말 18C 전기 농암 계열 문장가들의 고문론 연구-김창협, 이의현, 이덕수, 신정하의 한구정맥론을 중심으로-」, 한양대학교 박사학위논문, 2005, pp.39-42.

10) 『어우집』 전집 권5, 「答柳正字活書」.

부시되었던 『전국책』도 그에게는 좋은 교과서였다. 또 조선시대 모든 유
자들이 당위적으로 접근했던 육경조차도 유몽인은 도학적 차원에서 접근
했던 것이 아니라, 형식미 차원에서 접근했으며11), 더욱이 육경이 배우기
어렵다는 점을 들어 일단 문장학습에서 거리를 둘 수 있었던 것이다.

유몽인은 산문 작가로, 문장가로 자처하면서 「유두류산록(遊頭流山錄)」
같은 문예미가 돋보이는 산수유기(山水遊記)12) 등을 창작하였으며 산문
의 문학성을 드러내기 위해 다양한 서사적 수법을 활용한 글쓰기를 시도
하였다.

2. 다양한 형식적 실험을 통한 문예미 중시

유몽인은 문 자체의 독자성과 가치를 인식하고, 다음 단계로, 그렇다면
산문을 어떻게 하면 잘 쓸 수 있는지, 즉 산문 창작 행위는 어떻게 이루어

---

11) 유몽인이 당위적으로 육경을 언급했던 이유가 다른 유자들과 달리 도학적
   차원에서가 아니라 문장적 차원에서였다. 육경은 비록 배우기 어렵다는 인
   식이 있어서 일단 학습단계에서 제쳐놓지만, 그것조차도 육경이 가진 풍격
   인 '簡'에 대한 것이었다.

12) 「遊頭流山錄」(『어우집』 후집 권6)은 1611년 남원부사 시절에 지리산을 유람
   하고 남긴 장편 산수유기로, 유람을 하면서 견문한 것을 날짜별로 기록한 기
   행문이다. 지리산의 산세를 '살이 많고 뼈가 적은 산'으로 비유하고, 그 웅장
   한 자태를 사마천이나 두보와 같은 대문장가의 호방함에 비유하고 있다. 특
   히 지리산을 의인화하여 경상도와 전라도 12주에 걸쳐 있는 모습으로 묘사
   한 점도 흥미롭다. 이 외에도 『어우집』 전집 권4,「贈表訓寺僧慧黙序」를 참조
   해 보면, 금강산(내금강, 외금강)을 여행하고 지은 遊山錄이 세상에 상당히
   읽혀졌던 것으로 보이는데, 이 글은 병화에 유실되었다고 한다.(「贈表訓寺僧
   慧黙序」: 嚮在三十年前 富筋力善登陟 窮蒐內外嶽莫我若也 有遊山錄一通 行于
   東方 失之兵火)

져야 하는가에 대해 진지하게 고민하게 된다. 단순하게 진한을 본받자는 개념적 문제가 아니라, 전범에서 무엇을 본받고, 어떻게 쓸 것인가의 구체적인 실제를 고민하는 것이다. 이는 산문의 독자성을 인식한 바탕 위에서 산문이 단순히 의미를 전달하는 것이 목적이 아니라, 문학성을 담보할 수 있는 방법을 모색하게 됨을 의미한다.

유몽인은 산문의 문학성을 철저히 고(古)에서 찾았다. 진한고문을 모범문으로 인식하고, 진한고문의 문체, 즉 고인의 풍격과 형식을 본받으려는 의고적 경향을 강하게 보인다. 무엇을, 어떻게 본받으며, 어떻게 하면 산문의 문학성을 살릴 수 있을까에 대한 고민과 탐색이 유몽인의 경우는 진한 고문의 형식미와 문채미[13) 추구로 나타난다. 그리고 형식미와 문채미를 이룰 수 있는 풍격으로 기(奇)와 간(簡)을 추구했는데, 기간은 각종 수사적 표현기법을 통해 발현된다.

유몽인은 기와 간의 형상화를 위해서 구태의연하고 진부한 표현을 적극 탈피하는 한편, 전범으로부터 산문구법과 기격(氣格)을 본받을 것을 주문한다. 그리고 그는 실제 글쓰기에서, 이미 2장, 3장, 4장에서 살펴보았듯이, 구체적으로 조사의 운용, 단어, 대구, 편과 장의 배치 등에 고심하고 단련하여 긴장감을 주려고 했다. 또한 그의 글은 속담, 전고, 비유, 다양한 일화를 활용하고 있으며, 역설·우언·병렬 등 다양한 수사적·형식적 방식들이 동원된다.

상투적 칭송으로 점철되기 쉬운 비지문(碑誌文) 창작에도 유몽인의 수사적·형식적 실험정신은 드러난다. 보통 비지문은 산문으로 서술되는

---

13) 형식미란 변문의 형식주의와는 다르다. 언어·수사·문체 등을 통해 산문의 예술적 미적 감흥을 일으키는 것을 지칭한다. 문채미 역시 산문의 언어 문자의 효과적 운용이 독자에게 미적 감흥과 계발을 불러일으키는 것을 가리키는 용어로 썼다.

'서(序)'와 운문으로 서술되는 '명(銘)'으로 구성된다. 필수 사항인 죽은 이의 평생사적, 예컨대 선조의 계보, 이름과 자호, 수행한 관직, 치적, 향유한 수명, 사망 및 장례 날짜, 장사 지낸 곳 등등은 대체로 '서'에서 기록되고 '명'에서는 죽은 이를 칭송, 죽은 이에 대한 아쉬움 등을 기록하게 된다. 이렇게 형식이 고착화되고 필수적으로 기록해야 하는 사항들이 있기 때문에 비지문은 일반적으로 개성을 드러내기 쉽지 않은 장르로 여겨졌다.

이러한 장르적 한계를 가지고 있는 비지문에서도 유몽인은 '서'와 '명'의 역전을 통해 산문 형식을 실험하기도 한다. 필수 사항으로 채워져야 하는 '서'에서는 가벼운 탄식으로, 운문인 '명'으로 필수 항목을 채우고 있는 경우가 그것이다. 『어우집』후집 권 5에 실려 있는 「회인현감이공간묘지명(懷仁顯監李公衎墓誌銘)」이 대표적이다.[14]

이 밖에도 후집 권 5에 실려 있는 「증예조판서행승문판교신공숙묘갈명병서(贈禮曹判書行承文判校申公熟墓碣銘幷序)」는 첫머리에서 형 몽사(夢獅)의 말을 '직접 인용'하여 거두절미하고 죽은 신숙(申熟)이 얼마나 문에 정통했는지를 보여준다. 신숙이 문에 정통하다는 사실을 직접 인용을 통해 확인한 유몽인은 "예전에 한퇴지가 맹동야(孟東野)와 유자후(柳子厚)의 묘에 명을 썼으니 혹 내가 그에 가깝겠는가?"[15]라고 말한다. 은근히 자신

---

14) 이것에 대해서는 최근에 안득용의 연구(「16세기 후반-17세기 전반 비지문의 전범과 서술 양상에 대한 고찰」, 『한국한문학연구』 39집, 2007, pp.253-255)가 있다. 그는 유몽인의 「懷仁顯監李公衎墓誌銘」이 '서'와 '명'의 역할을 역전시켜 조화를 이루고 있는 작품으로, 한유와 유사성이 있으나 단순한 모의에서 진일보한 개성적 작품으로 평가하고 있다.

15) 『어우집』 후집 권5, 「贈禮曹判書行承文判校申公熟墓碣銘幷序」: 夢寅母兄夢獅 嘗言曰 吾妻黨有申熟者 字仁仲 文章士也 其爲文 藁諸腹 蒙面而臥 起而揮屢千言 眞壯觀也 盧蘇齋守愼, 崔簡易岦 斯文哲匠也 皆稱引公文曰 古文有句法章法 於申氏文見之 余亦偉其文 歎其人 今其子瑞廷 來請夢寅以公碣銘 吁 銘衆人碣 尙不易 況公之碣乎 昔退之能銘東野, 子厚墓 或者余庶幾乎.

을 한유에 비유하여 문장의 자부를 드러내고 있지만, 이 말의 본질적 의미는 죽은 이의 문장력이 맹동야나 유자후만큼 뛰어나다는 것을 확정해 준다. 이어서 본문에서는 일상적인 필수 사항을 열거하고, 그리고 마지막 명에서는 다시 그의 뛰어난 문이 세상에 쓰이지 못한 아쉬움을 토로하였다. 죽은 이의 문이 세상에 쓰이지 못한 이유가 '중심이 있는 자는 꺾이지 않는 까닭(有其中者不撓故長窮)'이라고 안타까워하고 있다.

이 비지문은 '서'나 '명'의 역전 없이, 비지문의 필수 사항을 모두 기재하면서도 일관되게 신숙이 문에 얼마나 뛰어난 인물이었는지 효과적으로 부각시켰다. 그것은 글 서두부의 '직접 인용'이 한 몫 했다고 여겨진다. 유몽인은, 다른 산문 양식과 마찬가지로, 비지문에서도 역시 '서'와 '명'의 역전 방식이나 직접 인용 수법 등의 형식적 실험을 통해 나름의 개성을 추구하고 있음을 확인할 수 있다.

한편, 본고에서는 다루지 못했지만, 한시 창작에서도 형식적 실험을 통해 문예미를 드러내려 했던 것은 마찬가지다. 한시에서는 잡체시·6언시의 창작 등 기존 양식의 틀을 벗어나는 실험들이 있었다. 유몽인의 실제 글쓰기는 다양한 형식적 실험의 장이었다고 할 만하다. 이런 다양한 형식적 기법들의 활용은, 진한고문에 대한 정확한 문체 인식과 산문의 독자성을 인식한 결과다. 나아가 산문 문학의 표면 의미와 이면 의미의 병치나 숨기기, 우의적 수법 등은 유몽인이 산문 문학의 내적 형식과 구조에 대한 인식이 있었기에 가능했던 것이다.

유몽인은 기간(奇簡)을 자유자재로 활용할 수 있는 '자득'을 주장하는데, 이 점이 바로 진정한 의고(擬古)의 방향성을 제시하는 부분이다. 고인의 풍격과 형식을 본받으려는 의고적 경향은 실제 글쓰기에서 형식적 모방과 표절로 나아갈 위험이 농후하다. 유몽인은 중국의 진한고문파의 모방과 답습에 대해 강하게 반대하면서 의고의 형식적 폐단의 위험성을 경계한다. 의고가 시문 창작에서 고인의 체를 본받는 것이라고 할 때, 진정한 의고는 고인의 체를 잘 체득하여 고인의 풍격을 문학적으로 형상화하면서, 내용적으로는 새로운 의경을 창출하여 개성과 독창의 가능성을 보여줄 수 있어야 한다는 것이다.

유몽인은 실제로 자신의 글에서 명제가 비슷하다고 하여 유사한 어구나 의미를 중복시키는 일이 거의 없었고, 편마다 새로운 실험을 시도하여 새로운 창작 정신으로 구성하였다. 유몽인은 늘 새로운 구성과 형식, 새로운 내용에 대해 고민했다.

지금 중국에 사신 가는 자가 한 해에 대략 10여 인인데 그 사람들마다 나에게 시문을 구합니다. 내가 조정에서 벼슬한 지 이미 20여 년입니다. 그동안 일반적인 일로 일반적인 말을 지으며 허다한 요구에 응대하느라 글을 짓지 않고 넘어간 해가 없습니다. 그러느라 생각이 다하고 뜻이 고갈되었으니 이를 어찌 하겠습니까? 예전에 내가 중국에 가서 어떤 사람이 나귀에 맷돌을 맨 것을 보았는데 종일토록 빙빙 돌며 밟는 곳이 모두 똑같은 곳이었습니다. 지금 내가 만약 억지로 짓는다면 맷돌을 맨 나귀가 밟는 구적(舊蹟)과 비슷하지 않겠습니까?16)

유몽인은 매년 중국으로 사신 가는 사람들이 시문을 구하자 일반적인 글을 오랫동안 짓고 있는 것은 아닌가 회의하고 있다. 매번 같은 상황을 글로 표현해내다 보면 독창과 개성이 부족한 '일반적인 글(一般語)'이 되

---

16) 『어우집』 후집 권3, 「奉贐冬至副使申季收令公詩序」: 方今使于天朝者 歲率十餘人 人求余詩文 余之仕于朝已二十年 以一般事賦一般語 應許多求無虛歲 思竭而意罄 若之何 昔余之中原 見人用驢駕磨終日 旋所踏皆舊跡 今余若強之 不幾於磨驢之踏跡乎.

기 십상이다. 이런 상황에 대해 유몽인은 스스로 생각이 다하고 뜻이 고갈되었다고 하면서 '구적'을 밟게 되는 것을 경계하고 있는 것이다. 여기서 구적은 같은 말, 같은 구상, 같은 내용을 반복하게 된다는 것을 의미한다. 구적을 밟지 않으려는 유몽인의 창작 정신은, 『어우집』 전 · 후집에 중국으로 사신가는 사람들에게 준 송서(送序) · 증서(贈序) · 별서(別序)가 27편이 있는데, 형식과 내용이 모두 다른 데서 극명하게 나타난다.

'영(榮)'이라는 한 글자가 문안(文案)이 되기도 하고(「柳書狀別章帖序」), 시종 역설과 반어로 문장을 이끌어가서 무당(無黨) · 무편(無偏)을 이야기하기도 하며(「奉別謝恩奏請使李月沙四赴燕山詩序」), 문을 술에 비유해서 자신의 문장관을 밝히기도 한다.(「別冬至副使睦湯卿詩序」) 또한 사신가는 사람에게 잘 다녀오라는 말 대신에 사신을 가지 않았으면 좋겠다는 뜻을 내보이기도 한다. 그것은 증여 대상자가 바른말 잘하는 것에 초점을 맞추어 중국에 사신 가는 것보다 우리 조정에 남아서 바른말을 해준다면 나라에 보탬이 되리라고 하면서 증여 대상자의 바른말 잘하는 성격과 사신 보내는 자신의 아쉬움을 동시에 보여주는 서술이다.(「愛直送趙遂初賀冬至于燕京序」)

그 밖에 우리나라 사신에 대한 중국의 푸대접을 자신의 경험을 통해 말하기도 하고(「送朴說之赴京序」), 치병(治兵)의 대책이 없고 백성들은 아침저녁으로 굶주리는 데도 벼슬아치들은 말로만 '백성'과 '나라'를 부르는 세태를 풍자하고, '유민족국(裕民足國)'할 중국의 선진방법을 배워올 것을 비유를 통해 당부하기도 하며(「送斗峯李養吾驪城君赴京序」), 난초에 관련된 일화를 소개하는 글(「送聖節使書狀金書」, 이상은 『어우집』 전집 권3)도 있다. 「송고서장용후서(送高書狀用厚序)」(『어우집』 권4)는 전체 구성에서 병치에 신경을 쓴 글이다. 많은 사람들이 유몽인에게 글을 구하는 이유와 유몽인이 제봉 고경명의 아들인 고용후에게 송서를 써 주는 이유가 병치되었다. 『국어』의 대구를 본받아서 쓴 송서(「送冬至副使鄭令公谷神子士信序」), 실감나는 더위에 대한 묘사로 행차길의 고생을 드러내 주는 글(「別金藥山偉男賀千秋詩幷引」), 『주역』을 인사(人事)에 대비해서 자신의 당파적 위치 및 붕당의 세태(「送蕙時晦赴京序」, 이상 『어우집』 후집 권3)를 보여주기도 했다.

증서·송서라는 장르적 공통점과 모두 중국으로 사신가는 사람에게 주었다는 상황의 상사에도 불구하고 모두가 새로운 명제와 의도로 엮여 있으며 같은 내용은 찾아볼 수 없다. 역설·비유·안자(案字)의 사용, 일화의 배치, 편의 구성 등 다양한 형식적 실험을 통해 각각 개성적이고 다양한 명제와 폭넓은 내용을 담아내고 있는 것이다. 바로 이런 점에서 유몽인은 '형식미를 통한 문예미 실현'이라는 의고정신의 실질을 철저히 지키려고 노력했던 인물이었다고 할 수 있다.

다만 진한고문에 보이는 기간의 풍격을 형상화하려는 노력은 궁벽한 글자, 고자(古字) 사용, 한 단어를 나누어 쓰는 할렬어(割裂語), 전고 등을 많이 사용하여 때로 글자 하나하나가 출처를 지닌다. 또한 대우(對偶)나 대비를 즐겨 사용하면서 조사를 줄이고 구와 구, 단락과 단락의 인과관계가 생략되어 뚝뚝 끊어진 느낌이 강하여 글이 출렁출렁 읽히지 않는다.

이런 점에서 옛 작법을 준수하여 사서육경의 사회 가치적 성격을 이어받아야 한다고 생각했던 이들이나 고문의 미학을 '평이·자연'에서 찾았던 이들은 유몽인의 다양한 문체적·형식적 실험에 대해서 지나치게 기(奇)하며 난해하다는 비판을 가하기도 했다. 그러나 당시대 유몽인만큼 산문의 문학성을 어떻게 형상화할 것인지, 문학성을 실현할 수 있는 형식은 무엇인지에 관심을 갖고, 상징적·함축적 표현 효과에 그토록 집중했던 문인은 드물다. 유몽인은 성리학에 무심했기 때문에 당시대에 경박하다는 비난을 받았지만, 오직 문학과 문학의 전세불후(傳世不朽)만을 고민했던 인물로서, 현대적 의미의 진정한 작가라고 할 수 있겠다.

3. 상대적 세계관 속에 내재된 주체적 자아인식

유몽인은 여러 설에 개방적인 완세불공(玩世不恭)의 '상대주의적 세계관'을 지닌 작가였다. 그의 사유방식이 상대적이고 장자적 색채를 띠고 있다는 것은 그의 산문을 통해 이미 충분히 살펴보았다. 그 밖에도, 본격적으로 논의하지는 못했지만, 유몽인은 많은 선승·시승들과 교유하였고 신선술에 심취하는 등 도가나 불가적 인식 세계를 보이기도 했다. 또한 앞서 유몽인이 경전의 주석인 전주문자를 부정했음을 살펴보았는데, 물론 이것은 육경 장구를 통해 '자득'과 그의 전범 논의를 보충하려는 의미가 강하지만, 하나의 해석만 고집하지 않는 것 자체가 이미 상대적 의식을 전제한 열려진 시각이라고 할 수 있다.

특히 그의 상대주의적 의식이 보다 분명하게 드러나는 것은 당시에 절대적 권위를 인정받던 주자설에 대해 은근히 반성적 성찰을 한 글이다. 공사가 '(『시경』의) 정성(鄭聲)을 버려라'라고 한 이래고 정성은 남녀간의 애정을 다룬 것이 많아서 유자들 사이에 음란한 내용이라 폄하되었다. 유몽인은 어렸을 적부터 『시경』의 「정·위풍」을 배웠는데, 선유들이 대부분 '음분(淫奔)의 말'이라고 주해해 놓은 것에 대해 "선유들의 말이라도 다 믿지 못하겠다(愚於先儒之言 亦不盡信也.)"고 결론을 내린다. 여기에서 '선유(先儒)'는 주자(朱子)를 가리키는 것으로 보이는데, 주자의 주해에 이견을 제시한다는 것 자체가 큰 논란을 불러오리라 예상했던지 후손들이 『어우집』을 편찬하면서 마지막 이 '우어선유지언 역부진신아(愚於先儒之言 亦不盡信也)' 구절만 생략해 버렸다고 한다.17) 유몽인은 선유의 의견에 반대하는 논리적 근거로 다음과 같이 말한다.

> 예부터 시인들은 혹 감우(感遇)가 있으면 비흥(比興)을 일으키는데,
> 대부분 남녀의 비속한 말에 의탁하였다. 그렇기 때문에 그 말은 외설스
> 럽고 친압한 듯하지만 실제는 군신(君臣)과 교우(交友)가 만나는 사이에
> 서 감발(感發)하여 그 말을 은미하게 숨겨서 읊는다. 고로 태사공이 말
> 하기를 '시 삼백은 대저 현성(賢聖)이 발분하여 지은 것'이라 하였다.[18]

은미하게 숨겨서 읊은 뜻을 찾아보면, 『시경』 정위풍은 음사로 표현되
었지만, 음사가 아닌, 깊은 의미를 담은 노래다. 표면적으로 남녀의 비속
한 말, 외설스러운 말에 의탁하고 있지만, 내면적으로는 임금·군자·현
자들의 이야기가 된다. 이때 표면적으로 외설스러운 말에 의탁했다는 것
은, 역으로 해석하면, 남녀의 정을 읊은 비속한 음사가 그만큼 보편적 정
서를 대변하는 것이며, 외설스러운 말 자체도 충분히 내면의 진실을 담는
그릇이 될 수 있음을 포착한 것이기도 하다. 유몽인이 작품 속에서 비속
어의 전면적인 사용이나 가치를 논의하지는 않았다. 그렇지만 비속어도
작품의 내면적 진실성을 위해서는 사용될 수 있다는 유연성을 보이면서
『시경』「정·위풍」을 음사로 규정한 선유의 고정 관념을 넘어선다.

---

17) 유몽인의 후손들이 편찬한 『어우집』에는 『묵호고』의 원래 글이 부분적으로
　　변개 혹은 생략되기도 했는데, 주자가 『시경』 같은 경전을 해석한 설에 유몽
　　인이 의문을 표시한 부분이 그렇다. 『대학』의 핵심 사상인 '格物致知'에 대해
　　서도 유몽인은 주자의 설보다 司馬溫公의 해석에 동의하는 모습을 보이는
　　데, 이와 관련된 부분 역시 『어우집』 후집 권4, 「答崔評事有海書」에서 생략
　　되었다.(신익철, 앞의 책, pp.165-167, p.179)

18) 『어우집』 후집 권4, 「題詩經鄭衛風後」: 自古詩人 或有感遇而起比興 多托之男
　　女俚語 故其說雖若褻昵 然其實或感發於君臣交友際會之間 隱其說以諷詠之 故
　　太史公曰 詩三百 大抵賢聖發憤之所爲作也.

전반적이고 전면적인 비판이 아니더라도 '주자'로 상징되는 성리학적·윤리적 당위에 회의를 가진다는 것 자체가 이미 다층적이고 상대적인 논리를 수반하게 된다. 그리고 상대적 논리는 역설·반어·우언·병렬 등의 서술 방식들로 표출된다. 지금까지 3장, 4장에서 『어우집』의 많은 글들이 장자적인 역설과 우언을 시도하고 있으며, 『어우야담』의 이야기들 대부분은 일화의 병렬·나열·배치 등을 통해 다성의 시각과 기존 의미를 비틀거나 의미의 반전을 시도하고 있음을 살펴보았다. 이는 기저의 상대적 시각을 서술 방식으로 풀어낸 것이다. 다시 말하면, 상대적 사유의 표출이 그에 걸맞는 형식을 선택한 것이다.

그런데 상대적 사유의 가장 기본적인 전제는 '차이'에 대한 인식이다. 유몽인은 피와 차, 나와 너, 상층문화와 하층문화, 중국문화와 우리문화의 차이, 특히 중국 언어와 우리 언어의 차이를 분명하게 인식하고 있었다. 차이에 대한 인식은 몇 가지 방향으로 나타날 수 있다. 차이를 인식하면서 상대적 열등감으로 흐를 수 있고, 차이를 인정하면서 우리보다 앞선 선진문물이나 제도를 수용하려는 입장을 보일 수도 있으며, 반대로 배척하는 폐쇄적인 경향으로 흐를 수도 있다. 또한 상대적 차이를 인정하고 우리문화의 독자적 가치를 인정하는 방향으로 나아갈 수도 있다. 유몽인의 경우는 차이를 인정하면서 우리보다 앞선 중국의 선진문물이나 제도에 대해서는 적극 수용하려는 입장을 보였고,[19] 낯설었던 천주교에 대해 소개하기도 한다.[20] 나아가 유몽인은 중국과 다른 우리 문화의 독자적 가치

---

19) 유몽인은 우리나라에 비해서 잘 운용되고 있는 중국의 선진 제도를 수용하려고 했다. 「贈別韓侍郞德遠使上國謝恩序」(『어우집』후집 권3)는 우리나라에 유독 문제가 많은 것이 治兵과 生財라고 하면서 중국의 治兵과 生財의 방법을 소개한다. 그리고 중국에 사신 가는 한덕원에게 중국에서 잘 배워 와서 우리나라에 시행할 것을 당부한다. 그 외에 우리나라 국방 보호대책인 「안변 32책」 등에서는 중국의 선진 제도를 잘 활용할 것을 주장한다.

를 인식하게 된다.

『어우야담』에 중국과 우리나라의 음식 문화가 다름을 보여주는 이야기가 있다.[21] 우리나라 사람들은 회(膾)를 먹고, 완전히 익히지 않은 고기를 즐겨 먹는다. 중국의 요좌(遼左) 사람들은 이를 잡아먹고, 형남(荊南) 사람들은 뱀을 잡아먹으며, 섬서 사람들은 고양이를 잡아먹고, 남방의 조정 선비들은 꿀 바른 지네 먹기를 즐긴다고 한다. 그런데 중국 사람들은 우리가 회를 먹는 것을 보고 더럽게 여기고, 천하의 모든 사람들이 개구리를 먹는데, 우리나라 사람들은 침을 뱉으며 비방한다.

이런 식성의 차이에 대해 유몽인은 풍속의 차이는 비난의 대상이 아니며 시간에 따라 풍속도 변화할 수 있다는 점을 지적한다. 『논어』의 "회감은 잘게 써는 것이 좋다"는 구절에 의거해 보면, 공자나 중국 사람들도 예전에는 회를 먹었다. 또한 중국의 남쪽과 북쪽 사람들이 서로 싸우게 되면서 북인이 개구리를 먹자, 남인 조정에서는 그동안 먹어왔던 개구리를 먹지 못하게 하고, 개구리가 변해 새우가 된다면서 새우 먹는 것도 금지했다고 한다. 이것은 어느 시점의 특정한 풍속이 절대적 가치를 지니는 것이 아니라 풍속도 변화하는 것이라는 인식을 보여준다는 점에서 중요하다.

문화의 상대성을 전제한 유몽인은 중국 문화만을 절대시하지 않고 우리문화, 우리 생활, 세태, 풍속 일반에 대해 관심을 보인다. 사실 『어우야담』의 출현 자체가 민간 세태와 풍속에 대한 관심의 반영이다. 뿐만 아니라 정통 한문 양식의 『어우집』 글에서도 속담·격언·일상어 등을 다양하게 사용하는 예에서도 그 일단을 엿볼 수 있다. 예컨대 '삼반상(三反常)'의

---

20) 『어우야담』, 「104화 伎利檀」, 1996, pp.194-196. 천주교의 교리를 비교적 상세하게 소개하고 있으며, 利馬竇(마테오리치)의 『天主實義』를 소개하고, 마테오리치를 이치에 합당한 말을 매우 많이 한 이인이라고 인정하고 있다.

21) 『어우야담』, 「4화 풍속의 차이에 따른 식성의 상대성」, 1996, pp.30-32.

속담을 인용해서 논리를 전개한 「제김득지대덕령공시권후시서(題金得之大德令公詩卷後詩序)」(『어우집』 후집 권3), '마유란(馬有卵), 정자유미(丁子有尾), 귀배지취장삼척(龜背之毳長三尺)'의 민간 이야기를 인용해서 전체 주제를 부각시킨 「송두봉이양오여성군부경서(送斗峯李養吾驪城君赴京序)」 등이 있다.

유몽인의 우리 언어에 대한 인식을 살펴보면, 중국 언어와 우리 언어의 차이를 인식하고(「方言歎」:『어우집』 전집 권2), 우리말을 음차하고[22] 나아가 음차·훈차를 이용해서 민간 설화를 시화하기도 했다. 「조어십삼편(鳥語十三篇)」[23]은 새에 얽힌 민간 설화를 시화하면서 한자의 음과 훈을 차용하여 고지새(高枝鳥)·후루룩피죽(胡盧盧稷粥鳥)·노고지리(負鍋者)·소쩍(鼎小)·꾀꼬롱(猫尾弄)·지지배배(知知之不知不知之) 등을 표현하고 있다.

속담 및 일상 언어를 중시하는 것은 개인이 처한 경험적 현실 속에서 실재를 좀 더 적확하게 표현하고자 하는 노력의 일환이다. 이런 측면에서 유몽인은 성리학이라는 시대 이념 대신에 현실과 밀착된 소재나 이야깃거

---

22) 『어우야담』(1996), 「308화 어득강의 신속한 골계」, p.541: 昔倭使滕安吉來 康靖大王 謂魚得江曰 "背个抱 安有滕安古" 魚得江應口對曰 "腹不負猶有白魚皮" 方語背爲滕 抱爲安吉 腹稱裴 負稱魚皮 … 得江嘗夜出 上使人持炬而往蹴之 得江幾顚而還起曰 "不賢者雖有此不樂(불 켠자 비록 찼지만 넘어지지 않았다.)" 方言 明火爲不賢 蹴謂此 樂落同音.

23) 「鳥語十三篇」(『어우집』 후집 권2)에는 13마리 새, 즉 高枝鳥·胡盧盧稷粥鳥·鴨鷗鳥·慈烏鳥·燕燕·負鍋者·死去鳥·熟刀鳥·衿川都色鳥·鶯啼·鼎小·牛兒子·各各和同을 읊고 있다. 이런 시는 禽言詩로 분류되는데 금언시란 새소리를 듣고서 새의 울음소리를 음차하여 새 이름을 짓고 우의로 자신의 감정을 기탁하는 표현 양식이다. 유몽인에게 13수가 있고 김시습 25수, 석주 권필 4수, 계곡 장유 4수, 泠齋 4수, 운양 김윤식 4수 등이 있다고 한다.(변종현, 앞의 논문, 1988; 정민, 『목릉문단과 석주 권필』, 태학사, 1999, pp.406-407 참조)

리, 일상의 세태에 관심을 갖게 된 것이다.[24] 유몽인의 글 중에 불합리한 사회현실을 풍자하거나 피폐한 민생에 관심을 보이는 것이 많은 것도 같은 맥락이다. 유몽인은 임란 이후의 피폐한 민생을 소생시키기 위해 고심했고, 그런 흔적이 글 속 곳곳에서 발견되는데, 변방 지역의 민생문제와 국방문제 해결을 위한 새로운 정책 수립을 주장했던 「안변 32책」이 대표적이다.

또한 몇몇 연구자들이 유몽인 시에서 조선풍의 가능성을 읽는데,[25] 이것 역시 유몽인 문학에서 보인 '현실 인식'의 맥락에서 해석된다. 조선풍이 문학적으로 지향되었을 때, '지금, 여기 현실과 민중에 대한 관심', '주체적 언어 인식', '확장된 소재 인식' 등의 차원에서 이야기된다.[26] 유몽인 시에서 조선풍의 가능성을 읽는다면, 그것은 유몽인의 문학이 '주체적 언어 인식', '확장된 소재 인식'과 함께 '지금, 여기'의 현실에 대한 관심을 보이기 때문이다.

'차이'에 대한 인식이 그 자체로 중요하다기보다는, 차이를 인식하고, 상대적 차이를 통해 나와 우리의 독자성을 주체적으로 자각한다는 점에서 중요하다. 상대적 시각을 전제한 유몽인의 주체적 각성은 때로 우리나라 사신들을 부당하게 대우하는 중국의 태도에 분노하는 형태를 띠기도 한

---

24) 조광조 중심의 기호사림파의 경세적 현실의식과 시정 비판적 자세를 후대 유몽인 등이 계승했다는 언급이 있다.(우응순, 「16세기 畿湖士林派의 형성과 그 문학적 지향」, 『한국한문학연구』 31, 한국한문학회, 2003, p.136) 일관되게 문장의 가치를 중시하지 않고 경학을 중시했던 기호 사림파와 문장을 중시했던 유몽인과의 간극은 클 수밖에 없음에도 불구하고 이런 언급이 나오는 것은 그만큼 유몽인이 문학 속에서 냉정한 현실 인식과 시정 비판적 자세를 보였음을 보여주는 반증이라고 여겨진다.

25) 변종현, 앞의 논문, 1988.

26) 이정선, 「조선후기 한시의 '조선풍' 연구」, 한양대학교 박사논문, 2001; 이정선, 「한시 상에 나타난 조선풍의 양상」, 『한양어문』, 한국언어문화학회, 2000.

다. 「송박열지동열부경서(送朴說之東說赴京序)」(『어우집』 전집 권3)에는 유몽인이 중국에 사신 가서 중국 관리들에게 죄인 취급을 당했던 경험을 적어놓았다. 첫 번째는, 사신이 묵는 옥하관에 들어가자 관리가 문을 잠그고 예부의 허락이 없으면 밖에도 못나가게 하여 감옥처럼 구속하고 속박한 실태를, 두 번째는 더욱 경계가 삼엄해져서 옥하관의 담장을 이중으로 둘러싸놓고 목탁을 치며 경계하는 실태를 말하면서 유몽인은 우리나라를 이런 식으로 대접해서는 안된다고 하였다.

중국의 부당한 대우에 대해서 '오직 하늘이 명한 바는 화(華)와 예(裔)가 따로 있는 것이 아니다'는 인식으로 항변한다.[27] 「호정문」에서 하늘 아래 사람과 물이 한가지라는 '인물성동론'이 '화이론'으로 연장되고 있다. 중심과 주변의 화와 예에 대한 인식은 전통적으로 화에 대한 사대를 당위적으로 받아들이게 했다. 그런데 유몽인의 '차이'에 대한 인식은 견고한 전통적 화예관(華裔觀)에 의문을 품고 변화를 점치게 한다. 그리고 나아가 화와 다른 우리 국어와 우리 풍속 문화에 관심을 갖고 주체적 시각으로 재조명하려는 실마리를 엿볼 수 있게 한다는 점에서 의미가 있다. 바로 이런 점에서 유몽인의 상대적 시각에 내재된 주체적 인식은 후기 실학 사상과 접맥된다.

4. 당대 문인과의 관련 양상

이 절은 유몽인과 글쓰기 양상이 닮아 있는 동시대 및 후세대 지식인과

---

27) 『어우집』 전집 권3, 「送朴說之東說赴京序」: 然而惟天所命 無有華裔 而天下之 民 莫非王臣 王者一視同胞 何嘗有內外服之別哉.

의 관련 양상을 살펴봄으로써 유몽인 문학을 당송고문과 진한고문, 의고와 반의고의 이분법적 대립에서 벗어나게 하고자 하는 데 목적이 있다. 아울러 비교·대조를 통해 유몽인의 문학적 특징이 상대적으로 더욱 분명해지리라고 본다. 특히 유몽인 문학의 동시대적 위치 및 후세대의 영향 관계를 살펴보는 계기가 되어 유몽인 문학을 자리매김하는 데 유용한 시각을 제공할 것이다. 동시대 문인 최립 및 윤근수, 후세대 문인 박지원과의 관련 양상을 개략적으로 살펴보겠다.

1) 동시대 문인과의 관련 양상

유몽인은 누구보다 동시대 문인 최립과 자주 비교된다. 유몽인 스스로도 최립과 견주었고 다른 문인들 역시 유몽인의 문학을 곧잘 최립과 비교하였다.

> 가) 권벽이 말하였다. "최립의 문장은 고인의 작품을 모방하여 비록 공교롭기는 해도 자신의 조화(造化)가 아니지요, 저 유몽인의 문장은 앞 사람의 모범을 모방하지 아니하고 모두 흉중에서 나온 변화이니 이는 가장 하기 어려운 것이지요. 최립도 그에게 미칠 수 없소." 또 오산 차천로가 나의 문장과 최립의 문장을 논함에 매번 권벽의 견해와 대략 같았다고 하는 사실도 일찍이 들었었다.
>
> 나) 나의 망우 성진선이 매번 말하였다. "내가 보기로는 자네(유몽인)의 문장은 맹자·장자·사마천·반고·한유의 글을 널리 채집하여 스스로 조화를 이루어내 옛 사람들의 작품을 모방하지 않았고, 최립은 다만 반고의 『한서』와 한유의 비(碑), 유종원의 기(記)만을 채집하여 그 체제와 골격을 모방한지라 협착한 듯하니 자네의 문장만 같지 못

하네."

다) 허균이 말없이 한참을 생각하더니 말하였다. "최의 문장은 노숙하고
영묘하오. 유의 문장이 그에 미치지 못할 것 같소."[28]

위의 인용문을 보면 권벽이나 차천로·성진선은 유몽인의 글을 흉중조
화가 뛰어난 글로 파악하여 최립이 유몽인에게 미치지 못하는 것으로 이
야기하고 있다. 허균은 최립의 문장이 '노숙하고 영묘하다'고 하며 최립의
문장에 손을 들어 주고 있다. 이 밖에 유몽인은 자신과 최립의 문장이 중
국에서 극찬 받았음을 각각 서술하여 당대에 서로 병칭됨을 암시하기도
하고,[29] 자신의 문장이 최립과 대적할 만하다고 스스로 밝히기도 하였다.
유몽인은 사마천과 사마상여, 두보와 이백, 한유와 유종원, 구양수와 소식
을 병치시키면서 자신과 최립을 병치시키고, 나아가 피차에 대한 상대적
인식을 통해 오히려 자신의 문장이 최립보다 더 낫다고 암시했다.[30]

유몽인과 최립 중 누구의 글이 더 좋고 안 좋고를 떠나서 우선 유몽인
과 최립이 자주 병칭·비교되는 이유는 최립과 유몽인이 함께 진한고문에
심취했었고, 실제 글쓰기 역시 최립과 유몽인이 비슷한 성향을 보이기 때
문이다. 최립의 글은 '뜻은 지나치게 깊어 차라리 통하지 않을지언정 천근
하지 않고 말은 지나치기 기이하여 차라리 껄끄러울망정 평범하지 않다
(意過深而寧晦 毋或淺 語過奇而寧澁 毋或凡)'[31]라는 평가를 받고 있다. 한

---

28) 『어우야담』, 〈유몽인의 문재에 대한 품평들〉, pp.390-391.

29) 『어우야담』, 〈264화 중국에서 극찬 받은 유몽인 시〉, pp.468-471.

30) 『어우집』권3, 「送崔簡易之杆城郡詩序」: 天下事無不對 自古文章冠一世者 世一
出 而亦無不對焉 有司馬遷 而司馬相如對 有杜甫 而李白對 有韓愈 而柳宗元對
有歐陽脩 而蘇軾對 余觀今之世 有簡易翁 未知 復有何許人 能對之 抑未知 彼對
此乎 此對彼乎 或者 其窮而與翁同乎 惟其人知其人 幸的指之 無我欺也.

31) 『계곡집』(문집총간92, 110면), 「簡易堂集序」.

마디로 최립의 글은 회삽(晦澁)하다는 것인데 이것은 기간의 추구를 통해
결과적으로 드러낸 유몽인의 글쓰기 양상과 비슷하다. 이렇게 유몽인과
최립은 겉으로 비슷한 성향을 드러냈지만 이들에 대한 후대의 평가는 사
뭇 다르다. 최립은 최고의 문장가로 자리매김되었고 유몽인은 후대의 고
문론에서 거의 언급조차 되지 않는다. 의고성에 강한 비판 의식을 보였던
농암 계열의 문장가들은 최립의 회삽(晦澁)한 글에도 불구하고 최립을 목
릉성세의 문인들 중에서 으뜸으로 평가하는 것이다.32)

그 이유는 산문의 '의고성'에 의해서가 아니라 도와 문의 관계로 설명된
다. 최립의 경우에는 진한고문을 추종하여 문 자체는 회삽하게 썼지만, 성
현의 말씀을 의미하는 성리학적인 도를 중시해서 후대 고문론자들이 수용
할 만했다. 반면에 유몽인은 문과 도의 관계에서 철저히 문만을 추구했고,
게다가 내용면에서는 성리학적인 도뿐만 아니라 다양하고 상대적인 도를
인정했다. 그 점을 단적으로 엿볼 수 있는 것이 두 사람이 각각 선집한 문
장수련용 학습서다.

유몽인은 『대가문회』를, 최립은 『한사열전초』를 선집했는데, 똑같은 목
적의 문장수련서의 편집에 이 둘의 성향은 달랐다. 유몽인은 『대가문회』
에 문장수련에 도움이 된다면서 권모술수에 관계된 『전국책』 및 법가적
성향의 유종원의 글을 수록했다. 반면에 최립은 사마천의 문장을 학습하

---

32) 최립을 목릉성세의 최고의 문인으로 보았던 계곡 장유의 평(『계곡집』(문집
    총간92, 110면), 「簡易堂集序」)은 이미 앞서 살펴보았고 김창협 역시 최립의
    문장을 계곡과 동렬로 보았으며 간이의 奏文에 대해서는 극찬하고 있다.
    (『농암잡지』, 앞의 책, 1996, p.598: 簡易文 谿谷論之悉矣 今以擬於谿谷 其高
    處 谿谷所不能 而低處 谿谷所不爲 要當爲雁行也. 簡易集中 中朝奏文最好 此等
    文字 最易循襲常套 欲免此 則又患事情不周匝詳盡 而簡易諸奏文 敷陳情實 既
    懇切委曲 行文又古雅簡鍊 無一語冗率膚俗 觀此 可見其才高功深 宜乎中朝人之
    歎賞也)

려는 목적에서『한사열전초』를 선집하면서 주진(周秦) 이상은 선집에서 제외하고, 한대에 속하는 인물의 열전만 선집하였다. 그 이유는 주진 시대 이전의 것은 사마천이 직접 쓴 것이 아니라 권모와 변설이 많은『전국책』에서 뽑았기 때문이라고 했다.

유몽인은 법가적이든, 불가적이든, 권모술수에 관계된 것이든 문장 학습에 도움이 된다면 널리 공부해야 된다는 입장이었고, 최립은 상대적으로 유가적 도의 구가에 합치하려 노력했던 인물로 보인다. 때문에 농암 계열의 학자들은 최립의 의고성을 이야기하면서도 그다지 거부감 없이 고문가로 인정할 수 있었던 것이다. 전통적인 도문관계에서 아무리 문의 독자적 위치를 인정한다 하더라도, 도의 존재를 상대적으로 처리하는 유몽인의 재기발랄함을 받아들이기에는 조선의 성리학적 세계관은 너무 견고했다.

다음 윤근수에 대한 평가를 살펴보자. 유몽인을 인정하지 않은 이유가 산문의 문제, 즉 '의고'의 문제가 아니라 정치적 문제였음을 분명하게 확인할 수 있다. 윤근수가 이몽양·하경명·이반룡·왕세정 등 명대 전후칠자들의 시문을 각별히 애호하고, 조선문단에 처음으로 소개했다는 것은 주지의 사실이다. 윤근수가 명대 의고파의 진한고문을 창도하자, 김상헌의 발문, 장유의 제문[33] 등에서는 윤근수가 진부함과 비루함을 씻어내고 비로소 질적인 변화가 이루어졌다고 평가하고 있다.

이들 후속 세대인 이의현이나 이덕무에 이르러서도 윤근수에 대한 평

---

33) 김상헌,「月汀先生集跋」,『淸陰集』, 권39(『한국문집총간』 77, p.594): 先生慨然 自奮爲詞林倡 手揭赤幟 啓示指南 使後來操觚之徒 知所去就 自是爭尙先秦西京 之文 幾乎一變 視諸皇明弘嘉諸大家 力回古道 追配前烈者 其功上下; 장유,「祭 月汀尹先生文」,『溪谷集』 권9(『한국문집총간』 92, p.147): 維公文章 稱大家數 一洗陳陋 深探遠邈 型範作者 夢寐遷固 根柢詞林 炳蔚絅素.

가는 긍정적이다. 농암 계열의 문인이었던 이의현은 진한고문을 처음 소개하고 진한고문에 경도되었던 윤근수나 최립에 대해서는 고문을 숭상하여 일시에 문풍을 바꾸었다[34]고 하였고, 나아가 '최간이·윤월정 등 몇 분이 비로소 고문을 숭장하여 일시의 습상을 순식간에 바뀌었으니 그 공이 크다'[35]고 하면서 긍정적인 평가를 하고 있다. 또한 이덕무는 "월정 윤근수는 성품이 중원을 좋아하여 고문사를 창도하였으니, 조선 사대부의 문장이 체재를 갖출 수 있게 된 것은 월정의 힘이다."[36]라고 하였다.

김상헌의 언급을 제외하더라도, 표면적으로 진한고문을 추승하는 것을 비판적으로 바라보았던 당송고문계열의 장유·이의현·이덕무까지 약간의 시각차가 존재하지만, 모두들 윤근수를 인정하고 있다. 윤근수뿐만 아니라 진한고문가로 분류되는 몇 문인에 대한 시각도 역시 긍정적이다. 농암 김창협 계열의 문인들은 진한고문가들을 극력 비판하면서도 진한고문의 절대적 영향권에 있었던 윤근수·최립을 포함하여, 김상헌·이항복·신흠 등을 고문을 아는 사람으로 인정하고 있다. 또한 김석주는 진한고문가로 분류되어 왔던 인물인데, 농암은 장유와 이식의 궤적을 잇는 사람으로 김석주를 인정하고 있다.

그렇다면, 윤근수·김상헌·최립·신흠·김석주 등에 대한 평가는, 그들 산문에 나타난 의고성이 문제가 아니라 인맥·학맥 등 정치적 입장이 맞물려서 나왔던 평가임을 알 수 있다. 그것은 김상헌이 농암의 증조이면서, 이의현의 아버지 이세백의 스승이었고, 장유의 처삼촌이었던 점, 장유·김상헌이 윤근수의 문인이며, 신흠은 윤근수와 최립의 영향을 받았던

---

34) 박은정, 앞의 논문, p.20에서 재인용.

35) 이의현, 「도협총설」, 『도곡집』 권28(총간181, p.455): 至宣祖朝 崔簡易尹月汀
數公 始崇長古文 一時習尙頓變 其功可謂大矣.

36) 김우정, 「월정 윤근수 산문의 성격」, 『한국학논집』 19, 2001, p.92 재인용.

점 등이 하나의 이유가 되는 것으로 보인다.[37] 이런 점에서 유몽인은 윤근수나 최립에 비해 특별한 인맥과 학맥이 없었고, 게다가 정치적으로 고립되어 반역죄로 처형당했기 때문에 동시대 혹은 후대 문인들에게 별다른 평가를 받을 수 없었다.

윤근수·최립과의 비교를 통해서, 유몽인의 문학이 외면 받았던 이유를 역추적했다. 유몽인의 문학이 외면 받았던 이유가 지금까지는 표면적으로 당송고문과 의고문의 분화로 받아들여져 왔다. 의고문에 대한 비판이 구한말까지 이어진 것에서 더욱 그런 확신을 갖게 했다. 그러나 실제 비슷한 글쓰기 경향을 보였던 최립이 유몽인과 달리 최고의 문장가로 인정받은 것을 보면, 단순히 의고의 문제만은 아니었다. 유몽인이 성리학에 전혀 무심하고 문장 자체만을 추구했던 것이 하나의 이유가 되었지만, 무엇보다 이 시기의 산문은 사실 '의고'의 문제보다도 정치적 문제가 더욱 크게 작용했던 것이다.[38]

2) 박지원과의 관련 양상

유몽인의 글을 읽다보면 직관적으로 후세대 실학파 문인 연암 박지원과 상당히 비슷한 느낌을 받는다. 실제로 유몽인과 연암의 글을 뽑아 필사한 책이 있는데, 이는 필사자 역시 그만큼 유몽인 글과 박지원 글이 직

---

37) 박은정, 앞의 논문, 2005, pp.20-21 참조.

38) 정치한 분석을 위해서는 구체적으로 최립, 윤근수 산문과 유몽인 산문을 비교 분석 해야 하지만 필자의 역량상 그렇게 하지 못했다. 최립과 유몽인 글을 구체적으로 비교 분석한 것으로 다음과 같은 논문이 있다. 김우정, 「최립의 〈산수병서〉와 유몽인의 〈무진향기〉를 통해 본 고문사의 문예미」, 『한문학논집』 23집, 근역한문학회, 2005; 김우정, 「조선중기 복고적 산문의 두 경향－최립과 유몽인을 중심으로」, 『한국한문학연구』 37집, 2006.

감적으로 비슷하다고 느꼈기 때문일 것이다.[39) 여기에서 거칠게나마 연암과 유몽인의 글쓰기에 나타난 공통분모를 찾아보고자 한다.

먼저, 유몽인 문학과 박지원 문학이 전반적으로 우언과 역설의 풍자문학이라는 점에서 서로 비슷하다. 유몽인의 글은 『어우집』이나 『어우야담』을 막론하고 좀처럼 단도직입적 논의를 꺼리는데, 박지원의 산문 역시 그렇다. 그것은 두 사람 모두 우언과 역설을 통해 돌려 말하기나 은밀하게 말하기 방식을 차용하고 있기 때문이다. 그래서 이들의 글은 내포적 의미가 이것인지, 저것인지, 좀처럼 판가름하기가 쉽지 않다.

우언과 풍자문학의 실례를 들자면, 유몽인의 「호정문」과 박지원의 「호질」은 소재와 인식론까지 비슷하다. 「호정문」은 의론성이 강하여 박지원 「호질」의 문학성에는 미치지 못하는 것으로 평가되지만, 기본적으로 이 두 작품은 호랑이의 꾸짖음을 통한 우언과 풍자문학이라는 공통점을 가지고 있다. 또한 호랑이의 입을 빌어 '인물성동론'의 문제를 끄집어낸다는 점도 같다. 그 밖에 유몽인이 효자·열녀·충신이라는 이념에 접근하는 방식이 박지원과 많이 닮아 있다. 유몽인의 『어우야담』에서 보여주는 명실이 어긋난 열녀는 마치 박지원의 「열녀함양박씨전」에서 다시 논의되고 있는 것 같다.

한편 풍자를 드러내기 위해서 유희적 글쓰기 경향을 보일 수 있는데, 유몽인과 박지원은 이 점에서도 비슷한 성향을 보인다. '희작(戱作)'은 산문의 독자성이나 문학성을 강조하는 측면으로 발전할 수 있으며, 내용적으로는 기존의 견고하고 보수적인 어떤 것을 해체하는 힘이 있다. 유몽인의 여러 글들이 이런 희작의 성격을 잘 보여준다. 박지원의 경우는 이 두

---

39) 서울대 규장각서고에는 刊者, 刊年 미상인 1冊(41장)의 필사본 『어우야담』이 있다. 그런데 그 후미에 연암 박지원의 「허생전」·「민옹전」·「양반전」·「열녀함양박씨전」이 부록으로 수록되어 있다.

가지 양상이 합쳐져서 희작은 허구성이나 그 밖의 문학적 장치가 더해져서 단편 풍자소설로 발전한다.

다음으로 유몽인과 박지원은 인식 면에서 비슷한 경향을 보인다. 유몽인의 상대적 사유방식에 대해서는 본 논문에서 거듭 논의했던 사실이고, 박지원의 사유방식 역시 상대적이라는 사실은 이미 상당히 많은 연구 성과를 축적하고 있다. 이들의 상대적 세계관은 성리학적 단일 정답과 명분론에 회의적이었고, 현실의 문제를 풍부한 속담·격언·일화의 사용으로써 현실감 있게 문학적으로 형상화했다는 점에서 의미를 부여할 수 있겠다.

특히 일화의 운용 방식에서 유몽인과 박지원은 유사성을 보인다. 유몽인은 『어우야담』에서, 박지원은 『열하일기』에서 일화 운용의 묘미를 보여준다. 야담류인 『어우야담』은 말할 것도 없고, 『열하일기』에도 많은 삽화가 사용되고 있는데, 『열하일기』의 삽화 운용은 연암 글의 예술적 형상화에 기여하고 나아가 연암의 새로운 논리 구조 창출의 원동력이 되고 있다.40) 『열하일기』는 원래 문의 개념으로 보아 표면적으로 잡기류의 개념에서 크게 벗어나지 않지만, 전반부의 일기는 일상기록의 차원이 아닌 변체를 이루고 있고, 후반부의 기(記) 역시 사실상 삽화적 성격이 강하여 변격이다. 그리고 보면 『어우야담』과 『열하일기』는 둘 다 정통 한문이 아니거나 정통 한문에서 이탈한 글들이고, 상대적으로 이런 형식의 자유로움 덕택에 일화·삽화를 두드러지게 운용할 수 있었다.

좀 더 구체적으로 유몽인과 박지원의 일화 운용 방식의 유사성을 엿보기 위해 『어우야담』「65화 이인 한무외」에 보이는 일화 운용 방식과 『열하일기』「관내정사」〈7월 27일〉에 보이는 일화 운용 방식을 간략하게 살펴보겠다.41)

---

40) 이종주, 「『열하일기』의 서술원리」, 『북학파의 인식과 문학』, 태학사, 2001.

『어우야담』「65화 이인 한무외」

가) ㉠ 한무외(韓無畏)는 서원(西原)의 선비로 호협한 기개를 좋아했는데, 기생의 기둥서방을 죽이고 영변에 들어가 살았다.

　　㉡ 곽치허를 만나 비방을 배워 선도(仙道)와 불도(佛道)에 통하여 80세에도 양 눈은 빛나고 턱수염은 칠흑 같았다.

나) 허균이 한무외를 만나 신선술을 배우는 방법을 물었더니 한무외가 6가지 방책을 알려주었다. 음모를 짓지 않고, 무고한 사람에게 형벌을 내려 죽이지 않으며, 사람을 속이지 않으며, 재물을 경영하지 않으며, 곤궁한 사람에게 재물을 아끼지 않으며, 여색을 가까이 하지 않아야 한다고 한다.

다) 한무외는 홀아비로 40년을 살았고, 휴정(休靜)·홍정(洪正) 등 고승과 교유하였다. 허균은, 휴정은 여색을 가까이하여 장형(杖刑)을 당했는데 어떻게 해서 견성(見性)한 인물이 되었는지 물었다. 한무외는 휴정은 거인(巨人)이라서 견성이 자못 빨랐으니 세세한 것 때문에 장단을 평가할 수는 없다고 했다.

라) 한무외는 80여 살에 무병좌화(無病坐化)하여 순안에 묻혔다. 죽은 지 5, 6년 후에 그의 벗이 묘향산에서 무외를 만났는데, 얼굴빛이 조금도 늙지 않았다.

마) ㉠ 곽치허는 환술과 호풍환우를 잘하여 신이사(神異事)가 많았다.

　　㉡ 무외의 말은 허균의 심부에 맞았으니 진이인(眞異人)이다.

---

41) 본 절은 박지원 문학의 문학성을 밝히는 것이 목적이 아니고, 유몽인의 일화 운용 방식과 박지원의 일화 운용 방식의 유사성을 살피려는 것이기에 『열하일기』「관내정사」〈7월 27일〉의 분석은 전적으로 선행 연구 성과(이종주, 앞의 책, pp.452-461)에 의지하였음을 밝힌다.

『열하일기』「관내정사」 7월 27일

가) 그날의 행장 기록

나) 어제 이제묘(夷齊廟)에서 고사리 음식을 먹었는데 가슴에 체하여 먹은 것이 내려가지 않고 트림을 할 때마다 고사리 냄새가 목을 찌르는 듯했다.

다) ㉠ 옆의 사람이 10여 년 전에 고사리를 준비하지 못한 건량관이 서장관에게 매를 맞고 '백이·숙제야, 나하고 무슨 원수냐'며 울었던 이야기를 해주며, '백이·숙제는 고사리를 먹고 죽었다 하니 고사리는 참 사람 죽이는 독물이다'고 한다.

   ㉡ 풋열매를 따먹고 배탈이 난 태휘란 자도 고사리 독이 사람 죽인다는 말을 듣고 '아이고 백이·숙채(熟菜)가 사람 죽이네' 하니 숙제와 숙채가 음이 비슷해서 모두 듣고 웃었다.

라) ㉠ 숭정기원(崇禎紀元) 137년 3월 19일 의종열황제(毅宗烈皇帝)가 순사한 날 시골선생님과 아이들이 송씨(宋氏) 셋방살이 집에 가서 우암 송시열 선생의 영정에 참배하고 돌아오는 길에 서쪽에 주먹질하며 '되놈' 하고 불렀다.

   ㉡ 여주(旅酒)를 벌이는 데 고사리나물을 차렸다. 마침 주금(酒禁)이라 꿀물로 술을 대신했다. 술잔에는 '대녕성화(大明成化)의 제(製)'라고 쓰여 있는데, 여주 하는 자는 반드시 이 글씨를 들여다보고 춘추의 의리를 명심해야 한다.

   ㉢ 한 동자가 '아무리 무왕인들 패해서 죽었다면, 천 년 뒤 역사에선 주왕의 역적이 되었으리. 태공은 어이하여 백이를 구하고도 역적을 옹호했다 하여 벌을 받지 않았던고? 춘추의 의리를 이제껏 떠들건만 되놈이 보기에는 그들에겐 이적(夷賊)일세'라는 시를 읊었다 그러자 선생은 일찍부터 『춘추』를 읽혀 이따위 괴상한 말을

못하게 해야 한다고 했다. 또 다른 동자가 '고사리 캐고 캔들 배 부르단 거짓말이, 백이도 나중에는 주려서 죽었다오. 꿀물이 몹시 달아 술보다 나을지니, 이것 마시다 죽는다면 그 아니 원통하리'라는 시를 지었다.

마) 17년이 지나 그때의 늙은이도 다 가버린 오늘날에 다시 백이의 고사리로 이런 말썽이 생겨서 타향의 풍등 아래에서 옛이야기를 하다 보니 필경 잠을 잃고 말았다.

먼저 『어우야담』 「65화 이인 한무외」를 언뜻 살펴보면, 이 글은 대체로 한무외의 이인성을 강조하려는 측면이 분명해 보인다. 가)의 ㉠은 일반적으로 알려진 한무외의 일화이며 ㉡은 한무외의 이인다운 면모에 대한 일반적 서술이다. 나)와 다)는 한무외와 허균의 얽힌 일화이며, 라)는 한무외의 죽음과 관련된 일화로, 『삼국유사』의 이승들처럼 한무외의 이인성이 강조된다. 마)는 유몽인의 진술로 구성되고 있는데, 마)의 ㉠은 한무외의 스승 곽치허의 신이사(神異事)를 언급한다. 그러나 곽치허의 신이사는 곽치허를 사사했던 한무외의 신이사로 옮겨져서 결국 한무외의 이인성과 관련된다. 그런데 한무외와 허균이 함께 얽혀 있는 나), 다)의 일화와 마)의 ㉡를 참고하면 단순히 한무외의 이인성만을 강조하고 있는 것은 아닌 듯하다.

나)에서 신선이 되기 위한 방법이 이인 한무외의 입을 통해 나열되는데, 의외로 단학의 수련이나, 벽곡, 하다못해 고기를 먹지 않아야 한다는 식의 내용은 하나도 없고, 세속을 떠나기 위한 신선술이 너무도 세속적이고 사회적 가치의 도덕관념 차원의 규율이다. 이런 사회적 도덕가치의 가르침을 받는 사람이 허균이라는 점을 생각하면, 이 일화는 묘하게 허균의 사회생활, 즉 음모하고, 무고하고, 사람을 속이고, 여색을 가까이 하는 것을 풍자하고 경계하는 것처럼 보인다. 허균은 다)에서 특히 휴정의 여색 문제에 관심을 갖는데, 휴정이라는 인물 자체에 대한 궁금증이라기보다 여색에 관한 허균 자신의 관심이다. 허균이 신선술 6가지 방법 중에서 여색 문제가 제일 궁금했다는 것은 허균 역시 여색과 관계에서 자유롭지 않다는 사실을 짐작하게 한다.

허균(1569-1618)의 벼슬살이는 파직과 복직을 거듭하는데, 문제는 그의 잦은 파직이 정치적 견해 표명과 관련된 것이 아니라는 점이다. 인사 청탁, 불교숭상, 조카를 과거시험에서 부정 합격시켜 준 일 등으로 파직되었다. 특히 허균은 여성 편력이 있었던 인물로 알려졌다. 여행할 때마다 잠자리를 같이 한 기생들의 이름을 기행문에 적어 놓은 기사가 상당히 많으며, 황해도 도사에서 6개월 만에 파직되던 때에는 서울 기생 문제가 이유였으며, 심지어 어머니가 사망했을 때에도 기생과 놀면서 돌아오지 않았다는 비난을 받았고, 어머니 상을 치른 지 얼마 안되어 기생을 가까이하고 상중에 아이를 낳아서 파직되기도 했다. 이에 대해서 허균은 스스로 '남녀의 정욕은 하늘이 준 것'이라며 스스로를 변론하기도 했다고 한다. 이처럼 허균의 파직 이유가 당시 선비라면 치명적인 부정·방탕 같은 도덕적인 문제나 사상적인 문제와 관련 있었다.

유몽인과 허균은 동시대 인물이다. 유몽인은 허균의 기재와 문학적 재능은 인정했지만, 개인적으로 만난 적이 없었고, 특히 폐모론에 대해서는 정치적 의견이 달랐다. 유몽인은 이런 허균의 전반적인 부정·방탕한 현실 삶에 대해서 부정적인 시각을 갖고 있었던 것 같다. 『어우야담』「65화 이인 한무외」가 이인 한무외를 통해 허균의 부정과 방탕을 경계하는 내용이 깔려 있는 것으로 읽히는 이유도 바로 여기에 있다.

그리고 마지막 '무외의 말은 허균의 심부에 맞았으니 참으로 이인이다'라는 진술은 비꼬는 어투다. 부정·방탕한 허균 같은 인간을 신선술로 이끌 수 있었으니 한무외야말로 '진정한 이인'이라는 것이다. 따라서 이 이야기는 한무외와 허균의 일화가 교묘하게 교직되어, 한편으로 허균을 통해 한무외의 이인성이 더욱 빛을 발하고, 한편으로 한무외를 통해 허균에 대한 풍자를 보여주는 글이 된다.

마지막 한 줄의 1인칭 서술 외에 유몽인은 어디에도 직접적으로 개입하지 않고, 단지 한무외·허균과 한무외 일화를 제시하고 있다. 특히 허균과 한무외의 신선술에 대한 대화내용인 나), 다)의 삽화는 단순히 한무외의 도선적인 일화의 연장으로 읽혀질 수 있다.

박지원의 「관내정사」 7월 27일 기록은 여행을 하면서 고사리를 먹고 배탈이 난 자기 신변 사실의 단순한 기록일 수 있다. 그런데 고사리에 얽힌 다) ㉠, ㉡일화를 소개함으로써 고사리와 연관된 백이·숙제를 이입하여 백이·숙제가 현재까지 사람을 죽인다는 암시를 한다. 라)에서는 백이·숙제가 왜, 어떻게 사람을 죽이는지 대답한다. 춘추의리 정신을 고루하게 지키는 시골 선생과 새로운 시대 정신을 보여주는 동자의 행동 양상이 그것이다. 춘추의리의 당대적 표상이었던 우암 후손의 셋방살이, 이자성의 반란을 맞아 자살한 의종과 우암 제삿날의 일치, 명분으로 당대를 호령했던 우암 귀신이 꿀물로 旅酒를 대신 받는 모습은 해학적이면서 풍자적이다. 이런 해학과 풍자는 ㉢의 동자들의 시에서 모순이 표면화되고 그 대안이 모색된다. 즉 서로 반대 의견을 가졌던 무왕·백이숙제·태공망이 모두 긍정의 평가를 받는 것은 모순 상황이며, 고사리란 백이·숙제를 죽인 극약이었으니 차라리 실제적인 꿀물을 먹는 것이 낫다는 것이다.

이 글에서 박지원은 건량관 일화, 태휘 일화, 시골 선생과 아이들의 이야기 등에 직접적으로 관계하지 않는다. 3인칭 인물에 관계된 사건들을 제시하면서 직접적인 논술을 피하고, 독립된 일화를 제시함으로써 그 자신은 판단에 직접 개입하고 있지 않은 듯하다. 그러면서도 박지원은 백이·숙제로 대표되는 춘추의리론에 대해, 그리고 그를 맹종하는 현실에 대해 실리적인 것을 취할 것을 주장하며, 백이·숙제로 대표되는 춘추의리 정신의 시대적 병을 근심하고 있음을 보여주는데, 이것은 모두 일화의 운용에서 얻어지는 효과다.

유몽인은『어우야담』에서 1인칭의 개입 없는 일화의 운용을 통해 '좋다-나쁘다' 식의 양항적 시각이 아닌 입체적 세계관을 보여주었고, 박지원의 『열하일기』역시 허구적이든 사실적이든, 본인의 직접적인 개입 없이 3인칭으로 삽화, 일화를 운용하여 병리적인 시대정신을 입체적으로 조망해내고 있다.

지금까지 유몽인 문학과 최립·윤근수·박지원과의 관련 양상을 살펴보았다. 최립과는 당대에 교유하며 문학적으로도 서로 비슷한 성향을 보였고 박지원과는 시대적으로는 물론이고, 인맥으로나 학맥으로도 전혀 동떨어져 있는 인물이다. 최립과의 관련 양상 속에서는 전범론이나 실제 글쓰기가 서로 닮아 있으면서 후대 평가가 최립에 집중된 이유를 추적하면서 역으로 최립과 다른 유몽인의 세계관을 살펴볼 수 있었다. 나아가 당대 진한고문에 심취했던 윤근수와의 대비를 통해 단순히 세계관이나 산문의 문제가 아니라 정치적 평가가 주요했음을 확인했다. 유몽인의 글쓰기 양상과 그의 인식론의 상사성은 오히려 정치적으로, 학문적으로 동떨어져 있는 박지원 문학에서 읽혀진다. 그리고 그 동질감을 몇 가지 차원에서 개략적으로 살펴보았다.

유몽인이 단순히 의고주의자나 진한고문을 숭상했기 때문에 후대 고문론 논의에서 제외되었던 것은 아니다. 또한 우리의 고문론이 진한고문파와 당송고문파라는 이분법적인 시각에서 접근하기보다는 진한고문에 심취했든 당송고문에 심취했든, 전범론을 뛰어넘어 유몽인이 보여주었던 문학의 보편성은 후대로 연결된다. 그렇다고 유몽인이 박지원에게 직접적인 영향을 주었다는 식의 직선적인 영향 관계를 주장하는 것이 아니다.

사실 유몽인과 박지원의 일대일 비교는 오류에 빠질 위험이 있다. 역설, 풍자, 상대적 세계관, 일화의 운용은 유몽인과 박지원 외에도 다른 작가들에게서도 나타날 수 있는 글쓰기 방식이기 때문이다. 다만 의고에 침잠했던 유몽인의 글쓰기가 현실적인 실학의 거두 박지원의 글쓰기와 비슷한 양상을 보인다는 지적을 통해 의고와 반의고의 집착에서 벗어나고 유몽인을 새롭게 자리매김해보려는 의도였다. 유몽인 산문은 16, 7세기에 충분한 터전이 되었고, 이것이 후대에 직·간접적으로 조선후기 문학에 기여했다. 문학사적으로 유몽인 같은 풍부한 산문 문학적 성숙이 결국 후대의 박지원 같은 지성을 낳게 되는 것이다.

제6장 결론

어우 유몽인(1559-1623)은 선조·광해군 연간에 능문자(能文者)로 자부하며 문장의 전세불후(傳世不朽)를 꿈꾸었던 인물이다. 그는 조선사회의 근간 이념이었던 주자학적인 성리철학에는 무관심하였고, 당시 한창이던 당파의 분화에 비판적이었다. 대신에 그는 불교적·노장적 사유방식을 보이면서 신선술에도 심취했었다.

본 논문은 특별한 인맥과 학맥 없이 정치적 평가 속에 자리했던 유몽인 문학관과 문학을 재조명하여 그의 산문의 미학적 특질을 밝힘으로써 16, 17세기 문학 현상을 거시적 안목에서 짚어보고자 했다. 16, 17세기를 대표하는 문인으로 일찍이 주목받아왔고, 게다가 한국한문학사에서 조선후기 성행할 야담의 전조를 마련한 작가로 평가받는 어우의 산문론과 산문의 서술 방식 연구는 충분히 의미 있는 작업이라고 판단했기 때문이다.

유몽인의 『어우집』에서 산문론을 도출하고 그의 산문론이 『어우집』의 정통 한문과 『어우야담』의 이야기 서사 속에 어떻게 발현되었는지 살펴보았다. 결과를 요약하면 다음과 같다.

먼저 2장에서는 『어우집』에 각종 양식의 글을 통해 유몽인의 산문 비평과 창작, 독서 관련 논의를 살폈다. 유몽인은 16, 17세기 진한고문의 유행과 수용이라는 문단적 배경 아래 경전의 주석인 전주문자를 부정하고 송

문의 이만·지리를 거부한다. 그리고 송문 대신에 진한고문을 전범으로
설정하여 진한고문의 전범성을 '기간(奇簡)'에서 찾았다. 이때 유몽인이
설정한 전범서들은 내부적으로 위계를 형성하고 있는데, 그것은 다시 단
계적 학습과 연계되면서 어우의 자득 논리에 확산·융합되는 현상을 보인다.

유몽인의 전범 논의에서 가장 특징적인 것은 전범 설정의 실제성과 형
식미 지향이다. 유몽인은 『전국책』·『장자』 등이 변설적인 내용이라고 할
지라도 표현 수법이 좋다면 얼마든지 받아들일 수 있다는 형식미 지향을
보였다. 아울러 내용적으로는 최고의 경전이면서 '간'의 전범성을 공유하
는 육경에 대해서는 문장학적 차원에서 배우기 어렵다는 이유로 창작의
전범에서 제쳐두는 실제성을 보인다. 그러면서 진한고문의 전범 설정 논
의와 송문 비판의 바탕적 근거로 육경을 충분히 활용하였다.

한편, '기간'을 전범적 풍격으로 본 유몽인은 실제 창작상에서 다양한
방식으로 '기간'을 추구하고 문학적으로 형상화하는데, 기간의 추구는 결
과적으로 의미 해독이 어려운 작품의 '난해성'을 유발했다. 그러나 본질적
으로 기간 문학의 난해성은 의미 해독의 불가능을 추구한 것이 아니다.
유몽인은 '기간'을 의미의 중층·심층·다층적 독해를 위한 문학적인 장치
로 여겨 의도적으로 적극 활용하였다.

전범을 중시했던 유몽인은 모방과 답습을 반대하고 '자득'을 주장하였
다. 결국 그의 전범 논리는 자득 논의와 맞닿게 되는 셈인데, 사실 전범과
자득은 서로 타협할 수 없는 모순 관계일 수 있다. 유몽인은 전범을 '점수'
하는 단계적 학습을 통해 자득으로 나아가는 점수돈오적 자득관을 통해
전범과 자득의 모순 상황을 조화롭게 타협하였다. 이때 자득은 필연적으
로 전범의 학습에서 배태된 '기간'과 상관관계를 맺게 되는데, 유몽인이
말하는 자득은 독창적이고 개성적인 글을 쓰기 위해서 '기간'을 터득하고
'기간'을 형상화하는 것을 의미했다. 또한 유몽인의 자득 논의 배면에는

기본적으로 '말로는 뜻을 다 표현하지 못한다(言不盡意)'는 언어에 대한 한계 상황이 전제되었다. 말로는 뜻을 다 전달할 수 없기 때문에 뜻을 온전히 전달할 수 있는 가능한 모든 방법을 강구하게 되고, 그것이 결국 다양한 방식으로 '기'와 '간'을 구사하는 노력으로 이어지게 된다.

제3장과 제4장에서는 앞서 살펴보았던 산문론을 바탕으로 유몽인 글쓰기의 실제를 알아보았다. 제3장 『어우집』의 산문 서술 방식에서는 역설적 어법을 통한 논리 전개 양상과 우의적 풍자의 양상을 살펴보았고, 제4장에서는 『어우야담』의 서술 방식, 특히 일화의 운용 방식을 살펴보았다. 개괄적으로 말하자면, 『어우집』이나 『어우야담』 모두 '기간'의 산문론이 바탕이 되고 있고, 대부분의 글들이 기존 관념을 비틀거나 풍자하고 있다는 점에서 비슷하다. 다만 풍자나 비틀기 방식이 『어우집』이 역설적 어법이나 우의적 방식을 활용하고 있다면, 『어우야담』은 주로 일화의 나열·배치·병렬의 방식을 차용하고 있다.

제3장의 『어우집』의 산문 서술 방식은 역설적 어법의 논리 전개 양상과 우의적 풍자의 양상으로 나누어 살펴보았다. 먼저 역설적 어법의 논리 전개 양상을 살펴보면, 언뜻 보아서는 모순되거나 상충되는 것처럼 보이는 역설적 어법을 통해 나름의 진정성을 이끌어내고 있다. 대립항을 설정하고 대립항의 긴장을 동해 새로운 논리를 찾아가는데, 이때 겉으로 보이는 모순성 때문에 오히려 독자의 관심을 불러일으키고 의표를 찌르면서 더욱 효과적으로 새로운 논리가 전달된다.

유몽인의 역설적 어법은 모순적 대립항의 '사이'를 선택하여 '경계'에서의 갈등을 넘어 초월로 나아가는 모습을 보이기도 하고, 한편으로 대립항에서 상식과 반대되는 '반상'적 선택을 하여 새로운 의미를 모색하기도 하였다. 경계에서든지, 반상적 선택의 순간이든지, 유몽인은 세속적인 가치에 거리를 유지하면서 현실에 대한 풍자적 시각을 드러낸다. 현실에 대한 풍자가 한편으로는 초월적 세계로, 한편으로는 세속에서의 진정성 모색으로 이어지는데, 이는 '자유분방한 기질의 탈속적 문인'이라는 명명에 걸맞는 유몽인의 문학세계를 보여주는 부분이다.

다음으로 우의적 풍자의 양상을 살펴보면, 원 텍스트의 숨은 의미를 제2 텍스트를 통해 드러내는 방식, 홍탁(烘托)이나 개합(開闔)의 비유적 수법을 통해 우회적으로 의미를 표현하는 방식, 우언을 활용한 방식이 있었다. 이 세 종류의 방식은 일종의 우의적 소통으로 볼 수 있는데, 숨기면서 찾아내게 하여 현실의 기휘를 측면 공격하는 '역설', 우회적으로 말하면서 말하고자 하는 것을 효과적으로 표현하기 위한 '수법이나 기법', 우의의 가장 전형적인 '우언'으로 그 우의적 흐름이 이어진다.

역설과 우의적 글쓰기는 기를 추구했던 유몽인 산문론의 발현이며, 대부분 표면과 내면의 간극, 즉 틈을 발생시킨다. 그 간극을 통해 풍자와 비판을 현시한다. 사실 언어 자체가 갖는 '언부진의'라는 모순을 전제해 보면, 이 틈이라는 것은 모든 작가들이 태생적으로 보일 수밖에 없는 보편적인 현상일 수 있다.

그러나 유몽인의 경우는 그 틈이 태생적으로 보이는 틈이 아니라 기와 간에 의해 의도적이고 계획적으로 만들어진 틈이다. 유몽인의 글에 보이는 표면과 내면의 간극은 때로 너무도 크고 엉뚱하기도 하고, 심지어는 여러 겹의 단층으로 비틀어져 있기도 하다. 유몽인은 표면과 심층의 텍스트 구조를 이해하고 이러한 간극을 문학성 확보를 위한 결정적 장치로 여겼다. 그리고 이런 간극을 만들기 위해서 역설적 어법이나 우의적 방식들을 동원했던 것이다.

이때 표면의 표현된 뜻과 내면의 숨긴 뜻의 간극을 메우는 일을 독자에게 맡겼는데, 독자는 작품 표면에 내재하는 모호함·불일치·모순·차이들을 중재하며, 텍스트를 온전히 맥락화하고 전체화해야 한다. 때로는 표면의 뜻을 통해 내면의 숨겨진 의미를 찾아내야 하고, 혹은 표면과 내면의 뜻이 충돌하는 지점에서 창출된 제3의 의미를 찾아내야 하기도 한다. 이 간극을 메우는 작업을 수행하기 위해서 독자는 보다 유연하고 적극적이고 능동적이어야 한다. 따라서 유몽인이 구사한 역설적 어법의 양상과 우의적 표현의 양상을 분석하는 것은, 유몽인 글의 표면에 보이는 모호함과 불일치·모순 등을 해결하면서 표면과 내면의 틈을 메우는 일련의 작업이었다. 그 틈새에서 유몽인의 산문은 풍자의 의미가 문면에 풍부하게 되살아오고 있었다.

제4장에서는 『어우야담』의 일화 운용 방식을 병렬적 일화와 계기적 일화로 나누어 살펴보았다. 일화가 병렬되는 경우는 단일 편 내에서 삽입 일화가 병렬되는 것과 편 자체가 여러 편으로 병렬되는 것이 있었다. 단일 편 내에서 삽입 일화가 병렬되는 경우는 여러 편의 삽화를 통해 주로 숨겨진 이면 의미를 탐색하거나 산발적인 여러 의미들을 통합하여 어떤 특정 주제 의식으로 수렴·심화시키고 있었다. 편 자체가 병렬되는 이야기에서는 정사룡·김시습 이야기 등을 집중 분석하였다.

'병렬적 일화'에서는 일화가 복수로 사용되며, 사용된 일화들은 어떤 인과성을 가지고 있지 않기 때문에 어떤 하나의 일화를 빼도 큰 문제는 없다. 반면, '계기적 일화'에서 일화는 단수로 사용될 수도 있고 복수로 사용될 수도 있다. 다만 일화의 사용이 단수이든, 복수이든, 기존의 확고한 관념을 비틀거나 전복시키려는 분명한 의도를 가지고 기존관념에 뒤따라 계기적으로 사용되었다.

'계기적 일화'는 기존의 긍정적 관념을 부정적으로 변화시키는 부정형 일화와 기존의 부정적 관념을 긍정적으로 변화시키는 긍정형 일화로 나누어 살폈다. 기존의 긍정 이미지를 부정적으로 변화시키는 데는 대부분 기지 넘치는 희화적 일화가 단수로 사용되었고, 기존의 부정적 관념을 긍정적으로 유도할 때에는 대상 인물과 관련된 긍정형 일화가 복수로 사용되고 있음을 확인할 수 있었다.

제5장에서는 유몽인 산문의 위상과 의의를 종합적으로 조망하여 정리했다. 먼저, 유몽인은 시와는 다른 산문만의 미학을 인식하고 다양한 형식적 실험을 통해 문예미를 강조함으로써 산문의 위상을 높였다. 또한 유몽인은 자유분방한 완세불공(玩世不恭)의 상대적 세계관을 지니고 있었는데, 이러한 상대적 세계관 속에 나와 너, 중국과 우리나라의 '차이'를 인식하였고, 이런 인식은 우리의 풍속, 속담, 우리언어에 대한 주체적 자각으로 이어진다. 마지막으로 유몽인의 문학을 동시대 문인 윤근수나 최립, 후세대 문인 박지원과의 관련성을 살펴봄으로써 당송고문과 진한고문, 의고와 반의고의 이분법적 대립 한가운데에 있는 유몽인의 문학을 정치적 평가에서 벗어나게 하고자 했다.

본고는 문학 외적인 정치적 평가나 '의고'의 논쟁에서 벗어나 유몽인 문학 그 자체의 미학을 재정립해 보려는 시도에서 출발했다. 유몽인은 진한고문을 전범으로 설정했고, 기간을 추구하며 형식미 실현에 역점을 두었다. 그러나 전범 자체에 매몰되어 모방과 표절을 일삼는 것에 강력하게 반발하며 '기간'을 독창적으로 형상화하고자 했다. 이러한 그의 노력은 그의 문학성이 단순히 형식미 차원에 머물지 않고 내용적인 독창성의 경지를 확보하는 데로 이어져서 그의 실제 산문 작품들이 다층적인 '깊은 맛'을 내게 하였다.

본고는 주제를 표출하는 서술 방식에 집중하여 형식적 단련에 힘썼던 유몽인의 글쓰기 방식을 드러내고, 그 방식적 특성을 통해 유몽인의 의식 세계를 엿보고자 하였다. 그러다보니 내용적인 측면에서 유몽인이 집중적으로 관심을 보였던 신선 관련 글들을 일괄해 내지 못한 아쉬움이 있다. 또한 유몽인의 문학론을 전반적으로 이해하기 위해서는 시론 및 시에 대한 분석을 함께 병행해야 했는데, 본고에서는 다루지 못했다. 이 과제에 대해서는 앞으로 계속 연구를 진행하겠다.

〈참고문헌〉

1. 원전자료

簡易集
艮齋集(崔演)
谿谷集
古文觀止
溪西野談
農巖集
論語
唐詩三百首
大學
陶谷集
東國李相國集
東野彙集
明淸散文選注
史記
惺所覆瓿稿
小華詩評·詩評補遺
於于集』
於于野談
燕巖集
莊子
滄浪詩話
淸陰集
壺谷漫筆
燃藜室記述, 민족문화추진회
CD 조선왕조실록, 한국학 데이타베이스연구소

2. 단행본

강신주, 『장자:타자와의 소통과 주체의 변형』, 태학사, 2003.

강신주, 『장자의 철학-꿈, 깨어남 그리고 삶』, 태학사, 2004.

강혜선, 『朴趾源 散文의 古文 변용양상』, 태학사, 1999.

孔德成選注, 『明淸散文選注』, 正中書局印行, 1974.

郭英德 外, 『明人奇情』(中華雅風美俗叢書 7), 北京師範大學出版社, 1993.

김경룡, 『기호학이란 무엇인가』, 민음사, 1997.

김도련, 『한국고문의 이론과 전개』, 태학사, 1998.

김도련, 『한국고문의 원류와 성격』, 태학사, 1998.

김욱동, 『대화적 상상력』, 문학과지성사, 1988.

김동욱 역, 『국역 동패락송』, 아세아 문화사, 1996.

김욱동, 『수사학이란 무엇인가』, 민음사, 2002.

김용선, 『부정의 철학』, 인간사랑, 1991.

김치수외, 『현대기호학의 발전』, 서울대학교출판부, 1998.

김풍기, 『시마』, 아침이슬, 2002.

김학주, 『중국문학사』, 신아사, 2000.

로버트 C. 홀럽/최상규, 『수용미학의 이론』, 예림기획, 1999.

루샤오펑/조미원 외, 『역사에서 허구로-중국의 서사학』, 길, 2001.

閔丙秀, 『韓國漢文學槪論』, 태학사, 1996.

박수밀, 『박지원의 미의식과 문예이론』, 태학사, 2005.

박지원/김혈조, 『그렇다면 도로 눈을 감고 가시오』, 학고재, 1997.

신동준 역주, 『유향의 전국책』, 인간사랑, 2004.

신동준 역주, 『좌구명의 국어』, 인간사랑, 2005.

신영복, 『강의』, 돌베개, 2004.

신익철, 『유몽인문학연구』, 보고사, 1998.

신익철, 『나홀로 가는 길』, 태학사, 2002.

심경호, 『한문산문의 미학』, 고려대학교출판부, 1998.

안대회, 『선비답게 산다는 것』, 푸른 역사, 2007.

양경우/이월영 역주, 『제호시화』, 한국문화사, 1995.

엄우/김해명·이우정 역, 『창랑시화』, 소명, 2002.

여홍상 편, 『바흐친과 문화이론』, 문학과 지성사, 1995.

오강남, 『장자』, 현암사, 1999.

우노세이이찌 편, 김진욱 옮김, 『중국의 사상』, 열음사, 1986.

유봉학, 『연암일파 북학사상 연구』, 일지사, 2000.

유몽인/이월영 · 시귀선 역주, 『어우야담』, 한국문화사, 1996.

유몽인/이월영 역주, 『어우야담』 보유편, 한국문화사, 2001.

유몽인/박명희 · 현혜경 · 김충실 · 신선희 역주, 『어우야담』 1~3, 전통문화연구회, 2001 · 2003.

유몽인/신익철 · 이형대 · 조융희 · 노영미 역주, 『어우야담』, 돌베개, 2006.

유진 런/김병익 역, 『마르크시즘과 모더니즘』, 문학과지성사, 1986.

윤승준, 『우언의 재미와 교훈』, 월인, 2000.

윤주필, 『한국의 방외인문학』, 집문당, 1999.

윤주필, 『틈새의 미학』, 집문당, 2003.

윤채근, 『황혼과 여명-16세기 문학사의 맥락-』, 월인, 2002.

위르겐 링크/ 고규진 외 옮김, 『기호와 문학』, 민음사, 1996.

이가원, 『韓國漢文學史』, 보성문화사, 1990.

이가원, 『韓國漢文學小史』, 보성문화사, 1992.

이병한 편저, 『중국고전시학의 이해』, 문학과지성사, 1992.

이아무개, 『장자산책』, 삼인, 2004.

이어령, 『공간의 기호학』, 민음사, 2000.

이종묵, 『海東江西詩派研究』, 태학사, 1994.

이종주, 『북학파의 인식과 문학』, 태학사, 2001.

이희준 편/유하수 · 이은숙 역주, 『계서야담』, 국학자료원, 2003.

임종욱, 『중국의 문예인식』, 이회, 2001.

임종욱 편, 『동양비평용어사전』, 범우사, 1997.

정민, 『朝鮮後期 古文論 研究』, 서울아세아문화사, 1989.

정민, 『목릉문단과 석주 권필』, 태학사, 1999.

정민, 『책 읽는 소리』, 마음산책, 2002.

조석래, 『유몽인 시문 연구』, 예지각, 1989.

陳必祥/심경호, 『한문문체론』, 이회, 1995.

陳光磊 · 王俊衡, 『中國修辭學通史- 先秦兩漢魏晉南北朝卷』, 吉林敎育出版社, 1998.

車鳳禧 편저, 『수용미학』, 문학과지성사, 1988.

천푸칭/오수형 옮김, 『중국우언문학사』, 소나무, 1994.

최석기외 옮김, 『선인들의 지리산 유람록』, 돌베개, 2000.

츠베탕 토도로프, 최현무 옮김, 『바흐찐 문학 사회학과 대화이론』, 까치, 1987.

한국우언문학회, 『동아시아 우언론과 한국의 우언문학』, 집문당, 2004.

호세 안토니오 에르난데스 게레로外/강필운, 『수사학의 역사』, 문학과지성사, 2001.
테오도르 아도르노/홍승용, 『부정변증법』, 한길사, 1999.
팽철호, 『중국고전문학 풍격론』, 사람과책, 2001.
풍우란/ 정인재 역, 『중국철학사』, 형설출판사, 1989.

3. 논문

강명관, 「16세기 말 17세기 초 의고문파의 수용과 진한고문파의 성립」, 『한국고문의 이론과
　　　　전개』, 태학사, 1998.
강명관, 「허균과 明代文學」, 『민족문학사연구』 13호, 민족문학사연구소, 1998.
강명관, 「16세기 17세기 초 진한고문파의 산문비평론」, 『대동문화연구』 41, 대동문화연구
　　　　원, 2002.
강민구, 「영조대 문학론과 비평에 대한 연구」, 성균관대 박사논문, 1997.
강봉근, 「연암소설의 인물연구」, 전북대학교 박사논문, 1985.
강영순, 「유몽인문학연구」, 단국대학교 석사논문, 1985.
강영순, 「야담의 우언적 소통 고찰」, 『동아시아 우언론과 한국의 우언문학』, 집문당, 2004.
고미숙, 「조선후기 비평담론의 두 가지 흐름」, 『대동문화연구』 41, 대동문화연구원, 2002.
곽노봉, 「구양수 산문연구」, 『중국학연구』 3, 중국학연구회, 1986.
권석창, 「시의 逆說 연구」, 『대구어문논총』 13, 대구어문학회, 1995.
권진호, 「眉叟 許穆의 古文論」, 『대동한문학』 13, 대동한문학회, 2000.
권호종, 「歐陽修 詩의 散文化傾向 硏究」, 『중국문학』 33, 한국중국어문학회, 2000.
金乾坤, 「益齋 古文의 形式과 表現」, 『한국고문의 이론과 전개』, 태학사, 1998.
金庚美, 「15세기 문인들의 '奇異'에 대한 인식」, 『한국고전연구』 5집, 한국고전문학회, 1999.
김선아, 「『어우야담』의 서사적 특성 연구」, 전북대학교 석사논문, 2005.
김성룡, 「이중 텍스트의 시학과 중층 독해의 이론에 관한 연구」, 『문학교육학』 12집, 한국
　　　　문학교육학회, 2003.
김 영, 「한·중 우언의 욕망 구현 양상」, 『한국한문학연구』 31집, 한국한문학연구회, 2003.
김영미, 「수화문답의 기호로 풀어본 웃음의 미학- 떡보와 사신 이야기를 중심으로」, 『한국
　　　　언어문학』 46집, 한국언어문학회, 2001.
김영미, 「'오세'의 기호로 살펴본 김시습 일화의 의미」, 『한국언어문학』 50집, 한국언어문학
　　　　회, 2003.
김영미, 「삼국유사 소재 구도설화의 짝의 법칙」, 『개신어문연구』 25집, 개신어문학회, 2007.

김영운, 「유몽인의 문학론 연구」, 고려대학교 석사논문, 1987.

김영철, 「騈儷文과 국문학의 상관성 고찰」, 『논문집』 13, 충남대 대학원, 1993.

김우정, 「월정 윤근수 산문의 성격」, 『한문학논집』 19, 2001.

김우정, 「崔岦 散文의 一研究」, 『태동고전연구』 18, 2002.

김우정, 「崔岦 古文辭의 性格에 관하여」, 『한국한문학연구』 32, 한국한문학회, 2003.

김우정, 「최립의 〈산수병서〉와 유몽인의 〈무진향기〉를 통해 본 고문사의 문예미」, 『한문학
    논집』 23집, 근역한문학회, 2005.

김우정, 「조선중기 복고적 산문의 두 경향-최립과 유몽인을 중심으로」, 『한국한문학연구』
    37집, 태학사, 2006.

金容杓, 「歐陽修 碑誌文 分析을 통해 본 '簡而有法'」, 『중국학연구』 5, 중국학연구회, 1990.

김일렬, 「고전소설에 나타난 기이성 연구」, 『어문학』 63, 1998.

김재용, 「계모형 고소설의 시학적 연구」, 서강대학교 박사논문, 1991.

김재용, 「동북아시아 지역 창조신화의 비교 연구」, 『한국고전연구』, 한국고전연구학회, 1997.

김재용, 「동북아시아 지역 홍수신화와 그 변이에 대한 연구」, 『한국고전연구』, 한국고전연
    구학회, 1998.

김재용, 「이야기 연쇄와 주제범주화의 상호성에 대한 시론적 접근」, 『한국문학이론과비평』
    27, 한국문학이론과 비평학회, 2005.

金鐘聲, 「戰國策文學面之研究」, 私立中國文化大學 박사논문, 1994.

김혈조, 「연암 산문에서 문자 運用의 몇 가지 특징」, 『대동한문학』 21, 대동한문학회, 2004.

노영미, 「『어우야담』 연구-이본고찰과 서사적 특성을 중심으로-」, 서울여자대학교 박사논
    문, 2002.

노장시, 「歐陽修 散文의 分析的 研究」, 영남대학교 박사논문, 1994.

노장시, 「韓愈의 "不平則鳴"설과 歐陽修의 "窮而後工"설에 대한 小考」, 『논문집』 15, 1999.

노장시, 「歐陽修 記文의 표현기교 연구」, 『논문집』 18, 서라벌 대학, 2000.

박영주, 「매월당 김시습의 문학세계」, 『반교어문연구』 12, 반교어문학회, 2000.

박영호, 「朝鮮中期 古文論 研究」, 경북대학교 박사논문, 1995.

박영호, 「朝鮮中期 古文論의 性格 研究」, 『한국고문의 이론과 전개』, 태학사, 1998.

박영희, 「焦循의 八股文說」, 『중국어문학지』 6, 중국어문학회, 1999.

박영희, 「騈儷文의 영상적 표현 양상 및 특징」, 『중국학보』 45, 한국중국학회, 2002.

박은정, 「17C 말 18C 전기 농암 계열 문장가들의 고문론 연구」, 한양대학교 박사논문, 2005.

박혀식, 「커뮤니케이션학의 관점에서 본 고대중국 전국시대 중엽 궤변가들의 명제에 내포
    된 사회적 메시지」, 『한국언론학보』 47, 한국언론학회, 2003.

변종현, 「어우 유몽인의 한시연구」, 연세대학교 석사논문, 1987.

송지영, 「어우 유몽인 산문 연구」, 고려대학교 석사논문, 2004.

송혁기, 「17세기말-18세기초 산문이론의 전개양상」, 고려대 박사논문, 2005.

신복호, 「관각문학의 개념과 그 유형 및 특성」, 『한국한문학연구』 30집, 2002.

신승훈, 「전후칠자의 수용과 조선중기 문원의 반향」, 『동양한문학연구』 16, 2002.

신승훈, 「於于 柳夢寅 散文論 研究」, 『동양한문학연구』 18, 부산한문학회, 2003.

신승훈, 「16세기 후반-17세기 전반기 문학이론의 다변화 양상」, 고려대학교 박사논문, 2004.

신승훈, 「조선 중기에 나타난 문학적 전범에 대한 논란에 관하여」, 『동양한문학연구』 21,
　　　　부산한문학회, 2005.

신승훈, 「어우 유몽인의 고문론에 나타난 육경 중심의 시각」, 『동양한문학연구』 22, 부산한
　　　　문학회, 2006.

신용호, 「驪詩魔文을 통하여 본 李奎報의 詩論」, 『한국한문학연구』 12, 한국한문학회, 1989.

신익철, 「『묵호고』를 통해서 본 『어우집』 편찬 태도」, 『서지학보』 10, 한국서지학회, 1993.

신익철, 「유몽인의 文章觀과 散文의 特徵」, 『태동고전연구』 11, 1995.

신익철, 「유몽인의 문학관과 표현수법의 특징」, 성균관대학교 박사논문, 1995.

신익철, 「『어우야담』의 창작 정신과 서사방식」, 『고전문학연구』 12, 한국고전문학회, 1997.

신익철·이형대, 「어우야담의 비판적 정본 연구」, 『한국한문학연구』 29집, 한국한문학회,
　　　　2000.

신익철, 「새롭게 발굴된 『어우야담』 40화」, 『민족문학사연구』 28호, 민족문학사학회, 2005.

안대회, 「조선시대 문장관과 문장선집」, 『한국고문의 이론과 전개』, 태학사, 1998.

안득용, 「16세기 후반-17세기 전반 碑誌文의 典範과 서술 양상에 대한 고찰」, 『한국한문학
　　　　연구』 39집, 2007.

양승민, 「17세기 傳奇小說의 통속화 경향과 그 소설사적 의미」, 고려대학교 박사논문, 2003.

오수경, 「아정 이덕무의 시론과 '조선풍'의 성격」, 『한국한문학연구』 9, 한국한문학회, 1987.

우응순, 「朝鮮中期 四大家의 文學論 研究」, 고려대학교 박사논문, 1990.

우응순, 「16세기 기호사림파의 형성과 그 문학적 지향」, 『한국한문학연구』 31, 2003.

유경숙, 「於于 詩話 研究」, 충남대학교 석사논문, 1989.

유영대, 「설화와 신분의 문제-유자광 전승을 중심으로-」, 『민족문화연구』 16집, 고려대 민족
　　　　문화연구소, 1982.

柳種睦, 「구양수의 文論과 그 실천」, 『인문예술논총』 5, 대구대 인문과학연구소, 1987.

윤미길, 「유몽인의 꿈과 현실」, 『국어교육』 85, 한국국어교육연구회, 1994.

윤영옥, 「채만식 풍자 소설의 서사기법 연구」, 전북대학교 박사논문, 1999.

윤주필, 「임제·권필의 방외인문학 사조와 초기 소설사의 해방」, 『고소설사의 제문제』, 집
　　　　문당, 1993.

윤주필, 「도가담론의 反모방성과 우언소설의 근대의식」, 『국문학과 도교』, 한국고전문학회, 1998.

윤주필, 「한국 우언문학에서 여성적 주체의 변위와 의미」, 『한국고전여성문학연구』 2집, 한국고전여성문학회, 2001.

윤주필, 「우언 글쓰기의 원리와 적용 자료의 범위 연구」, 『한국한문학연구』 28, 2001.

윤주필, 「우언 글쓰기의 언어관과 명실론」, 『한민족어문학』 41, 한민족어문학회, 2002.

윤주필, 「동아시아 고소설의 우언 활용의 비교 고찰」, 『고전문학연구』 26집, 한국고전문학회, 2004.

윤채근, 「16·17세기 한문학의 미학적 변모 양상에 대한 연구」, 『한국한문학연구』 31, 2003.

원종례, 「明代 後七子詩社의 性格 硏究」, 『중어중문학』 10, 한국중어중문학회, 1988.

원종례, 「명대 전후칠자의 시론연구」, 서울대 박사논문, 1989.

원종례, 「전후칠자의 시론에 나타난 法古와 創新의 문제」, 『중국학보』 31, 한국중국학회, 1991.

원종례, 「중국시가 評語 ‘高古’ 의미 분석」, 『중어중문학』 18, 1996.

이강엽, 「『熱河日記』의 寓言文學的 解釋」, 『국제어문』 27, 국제어문학연구회, 2003.

이경우, 「어우야담 연구」, 서울대 대학원 석사논문, 1976.

이경우, 「초기 야담의 문학성에 관한 연구」, 서울대학교 박사논문, 1991.

이구의, 「유몽인의 古詩生成 淵源」, 『어문학』 52, 한국어문학회, 1991.

이병찬, 「『동야휘집』의 작품 수용양상 연구(Ⅰ)」, 『반교어문연구』 15, 반교어문학회, 2003.

이승훈, 「歇後語의 비유구조에 대한 연구」, 『중어중문학』 34, 한국중어중문학회, 2004.

李英徽, 「騈儷文과 국문학의 상관성 고찰」, 『논문집』 13, 충남대 대학원, 1993.

이월영, 「꿈 소재 서사문학의 사상적 유형 연구」, 전북대학교 박사논문, 1990.

이월영, 「양경우의 ‘제호시화考」, 『어문연구』 26, 어문연구학회, 1995.

이월영, 「유몽인의 명실론과 그 문학적 수용」, 『한국한문학연구』 29, 한국한문학회, 2002.

이월영, 「석정 이정직의 문학론 고찰」, 『어문연구』 46, 어문연구학회, 2004.

이정선, 「한시상에 나타난 조선풍의 양상」, 『한양어문』, 한국언어문화학회, 2000.

이정선, 「조선풍의 개념과 문학적 지향」, 『한국시가연구』, 한국시가학회, 2000.

이정선, 「조선후기 한시의 ‘조선풍’ 연구」, 한양대학교 박사논문, 2001.

이종묵, 「남곤의 삶과 문학」, 『한국한시작가연구』, 한국한시학회, 1999.

이종주, 「열하일기의 서술원리」, 한국정신문화연구원 석사논문, 1982.

이종주, 「북학파 산문 연구」, 서강대학교 박사논문, 1991.

이종주, 「北學派와 明淸 小品家 傳의 서사양식 비교」, 『한국언어문학』 36, 한국언어문학회, 1996.

이종주, 「명말 청초 소품문과 북학파 산문의 서사양식」, 『한국언어문학』 38, 한국언어문학
　　　회, 1997.

이종주, 「연암의 불교적 인식과 사유체계」, 『대동한문학』 23집, 2005.

林秀茂, 「선진 名辯論과 荀子의 正名論」, 『철학연구』 74, 대한철학회, 2000.

임영천, 「염상섭 소설의 다성성 연구」, 『한민족문화연구』 6, 2000.

林熒澤, 「『매월당시사유록』에 관한 고찰」, 『한국한문학연구』 26, 한국한문학회, 2000.

임혜진, 「어우야담의 비판의식과 우언 연구」, 인하대학교 석사논문, 2007.

정규식, 「어우집 소재 열전과 옴니버스형 서사체의 관련양상」, 동아대학교 교육대학원 석
　　　사논문, 2000.

정민, 「조선후기 고문론 연구」, 한양대학교 박사논문, 1989.

정우봉, 「조선후기 산문이론의 전개와 그 성격(Ⅰ)」, 『한국문학연구』 1, 고려대 한국문화연
　　　구소, 2000.

정인모, 「어우야담의 서사구조와 의미」, 『금구논총』 5, 동국전문대학, 1997.

정순희, 「도곡 이의현의 고문론과 문학」, 전북대학교 박사논문, 2002.

정순희, 「고문론과 비지류의 상관성」, 『어문연구』 46, 어문연구학회, 2004.

정 훈, 「지봉 이수광의 한시 연구」, 전북대학교 박사논문, 2004.

제해성, 「『좌전』서사의 소설적 특징에 관하여」, 『중국어문학』 37, 2001.

조석래, 「어우 유몽인의 문학에 나타난 신선사상」, 『도교와 한국사상』, 범양사, 1988.

조석래, 「어우 유몽인의 시론」, 『한양어문학』 4, 한양어문학회, 1986.

조석래, 「유몽인 시 연구」, 한양대학교 박사논문, 1989.

최도희, 「公孫龍의 思想(Ⅰ)」, 『학술지』 25, 건국대학교, 1981.

최석기, 「조선 중기 사대부들의 지리산유람과 그 성향」, 『한국한문학연구』 26, 한국한문학
　　　회, 2000.

최운식, 「어우야담에 나타난 於于堂의 설화의식」, 『한국민속학』 10, 민속학회, 1977.

한명기, 「유몽인의 經世論 연구」, 『한국학보』 18, 일지사, 1992.

허왕욱, 「『열하일기』에 나타난 상대적 사유방식」, 『국어교육』 106호, 한국어교육학회, 2001.

홍학희, 「율곡 이이의 고문관과 그 표현 특성」, 『한국한문학연구』 30, 한국한문학회, 2002.

황인덕, 「'두더지 혼인' 설화의 印·中·韓 비교 고찰」, 『어문연구』 48, 어문연구학회, 2005.

〈찾아보기〉

가

간(簡)   34, 64, 67, 76, 85, 90, 96~100, 102, 113, 115, 120, 122, 123, 125, 148, 149, 155, 335, 364~366

간심(艱深)   114, 120

간엄(簡嚴)   33, 96, 97

간준(簡峻)   65, 66

강순   319

강태공   214, 215, 297, 298

강헌대왕(康獻大王)   170

개합(開闔)   111, 160, 200, 225, 238, 245~247, 366

「견학귀(譴瘧鬼)」   31

경단(更端)   91, 112, 308

『계서야담』   319, 323

고문론   12, 13, 48, 350, 361

고문운동   69, 135

『고문진보(古文眞寶)』   63

고용후(高用厚)   239, 240

『곡량전』   199

「곡이이립령공애사(哭李而立令公哀辭)」   104, 112

공손룡   112

공안파   127, 147, 149

『공양전』   199

공정대왕   170

「공졸변(工拙辨)」   93, 179, 181

과문(科文)   80, 84, 127, 128, 130, 133~135, 139, 156

광해군   14, 18, 164, 166, 167, 206, 207, 211, 217, 218, 324, 363

교토삼굴(狡兔三窟)   244

「구시마문(驅詩魔文)」   234

구양수   33, 44~47, 52~61, 64, 73, 74, 81, 88, 89, 123, 129, 133, 332, 333, 349

구이지학(口耳之學)   131

『국어』   68, 72, 74~76, 81, 83, 87, 90, 103, 105, 106, 108, 109, 144, 312, 340

굴기(崛奇)   68

권벽   348, 349

귀유광(歸有光)   123

금강산   162~164, 168, 245, 282~284, 305

기(奇)   34, 39, 66, 67, 75, 90, 92~95, 97~100, 102, 103, 105, 108, 111, 112, 114, 117~120, 122, 123, 125, 154, 246, 248, 270, 335, 340, 365, 366

기간(奇簡)   28, 29, 34, 61, 62, 76, 90, 92, 97, 99, 118, 120~122, 125, 126, 134, 146, 148, 149, 154, 156, 159, 160, 248, 335, 337, 340, 350, 364, 365, 368

기굴(奇崛)   70, 91, 100

기궤(奇詭)   100

기대승(奇大升)   285, 286

기묘사화   320, 324

기준(奇峻) 66
길재(吉再) 19
김공저(金公著) 320
김득신 72
김부식 12
김상헌 351, 352
김석주 352
김시습 18, 27, 291, 293, 294, 296, 297, 299,
    301, 302, 306, 309, 367
김안로(金安老) 208
김영남(金穎男) 315, 316
김정(金淨) 320, 321
김종직 129, 318, 319
김창협 38, 332, 352
김철손 302, 304, 305, 306
김치(金緻) 314

나

낙론(洛論) 257
난해성 29, 87, 90, 91, 97, 113, 120~122,
    125, 126, 140, 144, 326, 364
남곤(南袞) 317, 320~325
남두첨(南斗瞻) 241, 242
「남록시」 19
남용익(南龍翼) 331
남위(南威) 178
남이 319
남인 15, 344
노론 14, 257
노수신(盧守愼) 72, 312, 313
노자(老子) 194, 243

『노자』 88, 89
『논어』 33, 72, 312, 344
누계(樓季) 142
『능엄경』 105, 106

다

「답성찰방이민서(答成察訪以敏書)」 181
「답유정자활서(答柳正字活序)」 265~267
「답준원전참봉윤필세서(答濬源殿參奉尹弼
    世書)」 111
「답창애(答蒼厓)」 316
「답최평사유해서(答崔評事有海書)」 120
당송고문 14, 33, 44, 47, 63, 332, 348, 352,
    353, 361, 368
당송고문가 13, 14, 24, 38, 39, 47~49, 62,
    72, 73, 76, 97, 111, 120, 122, 123, 127,
    139, 147, 332, 333
당송고문파 45, 46, 63, 127, 139, 361
『대가문회』 61, 64, 66, 68, 71, 72, 74, 79,
    350
대각체(大閣體) 35, 36
대북파 14, 15, 166, 167, 218, 223
『도덕경』 243
「도화마부(桃花馬賦)」 288, 290, 292
「동부(東賦)」 132
동중서(董仲舒) 49, 51
「동책(東策)」 132
『동패낙송』 319, 323
두보 27, 312, 349
「둔거우상십영서(遯居寓想十詠序)」 243

마

「만향당기(晚香堂記)」 201, 202, 213, 216, 218, 224

『매월당집』 27, 294, 301, 302

맹상군 241, 242

『맹자』 33, 72, 74, 86, 87, 88, 90, 144, 152

「면연예부초도정문(免宴禮部初度呈文)」 31

목릉성세 11, 47, 350

목현허(木玄虛) 314

무염(無鹽) 178, 181

무오사화 318, 319, 324

「무진정기(無盡亭記)」 191

『묵호고(黙好稿)』 24, 102

『묵호선생문집』 25

『문선(文選)』 63, 64

문세(文勢) 57, 59, 61, 91

『문장궤범(文章軌範)』 132

문종자순(文從字順) 66

문필진한(文必秦漢) 35, 36, 38, 40

바

박경(朴耕) 320

박순(朴淳) 288, 291~293

박승종(朴承宗) 214, 215, 217, 218

박예수 324

박원종 288, 290, 291, 292

박응남(朴應男) 275, 277, 309

박지원 12, 32, 39, 219, 249, 255, 316, 348, 353~355, 360, 362, 368

「방언탄(方言歎)」 31

방효유(方孝孺) 19

배우(排偶) 35

백광훈(白光勳) 310~312, 324, 325

「백마비마론(白馬非馬論)」 112

백이숙제 296, 297, 298, 357, 360

「백주시」 18

법고(法古) 38, 39

변려문(騈儷文) 111

「별김약산위남하천추시병인(別金藥山偉男賀千秋詩幷引)」 340

「별동지부사목탕경시서(別冬至副使睦湯卿詩序)」 339

『별본동문선(別本東文選)』 14

보락당(保樂堂) 208

「보창주도사차만리운로서(報滄洲道士車萬里雲輅書)」 84

「봉별사은주청사이월사사부연산시서(奉別謝恩奏請使李月沙四赴燕山詩序)」 104, 339

『부묵(副墨)』 41

북인(北人) 14, 15, 166, 344

「분국기(盆菊記)」 114

불구문달과(不求聞達科) 106, 261, 262

사

사기의(師其意) 39, 147

『사기』 33, 38, 63, 64, 66, 68, 72, 76, 81, 83, 85~88, 90, 99, 123, 134, 135, 142~144, 146~148, 245, 247

사마상여 40, 173, 349

사마천(司馬遷) 40~42, 64~66, 85, 86, 88,

140, 147, 173, 348~351
사어(死語)   87, 151, 154
삼대양한(三代兩漢)   40~42, 88, 137
삼반상(三反常)   177, 344
「상부사(孀婦詞)」   18, 19, 236
『상서』   72, 86, 87, 90, 144
『서경』   76, 78~81, 83
서시(西施)   178
서유방(徐有防)   26
서인(西人)   14, 15, 18, 166, 167
『석담일기』   280
성여학(成汝學)   45, 159, 188
「성옹지소록(惺翁識小錄)」   304
성이민(成以敏)   178, 179
성혼   16, 19
세조   212, 295, 297, 298
소동파   46, 65
소식   44, 53, 55, 64, 70, 81, 88, 129, 133,
     193, 332, 333, 349
『소화시평』   14, 100
「송강원방백신식서(送江原方伯申湜序)」
     105, 107
「송고서장용후서(送高書狀用厚序)」   339
「송광주목사이양원경함절구서(送光州牧使
     李養源慶涵絕句序)」   103, 112
「송남원부사고용후시서(送南原府使高用厚
     詩序)」   238
「송동지부사정령공곡신자사신서효국어(送
     冬至副使鄭令公谷神子士信序效國語)」
     105, 340
「송두봉이양오여성군부경서(送斗峯李養吾
     驪城君赴京序)」   246, 339, 345

「송맹동야서(送孟東野序)」   237
「송박열지동열부경서(送朴說之東說赴京
     序)」   339, 347
「송선생시린남귀서(送宣生時麟南歸序)」
     172
「송선시린서(送宣時麟序)」   201
「송성절사서장김서(送聖節使書狀金書)」
     339
「송영변판관남두첨시서(送寧邊判官南斗瞻
     詩序)」   241
「송이윤경수광부안변도호부서(送李潤卿睟
     光赴安邊都護府序)」   227, 231, 237
송인(宋寅)   212
「송정시회부경서(送鄭時晦赴京序)」   340
「송천회고(松泉懷古)」   236
「송평안도사윤계선서(送平安都事尹繼善
     序)」   187
「송홍목이윤경수광서(送洪牧李潤卿睟光
     序)」   231, 237
「수경당기(水鏡堂記)」   201, 202, 220~222,
     224
『순자』   244
『숭고문(崇古文)』   63
『시경』   51, 68, 70, 76, 77, 79, 341, 342
시마(詩魔)   188, 232, 234, 235, 237
시무달고(詩無達詁)   51
시문(時文)   80, 84, 127, 128
시필성당(詩必盛唐)   35, 36
신광한(申光漢)   207, 208
신구지   302~304
신릉군   169
신불해   68, 69

신식(申栻)　16

신식(申湜)　182, 184

신유한(申維翰)　37

신호(申濩)　16, 132

신흠　12, 14, 37, 352

실학파　12, 353

심사순(沈思順)　132

심정(沈貞)　320, 321, 323

심희수(沈喜壽)　285, 286

아

「안변삼십이책증함경감사한익지준겸(安邊三十二策贈咸鏡監司韓益之浚謙)」　121

안영(晏嬰)　129

압운(押韻)　103, 105~109, 112

「애직송조수초하동지우연경서(愛直送趙邃初賀冬至于燕京序)」　339

양경우　312

양웅(楊雄)　40, 41, 49, 81, 83

「양진정기(養眞亭記)」　187

어숙권　288, 289, 291~293

억양합패(抑揚闔捭)　68, 70

언부진의(言不盡意)　150, 154, 155, 157, 225, 248, 366

「여유점사승영운서(與楡岾寺僧靈運書)」　201, 203~205, 208, 222, 224

「여윤진사빈서(與尹進士彬書)」　64, 72, 78, 85

연산(連山)　188, 189

「열녀함양박씨전」　354

『열하일기』　355, 357, 361

영은사(靈隱寺)　163

오서오기(鼯鼠五技)　244

왕도곤(汪道昆)　41, 129, 137

왕문중　49, 81, 83

왕세정(王世禎)　35, 40, 46, 64, 135~137, 351

왕휘지(王徽之)　243

「용졸헌기(用拙軒記)」　182, 184

우언　71, 93, 105, 155, 160, 199, 248, 249, 252, 258~260, 262, 264, 265, 267, 269, 335, 343, 354, 366

「월파정기(月波亭記)」　201~208, 218, 224

유근(柳根)　285, 286, 288

유금(柳琴)　26

유기(幽奇)　100

「유두류산록(遊頭流山錄)」　334

유목(劉穆)　244

유문(柳文)　61, 68, 70, 72, 84, 85, 89, 90, 134, 144, 145

「유보개산증영은사언기운계양승서(遊寶盖山贈靈隱寺彦機雲桂兩僧序)」　161

유사간어(幽辭艱語)　118

「유서장별상첩시(柳書狀別章帖序)」　339

유영무(柳榮茂)　26

유자광(柳子光)　317~320, 323, 324

「유자광전」　323

「유자후묘지명(柳子厚墓誌銘)」　74

유종원　38, 40~42, 68, 69, 71~73, 76, 78, 79, 81, 83, 85, 87, 89, 91, 129, 133, 145, 154, 173, 267, 312, 332, 333, 348, 350

유활(柳活)　26, 265, 267

유희발(柳希發)　202, 204~206, 211, 218

유희분 218

육경(六經) 33, 49~52, 56, 61, 62, 76~91, 99, 120, 129, 145, 146, 149, 334, 340, 341, 364

윤계선(尹繼善) 188

윤근수(尹根壽) 14, 32, 37, 65, 73, 348, 351~353, 361, 368

윤필세 111

「은파정기(恩波亭記)」 201, 202, 208, 218, 224

의고(擬古) 13, 14, 20, 24, 32, 35, 37~41, 43, 48, 137, 335, 337, 338, 340, 348, 350, 351, 353, 362, 368

의고주의 37, 127, 135, 138, 139

의고파 13, 38, 135, 136, 351

이경함(李慶涵) 103

이규보 234

「이난헌기(二難軒記)」 107

이달(李達) 311

이대엽(李大燁) 220~223

이덕무 352

이덕형(李德馨) 288

이량(李樑) 303

이몽양(李夢陽) 35, 40, 77, 136, 351

이반룡(李攀龍) 35, 48, 351

이산해(李山海) 288

이상신(李尙信) 104

이색 81, 82, 84, 128, 129

『이소(離騷)』 18, 71

이수광 37, 227~229, 231, 234, 235, 237

이식 12, 352

이안눌(李安訥) 65

이의현(李宜顯) 38, 80, 352

이이(李珥) 15, 276, 280

이이첨(李爾瞻) 17, 218, 223, 324

이장(李璋) 132

이정구 12, 14, 17, 101, 105, 164, 166

이제현 12

이항복(李恒福) 288, 352

이호민(李好閔) 45, 285, 286, 288

인목대비 14, 166

인물성동론(人物性同論) 257, 347, 354

인물성동이론(人物性同異論) 257

인물성이론(人物性異論) 257

인조반정 15, 18, 163, 167

자

자가조화(自家造化) 139

자득(自得) 24, 25, 29, 34, 43, 51, 126, 127, 138, 139, 143~148, 151, 154~157, 160, 337, 341, 364

자하(子夏) 169

잡체시 337

장단합패(長短闔捭) 65, 91

장옥(張玉) 132

장유 12, 46, 47, 332, 333, 351, 352

『장자』 38, 63, 71, 72, 74~76, 78, 88, 90, 91, 99, 112, 128, 144, 145, 153, 159, 171, 184~187, 308, 364

『전국책』 42, 63, 68, 70, 73, 74, 76, 79, 88, 90, 91, 99, 103, 105, 128, 144, 244, 247, 261, 334, 350, 351, 364

전유형(全有亨) 130, 134

전주문자　50~52, 62, 134, 149, 341, 363

전칠자(前七子)　35

전후칠자　14, 23, 35, 37~43, 53, 60, 77, 79, 135, 351

정건(鄭虔)　244

정사룡(鄭士龍)　285, 287~292, 294, 296, 306, 309, 367

정유길(鄭惟吉)　288

정조　18, 19

정지상(鄭知常)　152

정지연　278

정탁(鄭琢)　278, 279

정택뇌(鄭澤雷)　65

「제김득지대덕령공시권후시서(題金得之大德令公詩卷後詩序)」　345

『제호시화』　312

조광조　320, 321

조국필　211~213, 218

조선풍　23, 346

「조은정기(釣隱亭記)」　107

조헌　275~277, 280, 309

종횡착잡(縱橫錯雜)　86, 90, 144, 147, 148

『좌구명』　38

『좌전』　27, 63, 66, 68, 72, 76, 81, 83, 86~88, 90, 99, 144

주렴계　49

『주역』　72, 81, 83, 340

주희(朱熹)　36, 70

중북파(中北派)　14

「증금강산승종원서(贈金剛山僧宗遠序)」　243, 244

「증남선초복시서(贈南善初復始序)」　188

「증별기윤헌수안악서(贈別奇允獻守安岳序)」　245

「증예조판서행승문판교신공숙묘갈명병서(贈禮曹判書行承文判校申公熟墓碣銘幷序)」　336

「증의림도인효능엄경(贈義林道人效楞嚴經)」　102, 105, 106

「증이성징령공부경서(贈李聖徵令公赴京序)」　101, 103, 112

「증표훈사승혜묵서(贈表訓寺僧慧黙序)」　168

「증풍악삼장암형민법사청학비학론(贈楓嶽三藏菴泂敏法師靑鶴非鶴論)」　112

진병자(陳騈子)　241, 242

진한고문　13, 14, 24, 28, 32, 34, 38~41, 43, 44, 46, 61, 62, 64, 72, 73, 76, 80, 84, 88, 89, 91, 120, 123, 127, 133~136, 139, 332, 333, 335, 337, 340, 348~352, 361, 363, 368

진한고문파　13, 24, 34, 37, 123, 139, 361

차

차운로(車雲輅)　72, 75, 80, 82, 83

차천로　171, 172, 348, 349

천변만화(千變萬化)　86, 90, 144, 147, 148

「청학비학론」　112

최경창(崔慶昌)　311

최립(崔岦)　14, 32, 37, 46~48, 53, 79, 348~350, 352, 353, 361, 368

최연　234, 297, 299

최영경　312

「축시마(逐詩魔)」 234
『춘추』 76, 199, 357
「취옹정기(醉翁亭記)」 56, 59

파

팔고문(八股文) 35, 36
팔고체 35, 36
「평안평사정두원서정송별시서(平安評事鄭
　　斗源西征送別詩序)」 316
풍격 25, 39, 66, 67, 90, 99, 105, 112, 144,
　　148, 335, 337, 364
「풍악기우기(楓嶽奇遇記)」 31

하

하경명(何景明) 35, 351
학고(學古) 34, 38, 39
한경록(韓景錄) 288, 291
한명회(韓明澮) 212, 296~298
한무외(韓無畏) 355, 356, 358~60
한문(韓文) 61, 68, 72, 74, 84, 85, 89, 90,
　　134, 144, 145
한문사대가 12, 37
한비자 68, 69, 169
『한사열전초』 350, 351
『한서』 68, 72, 81, 83, 86, 90, 144, 317, 348
한유 33, 38, 87, 88, 91, 99, 111, 129, 133,
　　145, 173, 237, 312, 332, 333, 337, 348
한준겸(韓浚謙) 121
한창군(漢昌君) 209, 211
합산소식(合散消息) 65, 91

「부(海賦)」 314, 315
허균 37, 304, 305, 349, 356, 358~360
허목(許穆) 37
험벽(險僻) 113, 100
현하웅변(懸河雄辯) 59, 68, 70, 91
혜묵(慧黙) 168, 169
호론(湖論) 257
『호음집』 289, 290, 292
「호정문(虎穽文)」 31, 249, 255~258, 269,
　　347, 354
「호질」 219, 249, 255
홍만종 14, 100
홍유손 281, 282, 283
홍일민(洪逸民) 65
홍천민(洪天民) 65, 278~280, 288
홍춘수(洪春壽) 65
홍탁(烘托) 160, 200, 225, 226, 237, 247,
　　366
환이(桓伊) 243
활어(活語) 151, 154
「황진이」 283, 284
회삽(晦澁) 182, 350
「회인현감이공간묘지명(懷仁顯監李公衎墓
　　誌銘)」 336
후칠자(後七子) 35, 48, 137
훈고(訓詁) 49~52, 80, 81, 84, 130, 131, 134,
　　135
「희효전국책봉증전주부윤정공행서(戲效戰
　　國策奉贈全州府尹鄭公行序)」 105, 260